Will Jordan
Patientin Zero

Autor

Will Jordan lebt mit seiner Familie in Fife in der Nähe von Edinburgh. Er hat einen Universitätsabschluss als Informatiker. Wenn er nicht schreibt, klettert er gerne, boxt oder liest. Außerdem interessiert er sich sehr für Militärgeschichte.

Die Ryan-Drake-Romane bei Blanvalet:

Mission: Vendetta
Der Absturz
Gegenschlag
Operation Blacklist
Codewort Tripolis
Das CIA-Komplott
Kommando Black Site
Projekt Pegasus
Angriffsziel Circle

WILL JORDAN

PATIENTIN ZERO

Thriller

Aus dem Englischen
von Wolfgang Thon

blanvalet

Die Originalausgabe erschien 2022 unter dem Titel »Dark Harvest«
bei Blackstone Publishing, Ashland.

MIX
Papier | Fördert
gute Waldnutzung
FSC® C014496
FSC
www.fsc.org

Klimaneutral*
Druckprodukt
ClimatePartner.com/14044-1912-1001

Penguin Random House Verlagsgruppe FSC® N001967

1. Auflage 2023

Redaktion: text in form / Gerhard Seidl
Coverdesign: © Johannes Frick unter Verwendung von Motiven
von iStock.com / matejmo und © Johannes Frick
HK · Herstellung: sam
Satz: KCFG–Medienagentur, Neuss
Druck und Bindung: GGP Media GmbH, Pößneck
Printed in Germany
ISBN 978-3-7341-1155-6

www.blanvalet.de

Für Lara, eine treue Freundin.

PROLOG

Schnee.

Schnee, schwarzer Fels und eiskalter Wind.

Der Sturm toste über den einsamen Gebirgspass, und jede bitterkalte Böe wirbelte einen neuen Hagel aus gefrorenem Schnee auf. Der Wind war stark genug, unvorsichtigen Wanderern das Gleichgewicht zu rauben und sie zwischen den scharfkantigen Felsen und dem steinigen Geröll ins Verderben zu stürzen.

Hoch oben tauchten die steilen Berggipfel in die bleiernen grauen Wolken ein, die wütend um sie herumwirbelten.

In dieser düsteren, feindlichen Umgebung kämpfte sich eine einsame Gestalt den Hang hinauf. Sich gebeugt gegen den aufkommenden Sturm stemmend, das Gesicht vom Wind abgewandt, der die nackte Haut wund peitschte, stapfte das Mädchen verbissen durch den immer tiefer werdenden Schnee. Jeder Atemzug kam als flacher, keuchender Seufzer, und Wärme und Feuchtigkeit des Ausatmens wurden sofort vom heulenden Wind weggerissen, als versuchte der Berg selbst, das Leben aus ihr herauszusaugen.

Sie trug weder einen Rucksack noch hatte sie eine schützende Plane, Ausrüstung oder Waffen dabei. Sie verfügte nicht einmal über einen Vorrat an Lebensmitteln, um sich auf ihrer strapaziösen Reise zu stärken. In dem Chaos ihres Aufbruchs hatte sie keine Zeit gehabt, etwas zusammenzupacken für ihre Flucht aus der beruhigenden Sicherheit ihres Dorfes, ihrer Heimat, ihres Volkes.

Vielmehr dem, was aus ihrem Volk geworden war.

Das Mädchen schüttelte sich bei dem Gedanken an etwas, das viel tiefer drang als der kühle Wind, als sie sich lebhaft an die Schrecken erinnerte, die sie einen Tag zuvor erlebt hatte. Die Szenen von Tod und schrecklicher Gewalt, begangen von Menschen, die einander bis dahin nur Liebe und Loyalität entgegengebracht hatten. Ein ganzes Dorf war ausgelöscht worden, eine ganze Gemeinschaft vernichtet. Jeder, den sie in den fünfzehn Jahren ihres Lebens gekannt und gemocht hatte, war für immer verloren. Und das alles wegen dieses Gegenstandes, den sie bei sich trug, in der kleinen Ledertasche, die sie über die Schulter gehängt hatte. Er wog schwer und schlug ihr bei jedem Schritt schmerzhaft gegen die Seite.

Der Geisterstein. Ein großer Splitter aus so schwarzem Gestein, wie sie es noch nie gesehen hatten. Die von vielen Facetten überzogene Oberfläche war vollkommen eben, die Kanten waren pfeilgerade, und die bizarren kristallinen Tiefen sogen den Blick und den Geist auf. Die einzige Unvollkommenheit seiner seltsamen Form stellte die grobe Bruchlinie entlang der Basis dar, wo er aus seinem angestammten Platz herausgebrochen worden war.

Das Mädchen erinnerte sich noch lebhaft an die aufregende Entdeckung vor einigen Tagen, als ihre Jagdgruppe auf eine bis dahin unbekannte Höhle hoch oben in den Bergen gestoßen war. Drei der stärksten und mutigsten Jäger hatten sich hineingewagt. Der flackernde Schein ihrer Fackeln verschwand in der Dunkelheit, und als sie schließlich wieder aus der schattigen Höhle heraustraten, erzählten sie eine haarsträubende Geschichte über sagenhafte sternenübersäte Höhlen, die dem Eingang in eine andere Welt glichen. Als Beweis für ihre Entdeckung hatten sie den Geisterstein mitgebracht, den sie aus einer

Wand dieser seltsamen unterirdischen Welt geschlagen hatten.

Schwaches Tageslicht und schlechtes Wetter hatten weitere Expeditionen in diese unterirdische Höhle verhindert und sie gezwungen, mit ihrer seltsamen Beute in ihr Dorf zurückzukehren. Dennoch wurden sie als Helden und mutige Entdecker gefeiert, und schon bald redeten alle davon, in die Höhle zurückzukehren, um weitere Schätze zu suchen.

Dann brach die Krankheit aus. Es begann mit den jungen Männern der Jagdgesellschaft, aber rasend schnell griff die Krankheit auch auf andere über, bis sie wie ein Lauffeuer unkontrolliert in ihrem Dorf wütete. Selbst die versiertesten Heiler des Dorfes konnten nichts tun, um das Fortschreiten der Krankheit aufzuhalten.

Das Mädchen konnte es sich nicht erklären, aber tief in ihrem Inneren spürte sie es: Dieser Gegenstand, gepriesen als Geschenk der Geisterwelt, als Talisman der Macht, war die Quelle ihres Verderbens.

Das Böse wohnte ihm inne, und diese dunkle Bosheit, die in ihm lauerte, war irgendwie hinausgedrungen und hatte alles und jeden um sich herum infiziert. Sie verwandelte gute Menschen in mörderische Unholde.

Nur sie war verschont geblieben. Sie allein war noch bei Verstand, während alle anderen in den Wahnsinn abglitten.

Sie war am Leben geblieben, und sie wusste, was sie zu tun hatte. Der Geiststein musste in die Höhle zurückgebracht werden, aus der er geraubt worden war. Nur dann würden die Geister besänftigt werden und den bösen Fluch aufheben.

Das wusste sie so sicher, wie sie atmete.

Und doch schien sich jetzt alles gegen sie zu verschwören, um ihre Mission zu vereiteln. Noch während sie sich einen Weg durch die dicht bewaldeten Ausläufer bahnte und die unteren Hänge des Berges hinaufstieg, zogen von Norden her bedrohliche graue Wolken auf. Der Himmel verdunkelte sich, und ein kalter Wind kam auf. Der Winter stellte sich dieses Jahr sehr früh ein.

Es war eine schlechte Zeit für Expeditionen, selbst für erfahrene Reisende, die sich in fernste Gegenden wagten, ganz zu schweigen von einem mageren verängstigten Mädchen von kaum fünfzehn Jahren. Sie war keine Abenteurerin, die sich nach Gefahr und Aufregung sehnte. Ihr kurzes, behütetes Leben war ausschließlich von der Zugehörigkeit zu ihrer Familie erfüllt gewesen.

Sie mochte eine unwürdige Wächterin sein, aber es gab niemanden sonst mehr. Sie allein stand zwischen den bösen Geistern und der ahnungslosen diesseitigen Welt.

Also ging sie weiter, sammelte ihre schwindenden Kräfte und ihre Entschlossenheit, und jeder Schritt brachte sie weiter den Hang hinauf, ein kleines Stück näher zu ihrem Ziel. Sie wollte dem Pfad folgen, den ihre Jagdgruppe genommen hatte, bis sie die Höhle gefunden hatte, und dann würde sie sich von dieser verhassten Last befreien.

Eine plötzliche heftige Böe riss sie von den Füßen. Sie stolperte, klammerte sich an den vom beißenden Wind freigefegten Boden, und die scharfen Steine schnitten ihr in die Hände.

Mit in dem eisigen Wind tränenden Augen blickte sie zu dem großen Gipfel hinauf, der bruchstückhaft durch Lücken in der Wolkendecke zu sehen war. Der Berg ragte über ihr auf, unvorstellbar hoch und unüberwindlich, und glühte im abnehmenden Licht zornig rot. Bald würde die Dunkelheit hereinbrechen. Die klirrende Kälte wurde immer stärker, je mehr sich der Tag dem Ende zuneigte.

Ihre Zeit lief ab.

Das Mädchen stemmte sich hoch, stolperte weiter und hielt sich auf der Leeseite des Grats, wo die Felswände wenigstens etwas Schutz vor dem bitteren Wind boten. Als der Grat wieder abflachte und ebenerdig wurde, zitterte sie und schnappte in der eisigen Kälte nach Luft. Jeder Atemzug brannte ihr im Hals.

Ihre Füße und Hände waren taub, der Körper schmerzte vor Müdigkeit. Ihr Fuß blieb an einem unter dem Schnee verborgenen Stein hängen, sie fiel auf die Knie und stieß ein erschöpftes und hilfloses Schluchzen aus. Tränen liefen ihr über die Wangen und gefroren auf ihrer Haut. Es war töricht von ihr gewesen hierherzukommen und naiv zu glauben, sie könne diesen Berg mitten im Wintersturm besteigen. Es war ignorant von ihr gewesen, ihr Schicksal nicht vorausgesehen zu haben.

Dann, in einem dieser seltsamen Glücksfälle, die eintreten, wenn man es am wenigsten erwartet, riss die Wolkendecke für ein paar Sekunden auf und gab den Blick auf den Berg um sie herum frei. Sie sah den Grat, auf den sie sich mühsam hinaufgekämpft hatte, sah die dunklen Wälder und Seen, die schwindelerregend weit unter ihr lagen, sah den steilen Abhang, der nach rechts abfiel. Er führte zu …

Sie stieß einen Schrei aus, als sie die schmale Bresche in der windgepeitschten Monotonie entdeckte, eine Schlucht, die aussah, als hätte eine große Klinge in die Seite des Berges gehackt und eine tiefe, rohe Wunde im Hang hinterlassen.

Daran erinnerte sie sich! Sie war fast da!

Mit neuer Kraft kämpfte sich das Mädchen auf die Beine und eilte zu der Schlucht, während sich die Wolken wieder schlossen und der Sturm erneut auf sie einpeitschte.

Ihr Körper mochte erschöpft sein, aber ihr Geist war frisch gestärkt. Sie stapfte weiter, umklammerte ihre schwere Last und stolperte schließlich in den Eingang der Schlucht.

Die Veränderung war tiefgreifend und unmittelbar. Sie seufzte vor Erleichterung, dass sie endlich den beißenden Wind hinter sich gelassen hatte. Hier gab es keine Vegetation, weder Büsche noch Gräser. Nicht einmal Moos oder Flechten schienen hier gedeihen zu können. Der Berg war vollkommen karg und tot.

Zu beiden Seiten ragten steile Felswände in die Höhe und hielten das spärliche Tageslicht ab, sodass der schmale gewundene Pass in tiefe Schatten getaucht war. Das zwang sie, ihr Tempo zu verlangsamen und vorsichtiger weiterzugehen.

Sie hielt sich an einer Seite der Felswand fest und tastete sich in der Dunkelheit mit den Händen weiter. Dann blieb sie plötzlich stehen, als die Felswand zu ihrer Rechten abrupt verschwand. Stirnrunzelnd blickte sie auf diese unerklärliche Leere und schrie dann erschrocken auf.

Ein dunkler schmaler Spalt im Felsen klaffte vor ihr auf. Er war von herabgestürzten Steinen teilweise verdeckt und lag im Schatten. Sie wäre fast daran vorbeigegangen, ohne ihn zu bemerken. Aber sie hatte ihn gesehen.

Wider Erwarten hatte sie die Höhle gefunden! Jetzt gab es nur noch eine letzte Aufgabe zu erfüllen.

Sie sah sich kurz um, trat in die Dunkelheit und ließ die Welt hinter sich.

Das heftige Heulen des Windes ebbte zu einem fernen, eindringlichen Stöhnen ab, als sie vorwärts schlich. Sie streckte die Hände aus, tastete mit einer Hand über den rauen Stein an ihrer Seite und hielt die andere vor sich.

Sie hatte weder Feuerstein noch Zunder mitgebracht und auch keine Fackel, um ihren Weg zu beleuchten. Dafür war keine Zeit gewesen. Und jetzt befand sie sich auf unbekanntem Terrain. Sie hatte die Jäger damals nicht begleitet, als sie sich hierhergewagt hatten, und kannte den Grundriss der Höhle nicht.

Sie konnte kaum noch etwas sehen, aber ihre anderen Sinne schärften sich und glichen es ein wenig aus. Sie atmete tief ein und schmeckte die Luft. Sie war kalt und sehr trocken, roch uralt und nach Staub, aber sonst verriet sie wenig. Es stank nicht nach Fäkalien oder verwesendem Fleisch. Höhlen boten natürliche Behausungen für Raubtiere, und die Kinder in ihrem Dorf lernten von klein auf, sich niemals allein in eine zu wagen.

Der Boden war von losen Steinbrocken übersät, die im Lauf der Jahrtausende von der Decke herabgefallen waren, und führte mit leichtem Gefälle in die Bergflanke hinein. Vorsichtig tastete sie sich weiter. Ihre Atemzüge hallten von den Wänden wider, bis sie gut zwanzig Schritte zurückgelegt hatte.

Das war mit Sicherheit weit genug.

Sie griff nach dem Beutel an ihrer Seite und wog das schwere Gewicht des Gegenstandes darin. Bald war sie diese Last los und konnte diesen verfluchten Ort für immer verlassen.

Dann musste sie sich der gewaltigen Aufgabe widmen, sicher wieder zurückzukehren, und konnte sich vielleicht sogar erlauben, um all das zu trauern, was sie verloren hatte …

Das Beben schien das Gestein um sie herum zu erschüttern, und die Vibrationen ließen sie von der Wand zurückweichen. Instinktiv wandte sie sich zum Höhleneingang, alarmiert durch ein lauter werdendes Brüllen von draußen, das viel tiefer und mächtiger klang als ein Sturm. Noch bevor sie reagieren konnte, steigerte sich das Gebrüll zu einem donnernden Crescendo, als die Lawine über den entfernten Eingang prasselte.

Oh nein …!

Der plötzliche Windstoß, der durch die Tausende Tonnen Schnee verursacht wurde, die draußen über die Flanke des Berges herabdonnerten, fegte wie ein Orkan in den Höhlentunnel und schleuderte sie buchstäblich zurück.

Sie spannte sich an, weil sie den schmerzhaften Aufprall auf dem felsigen Höhlenboden erwartete. Stattdessen blieben ihre Füße an dem wulstigen Rand einer in der Finsternis verborgenen Felsspalte hängen, bevor sie im Leeren verschwanden. Sie streckte die Arme aus, tastete mit den Fingern vergeblich nach einem Halt, und dann erfasste sie ein unangenehmes Gefühl von Schwerelosigkeit.

Nicht so!, dachte sie in diesem letzten Moment, als sie hilflos in die Leere stürzte und ihre Schreie von der Dunkelheit verschluckt wurden.

1. Februar 1959
Cholat Sjachl, Ural-Gebirge

»Verdammt«, murmelte Juri Wladmirowitsch Guschkin und kämpfte mit seinen von der Kälte betäubten Händen mit den Riemen seines Rucksacks.

Die Temperatur war in der Nacht stark gefallen, und obwohl die Sonne inzwischen über den Bergen aufgegangen war, blieb es bitterkalt, als die Wandergruppe ihr Lager abbrach.

»Komm schon, Juri«, neckte ihn seine Wandergefährtin Sinaida. Sie hatte alles gepackt und war bereit zum Aufbruch. Im Morgenlicht sah sie enervierend fröhlich aus, ihre Augen leuchteten hell, und ihre Wangen waren rosig. »Bis du so weit bist, ist es schon Frühling.«

Ihre harmlose Neckerei wurde von den anderen mit einem Lachen quittiert. Einige klangen gutmütig, andere weniger.

Juri warf ihr einen gereizten Blick zu. »Sehr witzig, Sinaida.«

»Ganz ruhig, mein Freund«, mischte sich Igor Djatlow ein, der Expeditionsleiter. »Das hier ist kein Wettrennen. Der Berg geht nirgendwohin.«

Juri ballte die Hände zu Fäusten, um den Kreislauf in Schwung zu bringen, und machte sich mit neuer Entschlossenheit an den Riemen zu schaffen, bis es ihm schließlich gelang, sie zu sichern, was ihm spöttischen Applaus der anderen einbrachte.

In kurzer Zeit hatte die Gruppe ihre Zelte abgebrochen und machte sich auf den Weg zum Pass, der sie zu dem weit entfernten Gipfel namens Otorten führen würde. Wenn alles gut ging, würden sie am heutigen Abend ihr Lager auf der anderen Seite des Passes aufschlagen und am nächsten Tag versuchen, den Gipfel zu erreichen.

Sie waren zu neunt, meist Studenten des Ural Polytechnischen Instituts, allesamt erfahrene Wanderer und Skifahrer, die schon Dutzende von Bergen bestiegen hatten. Es waren junge, kluge und motivierte Leute, die das Abenteuer und neue Herausforderungen suchten.

Ein Mitglied der Gruppe hatte vor ein paar Tagen wegen sich verschlimmernder medizinischer Probleme umkehren müssen, aber abgesehen davon war die Expedition gut vorangekommen. Der klare Himmel und die ruhigen Bedingungen unterstützten ihre Bemühungen. Die Stimmung war gut, jetzt, da ihr Ziel in Sicht war, und sie beschleunigten ihr Tempo, während sie weiterzogen und dabei scherzten.

So tief im Ural konnte man fast glauben, sie wären die

einzigen Menschen auf der ganzen Welt. Dieser Gedanke erweckte in den meisten von ihnen ein Gefühl von Freiheit und Abenteuer, wie sie es im täglichen Leben nur selten spürten.

Es fing ganz harmlos an, nur eine kleine Änderung. Der Wind drehte nach Norden. Nichts, worüber man sich Sorgen machen musste. Die Gruppe schaute gelegentlich hoch und kommentierte mit schwachem Interesse die aufziehenden Wolken, das Auffrischen des Windes und das gelegentliche Schneegestöber. Aber erst als Semjon Solotarew, der mit Abstand älteste Bergsteiger der Gruppe, das Thema ansprach, schienen sie wirklich Notiz davon zu nehmen.

»Der Himmel sieht hässlich aus«, bemerkte er und betrachtete missmutig den bedeckten Himmel. Er schnaubte kalte Luft aus. »Ich glaube, es zieht ein Sturm auf.«

Solotarew war erst später zu der Gruppe gestoßen. Er hatte von ihren Plänen, den Otorten zu besteigen, erfahren und Djatlow um einen Platz in der Gruppe geradezu angebettelt. Mit achtunddreißig Jahren war er zu alt für einen Studenten und blieb ein Außenseiter in der Gruppe. Er selbst sprach nur wenig, schien aber immer wachsam und aufmerksam den Gesprächen der anderen zuzuhören.

Sein Alter, sein schroffes Auftreten und seine wortkarge Art machten ihn bei niemandem sonderlich beliebt, und es herrschte der unausgesprochene Verdacht in der Gruppe, er wäre von einem örtlichen Parteifunktionär entsandt worden, um sie im Auge zu behalten. Schließlich konnte man nicht wissen, welche subversiven Gedanken eine Gruppe beeinflussbarer junger Menschen äußern würde, wenn niemand sie im Zaum hielt.

Jedenfalls hatten sie gelernt, mit ihren Worten in seiner Nähe vorsichtig zu sein.

»Das kommt vor. Wir sind schon öfter durch Stürme gewandert«, meinte Juri verbindlich. Er fügte nicht hinzu, dass jeder von ihnen das Wanderzertifikat Klasse III anstrebte, die höchste Qualifikation für Bergwanderer in der Sowjetunion. Scheiterten sie, bedeutete das, dass sie die gesamte Aufgabe wiederholen mussten.

Solotarew zuckte mit den Schultern und sagte nichts.

»Meinst du, wir sollten umkehren und abwarten?«, erkundigte sich Sinaida mit einem Hauch von Besorgnis im Blick. Man konnte sie gewiss nicht als ängstlich bezeichnen, aber sie neigte auch nicht dazu, unnötige Risiken einzugehen.

Alle Blicke richteten sich auf Djatlow. Er war der Anführer der Expedition und traf die Entscheidungen. Jeder konnte zwar seine Meinung äußern, aber die endgültige Entscheidung lag bei ihm. Er schwieg eine Zeit lang, den Blick auf die sich verdunkelnden Wolken gerichtet, als könne er so die von ihnen ausgehende Gefahr einschätzen, bevor er nickte. »Wenn wir jetzt umkehren, verlieren wir einen ganzen Wandertag«, argumentierte er. »Wir halten uns an den Plan. Wir gehen weiter, überqueren den Pass und schlagen unser Lager auf der anderen Seite auf.« Er sah die anderen an und wartete auf Einwände oder Fragen. Niemand ergriff das Wort. Sie vertrauten seinem Urteil und waren begierig darauf weiterzuziehen, nachdem die Entscheidung gefallen war. Sie verschwendeten keine Zeit, schulterten ihre Rucksäcke und machten sich wieder auf den Weg.

Kaum eine Stunde später fegte der erste starke Windstoß über den Pass. Er kam frontal von vorn, presste ihnen die Jacken an den Körper und zwang die Skiwanderer, sich tief nach vorn zu beugen, während sie weitergingen. Sie kamen jetzt langsamer vorwärts, als der aufgewirbelte

Schnee die Sicht verschlechterte. Ihre gute Laune vom Morgen wich nun wachsender Besorgnis angesichts des sich verschlechternden Wetters.

Sie gingen weiter, in der Erwartung, auf der anderen Seite des Passes den Abstieg zu beginnen und ein geschützteres, bewaldetes Gebiet zu erreichen, wo sie ihr Lager aufschlagen konnten. Aber der Boden stieg immer weiter an. Bei einer Sichtweite von kaum hundert Metern war es schwierig zu navigieren, und bald wurde klar, dass sie vom Kurs abgekommen waren.

Verärgert über ihr zähes Weiterkommen brach Djatlow den fruchtlosen Aufstieg ab und befahl, am Eingang einer engen Schlucht ein provisorisches Lager zu errichten, während er das weitere Vorgehen plante.

»In welcher Richtung liegt der Pass?«, rief Sinaida dicht an Djatlows Ohr, der sich über seine heftig flatternde Karte beugte. »Wir sollten längst den Abstieg begonnen haben.«

»Gib mir etwas Zeit«, erwiderte er, ohne aufzublicken. Sinaida zögerte, erstaunt über die Veränderung, die mit ihm vorgegangen war. Seine Stimme war zwar noch fest und ruhig, aber er schien nicht mehr so selbstsicher zu sein wie sonst. Er war besorgt. Irgendetwas war nicht in Ordnung.

»Haben wir uns verirrt, Igor?« Sie senkte ihre Stimme so weit wie unter diesen Umständen möglich.

»Nein.«

Sie berührte seinen Arm. »Da stimmt doch was nicht. Sei ehrlich!«

Jetzt blickte er von der Karte auf, und seine Antwort bestätigte ihren Verdacht. »Wir sind zu weit nach Westen abgekommen, auf die Schulter des Cholat Sjachl«, erklärte er und deutete auf einen Gipfel neben der geplanten Route.

Cholat Sjachl – der *Tote Berg* in der Sprache der Mansen, des indigenen Volkes der Region. Ein wenig ermutigender Name.

Die junge Frau starrte auf die Karte und runzelte die Stirn, als sie die Abweichung betrachtete und rasch nachrechnete. Die Strecke zurückzugehen, um wieder auf den richtigen Weg zu kommen, könnte sie Stunden kosten.

»Das Wetter wird immer schlechter. Schaffen wir es wieder zurück nach unten?«

»Wir schaffen das«, antwortete er, faltete die Karte und steckte sie ein. »Es wird schwer, aber wir müssen es schaffen.«

Er wandte sich an die anderen. Sie kauerten neben ihren Rucksäcken, um sich vor dem schlimmsten Sturm zu schützen, und er erklärte ihnen in aller Eile die Situation und seinen Plan.

»Nehmt euch fünf Minuten Zeit, esst etwas und kommt wieder zu Kräften. Von hier an geht es nur noch bergab, aber wir müssen uns beeilen. Wir müssen vor Einbruch der Dunkelheit von diesem Berg herunterkommen.«

Juri knurrte verärgert. Der Weg hierher war anstrengend gewesen, und nun mussten sie hinnehmen, dass er umsonst gewesen war. Die Aussicht, bei schlechtem Wetter den ganzen Weg zurückwandern zu müssen, trug wenig dazu bei, seine Stimmung zu verbessern.

»Wir haben einen ganzen Tag vergeudet. Wie zum Teufel ist das passiert, Igor?«

Djatlow schüttelte den Kopf. »Das spielt jetzt keine Rolle.«

»Was soll das heißen, es spielt keine …?«

Er machte einen Schritt auf Djatlow zu, als eine kräftige Hand seinen Arm umklammerte. Er drehte sich um und sah sich Solotarew gegenüber.

»Immer mit der Ruhe, Junge«, warnte ihn der Mann. In

seiner Stimme schwang die leise Drohung eines Mannes mit, der es gewohnt war, anderen seinen Willen aufzudrücken.

Juris erster Instinkt war, seinen Arm loszureißen, aber der Blick Solotarews reichte aus, um ihn davon abzuhalten. Selbst wenn er Solotarew in einem Kampf hätte besiegen können, was an sich schon zweifelhaft war, blieb die Möglichkeit, dass dieser Mann mehr war, als er zu sein schien.

»Na gut. Wie du meinst.«

Der Mann lockerte den Griff, sodass Juri zurücktreten konnte.

»Ruht euch aus, kommt zu Atem«, wies Djatlow die Gruppe an. »Wir machen erst wieder Rast, wenn wir unser Lager aufgeschlagen haben.«

»Ich gehe mal pissen«, verkündete Juri, der allein sein wollte.

Djatlow sah ihn an und nickte dann zögernd. »Geh nicht zu weit weg«, riet er ihm. »Nicht, dass du dich verirrst.«

Juri drehte sich um und stapfte ohne ein weiteres Wort davon. Der Wind peitschte heftig durch die enge Schlucht und zwang Juri, sich an den gefrorenen Fels zu klammern, während er vorwärtsstolperte und sich weiter von den anderen Kletterern entfernte, als es nötig war. Er wollte Abstand zwischen sich und die anderen bringen.

Als er um eine Kurve trat, öffnete er den Reißverschluss seiner Hose, stützte sich an der Felswand ab und erleichterte sich.

»Verdammte Idioten«, murmelte er und sah zu, wie die dampfende Flüssigkeit von den Steinen zu seinen Füßen abperlte und innerhalb von Sekunden gefror. Stunden des mühsamen Kletterns umsonst, und alles nur, weil Djatlow nicht richtig navigiert hatte. Er würde diesen Fehler auf jeden Fall vermerken, wenn die Gruppe ihren Bericht zur offiziellen Benotung einreichte. Versunken in seine kleinlichen Schuldzuweisungen, registrierte er kaum, wie der Wind nachließ und die Richtung wechselte. Das Erste, was er wahrnahm, war ein tiefes Dröhnen, ein seltsames Murmeln, das sich fast wie eine menschliche Stimme anhörte, die vor Schmerzen stöhnte. Sofort spürte er, wie sich die Härchen auf seinem Nacken aufrichteten. »Was zum Teufel …?«

Als er die Vertiefungen der Schlucht musterte, entdeckte er zufällig einen Spalt in der nahen Felswand, der teilweise durch Schatten, Schneeverwehungen und herabgestürzte Steine verdeckt war. Es war eine Art Höhle oder Öffnung. Sie war so unauffällig, dass er nur wenige Meter davon entfernt hätte stehen können, ohne sie zu bemerken. Wäre da nicht das ungewöhnliche Geräusch gewesen, das der Wind erzeugte, wenn er am Eingang vorbeipfiff.

Fasziniert näherte er sich vorsichtig dem Spalt und schob mit seinen Stiefeln den Schnee beiseite, der sich um den Eingang angesammelt hatte. Es war eine schmale Öffnung, gerade fünf Fuß hoch und nur ein paar Fuß breit, sodass selbst ein kleiner Mann in die Hocke gehen musste, um hineinzugelangen.

Was befand sich dort? Wie weit reichte diese geheimnisvolle Höhle in den Berg hinein? Von seiner Position aus konnte er das nicht feststellen. Die einzige Möglichkeit wäre, sich hineinzuwagen.

Höhlen und unterirdische Gänge hatten schon immer eine starke Faszination auf Juri ausgeübt; dieses jugendliche Interesse hatte ihn nie ganz verlassen. Sie waren eine Welt für sich, unberührt von Witterung und Zeit, und manchmal enthielten sie Geheimnisse, die über Jahre oder sogar Jahrtausende hinweg unberührt bleiben konnten. In den tiefen Höhlen der Erde stand die Zeit still, und der Gedanke, dass er der erste Mensch sein könnte, der jemals seinen Fuß in diese entlegene unterirdische Kammer gesetzt hatte, weckte eine vertraute kindliche Aufregung in ihm. Aber wenn man eine unbekannte Höhle allein erforschte, sollte man nicht leichtsinnig vorgehen. Er blickte die Schlucht hinunter und dachte daran, seine Begleiter zu verständigen. Aber er machte weder Anstalten, zu ihnen zurückzugehen, noch sie um Hilfe zu rufen.

Die meisten Mitglieder der Gruppe froren, waren müde und warteten ungeduldig darauf weiterzugehen. Sie hatten sicher keine Lust, Zeit mit seinem geologischen Hobby zu verschwenden. Sie würden Vorwände finden und ihm raten, an einem anderen Tag wiederzukommen, wenn das Wetter besser wäre, er mehr Zeit habe und sie ihn nicht begleiten müssten. Nur würde er diesen Ort wahrscheinlich nie wiederfinden.

Es konnte nicht schaden, einen Blick hineinzuwerfen, nur ein paar Minuten.

Ohne weiter nachzudenken, setzte er seinen sperrigen Rucksack ab und legte ihn vor dem Höhleneingang auf den Boden, atmete tief durch und betrat das Innere der Höhle. Der Strahl seiner Taschenlampe durchdrang die Dunkelheit.

Der Gang war niedrig und eng und zwang ihn, sich seitwärts zu drehen, sodass ihn der kalte, harte Fels von beiden Seiten bedrohlich einzwängte, während er vorwärtsrückte. Doch nach etwa zwanzig Metern öffnete sich der Gang zu einer größeren Höhle, die breit genug war, dass er mit ausgestreckten Armen stehen konnte. Sie erstreckte sich bis in eine unbekannte Tiefe, die der schwache Strahl seiner Taschenlampe nur spärlich erhellen konnte.

In der Tat schien das Licht von Sekunde zu Sekunde schwächer zu werden. Die Glühbirne flackerte, und er wusste genau, warum. Er hatte die Batterie austauschen wollen, bevor er heute Morgen losgezogen war, aber er war von der üblichen Eile, in der sie ihr Lager abbrachen, vereinnahmt worden und hatte vergessen, diese Aufgabe zu erledigen.

Verärgert über sein Versäumnis, schlug er mit der flachen Hand auf die Lampe. Der Lichtstrahl wurde für einen Moment heller, flackerte dann, erlosch und stürzte Juri in absolute Dunkelheit.

»Scheiße«, sagte er mit einem Seufzer und wusste, dass sein kleiner unterirdischer Streifzug ein vorzeitiges Ende gefunden hatte. Ohne Licht konnte er nicht weitergehen.

Er wandte sich dem Eingang zu und griff nach der felsigen Wand, um seine Schritte zurückzuverfolgen. In diesem Moment überkam ihn in dieser absoluten Dunkelheit ein Augenblick der Orientierungslosigkeit. Instinktiv machte er einen kleinen Schritt zurück, um sein Gleichgewicht wiederzuerlangen.

Zu seinem Entsetzen landete sein Fuß jedoch nicht auf dem staubigen Höhlenboden. Stattdessen sank er einfach weiter, als ob der Boden unter ihm verschwunden wäre. Er verlor das Gleichgewicht, kippte nach hinten und fiel in die Tiefe, zu überrascht, um auch nur aufzuschreien.

»Verdammt, Juri«, murmelte Djatlow und blickte in die Schlucht. »Wie lange braucht der Mann zum Pissen?«

»Vielleicht erleichtert er sich auf andere Weise?«, spottete Alexander.

Djatlow ignorierte das leise Lachen. Er war beunruhigt. Er trug die Verantwortung für diese Expedition und für die Sicherheit der Gruppenmitglieder.

»Es ist mir egal, was er tut«, verkündete Sinaida und verschränkte die Arme vor der Brust. »Ich will nur weg von hier.«

Djatlow dachte einen Moment nach und traf dann eine Entscheidung. »Nikolai, Alexander, kommt mit«, befahl er und stand auf. »Wir gehen ihn suchen.«

Juri stöhnte auf und öffnete die Augen. Er lag auf dem Rücken auf einem harten und sehr unbequemen Steinboden. Um ihn herum herrschte absolute Dunkelheit.

Er hatte keine Ahnung, wie tief er gefallen war; er wusste nur, dass er sich anscheinend nichts gebrochen hatte. Aber seine Taschenlampe war kaputt. Sie war ihm beim Sturz entglitten, und er hatte das Knirschen und Klirren gehört, als die Glasscheibe beim Aufprall zersplitterte.

»Du dummes Arschloch, Juri«, murmelte er, setzte sich mit einem unbehaglichen Stöhnen auf und fragte sich, wie vehement ihn seine Kollegen für seine Dummheit zurechtweisen würden.

Wie töricht war er gewesen, sich allein in eine unerforschte Höhle zu wagen! Es geschah ihm recht, dass er gestürzt war und sich verletzt hatte. Es war pures Glück, dass der Felsvorsprung, von dem er gestürzt war, nicht zu hoch gelegen hatte. Er hätte genauso gut für immer in einer riesigen Höhle oder Spalte verschwinden können, auf Nimmerwiedersehen.

Er sah sich um, fand aber keinerlei Anhaltspunkte, was seine Umgebung betraf. Die Dunkelheit, die ihn umgab, war absolut. Er wedelte mit einer Hand vor seinem Gesicht, konnte aber nichts sehen. Ein Anflug von Angst durchfuhr ihn, als ihm klar wurde, dass alles Mögliche mit ihm hier unten sein konnte. Er atmete durch die Nase ein und roch die Luft. Sie war eiskalt, extrem trocken und abgestanden, als wäre sie seit vielen Jahren nicht mehr bewegt worden. Seine brachiale Landung hatte offenbar eine Staub- oder Sandschicht aufgewirbelt, die sich auf dem Boden abgesetzt hatte. Was auch immer es war, es kitzelte unangenehm in seiner Kehle und löste einen Hustenanfall aus. Juri brauchte einige Zeit, bis er sich wieder beruhigt hatte. Er zog sicherheitshalber seinen dicken Schal über den Mund.

Panik bildete einen Knoten in seinem Magen, als ihm der Gedanke durch den Kopf schoss, hier gefangen zu sein, verirrt und vergessen, bis er schließlich an Unterkühlung starb oder verhungerte.

»Beruhige dich, Juri«, ermahnte er sich, und seine Stimme klang seltsam hohl und körperlos in der leeren Kammer. Er konnte fast das Pochen des Pulses in seinen Ohren hören. »Bleib ruhig und benutze deinen Kopf.«

Er musste herausfinden, wo er gelandet war und, was noch wichtiger war, wie er wieder herauskam. Was er auf keinen Fall riskieren konnte, war, seine Position zu verändern, zumindest bis er seine Lage genau kannte. Es war sehr gut möglich, dass er direkt am Rand eines noch tieferen Abgrunds lag. Eine falsche Bewegung, und er könnte über den Rand in die Tiefe stürzen.

Für heute hatte er sein Glück bereits ausgereizt.

Er zog einen Handschuh aus und tastete behutsam den Boden um sich herum ab. Seine Finger stießen auf kleine Steine, grobes Gestein mit winzigen Einschlüssen und gelegentlich auf Glassplitter von der zerbrochenen Taschenlampe.

Abgesehen von ein paar Rissen konnte er jedoch keine großen Spalten oder Lücken entdecken, in die er hätte fallen können. Im Gegenteil, der Boden war unter der Schuttschicht erstaunlich flach und glatt.

Er begann sich gerade ein wenig zu entspannen, als seine Hand plötzlich etwas berührte. Etwas Kaltes und Steifes, das ihm furchtbar vertraut war.

Er schreckte bei der Berührung zurück und schrie vor Angst laut auf.

Mit gesenktem Kopf und gebeugtem Rücken ging Djatlow die trostlose windgepeitschte Schlucht hinunter. Seine Anspannung wuchs von Sekunde zu Sekunde. Sie konnten Juris Spuren in dem Schneetreiben leicht folgen, aber von dem Mann selbst gab es keine Spur. Warum hatte er sich so weit von den anderen entfernt? Und wo war er jetzt? War er verletzt?

Tot?

Er hielt plötzlich inne, als Nikolai vor ihm rief: »Hier drüben! Ich habe Juris Rucksack gefunden!«

Die drei liefen zu Nikolai und scharten sich um den Rucksack, der an der Wand der Schlucht lag und bereits mit einer weißen Schicht Pulverschnee bedeckt war. Er schien eher absichtlich abgestellt als fallen gelassen worden zu sein, aber von seinem Besitzer gab es keine Spur.

»Juri!«, schrie Alexander. »Wo bist du?« Er bekam keine Antwort.

»Er muss in der Nähe sein«, vermutete Djatlow und ließ den Blick durch die felsenübersäte Schlucht schweifen. »Verteilt euch.«

Er hielt inne, aufgeschreckt durch einen schwachen, hallenden Schrei, der von der Brise zu ihm getragen wurde. Es war ein ängstlicher, entsetzter Schrei, der ihm das Blut in den Adern mehr gefrieren ließ als das Winterwetter.

»Habt ihr …?«, begann er.

Alexander neben ihm nickte. »Ja, ich habe es auch gehört.«

»Da! Es kommt von da drüben!« Nikolai deutete auf die gegenüberliegende Wand der Schlucht, wo ein Haufen von Felsen und Geröll herabgestürzt war. Dahinter befand sich ein schmaler Spalt, den sie bisher nicht bemerkt hatten.

Djatlow wandte sich an die anderen. »Taschenlampen.«

Die drei Männer hakten Taschenlampen von ihren Gürteln und traten ins Innere der Höhle. Sie mussten wie Juri die sperrigen Rucksäcke ablegen und gingen im Gänsemarsch, angeführt von Djatlow. Nachdem sie sich durch einen Engpass am Anfang der Höhle geschoben hatten, fanden sie sich in einer größeren Kammer wieder.

»Juri!«, rief Djatlow. »Wo bist du?«

»Igor! Gott sei Dank!« Juris Stimme hallte von unten zu ihnen herauf. »Sei vorsichtig, da ist ein Loch im Boden.«

Sie blickten hinab, und tatsächlich, die Strahlen der Lampen erhellten eine große Lücke direkt vor ihnen. Es handelte sich offenbar um einen Riss oder eine Spalte, die zu einem darunterliegenden Hohlraum führte. Sie scharten sich um das Loch und blickten auf ihren Freund hinunter, der inmitten dieser zweiten Kammer stand, zerschrammt, zerzaust und deutlich erschüttert, aber sehr lebendig.

»Juri, geht es dir gut?«, rief Djatlow zu ihm hinunter. »Was ist passiert?«

»Was glaubst du, was passiert ist? Ich bin hineingefallen! Holt mich hier raus!«

»In Ordnung, bleib ruhig. Wir lassen ein Seil hinunter.«

»Werft mir eine Lampe runter.«

Nikolai warf seine Taschenlampe in den Spalt. Juri fing sie auf und richtete den Lichtstrahl auf etwas, das außerhalb ihrer Sichtweite lag, und schrie erneut entsetzt auf.

»Was ist denn los?«, rief Djatlow.

»Hier liegt noch jemand drin«, rief Juri, der wie angewurzelt dastand. »Ich habe sie in der Dunkelheit gespürt. Aber ich konnte es nicht glauben.«

Die drei Männer wechselten einen besorgten Blick. »Noch jemand?«, rief Djatlow schließlich. »Wer?«

»Eine Frau. Sie muss in die Höhle gefallen sein, genau wie ich.«

»Lebt sie noch?«, wollte Alexander wissen.

»Nein.«

»Bist du sicher? Vielleicht solltest du ...«

»Ich erkenne eine Leiche, wenn ich eine sehe!«, schrie Juri wütend zurück. »Glaubt mir, die hier ist schon verdammt lange tot.«

Djatlow verzog mitfühlend das Gesicht. Todesfälle waren eine bedauerliche Realität beim Bergsteigen, sei es durch Unfälle, Lawinen oder unvorhersehbares Wetter. Manchmal blieben die erfrorenen Toten über Jahre, ja sogar Jahrzehnte unentdeckt.

Alexander blickte in die Höhle hinunter und war hin- und hergerissen. Was sollten sie unternehmen? »Wir sollten zumindest herausfinden, wer sie ist. Vielleicht wird sie ja von ihrer Familie gesucht.«

»Zum Teufel mit ihr!«, gab Juri zurück. »Wenn du sie dir näher ansehen willst, dann komm gern runter. Ich gehe nicht mehr in ihre Nähe.«

»Wenn du da drin gestorben wärst, würdest du dann nicht auch wollen, dass deine Familie das erfährt?«, erkundigte sich Alexander. Er war ein Idealist, immer bemüht, das Richtige zu tun.

»Ich wäre hier drin fast gestorben. Und jetzt holt mich gefälligst raus!«

Nikolai war der Einzige, der ein ausreichend langes Seil bei sich hatte. Er wickelte es ab und ließ ein Ende widerstrebend durch den Spalt nach unten herab. Sie sahen zu, wie Juri es sich um die Brust band und zweimal zog, um sicherzugehen, dass es fest war.

»Ich bin bereit. Zieht mich hoch!«

Die drei Männer hängten sich mit aller Kraft in das Seil und zogen ihren gefangenen Kollegen Zentimeter für Zentimeter nach oben, bis er sich am Felsvorsprung festklammern konnte. Gezogen von seinen Kameraden hievte sich Juri keuchend über die Kante.

»Verdammt noch mal, Juri!«, maßregelte ihn Djatlow. Er schwitzte nach der Anstrengung sichtlich. »Was hast du dir dabei gedacht, allein hier hineinzugehen?«

Juri schüttelte den Kopf, griff nach der Wasserflasche an seiner Hüfte und nahm einen tiefen Schluck. Er hustete anhaltend, als hätte er irgendetwas Unangenehmes eingeatmet.

»Geht es dir gut?«, erkundigte sich Nikolai.

Juri schüttelte erneut den Kopf und räusperte sich.

»Halte mit den anderen das Seil!«, befahl Alexander. »Ich gehe runter und sehe mir das an.«

Juri ergriff Alexanders Arm. »Nein! Geh nicht da runter.« Seine Miene verzog sich zu einem gequälten, ängstlichen Ausdruck. »Ich will weg von hier, Alexander. Diese Höhle strahlt etwas Übles aus.«

»Was redest du da? Es ist eine Höhle, nichts weiter.«

Nikolai, der fast genauso verängstigt wirkte wie Juri, stimmte ihm zu. »Juri hat recht. Wir können ohnehin nichts mehr für sie tun. Soll sie in Frieden ruhen. Wir melden es der Polizei, wenn wir zurückkommen.«

Djatlow überlegte einige Sekunden. In ihm rang die Pflicht, für einen abgestürzten Bergsteiger zu tun, was er konnte, mit seiner Verantwortung gegenüber den noch lebenden Bergsteigern.

»Also gut«, räumte er schließlich widerstrebend ein. »Die

Polizei kann sich darum kümmern. In der Zwischenzeit sollten wir von diesem Berg verschwinden.«

In wenigen Minuten hatten die vier Männer ihre Rucksäcke geholt, stapften die Schlucht entlang zurück und trafen wieder auf den Rest der Gruppe, die sich in dem spärlichen Schutz, den sie finden konnte, zusammenkauerte. Ihre Kleidung war von Schnee bedeckt, und ihre Mienen verrieten, wie unwohl sie sich fühlten.

»Wo warst du, Juri?«, fragte Sinaida und schlug ihm auf den Arm. »Wir haben uns den Arsch abgefroren, während wir auf dich gewartet haben!«

»Darüber reden wir später«, mischte sich Djatlow ein und blickte mit besorgter Miene den Weg zurück, den sie gekommen waren. »Lasst uns erst einmal hinuntersteigen.«

Als sie wieder aufbrachen, ließen sie dankbar die trostlose Schlucht mit ihrer tückischen Höhle hinter sich und kletterten den Grat hinab, der sie zurück zum Pass führte. Das Wetter hatte sich während ihres kurzen Abstechers noch weiter verschlechtert. Heftige Windböen und Schneegestöber erschwerten die Kommunikation.

Die Sonne ging bereits unter, und der kurze Wintertag neigte sich dem Ende zu. Djatlow wusste, dass sie bald anhalten und ein Lager aufschlagen mussten, doch er ging weiter, begierig darauf, diesen grimmigen, imposanten Berg zu verlassen, auf den sie durch Zufall gestoßen waren. Vorhin hatte er noch nichts gesagt, aber insgeheim hatte er Juris dringlicher Bitte zu gehen zugestimmt.

Diese einsame Höhle strahlte tatsächlich etwas Beunruhigendes aus, etwas, das bereits ein Leben gefordert hatte und heute beinahe ein weiteres gekostet hätte. Sie vermittelte ein Gefühl von etwas Falschem, was in ihm eine primitive Urangst auslöste.

»Igor!«

Aus seinen bedrückten Gedanken gerissen, wandte er sich um, als Sinaida zu ihm stolperte. Sie hatte die Kapuze gegen den eisigen Wind fest zugezogen.

»Was ist?«

»Juri. Ist es dir nicht aufgefallen?« Sie zeigte den Weg zurück, den sie hinabgestiegen waren.

Die anderen der Gruppe waren ganz in der Nähe hinter ihnen und bewegten sich im Gänsemarsch mit vielleicht fünf Metern Abstand. Sie waren müde nach einem langen und fruchtlosen Klettertag, aber sie bewegten sich dennoch entschlossen und zielstrebig. Juri folgte ihnen in großem Abstand, stapfte mit unsicheren Schritten vorwärts, hielt den Kopf gesenkt und ließ die Schultern hängen.

»Er sieht nicht gut aus«, gab Djatlow zu und ärgerte sich, dass ihm das nicht früher aufgefallen war. Er war immerhin für Juri verantwortlich.

Sinaida sah zu ihm auf. »Vielleicht ist er ja verletzt.«

Djatlow nickte und wartete, bis die anderen vorbeigegangen waren, dann ging er zurück zu seinem sich abmühenden Kameraden.

»Wie fühlst du dich, Juri?«

Der junge Mann antwortete nicht, sondern stapfte einfach weiter. Selbst in dem heulenden Wind hörte Djatlow sein keuchendes Atmen.

»Juri, sieh mich an.«

Er packte den Arm seines Freundes, was dessen Aufmerksamkeit endlich erregte. Bedächtig wandte Juri ihm den Kopf zu, und Djatlow wich bei dem Anblick einen Schritt zurück.

Juris Gesicht war blass und teigig, seine Augen waren blutunterlaufen und von dunklen Ringen umgeben, als hätte er seit Tagen nicht geschlafen. Bei dem eisigen Wetter war es schwer zu erkennen, aber Djatlow glaubte, eine dünne Schweißschicht auf der Haut seines Freundes zu erkennen.

»Du bist krank, Genosse«, sagte er und versuchte, seine Beunruhigung zu verbergen.

Juri machte eine wegwerfende Handbewegung, aber selbst diese Geste war träge und mühsam. »Verpiss dich. Mir geht's gut.«

»Du siehst aber nicht gut aus.«

»Ich muss nur aus diesem verdammten Sturm herauskommen«, murmelte Juri.

Bevor Djatlow noch etwas sagen konnte, wurde er durch Alexanders Schrei abgelenkt. Er hatte sich an die Spitze der Kolonne gesetzt.

»Igor! Komm hierher!«

Er warf einen Blick auf Sinaida, die neben ihm wartete. »Bleib bei Juri.«

Sie nickte, und Djatlow eilte an den anderen vorbei zu Alexander.

Der Grund für den dringenden Ruf wurde sofort klar. Ein Fremder hatte sich der Wandergruppe in den Weg gestellt. Es war ein junger Mann, noch ein Jugendlicher, mit dem für das indigene Volk der Mansen charakteristischen tiefschwarzen Haar, den schrägen Augen und der schweren Pelzkleidung.

Seinem wütenden Gesichtsausdruck und seinen Gesten nach zu urteilen, verlief die Begegnung alles andere als freundlich. Djatlow war sich auch des Messers am Gürtel des jungen Mannes bewusst, auf dem seine Hand nun ruhte, sowie des Jagdbogens, der über seiner Schulter hing.

»Was gibt es für ein Problem?«

»Sag du es mir«, sagte Alexander verärgert. »Er spricht kein Wort Russisch.«

Der junge Mann sprach laut und gestikulierte in Richtung des Berges hinter ihnen, aber Djatlow konnte seine Worte nicht verstehen.

»Wir verstehen Sie nicht«, sagte er langsam, wohl wissend, dass dies nichts nützen würde.

»Ich verstehe ihn«, meldete sich Solotarew zu Wort.

Djatlow drehte sich um und sah seinen älteren Kameraden an. »Sie sprechen Mansisch?«

»Meine Großmutter wuchs bei den Stämmen auf, noch vor dem Ersten Weltkrieg. Sie hat etwas davon an uns weitergegeben. Die verschiedenen Stämme haben zwar unterschiedliche Dialekte, aber ich kann es versuchen.«

Er trat vor und wandte sich an den jungen Mann vor ihnen. Er sprach langsam und zögerlich, während er nach den richtigen Worten suchte. Die anfängliche Verwirrung des Jünglings wich bald Einsicht, und er setzte sofort zu einer neuen Tirade an.

Solotarew musste ihn immer wieder auffordern, langsamer zu sprechen, aber es schien, als hätten sie zumindest eine gemeinsame Verständigungsbasis gefunden, auch wenn dem Älteren von beiden offensichtlich nicht gefiel, was er hörte.

»Er sagt, wir sollten nicht hier sein«, erklärte Solotarew schließlich, während der Jugendliche aufgeregt weitersprach. »Er sagt, wir müssen sofort von diesem Berg runter. Es ist … ein besonderer Ort für sein Volk.«

»Ein heiliger Ort?«, spekulierte Alexander.

»Nein, ich … glaube, nicht.« Solotarew runzelte die Stirn. »Ich glaube, das Wort bedeutet abgeschottet oder eingeschränkt.«

Djatlow ahnte, worauf er hinauswollte. »Verboten.«

»Ja, verboten.« Als der Junge weitersprach, bemühte sich Solotarew, seinen Ausführungen zu folgen. »Es ist ein Ort des Todes. Ein verfluchter Ort.«

Ein verfluchter Ort. Und sie waren direkt hineingestolpert. Der Gedanke war alles andere als angenehm.

»Sagen Sie ihm, wir haben uns im Schneesturm verirrt und dachten, wir wären auf der anderen Seite des Passes. Wir sind sofort umgekehrt, als wir unseren Fehler bemerkten.« Djatlow machte eine Pause, bevor er hinzufügte: »Und fragen Sie ihn, ob jemand von seinen Leuten auf diesem Berg verschwunden wäre. Eine Frau.«

Solotarew warf ihm einen fragenden Blick zu, dann stellte er die Frage.

»Er will wissen, warum wir das fragen.« Er wandte sich an Djatlow. »Und ich auch, Genosse Djatlow.«

»Wir haben eine Leiche in einer Höhle oben auf dem Berg gefunden, als wir Juri retteten. Sie trug die gleiche Kleidung wie die Mansen-Stammesangehörigen. Vielleicht wird sie von seinem Stamm vermisst.«

Solotarew übersetzte, und sein finsterer Gesichtsausdruck machte deutlich, dass ihm die Antwort nicht gefiel. »Er sagt immer wieder das Gleiche. Wir müssen diesen Ort verlassen. Er hört nicht auf vernünftige Argumente.«

»Was glaubt er, was wir vorhaben?«, fuhr Alexander hoch und hielt seine Kapuze fest, die der Wind ihm vom Kopf zu reißen drohte. »Sagen Sie diesem Idioten, dass wir keine Zeit für seinen abergläubischen Unsinn haben!«

»Ihn zu beleidigen wird uns nicht weiterhelfen«, konterte Solotarew.

Ihr gereiztes Gespräch wurde jedoch durch einen Schrei hinter ihnen unterbrochen. Als Djatlow sich umdrehte, sah er Sinaida, die sich abmühte, den sichtlich angeschlagenen Juri, der in ihren Armen zusammengebrochen war, festzuhalten.

»Hilfe!«, rief sie, als sie unter seinem Gewicht zu Boden sank. »Juri geht es nicht gut!«

»Genug davon. Schafft den Kerl hier weg!«, rief Djatlow, als er hastig zu Sinaida eilte, um ihr zu helfen.

Solotarew gab den Befehl weiter, und als der Jüngling zu protestieren begann, griff er zu seinem Eispickel und hakte ihn von seinem Ausrüstungsgürtel ab. Der Eispickel war eher ein Werkzeug als eine Waffe, aber Solotarew hatte während des Krieges an der Front gedient und kannte sich im Nahkampf aus. Sein harter Gesichtsausdruck verriet das sehr deutlich.

»Du solltest jetzt lieber gehen«, knurrte er, schwang die Axt, und seine dunklen Augen glühten wie Kohlen. »Mach schon, Junge! Verschwinde von hier!«

Der Junge sah von dem Mann zu der Waffe in seiner Hand und erkannte, dass er es ernst meinte. Er drehte sich um und ging widerwillig davon.

Er rief etwas in Mansisch über die Schulter zurück und warf einen besorgten Blick in Juris Richtung.

»Ihr müsst runter vom Berg, ihr alle! Ich habe euch gewarnt!«, übersetzte Solotarew seine Worte später für die Gruppe.

Nicht weit von ihm entfernt kniete Djatlow am Boden, um Juri zu untersuchen, der noch schlimmer aussah als zuvor, wenn das überhaupt möglich war. Er zitterte heftig, seine Haut war totenbleich, und er biss die Zähne zusammen.

»Er ist einfach zusammengebrochen«, sagte Sinaida. Ihre Stimme zitterte. »Ich weiß nicht, was mit ihm los ist.«

Noch während sie sprach, kippte Juri plötzlich um und erbrach sich heftig. Sein Körper verkrampfte sich bei jedem schmerzhaften Würgen.

»Wir können nicht weitermachen, wenn Juri so krank ist«, schlussfolgerte Alexander. »Seht ihn euch an. In diesem Zustand schafft er nicht einmal eine halbe Meile.«

»Was ist mit dem Jungen?«, fragte Nikolai. »Er hat uns doch aufgefordert, hier zu verschwinden.«

Alexander sah zu ihm hoch. »Hast du jetzt Angst vor kleinen Jungs?«

Nikolai blickte zurück. »Er könnte mit einigen seiner Leute zurückkommen, und wir haben keine Waffen. Diese Art von Ärger können wir nicht gebrauchen.«

Ein weiterer eisiger Windstoß fuhr durch die Gruppe. Die Kälte drang durch Kleidung und Haut.

»Wir können hier nicht tatenlos herumsitzen.« Solotarew blickte zur Sonne hoch, die kaum mehr als ein etwas hellerer Fleck am undurchdringlich grauen Himmel war. »Das Licht wird schwächer. Entweder steigen wir weiter nach unten, oder wir schlagen ein Lager auf und sitzen den Sturm aus.«

Djatlow schloss die Augen und verfluchte seine Entscheidung, nicht den Befehl zur Umkehr gegeben zu haben, als sie noch die Gelegenheit dazu hatten. Er hatte das Gefühl, dass ihm die Situation entglitt, und jeder seiner Versuche, sie unter Kontrolle zu bringen, machte alles nur noch schlimmer.

Bleib ruhig, Igor, ermahnte er sich und unterdrückte diese düsteren Gedanken. Bergsteigen war eine gefährliche Angelegenheit, und man schaffte es nicht, wenn man in Panik geriet. Die Gruppe brauchte jetzt einen klaren Kopf und kluge Entscheidungen.

»Wir bleiben und schlagen ein Lager auf«, entschied er dann. »Juri muss sich ausruhen, und wir brauchen Schutz vor diesem Wetter. Baut das Zelt auf. Los geht's!«

Während zwei aus der Gruppe über den zunehmend ins Delirium verfallenden Juri wachten, machten sich die anderen an die Arbeit, das Zelt aufzubauen, wobei sie sich abmühten, die flatternde Plane festzuhalten, während der

Wind sich alle Mühe gab, sie ihnen aus den Händen zu reißen. Es war schon dunkel, als sie ihre Arbeit endlich beendet hatten und ihren bewusstlosen Kameraden hineintragen konnten. Im Inneren entledigten sie sich dankbar ihrer schweren äußeren Kleidungsstücke.

Ein paar Stunden später hockten sie alle nach dem langen und schwierigen Tag im Zelt, erschöpft und nicht gerade glücklich über ihre Lage. Selbst das warme Essen und die Getränke, die sie auf einem kleinen Gaskocher erhitzten, trugen wenig zur Verbesserung der Stimmung bei.

»Der Junge hat mir nicht gefallen«, bemerkte Nikolai, als er seine schneebedeckten Wanderstiefel auszog und sich die kalten Füße massierte. »Er könnte mit einem Haufen Männern seines Stammes zurückkehren. Es gab schon früher Ärger mit den Mansen.«

Alexander schüttelte den Kopf. »Hör dir den tosenden Sturm da draußen an«, sagte er und deutete auf die wild klatschende Plane. »Die müssten verrückt sein, wenn sie heute Nacht rausgehen. Uns wird hier nichts geschehen.«

Djatlow richtete seine Aufmerksamkeit auf Sinaida, die sich um Juri kümmerte. »Wie geht es ihm?«

Die Anspannung war der jungen Frau anzusehen. Sie machte einen zutiefst besorgten Gesichtsausdruck. »Ich wünschte, ich wüsste es. Er hat Fieber, und sein Puls ist sehr hoch. Sein Körper kämpft gegen irgendetwas an, aber ich weiß nicht, was es ist.«

Juri schien zu schlafen, aber es war ein unruhiger, rastloser Schlaf, er stöhnte und wälzte sich ständig hin und her. Selbst in dem orangefarbenen Schein ihrer Taschenlampen sah er totenblass aus, und auf seiner klammen Haut schimmerte eine Schweißschicht.

»Heute Morgen ging es ihm noch gut«, erklärte Nikolai. »Vielleicht hat er etwas Verdorbenes gegessen?«

»Wir haben alle die gleichen Rationen gegessen«, sagte Djatlow. »Fühlt sich einer von euch unwohl?«

Niemand sagte ein Wort. Abgesehen von ihrer schlechten Laune und allgemeiner Müdigkeit wirkten sie völlig gesund.

In diesem Moment sprach Solotarew etwas an, was ihn schon den ganzen Abend beunruhigt hatte. »Erzählen Sie mir von der Frau.«

Djatlow sah ihn an. »Was?«

»Diese tote Frau in der Höhle auf dem Berg.« Er beugte sich vor. »Was haben Sie in der Schlucht gefunden, Genosse Djatlow?«

Djatlow seufzte und wechselte einen Blick mit Alexander. Es war klar, dass sein Kamerad die Wahrheit sagen würde, wenn er log.

»Juri ist in eine Höhle gestürzt, in der wir ihn gefunden haben«, antwortete er. »Er sagte, da drin läge eine Leiche. Die einer Frau.«

»Was?« Sinaida schnappte nach Luft. »Was meinst du damit?«

»Warum hast du uns das nicht früher gesagt?«, wollte Rustem wissen.

»Seid still!«, schnauzte Solotarew sie an und brachte die anderen damit sofort zum Schweigen.

Obwohl er seine Stimme nur selten im Zorn erhob, strahlte dieser Mann, dieser Fremde, der so viel älter und zurückhaltender war als die anderen der Gruppe, eine stille Bedrohung aus. Er war während des Großen Vaterländischen Krieges kein Kind mehr gewesen wie sie, sondern hatte aktiv an der Front gekämpft. Eine solche Erfahrung schmiedete jeden Mann zu einer gewissen Härte.

Solotarews Blick war jetzt auf Djatlow gerichtet. »Erzählen Sie uns, was Sie gesehen haben, Igor.«

»Nur Juri hat sie sehen können. Er glaubte, dass sie schon lange dort läge. Hier oben ist es so kalt, dass die Leichen jahrelang gefroren bleiben.« Er nickte vor sich hin. »Es war meine Entscheidung, sie zurückzulassen. Die Sicherheit meiner Gruppe steht an erster Stelle.«

»Wir wollten es melden, wenn wir nach Hause zurückkehren«, fügte Alexander in dem Versuch hinzu, einen Teil der Schuld auf sich zu nehmen. Obwohl er sich dagegen ausgesprochen hatte, die Leiche zurückzulassen.

»Es war meine Entscheidung«, beharrte Djatlow.

»Ja, das war es«, stimmte der ältere Mann zu. Seine Miene war düster und ernst.

Djatlow blickte ihn an und fragte sich erneut, warum er hier war. War er tatsächlich ein Spion der Regierung, der sie beobachten sollte, würden Djatlows heutige Entscheidungen sorgfältig untersucht, dessen war er sich sicher.

»Was ist, wenn Juri sich etwas von der Leiche eingefangen hat?«, brach Nikolai das angespannte Schweigen.

Solotarew runzelte die Stirn. »Wie meinen Sie das?«

»Ich meine, vielleicht ist diese Frau an einer Krankheit oder einem Leiden gestorben. Und Juri hat sich angesteckt.«

Es herrschte eine bedrückte Stille, die nur durch Juris röchelnden Atem unterbrochen wurde. Er schien Mühe zu haben, Luft zu bekommen. Er hustete schwach, was rasch in eine Reihe von schmerzhaften Krämpfen überging.

Sinaida, die ihm am nächsten hockte, stieß plötzlich einen entsetzten Schrei aus. »Mein Gott, Igor! Sieh doch, seine Augen!«

Djatlow trat näher und blickte in das Gesicht seines Kameraden. Er schrak bei diesem Anblick unwillkürlich zurück. Aus Juris Augen quollen dicke Tropfen einer dunklen, zähen Flüssigkeit und liefen ihm über die Wangen. Es sah so aus, als würde er Blut weinen.

Nikolai sah es auch und wich zurück. »Was zum Teufel ist los mit ihm?« Panik schwang in seiner Stimme mit. »Was, wenn er uns alle infiziert hat?«

»Beruhige dich, Nikolai«, bat Djatlow ihn.

Juris Krämpfe hörten abrupt auf, und im Zelt wurde es unheimlich still. Niemand rührte auch nur einen Muskel oder sagte ein Wort.

»Ist er tot?«, brach Alexander schließlich das Schweigen. Zögernd beugte sich Sinaida dichter zu ihm, um ihn zu untersuchen.

Sie streckte ihre Hand aus und fühlte den Puls an seinem Hals. »Juri?«, flüsterte sie unsicher.

Plötzlich öffneten sich die blutverschmierten Augen, und ihr Blick richtete sich auf sie. Sie waren erfüllt von Wahnsinn und animalischer Gier. Mit einem primitiven, wütenden Knurren sprang Juri auf Sinaida zu und schlug die junge Frau zu Boden. Er hämmerte blindlings mit den Fäusten auf sie ein und zerkratzte mit den Fingernägeln ihre Haut.

Im Zelt brach Chaos aus. Die Leute schrien panisch und versuchten, entweder zu fliehen oder ihr zu Hilfe zu kommen. Solotarew stürzte sich auf Juri und versuchte, ihn von seinem zu Tode verängstigten Opfer wegzuzerren. Blut aus Sinaidas Hals bespritzte die Innenwände des Zeltes, aber im selben Moment stürzte sich der junge Mann auf Solotarew und griff ihn mit noch größerer Wut an.

Alexander schnappte sich Solotarews Eispickel, um damit den mörderischen Kameraden niederzuschlagen. Dabei riss er versehentlich einen Schlitz in die Zeltwand.

Er schlug weiter wie wild um sich, und die Klinge grub sich tief in Juris Schulter. Es knirschte schrecklich, als Knochen zermalmt wurden, doch selbst diese grausame Verletzung schien er kaum wahrzunehmen.

»Raus hier!« Djatlow bahnte sich einen Weg durch das zerfetzte Segeltuch und zerrte die verletzte Sinaida mit sich, während der tödliche Kampf im Inneren des Zeltes an Wucht zunahm.

Wind, Kälte und blendender Schnee hüllten sie ein, als sie hastig davonstolperten, ohne auf die Richtung zu achten, in die sie liefen. Sie wollten einfach nur weg von diesem Zelt und den entsetzlichen Schreien, die nach draußen drangen.

Keiner von ihnen wusste, wie viele von den anderen es ins Freie geschafft hatten, in welche Richtung sie geflohen waren oder wie lange ihre Kameraden in dem tödlichen Sturm umherirren würden, bevor die Kälte sie schließlich zur Strecke bringen würde. Sie rannten mit der blinden Panik gejagter Tiere davon, die nur eins im Sinn hatten – dem Ding zu entkommen, das sie töten wollte.

Ihre erfrorenen Leichen wurden etwa drei Wochen später von einem Such- und Rettungsteam gefunden.

TEIL EINS

ENTHÜLLUNG

Am 2. April 1979 wurden in einer sowjetischen militärischen Forschungseinrichtung in der Nähe der Stadt Swerdlowsk versehentlich Anthraxsporen freigesetzt. Man geht davon aus, dass der darauffolgende Ausbruch über hundert Menschen das Leben gekostet hat. Die genaue Zahl der Opfer bleibt unbekannt.

1

28. August 2019, Bagdad, Irak

Staub.

Staub und Sand.

Überall in diesem Land war es dasselbe. Staub, Sand, Hitze und grelles Sonnenlicht.

Cameron Becker fegte mit siebzig Meilen pro Stunde über die von Schlaglöchern übersäte Autobahn und beobachtete, wie ein kleiner Wirbelsturm aus Staub, ein Staubteufel, über den Asphalt tanzte, bevor er im Sog eines vorbeibrausenden Tanklasters verschwand.

Reihen von tristen, zweistöckigen Häusern säumten die Straße. Die Fenster waren mit Läden verschlossen, die Türen vergittert – kleine Außenposten der Menschheit, die um ihre Existenz kämpften. Sie versuchten, den Tag zu überstehen, um morgen den gleichen Kampf wiederaufzunehmen.

Die Außentemperatur betrug fast vierzig Grad, wovon er allerdings nichts merkte, da die Klimaanlage des Ford Explorer auf Hochtouren arbeitete. Er wollte sich auch nicht beschweren. Als Veteran der Invasion von 2003 hatte er lange genug in Löchern im Dreck gehockt, während ihm Schweiß und Sand in den Augen brannten, sodass er jetzt die kleinen Annehmlichkeiten des Lebens zu schätzen wusste.

Zu seiner Linken erstreckte sich ein Freiluft-Markt von

der Größe eines Fußballfeldes. An den winzigen Ständen wurde alles Mögliche verkauft – von DVDs über Teppiche, Lederhandtaschen, gefälschte Levi's, Kinderspielzeug, Gemälde, Wasserflaschen, gestohlene Militärrationen und sogar Dartscheiben mit Bildern des gestürzten Saddam Hussein. Der Mann war seit mehr als einem Jahrzehnt tot, aber sein verhasstes Erbe lebte weiter.

Die Fahrt durch Städte wie Bagdad war für ihn wie eine Reise in die Vergangenheit. Anmutige Torbogen, geschlossene Fensterläden, Kuppeln und kunstvolle Brunnen standen Seite an Seite neben Büro- und Wohnblocks der 1970er-Jahre. Handymasten ragten neben alten Minaretttürmen in den blauen Himmel.

Hin und wieder kamen sie an den Überresten eines Gebäudes des früheren Regimes vorbei, das durch alliierte Bombenangriffe zerstört worden war. Ob das im ersten oder zweiten Golfkrieg geschehen war, war oft schwer zu sagen. Eines Tages würde sich eine neue Regierung daranmachen, die Gebäude wiederaufzubauen.

Eines Tages …

Der Verkehr bestand aus einer Mischung aus hochmodernen 4x4-Cruisern (ein sicheres Zeichen für eine ausländische Führungskraft), Luxuslimousinen und klapprigen alten Rostlauben, die durch notdürftiges Flickwerk und schiere Willenskraft zusammengehalten wurden. Ob alt oder neu, alle Fahrzeuge waren von einer braunen Staubschicht bedeckt, und alle ließen ihre Motoren kräftig aufheulen.

Es war keine gute Idee, in dieser Gegend langsam zu fahren, schon gar nicht, wenn man einen teuren Wagen fuhr. Die Gefahr von Entführungen und Terroranschlägen war allgegenwärtig, und Becker hatte nicht die Absicht, als Geisel in den Zehn-Uhr-Nachrichten zu enden.

Es wäre schon von Berufs wegen höchst peinlich.

»Sie sind ja nicht gerade sehr gesprächig«, bemerkte sein Passagier.

Becker warf einen Blick in den Rückspiegel und betrachtete den übergewichtigen, alternden Salonlöwen, der die Rückbank mit Beschlag belegte. Mit seinem schütteren, nach hinten gegeltem Haar, der dicken Brille, dem offenen Hemd, das seinen fetten Bauch kaum verbarg, und dem pummeligen Gesicht mit den Aknenarben aus der Jugendzeit bot er sicherlich keinen Anlass für lange, bewundernde Blicke. Sein Name war Luka Belikow, und er war ein russischer Geschäftsmann, den Becker für die nächsten Tage durch den Irak begleiten sollte. Er konnte nicht genau sagen, womit der Mann seinen Lebensunterhalt verdiente – irgendetwas mit chemischer Verfahrenstechnik erinnerte er vage. Aber die Bezahlung war gut und die Arbeit einfach, also beschwerte er sich nicht.

Er saß bequem in einem klimatisierten Auto und verdiente das Dreifache dessen, was er als Army Ranger verdient hatte.

»Ich werde dafür bezahlt, Sie zu beschützen«, antwortete Becker in einem professionell neutralen Tonfall. »Nicht, um mich mit Ihnen anzufreunden … Sir.«

Draußen rannte eine Gruppe von Kindern in schmutziger, zerlumpter Kleidung am Straßenrand entlang und sammelte den Müll ein, der von vorbeifahrenden Autofahrern weggeworfen wurde.

»Kommen Sie, Mann. Seien Sie locker, und amüsieren Sie sich ein bisschen.« Belikow trank einen Schluck Mineralwasser. Sein Kehlkopf hüpfte auf und ab. »Ich rede gerne. Reden ist gut.«

Na klar tust du das, dachte Becker gereizt.

»Sie sind beim Militär, ja?«

»War ich mal.«

»Jetzt nicht mehr?«

»Jetzt nicht mehr.« Mehr hatte Becker zu diesem Thema nicht zu sagen.

»Jetzt sind Sie ein Söldner.«

Becker schnaubte amüsiert. Es gab viele Ex-Militärs, die ihren Beruf im privaten Sicherheitssektor ausübten, und noch mehr Möchtegernsöldner, die sich einen Namen machen wollten. Aber richtige Söldner, die durch die ganze Welt reisten und die Kriege anderer Leute ausfochten, waren eine seltene Spezies.

»Ich bin nur ein einfacher Sicherheitsberater.«

»Wie lange sind Sie schon im Irak?«

»Lange genug, um mich einigermaßen auszukennen.«

»Gefällt es Ihnen hier?« Belikow wollte oder konnte nicht erkennen, dass Becker an einer Plauderei nicht interessiert war.

»Mir gefällt der Gehaltsscheck.« Becker sah ihn wieder im Rückspiegel an. »Mit dem Rest arrangiere ich mich.«

Zu seiner Überraschung warf Belikow den Kopf zurück und lachte, als hätte er gerade den lustigsten Witz seines Lebens gehört. »Das ist schon besser! Entspannen Sie sich, Cameron! Wir gehen schließlich nicht auf eine Beerdigung.«

Das ist schade, dachte Becker. Sein Geduldsfaden wurde merklich dünner.

»Machen Sie Musik an, Mann!«, befahl Belikow.

Becker verdrehte die Augen, was seine Sonnenbrille zum Glück verbarg, und schaltete das Radio ein. Aus den Lautsprechern drang so etwas wie das arabische Äquivalent von Justin Bieber.

Belikow grinste. Ihm gefiel es offensichtlich, und bald nickte er im Takt der Musik.

Becker wurde bald von wichtigeren Dingen abgelenkt. Sein Funkgerät knisterte, und eine Stimme durchdrang das Rauschen. »Chef, hier spricht Escort.« Die weibliche Stimme hatte einen deutlichen New Yorker Akzent. »Sieht aus, als hätten wir ein Verkehrschaos voraus. Ein Lastwagen hat seine Ladung über den ganzen Highway verteilt. Es herrscht das blanke Chaos.«

Escort war sein Begleitfahrzeug, das etwa fünfzig Meter hinter ihm fuhr. Darin saßen Shawn Griffin und Naomi Westbrook, zwei Freiberufler wie er, mit denen sich Becker angefreundet hatte. Beide waren zuverlässige Leute und verfügten über genügend Feuerkraft, um sie aus allen Schwierigkeiten herauszuballern, die sich ihnen in den Weg stellten.

Becker runzelte die Stirn und spähte durch die Motorabgase und den aufgewirbelten Staub nach vorn. Tatsächlich begann sich der Verkehr zu stauen. Etwa eine Meile vor ihm sah er eine Menge Bremslichter.

Er drehte die Musik leiser und drückte auf den Sendeknopf. »Verstanden. Chef hat Sichtkontakt. Bereithalten.«

Er überlegte kurz. Es widerstrebte ihm, die Hauptstraße zu verlassen, aber wenn er länger als ein oder zwei Minuten stehen bleiben musste, würde er noch viel größere Probleme bekommen.

»Wir wechseln auf Ausweichroute A«, ordnete er an. Sie hatten mehrere Ausweichrouten für eine solche Möglichkeit geplant. »Ich nehme die nächste Ausfahrt.«

Das Luxushotel, in dem Belikow abgestiegen war, lag mitten in der Green Zone im Zentrum von Bagdad, nur ein paar Kilometer von seinem Standort entfernt. Schon bald würden sie hinter den zahlreichen Sicherheitsperimetern der Zone sein, und Becker konnte sich ein wenig entspannen.

Belikows Telefon klingelte. Er hatte es nach wenigen Augenblicken am Ohr.

»Wodjin!«, rief er und vertiefte sich sofort in ein Gespräch. Er klappte den Laptop, der neben ihm auf dem Sitz lag, auf und schaltete ihn ein. Wenigstens hielt dieses Gespräch ihn für eine Weile Becker vom Hals.

»Chef, Escort hier«, knisterte es in seinem Ohrhörer.

»Rede, Escort.«

»Wir sind zurückgefallen«, entschuldigte sich die Frau. »Irgendein Arschloch hat uns geschnitten. Fahr lieber langsamer, bis wir wieder aufgeschlossen haben.«

Als er in den Rückspiegel schaute, sah er den schwarzen Explorer seiner Mitarbeiter etwa hundert Meter hinter sich. Er hing an der Stoßstange eines alten Toyota Hilux, der aussah, als hätte er gerade die Welt umrundet.

»Verstanden, Escort. Und sag deinem Fahrer, er soll keine Abkürzungen nehmen wie beim letzten Mal«, setzte er trocken hinzu.

Bei dem fraglichen Fahrer handelte es sich um einen Ex-Marine namens Shawn Griffin, der sich in den letzten zehn Jahren auf dem Markt für private, militärische Sicherheitsunternehmen, PMC, herumgetrieben hatte. Griffin war zwar ein professioneller Agent mit jahrelanger Einsatzerfahrung, aber seine Fahrweise grenzte an Selbstmord. Während einer Escort-Mission vor einigen Monaten war er bei dem Versuch, verlorene Zeit gutzumachen, zwischen zwei geparkten Transportern hindurchgefahren. Leider stellte er zu spät fest, dass die Lücke nicht ganz so breit war, wie er angenommen hatte. Das Ergebnis war ein geschrottetes Transportfahrzeug und zwei sehr verärgerte Lieferwagenfahrer.

Becker hörte die gemurmelte Erwiderung im Hintergrund. »Sag dem Arschloch, er soll sich ins Knie ficken.«

Westbrook räusperte sich. »Verstanden, Chef. Er sagt, er weiß die Aufmunterung zu schätzen.«

»Du weißt, dass ich das von eurem Anteil abziehe, oder?«

»Ich verstehe dich nicht mehr. Die Verbindung ist sehr schlecht.«

Becker grinste und genoss das vertraute Geplänkel.

Sie befanden sich jetzt mitten in einem heruntergekommenen Wohnbereich. Überall standen Mietskasernen, die mit alten Satellitenschüsseln geschmückt waren wie Weihnachtsbäume. An einigen Stellen klafften große Lücken, wo die USAF aus Versehen einige Gebäude plattgemacht hatte.

Ein paar alte Männer in abgewetzten Anzügen saßen vor einem nahe gelegenen Café und beobachteten sie, als sie vorbeifuhren. Ihre faltigen alten Gesichter verrieten nichts.

»Übrigens, Escort, ich brauche euch morgen früh für die Aufklärung der Patrouillenroute. Unser Fahrgast hat die Zielinformationen.«

»Geht nicht, Chef«, antwortete Westbrook. »Ich habe mit Hastings getauscht.«

Becker runzelte die Stirn. »Gibt es einen Grund?«

»Ich hoffe, du machst Scherze.« In ihrem Tonfall schwang jetzt ein gefährlicher Unterton mit.

»Sollte ich?«

Pause.

»Morgen ist mein Geburtstag.«

»Blödsinn. Der ist nächsten Monat.«

»Ich kenne doch wohl meinen eigenen Geburtstag«, schimpfte sie. »Ich habe es dir schon zweimal gesagt. Du hast gesagt, ich könnte den Tag freinehmen.«

»Das klingt nicht nach etwas, das ich sagen würde.« Die Ampel an der Kreuzung vor ihnen war rot. Becker ging vom Gas, als sie näher kamen.

»Es gibt Leute, die sich tatsächlich für ihre Teamkollegen interessieren.«

»Ach ja? Wann ist denn mein Geburtstag?«

»Am 15. März.«

»Verdammt!«, fluchte Becker leise.

Beckers Explorer kam an der Ampel zum Stehen. Er ließ den Gang eingelegt, bereit, sofort Gas zu geben. Auf der gegenüberliegenden Seite der Kreuzung hatten ein paar Soldaten der irakischen Armee eine mit Sandsäcken versehene Maschinengewehrstellung mit Blick auf die Kreuzung besetzt.

In der Nachmittagssonne sahen sie gelangweilt und lustlos aus, rauchten und beobachteten gleichgültig den vorbeifahrenden Verkehr. Ihre Gesichter waren mit Sturmhauben verdeckt, eine übliche Vorsichtsmaßnahme gegen Vergeltungsschläge.

Links von ihm war ein verbeulter weißer Ashok Leyland-Lkw zum Stehen gekommen, dessen Ladefläche mit Säcken voller Zement und anderen Baumaterialien vollgestopft war. Plötzlich beschlich Becker das seltsame Gefühl, beobachtet zu werden. Da er seit Langem gelernt hatte, seinen Instinkten zu vertrauen, blickte er sich um und suchte seinen Beobachter. Tatsächlich fiel sein Blick auf eine junge Frau, die an der belebten Kreuzung stand. Groß und schlank, mit rotem Haar und blasser Haut, schien sie ihn geradewegs anzustarren, ohne auf den Verkehr und die Passanten zu achten.

Becker runzelte die Stirn hinter seiner Sonnenbrille, neugierig und ein wenig entnervt von ihrem eindringlichen, stierenden Blick. Warum beobachtete sie ihn?

Ein wütendes Hupen lenkte Beckers Aufmerksamkeit ab, und er warf einen Blick in den Rückspiegel, um zu sehen, wie der Fahrer hinter ihm ihn mit einer Geste aufforderte weiterzufahren. Die Ampel war auf Grün gesprungen, ohne dass er es bemerkt hatte.

Becker drehte sich zu der Frau um und fragte sich, ob sie ihn immer noch mit demselben unheimlichen Blick beobachtete, dann blinzelte er überrascht. Sie war verschwunden.

Das Gehupe hinter ihnen erregte sogar Belikows Aufmerksamkeit. Er beugte sich auf seinem Sitz vor. »Alles in Ordnung, mein Freund? Worauf starren Sie denn so?«

»Nichts«, antwortete Becker und schüttelte den Kopf. »Keine Sorge.«

Das war nichts, sagte er sich. Hitze, Müdigkeit und Überarbeitung spielten ihm einen Streich und ließen ihn Dinge sehen, die nicht wirklich da waren.

Becker riss sich zusammen, konzentrierte sich und gab Gas. Er wollte unbedingt weiterfahren und Belikow in seinem Hotel absetzen. Vielleicht bekam er dann ein paar Stunden Auszeit vor seinem nächsten Auftrag.

»Escort, du solltest besser …«

Ihm wurde das Wort abgeschnitten, als ein zehn Tonnen schwerer Sattelzug in seinen Explorer krachte. Das Fahrgestell verbog sich, und die Scheiben barsten. Das große Fahrzeug wurde wie ein Spielzeug über die Straße geschleudert. Becker hatte keine Zeit zu reagieren, als die Airbags auslösten und das Auto sich überschlug. Er wurde von Glasscherben und anderen umherfliegenden Trümmern überschüttet.

Hinten hörte er Belikow vor Angst schreien, aber er konnte nichts mehr für den Mann tun. Ihm blieb nur, sich festzuhalten und darauf zu warten, dass das Autowrack zum Stillstand kam, während die Welt um ihn herum tobte und sich zu überschlagen schien.

Becker wurde durch das schwache Geräusch von Stimmen alarmiert. Irgendetwas passierte hier, das wusste er. Etwas Wichtiges.

Mühsam öffnete er die Augen und sah sich um. Die Welt stand auf dem Kopf. Hinter der zerborstenen Windschutzscheibe sah er die Kreuzung, an der sie erwischt worden waren, die verfallenen Gebäude auf beiden Seiten, die raue, mit Schlaglöchern übersäte Straße darüber. Und unter ihm erstreckte sich der endlose blaue Himmel mit der glühenden Sonne, die durch einen Dunst aus Rauch auf ihn herabstrahlte. Der Wind peitschte trockenen Sand durch die zersplitterten Fenster, der wie Nadeln in sein Gesicht und seine Augen stach.

Das Fahrzeug musste auf dem Dach zum Liegen gekommen sein. Becker war immer noch in seinem Sitz angeschnallt und lag auf dem Rücken. *Wie verdammt dumm das aussehen muss*, schoss es ihm durch den Kopf.

Er tastete nach dem Schloss des Sicherheitsgurts, wappnete sich gegen den Aufprall und öffnete es. Er fiel mit dem Kopf voran auf das Dach des Explorers und verzog sich beim Aufprall den Hals. Er ignorierte seine geprellten Muskeln und die Schnittwunden, so gut er konnte, und kroch durch das zerbrochene Fenster hinaus. Draußen schüttelte er den Kopf in dem Versuch, seine getrübte Sicht zu klären und die plötzliche Welle von Übelkeit zu bekämpfen.

Er musste nach seinem Mitfahrer sehen.

»Luka, alles in Ordnung?« Er kauerte sich neben die Heckscheibe. »Reden Sie mit mir.«

Überall lagen zerbrochene Gegenstände und Wrackteile, die beim Überrollen des Fahrzeugs durch das Innere geschleudert worden waren.

Belikows Laptop befand sich neben einem der Fenster, der Bildschirm war schwarz und hatte Risse. Der Mann selbst lag ausgestreckt auf dem Wagenhimmel, das Gesicht blutverschmiert. Becker konnte nicht erkennen, ob er noch lebte, denn er gab keinen Laut von sich.

Er dachte an den Lastwagen, der sie gerammt hatte. Das war auf keinen Fall ein Unfall. Er zog die Smith & Wesson Automatik, die er immer bei sich trug, aus dem Schulterhalfter. Im Kofferraum waren noch schwerere Waffen verstaut, aber er hatte keine Zeit, sie zu holen.

»Escort, hier spricht Chef.« Er sprach leise und eindringlich in sein Funkgerät, während er seine Umgebung nach Feinden absuchte. Die meisten Zivilisten, die den Ärger witterten, hatten sich bereits zerstreut. »Wir haben einen Code fünf. Ich wiederhole, Code fünf. Wir brauchen so schnell wie möglich Verstärkung.«

Es kam keine Antwort, nicht einmal ein Rauschen. »Escort, hörst du mich?«

Er blickte auf den Sender. Das Gehäuse war zerbrochen, der digitale Bildschirm schwarz. Es musste beim Aufprall zerstört worden sein.

»Scheiße.«

Das Geräusch gedämpfter, erregter Stimmen in der Nähe weckte seine Aufmerksamkeit. Er hob den Kopf über das Fahrzeug hinweg. Drei Männer in irakischer Militärkleidung näherten sich dem Autowrack. Sie hielten ihre Waffen schussbereit.

Gott sei Dank! Die Soldaten am Kontrollpunkt hatten den Zusammenprall mitgekriegt und kamen jetzt, um nachzusehen, was passiert war.

»Wir brauchen Hilfe!«, rief er. »Wir haben einen Verletzten …«

Der Soldat an der Spitze hob seine Waffe, und Becker ließ sich instinktiv fallen, als der Mann mit seiner Automatik einen Feuerstoß abgab. Wellen kinetischer Energie ließen den Rahmen des Explorers erzittern, als die Kugeln das Metallgehäuse durchschlugen.

»Feuer einstellen!«, rief Becker über die Schüsse hinweg. »Freunde, verdammt noch mal! Freunde!«

Dann traf ihn die Erkenntnis wie ein Schlag. Seine Angreifer waren nicht vor den irakischen Soldaten geflohen, sondern sie waren die irakischen Soldaten. Oder zumindest Männer, die irakische Uniformen trugen.

Becker ließ sich auf den Bauch fallen und spähte durch die zerbrochenen Fenster auf den Boden hinter dem Wrack, wo er zwei Paar gestiefelte Füße entdeckte, die sich schnell näherten. Er holte tief Luft, hob die Automatik und feuerte drei Schüsse auf das nächstgelegene Ziel ab. Die Kniescheibe eines Mannes löste sich in einem roten Nebelfetzen auf, dann ertönte ein Schrei und ein dumpfer Aufprall, als der Kerl zu Boden ging.

Becker jagte ihm eine Kugel in den Kopf, um die Sache zu beenden.

Einer erledigt. Zwei fehlten noch.

Becker schwenkte die Waffe nach rechts und suchte ein anderes Ziel. Die Schüsse hatte jetzt aufgehört, eine bedrohliche Stille senkte sich über die Szene. Eine Stille, die durch das dumpfe Aufschlagen von etwas auf dem Asphalt in der Nähe unterbrochen wurde.

Er drehte sich nicht um, um es zu sehen, denn er ahnte bereits, was es war. Becker kniff die Augen zu, hielt sich die Hände über die Ohren und öffnete den Mund, als die Blendgranate mit einem Lichtblitz und einem kakofonischen Knall detonierte, der wie eine Welle über ihn hinwegging. Becker öffnete die Augen und schüttelte den Kopf, seine Ohren klingelten. Hätte er nicht so schnell reagiert, wäre er von der Granatenexplosion geblendet und betäubt worden. Leichte Beute für die Angreifer.

Tatsächlich sah Becker den langen Lauf eines Sturmgewehrs am Rande des Explorers auftauchen.

Es gibt Momente, in denen man innehält und nachdenkt, Momente, in denen man wegläuft, und Momente, in denen man einfach den Kopf senkt und angreift. Dies hier war so ein Moment.

Becker war unbewaffnet, da er seine Pistole hatte fallen lassen müssen, um sich die Ohren zuzuhalten. Es blieb keine Zeit, danach zu suchen: Vorrangig ging es darum, dem Soldaten das Gewehr wegzunehmen und es vorzugsweise unmittelbar danach gegen seinen Exbesitzer anzuwenden.

Zum Glück war Becker für beide Aufgaben gut ausgebildet. Er sammelte die letzten Funken an Kraft und Aggression und stürzte sich auf seinen Gegner.

Was auch immer er sonst sein mochte, der Kerl war auf Zack. Er sah Becker kommen, erkannte die Situation und begriff sofort zwei Dinge: Erstens, Becker hatte es auf seine Waffe abgesehen, und zweitens, er würde sie nicht schnell genug einsetzen können. Statt zu versuchen, das klobige Sturmgewehr gegen ein Ziel zu schwingen, das bereits in der Nähe war, ließ er es fallen und wirbelte herum, um Beckers Angriff von Angesicht zu Angesicht zu begegnen. Becker stürzte sich auf ihn wie ein Linebacker, der einen Ball abfängt, in der vollen Erwartung, seinen Gegner von den Füßen zu fegen. Becker war ein großer Mann und wusste sein Gewicht zu seinem Vorteil zu nutzen. Aber nichts dergleichen geschah. Stattdessen absorbierte sein Ziel die volle Wucht des Aufpralls wie ein Baumstamm. Im nächsten Moment packten Becker zwei massige, kräftige Arme an der Taille, rissen ihn vom Boden hoch und schleuderten ihn gegen die Seite des umgedrehten Explorers.

Becker landete fast betäubt im Dreck. Brennender Schmerz zuckte durch seinen Leib. Benommen sah er hoch, als ein zweiter Maskierter in irakischer Uniform ins Blickfeld trat. Er hielt seine Waffe in der Hand, und sein Blick zuckte von Becker zu dem Berg von einem Mann, der ihn gerade wie ein Spielzeug durch die Luft geschleudert hatte.

»Ich hab den hier!«, bellte der Mann mit der Maske auf Englisch. »Holt Iwanow. Los!«

Der andere Agent zog sich sofort auf die andere Seite des Fahrzeugs zurück, aber der kurze Schlagabtausch hatte für eine kurzzeitige Ablenkung gesorgt. Was Becker ausnutzen konnte. Ohne zu zögern, schnappte er sich das Sturmgewehr, das sein Gegner während der kurzen Konfrontation fallen gelassen hatte.

Kaum hatte er die Waffe vom Boden gehoben, krachte brutal ein gestiefelter Fuß darauf und presste sie wie ein Schraubstock auf die staubige Straße. Der zweite Stiefel landete in Beckers ungeschützter Körpermitte. Der Tritt raubte ihm den Atem, er krümmte sich und schnappte angestrengt nach Luft.

Ein großer Arm schlang sich um Beckers Hals und hob ihn fast vom Boden hoch, als er ihn zu dem Mann heranzog. Die kalten grauen Augen seines Gegners blickten ihn durch den Schlitz der Maske an.

»Du versuchst immer noch, den Helden zu spielen, Becker, was?«, knurrte der Mann. »Aber diesmal wird das nichts.«

Becker gefror das Blut in den Adern. Dieser Mann kannte seinen Namen.

In der Nähe wurde die Hecktür des Explorers mit einem Ächzen protestierenden Metalls aufgestemmt. Benommen und verletzt konnte Becker nur zusehen, wie sein Kunde, der russische Geschäftsmann, stöhnend und blinzelnd ins grelle Sonnenlicht gezogen wurde.

Er war am Leben. Zumindest im Moment noch.

»Es ist wirklich eine Schande, dass ich dich jetzt umlegen muss«, zischte sein Angreifer, dessen Augen vor Hass sprühten. »Es würde sich fast lohnen, dich am Leben zu lassen, nur damit du siehst, was noch kommt.« Die erschreckende Implikation dieser Worte beeindruckte Becker einen Moment, aber er kam nicht dazu, weiter darüber nachzudenken. Er sah, wie der Maskierte mit dem Kopf ausholte, und wappnete sich gegen den Aufprall. Im nächsten Moment rammte ihm der Mann mit voller Wucht seine Stirn ins Gesicht und ließ ihn dann wie einen Sack Kohle zu Boden fallen.

»Aber, he, ich kann damit leben.« Der große Mann griff nach dem Sturmgewehr, das Becker versucht hatte, ihm abzunehmen. Becker konnte ihn nicht aufhalten. Die Welt verschwamm, und seltsame Lichter blitzten vor seinen Augen auf. Becker würde sterben, das wusste er.

In diesem Moment zerriss das Knattern von Maschinengewehrfeuer die Luft. Es war eine AK47, abgefeuert aus kurzer Distanz. Becker hatte die verdammten Dinger oft genug gehört, um ihr charakteristisches Bellen zu kennen.

»Kontakt! Kontakt!«, schrie einer der Maskierten.

Zu den Schüssen aus der Kalaschnikow gesellte sich einige Sekunden später weiteres Feuer, etwas entfernt und heller und schärfer. Eine MP5-Maschinenpistole. Diese Waffen führten seine Kollegen im Begleitfahrzeug mit.

»Rückzug!«

Sein potenzieller Killer zögerte kurz, entschied dann aber, dass es sich nicht lohnte, sein eigenes Leben zu riskieren, und verschwand aus seinem Blickfeld. Sekunden später schlug eine Wagentür zu, ein Motor heulte auf, und ein Fahrzeug raste davon, Staub und Glasscherben aufwirbelnd.

»Becker!«, hörte er Westbrooks Stimme. »Becker! Bist du okay?«

»Hier drüben!«, antwortete er schwach und bemühte sich aufzustehen.

Sie sprintete um das Autowrack herum und kam vor ihm zum Stehen.

Naomi Westbrook ging auf die vierzig zu. Sie war bis vor etwa sechs Jahren Sanitäterin bei der US-Armee gewesen. Eine Schrapnell-Granate an irgendeinem Straßenrand in Afghanistan hatte ihr Aussehen zerstört und die rechte Seite ihres Gesichts mit kleinen Narben übersät. Doch anstatt ihre Verletzungen zu verstecken, hatte sie sich das Haar auf dieser Gesichtsseite rasiert und den Rest nach hinten gekämmt, sodass alle Welt die Narben sehen konnte.

»Du siehst beschissen aus«, sagte sie und musterte ihn. »Kannst du laufen?«

»Hilf mir hoch, dann finden wir es raus.«

Becker ergriff ihre ausgestreckte Hand und rappelte sich mühsam auf die Füße, dann verschwamm alles vor seinen Augen. Er taumelte und lehnte sich Halt suchend an das Autowrack.

Verschwommen sah er, wie sich die Einheimischen versammelten, um das Spektakel zu verfolgen. Niemand kam auf die Idee zu helfen. Sie wollten nichts damit zu tun haben. In der Nähe stand der Lastwagen, der ihn angefahren hatte, immer noch auf der Kreuzung, Kotflügel und Motorraum durch den Aufprall zerbeult. Wenig überraschend war der Fahrer verschwunden, ebenso wie der Rest der Angreifer.

Beckers eigenem Explorer war es nicht besser ergangen. Das Fahrgestell war verbeult und verzogen, eine Seite wie von einer Riesenfaust eingedrückt. Die gebrochenen Achsen ragten wie zertrümmerte Rippenknochen in die Höhe.

»Sie waren hinter Belikow her«, erklärte Becker. »Wir müssen sie finden.«

»Du gehst nirgendwohin, bis wir dich durchgecheckt haben«, widersprach Westbrook und drehte Beckers Gesicht zu sich, um ihn zu untersuchen. »Konzentrier dich auf mich. Wie viele Finger halte ich hoch?«

»Verpiss dich!«, knurrte er und schlug schwach ihre Hand weg. »Ich brauche keinen Arzt. Ich brauche eine Waffe und ein Funkgerät. In dieser Reihenfolge.«

»Becker!«

Er drehte sich um und blinzelte ein paarmal, bis sich sein Blick auf Griffin fokussierte. Der Mann rannte auf sie zu.

»Was zum Teufel ist hier denn los?«, fragte er. »Hat uns die irakische Armee den Krieg erklärt?«

Shawn Griffin war neunundvierzig Jahre alt, stämmig und zäh wie altes Leder und wahrscheinlich auf spektakuläre Weise der hässlichste Mann, dem Becker je begegnet war. Sein Gesicht war eine Ansammlung grob gehauener Züge, die auf einem riesigen, unförmigen Felsbrocken von Kopf klebten. Griffin war seit über einem Jahrzehnt freiberuflich tätig, und das sah man ihm an. Sein kräftiger Körper war über und über von Narben gezeichnet, die er bei verschiedenen Einsätzen rund um den Globus erlitten hatte. Er scherzte gerne damit, dass er auf jedem Kontinent der Erde angeschossen worden war.

»Sie haben irakische Uniformen als Tarnung benutzt«, gab Becker zurück und hielt sich eine Hand an den Kopf, um die Blutung zu stoppen. Er blickte zu dem Mann hinüber, den er niedergeschossen hatte. Die Leiche lag immer noch an der Stelle, wo er gefallen war, eine Lache aus dunklem Blut breitete sich von den Überresten seines Kopfes aus.

»Hast du die Marke ihres Fahrzeugs?«

Griffin nickte. »Es war eine Art Schützenpanzer, vielleicht ein polnischer Dzik. Die Kennzeichen konnte ich nicht erkennen.«

Beckers Telefon war irgendwo im Wrack des Explorers verloren gegangen, und er hatte keine Zeit, danach zu suchen.

»Ich brauche ein Handy.«

Westbrook fischte ihres heraus und warf es ihm zu. Er nickte ihr dankbar zu und wählte eine Nummer aus ihrer Kontaktliste. Es klingelte zweimal, bevor abgenommen wurde.

»Diaz.«

»Corbin, ich bin's, Becker. Wir sind angegriffen worden. Wir haben Belikow verloren.«

Corbin Diaz saß in einem Hotelzimmer in der Green Zone und diente dem Team als technische Unterstützung. Er koordinierte ihre Bewegungen und die Kommunikation. Er war mit einem Computer weit gefährlicher als mit einer Waffe und ein sehr nützlicher Mann im Team.

»Scheiße! Geht es dir gut?«

»Ich werd's überleben, aber Belikow ganz sicher nicht, wenn wir ihn nicht schnellstens finden. Ist sein Ortungsgerät noch aktiv?«

Wie üblich hatte Becker innerhalb weniger Minuten nach dem Treffen mit Belikow ein persönliches Ortungsgerät in dessen Jacke geschmuggelt. Die kleine elektronische Wanze war nicht größer als eine AAA-Batterie und konnte seinen GPS-Standort bis auf wenige Meter genau an jeden Ort der Erde übertragen.

»Moment mal …«

Becker hörte das Klicken der Computertasten im Hintergrund.

»Er fährt mit hoher Geschwindigkeit nach Osten, etwa eine Meile von dir entfernt. Ihr solltet besser aufsitzen, wenn ihr ihn einholen wollt.«

»Verstanden, wir sind dabei.«

Becker klappte das Telefon zu und machte sich auf den Weg zu Westbrooks geparktem Explorer. Er bemühte sich, die Schmerzen in seinem geprellten Körper zu ignorieren.

»Von wegen!«, protestierte Westbrook, die hastig hinter ihm herlief. »Becker, wir sind eine Eskorte, kein Zugriffsteam. Wir sind für so etwas nicht ausgerüstet. Das soll das Militär erledigen.«

»Bis dahin könnte Belikow längst tot sein«, antwortete Becker, ohne sich umzudrehen. Belikow mochte ein lästiges Arschloch sein, aber er hatte gutes Geld bezahlt, um beschützt zu werden, und bis jetzt hatte Becker versagt.

»Na und? Willst du für dieses Arschloch sterben?«, fragte sie gleichgültig. »Er ist es nicht wert.«

Becker wirbelte herum und sah sie an. »Die Bastarde, die das getan haben, kennen meinen Namen, verdammt noch mal! Ich werde sie verfolgen. Entweder du hilfst mir, oder du gehst mir aus dem Weg.«

Die Frau starrte ihn einen Moment lang an und kaute auf ihrer Unterlippe. Er konnte nicht sagen, ob sie gleich kapitulieren oder ihm eine Ohrfeige verpassen würde.

»Gut«, entschied sie schließlich. »Aber ich fahre.«

2

»Zu Ihrer Information, wir haben eine Geiselnahme im Stadtteil Al-Rashid. Drei Männer in irakischer Militäruniform, ausgestattet mit automatischen Waffen, haben unseren Passagier als Geisel genommen. Die Verdächtigen fahren einen Geländewagen, Kennzeichen unbekannt. Wir nehmen die Verfolgung auf und bitten um sofortige Unterstützung«, sagte Becker, der mit einer Hand sein Telefon und sich mit der anderen am Haltegriff am Wagenhimmel festhielt, während Westbrook sich durch den Verkehr schlängelte, unglaubliche Risiken einging und die Kakofonie wütenden Hupens ignorierte, die ihnen folgte.

»Verdammt!« Griffin keuchte und verkrampfte sich auf seinem Sitz, als Westbrook zwischen einem Zementlaster und einem Toyota-Pick-up hindurchfuhr, in den dritten Gang schaltete und das viel größere Fahrzeug schnitt. Der schwere V8-Motor des Explorers brüllte auf wie eine wütende Bestie.

»Mach dir nicht in die Hose, Griff«, riet sie ihm und kurbelte das Lenkrad hastig nach links, um einem anderen Fahrzeug auszuweichen. »Ich krieg das schon hin.«

»Genau das macht mir Angst.«

Becker ignorierte sie und richtete seine Aufmerksamkeit auf den Einsatzleiter der Polizei, dem er gerade ihre Situation schilderte.

»Sie sagen, Sie wurden von einer örtlichen Militäreinheit angegriffen?«, fragte der Mann, dessen herablassender

Tonfall deutlich machte, dass er diesen Anruf für einen Scherz hielt.

»Nein, verdammt noch mal! Ich will damit sagen, dass die Attentäter irakische Uniformen trugen. Sie haben mit dem Militärfahrzeug die Armeekontrollpunkte passiert. Sie müssen einen Aufruf an alle Einheiten in der Gegend senden und das Viertel abriegeln.«

Becker ließ den Griff los und presste eine Hand gegen die Wunde an seinem Kopf.

Der Mann am Telefon schwieg einen Moment. »Bleiben Sie dran, Sir. Ich muss erst mit einem höheren Offizier sprechen.«

»Fick dich«, knurrte Becker und beendete das Gespräch. Er hatte genug Zeit vergeudet.

»Gute Nachrichten?«, fragte Westbrook.

»Ich bin ein alter Mann, bis die ihren Scheiß auf die Reihe kriegen«, bemerkte Becker bitter. »Wir sind auf uns allein gestellt.«

»Was gibt es sonst noch Neues?«, fragte sie und schlug erneut das Lenkrad scharf ein, um einem überladenen Kombi auszuweichen. Die Räder quietschten, aber sie hielten ihre Traktion.

Westbrooks Telefon klingelte. Es war Diaz.

Becker drückte die Empfangstaste und stellte das Handy auf Lautsprecher, sodass alle ihn hören konnten. »Schieß los, Corbin.«

»Belikows Tracker bewegt sich nicht mehr«, berichtete Diaz. »Er befindet sich in einem Industriegebiet etwa eine halbe Meile südöstlich von euch.« Er rasselte den Straßennamen herunter.

Becker warf einen Blick auf Westbrook, die bereits dabei war, den Zielort in das Navi des Explorers einzugeben.

»Hast du die Adresse mit Satellitenbildern abgeglichen?«

»Sehr gut, Becker. Warum ist mir das bloß nicht eingefallen?«, fragte Diaz sarkastisch. »Er ist in einem großen Gebäude, wahrscheinlich einem Lagerhaus oder einer Lagereinheit. Gegenüber sollte eine große Baustelle sein. Man kann es nicht verfehlen.«

»Verstanden. Wir melden uns bald wieder.« Er schaltete das Telefon aus und sah Westbrook an. »Wir müssen dorthin. Jetzt.«

Luka Belikow stöhnte, als er aus der hinteren Tür des gepanzerten Militärfahrzeugs gestoßen wurde. Er stolperte, verlor das Gleichgewicht und landete auf rauem Betonboden. Bei dem Aufprall scheuerte er sich die Haut auf, und er presste ihm die Luft aus der Lunge.

Einen Moment später wurde ihm der Leinensack vom Kopf gerissen, und er fand sich im düsteren Inneren eines Lagerhauses wieder. Seine Brille war weg, und er blinzelte unbehaglich. Sein Herz hämmerte heftig, und sein Körper schmerzte noch von dem Zusammenstoß, bei dem sich sein Fahrzeug überschlagen hatte.

Wie hatte sich alles so schnell ändern können? Das Poltern schwerer Stiefel auf dem Beton hinter ihm verriet ihm, dass mindestens einer seiner Entführer das Fahrzeug verlassen hatte. Er blickte auf, als sich der Mann mit der langsamen, bedächtigen Selbstsicherheit eines Anführers auf ihn zubewegte. Seine große, bedrohliche Statur wurde durch den militärischen Körperpanzer noch verstärkt. Seine kräftigen Arme waren muskulös, und sein Gesicht wurde von einer schwarzen Sturmhaube verdeckt. Nur die Augen waren zu sehen.

Er hielt einen Totschläger in der Hand, einen biegsamen Gummiknüppel mit einem Bleigewicht am Ende, der normalerweise bei der Niederschlagung von Gefängnisunruhen verwendet wurde. In den richtigen Händen war das eine sehr wirksame Waffe, mit der man eine furchtbare Tracht Prügel verabreichen konnte.

Die Sekunden des Schweigens dehnten sich, bedrohlich und angespannt.

»Wer seid ihr?« Belikow konnte sich die Frage nicht verkneifen.

Sein Entführer hob die Hand und zog die Maske herunter. Er atmete erleichtert auf, als wäre er froh, sie endlich los zu sein. Das Gesicht, das darunter zum Vorschein kam, gehörte einem Mann mittleren Alters, war gebräunt und von einem aktiven Leben gezeichnet, das er offenbar zum großen Teil im Freien verbracht hatte. Er fuhr sich mit den Fingern durch das dunkle Haar, das ihm in die Stirn gefallen war.

Er betrachtete Belikow eine Weile, als wolle er entscheiden, was er tun sollte, und packte den Totschläger fester. Belikow spürte, wie er unter diesem Furcht einflößenden Blick zitterte. Er spürte, dass dieser Mann sowohl willens als auch in der Lage war, ihm viel Schmerzen zuzufügen.

»Mr. Iwanow. Es ist mir ein Vergnügen, Sie kennenzulernen.«

Belikows Herz machte einen Satz. »W-wie haben Sie mich genannt?«

Sein Entführer lächelte amüsiert. »Ich nehme an, wenn man eine Lüge lange genug wiederholt, wirkt die Wahrheit wie ein kleiner Schock.«

Der Mann sprach mit einem deutlichen Akzent. Nicht amerikanisch, so viel erkannte Belikow. Er konnte den Akzent nicht zuordnen, aber jetzt war nicht der richtige Moment, darüber nachzudenken.

»Welche Wahrheit? Ich verstehe Sie nicht.«

Er sah den ersten Schlag kommen und hob rasch einen Arm, um sich zu schützen. Der Mann schlug mit dem Totschläger zu und traf seinen Unterarm mit voller Wucht. Belikow rollte sich zusammen und versuchte, sich zu schützen, aber das konnte die Schläge nicht aufhalten. Seine Schmerzensschreie erfüllten das Lagerhaus und hallten von den Blechwänden wider.

Als die Qualen endlich aufhörten, blickte er auf und sah die massige Gestalt über sich. Das Gesicht des Mannes verriet Mitleid und Verachtung.

»Keine Sorge, Mr. Iwanow. Sie werden schon bald verstehen«, versprach er, wandte sich dann ab und sprach mit seinem Untergebenen. »Bereitet alles vor. Sie werden sicher bald kommen.«

»Hier ist es«, sagte Becker und blickte die Reihe der altmodischen Lagerhäuser aus Ziegeln und Wellblech entlang, die vor ihnen lagen. »Stell den Motor ab.«

Der Explorer bog von der Straße auf eine Brachfläche ein, die einst ein Containerhof gewesen war, und rollte neben den rostigen Überresten eines Tanklastzugs aus. Der Wind seufzte klagend durch Risse und Löcher in dem Stahlrahmen.

»Er rührt sich immer noch nicht«, berichtete Diaz am Telefon. »Es ist das dritte Lagerhaus am südlichen Rand des Grundstücks.«

»Verstanden. Wir gehen rein.«

Becker öffnete das Handschuhfach, suchte nach der Ersatzwaffe, von der er wusste, dass Westbrook sie immer dort aufbewahrte, und förderte eine Sig Sauer P229 Automatikpistole zutage. Er zog den Schlitten so weit zurück, dass er die Messinghülse im Lauf sehen konnte, und entsicherte die Waffe.

»Ich will sie in tadellosem Zustand zurück«, ermahnte ihn Westbrook.

Becker blickte zu ihr hinüber. Sowohl sie als auch Griffin hatten sich mit MP5-Maschinenpistolen bewaffnet. Die kompakten Waffen besaßen zwar nicht die Reichweite und Durchschlagskraft schwerer Sturmgewehre, aber mit ihrer hohen Schussrate hatten sie aus nächster Nähe eine verheerende Wirkung.

»Ich begnüge mich damit, Belikow in demselben Zustand zurückzubekommen wie vorher«, entgegnete er und stieß die Tür auf.

Heiße, trockene Luft schlug ihm entgegen, als er in die späte Nachmittagssonne trat. Auf dem Nachbargrundstück herrschte reger Baubetrieb. Ein großes Betongebäude war vor Kurzem abgerissen worden und hatte einen Berg von Schutt und Stahlträgern hinterlassen, auf dem Arbeiter wie Ameisen wimmelten. Das Rattern von Presslufthämmern mischte sich mit dem Dröhnen von Bulldozer-Motoren und gelegentlichen geschrienen Befehlen.

»Kommt schon, auf geht's!«, sagte Becker und ging quer über die Baustelle. Die Arbeiter warfen der Gruppe einen Blick zu, als sie vorbeigingen, ein oder zwei riefen ihnen Warnungen auf Arabisch zu. Becker ignorierte sie.

Er lehnte sich an die Überreste eines Betonpfostens auf der anderen Seite des Geländes und warf einen Blick auf ihr Ziel. Zwischen ihnen und dem Lagerhaus lag eine schlecht geteerte Straße, vielleicht drei Meter breit. Das Lagerhaus selbst wirkte solide, mit etwa drei Meter hohen Betonwänden. Darauf waren Wellblechplatten bis zum Dach in etwa zehn Meter Höhe montiert. Die Haupttüren waren aus Stahlblech und auf Rollen gelagert, sodass sie sich auseinanderschieben ließen. Zweifellos waren die Türen verriegelt und innen durch Stahlträger verstärkt.

»Wie wollen Sie das spielen?«, fragte Griffin.

»Standard-Angriff-Drill«, erwiderte Becker. »Drei Mann Feuerteam. Wir schlagen schnell und hart zu und töten jeden, der nicht Belikow ist.«

Sie waren nicht hier, um Verhaftungen vorzunehmen. Die Festnahme von Gefangenen stand für Becker im Moment ganz am Ende einer langen Liste von Prioritäten. Als diese Arschlöcher seinen Klienten entführt hatten, hatten sie sich eine Zielscheibe auf den Rücken gemalt. »Nicht gerade raffiniert«, bemerkte Westbrook.

Becker zuckte mit den Schultern. »Wir haben keine Zeit für etwas Besseres. Jede Sekunde, die wir warten, gibt ihnen mehr Zeit, sich einzugraben.«

»Zur Kenntnis genommen. Aber wir brauchen einen verdammten Panzer, um durch diese Türen zu kommen«, bemerkte Griffin. »Irgendeine Idee?«

Becker wandte sich von der Lagerhalle ab, und sein Blick fiel auf einen der großen gelben Bulldozer, die in der Nähe der Baustelle standen. Es war eine riesige Maschine, die mindestens zwanzig Tonnen wog. Die Räder waren fast so groß wie Becker selbst. Der gelbe Lack war von jahrelangem Gebrauch zerkratzt, und die Ladeschaufel war halb mit Trümmern gefüllt.

Becker grinste, als sich ein Plan in seinem Kopf abzuzeichnen begann. »Ja. Ich habe da eine Idee.«

3

Der Aufprall eines zwanzig Tonnen schweren Bulldozers auf die stahlverstärkten Türen erzeugte ein furchterregendes, Ehrfurcht gebietendes Spektakel der Zerstörung. Die Türen wurden wie Papier zerfetzt und gaben den Blick auf das monströse gelbe Baufahrzeug frei. Das geriet außer Kontrolle und stieß aus den neben dem Führerhaus aufragenden Auspuffrohren wütend schwarzen Rauch aus. Das Kreischen von berstendem Metall und das Scheppern von herabfallenden Wrackteilen vermischte sich mit dem Dröhnen des Dieselmotors, als der Bulldozer weiterfuhr, wobei sich eine abgerissene Tür um das Motorgehäuse wickelte.

Becker griff nach der Sig-Automatik und stürzte durch das klaffende Loch des Tores, gefolgt von Westbrook und Griffin. Hier herrschte das reinste Chaos. Stücke von zerrissenem Metall und Verstärkungsstreben lagen überall herum. Der Motor des riesigen Fahrzeugs brummte noch immer am anderen Ende des Raumes. Er lief noch, trotz der Beschädigungen. Die Luft war geschwängert von Dieselabgasen, die sich mit dem aufgewirbelten Staub zu einem dichten Dunst vermischten, der die Umrisse verwischte und die Menschen als undeutliche, unscharfe Schatten erscheinen ließ.

»Rein da! Los!«, brüllte Becker über den Lärm hinweg.

»Gesichert!«, schrie Westbrook.

»Verstanden!«, antwortete Griffin.

»Seid wachsam«, warnte Becker. »Wir haben einen Freund hier drin.«

Schwer atmend in der drückenden Hitze und mit tränenden Augen, in die Staub und Rauch drangen, rückte Becker tiefer in das Gebäude vor. Er hielt seine Waffe fest umklammert.

Es konnte einmal eine Maschinenhalle oder eine Autowerkstatt gewesen sein, angesichts der schweren Metallplatten, die in regelmäßigen Abständen im Betonboden befestigt waren. Die Maschinen, die einst darauf gestanden hatten, waren längst abgebaut worden. Jetzt waren davon nur noch rostige Schraubgewinde und tote Stromkabel übrig. Der hintere Teil des Lagers hatte als Verwaltungsbereich gedient. Die Verschläge der alten Büros an der Rückwand waren verstaubt und verlassen. In den Wänden aus Rigipsplatten klafften große Löcher, wo jemand die Verkabelung herausgerissen hatte.

Durch die schmutzigen, kaputten Fenster im Dach drangen schwache Sonnenstrahlen, die den Rauch und den Staub, den der Bulldozer aufgewirbelt hatte, zu durchdringen suchten. Das große Fahrzeug hatte einen der Büroverschläge demoliert, bevor es zum Stillstand kam. Eine zerborstene Wand aus Holz und Gipskarton lag über der Ladeschaufel und der Fahrerkabine, und um das Fahrzeug herum gab es ein Wirrwarr aus anderen Trümmern, die von der vorbeifahrenden Maschine mitgerissen worden waren. Nachdem der Motor sein Schmieröl verloren hatte, überhitzte er schließlich und fraß sich fest. Stille kehrte in das Gebäude ein. Es schrie niemand, es fielen keine Schüsse.

Becker wollte sich gerade nach links wenden, als Griffin sich auf der anderen Seite der Halle meldete.

»Ich sehe den Schützenpanzer!«

Becker wandte sich dorthin und spähte blinzelnd durch den Rauch und den Staub. Er erkannte gerade noch, wie seine beiden Kameraden auf ein geparktes Fahrzeug zusteuerten, das in einer Ecke der Halle stand.

Es handelte sich tatsächlich um einen Infanterie-Mannschaftstransporter, der in dem charakteristischen graugelben Tarnmuster des irakischen Militärs lackiert war. Becker eilte sofort zu ihnen. Wenn sie richtiglagen, war dies das Fahrzeug, in dem Belikow von der Absturzstelle hierhergebracht worden war. Es war durchaus möglich, dass der Mann noch drinsaß.

»Gesichert!«, rief Griffin, nachdem er die Fahrerkabine überprüft hatte. Sie war leer.

»Verstanden!« Westbrook näherte sich den hinteren Türen. »Gib mir Deckung.«

Griffin eilte zum Heck des Panzers und richtete seine Waffe auf die Türen, während die Frau nach dem Riegel griff, der sie geschlossen hielt. Becker näherte sich schussbereit mit erhobener Waffe. Doch noch während er sich dem Fahrzeug näherte, spürte er, wie sich ihm die Nackenhaare sträubten.

Irgendetwas stimmte hier nicht. Es fehlte etwas. Wo waren die Angreifer? Und warum hatten sie hier gehalten?

Erst als er einen Blick auf den Boden warf und schwarze Reifenspuren bemerkte, verschmolzen seine Gedanken zu einer einzigen, erschreckenden Erkenntnis. Reifenspuren, die vom Tatort wegführten. Hier hatte ein anderes Fahrzeug auf die Entführer gewartet.

»Naomi, halt!«, schrie er und rannte auf seine Kollegin zu.

Westbrook drehte sich zu ihm um, alarmiert durch seinen dringenden Schrei, aber es war schon zu spät. Sie schwang bereits die Luke auf.

Der Blitz verschlang die Welt um ihn herum, und Becker wurde von den Beinen gerissen, als die Druckwelle ihn traf und wie eine Stoffpuppe durch den Raum schleuderte.

Einen Augenblick lang spürte er nichts, als triebe er in einem Pool der Leere. Das änderte sich einen Moment später, als er auf den harten, unnachgiebigen Betonboden prallte und seine ganze Welt plötzlich aus erdrückendem Schmerz und knochenerschütternden Stößen zu bestehen schien. Er lag am Boden, während ein tödlicher Hagel aus Holz- und Steinsplittern vorbeiflog und Glas von den zerbrochenen Dachfenstern auf ihn herabregnete.

Becker öffnete zuckend die Augen. Das Sonnenlicht fiel durch die zerborstenen Fenster und den aufgewirbelten Rauch auf ihn.

Er spürte warmes Blut, das über seine Haut rann, und den tiefen, pochenden Schmerz der Blutergüsse an den Stellen, an denen sein Körper auf den Boden geschmettert worden war. Aber in einem Winkel seines Verstandes war ihm klar, dass das keine Rolle mehr spielte. Nur ein Gedanke durchdrang den Nebel aus Pein und Desorientierung.

Komm hoch!

Mühsam und unter Schmerzen schaffte er es, sich auf die Knie aufzurichten. Dann verlor er das Gleichgewicht und fiel wieder um. Die Explosion musste sein Gleichgewichtsorgan verletzt haben. Er hatte das Gefühl, als betrachtete er die Welt vom Grund eines tiefen, trüben Beckens aus.

Steh auf! Sofort!

Die Welt schwankte und schwankte unangenehm um ihn herum, aber Becker kämpfte hart, um die Kontrolle zu behalten. Er dachte an Westbrook und Griffin, die so nahe an dem geparkten Fahrzeug gestanden hatten, und das Blut gefror ihm in den Adern. Mit zusammengebissenen Zähnen und aller Kraft packte er die Kante eines gebrochenen, verbogenen Metallträgers und zog sich daran hoch.

Er wischte sich Blut und Schmutz aus den Augen und sah sich um, schockiert vom Ausmaß der Zerstörung um ihn herum. Das Lagerhaus, das bereits durch den Aufprall des Bulldozers beschädigt worden war, war durch die Explosion noch mehr verwüstet worden. Die verbliebenen Büroverschläge im hinteren Teil des Gebäudes waren völlig zerstört, der stählerne Steg lag verbogen und zerbrochen wie Plastik darüber. Alle Fenster über dem Gebäude waren herausgesprengt worden, ebenso viele der Wellblechpaneele.

Das leicht gepanzerte Infanteriefahrzeug war verschwunden. An seiner Stelle befand sich ein brennendes, verbogenes Wrack aus verkohltem Metall. Der Gestank von brennendem Treibstoff und Plastik ließ ihn würgen. Der Boden rundherum war mit brennenden Trümmern und Wrackteilen bedeckt und …

Becker erstarrte, als er ein Bündel verkohlter, blutverschmierter Lumpen nicht weit von ihm entfernt auf dem Boden liegen sah. Schwankend stolperte er vorwärts und sackte neben dem Bündel auf die Knie.

»Oh Gott …!«

Er konnte nicht einmal mehr erkennen, ob es Griffin oder Westbrook gewesen war. Er wusste nur, dass derjenige Gott sei Dank tot war.

Becker konnte nicht hierbleiben. Über das Fauchen und Knistern der Flammen hinweg hörte er ein bedrohliches Knarren und Ächzen aus dem Gebälk. Das Dach drohte einzustürzen. Unsicher richtete er sich auf und stolperte taumelnd in Richtung des zerfetzten Eingangs. Zweimal verschwamm ihm alles vor den Augen, und er stürzte, aber beide Male rappelte er sich wieder hoch und kämpfte sich weiter.

Als er ins Sonnenlicht trat, kniff Becker die Augen zusammen, geblendet von dem grellen Licht, das der staubige Boden reflektierte, der durch die ständige Sonneneinstrahlung weiß gebleicht war. Die Welt um ihn herum wirkte verwaschen und verschwommen, als sei alles Leben aus ihr herausgesaugt worden. Auf der gegenüberliegenden Baustelle war die Arbeit zum Stillstand gekommen, und die Arbeiter starrten in seine Richtung, auf den Rauch, der aus dem zerstörten Lagerhaus aufstieg.

Becker beachtete sie nicht, als er weiterhumpelte und dabei Blutflecken auf dem staubigen Boden hinterließ. Er blieb erst stehen, als mehrere Militärfahrzeuge in Sicht kamen und so heftig um eine Kurve schossen, dass der vorderste Lastwagen fast auf zwei Räder kippte. Es handelte sich um Humvees, die bewährten leichten Truppentransporter der US-Armee. Auf den Fahrzeugdächern schwenkten Maschinengewehre nach links und rechts, bemannt mit grimmig dreinblickenden Kanonieren in schwerer Körperpanzerung und verspiegelten Sonnenbrillen.

Der vordere Lastwagen kam etwa zwanzig Meter von Becker entfernt zum Stehen. Die Reifen rutschten über den unebenen Boden und wirbelten Staubwolken auf. Innerhalb von Sekunden stiegen zwei gepanzerte Männer aus, die M4-Sturmgewehre im Anschlag.

»Runter auf die Knie!«, schrie einer von ihnen, ein Korporal mit roten Haaren und schlimmer Akne. Er klang eher panisch als aggressiv. »Auf die Knie, sofort! Hände über den Kopf!«

Widerstand würde seinen Tod bedeuten. Selbst in seinem benommenen Zustand wusste Becker, dass seine einzige Option darin bestand, sich zu fügen. Auf jeden Fall war er zu müde und verletzt, um anderes tun zu können. Er verschränkte die Hände hinter dem Kopf und ging auf die Knie, als die Soldaten auf ihn zu rannten

4

Eine halbe Stunde später saß Becker auf dem Rücksitz eines Krankenwagens, während eine Army-Sanitäterin die Wunde an seinem Kopf mit Kunststofffäden verschloss.

In der Nähe standen die zerstörten Überreste des Lagerhauses. Wie durch ein Wunder hatte das Gebäude der Explosion standgehalten. Das Gerippe stand trotz der Beschädigung noch immer trotzig. Zahlreiche Zivilisten hatten sich versammelt, um das Drama zu verfolgen. Sie schossen Handyfotos, rauchten und unterhielten sich miteinander. Von Alarm oder gar echter Aufregung war nichts zu spüren, stattdessen herrschte diese müde Neugierde, die sich einstellt, wenn man die gleichen düsteren Ereignisse schon zu oft gesehen hat.

»Das sollte halten. Wie fühlen Sie sich?« Die Sanitäterin war jung, hatte kurze schwarze Haare und einen Sonnenbrand auf Nase und Stirn.

Ein Neuankömmling, dachte Becker. Der Irak ging nicht nachsichtig mit Menschen mit hellem Teint um. Fast jeder Fremde unterschätzte die Kraft der Sonne hier.

»Als hätte ich einen Autounfall gehabt. Zweimal hintereinander«, bemerkte er. »Haben Sie ein Aspirin?«

Sie lächelte mitfühlend. »Ich sehe, was ich tun kann.«

Die Frau kramte in ihrem Arzneikasten und reichte Becker ein paar rote Pillen. »Die sind stärker als Aspirin. Ein paar von diesen Babys, und Sie spüren keine Schmerzen mehr.«

»Kann ich das schriftlich haben?«, fragte er und schluckte sie trocken.

Sie ignorierte den Seitenhieb. »Die gute Nachricht ist, dass es keine Anzeichen für einen Schädelbruch gibt. Wenn Sie weiter unter anhaltender Übelkeit, Brechreiz oder Sehstörungen leiden, sollten Sie ein Krankenhaus aufsuchen. Wahrscheinlich werden Sie in den nächsten Tagen schlecht hören.«

»Heißt das, ich kann gehen?«

»Das entscheide nicht ich, Sir«, erwiderte sie und packte ihre Sachen zusammen. »Ich flicke Sie nur zusammen.«

In der Nähe rollten Militärpolizisten eine Bahre mit einem schwarzen Leichensack aus dem Lagerhaus. Beckers finsterer Blick folgte ihnen.

Die Ärztin bemerkte seine Miene. »Einer von Ihren Leuten?«, fragte sie leise.

»Ja«, antwortete er, ohne sie anzusehen.

»Tut mir leid.«

Als er sich wieder umwandte, war die Frau verschwunden.

»Mieser Tag im Büro, was?« Becker zuckte beim Klang der Stimme unmerklich zusammen. Wie die Sanitäterin trug auch dieser Mann eine US-Militäruniform, doch das Abzeichen auf seinem Ärmel zeigte einen Stern mit acht Pfeilen, die wie Kompasssymbole nach außen zeigten. Er gehörte zur Criminal Investigation Division der US-Armee, einer Eliteeinheit, die schwere Verbrechen innerhalb des US-Militärs aufklären sollte.

Jack Turner war groß, schwarz, athletisch und machte keine Anstalten, es ruhiger angehen zu lassen, obwohl er auf die fünfzig zusteuerte. Turner hatte in jungen Jahren bei den Fallschirmspringern gedient, war jetzt aber leitender CID-Agent im Koalitions-Hauptquartier in Bagdad. Becker und er waren sich im Lauf der Jahre ein paarmal über den Weg gelaufen, und selbst Außenstehende hätten bemerkt, dass die beiden Männer sich nicht ausstehen konnten. »Sie kennen sich ja mit Büros aus, Jack«, erwiderte Becker mit einem unfreundlichen Lächeln. »Sitzen Sie sich immer noch den Arsch auf einem Schreibtischstuhl platt?«

Der CID-Officer blieb unbeeindruckt. Er setzte sich neben Becker auf die Ladeklappe der Ambulanz und musterte das verwüstete Lagerhaus, wie ein Fußballtrainer einen unterdurchschnittlichen Spieler betrachten würde.

»Erst ein Verkehrsunfall, dann eine Schießerei mitten auf der Straße und jetzt ... ein verdammtes Hiroshima.« Er deutete auf die Gebäuderuine. »Was zum Teufel ist passiert, Becker?«

»Wir wurden von Männern angegriffen, die sich als irakische Armeeangehörige verkleidet hatten. Sie haben unseren Klienten entführt, und wir haben sie gerade noch rechtzeitig zum Feuerwerk hierher verfolgt. Sie haben ein Fahrzeug so präpariert, dass es hochging. Es war eine gottverdammte Falle.«

»Scheiße.« Turner blickte missmutig in den Himmel. »Das könnte einen richtigen Shitstorm auslösen, wenn es rauskommt.«

»Wenn Sie besorgt sind, dass ich mich beim nächsten Reporter ausheule, vergessen Sie es. Ich habe größere Probleme, um die ich mich kümmern muss. Und Sie auch.«

Turner beschloss, nicht darauf einzugehen. »Haben Sie eine Ahnung, was die wollten?«

Becker schüttelte den Kopf. Er hatte zwar einige Ideen, aber er würde sie nicht mit Turner teilen, das war mal sicher.

»Die haben sich wirklich große Mühe gegeben, sich diesen Kerl zu greifen«, meinte Turner.

»Woher zum Teufel soll ich das wissen? Belikow und ich waren ja nicht gerade alte Freunde.«

»Lassen Sie mich raten. Wenn die Kohle stimmt, ist es Ihnen egal?«

Becker starrte ihn an. »Ficken Sie sich, Jack. Wir haben noch nie jemanden angenommen, der nicht legal war.« Beckers Muttergesellschaft PMC – Private Military Company – hatte sich in den letzten zehn Jahren einen guten Ruf erarbeitet und tat alles dafür, ihn zu behalten. Sie verdienten genug Geld mit legalen Aufträgen, also gab es keinen Grund, außerhalb des Gesetzes zu operieren. Das war einer der Gründe, warum Becker bei ihnen angefangen hatte.

Das bedeutete weniger Ärger für ihn.

»Soweit ich weiß, war Belikow sauber. Rufen Sie unser Büro an, und überprüfen Sie seine Papiere, wenn Sie wollen.«

Turner dachte darüber nach. »Das mache ich wohl.«

»Haben Sie den Kerl ausfindig gemacht, den ich in der Intersektion ausgeschaltet habe?«

Turner hob eine Braue. »Was denn? Glauben Sie, Sie gehören noch zum Team? Sie wissen, dass ich keine geheimen Informationen mit Ihnen teilen kann.«

»Betrachten Sie es als Gefallen.«

»Ich bin Ihnen keinen Gefallen schuldig.«

»Dann schulde ich Ihnen einen.«

»Das Einzige, was Sie mir schulden, ist ein umfassender Bericht, den ich auch bekomme.« Turners Stimme wurde leiser, und seine Laune besserte sich ein wenig. »Hören Sie, ich weiß, dass Sie heute Leute verloren haben. Gehen Sie nach Hause, machen Sie sich frisch, kriegen Sie Ihren Kopf frei. Wir reden morgen weiter.«

»Klar«, erwiderte Becker. Sein Gesicht war eine Maske

aus kalter, berechnender Entschlossenheit. Er würde morgen ganz sicher nicht an dem Debriefing teilnehmen. Er hatte andere Pläne.

Turner durchschaute ihn. »Ich weiß, was Sie denken. Aber so laufen die Dinge hier nicht. Tun Sie uns beiden einen Gefallen und lassen Sie es gut sein.«

Becker sah ihn an. »Könnten Sie das an meiner Stelle?«

Turner sagte nichts.

5

Luka Belikow wurde gewaltsam auf einen Stuhl gedrückt und keuchte, als man ihm die Kapuze vom Kopf riss. Er hatte keine Ahnung, wo er sich befand. Er wusste nur, dass er in Bagdad auf den Rücksitz eines anderen Fahrzeugs verfrachtet worden war und dann die folgenden Stunden in einem Hubschrauber verbracht hatte. Und er konnte jetzt in einem anderen Land sein.

Blinzelnd sah er sich um und erwartete, sich in einer schmuddeligen unterirdischen Gefängniszelle wiederzufinden, in der grausame Foltergeräte an den Wänden hingen. Die Realität hätte nicht anders sein können. Statt in einem dunklen, furchterregenden Verhörraum saß er in einem sauberen, aufgeräumten und hell erleuchteten Labor. In Kühlvitrinen an einer Wand standen reihenweise Chemikalien, biologische Materialien und flüchtige Substanzen. Modernste Computer, Elektronenmikroskope, Gaschronometer, Zentrifugen und Massenspektrometer standen auf makellos sauberen Arbeitsflächen. Sogar die Luft wurde künstlich gereinigt und gefiltert und hatte den kühlen, trockenen Geschmack, an den Belikow einst so gewöhnt gewesen war.

In einem anderen Leben. Als er noch ein anderer Mann gewesen war. Belikows Entführer bewegte sich vor ihm, die Schuhe klackten leise auf den Bodenfliesen. Der Mann hatte die Militärkleidung abgelegt und trug jetzt einen teuren dunkelgrauen Geschäftsanzug, der offenbar auf seine große Statur maßgeschneidert worden war. Neben ihm stand eine Frau, etwa im gleichen Alter, ebenfalls in teurer Zivilkleidung. Rabenschwarzes Haar, blasse Haut, slawische Züge. Unter anderen Umständen hätte man die Frau vielleicht als attraktiv bezeichnen können, aber die Art und Weise, wie sie Belikow ansah, die völlige Verachtung in ihren Augen, ließ ihm einen Schauer über den Rücken laufen. Das waren die Augen einer Killerin.

»Ich kann mir vorstellen, dass Sie im Moment ziemlich verwirrt sind«, ergriff der Hüne das Wort. »Sie fragen sich wahrscheinlich, wie wir Sie gefunden haben und woher wir Ihren richtigen Namen kennen.« Die Frau lächelte. Sie witterte seine Angst. Und das machte ihr Spaß.

»Es war nicht leicht, das gebe ich zu. Fünfundzwanzig Jahre lang haben Sie es geschafft, von der Bildfläche zu verschwinden. Hätten Sie ein ruhigeres Leben geführt, wäre es vielleicht auch so geblieben.«

»Es war die Gier, die Sie verraten hat«, bemerkte die Frau mit einer Mischung aus Triumph und Abscheu. »Wie so viele von Ihrer Sorte. Ihr wollt immer alle mehr.«

»Wenn es um Geld geht …«, begann Belikow.

Der Mann lachte belustigt. »Luka, bitte. Sehen Sie sich doch mal um. Glauben Sie wirklich, wir wären knapp bei Kasse?«

Belikow nahm seine Umgebung erneut in Augenschein. Allein die Ausrüstung in diesem Labor war Hunderttausende, vielleicht Millionen von Dollar wert.

»Sie sind hier, weil Sie etwas für uns tun können«, fuhr der Mann fort und deutete mit ausgestrecktem Arm auf ihre Umgebung. »All das hier ist für Sie. Es ist alles da, was Sie benötigen könnten.«

»Wofür?«

Belikow beobachtete, wie sein Entführer sich einem

verschlossenen Schrank in der Nähe näherte und einen Code in das elektronische Tastenfeld eintippte. Ein leises Summen ertönte, als sich die Magnetschlösser, die den Schrank verschlossen, entriegelten. Der Mann öffnete den Schrank und holte vorsichtig einen Aktenkoffer aus Metall heraus, den er mit der gleichen Sorgfalt behandelte, mit der ein Mann einen Blindgänger behandeln würde, der jederzeit explodieren konnte.

Belikow spürte, wie ihm ein Schauer über den Rücken lief, als er die Beulen, Kratzer und Brandspuren an dem Gehäuse betrachtete. Der Koffer hatte offenbar schon eine Menge einstecken müssen, doch er war heil und stabil geblieben wie gefordert. Solche Koffer waren so konstruiert, dass sie praktisch jede Belastung aushielten, weil die Aussicht, ihr Inhalt könnte auslaufen, undenkbar war.

»Woher haben Sie den?«, fragte er keuchend.

Der Mann legte den Koffer auf den gegenüberliegenden Schreibtisch, löste die Verschlüsse und hob den Deckel langsam, fast ehrfürchtig an. Unter dieser undurchdringlichen Schale befanden sich sechs Glasampullen mit einer roten Flüssigkeit, die jeweils in einer Schaumstoffmulde eingebettet waren, um selbst die kleinste Erschütterung zu vermeiden. Alle sechs Ampullen waren Gott sei Dank noch unversehrt.

»Sie sind hier, um zu beenden, was Sie vor dreißig Jahren begonnen haben«, informierte der Mann ihn. »Es wird Ihre größte Leistung sein, Luka. Etwas, an das man sich für immer erinnern wird.«

»Sie haben keine Ahnung, womit Sie es da zu tun haben!«, schrie Belikow und sprang von seinem Stuhl auf. »Das da hätte längst vernichtet werden sollen …!«

Mit beängstigender Geschwindigkeit überwand die Frau die kurze Distanz zwischen ihnen und versetzte Belikow einen Tritt in die Kniekehle, der ihn zu Boden schleuderte. Dann schrie er auf, als sich ein Arm um seine Kehle legte und eine Klinge gegen die Haut direkt unter seinem linken Auge drückte.

»Sie vergessen sich, Doktor«, flüsterte sie und drückte die Spitze der Klinge so weit hinein, dass sie die Haut durchbohrte und Blut austrat. »Vielleicht sollte ich Ihnen Manieren beibringen?«

Belikow zitterte. Der Mann sah es und genoss Belikows Angst offensichtlich ebenso sehr wie die Frau. Einen schrecklichen, ekelerregenden Moment fragte sich Belikow, ob er sie mit dem Messer hantieren lassen würde.

»Wir wollen nichts überstürzen. Es gibt viel zu tun, und wir brauchen Sie einsatzfähig, Luka«, entschied der Mann. »Wir werden Ihnen nichts tun, es sei denn, Sie zwingen uns dazu.«

Die Klinge verschwand, und der feste Griff um seinen Hals löste sich. Belikow atmete aus, aber sein Herz hämmerte immer noch wie verrückt. Seine Entführer blickten auf ihn herab und wussten, dass sie ihn genau da hatten, wo sie ihn haben wollten. Sie wussten, dass er es nicht wagen würde, sich ihnen noch einmal zu widersetzen.

»Die Welt wird sich für immer verändern«, verkündete der Hüne. »Und Sie werden dazu beitragen, dass dies geschieht.«

6

Becker stützte sich mit den Händen an der gefliesten Wand ab und stand mit gesenktem Kopf da, während heißes Wasser auf ihn niederprasselte. Seit einer Viertelstunde verharrte er so und ließ das Wasser über seinen Körper laufen, als ob es alles, was heute geschehen war, wegspülen könnte.

Aber er wusste aus bitterer Erfahrung, dass es viel mehr als eine heiße Dusche brauchte, um die Dinge wieder ins Lot zu bringen. »Verdammt!«, murmelte er, streckte die Hand aus und stellte das Wasser ab.

Tropfnass trat er aus der Dusche und wickelte sich ein Handtuch um die Taille. Er blieb vor dem Waschbecken stehen und wischte mit dem Unterarm über den Spiegel, um sein Konterfei zu betrachten.

Es starrte ihn mit einem schroffen, ernsten Gesicht an, das man als gut aussehend bezeichnen konnte, wenn man wollte. Seine Haut war stark gebräunt, und sein dunkelblondes Haar war in den langen Monaten in der Wüstensonne gebleicht worden. Seine Gesichtszüge waren kantig und gut geformt, er hatte eine gerade Nase und einen festen Kiefer, der sich zu dem starken, markanten Kinn verjüngte. »Intensiv« – mit diesem Adjektiv beschrieben die Leute ihn häufig. Becker war sich immer noch nicht sicher, ob es ein Kompliment oder eine Beleidigung sein sollte. Mit seinen neununddreißig Jahren war er immer noch schlank und athletisch, seine Brust-, Arm- und Bauchmuskeln bildeten harte Stränge. Seit er das Militär verlassen hatte, hatte er sein Gewicht konstant bei etwa zweihundert Pfund gehalten – damit war er vielleicht etwas schwerer als vor zehn Jahren, aber es war ein nützliches, effizientes Gewicht, das gut zu seiner Größe von 1,80 m passte.

Heute jedoch erzählte der Spiegel eine andere Geschichte. Sein Gesicht war zerschnitten und aufgeschürft, und über seinem linken Auge hatte sich ein dunkler Bluterguss gebildet. Eine Naht war leicht aufgegangen, und Becker wischte ein Rinnsal Blut von seiner Stirn. Weitere Blutergüsse zierten die Haut auf seiner Brust, seinem Rücken und seiner linken Schulter, die sich steif und wund anfühlte, weil sie sich verkrampfte. Die Wärme der Dusche hatte zwar geholfen, aber er wusste, dass es morgen höllisch wehtun würde.

Becker schob diese Gedanken beiseite, wandte sich vom Spiegel ab, zog ein weites Baumwollhemd und eine Hose an und schlenderte auf den Balkon seines Hotelzimmers.

In der Abenddämmerung bot Bagdad einen wundervollen Anblick. Vom zehnten Stock des Al-Rasheed-Hotels aus hatte Becker einen herrlichen Blick über die Stadt und den nahe gelegenen Tigris, der im Abendlicht glitzerte. Wolkenkratzer und Moscheen ragten in den schwülen Abendhimmel, von der untergehenden Sonne angestrahlt, während im Osten gerade die ersten Sterne zu sehen waren. Aus den Lautsprechern der Minarette in der ganzen Stadt ertönte der Ruf zum Abendgebet.

Das Hotel, in dem Becker in den letzten sechs Monaten gewohnt hatte, war ein beliebter Treffpunkt für westliche Journalisten, kleine Beamte und natürlich für Angehörige privater Militärunternehmen wie ihn. Es gab über hundert PMCs im Irak, die von Ausbildung und Beratung bis hin zu Leibwächteraufgaben alles übernahmen. Sie kamen aus allen Teilen der Welt und verfügten über unterschiedliche Qualifikations- und Erfahrungsstufen. Einige waren Veteranen der alten Schule wie Griffin, die alles gesehen und getan hatten, echte Söldner, für die der Irak nur ein weiterer Name auf einer langen Liste von Ländern war, in denen sie gekämpft hatten. Andere kamen frisch vom Militär und waren scharf darauf, sich einen Namen zu machen. Und dann waren da noch die Jungs, die hier waren, einfach weil es ihnen Spaß machte. Männer, die für das Kämpfen und Töten um des Tötens willen lebten. Unnötig zu sagen, dass Becker diesen Personen möglichst aus dem Weg ging.

In jedem Fall befanden sich die meisten paramilitärischen Firmen innerhalb der Green Zone, einem stark gesicherten Areal in Bagdad, das im Grunde eine Stadt in der Stadt war. Betonsperren, Sprengwände, Stacheldraht und schwer bewachte Übergänge schränkten den Zugang zur Green Zone stark ein und machten sie zum bei Weitem sichersten Gebiet der Stadt. Das hielt die Aufständischen allerdings nicht davon ab, gelegentlich Mörsergranaten oder Raketen über die Mauern zu schicken, in der Hoffnung, einen Glückstreffer zu landen.

Becker öffnete sein Bier und trank einen großen Schluck, mit dem er die Hälfte der Flasche leerte. Vermutlich würde er noch ein paar Flaschen mehr schaffen, bevor der Tag zu Ende ging. Das heute war sein Fehler gewesen. Er hätte niemals unvorbereitet in dieses Lagerhaus stürmen dürfen. Hätte er auf Verstärkung gewartet, hätte er das Richtige getan, wären Westbrook und Griffin noch am Leben.

Seine grimmige Nabelschau wurde durch ein Klopfen an der Tür unterbrochen.

»Wer ist da?«, rief er, nicht in der Stimmung für einen gesellschaftlichen Besuch.

Statt einer Antwort klopfte die Person wieder. »Verdammt noch mal«, murmelte Becker, stieß sich vom Balkongeländer ab und ging durch sein unaufgeräumtes Hotelzimmer.

Aus Gewohnheit schnappte er sich die Smith & Wesson-9-mm-Automatik, die er unter seinem Bett aufbewahrte, und schob sie unter sein Hemd in den Hosenbund. Nach dem heutigen Tag würde er kein weiteres Risiko eingehen, nicht einmal in der Green Zone.

Es klopfte zum dritten Mal. »Ja, ja, ich komme ja schon.«

Becker öffnete die Tür, die Sicherheitskette vorgelegt und eine Hand an der Waffe, und sah sich einem ihm unbekannten Mann gegenüber.

Der erste Eindruck war nicht gerade einnehmend. Mitte fünfzig, durchschnittliche Größe und unauffällige Statur. Der blasse, fahle Teint des Mannes verriet Becker, dass sein Besucher noch nicht lange im Lande war. Sein Gesicht war rundlich, was durch seine markante Nase und das zurückweichende Kinn noch betont wurde. Sein schütteres Haar war in dem tapferen, aber vergeblichen Bemühen, die kahlen Stellen zu verbergen, über den Kopf gekämmt. Er trug einen dunkelgrauen Anzug, der weder besonders teuer wirkte noch gut saß.

Der Mann lächelte. »Mr. Becker?«

»Wer zum Teufel sind Sie?«

Das Lächeln veränderte sich nicht. »Mein Name ist Sergej Golowko. Russischer Diplomatischer Dienst.«

Becker verdrehte die Augen. »Ach Scheiße.«

»Darf ich hineinkommen, Mr. Becker?«

»Das dürfen Sie nicht«, antwortete Becker und wollte die Tür schließen.

Golowko reagierte schneller und schob einen Fuß in

den Türspalt. Jetzt war das Lächeln verschwunden. »Ich fürchte, ich muss darauf bestehen.«

Becker spannte sich an. »Das sollten Sie sich besser überlegen, Kumpel. Ich hatte einen höllischen Tag …«

»Ich weiß sehr gut, was Sie heute durchgemacht haben«, unterbrach ihn Golowko. »Deshalb bin ich hier. Ein russischer Staatsbürger wurde entführt, und meine Regierung möchte die Schuldigen dafür zur Verantwortung ziehen.«

»Viel Glück dabei«, gab Becker zurück und drückte gegen die Tür.

»Fünf Minuten, Mr. Becker«, bat ihn Golowko. »Das ist alles, worum ich bitte. Ich könnte mit sechs Außendienstmitarbeitern und einer offiziellen Vorladung zurückkommen, aber ich würde es vorziehen, das hier auf andere Art zu erledigen …«

»Diplomatisch?«, meinte Becker hilfsbereit.

Das Lächeln kehrte zurück. »Genau so.«

Becker überlegte, dann löste er die Sicherheitskette und öffnete die Tür. »Fünf Minuten«, sagte er, wandte sich ab und nahm ein weiteres Bier aus dem Kühlschrank. »Fassen Sie sich kurz.«

Golowko betrachtete ohne jede sichtbare Regung die schmutzigen Kleidungsstücke und die leeren Imbissverpackungen, die im Hotelzimmer verstreut lagen. Becker merkte sich das, als er sich in einen Sessel plumpsen ließ und die Füße auf den Couchtisch legte.

»Darf ich mich setzen?«, fragte Golowko.

»Sehe ich aus, als ob mich das interessiert?« Becker öffnete die Bierflasche und trank einen Schluck. »Sie haben noch vier Minuten und vierzig Sekunden.«

Golowko hob eine Braue. »Dann fange ich wohl besser an.«

Er setzte sich vorsichtig auf die Bettkante, legte seine

Aktentasche auf den Schoß und klappte sie auf. Becker ließ die Hand an der Automatik. Golowko registrierte das mit einem kurzen Blick, bevor er ein kleines Notizbuch und einen Stift herauszog.

»Mr. Becker, es würde uns sehr helfen, wenn Sie uns beschreiben könnten, was heute passiert ist.«

Becker nahm noch einen Schluck von seinem Bier. »Wir wurden überfallen. Mein Klient wurde entführt, und zwei Mitarbeiter meines Teams wurden getötet.«

Golowkos Mundwinkel zuckte. »Ein paar mehr Details wären hilfreich. Können Sie uns etwas über die Männer sagen, die Sie überfallen haben?«

Becker stellte sein Bier mit einem Knall auf den Couchtisch. »Hören Sie, ich habe das bereits mit dem CID besprochen, und die haben es an ihre Vorgesetzten weitergeleitet. Das bedeutet, Ihre Regierung weiß zu diesem Zeitpunkt wahrscheinlich genauso viel wie ich. Also hören Sie schon mit diesem Quatsch auf, und rücken Sie damit heraus, warum sie Sie wirklich hierhergeschickt haben!« Er warf einen Blick auf seine Uhr. »Dafür bleiben Ihnen noch drei Minuten und fünfzig Sekunden.«

Golowkos einzige Reaktion bestand darin, dass er kurz etwas in sein Notizbuch kritzelte. Er sah auf und betrachtete Becker aufmerksam. »Luka Belikow ist eine ... Person von Interesse für die russische Regierung. Wir wollen ihn zurückhaben, und wir denken, dass Sie uns vielleicht dabei helfen könnten.«

»Da haben Sie falsch gedacht. Ich bin nur ein Leibwächter.«

»Nicht ganz«, widersprach der russische Diplomat. Sein Tonfall war jetzt schärfer. Er nahm ein Dokument aus seiner Aktentasche – ein Personaldossier – und überflog die erste Seite.

»Cameron Becker. Geboren in Arizona, 1980. Eintritt in die US-Army 2001. Bestandenes Auswahlverfahren der Army Rangers, 2004. Drei Einsätze im Irak.«

»Zwei Minuten, dreißig Sekunden. Kommen Sie lieber zum Punkt.« Becker bemühte sich, sein wachsendes Unbehagen zu verbergen. Dieser Mann war eindeutig nicht der schlichte Bürokrat, der er zu sein schien. Becker hätte darauf gewettet, dass er zum FSB gehörte.

»Der Punkt ist, Mr. Becker, dass ich weiß, wer Sie sind. Ich weiß auch, dass Sie aufgrund Ihrer … lobenswerten Dienstakte ein Mann mit gewissen Fähigkeiten sind. Fähigkeiten, die, wie ich glaube, sehr nützlich sein könnten.«

Becker ahnte, worauf das hinauslief. »Sie wollen mich als Kopfgeldjäger anheuern? Ich hoffe, das ist ein Scherz.«

»Weit gefehlt. Wie gesagt, Luka Belikow ist eine Person von Interesse für uns. Wir glauben, dass die Gruppe, die für diesen Anschlag verantwortlich ist, die Explosion inszeniert hat, um ihre Spuren zu verwischen.« So viel war auch Becker klar gewesen. Niemand hätte sich die Mühe gemacht, Belikow zu entführen, um ihn dann nur wenige Minuten später in die Luft zu jagen. Wo auch immer er war, der Mann war höchstwahrscheinlich noch am Leben.

»Haben Sie dafür Beweise?«

»Haben wir nicht.«

»Dachte ich mir«, erwiderte Becker zynisch. »Noch sechzig Sekunden.«

»Hören Sie, wir wollen Belikow zurück. Meine Regierung ist bereit, jeden zu belohnen, der ihn uns zurückbringen kann.«

»Lebendig oder tot?«

Golowkos Gesichtsausdruck sprach Bände. Sie machten sich keine Sorgen um den Mann, sondern um das, was er wusste. Becker nahm sich vor, dem nachzugehen.

»Wie viel?«

»Fünf Millionen US-Dollar für Belikow. Weitere fünf Millionen für die Männer, die ihn entführt haben, vorzugsweise lebend. Wenn das nicht geht …« Der Mann zuckte mit den Schultern, wohl wissend, dass weitere Erklärungen nicht nötig waren.

Becker hielt sich selbst für einen vernünftigen Pokerspieler, aber selbst er hatte Mühe, seine Gefühle bei einem solchen Angebot zu verbergen. Zehn Millionen Dollar waren auch für eine Regierung keine Peanuts, aber für einen Mann wie ihn konnten sie das Leben verändern. Es war genug, um nie wieder arbeiten zu müssen.

»Was denken Sie, Mr. Becker?«, fragte der Russe, der Beckers Schwanken spürte.

»Ich denke, Ihre Zeit ist um, Mr. Golowko.«

Golowkos Gesichtsausdruck blieb vollkommen neutral, als er die Dokumente in seine Aktentasche zurücklegte und diese zuklappte. Er stand auf, griff in seine Jacketttasche und legte eine Visitenkarte auf den Tisch.

»Denken Sie über mein Angebot nach«, schlug er vor. »Wenn schon nicht für Belikow, dann für Ihre gefallenen Kameraden. Vielleicht kann ihr Tod noch etwas …«

»Wir sind fertig«, warnte Becker ihn.

Golowko spürte, dass er nichts mehr erreichen würde, nickte und ging. Er zog die Tür hinter sich sanft ins Schloss.

Becker hatte bereits die dritte Flasche Bier geleert, als er seine Entscheidung traf. So einen Weg konnte man nicht leichtsinnig beschreiten, und es bestand zudem die Chance, dass er nicht mehr zurückkommen würde.

Aber nachdem er seine Entscheidung gefällt hatte, verschwendete er keine Zeit und setzte seinen Plan in die Tat um. Er schnappte sich sein Handy und wählte eine Nummer. Nach ein paar Sekunden klingelte es.

»Diaz«, meldete sich sein Technik-Freak.

»Corbin, ich bin's, Becker. Du musst etwas für mich tun.«

7

Victory Base Komplex
Internationaler Flughafen Bagdad

»Mal sehen, ob ich das richtig verstanden habe.« Jack Turner lehnte sich auf seinem Stuhl zurück und musterte Becker abfällig. Nach der gestrigen Auseinandersetzung am Bombenfundort waren die beiden Männer nicht gerade gut aufeinander zu sprechen. »Sie wollen auf einer nicht genehmigten Verbrecherjagd quer durchs Land ziehen und brauchen dabei meine Hilfe?«

Turners Büro war klein und vollgestellt. Dass fast jede Oberfläche mit alten Aktenordnern beladen war, verbesserte die Situation auch nicht gerade. Post-it-Zettel umringten seinen Computerbildschirm, die Wände waren mit Tatortfotos und schriftlichen Notizen tapeziert. Trotz des scheinbaren Chaos spürte Becker, dass Turner jede Notiz oder jede Akte, die er brauchte, innerhalb von Sekunden hätte finden können.

»Das trifft es ziemlich genau«, gab Becker zu.

»Und wie stellen Sie sich das vor? Haben Sie eine Ahnung, wie kurz davor Sie sind, von mir verhaftet zu werden? Bisschen dreist, oder?«

»Ich verlange ja nicht, dass Sie mich begleiten. Ich brauche nur Informationen.«

Turner klopfte eine Zigarette aus der Packung auf seinem Schreibtisch, fischte ein Feuerzeug aus seiner Tasche und zündete sie an. Auf dem Feuerzeug prangte das Emblem der 101st Airborne Division.

»Wie kommen Sie darauf, dass wir Informationen haben?«

»Der Kerl, gegen den ich gekämpft habe, hat sich eine Tätowierung am Oberarm weggelasert. Sie sah aus wie Special Forces Command Airborne. Ich würde wetten, dass er einer von uns ist. Oder zumindest gewesen ist. Jetzt ist er entweder Söldner oder Terrorist. So oder so, er muss irgendwo in den Akten zu finden sein.« Becker legte den Kopf schräg und beobachtete Turner genau. »Aber das wussten Sie ja bereits, nicht wahr, Jack?«

Turner schwang die Beine vom Tisch und beugte sich vor, sein amüsiertes Lächeln war verschwunden. »Sie spielen ein gefährliches Spiel, mein Freund. Und Sie spielen es mit Leuten, die sich nicht gerne verarschen lassen.«

Becker erwiderte seinen scharfen Blick ungerührt. Wenn er jetzt nachgab, hatte er keine Chance mehr, die Mörder von Griffin und Westbrook zu finden. »Ich bin nicht hier, um Sie zu verarschen. Ich will nur Antworten. Geben Sie mir, was ich brauche, und ich verschwinde auf der Stelle.«

Turner nahm nachdenklich einen langen Zug von der Zigarette. Graue Rauchschwaden quollen aus seinen Nasenlöchern, dann zeigte er zum Fenster.

»Sehen Sie hinaus, Becker. Sagen Sie mir, was Sie sehen.«

»Wer spielt jetzt Spielchen?«

»Tun Sie es einfach«, forderte Turner ihn auf.

Die Victory Base war ein ausgedehnter Militärkomplex von der Größe einer Kleinstadt – ein kleiner Fleck USA mitten im Irak. Hier gab es alles, von Werkstätten bis zum Geheimdienstzentrum, Kasernen, Einkaufszentren, Fast-Food-Läden und sogar einen Starbucks.

Von Turners Büro blickte man auf einen Sammelplatz

für Truppen und Nachschub. Soldaten liefen hin und her, einige schleppten Ausrüstung und Waffen. Mehrere Männer in schweißnassen T-Shirts halfen beim Verladen von Ausrüstung auf einen Sattelschlepper.

»Männer und Ausrüstung«, sagte Becker schließlich.

»Was Sie hier sehen, ist eine Division, die sich darauf vorbereitet, einzupacken und abzurücken. Die Army zieht sich aus dem Irak zurück, Becker, und ich gehe mit. Ich lasse dieses Drecksloch hinter mir und gehe nach Hause, und das ist mir nur recht. Dort ist das Bier kalt, die Frauen sind heiß, man kann Leitungswasser trinken, ohne Durchfall zu bekommen, und man muss nicht befürchten, jedes Mal, wenn man nach draußen geht, von einem verdammten Turbanträger abgeknallt zu werden. Ich habe sogar bereits eine Kaution für ein Boot hinterlegt – und zwar für ein wirklich schönes Boot. Also warum zum Teufel sollte ich das alles für Sie aufs Spiel setzen?«

Becker sah ihn scharf an. »Ich brauche die Infos, Jack«, sagte er, wobei seine Fassung ins Wanken geriet. »Diese Kerle haben mein Team getötet, meine Freunde. Ich muss das wiedergutmachen.«

Seufzend schwang sich Turner auf seinem Stuhl herum, zog die unterste Schublade seines Aktenschranks auf und holte eine halb leere Flasche Bourbon heraus. Er schenkte ein Glas ein und stellte es vor Becker auf den Tisch.

»Trinken Sie!«, sagte er, jetzt ruhiger. »Trinken Sie, und reißen Sie sich zusammen!«

Becker trank einen Schluck. Bourbon war noch nie sein Ding gewesen, aber er erfüllte seinen Zweck.

»Sie sind nicht der Erste, der hierherkommt, um Rache zu nehmen, und Sie werden auch nicht der Letzte sein«, informierte Turner ihn. »Aber so eine Scheiße endet immer nur auf zwei Arten: Tod oder Gefängnis. Mir persönlich ist es egal, welches von beiden Sie trifft, aber das bedeutet eine Menge mehr Papierkram für mich. Und ich hasse Papierkram. Also tun Sie uns beiden einen Gefallen und hauen Sie ab, Becker. Betrinken Sie sich, lassen Sie sich flachlegen … oder gehen Sie zu einem Therapeuten. Aber was auch immer Sie tun, halten Sie sich aus der Sache heraus.«

Becker wurde klar, dass er hier seine Zeit verschwendete. Turner würde keinen Finger rühren. Er leerte das Glas, stellte es auf den Tisch und stand auf.

»Danke für den Drink, Jack.«

»Denken Sie darüber nach, was ich gesagt habe!«, riet Turner. »Denken Sie gründlich darüber nach.«

Becker nickte, drehte sich um und ging.

Turner setzte sich wieder an seinen Schreibtisch, seufzte und schenkte sich einen Bourbon ein. Alles in allem war es ein beschissener Tag gewesen, und er ahnte, dass es für Becker bald sehr viel schlimmer werden würde. Aber das war jetzt nicht mehr sein Problem. Er hatte seinen Teil getan, und was von jetzt an geschah, war allein Beckers Sache. Schon bald würde er hier verschwinden und zurück in die Staaten fliegen. Und das konnte seiner Meinung nach gar nicht früh genug passieren. Er leerte das Glas.

Er wollte sich wieder seinem Laptop zuwenden, um seinen Bericht über das Tagesgeschehen zu beenden, als er innehielt und den kleinen USB-Stick betrachtete, der in einem Slot steckte. Er benutzte solche Geräte oft, aber diesen Stick kannte er nicht.

Er zog ihn heraus und drehte ihn in seiner Hand. Plötzlich erinnerte er sich daran, wie sein Besucher wegen des Verlusts seiner Kameraden die Fassung verlor und er sich abwandte, um ihm einen Drink einzuschenken. Turner hatte keine Zeit für diesen emotionalen Scheiß, und er war bereit, einen Schluck guten Bourbons zu opfern, um die Sache im Keim zu ersticken. Aber wie lange hatte er sich abgewandt? Fünf Sekunden?

Genug Zeit für Becker, um den USB-Stick in das Gerät zu stecken.

»Verdammter Hurensohn!«, knurrte Turner und knallte den Stick auf seinen Schreibtisch.

8

Cayden Vorster stand an dem großen getönten Fenster in der östlichen Ecke seines eleganten Büros und war eine Welt von den schmutzigen, vom Krieg zerrissenen Straßen Bagdads entfernt. Er hatte geduscht und sich umgezogen, die schweißnasse irakische Militäruniform durch einen teuren, maßgeschneiderten Anzug ersetzt, sein dunkles Haar ordentlich gekämmt, und er war frisch rasiert.

Er sah aus wie der wohlhabende CEO eines florierenden Unternehmens, als er auf die geschäftige Stadt unter ihm blickte. Die uralte Siedlung im Süden der Türkei, die seit Tausenden von Jahren an dieser Stelle stand, war eine verwirrende Mischung aus Alt und Neu. Bürogebäude aus Stahl und Glas standen Seite an Seite mit alten Festungsanlagen, Palästen und religiösen Stätten. Geschichte und Moderne waren eng miteinander verflochten.

Wohin er auch blickte, sah er wimmelnde Menschenmassen. Fußgänger drängelten sich auf den überfüllten Bürgersteigen, Autos, Lastwagen und Motorräder verstopften die Straßen. Dunstiger, widerlicher Smog hing über der Stadt und trübte den makellos blauen Himmel.

Vorster fand es nützlich, diese Aussicht zu genießen und darüber nachzudenken, wie hoch er sich über die kleinlichen Sorgen der anonymen Massen unter ihm erhoben hatte. Denn dann rief er sich das größere Ziel, nach dem er strebte, ins Gedächtnis. Der Plan, den er nun in die Tat umsetzen wollte, würde große Opfer fordern, so viel war klar.

Aber am Ende würde es sich lohnen. Jedes Mal, wenn er hier stand und diese Aussicht genoss, wurde ihm diese Erkenntnis ein wenig deutlicher.

Ein Klopfen an der Tür unterbrach seine Gedanken.

»Herein.«

Die Tür öffnete sich, und Vorster drehte sich um, als seine Stellvertreterin das Büro betrat: Arina Talwik, die Tschetschenin, die er persönlich für diesen verantwortungsvollen Job ausgesucht hatte. Sie war eine rücksichtslose Kämpferin und gerissene militärische Anführerin und zudem jemand, der die Notwendigkeit ihres Plans ebenso sah wie er. Er konnte darauf vertrauen, dass sie ihre Aufgaben ohne Bedauern oder Zögern erfüllen würde.

Im Gegenteil, sie genoss sogar die Aussicht auf das, was vor ihr lag.

Jetzt stand sie vor ihm und hielt etwas in der Hand. Es war ein verstärkter Transportbehälter mit einer Sichtöffnung aus gehärtetem Glas an der Seite. In dem Behälter befand sich ein einzelnes Fläschchen mit einer roten Flüssigkeit.

»Die erste Probe eines reinen Virusstamms ist vorbereitet«, verkündete sie stolz.

»Es funktioniert?«

Die Frau lächelte. »Bei jeder Testperson.«

Vorster nickte, beeindruckt von dem, was sie erreicht hatten. Iwanow, der in dem versiegelten Labor im Stockwerk darunter fieberhaft arbeitete, hatte gute Arbeit geleistet und seine erste brauchbare Probe weit vor dem Zeitplan fertiggestellt. Bewaffnete Wachen und die Androhung einer Exekution stärkten natürlich die Arbeitsmoral.

Glücklicherweise verfügten sie auch über einen großen Vorrat an Versuchspersonen, die sie auf den Straßen der irakischen und syrischen Städte fanden – Menschen, die man leicht verschwinden lassen konnte, ohne Verdacht zu erregen.

Vorster empfand kein Mitleid mit ihnen. Wie so viele andere hatten sie sich entschieden, die Zeit, die ihnen auf dieser Erde gegeben war, zu vergeuden und nichts Wertvolles zu der Welt beizutragen. Aber isoliert in Arrestzellen mehrere Stockwerke unter seinen Füßen diente ihr elendes Leben zumindest einem letzten, wenn auch grausamen Zweck: Es lieferte wertvolle Testdaten über den Fortschritt des Virus, seine Auswirkungen und seine Potenz sowie darüber, wie lange es einen menschlichen Körper am Leben erhalten konnte.

Er streckte seine Hand aus, als sie ihm seine Beute überreichte, und er spürte ein erregtes Kribbeln, als er die Phiole entgegennahm. Der Inhalt dieses so klein und harmlos wirkenden Fläschchens reichte aus, um die ganze Stadt innerhalb weniger Tage zu infizieren, wenn er das Virus jetzt freisetzte. Der bloße Gedanke daran ließ seinen Puls schneller schlagen.

Talwik spürte es auch. Sie öffnete die Lippen, und ihre Augen weiteten sich, als sich ihre Hände kurz berührten. Vorster lächelte. Dafür würde später noch genug Zeit sein, wenn ihre Arbeit getan war. Aber jetzt musste er sich erst einmal ums Geschäft kümmern.

Denn dies war nur der erste Schritt des Weges. Es würde noch mehr kommen.

»Zeit für einen Anruf«, sagte er, legte den Behälter auf seinen Schreibtisch und griff nach seinem verschlüsselten Handy. Es dauerte nicht lange, bis der Anruf angenommen wurde. Der Empfänger erwartete ihn bereits. In der Leitung klickte und piepste es ein paarmal, während die Verschlüsselungssoftware arbeitete, bevor sie eine sichere Verbindung hergestellt hatte und verstummte.

»Berichten Sie«, sagte die Stimme am anderen Ende. Sie war elektronisch verzerrt, um ihren Akzent und auch ihr Geschlecht zu verbergen. *Der Prophet.* Der Mann oder die Frau, der oder die im letzten Jahr Vorsters Geschäftspartner und anonymer Wohltäter geworden war und ihn mit dem Geld, den Arbeitskräften und den Ressourcen versorgt hatte, die er für die Umsetzung seines Plans benötigte.

Das ultramoderne Gebäude, in dem er stand, das Super-Hightech-Labor im Stockwerk unter ihm, ihre Waffen und Geräte – all das war von Prophet zur Verfügung gestellt worden. Sein Einfluss und sein Reichtum waren beträchtlich, und Vorster hegte keine Zweifel daran, dass es sich um eine Person mit beträchtlicher Macht und Autorität handelte. Das erklärte vielleicht, warum sie ihre Identität so sorgfältig geheim hielt, selbst vor den Leuten, die sie mit der Ausführung ihrer Pläne betraute.

Plausibles Dementi war etwas, das jeder Politiker und jede öffentliche Person zu schätzen wusste. Es bedeutete auch, dass Vorsters Vertrauen in Leute wie den Propheten ebenfalls Grenzen hatte. Aber im Moment waren sie zweifellos seine wertvollsten Mitarbeiter.

»Die erste Probe ist so weit«, berichtete Vorster. »Wir sind bereit, zu Phase zwei überzugehen.«

Phase zwei – das war der erste Live-Test. Der Einsatz von Iwanows Waffe bei hilflosen Testpersonen in einem sterilen Labor war eine Sache, aber der Erfolg ihres Plans hing davon ab, ob er sich auch in der Welt da draußen bewährte. Ein Feldtest war erforderlich.

Glücklicherweise hatten sie bereits einen entsprechenden Standort gefunden.

»Gut. Tun Sie es. Und melden Sie sich, sobald der Test abgeschlossen ist.«

Nachdem er seine knappen Anweisungen gegeben hatte, beendete Prophet das Gespräch. Vorster schob das Handy wieder in seine Tasche und wandte sich an seine Stellvertreterin.

»Wir beginnen mit dem Test.«

9

Becker legte die Hand auf den Griff seiner Waffe und schritt durch den spärlich beleuchteten Korridor, auf der Hut vor jedem Geräusch, das auf eine Verfolgung hindeutete. Seit er die *Victory Base* hinter sich gelassen hatte, hatte er so viele Anti-Überwachungsroutinen wie möglich eingeführt, nur für den Fall, dass Turner Männer hinter ihm hergeschickt hatte. Soweit Becker das bisher beurteilen konnte, wurde er nicht verfolgt, aber das konnte seine Stimmung nicht sonderlich verbessern. Nach der Begegnung mit den Attentätern, dem gestrigen Besuch von Golowko und seiner kleinen Spionageaktion gegen die US-Army war er jetzt bei vielen Leuten unbeliebt. Und keinen von ihnen wollte er hierherführen.

Diese Wohnung diente als Unterschlupf für Becker und sein kleines Team. Sie hatten sie unter einer falschen Identität angemietet, die nur ihnen bekannt war. Es war so gut wie unmöglich, dass Turner oder irgendjemand anderes sie gefunden haben könnte. Zumindest redete er sich das ein.

»Wer ist da?«, kam eine gedämpfte Stimme von drinnen.

»Die verdammte Avon-Beraterin!«, raunzte Becker. »Mach auf!«

Die Kette wurde gelöst, die Tür schwang auf, und dahinter kam das andere überlebende Mitglied von Beckers Team zum Vorschein.

Mit siebenundzwanzig Jahren war Corbin Diaz der jüngste und neueste Rekrut. In seinem früheren Leben war er Software-Ingenieur gewesen und hatte damit gutes Geld verdient. Irgendwann hatte er sich gelangweilt, war gierig geworden und hatte sich dem Hacken zugewandt, um beide Leiden zu lindern. Ein fehlgeschlagener Versuch, das Verteidigungsministerium zu hacken, hatte einen unerfreulichen Besuch des FBI zur Folge gehabt. Die Privatwirtschaft erkannte jedoch seine Talente und bot ihm einen Job an. Der Rest war Geschichte. Diaz verfügte über keine nennenswerten Fachkenntnisse, aber wenn es um Computer ging, kannte Becker niemanden, der besser war.

»Cam«, begann Diaz, der nicht wusste, was er sagen sollte, als sie sich nun gegenüberstanden. »Scheiße, Mann, es tut mir leid, was passiert ist …«

»Geschenkt.« Becker schob sich durch die Tür. »Jetzt will ich alles wissen, was du aus Turners Computer abziehen konntest.«

»Und das ist ’ne ganze Menge«, bestätigte der junge Mann sichtlich aufgeregt. »Komm in mein Büro.«

Sichere Häuser waren normalerweise nicht für ihre gemütliche Einrichtung bekannt, und dieses hier war nicht anders. Es war nur das blanke Gerippe einer Wohnung, in der ein paar billige Möbel aus Massenproduktion standen. Nichts, was zu Becker und seinem Team zurückführen konnte, falls die Wohnung kompromittiert wurde.

Diaz hatte die Behausung jedoch vereinnahmt. Der Esstisch war zu seinem persönlichen Arbeitsplatz geworden. Dort waren zwei Laptops neben tragbaren Festplatten, Routern und Kabeln aufgestellt, die sich über die gesamte Oberfläche schlängelten. Der restliche Platz war mit leeren Fast-Food-Kartons übersät.

»Spuck’s schon aus«, befahl Becker, der unbedingt wissen wollte, ob sich sein Trick ausgezahlt hatte. »Was hat Turner herausgefunden?«

»Es sieht so aus, als ob sich deine Vermutung, was dieses Arschloch betrifft, bewahrheitet hat, das du bei dem Überfall ausgeschaltet hast«, bestätigte Diaz. »Laut Turners E-Mails konnte Quantico ihn innerhalb einer Stunde identifizieren. Er war einer von uns.«

»Weiter«, drängte Becker ungeduldig.

»Sein Name ist Thomas L. McGill. Geboren am 9. August '79. Ehemaliges Mitglied der 10th Special Forces Group. Wurde im Jahre 2008 unehrenhaft aus dem Dienst entlassen. Ab da sind die Unterlagen ziemlich dürftig, aber es sieht so aus, als wäre er ein paar Jahre auf dem Privatmarkt unterwegs gewesen.«

»Was dann?«

»Dann plötzlich … nichts mehr«, erwiderte Diaz unverblümt. »Er ist vor etwa einem Jahr von der Bildfläche verschwunden. Keine Eintragungen, keine Sichtungen. Der Kerl wurde zum Geist.« Er hielt inne. »Na ja, bis du ihn wirklich zu einem gemacht hast.«

»Sehr witzig«, erwiderte Becker. »Also hat McGill ein neues Zuhause gefunden, zusammen mit einem Haufen anderer Ex-Militärs.«

»Wie kannst du so sicher sein, dass die anderen Profis wie er waren?«

»Ich habe in meiner Laufbahn genug Amateure gesehen, um einen Profi zu erkennen, wenn ich auf einen treffe«, antwortete er und erinnerte sich an den Mann, der ihn bei dem Überfall angegriffen hatte. »Diese Typen wussten genau, was sie taten. Die Frage ist nur, was wollten sie von Belikow?«

»Da wird die Geschichte spannend«, fuhr Diaz fort. »Auf dem Papier scheint der Typ legal zu sein. Name, Geburtsdatum, Beschäftigungsgeschichte, all die üblichen Dinge stimmen überein. Kein Vorstrafenregister, keine bekannten Verbindungen zu verdächtigen Gruppen, keine lebenden Verwandten. Aber wenn man etwas tiefer gräbt, spult sich eine ganz andere Geschichte ab. Keiner seiner früheren Arbeitgeber besitzt irgendwelche Aufzeichnungen über ihn, er war in seiner Jugend nie in irgendwelchen Clubs oder Organisationen, hat an keinen Veranstaltungen teilgenommen …«

»Das hast du auch nicht, Kumpel.«

Diaz ignorierte den Seitenhieb. »Der Punkt ist, dass selbst seine ehemalige Universität ihn nicht auf ihrer Alumni-Liste hat. Im Grunde genommen gibt es ihn erst seit Mitte der Neunzigerjahre.«

Die Erklärung lag auf der Hand, die Implikationen aber weniger. »Der Name Belikow ist also eine falsche Identität«, überlegte Becker. »Wie zum Teufel konnten wir das übersehen, als wir ihn als Kunden akzeptiert haben?«

»Wie ich schon sagte, auf dem Papier wirkt der Kerl ziemlich echt. Zumindest echt genug, um den Hintergrundcheck der Firma zu bestehen.«

Mit anderen Worten: Der Mann wusste genau, wie er das System gegen sie ausspielen konnte. »Auch Geister haben eine Geschichte. Wir müssen herausfinden, wer er wirklich ist.«

»Das habe ich schon«, verkündete Diaz triumphierend. »Du sagtest, die Jungs am Ort des Überfalls hätten ihn als Iwanow angesprochen? Das genügte, um mich auf die richtige Spur zu bringen. Eine kleine Gesichtsanalyse und eine langwierige Suche haben schließlich ein Ergebnis zutage gefördert. Luka Iwanow, geboren 1962 in Minsk, hat Biochemie an der Moskauer Staatsuniversität studiert und als Jahrgangsbester abgeschlossen.«

Auf Beckers Monitor erschien ein weiteres Bild, das einen viel jüngeren und schlankeren Belikow zeigte, offenbar in einem Jahrbuch einer Universität. Allerdings grinste er auch damals schon so arrogant wie heute.

»Das klingt gar nicht so anders«, bemerkte Becker.

»Aber da gibt es einen Punkt, von dem an ihre Leben auseinanderklaffen. Während unser Mann behauptete, er habe eine Reihe von Jobs in der Privatwirtschaft ausgeübt, wurde der echte Iwanow direkt nach dem Studium von der sowjetischen Regierung angeworben. Geheime Forschung und Entwicklung.«

»Was genau sollte er entwickeln?«

»Das kann ich nicht mit Sicherheit sagen. Es wurden keine Aufzeichnungen veröffentlicht, aber ich habe ein Foto von ihm gefunden, das in den späten 1980er-Jahren von ihm zusammen mit ein paar anderen Jungs aufgenommen wurde.«

Das nächste Bild zeigte einen etwas älteren und stämmigeren Belikow (oder vielmehr Iwanow), der in ein Gespräch mit mehreren anderen Männern vertieft war, von denen die meisten die weißen Laborkittel von Ärzten oder Forschern trugen. Sie sahen alle ziemlich ernst aus. Becker nahm an, dass die meisten sowjetischen Forscher damals so aussahen. Entweder man lieferte Ergebnisse, oder man ging auf eine Reise nach Sibirien. Ohne Rückfahrtticket.

»Die meisten der Typen auf dem Foto sind unbekannt, aber einer war ein bekannter Forscher am Vektor – dem staatlichen Forschungszentrum für Virologie und Biotechnologie. Anzunehmen, dass die anderen das auch waren.«

Das reichte, um Beckers Interesse zu wecken. »Virologie?«

»Waffentaugliche Seuchen. Anthrax, Pocken, alles Mögliche. Wenn es dich krank macht, stehen die Chancen gut, dass diese Typen versucht haben, es in eine Waffe zu verwandeln. Ganz schön fieser Scheiß.«

»Verdammter Mistkerl«, sagte Becker leise. Er verstand allmählich, warum ein Mann wie Iwanow sich als so wertvoll erweisen konnte. Und es erklärte auch, warum die russische Regierung ihn dringend wiederhaben wollte. Es war nicht abzusehen, welchen Schaden seine neuen Freunde anrichten konnten, wenn es ihnen gelang, sich Iwanows zweifelhaftes Fachwissen zunutze zu machen.

»Wir müssen wissen, wohin sie ihn gebracht haben«, sagte er entschlossen. »Hatte Turner irgendwelche Hinweise auf seinem Computer?«

Diaz sog die Luft durch die Zähne ein. »Es gibt darauf eine Menge Kommunikation. Ich muss das meiste davon noch sortieren. Das könnte eine Weile dauern.«

Becker nickte verständnisvoll. Der junge Mann hatte in kurzer Zeit schon viel erreicht, aber das alles war umsonst, wenn sie Iwanows Aufenthaltsort nicht ausfindig machen konnten.

»Okay. Bleib dran. Ich bin bald wieder da.«

Diaz betrachtete ihn mit einer hochgezogenen Augenbraue. »Wohin gehst du?«

»Zeugen befragen.«

10

Becker war immer wieder erstaunt, wie schnell sich das Leben in Orten wie Bagdad nach einem großen Terroranschlag wieder normalisierte – jedenfalls nach dem Maßstab, der hier als normal galt. Wäre eine solche Autobombe in den USA hochgegangen, wäre das gesamte Gebiet wochenlang abgesperrt worden, während die Spurensicherung jeden Millimeter untersuchte.

Hier sah es jedoch so aus, als hätten die Ermittler den Schauplatz bereits verlassen. Auf der Baustelle gegenüber dem zerstörten Lagerhaus waren die Abbrucharbeiten wiederaufgenommen worden, und das Rattern von Presslufthämmern und das Rumpeln von Bulldozern mischten sich mit dem Dröhnen des Verkehrs auf der nahe gelegenen Landstraße. Das einzige Anzeichen dafür, dass gestern etwas passiert war, war ein eilig errichteter Maschendrahtzaun um das zerstörte Lagerhaus. In den Maschen hatten sich bereits Fetzen von angewehtem Müll verfangen. Becker entschied sich, das Lagerhaus nicht zu genau zu betrachten, als er über die geschäftige Baustelle ging und einem Lastwagen auswich, der eine Ladung Schutt abtransportierte. In der Luft hingen Staub und Abgase.

Er ging zur Hütte des Bauleiters und äußerte seinen Wunsch, mit jedem zu sprechen, der gestern auf der Baustelle gearbeitet hatte. Dabei schmierte er den Mann mit irakischen Dinar im Wert von fünfzig Dollar. Prompt wurde Becker zu einem Arbeitstrupp geführt, der damit beschäftigt war, einen Abschnitt der Betonmauer abzureißen. Sie verfügten über ein paar Presslufthämmer, aber der Großteil der Arbeit wurde mit altmodischen Vorschlaghämmern erledigt. Gott allein wusste, wie sie bei dieser Hitze arbeiten konnten, aber er nahm an, dass es kaum eine andere Möglichkeit gab. Entweder man hielt mit, oder man wurde höflich aufgefordert, sich eine andere Beschäftigung zu suchen.

Die Arbeit verlangsamte sich und kam zum Erliegen, als Becker sich den Leuten näherte. Die Blicke der Männer waren auf ihn gerichtet, und ihre Mienen waren alles andere als freundlich. Becker bemerkte, dass der eine oder andere seinen Hammer etwas fester umklammerte.

»*As-salāmu'alaykum*«, begann Becker und verneigte sich respektvoll, als er den traditionellen islamischen Gruß sprach. *Friede sei mit dir.*

Einige Sekunden herrschte Schweigen. Becker wartete stumm und regungslos und behielt nur seine neuen Freunde im Auge.

Schließlich trat ein älterer Mann von etwa vierzig Jahren vor. Er war klein, dunkelhäutig und kahlköpfig, seine Unterarme waren durch jahrelange körperliche Arbeit sehr muskulös. »*Wa'alaykumu s-salām*«, antwortete er formell, bevor er hinzufügte: »Was willst du hier?«

»Ich suche Informationen über die gestrige Explosion.« Beckers Arabisch war einigermaßen gut, nachdem er so viel Zeit im Irak verbracht hatte, aber es erforderte ein Umschalten im Kopf. »Hat einer von euch vielleicht etwas gesehen oder gehört?«

Die Männer wechselten nervöse Blicke. Mit einem terroristischen Vorfall wollte niemand in Verbindung gebracht werden – auch nicht indirekt.

»Und wenn?«

Becker überlegte, bevor er beschloss, denselben Ansatz zu verfolgen, der ihm auch die Kooperation des Bauleiters gesichert hatte.

»Ich wäre jedem dankbar, der mir helfen kann«, sagte er, rollte ein Bündel Dinar auf und vergewisserte sich, dass sie es sahen. Er hielt umgerechnet über hundert Dollar in der Hand – ein Monatslohn für diese Arbeiter.

Die Augen des Mannes verengten sich, als er das Geld und Beckers Zivilkleidung sah. Sein Blick war verschlagen und berechnend. »Du bist nicht vom Militär.«

»Nein.«

»Polizei?«

Becker schüttelte den Kopf.

»Du bist weder Militär noch Polizei. Was bist du dann? Ein Journalist?« Er stieß dieses Wort mit aufrichtiger Verachtung heraus. »Auf der Suche nach einer großen Story?«

Es war klar, dass dieser Kerl für Beckers Fragen nicht empfänglich war, und die anderen waren es auch nicht, der Unzufriedenheit nach zu urteilen, die sie ausstrahlten. Geld hin oder her, sie wollten nicht reden.

Becker beschloss, dass ein wenig Ehrlichkeit angebracht war. »Zwei meiner Freunde sind dort gestern gestorben.« Er deutete auf das zerstörte Lagerhaus. »Ich möchte die Verantwortlichen finden.«

Bei diesen Worten schlug die Stimmung um. Das Konzept von Rache und Vergeltung war in der irakischen Kultur fest verwurzelt. Hier führten Streitigkeiten zu lang anhaltendem Groll und wurden meist mit Gewalt beigelegt.

»Du warst dabei?«

Becker nickte. »Unser Klient wurde entführt. Wir haben versucht, ihn zu retten.« Er hielt einen Moment inne und grinste sie dann bedauernd an. »Übrigens, das mit dem Bulldozer tut mir leid.«

Der Anführer erwiderte unwillkürlich das Grinsen. Da wusste Becker, dass er ihn hatte. »Der war sowieso ein Schrotthaufen«, erwiderte er und warf einen amüsierten Blick in Richtung der Hütte des Vorarbeiters. »Was willst du wissen?«

»Die Männer, die uns angegriffen haben, haben diesen Ort als Operationsbasis genutzt. Hat jemand von euch in den letzten Tagen etwas Ungewöhnliches in diesem Lagerhaus gesehen oder gehört?«

Stille, Stirnrunzeln, verwirrte Blicke. Niemand hatte gesehen, wonach er suchte. Beckers Zuversicht schwand.

»Ich habe was gesehen.«

Becker sah den Sprecher an, einen jungen Mann, beinahe noch ein Teenager. Sein Kiefer zierte ein spärlicher Bart, fast ein Flaum, und auf seinen nackten Armen zeigten sich sehnige Muskeln. Er wirkte zögerlich und nervös. Wahrscheinlich war er es nicht gewohnt, sich mit Ausländern zu unterhalten. Jedenfalls hatte Becker nicht den Eindruck, dass der Mann ihn täuschen wollte.

Er verschränkte die Arme und beobachtete den jungen Mann genau.

»Sag mir, was du gesehen hast.«

Als Becker zehn Minuten später an der Hütte des Vorarbeiters vorbeiging und auf seinen Toyota zusteuerte, war er um etwa hundert Dollar ärmer, hatte dafür aber etwas viel Wertvolleres bekommen. Er wählte bereits Diaz' Nummer, als er den kleinen, staubigen Parkplatz verließ und sich in den dichten Verkehr auf der Hauptstraße einfädelte.

»Irgendwelche Spuren?«, fragte Diaz.

»Vielleicht«, räumte Becker ein. »Einer der jüngeren Bauarbeiter hat in den letzten Tagen etliche Fahrzeuge gesehen, die in dem Lagerhaus aus- und einfuhren.«

»Unsere Freunde haben sich dort auf den Angriff vorbereitet«, folgerte Diaz.

»Richtig. Einer seiner Kumpel hat sich vor ein paar Tagen dort umgeschaut und sagte, er hätte Männer, Fahrzeuge und Funkgeräte gesehen. Er hat sogar ihren Funkverkehr mitgehört.«

»Scheiße, wir müssen den Kerl finden und mit ihm sprechen.«

»Daraus wird wohl nichts«, erwiderte Becker. »Der Kerl hat sich in den letzten zwei Tagen nicht bei der Arbeit gemeldet, und keiner seiner Nachbarn hat ihn gesehen.«

Man brauchte kein Genie zu sein, um herauszufinden, was mit dem unglücklichen Bauarbeiter geschehen war. Wahrscheinlich hatten Iwanows Entführer ihn dabei beobachtet, wie er sie ausspionierte, waren ihm nach der Arbeit gefolgt und hatten ihn unauffällig verschwinden lassen.

»Verdammt noch mal! Er könnte etwas aufgeschnappt haben, was uns helfen könnte.«

»Das hat er«, erklärte Becker. »Bevor er verschwand, hat er seinen Freunden erzählt, was er gehört hatte. Sein Englisch war ziemlich schlecht, aber ein Wort wäre immer wieder aufgetaucht: *Hanada*.«

»Hanada?«, wiederholte Diaz.

»Das könnte eine Person sein, ein Firmenname, ein Codewort … Ich weiß es nicht. Aber was auch immer es war, es schien ihnen wichtig zu sein.«

»Ich bin schon dabei. Gib mir eine Minute.«

Becker wartete und lauschte dem leisen Klicken der Tasten im Hintergrund. »Hanada … Okay … Nun, es gibt eine Menge japanischer Geschäftsleute, Persönlichkeiten des öffentlichen Lebens, Firmen, Anime-Figuren …«

»Wohl eher nicht«, sagte Becker, der sich eine solche Verbindung nicht einmal vorstellen konnte. »Hat einer dieser Leute etwas mit dem Irak zu tun?« Vielleicht hatte sich der Junge verhört oder das Wort missverstanden.

Ganz zu schweigen von der Möglichkeit, dass er Becker nur an der Nase herumgeführt hatte, um schnelles Geld zu verdienen. Falls das zutraf, würde er eine ganze Weile nicht mehr auf dem Bau arbeiten können, wenn Becker erst mal mit ihm fertig war.

»Keine offensichtlichen Verbindungen. Japanische Unternehmen neigen nicht dazu, sich im Nahen Osten zu engagieren.«

Beckers Erregung verflog. Wenn sie keine Hinweise auf Iwanow fanden, war seine Mission vorbei, bevor sie überhaupt begonnen hatte.

»Verdammter Mistkerl«, flüsterte Diaz plötzlich.

»Was hast du gefunden?«

»Hanada! Es geht nicht um einen Mann oder ein Unternehmen, sondern um einen Ort.« Diaz war offenkundig stolz auf seine Detektivarbeit.

»In Japan?« Becker sah da keinen Zusammenhang. Würden sie Iwanow wirklich um die halbe Welt bringen, in ein Land, in dem er wie ein bunter Hund auffallen würde?

»Nein, es ist sozusagen in deinem Hinterhof. In Nordsyrien, nicht weit von der Grenze zur Türkei entfernt.«

»Das ist nicht gerade mein Hinterhof«, antwortete Becker und überschlug bereits die Entfernung bis dorthin. Nach seinen Berechnungen waren es gut fünfhundert Meilen bis zur nördlichen Grenze Syriens. »Was kannst du mir über diesen Ort sagen?«

»Früher war es eine Zwischenetappe auf einer beliebten Handelsroute. Anscheinend haben es die Briten im Ersten Weltkrieg als Tanklager benutzt. Heutzutage ist es nur noch ein kleines Dorf mitten im Nirgendwo. Es hat weniger als hundert Einwohner, soweit ich das beurteilen kann.«

»Ein guter Ort, um eine Geisel zu verstecken«, sagte Becker leise vor sich hin. Die Puzzleteile fügten sich langsam zusammen, auch wenn ihm das Muster, das sie bildeten, nicht gefiel.

Eine isolierte Siedlung, weit weg von der Zivilisation, die eine gut bewaffnete, gut organisierte Terroristengruppe mit einem russischen Biowaffen-Ingenieur als Trumpfkarte als Operationsbasis nutzen. Dazwischen fünfhundert Meilen extrem feindliches Gebiet, in dem es von IS-Milizen, irakischen und syrischen Regierungstruppen sowie Luftpatrouillen der Koalition nur so wimmelte. Ganz zu schweigen von der Gefahr von Sprengfallen, Landminen und Hinterhalten.

Von einem Kriegsgebiet ins nächste.

TEIL ZWEI

REPLIKATION

Als das US-Programm für biologische Waffen 1969 endete, hatte es sechs verschiedene Erreger, darunter Milzbrand, Tularämie und Brucellose, erfolgreich waffenfähig gemacht und in Massenproduktion hergestellt. Bis zu zwanzig weitere tödliche Erreger befanden sich in verschiedenen Entwicklungsstadien, als das Programm eingestellt wurde.

11

Drei Tage später
Suruc Flüchtlingslager, Türkei

»Atme so tief wie möglich ein«, sagte Lori Dalton leise und drückte ihr Stethoskop auf die dünne Brust des jungen Mädchens. »Ausatmen.«

Das trockene, rasselnde Keuchen der sich ausdehnenden und zusammenziehenden infizierten Lunge drang in Daltons Ohren, als das Kind ausatmete. Sie nahm das Instrument weg und überprüfte die Temperatur des Mädchens – sie war leicht erhöht –, den Puls und den Blutdruck.

Die Mutter saß derweil ängstlich schweigend da und wartete darauf, dass Dalton ihre Untersuchung beendete. Das Gesicht der Frau war faltig, ihre Augen lagen tief in den Höhlen, ihr Haar war grau, ihre knochigen Hände zu Fäusten geballt. Sie war wahrscheinlich jünger als Dalton mit ihren fünfunddreißig Jahren, aber ein Leben voller Angst und Entbehrungen hatte sie vorzeitig altern lassen.

»So ist es gut.« Dalton schenkte dem Mädchen ein beruhigendes Lächeln und notierte dann etwas in ihrer Akte. Als sie damit fertig war, wandte sie sich an die Mutter. »Ihre Tochter hat eine leichte Infektion in der Brust«, erklärte sie auf Arabisch. Nachdem sie monatelang mit Patienten zu tun hatte, die vor dem Bürgerkrieg in Syrien geflohen waren, beherrschte sie die Sprache inzwischen fließend.

»Können Sie ihr helfen?«, fragte die Mutter vollkommen

beherrscht. Wahrscheinlich war sie es gewohnt, schlechte Nachrichten vor ihren Kindern zu verbergen. Jetzt war sie auf das Schlimmste gefasst.

Dalton nickte. »Es war richtig, mit ihr zu uns zu kommen. Manche Leute warten zu lange. Ich gebe Ihnen einige Antibiotika, die Sie ihr zweimal täglich verabreichen sollen. Aber Sie müssen dafür sorgen, dass sie die Medikamente bis zu Ende nimmt. Wenn sich ihr Zustand bis dahin nicht gebessert hat, kommen Sie bitte sofort wieder.« Sie streckte die Hand aus und berührte die der Mutter. »Aber ich glaube, sie wird wieder gesund.«

Die Frau nickte und wischte sich ein Auge, als wäre ein Staubkorn darin. Dalton wandte den Blick ab, um ihr die Peinlichkeit zu ersparen.

»Inshallah«, flüsterte die Frau.

Als die Mutter und ihre Tochter gingen, blickte Ray Willis, Daltons medizinischer Assistent, mit einem müden Lächeln zu ihr herüber.

»Eine weniger. Warten nur noch fünfhundert.« Dalton fuhr sich mit den Händen durch ihr langes dunkles Haar, das vollkommen zerzaust war. In einem Flüchtlingslager dieser Größe mangelte es nie an kranken, unterernährten oder verletzten Patienten, die behandelt werden mussten. Aber sehr oft fehlten die lebenswichtigen Medikamente und Arzneimittel, um ihnen zu helfen.

»Wenigstens war es keine Grippe«, sagte sie dankbar. »Ein infektiöses Virus würde ein solches Lager dezimieren.«

Willis schnitt eine Grimasse. »Beschwören Sie es bloß nicht.«

Dalton kippte den Rest des lauwarmen Kaffees hinunter, streckte sich und krümmte den Rücken. Sie hatte mehrere Stunden lang ohne Pause gearbeitet, und auch wenn sie sich der Dringlichkeit ihrer Arbeit bewusst war, war ihr ebenfalls klar, dass sie dieses Tempo nicht ewig würde durchhalten können. »Ich brauche einen Moment«, erklärte sie und stand auf. »Was dagegen, wenn ich etwas Luft schnappe?«

Willis nickte verständnisvoll.

Dalton schob die Zeltklappe beiseite, trat in die pralle Nachmittagssonne hinaus und setzte sich eine zerschrammte Sonnenbrille auf.

Allein die Größe des Flüchtlingslagers Suruc war beängstigend. Mehr als dreißigtausend Männer, Frauen und Kinder waren in einer riesigen Ansammlung grauer Zelte zusammengepfercht, auf einer Fläche von etwa einer Meile Breite. Die UNO und die türkische Regierung hatten sich eingeschaltet, um zumindest die grundlegende Versorgung zu sichern, und lieferten Schutzzelte, aber der Lärm und der Geruch von so vielen Menschen, die auf engstem Raum mit primitivsten sanitären Einrichtungen lebten, war nahezu unerträglich. Und Suruc war keineswegs ein Einzelfall – entlang der Grenze zu Syrien gab es Dutzende weiterer solcher Lager, und viele davon waren schlecht organisiert. Mehr als drei Millionen Menschen waren vor dem anhaltenden Bürgerkrieg in Syrien geflohen, und ihre Zahl stieg täglich.

Die Möglichkeit, dass sich ansteckende Krankheiten in Lagern wie diesem ausbreiteten, drohte wie eine tickende Zeitbombe. Jeder wusste, dass sie früher oder später hochgehen würde, es war nur die Frage, wann und wie stark. Deshalb waren medizinische Teams wie das von Dalton von der Weltgesundheitsorganisation entsandt worden, um die Situation zu überwachen und alles in ihrer Macht Stehende zu tun, um einen möglichen Ausbruch zu verhindern. Ein nobles Ziel, aber sie waren fast immer unterbesetzt und unterfinanziert und kämpften auf verlorenem

Posten, nur um Leben zu retten und eine humanitäre Katastrophe zu verhindern. Es gab einfach zu viele Menschen und nicht genug Ressourcen für die Hilfe.

Seufzend strich sich Dalton einige Haarsträhnen aus dem Gesicht. Dabei fiel ihr Blick auf die Narben an ihrem Unterarm. Die verblassten rosafarbenen Linien waren gerade und gleichmäßig, fast chirurgisch in ihrer Präzision, und hoben sich deutlich von ihrer olivfarbenen Haut ab. Eine Erinnerung an eine dunkle Zeit in ihrem Leben. Instinktiv ließ sie den Arm sinken, sodass ihr Hemdsärmel wieder hinunterfiel und die Narben verdeckte.

Sie wollte sie nicht sehen. Nicht heute.

Daltons Gedanken wurden unterbrochen, als einer der türkischen medizinischen Assistenten, Azra, auf sie zugelaufen kam. Seinem Gesichtsausdruck war zu entnehmen, dass er keine guten Nachrichten brachte.

»Doktor Dalton!«, rief er, als er sich näherte.

»Was gibt es?«

»Es ist gerade ein Mann hereingekommen. Er sagt, er habe die Grenze in der Nacht überquert, sei aber in ein Feuergefecht zwischen Rebellen und Regierungstruppen geraten.«

Daltons Puls beschleunigte sich. »Ist er krank?«

»Er ist verletzt, aber stabil. Aber ich glaube, Sie sollten sich anhören, was er zu sagen hat.«

Dalton nickte und duckte sich zurück ins Zelt. »Willis, übernehmen Sie kurz für mich. Ich muss mich da um etwas kümmern. Ich komme zurück, so schnell ich kann.«

»Stimmt etwas nicht?«, fragte er.

»Ich weiß es noch nicht.«

Eine aus zwei großen Armeezelten bestehende Triage-Station war eingerichtet worden, um die ankommenden Verletzten zu versorgen. Daltons Spezialgebiet waren ansteckende Krankheiten und nicht die Notfallversorgung von Traumata, aber wie alle Ärzte war sie in den Grundlagen ausgebildet. Sie war gezwungen gewesen, von Zeit zu Zeit dort auszuhelfen, wenn die Lage verzweifelt war. Heute war es auf der Station vergleichsweise ruhig. Nur eine Handvoll kleinerer Verletzungen musste versorgt werden.

Dalton folgte Azra eilig zu einem Mann, der gerade von zwei Pflegern zusammengeflickt wurde. Er war noch jung, gerade in den Zwanzigern, groß und dünn, und seine schmutzige Kleidung passte ihm nicht richtig. Dem Anschein nach war er zweimal von einer Schusswaffe getroffen worden: einmal in die Hand, wo die Kugel ihm den vierten Finger abgerissen hatte, und ein Streifschuss in der Nähe der Schulter. Er war zwar übel zugerichtet, aber die Verletzungen waren nicht lebensbedrohlich, sofern sich keine Infektion einstellte.

Die Pfleger waren bereits dabei, die Verstümmelung an seiner Hand mit chirurgischer Gaze zu verbinden.

»Wie ist Ihr Name?«, fragte Dalton auf Arabisch.

Der Mann sah sie mit leeren, tief in den Höhlen liegenden Augen an, die vor Schmerz flackerten. Offensichtlich war sein Weg hierher eine physische und psychische Tortur gewesen.

»Rami.«

»Rami. Mein Name ist Doktor Dalton. Wie sind Sie hierhergekommen?«

»Ich lebe auf der anderen Seite der Grenze, in einem Dorf in der Nähe des Euphrat. Die Kämpfe kamen nahe an unser Haus heran. Der Islamische Staat rückte immer näher. Also bin ich geflohen.«

Dalton musterte ihn genauer. »Haben sie auf Sie geschossen?«

Er wich ihrem Blick aus. »Ja.«

Dalton war nicht überzeugt. Sein Haar war kurz geschnitten, fast militärisch. Sicherlich kein Haarschnitt, den sie bei einem Dorfjungen erwarten würde. Und er war im idealen Einberufungsalter für die massiv unter Druck stehende syrische Armee.

»Sagen Sie die Wahrheit, Rami?«

Er antwortete nicht, sondern hielt den Kopf gesenkt.

»Rami, sehen Sie mich an.«

Widerstrebend hob er den Blick.

»Ich kann Ihnen helfen, aber nur, wenn Sie ehrlich zu mir sind. Verstehen Sie das?«

Er nickte langsam.

»Haben Sie in der syrischen Armee gedient?«

Sein Blick huschte von Dalton zu Azra und zu den Sanitätern, die ihn versorgten. Sie sah, wie er schluckte, dann nickte er endlich.

»Du verlogener Abschaum!« Azra machte Anstalten, den jungen Mann zu schlagen.

»Warten Sie!« Dalton trat hastig vor Azra. »Lassen Sie ihn reden.«

Azra zögerte, dann wich er langsam zurück.

»Erzählen Sie uns, was passiert ist.«

Rami nahm mit seiner gesunden Hand einen Becher mit Wasser und trank ein paar Schlucke. Er ordnete einige Augenblicke seine Gedanken, bevor er sprach. »Wir hatten den Kontakt zu einem kleinen Dorf hinter der Frontlinie verloren. Unsere Befehlshaber waren besorgt, dass die Rebellen unsere Linien unterwandert hätten. Mein Trupp wurde losgeschickt, um das Gebiet zu erkunden und Bericht zu erstatten.«

»Fahren Sie fort«, drängte Dalton.

Ein Schauer schien ihn zu durchlaufen, und er wurde kreidebleich. »Das Dorf war tot.«

»Was meinen Sie damit?«

»Der Ort war völlig zerstört, und die Menschen lagen tot auf den Straßen.«

»War das der Islamische Staat?«, wollte Azra wissen.

Der junge Mann schüttelte den Kopf. »Was auch immer sie getötet hat, es waren keine Kugeln. Den Leichen quoll das Blut aus den Augen, und sie hatten blutigen Schaum vor dem Mund. Wie tollwütige Hunde.«

Dalton wechselte einen schnellen Blick mit Azra. Keiner von beiden brauchte es auszusprechen. Was er beschrieb, wies alle Merkmale eines Angriffs mit Chemikalien oder Nervengas auf.

»Unser Unteroffizier befahl uns, die Leichen zu entsorgen, sie zu verbrennen, damit sich die Seuche nicht ausbreitet«, fuhr Rami fort und zitterte nun am ganzen Körper. »Da bin ich weggelaufen. Ich wollte nie Soldat werden, und der Anblick dieser Leichen war zu viel. Der Unteroffizier sah mich weglaufen und schoss auf mich.« Er hob seine verstümmelte Hand als Beweis. »Es war dunkel, und er zielte schlecht, also rannte ich einfach weiter und betete, dass sie mich nicht verfolgen würden. Danach hörte ich weitere Schüsse im Dorf, in der Ferne. Ich weiß nicht, ob sie Überlebende hinrichteten oder ob sie selbst unter Beschuss gerieten. Ich weiß nur, dass ich weiterlief, bis ich zusammenbrach.«

Er schniefte, und seine Tränen zogen helle Spuren durch sein schmutziges Gesicht.

»Schließlich gelang es mir, Zivilkleidung zu stehlen und meine Uniform abzulegen. Ich überquerte die Grenze und kam hierher. Ich konnte nirgendwo anders hin.«

»Das ist in Ordnung«, sagte Dalton, war sich allerdings nicht ganz sicher, ob das stimmte. »Sie müssen etwas für mich tun, Rami.«

»Was?«

Sie beugte sich näher zu ihm und sah ihm fest in die Augen. »Sagen Sie mir, wo dieses Dorf ist.«

»Auf gar keinen Fall. Ich werde auf keinen Fall eine Reise in ein aktives Kriegsgebiet genehmigen«, erklärte Anton Kincaid, dessen Gesicht Dalton vom Bildschirm ihres Laptops anstarrte. Die Videoübertragung stockte und fror zeitweise ein, da der Satelliten-Uplink Schwierigkeiten hatte, eine stabile Verbindung aufrechtzuerhalten.

Kincaid war Ende fünfzig, hatte ein langes schmales Gesicht, dünne Brillengläser, die locker auf dem Nasenrücken balancierten, und ergrauendes Haar, das aus der hohen Stirn zurückgekämmt war. Kincaid pflegte eine gelehrte, kultivierte Attitüde, die Dalton an einen Geschichtsprofessor im Tweedsakko erinnerte, eine Eigenschaft, die trotz des körnigen Videoanrufs nicht verloren ging. Kincaid saß im Hauptquartier der Weltgesundheitsorganisation in Genf und war Direktor des Zentrums für übertragbare Krankheiten und außerdem Daltons Vorgesetzter. Jede Planänderung oder Umschichtung von Ressourcen mussten von ihm genehmigt werden. Sie brauchte Kincaid auf ihrer Seite, und bisher hatte sie kein Glück.

»Es liegt nur ein paar Meilen hinter der Grenze. Wir könnten in einer Nacht rein und raus sein.«

»Es ist mir egal, ob es nur zehn Minuten Fußweg von Ihrem Zelt entfernt liegt. Es bedeutet trotzdem, dass Sie die Grenze zum syrischen Territorium unerlaubt überschreiten würden. Wenn man Sie gefangen nehmen sollte …«

»… dann würden wir uns die gleiche Geschichte ausdenken wie immer – wir sind ein medizinisches Team, das sich in der Wüste verirrt hat. Sie haben doch gehört, was der Überläufer uns erzählt hat«, beharrte Dalton und lehnte sich näher an den Bildschirm. »Ein ganzes Dorf wurde ausgelöscht. Dies könnte ein Beweis für den Einsatz biologischer Kampfstoffe gegen Zivilisten sein. Wir wissen, dass das Assad-Regime das schon einmal getan hat. Wenn es wahr ist, muss die Welt davon erfahren.«

»Und das wird sie, das versichere ich Ihnen. Aber das ist ein Thema für die UN, nicht für die WHO.«

»Und wann wird es vorgebracht? In einem Monat, wenn die syrische Miliz genug Zeit hatte, die ganze Sache zu vertuschen?« Dalton konnte ihre Wut und Ungeduld kaum noch zähmen. »Das ist zu spät. Wenn diese Seuche wirklich ansteckend ist …«

»… dann handhaben wir das so wie immer«, versprach Kincaid ihr. »Aber im Moment haben wir nur die Aussage eines panischen Jungen, der desertiert ist. Wer weiß, was er da draußen wirklich gesehen hat? Das reicht mir jedenfalls nicht, um das Leben eines meiner besten Teams zu riskieren.«

Dalton reagierte gereizt. »Sind Sie sicher, dass es keinen anderen Grund gibt, Anton?«

»Was meinen Sie damit?« Sie sah, wie ihm trotz seiner Empörung die Farbe in die Wangen stieg, und wusste, dass sie einen wunden Punkt getroffen hatte.

»Ich habe die Freigabe, wieder im Außendienst zu arbeiten«, sagte sie mit Nachdruck. »Sie selbst haben das genehmigt. Sie wissen, dass ich wieder hundertprozentig fit bin.«

Sein Gesichtsausdruck wurde etwas weicher. »Niemand stellt Ihr Urteilsvermögen infrage, Lori. Ich schon gar nicht.«

»Dann vertrauen Sie mir jetzt auch.«

Kincaid sagte nichts.

»Nehmen wir einmal an, der Junge hätte recht«, versuchte sie es auf einem anderen Weg. »Nehmen wir an, das Dorf wurde mit Anthraxsporen oder hämorrhagischem Fieber infiziert. Haben Sie eine Ahnung, wie schnell sich so etwas in einem Lager wie Suruc ausbreiten könnte? Wenn es ein Überträger in unsere Eindämmungszone schafft, könnte er innerhalb weniger Stunden Dutzende von Menschen infizieren. Am Ende des ersten Tages hätten wir Hunderte von Fällen. Und nach einer Woche … nun, Sie können es sich selbst ausrechnen.«

Kincaid seufzte und senkte den Kopf. »Ich kenne die Berechnungen, Lori. Ich selbst habe sie erstellt.«

»Dann wissen Sie, wie schnell die Sache ausufern kann, wenn wir nicht sofort handeln.« Verärgert fuhr sie sich mit den Fingern durchs Haar. »Es sterben bereits Menschen, Anton. Wie viele noch, bevor wir etwas tun?«

Kincaid schwieg erneut.

»Lassen Sie mich mit einem kleinen Team hingehen. Wenn wir für nichts und wieder nichts aufgebrochen sind, übernehme ich die Verantwortung. Aber wenn wir dort etwas finden, wissen wir wenigstens, womit wir es zu tun haben. Wie auch immer, ich bin bereit, das Risiko einzugehen.«

Kincaid nahm vorsichtig seine Brille ab und rieb sich die Augen – ein sicheres Zeichen dafür, dass er eine schwierige Entscheidung treffen wollte. Sie hielt den Atem an und wartete.

»Nein«, sagte Kincaid schließlich. »Es tut mir leid, aber ich kann das nicht genehmigen. Ich werde alles Notwendige in die Wege leiten, aber in der Zwischenzeit rühren Sie sich nicht vom Fleck und warten auf Anweisungen.«

Dalton ließ sich in ihrem Stuhl zurücksinken, niedergeschmettert von seiner Weigerung. »Ich hoffe, Sie wissen, was Sie da tun, Anton«, sagte sie verbittert.

Der Direktor setzte seine Brille wieder auf und sah ihr direkt in die Augen. »In diesem Job gab es noch nie einfache Antworten. Das wissen Sie.«

Dalton hatte ihm nichts mehr zu sagen. Als sie den Videoanruf beendete, stand sie auf, schloss die Augen und atmete langsam ein, während sie alles abwog, was sie heute gehört hatte und was morgen passieren könnte, wenn sie Kincaids Befehl befolgte.

Sie hob die Hand, berührte die Metallkette, die sie immer unter ihrem Hemd trug, und fuhr mit den Fingern die kleinen, aber überraschend starken Glieder hinunter bis zu dem Ring am unteren Ende. Er war zu groß für sie, aber sie trug ihn immer bei sich. Der Ring, der ihr in schwierigen Momenten immer Trost zu spenden schien. Aber dies war die Zeit der Logik und der Vernunft, nicht der Intuition und des vagen Instinkts. Es war an der Zeit, eine pragmatische Entscheidung zu treffen, weil sie wusste, welche Folgen es haben würde, wenn sie handelte – und welche Folgen es haben könnte, wenn sie es nicht tat. Willis wartete auf sie, als sie eine Minute später kerzengerade und mit zielstrebigem Schritt aus ihrem Zelt trat.

»Was ist los?«, fragte er, kam zu ihr und passte sich ihren Schritten an.

»Wir haben grünes Licht.«

Hätte sie ihn angeschaut, hätte sie Willis' verblüfften und misstrauischen Blick bemerkt. »Es überrascht mich, dass Kincaid dem zugestimmt hat …«

»Es bedurfte etlicher Überredungskünste«, warf Dalton ihm über die Schulter zu. »Und es kann nur eine Stippvisite sein. Ein Versuch, heute Nacht, rein und sofort wieder raus. Wir brauchen so schnell wie möglich eine Transportmöglichkeit.«

»Und eine bewaffnete Eskorte«, setzte Willis hinzu.

Als Dalton stehen blieb und ihn anstarrte, hob er die Hände. »He, ich gehe da nicht rein, wenn uns niemand den Rücken freihält. Syrien ist Kriegsgebiet, falls Sie das noch nicht bemerkt haben.«

Daltons Blick richtete sich auf das große Meer von Flüchtlingszelten, das sich den Hang hinab erstreckte, und auf die Zehntausende von Menschen, die diese beengte, armselige Barackensiedlung ihr Zuhause nannten.

»Doch, das ist mir auch schon aufgefallen«, antwortete sie leise.

12

Dalton schnitt eine Grimasse, als der Humvee erneut über rauen, steinigen Boden holperte und sie durchrüttelte. Das schwere Metallchassis klapperte bei jeder Erschütterung bedrohlich. Sie fuhr mit ihrer militärischen Eskorte jetzt abseits ausgetretener Pfade in südöstlicher Richtung durch ein breites, gewundenes Wadi, ein ausgetrocknetes Flussbett. Das bot ihnen einigermaßen Deckung vor neugierigen Blicken. Draußen herrschte völlige Dunkelheit. Sie fuhren ohne Scheinwerfer, was ihre Sicht noch weiter einschränkte. Nur die Nachtsichtbrille des Fahrers bewahrte sie vor einem Unfall.

Sie hatten ihren Kurs so festgelegt, dass sie die Hauptstraßen und bekannte Militärkonzentrationen meiden konnten, aber es war trotzdem eine unangenehme Fahrt.

»Wie geht es Ihnen, Doc?«, fragte der Soldat, der ihm gegenübersaß, mit einem entschuldigenden Lächeln. Captain Xander Jacobsen war für die kleine US-Militärpräsenz im Flüchtlingslager Suruc verantwortlich. Er sollte dort für Sicherheit sorgen und das medizinische Personal schützen, falls die Lage unangenehm wurde.

Jacobsen war Anfang dreißig, schlank und athletisch gebaut, und er war Berufsoffizier durch und durch. Er war kein schlechter Kerl, wie Dalton zähneknirschend zugeben musste, neigte jedoch zu einer für sein Alter und sein Geschlecht ziemlich typischen Tollkühnheit. Der ehrgeizige Offizier wollte unbedingt ein Stück vom Kuchen abhaben.

Genau deshalb hatte sie ihn heute Abend als Eskorte ausgewählt. Sie hatte gewusst, dass er die Gelegenheit nutzen würde, um einen heimlichen Ausflug wie diesen zu unternehmen. Wenn er ein wenig Gefahr und Aufregung wollte, war das seine Chance.

»Ich halte schon durch«, antwortete Dalton knapp.

Willis hatte jedoch keine Skrupel, sich zu äußern, und machte seinem Unmut Luft. »Habt ihr noch nie was von gepolsterten Sitzen gehört? Dieses verdammte Hoppeln killt meinen Rücken.«

Willis war schon von Anfang an nicht begeistert gewesen, und seine Laune hatte sich auch im Lauf der unbequemen Fahrt nicht gerade gebessert.

Jacobsen grinste amüsiert. »Bequemlichkeit ist keine Priorität für das US-Militär, Mann. Dieses Baby überlebt ein ganzes Magazin von AK-Feuer, also würde ich sagen, es ist ein guter Kompromiss.«

»Glauben Sie, dass heute Nacht auf uns geschossen wird?«, fragte Willis zögernd.

Der Captain zuckte mit den Schultern. »Laut Informationen ist es in dieser Gegend ziemlich ruhig. Die meiste Action spielt sich weiter westlich ab. Syrisches Militär gegen ein halbes Dutzend verschiedener Rebellengruppen und dann die IS, die um das kämpfen, was noch übrig ist. Ein verdammtes Chaos, wenn Sie mich fragen.« Er überlegte kurz. »Das größere Risiko heute Abend sind IEDs. Wenn wir eine davon erwischen, dürften wir im besten Fall nach Hause laufen.«

»Und was ist der schlimmste Fall?«, fragte Willis mit einem merklichen Zögern.

Jacobsen hob eine Braue. »Dann passt das, was von uns übrig ist, wahrscheinlich in einen einzigen Sarg. Weniger Kosten für Onkel Sam, schätze ich.«

Willis erbleichte sichtlich bei dieser Antwort, und zwei Soldaten weiter vorn grinsten sich belustigt an.

»Wie weit ist es noch?« Dalton wechselte das Thema, bevor ihr Kollege noch die Nerven verlor.

Jacobsen beugte sich vor und klopfte dem Fahrer auf die Schulter. »He, Santos, wann kommen wir an?«

Am Armaturenbrett war ein GPS-Gerät angebracht, das anstelle einer visuellen Karte Breiten- und Längengrade anzeigte. »Wir sind fast da, Sir«, erwiderte Santos, nachdem er kurz ihre Position ermittelt hatte. »Etwa zwei Klicks südöstlich von hier. Wir sollten es sehen, wenn wir aus dem Wadi rauskommen. Halten Sie sich lieber fest.«

»Verstanden.«

Sie packten die Haltegriffe, die an den Seiten des Innenraumes angebracht waren, als Santos das Lenkrad einschlug. Der Humvee rumpelte mühsam die Seite des alten Flussbettes hoch und wirbelte dabei Staub und lose Steine auf.

»Läuft hier irgendwie ein Rennen oder so?«, beschwerte sich Willis, der auf seinem Sitz heftig durchgerüttelt wurde.

»Man muss den Schwung halten«, antwortete Santos. »Nur so können wir verhindern, dass sich die Räder eingraben. Glauben Sie mir, Sie wollen dieses Baby nicht ausgraben.«

Dalton spürte, wie sie für einen Moment aus dem Sitz gehoben wurde, als der Humvee über den Rand des Wadis schoss und die Vorderräder in der Luft durchdrehten, bevor das schwere Fahrzeug wieder auf dem Boden landete. *Wenigstens scheint das Schlimmste vorbei zu sein,* dachte sie dankbar, als sie das flache, offene Gelände hinter dem ausgetrockneten Flussbett erreichten und ihr Fahrer vom Gas ging.

»Haben Sie Sichtkontakt, Ferretti?«, rief Jacobsen.

»Verstanden, Sir«, antwortete der andere Soldat auf dem Beifahrersitz, der ebenfalls ein Nachtsichtgerät angelegt hatte. »Ich sehe es, etwa tausend Meter vor uns.«

»Irgendwelche Aktivitäten?«

»Bis jetzt nichts. Sieht ruhig aus.«

Jacobsen nickte. »Okay, wir rücken langsam und vorsichtig ein. Alle halten die Augen offen und melden sofort, wenn sie etwas sehen.«

Dalton spähte aus dem Fenster und bemühte sich, in der tiefschwarzen Dunkelheit etwas zu erkennen. Die dünne Mondsichel spendete nur wenig Licht, und obwohl das zweifellos half, ihr Auftauchen zu tarnen, war die mangelnde Sicht jetzt problematisch.

»Das sieht gut aus, Santos. Halten Sie hier.«

Als der Humvee zum Stehen kam, schaltete der Fahrer den Motor ab, und in der Kabine kehrte Ruhe ein. »Okay, sehen wir uns das mal an. Denkt daran, volle CBRN-Protokolle, Mädels. Masken aufsetzen und fest versiegeln«, befahl Jacobsen, nahm eine Atemschutzmaske aus seinem Rucksack und legte sie an. Dann streifte er sich dicke, chemikalienresistente Handschuhe über. Auch wenn das Risiko einer Kontaminierung der Luft gering war, war das dennoch eine kluge Vorsichtsmaßnahme. Dalton unterdrückte ein Schaudern, als sich die vertraute, leicht klamme Gummimaske um ihr Gesicht schloss und ihr der scharfe Geruch des chemischen Filters in die Nase drang.

»Wir sichern zuerst das Gelände«, erklärte Jacobsen. »Bleiben Sie im Fahrzeug, bis wir grünes Licht geben. Verstanden?«

»Wenn es Probleme gäbe, hätten wir …«

»Das war keine Bitte, Doc«, schaltete sich Jacobsen ein. »Hier draußen habe ich das Sagen.«

Dalton seufzte ungeduldig. »Okay.«

»Gut. Santos, halten Sie sich bereit und evakuieren Sie, wenn die Kacke am Dampfen ist.«

»Verstanden, Sir. Soll ich auf Sie warten?«

Die Maske verbarg sein Grinsen, aber der Humor in seiner Stimme war selbst durch das Atemgerät deutlich zu hören.

»Mit solchen Bemerkungen machen Sie sich bei mir nicht sonderlich beliebt.«

Jacobsen nahm das M4-Sturmgewehr aus der Halterung neben sich, lud die Waffe durch, öffnete die Tür und stieg aus. Da die Innenbeleuchtung des Humvees ausgeschaltet war, gewöhnten sich Daltons Augen langsam an die Dunkelheit. Sie erkannte die schemenhaften Umrisse von Jacobsen und Ferretti, die mit ihren Waffen im Anschlag vorwärts schlichen. Sie blieben geduckt und nutzten das bisschen natürliche Deckung, das sie finden konnten. Die Sekunden schienen sich in der unangenehmen Stille zu dehnen, die nur von dem zischenden Rauschen ihrer Atemgeräte beim Einatmen gestört wurde.

»Erinnert euch das nicht auch an einen Horrorfilm?« Willis rutschte unbehaglich auf seinem Sitz hin und her. Die CBRN-Militäranzüge waren sperrig und hinderlich und zudem dafür bekannt, dass sich in ihnen Hitze und Feuchtigkeit stauten.

Dalton und der Fahrer sahen ihn nur schweigend an.

»Tut mir leid, schlechter Scherz«, entschuldigte er sich. »Ich rede, wenn ich nervös bin.«

»Dann hör auf, nervös zu sein, Mann«, riet ihm Santos.

Sie wurden durch das Knistern des Funkgeräts im Fahrzeug unterbrochen. »Alpha an Bravo, bitte melden.«

»Schießen Sie los, Alpha«, antwortete Santos.

»Umkreis gesichert. Holen Sie die Ärzte raus. Das wollen sie sich bestimmt ansehen.«

»Verstanden.« Santos drehte sich auf seinem Sitz um und sah seine beiden Passagiere an. »Ihr Auftritt.«

Dalton schnappte sich ihr tragbares Probenset, öffnete die Tür und stieg in die Dunkelheit hinaus.

Der Humvee hatte in der Nähe eines niedrigen Erdwalls angehalten, der dem sperrigen Militärfahrzeug eine teilweise Deckung bot. Hinter dieser Anhöhe lag die Siedlung, kaum mehr als eine baufällige Ansammlung kleiner Gebäude, vielleicht insgesamt zwei Dutzend. Keines schien nach einem bestimmten Plan oder Design errichtet worden zu sein. Blanke Ziegelwände und Wellblechdächer herrschten vor, typisch für kleine, isolierte Siedlungen in diesem Teil der Welt. Wenn es überhaupt Strom gab, dann lieferten ihn wahrscheinlich tragbare Generatoren, von denen aber keiner in Betrieb zu sein schien. Die ganze Siedlung war dunkel und still, nirgendwo ein Zeichen von Leben.

»Dieser Ort macht mich nicht glücklich«, sagte Willis hinter ihr.

»Mich auch nicht. Bringen wir es einfach hinter uns.«

Vor ihnen tauchte eine Gestalt aus der Dunkelheit auf. Ihr Körper wirkte größer durch den Schutzanzug. Es war Jacobsen.

»Kann es losgehen?«, fragte er.

»Was haben Sie gefunden?«

Er deutete dorthin, woher er gekommen war. »Sehen Sie es sich besser selbst an. Folgen Sie mir, und passen Sie auf, wo Sie hintreten. Es ist ziemlich rau hier.«

Die beiden Ärzte folgten Jacobsen, der die flache Anhöhe zur Hauptstraße hinaufstieg, die durch das kleine Dorf führte und kaum mehr als ein Feldweg war. Die größeren, solideren Gebäude lagen in der Nähe des Zentrums der Siedlung, einige von ihnen waren zweistöckig, und die meisten hatten Flachdächer. Alle waren in unterschiedlichem Zustand der Zerstörung: Türen und Fensterläden waren aufgebrochen und persönliche Gegenstände auf die Straße geworfen worden. Der ganze Ort war gründlich geplündert worden.

»Es ist direkt hier oben«, sagte Jacobsen.

Vor ihnen stand ein Fahrzeug, ein Militärfahrzeug, dessen Herkunft Dalton nicht kannte. Ferretti hockte daneben und behielt die Gebäude um sie herum im Auge.

»Sieht aus, als hätte der Junge die Wahrheit gesagt«, bemerkte Jacobsen. »Das hier ist ein leichter GAZ-Infanterietransporter. Standardausrüstung der syrischen Armee.«

»Was ist mit der Besatzung passiert?«, wollte Dalton wissen.

Jacobsen antwortete nicht. Er schaltete die Taschenlampe unter dem Lauf seines Sturmgewehrs ein und richtete sie auf die Fahrerkabine. Die Seitenscheiben waren zersplittert, und die Tür stand einen Spaltbreit offen, aber die Windschutzscheibe war von getrocknetem Blut überzogen, ebenso das Armaturenbrett und der Fahrersitz.

»Ich krieg gerade mehr von diesen Horrorfilm-Vibes«, murmelte Willis.

»Sieht nach einem Hinterhalt aus«, mutmaßte Ferretti. »Vielleicht treiben sich Rebelleneinheiten in der Gegend herum?«

»Vielleicht, aber es gibt weder Einschusslöcher noch Schrapnell-Einschläge«, entgegnete Jacobsen und ließ seinen Taschenlampenstrahl über die grausige Szenerie schweifen. »Was auch immer das getan hat, es war keine Waffe.«

Dalton widersprach ihm nicht. Es sah eher nach dem Angriff eines wilden Tieres aus als nach einem Kampf. Sie hakte ihre eigene Taschenlampe los und schwenkte sie über den Boden um das Fahrzeug herum. Mehrere kleine Messinggegenstände glitzerten im Licht. Patronenhülsen.

»Jemand hat von hier aus geschossen«, schlussfolgerte sie. »Der Überläufer sagte, er habe in der Ferne Schüsse gehört.«

»Er sagte auch, dass er Leichen auf der Straße liegen sah.« Jacobsen sah sich in den dunklen Gebäuden um. »Hier müssen mindestens hundert Menschen gelebt haben. Aber wo sind sie?«

»Den Syrern wurde befohlen, die Leichen zu entsorgen. Vielleicht haben sie ihre Arbeit beendet«, schlug Willis vor.

»Und warum lassen sie dann ihr Fahrzeug zurück?«

Dalton stand auf und warf eine leere Patronenhülse zur Seite. »Wir müssen uns umsehen, herausfinden, was es hier noch gibt. Vielleicht stoßen wir ja noch auf etwas.«

Jacobsen nickte. »Okay, zwei Teams, von Haus zu Haus. Ferretti, Sie nehmen Willis mit. Doc, Sie kommen mit mir. Bleiben Sie am Funkgerät, und melden Sie sich, wenn Sie etwas sehen.«

»Verstanden.« Ferretti schulterte seine Waffe und ging auf das nächstgelegene Gebäude zu. »Los geht's, Doc.«

»Sind Sie sicher?«, erkundigte sich Willis. »Da könnte alles Mögliche drin lauern.«

»Halten Sie es hier draußen für sicherer?« Jacobsen richtete sein Licht wieder auf den blutverschmierten Sitz. »Sagen Sie das unserem Freund hier.«

Willis sagte dazu nichts.

»He, ist schon okay«, versprach ihm Dalton. »Je schneller wir das erledigen, desto schneller können wir hier weg.«

Willis nickte widerstrebend und drehte sich um, um Ferretti zu folgen.

Dalton schloss derweil zu Jacobsen auf, als sich der Mann einem ziemlich soliden zweistöckigen Gebäude näherte, das hinter dem verlassenen Fahrzeug aufragte.

»Bleiben Sie dicht bei mir«, befahl Jacobsen leise, als er die zerbrochene Tür aufdrückte und ins Innere schlich. Der Strahl seiner Gewehrlampe drang durch die Dunkelheit. Das Rauschen seines Atemgeräts war etwas schneller geworden.

»Ich kenne den Ablauf.«

In dem Raum herrschte völliges Chaos. Überall lagen umgestürzte Möbel, zerbrochene Utensilien und persönliche Gegenstände. Ein Tisch schien als behelfsmäßige Barrikade gegen die Eingangstür geschoben worden zu sein. Jemand hatte versucht, sich hier zu verschanzen.

Offensichtlich hatte die Barrikade nicht gehalten, und auch die Insassen hatten es nicht geschafft, den Blutflecken an Wänden und auf dem Boden nach zu urteilen.

»Da hat sich aber jemand wirklich mächtig ins Zeug gelegt.«

Dalton atmete aus und versuchte, sich den verzweifelten Kampf, der sich hier abgespielt hatte, nicht vorzustellen. »Sieht ganz so aus.«

Als sie etwas zu ihren Füßen sah, bückte sie sich und hob mit ihrem Schutzhandschuh eine Kinderpuppe auf. Sie war blutverschmiert, und ihr blasses, lächelndes Gesicht stand in obszönem Kontrast zu dem grausamen Schicksal, das ihren Besitzer wohl ereilt hatte.

»Hier drüben ist etwas!«, rief Jacobsen.

Dalton ließ das Spielzeug fallen und eilte hinüber, um Jacobsens Blickrichtung zu folgen. Der Strahl seiner Taschenlampe beleuchtete einen menschlichen Arm, der hinter einem zertrümmerten Schrank hervorlugte, der umgestürzt war. Der Behaarung des Unterarms nach zu urteilen, war er männlich.

Dalton trat rasch vor, weil sie den toten Mann untersuchen und herausfinden wollte, was genau die Bevölkerung hier befallen hatte. Sie machte sich keine Illusionen über den Anblick, der sie erwarten würde. Chemische und biologische Waffen hinterließen selten makellose Körper.

»Vorsichtig!«, mahnte Jacobsen. Sie ignorierte ihn und trat um den umgefallenen Schrank herum, um einen Blick auf die Leiche werfen zu können.

»Verdammt!«, fluchte sie leise, als der Strahl ihrer Taschenlampe die Szenerie beleuchtete. Der Arm endete in einem Stumpf aus zerfetztem, zerrissenem Fleisch und gebrochenen Knochen direkt über dem Ellbogen. Er war offenbar abgetrennt und dann weggeworfen worden.

Jacobsen schüttelte den Kopf. »Ich habe schon davon gehört, dass der IS Gefangene enthauptet, aber das hier ist noch eine Stufe schlimmer.«

Dalton kniete sich hin und hob vorsichtig das verstümmelte Glied auf, um den Schaden zu untersuchen. Was sie sah, jagte ihr einen Schauer über den Rücken.

»Das sieht aus wie Bisswunden«, flüsterte sie.

»Aasfresser?«

Das Auftauchen von Raubtieren war in solchen Zeiten nicht ungewöhnlich, und Dalton kannte die Spuren, die gewöhnliche Raubtiere anrichten. Diese Bissspuren entsprachen jedoch keinem Muster, das sie kannte. Aber wenn es kein Raubtier gewesen war, was war dann dafür verantwortlich? »Ich glaube nicht, dass dies ein Tier getan hat«, flüsterte sie.

Auf der gegenüberliegenden Straßenseite ging Willis direkt hinter Ferretti durch einen schmalen, mit Ziegeln verkleideten Gang und hielt sich dabei dicht an seinen bewaffneten Begleiter. So dicht, dass er gegen ihn stieß, als der junge Mann kurz anhielt, um zu lauschen.

»Können Sie vielleicht Abstand halten?«, fauchte Ferretti

gereizt, während er den Lauf seines Sturmgewehrs langsam über den Korridor schwenkte.

»Jacobsen sagte, ich solle bei Ihnen bleiben.«

»Bei mir, nicht auf mir.«

Willis spürte, wie er errötete, und war ausnahmsweise froh über die schwere Atemschutzmaske.

»Gut«, räumte er ein und deutete mit einer Geste nach vorne. »Gehen Sie voran.« Sie hatten bereits zwei Räume durchsucht. Sie waren ebenfalls geplündert worden und verlassen. Nun drangen sie durch den Hauptkorridor tiefer in das Gebäude vor.

»Sie waren doch schon im Einsatz. Was halten Sie von all dem?« Willis konnte sich die Frage nicht verkneifen. »Eine verlassene Stadt, eine vermisste Patrouille, Gerüchte über Leichen auf den Straßen …«

Ferretti zuckte mit den Schultern. »He, für mich ist das alles SNAFU, Kumpel. Ich will das einfach nur hinter mich bringen und schnell wieder verschwinden.«

»SNAFU?«

»Situation normal – ansonsten fuck you.«

Willis lachte vor Nervosität schnaubend in sein Atemgerät. »Hört sich richtig für mich an. Ich …«

»Ruhe!«, unterbrach ihn Ferretti plötzlich und hob die linke Hand.

»Was ist?«

»Still! Hören Sie.«

Willis hielt den Atem an und lauschte angestrengt.

Da. Ein gedämpftes Krachen, das aus einer Tür weiter unten im Korridor kam. Ein Geräusch, als würde etwas herunterfallen oder fallen gelassen. Da drin bewegte sich etwas.

»Scheiße«, zischte er. »Irgendwas ist hier mit uns drin.«

»Machen Sie sich noch nicht in die Hose. Das könnte

auch einfach nur ein heimisches Tier sein.« Langsam streckte Ferretti die Hand aus und berührte seinen Funksender. »Hier ist Team zwei. Wir haben hier drin Bewegung.«

»Verstanden«, antwortete Jacobsen. »Können Sie es identifizieren?«

»Noch nicht. Wir gehen rein und sehen es uns an. Halten Sie sich bereit.«

Er sah Willis an und nickte in Richtung Tür. »Bleiben Sie in der Nähe, und ziehen Sie sich sofort zurück, wenn ich es befehle. Verstanden?«

Willis nickte nur. Er wagte es nicht mehr, noch etwas zu sagen.

Seine Beine zitterten, als er sich hinter Ferretti der Tür näherte. Ihre leisen Schritte vermischten sich mit dem Zischen ihrer Atemgeräte. Ferretti hielt an der Tür inne, blickte auf seine Waffe und stellte den Feuerwahlhebel auf Automatik.

»Drei, zwei, eins …«, flüsterte er und trat um die Tür in den Raum.

Sein Lichtstrahl erfasste eine Gestalt, die auf der anderen Seite des niedrigen, kahlen Backsteinraumes kauerte. Eine Frau, der Kleidung und dem Körperbau nach zu urteilen. Sie hockte mit dem Rücken zu ihnen über einer zweiten Person, die ausgestreckt auf dem Boden lag.

»US-Militär! Rühren Sie sich nicht!«, schrie Ferretti. »Ich will Ihre Hände sehen!«

Die Frau drehte den Kopf in Richtung der Geräuschquelle, und der Lichtstrahl fiel auf ihr Gesicht.

»Großer Gott!« Willis fuhr keuchend vor Entsetzen über den Anblick zurück.

Es war vollkommen klar, was sie mit der Leiche auf dem Boden gemacht hatte. Ihr Mund und ihre ganze untere Gesichtshälfte waren blutverschmiert. Haut- und Fleischfetzen klebten noch an ihren Lippen, die sie mit einem animalischen Knurren fletschte. Ihre Augen, die in den Strahl der Lampe blickten, waren ebenfalls rot von subdermalen Blutungen, die aus den Tränenkanälen hervorgetreten zu sein schienen und ihre Wangen hinunterliefen.

In diesen entsetzlich veränderten Augen war keine Spur von Erkennen oder Menschlichkeit zu finden, nur eine primitive, lüsterne Gier, die jetzt einen neuen Fokus gefunden hatte.

»Keine Bewegung!«, warnte Ferretti, der von dem blutigen Anblick ebenfalls erschüttert war, sich aber zusammenriss. »Bleiben Sie zurück oder ich schieße.«

Ohne auch nur einen Augenblick zu zögern, sprang die Frau auf und stürzte sich auf den Soldaten, knurrend wie eine Bestie, mit gefletschten Zähnen, die Hände wie Klauen ausgestreckt.

»Schießen Sie doch!«, kreischte Willis.

Das Sturmgewehr explodierte donnernd, und das Echo der Schüsse hallte von den Ziegelwänden wider. Die Frau taumelte kurz, als drei Kugeln eine blutige Schneise durch ihren Oberkörper schlugen. Aber die Einschläge verlangsamten sie nur vorübergehend, bevor sie sich erneut auf ihr neues Opfer stürzte.

Willis rannte in blinder Panik davon, während Ferrettis entsetzte Schreie durch den Korridor hallten. Die Salven seines Sturmgewehrs donnerten unablässig, als der Soldat verzweifelt versuchte, die Angreiferin abzuwehren. Willis drehte sich nicht um, ließ seine metallene Aktentasche mit den Proben hinter sich fallen und riss sich die klobige Atemschutzmaske herunter, als er zum Haupteingang floh. Er war völlig von blinder, gedankenloser Angst überwältigt und dachte nur noch daran, diesem höllischen Ort zu entfliehen, weg von der tollwütigen Kreatur zu kommen, die einmal ein Mensch gewesen war. Weg von den Schreien seines sterbenden Kameraden.

Auf der anderen Straßenseite schreckten Dalton und Jacobsen auf, als sie Schüsse hörten, und ihre Atemschutzgeräte arbeiteten auf Hochtouren, als sich die Angst in ihnen breitmachte.

»Ferretti, reden Sie mit mir!«, rief Jacobsen in sein Funkgerät. »Ferretti!«

Dalton bewegte sich bereits durch den zerstörten Raum und sprintete durch den Haupteingang auf die Straße hinaus. Ihr Sichtfeld begann sich zu trüben, während sich ihre Atmung beschleunigte. Der sperrige CBRN-Anzug behinderte sie, als sie über die Straße auf die Quelle der Schüsse zustürmte.

Sie kam gerade noch rechtzeitig, um zu sehen, wie Willis aus einem dunklen Eingang im gegenüberliegenden Gebäude herauskam. Seine Maske war weg und sein Gesicht angstverzerrt. Wovor auch immer er geflohen war, es hatte ihm Todesangst eingejagt.

»Lori, verflucht, laufen Sie! Los!«, schrie er. Er rannte so schnell, wie sein schwerer Anzug es ihm erlaubte.

Dalton wollte gerade etwas erwidern, als eine andere Gestalt aus einem offenen Fenster aus dem ersten Stock sprang, sich auf Willis stürzte und ihn zu Boden warf. Jetzt kämpfte ihr Freund am Boden liegend, gefangen unter einem Gewirr von Gliedmaßen, kratzenden Fingern und gefletschten Zähnen. Dalton hörte ihn vor Angst und Schmerz schreien, sah den plötzlichen Blutschwall aus einer zerfetzten Arterie und hörte das unmenschliche Knurren seines Angreifers.

Dalton umklammerte immer noch das Proben-Set. Es hatte in etwa die Größe einer Laptoptasche und war aus strapazierfähigem Metall und Kunststoff gefertigt: ein schweres, solides Gewicht. Sie holte damit aus und hämmerte es mit aller Kraft, die sie aufbieten konnte, auf den Kopf des Angreifers. Es krachte heftig, als der Behälter auf dem Schädel des Angreifers landete. Dann ertönte ein schreckliches, nasses Knirschen, als die Knochen unter der Wucht des Aufpralls zerschmettert wurden.

Willis' Angreifer taumelte zur Seite und landete wie ein Sack auf dem Boden. Es war eine Frau. Sie krallte Hände und Füße fest in den Dreck, während sie versuchte, sich aufzurichten. Selbst die massive Kopfwunde schien sie kaum bremsen zu können. Sie stürzte sich auf Dalton, knurrend und fauchend wie ein Tier, die Lippen hochgezogen, die blutigen Zähne gefletscht. Unbewaffnet und wehrlos wich Dalton einen Schritt zurück, als sich die so entsetzlich veränderte Frau auf sie stürzen wollte.

Dalton keuchte bei dem Knall der Schüsse aus einem Automatikgewehr. Schockiert sah sie, wie die Schädeldecke der Frau in einem purpurnen Sprühnebel explodierte. Sie brach auf dem Boden zusammen und zuckte krampfhaft. Dalton wirbelte herum. Jacobsen stand in der Tür, das Sturmgewehr an die Schulter gelegt.

Es blieb keine Zeit, ihm zu danken oder zu fragen, wie oder warum diese Frau ihren Kameraden angegriffen hatte. Dalton wandte sich wieder Willis zu, kniete sich rasch neben ihn und untersuchte seine Wunden. Ihr Kollege war im Gesicht und am Hals gekratzt und gebissen worden. Einige Bisswunden waren tief durch die Haut gedrungen und hatten das darunterliegende Muskelgewebe freigelegt. Doch so hässlich sie auch waren, es handelte sich nur um oberflächliche Verletzungen. Die blutige Bisswunde an seinem Hals stellte die größte Gefahr für sein Leben dar. Die Verletzung hatte die äußere Halsvene aufgerissen, und arterielles Blut sprudelte im Rhythmus seines Pulses heraus.

»Halten Sie durch, Ray. Sie werden wieder gesund«, sagte sie und zwang sich, ruhig zu klingen, so wie sie es im Medizinstudium gelernt hatte. »Ich helfe Ihnen.«

Die Atemmaske drückte heiß und klamm auf ihr Gesicht, erschwerte ihre Atmung, behinderte ihre Sicht und machte jede Kommunikation sehr umständlich. Ohne darüber nachzudenken, packte sie die Maske an der Filtereinheit und riss sie ab, wobei sie dankbar einen tiefen Zug kalter Nachtluft einsaugte. Sie ergriff Willis' Hand und drückte sie auf die Wunde, um die Blutung ein wenig zu stoppen. Es war bestenfalls eine vorübergehende Maßnahme, aber es würde die Blutung verlangsamen, während sie versuchte, ihn zu stabilisieren.

»Drücken Sie darauf!«, befahl sie. »Lassen Sie nicht los.« Willis biss gegen den Schmerz die Zähne zusammen. Sein Atem kam in flachen, erstickten Zügen, aber sie sah, wie er nickte.

»Jacobsen! Wir müssen sofort evakuieren!«, rief Dalton und wandte sich Hilfe suchend an den Captain. »Holen Sie den Humvee!«

Doch noch während sie nach ihm rief, erregte anschwellendes Geschrei weiter unten auf der Straße ihre Aufmerksamkeit. Sie drehte sich um und wünschte sich, sie hätte es nicht getan. Durch den Lärm angelockt, kamen immer mehr Bewohner des Dorfes aus den Hauseingängen und den kleinen Gassen. Viele von ihnen hatten blutige Verletzungen und Verstümmelungen. Sie sammelten sich auf der Hauptstraße und bildeten eine furchterregende, knurrende und brüllende Meute von mindestens zwei Dutzend Personen.

Eine Meute, die es auf sie abgesehen hatte.

»Komm Sie, Ray! Stehen Sie auf, wir müssen verschwinden«, flehte Dalton ihn an und bemühte sich, den verletzten Mann hochzuheben. Es war nicht leicht, aber Angst und Adrenalin verliehen ihr trotz ihrer zierlichen Statur zusätzliche Kraft. Mit einer gewaltigen Anstrengung gelang es ihr, ihren Kollegen auf die wackligen Beine zu ziehen. Die Behandlung seiner Verletzungen musste warten. Ihr Überleben war jetzt ihre einzige Priorität.

»Los, gehen wir, kommen Sie schon!«, flehte sie ihn an, legte seinen Arm über ihre Schulter und zog ihn halb von der anrückenden Meute weg zu dem am Stadtrand geparkten Humvee.

»Ich versuche es ja …«, murmelte er. Seine Stimme war so schwach und zittrig wie seine Schritte. Er stand unter Schock, und Schmerzen und Blutverlust ließen seine Kräfte rapide schwinden.

»Jacobsen, wir brauchen Hilfe!«, schrie sie und wandte sich verzweifelt an ihre Militäreskorte.

Jacobsen war verschwunden. Ob er geflohen oder selbst angegriffen worden war, konnte sie nicht sagen. Alles, was sie wusste, war, dass sie jetzt auf sich allein gestellt war. Die Furcht einflößende Meute hinter ihr kam immer näher, heulte und knurrte, während sie immer schneller wurde wie eine menschliche Lawine, die bergab rollte und sich anschickte, sie und Willis zu verschlingen.

Willis bewegte sich mit aller Energie, die noch in ihm steckte, und schaffte es, etwa ein Dutzend Schritte weiter zu taumeln. Dann gaben seine Beine nach, er stolperte, fiel zu Boden und riss Dalton mit herunter.

»Ray! Stehen Sie auf!« Sie versuchte vergeblich, ihn aufzuputschen. Willis' Hand war von seinem Hals gerutscht, und aus dem zerfetzten Fleisch quoll ein neuer Blutschwall.

»Ich kann nicht … Ich kann nicht weiter …!«, keuchte er und schüttelte schwach den Kopf.

»Sie müssen aufstehen.« Daltons Stimme klang jetzt

eindringlich und ängstlich, und sie warf einen Blick auf die Meute, die noch knapp dreißig Meter entfernt war.

Jeder Arzt gelangt in seiner Karriere irgendwann an den Punkt, an dem er erkennt, dass er nicht alle Menschen retten kann. Früher oder später muss er die schwierige und schmerzhafte Entscheidung treffen, die Arbeit an Patienten, die nicht überleben werden, einzustellen, damit er sich auf die konzentrieren kann, die noch eine Chance haben.

Dies war ein solcher Moment. Blieb sie, würden sie beide sterben. Sie wusste es, und er wusste es auch.

»Es tut mir so leid«, flüsterte sie, ließ ihren Kollegen los und wandte sich ab.

»Lori! Bitte, gehen Sie nicht! Bitte nicht!«, schrie Willis ihr nach, als sich die Meute bereits um ihn scharte.

Dalton floh, stampfte über die unbefestigte Straße und wünschte sich, sie könnte seine gequälten Schreie zum Schweigen bringen, wünschte sich, sie könnte sich zwingen, von den letzten Augenblicken ihres Kollegen nichts hören zu müssen. Sie wusste, dass diese Schreie sie in den kommenden Nächten noch viele Male verfolgen würden.

Vorausgesetzt, sie lebte überhaupt so lange.

Jetzt jedoch zwang sich Dalton, nur ans Überleben zu denken. Trauer und Schuldgefühle und der Versuch, diesem Albtraum einen Sinn zu geben, konnten später kommen, aber im Moment war alles, was zählte, die Rückkehr zum Humvee.

Kaum war ihr dieser Gedanke in den Sinn gekommen, sprangen zwei weitere Dorfbewohner aus einem Fenster im oberen Stockwerk zu ihrer Linken und landeten mit einem widerlichen, knochenbrechenden Aufprall auf dem Boden. Dann standen sie auf und gingen direkt auf sie zu, als wäre nichts geschehen.

Sie würde es nicht schaffen. Die Dorfbewohner waren

zu schnell, schnitten ihr den Fluchtweg ab und sprinteten in knurrender, gieriger Raserei direkt auf sie zu.

Dalton schwenkte ab und wählte die einzige Möglichkeit, die sich ihr bot. Sie steuerte geradewegs auf das nächste Haus zu ihrer Rechten zu.

Sie konnte ihre Verfolger hinter sich hören, ihre nackten Füße, die auf den Boden stampften, ihren rasselnden, pfeifenden Atem, als sie näher kamen. Sie waren zwar schnell, aber beide waren durch den Sturz gehandicapt, auch wenn sie gegen den Schmerz ihrer Verletzungen immun zu sein schienen. Dalton nahm alle Kraft zusammen, vergrößerte ihren Vorsprung ein wenig und steuerte auf die Tür zu. Sie hatte keine Ahnung, was in der dunklen Behausung vor ihr wartete, aber alles war besser als das hier draußen.

Dalton stürzte in den Raum, wirbelte herum und schlug die Tür zu. Sie schob den Riegel gerade in dem Moment vor, als ein heftiger Schlag den Holzrahmen erzittern ließ. Gleich darauf folgte ein zweiter heftiger Schlag, als der andere Dorfbewohner sich gegen die Barriere warf. Dalton stemmte sich gegen die Tür und stieß in einer Mischung aus einem erstickten Keuchen und einem ängstlichen Schluchzen die Luft aus. Sie hatte sie vielleicht für eine Weile in Schach gehalten, aber wie lange würde sie hier drin aushalten? Würden sie einen anderen Weg in das Gebäude finden? Würde sie bald das gleiche Schicksal erleiden wie Willis?

Oh Gott, Willis …!

Dalton würde sich nie verzeihen, dass sie ihn zurückgelassen hatte, das wusste sie. Obwohl es keine andere Wahl gegeben hatte und es um ihr eigenes Überleben gegangen war, wusste sie, dass sie letztlich sein Leben geopfert hatte, um ihr eigenes zu retten. Sie würde es jedes Mal vor Augen haben, wenn sie in den Spiegel blickte …

Ihre Selbstvorwürfe wurden durch das Krachen von splitterndem Holz unterbrochen. Sie blickte entsetzt auf, als ein Arm, blutverschmiert und von Holzsplittern übersät, durch den Spalt gerammt wurde und blindlings um sich griff.

Bevor sie reagieren konnte, hatte die Hand die Schultergurte ihres CBRN-Anzugs gepackt und zerrte an dem Material. Dalton schrie und schlug um sich, versuchte mit aller Kraft, sich zu befreien, bis sie einen plötzlichen Riss spürte, als das Material des Anzugs nachgab.

Sie drehte sich von der Tür und den Armen weg, die nun um sich schlugen und nach ihr suchten. Doch bevor Dalton einen weiteren Schritt machen konnte, erstarrte sie, als eine dunkle Gestalt aus den Schatten vor ihr auftauchte. Sie sah eine Bewegung, sah das dunkle Schimmern einer Waffe in dem schwachen Licht. Eine Waffe, die auf sie gerichtet war.

»Nicht schießen!«, rief sie. »Ich gehöre nicht zu denen da …!«

»Runter!«, blaffte eine scharfe Stimme.

Sie reagierte sowohl instinktiv als auch rational und ließ sich auf die Knie fallen, als ein paar schwere Schläge ertönten. Das Mündungsfeuer der schallgedämpften Waffe beleuchtete kurz das harte, unbarmherzige Gesicht eines Mannes.

Auf das ekelhafte Knirschen und Klatschen von Knochen und Fleisch, die von den Hochgeschwindigkeitsgeschossen zerschmettert wurden, folgte das Aufschlagen zweier Körper, die draußen auf dem Boden landeten. Dalton konnte kaum verarbeiten, was da eben geschehen war, und blickte auf, als ihr mysteriöser Retter vortrat und die teilweise zerstörte Tür ausfüllte. Sie roch den chemischen Gestank von verbranntem Kordit aus seiner Waffe. »Da draußen sind noch mehr«, sagte er leise und ruhig. »Es wird nicht lange dauern, bis sie uns finden. Können Sie sich bewegen?«

Dalton beugte ihre Arme und Beine. Nichts schien verletzt zu sein.

»Ja.«

»Gut.« Er griff nach ihrem Unterarm und zog sie energisch auf die Füße. »Denn wir beide sitzen tief in der Scheiße, und es wird noch schlimmer.«

13

»Wer zum Teufel sind Sie?«, fragte Dalton und stand auf.

Sie spürte mehr, als sie sah, wie sich der Fremde in dem schummrigen Licht zu ihr umdrehte.

»Echt jetzt? Mitten in dieser ganzen Scheiße fragen Sie nach meinem Ausweis?«

Dalton ärgerte sich über diese Zurechtweisung. »Dann begnüge ich mich damit zu erfahren, was zum Teufel hier los ist.«

»Da haben Sie mich kalt erwischt, Lady. Ich bin etwa zehn Minuten länger hier als Sie.«

Bevor er mehr sagen konnte, erschütterte ein weiterer schwerer Schlag die Tür, dann noch einer. Mehrere Arme quetschten sich durch den Spalt und rissen an den Holzbrettern, die unter dem Ansturm von Raserei bereits nachzugeben begannen.

»Verdammt noch mal, Sie haben sie direkt zu uns geführt«, zischte er, hob seine Waffe und feuerte blindlings in die fuchtelnden Gliedmaßen. »Diese Tür wird sicher nicht lange halten.«

Daltons Gedanken wurden rationaler, als die ärztliche Denkweise die Kontrolle übernahm. Panik und Geschrei würden ihnen nicht helfen, hier herauszukommen, sondern nur ein klarer Kopf und eine schnelle Entscheidung.

»Wollen Sie mich anpöbeln, oder wollen Sie lebend hier rauskommen?« Sie wandte sich von der Tür ab und ließ ihren Blick durch das kleine Gebäude schweifen. Der

Hauptraum der Wohnung schien eine Kombination aus Küche und Wohnbereich zu sein, mit einem simplen Gasherd an einer Wand und verschiedenen einfachen Möbeln, die überall verstreut herumstanden. Dalton entdeckte einen umgestürzten Holzstuhl, der quer durch den Raum geschleudert worden war, schnappte ihn sich und verkeilte ihn am Türgriff. Die behelfsmäßige Barrikade würde nicht lange halten. Sie erinnerte sich nur zu gut an den ähnlich gescheiterten Versuch, ein Gebäude zu befestigen, den sie vorhin miterlebt hatte. Aber zumindest könnte es ihnen ein wenig Zeit verschaffen.

»Wir können hier nicht bleiben«, warnte der Mann sie und wich von der Tür zurück, als diese unter einem weiteren Schlag leicht nachgab.

»Im Ernst jetzt?«, konterte sie. »Gibt es eine Hintertür?«

»Nein. Ein Weg rein, ein Weg raus.«

»Es muss einen anderen Weg geben!« Sie schaltete ihre Taschenlampe ein und ließ den Lichtstrahl durch den engen Wohnraum gleiten.

Neben der Küche befand sich eine weitere Tür, die zu einem kleineren Hinterzimmer führte. Sie eilte dorthin, stieß die Tür auf und sah eine schmale Treppe, die, wie sie annahm, aufs Dach führte. Die meisten Dächer hier waren flach und wurden wahrscheinlich als zusätzlicher Stauraum genutzt oder um Wäsche zum Trocknen aufzuhängen.

»Hier ist eine Treppe!«, rief sie. »Wir klettern aufs Dach und rufen Hilfe. Ich habe Signalfackeln für den Notfall in meiner Ausrüstung.«

»Mit der Hilfe Ihrer Freunde würde ich nicht rechnen«, antwortete der Mann, als die Tür zu splittern und auseinanderzubrechen begann. »Ich habe noch nie jemanden erlebt, der seinen Hintern so schnell aus einer heißen Zone herausgeschafft hat wie Ihre Eskorte.«

»Dann verbarrikadieren wir das Treppenhaus und warten es ab.«

»Türen halten diese Typen nicht ab.« Er hielt kurz inne und betrachtete den Gasherd. »Geben Sie mir eine von diesen Fackeln.«

Ein erneuter Schlag gegen die Tür unterband jede weitere Debatte. Dalton wusste nichts über diesen Mann, aber sie musste davon ausgehen, dass er ebenfalls am Leben bleiben wollte. Sie nahm eine der Signalfackeln aus der Brusttasche ihres Anzugs und reichte sie ihm.

Er zeigte die Treppe hinauf. »Gehen Sie da hoch und suchen Sie einen Weg auf das Dach des nächsten Gebäudes.«

»Und wenn ich keinen finde?«

»Dann sind wir beide am Arsch. Los jetzt!«

Dalton stolperte die Treppe hinauf, öffnete die niedrige Tür am oberen Ende und sah sich um. Wie sie vermutet hatte, waren Wäscheleinen auf dem Flachdach, an denen noch ein paar verschlissene Kleidungsstücke hingen. Das Dach des Nachbargebäudes war aufgrund des schrägen Bodens und der ungleichmäßigen Bauweise leicht erhöht, und es war für beide zu weit, um zu springen.

Unten drängte sich eine Meute von Dorfbewohnern um die Tür. Sie schlugen um sich und kletterten in ihrem rasenden Blutrausch übereinander. Ihr Knurren und ihre Schreie hallten durch die Nachtluft. Niemals zuvor hatte sie ein primitiveres, furchterregenderes Aufgebot an Menschen gesehen – wenn man diesen Begriff überhaupt noch auf sie anwenden konnte.

Krachen und das Geräusch von splitterndem Glas von unten erinnerten sie an die Dringlichkeit ihrer Situation. Als sie sich auf dem Dach umsah, entdeckte sie die Sprossen einer hölzernen Leiter, die an der Seite des Treppenhauses lag, wahrscheinlich zur Sicherheit auf dem Dach aufbewahrt. Sie schaffte es, die Leiter hochzuheben und sie an der Dachkante abzusetzen. Dann ließ sie sie wie eine Zugbrücke über die Lücke fallen. Die Leiter landete mit beträchtlichem Schwung auf dem anderen Dach, prallte hoch, als das Holz sich federnd bog, und drohte, über die Kante hinabzufallen. Dalton setzte rasch einen Fuß auf eine Sprosse und konnte sie gerade noch festhalten.

Das Geräusch trampelnder Schritte auf der Treppe veranlasste sie, sich umzudrehen. Der Fremde tauchte mit einer zerbrochenen Laterne in der Hand auf, deren Kerosin er großzügig auf Boden und Wände verteilte.

»Ich hoffe, Sie haben einen Weg gefunden«, meinte er drohend und warf die Laterne zur Seite.

»Zufällig habe ich das«, erwiderte Dalton.

Er warf einen Blick auf den ziemlich wackligen Steg, der zum gegenüberliegenden Dach führte, und seine Miene verriet seine Zweifel.

»Ladies first.«

»Warum ich?«

»Sie sind leichter, und es ist Ihre Party. Und jetzt setzen Sie sich in Bewegung!« Als der Mann die Signalfackel aus seiner Tasche zog, drehte sich Dalton um und trat auf die Leiter, wobei sie versuchte, ihr Gewicht auf zwei Sprossen zu verteilen. Das alte Holz bog sich bedenklich unter ihr. Sogar in dem Getöse unter ihr konnte sie das bedrohliche Ächzen hören, als die Leiter unter ihrem Gewicht nachgab.

»Sie sollten sich lieber ein bisschen beeilen!«, rief der Mann.

Dalton erkannte, dass es fast unmöglich war, langsam und vorsichtig hinüber zu balancieren, und sprang von Sprosse zu Sprosse. Die Leiter federte und schwankte unter ihr, aber sie behielt das Gleichgewicht, bis sie das gegenüberliegende Dach erreichte und unsicher darauf landete.

»Ich bin drüben! Los!«

Ihr Schrei wurde von einem finalen Krachen von unten begleitet, als die Eingangstür des Gebäudes unter dem unerbittlichen Ansturm nachgab. Dalton hörte das Poltern von Schritten, als die gefräßige Meute ins Innere stürzte und gierig nach ihren Opfern suchte.

Der Mann entzündete die Signalfackel, aus der zischend leuchtend rote Funken und Rauch sprühten. Dann warf er sie ins Treppenhaus. Die Flammen loderten fauchend hoch, als sich das Kerosin entzündete, und das wachsende Inferno waberte die Treppe hinunter.

Der Fremde drehte sich nicht um. Er stieg auf die Leiter und sprang hinüber, wobei er jeweils zwei Sprossen auf einmal nahm. Dalton konnte nichts weiter tun, als die Leiter mit ihrem Fuß zu fixieren und zu hoffen, dass sie lange genug halten würde, damit er es bis zu ihr schaffen konnte. Das Knirschen von splitterndem Holz verriet ihr, dass eine der Sprossen nachgegeben hatte, und sie sah, wie der Mann schwankte und dann auf das Dach sprang. Er schaffte es, einen Fuß auf die Kante zu stellen, katapultierte sich dann nach vorn und landete in der Hocke vor Daltons Füßen.

»Runter!«, rief er und zog sie zu Boden. Dalton ließ sich neben ihm fallen, gerade als eine donnernde Explosion das gegenüberliegende Gebäude erschütterte. Brennende Trümmer flogen aus dem Eingang und beulten das Dach sichtbar aus, während die Detonation die gesamte innere Struktur des Gebäudes zerstörte. Rauch und Feuer quollen aus dem Treppenhaus auf das Dach.

»Was zum Teufel war das?«, wollte Dalton wissen und schüttelte den Kopf. Ihre Ohren klingelten von der Explosion.

»Eine Gasexplosion.« Der Fremde zog seinen Fuß zurück und stieß die beschädigte Leiter vom Dach in die Gasse darunter. »Es ist nicht schön, aber es gibt keinen besseren Weg, ein Gebäude zu räumen.«

Dalton wollte ihn gerade ermahnen, weil sie beide bei der Explosion fast umgekommen wären, als ein unmenschlicher Schrei ihre Aufmerksamkeit auf das gegenüberliegende Dach lenkte. Entsetzt und ungläubig starrte Dalton auf eine Gestalt, die mit brennenden Kleidern und Haaren aus dem Treppenhaus stürmte, gefolgt von einer weiteren und dann noch einer. Eine stolperte und fiel. Sie war nur noch ein abscheulicher Haufen aus brennendem Stoff und verbranntem Fleisch, der zu stark verstümmelt war, um weiterzulaufen. Aber eine andere Gestalt stürmte auf sie zu, offenbar in der Absicht, sich seine Beute zu holen. Sie schaffte es bis zum Rand des Daches, stürzte dann jedoch steil nach unten und landete krachend in der Gasse.

»Mein Gott«, sagte Dalton keuchend und beobachtete fasziniert, wie ein heulender Dorfbewohner nach dem anderen aus dem Inferno im Treppenhaus auftauchte und vom Dach stürzte, als er sich blindlings auf die Beute werfen wollte.

Sie fühlte die Hitze der Flammen auf ihrer Haut, und der ekelerregende Gestank von brennendem Fleisch stieg ihr in die Nase. Welches schreckliche Leiden konnte einen Menschen in einen solchen Wahnsinn stürzen?

»Wir können nicht hierbleiben«, sagte der Mann. »Das Feuer wird nur mehr von ihnen anziehen.«

Dalton reagierte nicht. Erst als sie seine Hand an ihrem Arm spürte, drehte sie sich um und sah ihn an. Sein Gesicht glühte im Licht der Flammen gegenüber purpurrot.

»Kommen Sie, wir müssen verschwinden.«

14

Da die Bewohner des Dorfes durch das brennende Haus abgelenkt waren, konnte Becker auf der gegenüberliegenden Seite vom Dach des Hauses springen, auf das sie sich gerettet hatten. Er landete sicher auf der harten Erde. Sofort zückte er seine schallgedämpfte Automatik und überprüfte mit raschen Blicken seine Umgebung auf Bedrohungen, während ihm sein Herz in den Ohren hämmerte.

Nachdem er sich vergewissert hatte, dass sich niemand in die Gasse verirrt hatte, blickte er zum Dach hinauf. »Nun kommen Sie schon!«, flüsterte er und hob die Arme.

Die Frau sprang, ohne zu zögern, herunter, und er fing sie mehr aus Vorsicht als aus Notwendigkeit auf. Sie sah kompetent genug aus, aber es hätte gerade noch gefehlt, dass sie stürzte und sich den Knöchel brach.

»Sind noch mehr von denen in der Nähe?«, fragte sie leise.

»Nichts zu sehen. Wir haben uns eine Chance erkauft. Nutzen wir sie.«

Er konnte es kaum erwarten, so viel Abstand wie möglich zwischen sich und diesen Ort zu bringen, aber ein Ruck an seinem Arm hielt ihn zurück.

»Willis ist dahinten«, sagte sie und zeigte auf die Hauptstraße.

»Ihr Kollege?«

Sie nickte.

»Bedauerlich«, gab Becker mit einem Anflug von Mitleid zurück. Er wusste nur zu gut, wie es war, Kameraden zu verlieren.

»Wir können ihn nicht einfach hierlassen.«

»Sie können nichts mehr für ihn tun.«

Becker wollte wieder gehen, aber sie packte seinen Arm fester.

»Er ist mein Freund. Ich lasse ihn nicht einfach zurück!«

Becker hatte die Nase voll. Er riss seinen Arm los und deutete mit seiner Waffe in die Richtung, in die sie gezeigt hatte. »Wenn Sie lebensmüde sind, nur zu. Ich werde Sie nicht aufhalten, aber ich werde Ihnen ganz sicher auch nicht helfen.«

Die Frau verstummte frustriert.

»Wenn Sie am Leben bleiben wollen, folgen Sie mir. Entscheiden Sie selbst.« Nachdem Becker sein Ultimatum gestellt hatte, drehte er sich um und ließ sie stehen. Er nahm Kurs auf das freie Gelände jenseits des Dorfes. Im Licht der Flammen warf er einen langen Schatten.

»Warum sollte ich Ihnen vertrauen?«, fuhr sie ihn an.

»Ich bin alles, was Sie im Moment haben.«

Ein gedämpfter Fluch, gefolgt vom Geräusch schneller Schritte, verriet ihm, dass die Frau die pragmatische – und richtige – Entscheidung getroffen hatte, ihm zu folgen.

»Sie sind ein echtes Arschloch, wissen Sie das?«, zischte sie, als Becker das Tempo erhöhte und einen Hang in ein flaches Wadi hinunter joggte.

»Sicher«, bestätigte er und suchte mit seiner Waffe im Anschlag die Schatten ab. »Aber ich lebe.«

Sie beschloss, dieses Thema nicht weiterzuverfolgen. »Was zum Teufel haben Sie hier überhaupt gemacht?«

»Ich könnte Ihnen die gleiche Frage stellen.«

»Ich habe zuerst gefragt.«

Becker wollte gerade antworten, als er bei einem schwachen Geräusch über ihnen aufschreckte. Ein Geräusch, das ihm unheimlich vertraut war.

»Was ist denn?«

»Pst!«, fuhr er sie an, hob eine Hand und legte den Kopf schief, während er angestrengt lauschte. Angst durchströmte ihn, als ihm klar wurde, was es war. »Wir müssen weg! Los!« Er packte sie am Arm und sprintete mit aller Kraft, die er aufbringen konnte, direkt weg von dem Dorf. Alles, was zählte, war, so viel Abstand wie möglich zwischen sich und diesen Ort zu bringen. Neben sich hörte Dalton das Keuchen der Frau, die sich anstrengte, mit ihm Schritt zu halten. Sie sah jünger aus als er, aber sie war kleiner und wurde von ihrem sperrigen Schutzanzug behindert.

Das schwache Geräusch hatte sich jetzt zu einem hörbaren Pfeifen gesteigert, begleitet vom Dröhnen der Düsentriebwerke, als ein Kampfflugzeug über ihn hinwegflog, die Blitzlichter an den Flügeln flackerten ständig auf, und aus den dröhnenden Triebwerken schoss blaues Feuer.

»Deckung!«, rief er und warf sich hinter einen verwitterten Felsbrocken.

Es war schon ein paar Jahre her, dass Becker abgeworfenes Napalm in Aktion gesehen hatte, und noch länger, dass er damit in Berührung gekommen war. Sein erster Eindruck war der von einem leuchtend orangefarbenen Feuerball, der sich in der Mitte des kleinen Dorfes entzündete und die Wüste meilenweit taghell beleuchtete. Er wagte es, den Kopf ein wenig zu heben, und beobachtete, wie sich der Feuerball weiter ausbreitete und wie ein Tsunami aus flüssigem Feuer ein Gebäude nach dem anderen verschlang. Der heiße Luftzug, der nach brennendem Kerosin stank, reichte aus, um ihn in die Knie zu zwingen. Selbst wenn die Flammen sie nicht erreichten, konnte die thermische Strahlung ausreichen, um sie zu blenden oder oberflächliche Verbrennungen zu verursachen.

Die Explosion dauerte nur wenige Sekunden, bevor der Wind seine Richtung änderte, da die Flammen gierig Sauerstoff einsaugten und der Wüste im Umkreis von Hunderten von Metern die Luft entzogen. Staub und lose Pflanzenteile flogen vorbei, während der Feuersturm alles in der Umgebung verschlang. Erst als sich der Feuerpilz über ihnen verzogen hatte, wagte Becker einen weiteren Blick.

Das Dorf oder das, was davon übrig war, lag etwa fünfhundert Meter entfernt, und die meisten seiner baufälligen Gebäude waren von der Explosion zerstört worden. Was auch immer übrig blieb, wurde schnell von den Flammen verzehrt. Es sah aus wie die Nachwirkungen einer nuklearen Detonation.

»Mein Gott«, raunte die Frau neben ihm und starrte voller Ehrfurcht und Entsetzen auf die Zerstörung. Wären sie nicht gerade noch rechtzeitig weggelaufen, wären sie mit Sicherheit verbrannt. »Sie haben einen Luftschlag angefordert …«

Becker hatte genug gesehen und gehört. Er hob seine Waffe und richtete sie auf die Frau an seiner Seite.

»Zu welcher Einheit gehören Sie?«, fragte er. »Reden Sie oder ich drücke ab!«

Sie starrte ihn schockiert an. »Was zum Teufel soll das?«

»Ihre Einheit!«, wiederholte er scharf. »Schluss mit dem Blödsinn! Sie sind in einem US-Humvee aufgetaucht und tragen einen CBRN-Anzug. Sie sind vom Militär und haben erwartet, in diesem Dorf etwas zu finden. Ich will wissen, wer zum Teufel Sie sind und was Sie hier machen, und zwar sofort.«

»Ich bin Ärztin, das ist alles.«

»Medizinisches Korps?«

»Nicht militärisch. Von der Weltgesundheitsorganisation.«

»Schwachsinn.«

»Das ist kein Blödsinn! Ich bin Epidemiologin.«

»Keine Ahnung, was das heißt«, presste Becker zwischen den Zähnen hervor.

Sie kaute auf ihrer Unterlippe. »Ich untersuche die Verbreitung von Infektionskrankheiten.«

»Warum sind Sie in Syrien?«

»Sie haben genauso gut wie ich gesehen, was dahinten passiert ist«, gab sie zurück. »Raten Sie doch mal.«

»Reden Sie weiter.« Er kam näher, die Waffe nach wie vor auf ihren Kopf gerichtet.

Sie atmete tief durch und versuchte offensichtlich, ihre Gedanken zu ordnen. »Ich gehöre zu einem medizinischen Team der WHO in einem türkischen Flüchtlingslager. Wir haben von einer Art Seuche in diesem Dorf gehört und sind mit einer Militäreskorte gekommen, um nachzuforschen. Und dann ging alles den Bach runter.«

»Infektion«, wiederholte Becker leise, und in seinem Kopf fügten sich die Teile zu einem erschreckenden neuen Bild zusammen. »Verdammte Scheiße. Das hier war ein gottverdammtes Testgelände!«

Hanada war keine Operationsbasis, sondern ein Testgelände für das Giftgemisch, das Iwanow entwickelt hatte. Und wie er gerade festgestellt hatte, erwies es sich bereits als tödlich wirksam. Die Frage war nur, was sollte das nächste Ziel sein?

Die Frau runzelte die Stirn, verwundert über sein verändertes Benehmen. »Was haben Sie gesagt?«

Becker blinzelte und riss sich von seinen beunruhigenden Gedanken los. »Sie sagten, Sie sind Epidemiologin.

Sagen Sie mir, welche Art von Krankheit könnte so etwas wie das da verursachen?«

»Ich weiß es nicht.«

»Denken Sie schärfer nach, Doktor.« Er richtete seine Waffe immer noch auf sie und sorgte dafür, dass sie sich dieser Tatsache sehr bewusst war.

»Ich sagte, ich weiß es nicht, verdammt noch mal!«, schnauzte sie ihn an. »So etwas habe ich noch nie gesehen. Es könnte eine Art psychoaktive Droge sein, ein viraler Erreger oder sogar ein entomopathogener Pilz. Mehr kann ich Ihnen nicht sagen, solange ich es nicht untersuchen kann, und die einzigen Proben haben sich gerade in Rauch aufgelöst.« Sie deutete auf das Inferno, das noch immer in der Ferne tobte. Kein Lebewesen konnte einen solchen Schlag überleben. »Wenn Sie mit Ihrem Macho-Scheiß fertig sind, könnten Sie dann vielleicht aufhören, mir mit der Waffe vor der Nase herumzufuchteln?«

Becker ließ seine Waffe sinken. Was auch immer er sich da eingebrockt hatte, er war sich ziemlich sicher, dass diese Frau nicht sein Feind war.

»Wir müssen hier weg. Wenn sie uns aus der Luft aufklären, könnten sie uns für Feinde halten und einen Folgeangriff fliegen.«

Sie nickte und erkannte die Klugheit seines Vorschlags. Sie öffnete die Verschlüsse, die ihren CBRN-Anzug zusammenhielten, streifte den sperrigen, hinderlichen Anzug ab, und darunter kam ihre leichte Zivilkleidung zum Vorschein.

»Haben Sie ein Transportmittel?«, fragte sie, während sie die schwere Ausrüstung ablegte.

»Mein Truck parkt hinter einer Anhöhe, etwa einen Kilometer von hier entfernt«, erklärte er und zeigte in Richtung Südosten. »Folgen Sie mir, und versuchen Sie, Schritt zu halten.«

Sie warf ihm einen scharfen Blick zu. »Kümmern Sie sich einfach um sich selbst.«

Sie machten sich auf den Weg. Die Frau hielt locker mit ihm Schritt, weil sie sich nun ohne den sperrigen Anzug viel schneller bewegen konnte.

»Haben Sie auch einen Namen, Doktor?«, erkundigte sich Becker, während er vorrückte und seine Waffe bereithielt.

»Ich heiße Dalton.«

»Becker.«

»Ich kann nicht gerade sagen, dass es eine Freude ist, Sie kennenzulernen, Becker.«

»Gleichfalls«, erwiderte er mit einem schiefen Lächeln. »Aber sagen Sie mir eins: Wenn der Scheiß dahinten ansteckend ist, was ist dann mit uns? Sind wir infiziert?«

»Vielleicht«, räumte Dalton ein. »Das hängt von der Art der Übertragung ab und davon, wie lange es dauert, bis die Symptome auftreten.«

»Wirklich sehr tröstlich.«

»Die häufigsten Übertragungswege sind Körperflüssigkeiten«, erklärte sie weiter. »Blut, Speichel und so weiter. Erreger, die über die Luft übertragen werden, sind viel seltener. Solange man nicht gekratzt oder gebissen wurde, stehen die Chancen ziemlich gut.«

»Besser als nichts, denke ich.«

»Ich muss das melden und die WHO informieren, bevor es einen weiteren Ausbruch gibt«, sagte sie. »Haben Sie ein Handy oder ein Funkgerät in Ihrem Truck?«

»Nein, aber ich kann Sie zu Leuten bringen, die das haben.«

»Freunde von Ihnen?«

»So weit würde ich nicht gehen, aber sie sind zumindest keine Feinde. Es sind syrische Rebellen, die mir geholfen haben, das Dorf zu erreichen, nachdem ich sie entsprechend geschmiert habe. Ich habe vor ein paar Tagen Kontakt zu ihnen aufgenommen«, erklärte er. »Sie bringen Sie über die Grenze in die Türkei. Und von dort aus können Sie die Welt retten.«

»Was ist mit Ihnen?«

Er warf ihr einen Seitenblick zu. »Ich bin heute Abend nicht scharf darauf, noch jemanden zu retten, Dalton.«

Dalton runzelte die Stirn, und ihre Miene verfinsterte sich, als ihr ein weiterer Gedanke kam. »Sie haben diesen Ort da vorhin ein Testgelände genannt. Was haben Sie damit gemeint?«

»Nichts.«

»Man taucht nicht zufällig an einem Ort wie diesem auf. Was haben Sie hier draußen gesucht?«

»Das ist meine Sache«, gab er zurück, wandte sich von ihr ab und beschleunigte sein Tempo. Sein Toyota-Geländewagen wartete direkt vor ihnen.

»Verarschen Sie mich nicht!«, warnte Dalton ihn und holte ihn ein. »Sie haben selbst gesehen, was da passiert ist. Was auch immer diese Seuche ist, wenn sie sich in einem bewohnten Gebiet ausbreitet, werden wir …«

»Pst!«, zischte er, blieb stehen und hielt eine Hand hoch. Dalton verstummte ebenfalls und blieb stehen, klug genug, nicht weiterzureden.

Becker suchte mit seinen Blicken den sandigen Boden um das Fahrzeug herum ab und entdeckte seine eigenen Stiefelabdrücke, die in Richtung des Dorfes führten. Aber irgendetwas stimmte nicht. Es gab hier mehr Abdrücke als bei seinem Aufbruch, und sie waren unterschiedlich groß.

Jemand war in seiner Abwesenheit hier gewesen.

Das ist Scheiße.

»Zurück«, flüsterte Becker und hob seine Pistole. »Langsam.«

Becker war gerade dabei, einen Schritt zurückzutreten, als die Hölle losbrach.

»Keine Bewegung! Keine Bewegung!«, brüllte eine Stimme, als mindestens ein halbes Dutzend Gestalten hinter Felsen, Büschen und einer Vielzahl anderer Verstecke um sie herum auftauchten. Sie alle hatten ihre Waffen auf Becker gerichtet.

»Nehmen Sie die Waffe runter! Sofort!«

Er vermutete ihrem amerikanischen Akzent nach, dass es sich um die Militäreskorte handelte, die Dalton zum Dorf gebracht hatte. Offensichtlich waren sie doch nicht abgehauen und hatten die Flucht ergriffen.

Becker war klug genug, um zu wissen, wann er in der Unterzahl und waffenmäßig unterlegen war. Sich zu wehren würde nur dazu führen, dass sie beide getötet würden. Er ließ seine Waffe fallen, sank auf die Knie und legte die Hände auf den Kopf.

»Was ist hier los?«, fragte Dalton wütend.

»Runter auf den Boden, sofort!«

»Tun Sie einfach, was sie sagen«, riet Becker ihr. Soldaten, die unter Adrenalin standen, und unkooperative Gefangene waren eine gefährliche Mischung.

Während der Rest der Truppe sie mit automatischen Waffen in Schach hielt, rückten zwei Soldaten vor, um sie zu fesseln. Becker zischte vor Schmerz, als seine Arme grob hinter den Rücken gezogen und seine Handgelenke mit Plastikhandschellen fixiert wurden.

»Au! Seien Sie gefälligst vorsichtig!«, protestierte Dalton, die sich allerdings ebenfalls unwohl fühlte.

»Was machen Sie da?«, fragte Becker. »Sie ist doch auf Ihrer Seite, Arschloch.«

»Halt die Klappe!«, schnauzte der Mann hinter ihm und schlug ihm mit der offenen Hand auf den Hinterkopf, sodass sein Schädel nach vorne ruckte. Becker bekam langsam ein ungutes Gefühl. Wenn diese Typen nicht zu Daltons Militäreskorte gehörten, dann …

»Sieh an, sieh an! Das nenne ich mal einen falschen Fuffziger«, ertönte eine vertraute Stimme.

Becker stöhnte auf, als ihm die Wahrheit dämmerte. »Ach, verflucht!«

Er blickte auf, als Jack Turner in voller militärischer Montur auf ihn zuschlenderte und äußerst selbstzufrieden wirkte.

»Ein Freund von Ihnen?«, flüsterte Dalton ihm zu.

»Definitiv nicht.«

Turner blieb vor den beiden stehen und blickte auf den Mann hinunter, der einige Tage zuvor sein Büro verlassen hatte. Offenbar in dem Glauben, er wäre ungeschoren davongekommen. »Wie sieht's aus, Becker?«

»Fick dich!«

»Nur einer von uns wird gefickt, und das bin nicht ich.« Turner blickte in Richtung des brennenden Dorfes. »Scheiße, Mann, ich habe Sie davor gewarnt, das zu tun. Aber Sie mussten mich ja verarschen und dabei auch noch meinen Hintern gefährden. Und jetzt haben wir den Salat.«

»Wie haben Sie mich gefunden?«

»Ihr Kumpel Diaz. Wir haben ihn vor ein paar Tagen in seinem nicht ganz so sicheren Haus aufgegriffen.« Sein Grinsen wurde breiter. »Wie sich herausstellte, hat er eine Vorliebe für Fast Food. Es war nicht schwer, ihn zu finden, nachdem wir mit den örtlichen Lieferfahrern gesprochen hatten.«

Becker spürte, wie ihm das Herz in die Hose rutschte, als er an all die Schachteln zum Mitnehmen dachte, die auf Diaz' Arbeitsplatz verteilt waren. »Wenn Sie sich besser fühlen, er hat Sie nicht allzu schnell verraten.« Turner krümmte seine Finger. »Es brauchte ein wenig Überredungskunst.«

»Sie Mistkerl …!«

»Hören Sie auf damit!«, fuhr Dalton wütend dazwischen. »Es ist mir egal, was dieser Mann getan hat. Ich bin Ärztin und …!«

Turner zog einen Elektroschocker von seinem Gürtel und hielt ihr die Metalldrähte vor das Gesicht. Sie verstummte schlagartig.

»Liefern Sie mir keinen Grund, das zu benutzen, Lady.«

Dalton starrte ihn unverwandt an, obwohl sich die Muskeln in ihrer Kehle zusammenzogen. So wie der Kerl aussah, würde er nicht zögern, sie zu tasern, davon war sie überzeugt.

»Jack, verdammt, sehen Sie sich doch um, um Himmels willen!«, flehte Becker ihn an. »Das hier ist größer als Sie und ich. Sie müssen das melden und …«

»Oh, das werden wir. In Bagdad wartet eine nette, gemütliche Zelle auf Sie. Dort werden Sie genug Zeit haben, sich zu erklären.« Sein Blick wanderte zu den Militärpolizisten, die die beiden Gefangenen bewachten. »Aufsteigen, meine Herren. Wir nehmen beide mit.«

Weder Becker noch Dalton konnten sich wehren, als sie auf die Beine gezerrt und mit Gewalt vom Schauplatz des Geschehens weggeschleppt wurden.

Und weder Becker noch Turner noch sonst jemand hatte gemerkt, dass sie beobachtet wurden. Arina Talwik hockte unter einem felsigen Überhang, um ihre Anwesenheit vor einer möglichen Überwachung aus der Luft zu kaschieren, und beobachtete durch das Hochleistungszielfernrohr ihres

Dragunow-Scharfschützengewehrs, wie die beiden Gefangenen unsanft zu einem Paar wartender Geländewagen eskortiert wurden, die nicht weit entfernt geparkt waren.

Sie überprüfte ihren Laserentfernungsmesser: knapp fünfhundert Meter. Deutlich innerhalb der effektiven Reichweite der Dragunow. Sie hatte schon Ziele auf viel größere Entfernungen ausgeschaltet, insbesondere während des langen zermürbenden Kampfes gegen die russischen Streitkräfte in Tschetschenien, wo sie zum ersten Mal die Brutalität des Krieges erlebt hatte. Die Ermordung ihrer Mutter, ihres Vaters und ihrer beiden jüngeren Brüder durch die russische Armee hatte ihrer kurzen Kindheit ein jähes Ende gesetzt und sie auf einen ganz anderen Weg gebracht. Den größten Teil ihres Erwachsenenlebens hatte sie mit Kämpfen und Töten verbracht, und sie war darin außergewöhnlich gut geworden. Diese Fähigkeiten hatte sie auch eingesetzt, um die Patrouille der syrischen Armee auszuschalten, die in der Nacht zuvor unbemerkt in das Dorf eingedrungen war. Ihr einziger Misserfolg war der einsame Deserteur gewesen, der zu Fuß geflohen und in der Wüste verschwunden war, bevor sie einen sauberen Schuss abgeben konnte.

Sie hatte ihn, wenn auch widerwillig, gehen lassen, weil sie überzeugt war, dass die Wüste die Arbeit für sie erledigen würde. Aber das hier war viel beunruhigender.

Sie stellte die Vergrößerung ihres Zielfernrohrs ein und konzentrierte sich auf ihr Hauptziel: diesen Kerl aus Bagdad, der ihre Operation zur Entführung Iwanows fast zum Scheitern gebracht hatte. Er war hartnäckig und intelligent – zwei Eigenschaften, die ihn zu einer ernsthaften Bedrohung machten.

Talwik verkrampfte den Finger am Abzug, während sie die Möglichkeit abwog, ihn auszuschalten. Es war eine verlockende Möglichkeit, aber die Beseitigung ihres drängendsten Problems könnte später viel größere Probleme beschwören.

Dieser Mann hatte es bis nach Hanada geschafft, weil er etwas wusste, was er nicht wissen sollte. Die Frage war nun, wie viel er herausgefunden hatte. Und, noch wichtiger, wem er es erzählt hatte.

Sie griff nach dem verschlüsselten Satellitentelefon neben sich, wählte eine Nummer und wartete, bis der Ton kam. »Bericht.« Selbst durch ihr drahtloses Headset war die kräftige, autoritäre Stimme von Cayden Vorster unverkennbar.

»Der Test war erfolgreich. Der reine Stamm ist lebensfähig«, begann sie. Sie hatte die Ereignisse im Dorf mit Genugtuung beobachtet. Alles, was es brauchte, war eine einfache, funkgesteuerte Drohne, die in niedriger Höhe über das Dorf flog und einen mit Iwanows Virus beladenen Aerosolspender trug. Ein einziger Funkbefehl zum Öffnen der Dispersions-Einheit, und schon war es geschehen.

Die Dorfbewohner, die sich draußen versammelt hatten, um das vorbeifliegende Miniaturflugzeug zu beobachten, hatten die winzigen Virensporen, die von oben auf sie herabregneten, weder gesehen noch gerochen. Sie konnten nicht wissen, dass ihr Schicksal in dem Moment besiegelt war.

Es hatte nur wenige Stunden gedauert, bis Panik und Chaos ausbrachen, als sich die Seuche wie ein Lauffeuer im Dorf ausbreitete. Die Krankheit schlug schnell in Tod und Gemetzel um. Talwik hatte mit ihrem Zielfernrohr grausame Szenen verfolgt. Die Barbarei hatte selbst sie überrascht, aber sie brachte den Leuten dennoch wenig Mitgefühl entgegen. Sie verdienten keins.

Sie war sogar gezwungen gewesen, ein paar flüchtende

Überlebende selbst zu erledigen. Das Virus war beeindruckend in seiner Schnelligkeit und Effizienz, aber selbst Viren können die Angst, die sie auslösen, nicht einholen. Zu ihrer Überraschung schienen die Infizierten selbst wenig Neigung zu haben, sich weit über die Dorfgrenzen hinaus zu wagen. Stattdessen waren sie in einen fast schlafähnlichen Zustand der Inaktivität verfallen, während sie auf neue Beute warteten.

Dies war ein weiterer Grund, warum der reine Virusstamm, so tödlich er auch sein mochte, für ihre Bedürfnisse völlig ungeeignet war. Glücklicherweise hatte Iwanow nun alles, was er brauchte, um den perfekten Nachfolger zu produzieren.

»Gut. Dann ist deine Arbeit beendet. Raus da, wir schicken unser Killerkommando, um den Ort abzufackeln.«

»Das ist nicht mehr nötig«, antwortete Talwik. »Das Dorf ist gerade von einem Luftangriff ausradiert worden.«

»Wie ist das möglich?«

»Der Mann aus Bagdad ist hier«, erklärte sie zögernd, denn sie wusste, dass ihre Nachricht nicht gut aufgenommen werden würde. »Iwanows Leibwächter.«

Vorster schwieg einen Moment. »Bist du sicher, dass er es ist?«

»Bin ich. Er ist offenbar in Begleitung eines US-Militärteams. Ich vermute, sie haben den Angriff angeordnet, als sie sahen, was dort passiert ist.« Sie wartete, bevor sie hinzufügte: »Ich habe ihn im Visier. Ich kann ihn jetzt ausschalten.« Alleine hätte sie eine solche Aktion nicht durchgeführt, aber wenn er sie autorisierte, würde sie nicht zögern, das Feuer zu eröffnen. Etwas in ihr hoffte, er würde Ja sagen.

»Nein. Misch dich nicht ein!«

»Wenn er so weit gekommen ist, muss er mehr wissen,

als wir dachten«, konterte sie. »Er könnte uns kompromittieren.«

»Dann müssen wir erst recht in Erfahrung bringen, was er herausgefunden hat«, erklärte Vorster entschieden. »Folge ihnen! Wir werden die anderen töten und Becker lebend gefangen nehmen. Und dann werden wir herausfinden, was genau der Mann weiß.«

15

»Sie machen einen Fehler, Jack«, sagte Becker. Er saß auf dem Rücksitz des Geländewagens, der über eine unebene Straße auf eine große, dicht besiedelte Stadt in der Ferne zurumpelte. »Herrgott, kapieren Sie denn nicht, dass hier etwas Größeres im Gange ist?«

Turner inhalierte vorne auf dem Beifahrersitz den Rauch seiner Zigarette und formte lässig einen Rauchring. »Das ist nicht mein Problem, Mann. Ich soll Sie einfach nur reinholen.« Sie hatten vor etwa einer Stunde die Grenze zur Türkei überquert, waren auf eine Piste eingebogen, die in diesem Teil der Welt als Straße galt, und fuhren in die Stadt Urfa, wo Turner eine provisorische Kommandozentrale eingerichtet hatte. Von dort aus sollte Becker nach Bagdad zum Verhör ausgeliefert werden.

»Ich habe nichts mit diesem Mann zu tun!« Dalton war wütend wegen Turners mangelnder Kooperationsbereitschaft. »Ich bin Ärztin bei der WHO, und ich brauche sofort ein Telefon.«

»Hören Sie, Lady, wenn wir in Urfa sind, können Sie anrufen, wen Sie wollen. Bis dahin verdächtige ich Sie, einem Flüchtigen geholfen zu haben, also halten Sie die Klappe und lassen Sie mich meine Arbeit machen!«

»Sie sind auf der Flucht?« Dalton musterte ihren Mitgefangenen.

Becker zuckte mit den Schultern. »Ist eine lange Geschichte.«

»Hat er sie Ihnen nicht erzählt?« Turner sog erneut an seiner Zigarette. »Mr. Becker wird vom US-Militär wegen Diebstahls geheimer Informationen gesucht, ganz zu schweigen vom unerlaubten Überschreiten internationaler Grenzen.« Er grinste Becker im Rückspiegel an. »Ein schlimmer Sündenfall für einen ehemaligen CID-Agenten.«

Dalton blinzelte, und Beckers Miene verfinsterte sich. »Sie waren Militärpolizist?«

Er wich ihrem Blick aus. »Wie ich schon sagte, lange Geschichte.«

»Dann erzählen Sie mir die Kurzversion«, sagte sie, begierig, das Geplänkel abzukürzen. »Was wollten Sie heute Abend in Hanada?«

Becker antwortete nicht, und Dalton starrte ihn weiter an. Es war klar, dass sie sein Schweigen als Antwort nicht akzeptieren würde. Außerdem kannte Turner die Geschichte und würde ihr wahrscheinlich alles unter die Nase reiben, nur um Becker zu ärgern.

»Wir transportierten einen VIP durch den Irak, als wir in einen Hinterhalt gerieten«, gab Becker schließlich nach. »Zwei Mitglieder meines Teams wurden getötet, und unser Kunde wurde entführt. Ich verfolgte ihn. Die Spur führte hierher.«

Er entschied sich, den Teil über seine Begegnung mit dem fragwürdigen russischen Diplomaten wegzulassen, da er es nicht für nötig hielt, den Schlamm noch weiter aufzuwühlen. Es würde Turner nur noch mehr Munition gegen ihn liefern.

»Unser Klient entpuppte sich als sowjetischer Biowaffen-Ingenieur, der eine falsche Identität angenommen hatte«, fuhr Becker fort. »Meine Vermutung ist, dass derjenige, der ihn entführt hatte, vorhatte, mit ihm eine Art Biowaffe zu entwickeln. Nach dem, was wir heute Abend gesehen haben, hat es funktioniert.«

»Mein Gott!« Dalton rang nach Luft. »Ein ganzes Dorf wurde ausgelöscht …«

»Ich habe mich geirrt, was Hanada anging«, räumte Becker ein. »Ich dachte, es wäre ihre Operationsbasis. Stattdessen diente es als Testgelände für Iwanows Entwicklung.«

»Wenn Hanada nur ein Test war …«

»… wollen sie die Waffe erneut einsetzen«, beendete Becker den Satz.

Turner hatte ihr Gespräch mitgehört und drehte sich in seinem Sitz um, um die beiden zu beobachten.

»Ist das wirklich Ihr Ernst?« Der Spott war aus seinem Ton gewichen. »Sowjetische Biowaffen? Terroristische Gruppen? Das volle Programm?«

Becker sah ihm fest in die Augen. »Und im Moment sind wir die Einzigen, die davon wissen.«

Turner wollte gerade etwas sagen, als ihr Fahrzeug schwankte und die Reifen über den staubigen Boden rutschten. Ihr Fahrer hatte eine Vollbremsung gemacht.

»Was zum Teufel …?«

Becker reckte den Hals, um an dem Fahrer vorbeizusehen, und bemerkte, dass auch das erste Fahrzeug der kleinen Kolonne angehalten hatte. Vor ihnen stand ein überladener alter Lastwagen quer auf der schmalen, rostigen Stahlbrücke, die sie überqueren mussten. Es war ein altersschwacher Schrotthaufen, der auf den Hinterachsen durchhing und dessen Ladefläche mit einer abgenutzten und geflickten Plane abgedeckt war. Unter der Brücke befand sich eine schmale Schlucht, durch die während der Regenfälle im Frühjahr wahrscheinlich ein reißender Strom rauschte, der jetzt aber von der Sommerhitze zu einem mageren Rinnsal geworden war. So wie es aussah, war der

Lastwagen liegen geblieben. Der Fahrer war ausgestiegen, winkte und rief dem vorausfahrenden Geländewagen zu, er solle sich eine andere Route suchen. Das erste Fahrzeug hupte, als könnte das den Lkw dazu bringen weiterzufahren.

»Verdammt noch mal!« Turner griff gereizt nach seinem Funkgerät. »Wilkins, was zum Teufel ist da oben los?«

»Sieht nach einer Panne aus, Sir«, kam die rauschende Antwort.

»Ach was! Was sollte ich nur ohne Sie machen?«

»Die nächste Brücke ist ein Umweg von dreißig Minuten«, meldete sich ihr Fahrer zu Wort.

Turner knirschte mit den Zähnen. »Steigen Sie aus, und sehen Sie zu, dass Sie den Haufen Scheiße aus dem Weg schaffen, verstanden?«

Becker achtete nicht auf ihn. Er beugte sich vor, als sich plötzlich Unbehagen in ihm breitmachte. Wie groß waren die Chancen, dass ein Lkw in einem solchen Engpass liegen blieb? »Fahren Sie hier weg«, befahl er dem Fahrer, leise und drängend.

Der Mann drehte sich in seinem Sitz um. »Was?«

»Ich sagte, Sie sollen zurückfahren!«, wiederholte Becker, nun lauter. Kaum hatte er das gesagt, riss plötzlich die hintere Plane des Lastwagens auf und gab den Blick auf die monströse Form einer schweren Maschinenkanone auf der Ladefläche frei. Ihr langer Lauf war auf die Geländewagen gerichtet.

»Mein Gott!« Turner reagierte endlich. »Los! Weg hier!«

Das rhythmische Wummern der Maschinenkanone klang nach Donnergrollen, nicht wie das Knallen einer konventionellen Waffe. Das Mündungsfeuer erhellte den Lastwagen und die umliegende Straße mit seinen Blitzen, als die Kanone ein Geschoss nach dem anderen ausspuckte.

Die Auswirkungen auf das Führungsfahrzeug waren katastrophal. Stahlrahmen und Panzerglas gaben unter dem erbarmungslosen Einschlag nach, hochexplosive Geschosse durchschlugen den nur leicht gepanzerten Geländewagen und bohrten sich hinter ihm in den Boden. In Sekundenschnelle hatte sich das erste Fahrzeug ihres Konvois in einen Albtraum aus zerschmettertem Metall und zerfetzten menschlichen Körpern verwandelt. Einen Moment starrten die anderen fassungslos auf das Werk der Zerstörung vor ihnen. Erst als der Beschuss kurz aufhörte, während die Waffe auf ihr eigenes Fahrzeug gerichtet wurde, kam Becker wieder zu sich.

»Fahren Sie!«, schrie er. »Los! Los!«

Als er die bedrohliche 20-mm-Kanone auf sich zukommen sah, griff der Fahrer nach dem Schaltknüppel, um den Rückwärtsgang einzulegen, aber in seiner Panik malträtierte er nur das Getriebe. Es knirschte und krachte protestierend gegen seine ungeschickten Bemühungen, der Motor heulte wie in ohnmächtiger Wut auf.

»Verdammt, Mann!«, schrie Turner. »Er zielt auf uns! Weg hier! Los!«

Als es dem Fahrer endlich gelang, den Rückwärtsgang einzulegen, ließ er die Kupplung kommen und trat das Gaspedal bis zum Bodenblech durch. Die Reifen drehten auf dem unbefestigten Boden durch und schleuderten Staubwolken hoch, der Geländewagen schlingerte rückwärts über den Feldweg und geriet fast außer Kontrolle.

Ihre unberechenbaren Bewegungen waren jedoch ihre Rettung, denn die erste Salve riss nur große Krater in die ausgedörrte Erde zu ihrer Linken. Ein zweites Mal würden sie nicht mehr so viel Glück haben. Der Lkw-Schütze richtete sein Ziel aus, schwenkte die 20-mm-Kanone und ließ eine weitere Salve los. Becker duckte sich, als die rechte

Seitenwand neben ihm in einer Gischt aus Metall und Rauch zerbarst und ein klaffendes Loch von der Größe eines Fußballs hinterließ.

»Runter!«, schrie er, als weitere Kugeln in das Fahrzeug einschlugen und seine dünne Panzerung zerfetzten.

Auf das Heulen von explodierendem Metall und das Klirren von zersplitterndem Glas folgte einen Moment später das leise, nasse Klatschen, als ein Projektil sein Ziel traf und dem Fahrer den Kopf abrasierte.

Unkontrolliert schlingerte der Geländewagen weiter über die Straße, wobei der Fuß des toten Mannes noch immer auf das Gaspedal drückte. Da sie mit gefesselten Händen im hinteren Teil des Fahrzeugs eingeklemmt waren, konnten weder Becker noch Dalton nach vorn klettern, um die Steuerung zu übernehmen. Es wäre Selbstmord gewesen, den Kopf vom Boden zu heben. Ihre Bewegung wurde erst gestoppt, als ein 20-mm-Geschoss den Motorblock zerstörte, die Kolben zertrümmerte und das Gehäuse aufsprengte. Ein weiteres Geschoss traf eines der vorderen Räder.

Durch die plötzliche Änderung des Fahrverhaltens und weil niemand am Steuer saß, der dies hätte verhindern können, kam das betroffene Auto von der Straße ab, stürzte eine Böschung hinunter und landete im Unterholz.

Cayden Vorster beobachtete mit Genugtuung, wie das beschädigte Fahrzeug über die Böschung stürzte und eine Spur aus zerbrochenem Glas und Plastik hinterließ. Die Insassen würden auf keinen Fall mit diesem Fahrzeug flüchten.

Ebenso wenig wie die Insassen des ersten Fahrzeugs, das zu einem brennenden Haufen verkohlten und verbogenen Metalls zermalmt worden war. Die Maschinenkanone, konzipiert für den Abschuss niedrig fliegender Flugzeuge und gepanzerter Mannschaftstransporter, hatte ganze Arbeit geleistet.

Er sah Arina Talwik an, die erwartungsvoll neben ihm stand. Die Frau war ihnen den ganzen Weg vom Dorf Hanada aus gefolgt, hatte sie beschattet und ihn über jeden ihrer Schritte unterrichtet. So hatte Vorster sie direkt in einen Hinterhalt locken können.

»Vorrücken!«, befahl er. »Tötet alle außer Becker. Ihn will ich lebend.«

Die Frau lächelte. Sie wusste genau, warum er Becker für sich haben wollte. Wenn das Leben sie überhaupt etwas gelehrt hatte, dann den Wert der Rache. An Vorsters Stelle hätte sie dasselbe getan.

»Zugriffsteam, zu mir. Los geht's!«, rief sie und sprintete mit schussbereiter Waffe auf das verunglückte Fahrzeug am Fuß der Böschung zu.

16

Groggy und desorientiert öffnete Becker die Augen einen Spalt und starrte durch das offene Schiebedach auf eine Reihe von Bäumen, die sich sanft im Wind wiegten. Durch die geborstenen Fenster wehte Sand und Staub herein. Die Luft roch nach Benzin und verbranntem Plastik.

Er lag eingeklemmt an der Seite des Fahrzeugs, das umgekippt war, als es die Böschung hinunterrutschte. Ausrüstungsteile waren überall im Innenraum verstreut. Etwas lag auf ihm. Etwas Schweres, Weiches.

Er blickte hinab. Dalton lag ausgestreckt auf dem Sitz. »Dalton«, zischte er und stieß sie fest an. »Dalton, wachen Sie auf!«

Sie öffnete langsam die Augen und sah sich verwirrt um. »Was zum Teufel ist da gerade passiert?«

»Wir sind in einen Hinterhalt geraten«, erwiderte er barsch, zog die Knie an die Brust und schlang die gefesselten Hände darunter.

Ihre Augen weiteten sich, als ihre Erinnerung zurückkehrte. »Wie hat …?«

»Sie haben uns gefunden«, sagte Becker und scheuerte seine Plastikfesseln an einem zerbrochenen Stück Fensterglas, bis das Plastikband zerriss. »Wir müssen hier raus. Turner, leben Sie noch?«

Ein Stöhnen von vorne bestätigte seine Vermutung. »Ich glaube nicht!« Turners blutverschmiertes Gesicht tauchte vor dem Armaturenbrett auf. Er blickte zur Straße hinauf, wo etwa hundert Meter von ihnen entfernt das Führungsfahrzeug brannte. »Dieser verdammte Mistkerl …!«

»Glauben Sie mir jetzt endlich?«

Turners Gesichtsausdruck war nicht gerade freundlich.

»Checken Sie den Fahrer«, wies Becker ihn an und verzichtete vorerst auf das »Ich hab's dir ja gesagt«-Spielchen.

Ein Blick genügte, um festzustellen, dass ihr Fahrer nicht überlebt hatte. Der erbarmungslose Beschuss hatte seine Seite des Wagens in einen Albtraum aus verheddertem Metall, zertrümmerten Instrumententafeln und blutigem Fleisch verwandelt.

Das Funkgerät des Fahrzeugs war ebenfalls zerstört, sein Gehäuse war von Schrapnells durchlöchert worden.

»Woher wussten sie, wo wir entlangfahren würden?« Dalton zog ihre Plastikfesseln über einen scharfen Metallsplitter, der aus dem Chassis des Fahrzeugs herausragte, und durchtrennte sie.

»Eine gute Frage, die wir uns für ein anderes Mal aufheben sollten«, schlug Becker vor, als Dalton ihre Arme befreit hatte. »Im Moment kümmern wir uns besser darum, am Leben zu bleiben.«

»Perez ist erledigt«, sagte Turner, sichtlich geschockt von dem, was er gesehen hatte.

Becker nickte grimmig. »Wir brauchen Verstärkung. Wen haben Sie in Bereitschaft?«

Turner schüttelte den Kopf. »Das Funkgerät ist sowieso im Eimer.«

»Sie sind ohne Verstärkung in ein verdammtes Kriegsgebiet gegangen?«

»Kapieren Sie das nicht? Diese ganze verdammte Operation war nicht autorisiert. Es gibt keine Rückendeckung, nichts.«

Becker konnte nicht fassen, was er da hörte. Turners Anwesenheit in Syrien war nicht gedeckt. Er war den ganzen Weg hierhergekommen, nur um sich an Becker zu rächen.

»Haben Sie irgendwelche Waffen an Bord?« Becker beschloss, dieses Gespräch auf später zu verschieben. Vorausgesetzt, es gab ein Später.

»Machen Sie Witze? Ich würde Ihnen keine Waffe geben, selbst wenn mein Leben davon abhinge …«

Er wurde durch den lauten Knall unterbrochen, als ein Geschoss vom Fahrgestell des Geländewagens abprallte. Turner duckte sich und warf einen Blick hinauf zu der erhöhten Fahrbahn, wo Mündungsfeuer die Nachtluft erhellte und weitere Kugeln in den Boden um das Autowrack einschlugen.

»Was sagten Sie noch?«, bemerkte Becker.

Turner zögerte ganze zwei Sekunden, bevor er kapitulierte.

»Ach, verflucht!«, knurrte er, öffnete das Handschuhfach und nahm die Beretta-92-Halbautomatik heraus, die darin verstaut war. Er warf sie Becker zu, der sie gekonnt auffing. »Ich hoffe, ich muss das nicht bereuen.«

»Ich denke nicht mal im Traum daran«, antwortete Becker, während er den Schlitten zurückzog und die erste Patrone in den Lauf lud. »Wir müssen hier weg und uns eine gute Deckung suchen. Dieses Auto ist ein verdammter Kugelfang.«

»Tatsächlich? Irgendwelche Ideen?«

Becker warf einen Blick über den Rand seines Fensters. »Rechts von uns gibt es ein paar Büsche und Bäume. Wir ziehen uns zurück und versuchen, sie im Wald abzuhängen.«

Es war kein besonders guter Plan, aber mehr hatten sie nicht.

Turner hatte keine Einwände.

»Dalton, sind Sie bereit?«

»Ja.«

»Wenn wir hier raus sind, laufen Sie geduckt zu den Bäumen. Sehen Sie sich nicht um, und bleiben Sie nicht stehen, egal, was passiert. Verstanden?«

Sie nickte, strich sich die losen Haarsträhnen aus dem Gesicht und bereitete sich auf das vor, was gleich geschehen würde. Es erforderte Mut, in einem Feuergefecht die Deckung zu verlassen, aber manchmal hatte man keine andere Wahl, als den Kopf einzuziehen und es zu versuchen.

Becker holte aus und trat mit voller Wucht gegen die Tür auf seiner Seite. Sie flog auf und gab den Blick auf den felsigen Boden und die Dunkelheit dahinter frei.

»Okay, dann los!« Becker sprang heraus. Turner verließ den Wagen auf der Beifahrerseite, und Dalton folgte Becker. Kaum hatten sie einen Fuß nach draußen gesetzt, prasselte aus Richtung der Straße eine Salve aus großkalibrigen automatischen Waffen auf sie ein. Geschosse schlugen in die Erde um sie herum ein und schleuderten Erdklumpen und Steinbrocken hoch.

»Scheiße! Kontakt!«, schrie Turner und ging hinter dem Autowrack in Deckung, als eine weitere Salve über den Boden auf ihn zupflügte.

Becker packte Dalton am Ärmel und zerrte sie zurück, als eine andere Salve über sie hinwegjagte. Die Kugeln zischten so dicht an Beckers Kopf vorbei, dass er ihren Luftdruck spürte.

»Wir sitzen hier fest!«, zischte Turner. Er visierte ein Ziel an, das sich auf der Straße bewegte, schwenkte seine Waffe und gab mehrere Schüsse in ihre Richtung ab. »Sie versuchen, uns von der Seite anzugreifen.«

Becker warf einen Blick darauf. Tatsächlich kletterten

zwei ihrer Gegner den Erdwall hinunter und steuerten auf den gegenüberliegenden Wald zu, in der Hoffnung, hinter ihnen einen Bogen machen zu können.

»Kontakt links. Unterstützungsfeuer!«, rief er, zielte und schoss. Turner schloss sich ihm einen Moment später an und leerte in der kurzen, verzweifelten Salve den Rest seines Magazins.

Ihre Beretta-9-mm-Handfeuerwaffen hatten weder eine große Reichweite noch eine besondere Durchschlagskraft, und ihre Ziele bewegten sich, aber beide Männer waren gute Schützen, und die schiere Masse des Feuers bedeutete, dass mindestens eine ihrer Kugeln ihr Ziel fand. Becker sah, wie der Anführer stolperte und fiel, als er von einem Schuss in der Körpermitte getroffen wurde. Er kämpfte sich wieder auf die Beine. Wahrscheinlich trug er eine Schutzweste, die das 9-mm-Geschoss nicht durchdringen konnte.

Nachdem er sich von dem leichten Treffer erholt hatte, hob sein Gegner seine Waffe in Richtung Becker, zögerte jedoch und änderte plötzlich sein Ziel, bevor er das Feuer erwiderte.

Ein schmerzhaftes Knurren in seiner Seite verriet Becker, dass Turner getroffen worden war. Er sah, wie der Mann sich gegen die Seite des Wagens drückte und die Hände auf die Brust presste. Es war kein Blut zu sehen, aber es war klar, dass er verletzt war.

Fünfzig Meter entfernt beobachtete Arina Talwik lächelnd die kleine Gruppe, die hinter ihrem Fahrzeugwrack kauerte. Sie hatten aufgehört, auf ihr Team zu schießen, und sie konnte sich denken, warum.

Sie griff nach oben und berührte ihren Funksender. »Sie haben keine Munition mehr.«

»Perfekt«, antwortete Vorster, der den Moment sichtlich genoss. »Holt sie euch.«

»Verstanden«, sagte sie, erhob sich und stürmte eifrig auf ihre Beute zu. »Alle Einheiten, vorrücken. Los!«

»Sind Sie okay, Turner?«, fragte Becker.

Turner nickte und verzog das Gesicht vor Schmerz, als er das weite Hemd öffnete und den sandfarbenen Stoff einer Kevlarweste darunter entblößte. Becker und Dalton hatten keinen solchen Schutz.

»Haben Sie die Leute gezählt?« Becker ließ das Magazin aus seiner Waffe gleiten. Es war leer.

»Es sind mehr als wir«, sagte er stöhnend.

»Witzig.« Ihre Gegner feuerten langsamer, und Becker wusste, warum. Es war Unterstützungsfeuer, damit sie ihre Köpfe unten hielten, während der Rest der Truppe vorrückte, um sie zu erledigen. Sie steckten tief in der Scheiße. Sie waren isoliert, zahlenmäßig und waffentechnisch weit unterlegen.

»Er hatte mich im Visier …«, meinte Becker und ließ die letzten Momente des kurzen Feuergefechts in seinem Kopf Revue passieren. Der Killer hätte ihn ausschalten können, aber das hatte er nicht getan.

»Was?«

Er schüttelte den Kopf, als ihm eine Idee kam. »Wo sind deine Ersatzwaffen?«

»Im … Kofferraum.«

Becker blickte zum Heck des Fahrzeugs. Dort hinauszugehen, um sie zu holen, würde bedeuten, sich mörderischem Feindfeuer auszusetzen. Aber wenn seine Vermutung richtig war, spielte das vielleicht keine Rolle. Falls er sich irrte, war das sein letzter Irrtum.

Er warf das Magazin nach rechts und wartete, bis er das

verräterische Klappern von Metall auf Stein hörte. Und tatsächlich, ein erneuter Feuerstoß grub sich in Richtung seines Köders in die Erde.

Becker reagierte, sprintete zum Heck des Autowracks und riss den Kofferraum auf. Die beschädigten Scharniere knirschten und quietschten unter Protest. Darin fand er zwei MP5-Maschinenpistolen, die in Plastikkoffern verstaut waren, zusammen mit Ersatzmagazinen und Splittergranaten. Ein Standard-Angriffspaket und weit besser als das, was er hatte.

Becker griff in den Kofferraum, als er einen Schrei hinter sich hörte.

»Keine Bewegung!«

Er drehte sich um und sah drei maskierte Gegner auf sich zukommen – zwei Männer flankierten eine Frau, ihrer Größe und Statur nach zu urteilen. Alle drei richteten Heckler & Koch-G36-Sturmgewehre auf ihn. Leistungsstarke und präzise Waffen, die es in einer ganzen Reihe von Konfigurationen gab, alle mehr als geeignet, ihm den Tag zu vermiesen.

»Denk nicht mal daran«, warnte ihn die Frau. Dem Akzent nach zu urteilen, Osteuropäerin, stellte er fest. »So gut bist du nicht.«

»Ich habe es immerhin bis hierher geschafft«, erwiderte er.

»Und nicht weiter. Jetzt will ich deine Hände sehen.«

»Sie meinen diese Hände?«

Als Becker sie hob, hielt er in jeder eine M67-Splittergranate. Die Sicherheitsstifte waren entfernt, und nur seine Finger auf den Bügeln verhinderten, dass sie explodierten.

Instinktiv wich die Frau einen Schritt zurück, woraufhin Becker seine Hände höher hob und die Waffen schwang. »Denken Sie nicht einmal daran«, wiederholte er mit einem kalten Lächeln ihre Warnung. »So gut sind Sie nicht.«

Ihre Augen verengten sich. »Und du bist nicht so mutig.«

»Ach? Ich habe nichts mehr zu verlieren«, rief er ihr in Erinnerung. »Wenn Sie flüchten, lasse ich sie fallen, und wir sterben alle. Wenn Sie mich erschießen, läuft es auf dasselbe hinaus. Kapieren Sie das?«

»Ach, komm schon, Becker«, ertönte eine andere Stimme. »Das ist doch unnötig. Ich bin mir sicher, dass wir die Sache anders handhaben können.«

Becker blickte auf, als ein weiterer Mann am Rand der Böschung auftauchte. Er erkannte sofort die Größe und den Körperbau wieder, ganz zu schweigen von der Stimme. Es war derselbe Mann, der versucht hatte, ihn in Bagdad zu töten. »Dann denken Sie sich was aus, Sie Scheißkerl. Ich weiß, was Sie vorhaben. Iwanow stellt biologische Waffen für Sie her, und Hanada war das Testgelände für Ihr kleines wissenschaftliches Experiment. Aber Sie haben nicht damit gerechnet, dass ich dazwischengrätsche und Ihnen die Tour vermassle. Deshalb wollen Sie mich auch nicht umbringen. Sie müssen erst herausfinden, wie viel ich schon weiß und weitergegeben habe.«

»Sieh an, sieh an. Da hast du ein schönes Patt geschaffen«, antwortete er spöttisch. »Die Frage ist nur, wie geht es weiter?«

»Als Nächstes sagen Sie mir, wer Sie sind und woher Sie mich kennen.«

»Ha! Ausgerechnet das willst du in einem solchen Moment wissen?« Sein Widersacher lachte.

»In der Hinsicht bin ich kleinlich«, konterte Becker.

»Wie du willst.«

Der Mann riss sich mit einer schnellen Handbewegung

die Gesichtsmaske vom Kopf. Becker überlief es kalt, als er das Gesicht wiedererkannte, das darunter zum Vorschein kam. Es war älter und hagerer, als er es in Erinnerung hatte, und glatt rasiert, während es früher hinter einem dichten Bart versteckt gewesen war. Aber er würde es überall wiedererkennen. Es war das Gesicht des Mannes, der seine Karriere beendet hatte.

»Vorster?«, flüsterte er. Er brachte den Namen nur mühsam heraus.

Vorster grinste, erfreut über den Schock, der sich auf Beckers Gesicht abzeichnete. »Der Geist der vergangenen Weihnacht, könnte man sagen.«

»Sie sind tot«, stammelte er, immer noch wie vor den Kopf gestoßen, dass dieser Mann jetzt vor ihm stehen konnte. »Ich habe es selbst gesehen.«

»Ja, hast du«, bestätigte Vorster, dessen graue Augen bösartig aufblitzten. »Aber ich habe eine zweite Chance bekommen. Man könnte sagen, ich wurde wiedergeboren.«

»Um was zu tun?« Becker hatte sich wieder ein wenig gefangen. »Mich umbringen?«

Zu seiner Überraschung warf Vorster den Kopf in den Nacken und lachte. »Du warst schon immer ein egozentrisches kleines Arschloch, Becker. Es ging nie um dich.« Dann verblasste sein kurzer Anflug von Humor. »Sag mir, was du weißt, und vielleicht lasse ich dich sogar am Leben.«

Als er das leise Scharren einer Bewegung neben sich wahrnahm, wanderte Beckers Blick zum anderen Ende des Fahrzeugwracks, wo Dalton aus ihrer Deckung aufgetaucht war und nun zusammengekauert hinter dem zerfetzten Vorderteil saß. Ihre Blicke trafen sich, und sie nickte ihm kurz zu. Ihre Körperhaltung verriet ihm, dass sie sich bereit machte loszulaufen.

Er konnte nicht mit ihr kommunizieren, konnte ihr weder signalisieren, aufzuhören noch zu überdenken, was sie da vorhatte. Er konnte nichts weiter tun, als bereit zu sein, wenn der Moment kam.

Becker spannte sich an. Wenn er richtiglag, hatte er nur ein oder zwei Sekunden Zeit zum Handeln. »Sie erwarten, dass ich Ihnen nach all dem noch vertraue?«

»Eigentlich nicht.« Vorster lächelte, als er ihn anvisierte. Der Moment war gekommen. Dalton sprang auf und tauchte plötzlich hinter dem Fahrzeugwrack auf.

»He, ihr Blödmänner!«, schrie sie und fuchtelte mit den Armen.

Die Reaktion kam instinktiv und unmittelbar. Innerhalb eines Herzschlags richteten sich vier Augenpaare und die Läufe von vier Waffen auf sie, um diese neue Bedrohung einzuschätzen und dann festzustellen, dass sie nicht existierte. Sie war unbewaffnet und ungeschützt, es war also ein reines Ablenkungsmanöver.

Im selben Moment ließ Becker die Sicherheitsbügel beider Granaten los und schleuderte sie auf seine Angreifer. Die Frau reagierte als Erste. Sie drehte sich weg und warf sich zu Boden, während sie eine Warnung ausstieß. »Granate!«

Knapp eine Sekunde später detonierten beide Sprengsätze mit ohrenbetäubender Wucht und schleuderten einen Hagel von tödlichen Metallsplittern in alle Richtungen.

Der Agent, der der Explosion am nächsten stand, wurde unvorbereitet getroffen und bekam die volle Wucht der Detonation ab. Das Schrapnell zerfetzte seine Kevlarweste und den weichen, ungeschützten Körper darunter. Mit einem Schrei, in dem sich Schock und Schmerz mischten, wurde er durch die kinetische Energie zurückgeschleudert und landete in einem blutigen Haufen auf der anderen Seite des Flussbettes.

Becker klingelten die Ohren, und seine Augen brannten vom scharfen Korditrauch in der Luft, aber die kurze Ablenkung hatte ihm die Möglichkeit gegeben, eine der MP5s loszureißen und sie auf seine Feinde zu richten. Ohne zu zögern, zielte er auf ihren Anführer.

Aber Vorster hatte sich von seinem Schreck rasch erholt. Er reagierte mit bemerkenswerter Schnelligkeit und Geistesgegenwart, packte den Agenten neben sich an den Riemen seiner Schutzweste und zog den Mann vor sich, gerade als Becker den Abzug betätigte.

Vorsters improvisierter menschlicher Schutzschild bekam den größten Teil des tödlichen Beschusses ab, einige Kugeln schlugen in seine Weste ein, andere fanden Lücken und Schwachstellen und durchschlugen das weiche Fleisch darunter. Einer war tot, drei waren noch übrig, und die anderen reagierten jetzt.

Links von ihm hob die Frau ihr Sturmgewehr und zielte auf ihn. Becker schwenkte die MP5. Beide eröffneten fast gleichzeitig das Feuer, aber Becker hatte die Geistesgegenwart besessen, in die Knie zu gehen, als er abdrückte. Seine Waffe spuckte eine Salve von 9-mm-Munition aus, die sein Ziel in der Mitte traf, während ihre Antwortsalve harmlos über seinen Kopf hinwegzischte und das bereits zerstörte Fahrzeug hinter ihm durchschlug.

Sie taumelte zurück, gezeichnet von den Treffern, aber nicht kampfunfähig. Becker ließ sich auf den steinigen Boden fallen und rollte hinter das zerstörte Fahrzeug, gerade als seine anderen Feinde das Feuer auf ihn eröffneten. Ihre Schüsse verfehlten ihn knapp, prallten auf die Felsen nur wenige Meter entfernt und jaulten als Querschläger davon.

Dalton hockte bereits hinter dem Wrack. Sie war in Deckung gegangen, als die Schießerei begann. »Was zum Teufel haben Sie sich dabei gedacht?«, fuhr Becker sie an.

»Ihnen den Arsch zu retten!«, erwiderte sie wütend und zuckte zusammen, als mehrere Kugeln in die Karosserie einschlugen.

»Ich hatte sie genau da, wo ich sie haben wollte«, antwortete Becker und zuckte zusammen, als sie ihm mit aller Wut, die sie aufbringen konnte, auf den Arm schlug. Offenbar war sie wirklich ziemlich sauer.

»Sie verdammter arroganter Kerl!«, schnauzte sie ihn an. »Würde es Sie wirklich umbringen, nur ein einziges Mal zuzugeben, dass ich Ihnen geholfen habe?«

»Nein. Vorausgesetzt, wir schaffen es tatsächlich hier raus. Wir sind immer noch in der Unterzahl und sitzen hier fest«, erinnerte er sie. Zu seiner großen Bestürzung tat Dalton etwas, womit selbst er nicht gerechnet hatte. Sie grinste ihn an. »Nicht mehr lange.«

In der Nähe beobachtete Vorster, wie Talwik zu ihm hinüberhumpelte und sich die rechte Seite hielt, wo Beckers Schüsse ihre Weste getroffen hatten. Sie hatten sie nicht durchschlagen, aber Vorster wusste aus Erfahrung, dass solche Treffer üble Prellungen hinterließen und sogar Rippen brechen konnten.

»Alles in Ordnung?« Er überprüfte mit einem raschen Blick ihren Zustand.

»Ich schaffe es schon«, gab sie gepresst zurück, warf das Magazin ihrer Waffe aus und steckte ein neues hinein. Obwohl ihr Gesicht vor Schmerz angespannt war, glühte wilder Rachedurst in ihren Augen. »Wir hätten ihn umlegen sollen, als wir die Chance hatten.«

»Er ist so oder so tot«, antwortete Vorster und schaltete

sein Funkgerät ein. »Alle Einheiten, sofort vorrücken. Ich will sie tot sehen!« Becker mochte sie überrumpelt haben, aber er hatte sein letztes Ass aus dem Ärmel gezogen. Sie waren immer noch in der Überzahl und verfügten über erheblich mehr Feuerkraft. Vorster hatte vor, beides jetzt zu nutzen.

»Verstanden. Wir haben sie festgenagelt. Keine Chance, dass sie da rauskommen.«

Plötzlich zischte eine Salve automatischen Gewehrfeuers durch die Nachtluft an ihnen vorbei und traf einen Mann, der schwer verletzt und blutend zu Boden ging. Einen Moment fragte sich Vorster, ob Becker vielleicht einen Glückstreffer gelandet hatte, aber der dumpfere, kräftigere Klang der Waffe passte nicht zu der MP5, die er benutzte.

Sie wurden mit Sturmgewehren beschossen.

»Woher kommt das Feuer?«, bellte er. »Sprecht mit mir!«

»Wir haben US-Militäreinheiten auf der anderen Seite des Dammes«, antwortete einer seiner Männer auf der gegenüberliegenden Böschung.

»Wie war das?«, fragte Vorster ungläubig.

»Wiederhole: US-Militär innerhalb unseres Perimeters! Wir stehen unter schwerem Beschuss und sind ungeschützt.«

Irgendwie musste es Becker gelungen sein, Verstärkung zu rufen. Das Blut rauschte ihm in den Ohren, als er sah, wie Becker und die anderen ihm entglitten, gerade als er sie packen wollte.

»Wie lauten Ihre Befehle?«

Nein. Er würde Becker nicht entkommen lassen. Nicht jetzt. Er schuldete diesem miesen Bastard eine Abrechnung für alles, was er ihm angetan hatte.

Talwik sah die Anspannung in seinem Körper, spürte, was er sagen wollte. »Wenn du dich umbringen lässt, bringt das nichts!«, beschwor sie ihn, packte seinen Arm und sah ihm eindringlich in die Augen. »Es gibt andere Wege.«

Der Beschuss wurde immer heftiger. Er musste eine Entscheidung treffen.

»Sir, wie lauten Ihre Befehle?«, drängte der Teamleader.

»Zieht euch zurück«, befahl Vorster kalt.

»Wir können sie erledigen.«

»Ich sagte, zurückziehen!«, wiederholte er. »Wir sind zu dicht dran. Wir dürfen jetzt nichts riskieren. Zieht euch zu den Lastwagen zurück, wir rücken ab.«

In seinem Kopf formte sich bereits ein Plan. Becker mochte ihm heute Abend durch die Lappen gegangen sein, aber er würde dafür sorgen, dass der Mann für alles zahlte.

17

In der angespannten Stille nach dem kurzen Feuergefecht sah Becker sich um und versuchte zu erkennen, woher die unverhoffte Unterstützung kam. Sein Herzschlag hämmerte ihm immer noch in den Ohren, die MP5 lag warm in seinen Händen, während er abwartete, unsicher, was als Nächstes passieren würde.

»Gesichert!«

»Gesichert«, wiederholte jemand einen Moment später. Becker beobachtete, wie zwei Männer in US-Kampfausrüstung über der Kante der Böschung auftauchten und den Hang zu ihnen hinunterstiegen, die schussbereiten Waffen erhoben.

»Sind die Ziele ausgeschaltet, Santos?«, fragte der eine.

»Ein Tango am Boden«, antwortete der andere und deckte die Feinde, die sie soeben niedergestreckt hatten, mit seinem Sturmgewehr, während der andere sich Becker näherte.

»Runter mit der Waffe«, forderte der Anführer ihn auf. »Sofort.«

Becker hatte nicht die leiseste Absicht, diesem Mann seine Waffe auszuhändigen, US-Militär hin oder her. Einmal in einer Nacht reichte ihm völlig aus.

»Vergessen Sie es, G.I. Joe. Identifizieren Sie sich lieber«, forderte Becker den Neuankömmling auf.

»Erst wenn Sie Ihre Waffen niederlegen.«

»Jacobsen, nicht feuern!«, rief Dalton, drängte sich grob

an Becker und Turner vorbei und stellte sich mit erhobenen Händen zwischen die beiden Gruppen. »Haltet euch zurück, ihr alle.«

Eine weitere Sekunde verstrich, und die Spannung war fast greifbar. Dann senkten die beiden Offiziere ihre Gewehre. Becker atmete aus und folgte ihrem Beispiel, ohne sich jedoch zu entspannen. Der Soldat, der Becker bedroht hatte, trug die Streifen eines Captains. Das war Jacobsen, vermutete Becker.

»Dalton, was zum Teufel ist mit Ihnen passiert?« Jacobsen klang besorgt und gleichzeitig erleichtert, sie lebend und gesund zu sehen. »Sind Sie okay?«

Dalton antwortete, indem sie ausholte und ihm eine schallende Ohrfeige verpasste. Sofort hob der Soldat neben ihm seine Waffe und richtete sie auf sie, was eine ähnliche Reaktion von Becker zur Folge hatte.

»Sie haben uns einfach zurückgelassen«, sagte Dalton mit zusammengebissenen Zähnen. »Man hätte mich fast umgebracht, Sie Arschloch!«

»Für mich war es auch nicht gerade eine Party«, gab Jacobsen zurück. »So ein … Ding hat sich auf mich gestürzt. Ich habe es gerade noch so rausgeschafft.«

»Sie sollten mich beschützen!«

Jacobsen biss die Zähne zusammen. »Wir haben um unser Leben gekämpft. Als wir in Sicherheit waren, waren Sie weg, und dieser verdammte Mob war überall.«

»Sie haben also einen Luftangriff angefordert, um die Sache zu beenden«, sagte Becker, der sich nicht mehr zurückhalten konnte, nachdem er endlich den Verantwortlichen gefunden hatte. »Gut gemacht, Sie Ass. Wirklich ein heldenhafter Zug.«

Er sah den verwirrten Ausdruck, der kurz über Jacobsens Gesicht huschte.

»Wie haben Sie uns gefunden?«, fragte Dalton, bevor er antworten konnte.

Zögernd wandte Jacobsen seine Aufmerksamkeit von Becker ab. »Eine Predator-Drohne hat Sie beim Verlassen des Dorfes aufgespürt. Seitdem sind wir Ihnen auf den Fersen. Als wir die Schüsse hörten, dachten wir, es sei alles im Eimer, und haben uns so schnell wie möglich abgesetzt.«

»Gerade noch rechtzeitig, was?« Becker verspottete ihn.

Jacobsen machte einen Schritt auf ihn zu. »Wer zum Teufel sind Sie?«

»Er ist der Grund, warum ich nicht tot bin!« Dalton warf Becker einen vielsagenden Blick zu. »Und er ist auch der Grund, warum wir es überhaupt bis hierher geschafft haben.«

Jetzt macht sie auch noch auf großherzig, dachte Becker.

Jacobsen schien darauf keine gute Antwort parat zu haben. Stattdessen sah er wieder Becker an. »Das ist ja schön und gut, aber ich weiß immer noch nicht, wer Sie sind, warum Sie sich nicht bei uns gemeldet haben und warum Sie Dr. Dalton nicht zurückgebracht haben.«

»Weil er ein gesuchter Flüchtling ist«, warf Turner ein. »Mein Name ist Turner, ich bin bei der Army CID. Mein Team und ich haben ihn in demselben Dorf aufgespürt, in dem Sie waren, und haben ihn zusammen mit Miss Dalton aufgegriffen. Wir waren dabei, die beiden zum Verhör zu bringen, als unser Konvoi angegriffen wurde.«

Er gestikulierte zur nahe gelegenen Straße, wo einer der beiden Geländewagen noch immer brannte, etwa hundert Meter entfernt.

»Sie haben mich entführt«, widersprach Dalton anklagend. »Ich habe Ihnen gesagt, dass ich ein Zivilist auf einer humanitären Mission bin, und Sie wollten einfach nicht zuhören.«

»Sie waren eine Verdächtige, solange ich nichts anderes bestätigen konnte«, schoss Turner zurück und blickte Jacobsen an. »Sie kennen die Regeln genauso gut wie ich, Captain. Solange jemand nicht identifiziert und überprüft wurde, wird er als potenzieller Feind behandelt.«

Jacobsens Miene zeigte deutlich, dass er von Turners Argument nicht beeindruckt war. »Nun, sie ist eindeutig kein Feind. Sie ist Ärztin.«

»Epidemiologin«, korrigierte Dalton ihn scharf. »Und ich war in dem Dorf, um den Ausbruch einer Seuche zu untersuchen.« Sie sah Jacobsen an. »Hanada war nicht die Quelle, es war ein Testgelände.«

»Testgelände für was?«

»Für eine Art biologische Waffe. Die Leute, die sie dort eingesetzt haben, sind die gleichen, die vorhin unseren Konvoi angegriffen haben.«

Becker wusste, dass sie nur Zeit verschwendeten. »Die Kurzfassung lautet: Wir haben es mit einem Haufen sadistischer Arschlöcher zu tun, die uns umbringen wollen. Sie haben einen russischen Biowaffenspezialisten entführt, und dieses Dorf wurde als erster Testlauf für das von ihm hergestellte Mittel benutzt. Was werden sie wohl damit machen, nachdem sie jetzt wissen, dass es funktioniert?«

Jacobsen starrte Becker schweigend an.

»Ich habe hier drüben einen Überlebenden!«, rief Santos und brach damit die Pattsituation.

Die kleine Gruppe eilte geschlossen zu Santos hinüber, Jacobsen an der Spitze.

»Sie sollten vielleicht einen Zahn zulegen«, riet Santos ihnen und hielt den Verletzten mit seinem Sturmgewehr in Schach. »Er wird nicht mehr lange ansprechbar sein.«

Es war der Mann, den Becker während des Feuergefechts niedergeschossen hatte und der von Vorster als menschlicher Schutzschild benutzt worden war. Er lag auf der Seite im Gras, sein Atem ging schwer, und aus einer Schusswunde in der Brust quoll blutiger Schaum.

»Ein Arschloch weniger auf der Welt«, bemerkte Turner.

Dalton starrte den CID-Officer an. »Um Himmels willen, zeigen Sie doch etwas Mitgefühl!«

»Warum? Sie können Ihren Arsch darauf verwetten, dass er uns keins entgegengebracht hätte.«

Becker wusste, dass beide das große Ganze nicht im Blick hatten. Dieser Mann war ihre einzige Verbindung zu Vorsters Gruppe und folglich dem möglichen Aufenthaltsort von Iwanow. Er kniete sich neben ihn und musterte den Mann.

»Du stirbst, Mann. Daran können wir nichts ändern. Aber du hast immer noch eine Chance, es wiedergutzumachen. Sag uns, wo ihr Iwanow festhaltet.«

Die dünnen, blutigen Lippen des Mannes verzogen sich zu einem schmerzverzerrten Grinsen. »Meine Arbeit ist getan. Der Rest ist unwichtig.«

»Beinhaltet deine Arbeit das Töten unschuldiger Menschen?«, setzte Becker nach.

»Was macht das schon? Du wirst noch früh genug ebenfalls tot sein«, murmelte er und betrachtete die Gruppe, die sich um ihn versammelt hatte. »Und ihr auch.«

Becker biss die Zähne zusammen und rammte den Lauf seiner Waffe in die Wunde, was der Mann mit einem schmerzhaften Knurren quittierte. »Aber du bist zuerst dran.«

»Becker, hör auf!«, flehte Dalton ihn an.

»Nur zu«, forderte der Mann ihn mit zusammengebissenen Zähnen auf. »Tu es. Ich habe keine Angst.«

Der Blick in seinen Augen verriet Becker, dass er die Wahrheit sagte.

Becker drückte nicht ab. Ihm war eine Ausbuchtung in der Tasche des Mannes aufgefallen. Er griff hinein und zog ein Mobiltelefon heraus. Es war noch eingeschaltet, aber ein kurzer Blick auf das Display verriet ihm, dass es passwortgeschützt war. Eine übliche Vorsichtsmaßnahme für den Fall, dass es dem Feind in die Hände fiel.

»Ich nehme nicht an, dass Sie mir den Code für dieses Ding verraten werden«, bemerkte er.

»Nein, glaube ich auch nicht.«

Becker zuckte mit den Schultern. »Dann können Sie jetzt getrost sterben.«

Becker wollte sich gerade aufrichten, als der Mann erneut flüsternd das Wort ergriff. »Es ist eine Schande … dass ich nicht miterleben werde … wie meine Bombe in Bagdad hochgeht.« Er starrte Becker in die Augen und grinste die ganze Zeit. »Man hat mir gesagt, dass es wunderschön sein soll.«

Becker zögerte nicht. Er hob die MP5, zielte kurz und jagte dem Mann eine Kugel in den Schädel. Dann drehte er sich zu dem schockiert dreinblickenden Turner um. »Rufen Sie Ihre Leute in Bagdad an, damit sie Diaz freilassen. Ich brauche ihn sofort in der Leitung und an einem Computerterminal.«

»Was zum Teufel sollte das, Becker?«, fragte er. »Sie haben gerade …«

»Er hat es verdient«, unterbrach Becker ihn kalt. »Rufen Sie an.«

»Warum?«

»Weil Diaz uns sagen kann, wo dieses Telefon gewesen ist.« Er trat einen Schritt vor. »Jede Sekunde, die wir zögern, ist eine vergeudete Sekunde.«

Turner erwiderte Beckers Blick einen Moment regungslos, dann zückte er widerwillig sein eigenes Handy und tippte eine Nummer ein. Es dauerte nicht lange, bis die Antwort kam.

»Coleman? Ich bin's, Turner. Hören Sie, ich will, dass Sie Beckers Mann freilassen und ihn so schnell wie möglich ans Telefon holen.« Er schwieg ein paar Sekunden lang und hörte zu. »Ich habe keine Zeit für lange Erklärungen, aber die Lage hat sich geändert. Erledigen Sie das, und rufen Sie mich zurück, sobald er bereit ist. Los jetzt!«

Er beendete das Gespräch und steckte das Handy wieder ein.

»Ich hoffe, Sie wissen, was Sie tun.«

Als Becker sich abwandte, trat Dalton näher, um mit ihm zu sprechen. »Geht es dir gut?«, fragte sie leise.

Becker fiel auf, dass sie beim Du blieb. »Das wird es, wenn ich den Rest dieser Arschlöcher getötet habe.«

Dalton schwieg einen Moment lang, und er konnte ihre Besorgnis und Missbilligung körperlich spüren. »Es stört dich nicht? Was du da gerade getan hast?«

Becker sah ihr fest in die Augen. »Er hat es verdient.«

»Wir müssen das melden«, sagte Jacobsen und unterbrach sie. »Wir brauchen Verstärkung, um das Gebiet zu sichern und die Leichen zu bergen.«

Sie konnten sicherlich Verstärkung gebrauchen, aber Becker hatte nicht die Absicht, hierzubleiben und die Bergungsaktion zu überwachen. Er hatte heute Abend anderes zu tun.

»Haben Sie ein Fahrzeug in der Nähe?«, fragte Becker den Captain.

Jacobsen nickte. »Natürlich.«

»Dann fahren wir.«

Sie waren etwa auf halbem Weg zu Jacobsens Humvee, als Turners Handy klingelte. Er ging dran und nickte, bevor er das Telefon an Becker weiterreichte. »Für Sie.«

Der junge Mann am anderen Ende der Leitung verschwendete keine Zeit. »Verdammt, Mann!«, plapperte Diaz. »Ich weiß nicht, wie du das gemacht hast, aber …«

»Spar dir die Dankeshymnen für später auf. Jetzt musst du eine GPS-Verfolgung einer Handynummer durchführen, die Bewegungen in den letzten vierundzwanzig Stunden zurückverfolgen und nach konsistenten Mustern suchen. Schaffst du das?«

»Sicher.« Diaz hörte zu, als Becker die SIM-Nummer ablas, und bestätigte sie dann. »Wonach suchst du?«

»Nach einem sicheren Haus. Halt dich ran.«

»Okay, gib mir eine Minute …«

Becker hörte das Klappern von Tasten im Hintergrund, als Diaz sich an die Arbeit machte. »Möchte ich wissen, was du in Hanada gefunden hast?«

»Nichts Gutes«, antwortete Becker wahrheitsgemäß. Das schien die Neugierde des jungen Mannes zu befriedigen.

»Und Iwanow?«

Vor ihm entdeckte Becker einen Humvee, der hinter einer Reihe von Büschen geparkt war. Jacobsen lief voraus. Er aktivierte das Funkgerät des Fahrzeugs und berichtete über die jüngste Konfrontation. »Daran arbeiten wir noch. Aber im Moment brauche ich diese Rückverfolgung.«

»So einfach wird das nicht«, erklärte Diaz, dessen Enttäuschung offensichtlich war. »Das Telefon ist ein gesichertes Satlink-Gerät. GPS-Masking, Ende-zu-Ende-Verschlüsselung, das volle Programm.«

»Dachte ich mir. Kannst du es knacken?«

»Ich denke, schon, aber es wird einige Zeit dauern.«

Zeit. Ein Luxus, den sie heute Abend nicht hatten. »Beeil dich bitte, Corbin.«

18

Im Labor herrschte nun reges Treiben. Männer liefen hin und her, trennten Laptops ab, nahmen tragbare Festplatten aus Desktops und schnappten sich Ordner und gedruckte Dokumente.

Sie waren auf einen solchen Fall vorbereitet und wussten genau, was zu tun war.

»Sorgen Sie dafür, dass alle Laufwerke gelöscht werden«, wies Vorster sie an. »Beeilt euch, Leute! Wir haben ein Zeitlimit!«

»Sir, der Hubschrauber ist aufgetankt und steht bereit«, meldete einer seiner Mitarbeiter. Derselbe Hubschrauber, mit dem sie vom Ort des Hinterhalts hierhergeflogen waren, diente jetzt zur Evakuierung ihrer Einsatzbasis.

»Gut. Sagen Sie ihnen, dass wir in fünf Minuten hier raus sind.«

Talwik blickte sich in dem Labor um, das nun rasch abgebaut wurde. »Die ganze Arbeit …«

»Das macht nichts. Wir haben, was wir brauchen«, antwortete Vorster und richtete seinen Blick auf den verstärkten Transportkoffer, der neben ihm auf der Arbeitsplatte lag und dessen digitales Bedienfeld schwach grün leuchtete.

Sein Telefon klingelte. Er wandte sich kurz ab, drückte auf das grüne Symbol, um den Anruf anzunehmen, und wartete ein paar Sekunden, während die Verschlüsselungssoftware eine sichere Verbindung herstellte.

»Ich bin dran«, begann er.

»Was zum Teufel ist da los?« Selbst durch die elektronische Sprachmaskierung war der Zorn der Person, die sich Prophet nannte, deutlich zu hören.

»Das Labor wurde kompromittiert. Wenn ich richtigliege, werden Militär und Polizei diesen Ort innerhalb einer Stunde abriegeln.«

Eine bedrohlich lastende Stille folgte seinem Bericht. »Erklären Sie, wie das passieren konnte.«

»Das spielt jetzt keine Rolle. Niemand wird hier noch etwas Nützliches finden. Wir haben das Virus und sind bereit, zu Phase drei überzugehen.«

»Ich habe darauf vertraut, dass Sie das durchziehen«, antwortete Prophet anklagend. »Wie es scheint, war mein Vertrauen unangebracht.«

Vorster durchschaute allmählich die Schwäche der Position seines Wohltäters. Trotz all seines Geldes, seiner Ressourcen und seiner Macht brauchte er Männer wie Vorster, um seinen Willen umzusetzen. Prophet konnte es sich genauso wenig leisten, Vorster zu verlieren, wie Vorster ihn verlieren konnte.

Sie waren aneinander gebunden. Versagte einer, versagten beide. Dieses Wissen verstärkte seine Zuversicht. »Wir haben für diesen Fall vorgesorgt, und ich werde es durchziehen. Vertrauen Sie mir, ich habe alles unter Kontrolle. Lassen Sie mich jetzt meine Arbeit machen.«

Er beendete das Telefonat und wandte sich wieder dem verstärkten Transportkoffer zu. Er gab den Zugangscode ein, lauschte auf das leise Summen und Klicken, als die inneren Schlösser gelöst wurden, und klappte dann den Deckel auf. Im Inneren ruhten ein halbes Dutzend unter Druck stehender Metallbehälter, die von der Form her an Aerosolkanister erinnerten, in einem gepolsterten Schaumstoffkissen, das fast alle Stöße und Schläge absorbieren konnte. Der Grund war offensichtlich. Diese Kanister enthielten die möglicherweise gefährlichste Substanz der Welt.

Selbst das winzigste Leck würde allen zum Verhängnis werden, die sich in diesem Raum befanden.

Talwiks Augen leuchteten auf, als ihr Blick auf die Behälter fiel. Die Macht, die Welt zu verändern, den Lauf der menschlichen Geschichte neu zu gestalten, und das alles in einem einzigen Koffer. Mit einer solchen Waffe konnten sie Regierungen stürzen, ganze Nationen auslöschen und sogar ihr Heimatland von der unterdrückenden Knute der Invasoren befreien.

All die Jahre, die sie mit Kämpfen und Töten verbracht hatte, hatten nichts gebracht. Ein Soldat mit einer Waffe konnte das Blatt in einem hoffnungslosen Krieg nicht wenden. Aber diese Waffe hier, das war eine neue Art von Krieg. Einer, gegen den ihre Feinde nichts ausrichten konnten.

Und bald, sehr bald würde sie die Rache bekommen, nach der sie sich sehnte.

»Perfekt«, hauchte sie, streckte die Hand aus und strich sanft mit den Fingern über einen der Kanister, wobei sie sich die Demütigung und das Leid vorstellte, das sie ihren Feinden zufügen würde. Deren ohnmächtige Wut, wenn sie gezwungen wären, ihre Truppen aus Tschetschenien abzuziehen. Den triumphalen Empfang, den man ihr bei ihrer Rückkehr in ihr Heimatland bereiten würde.

Das war alles, was sie wollte. Das war alles, was sie jemals gewollt hatte.

»Ich habe getan, was Sie von mir verlangt haben.« Die blecherne, krächzende Stimme brach den Bann.

Sowohl Vorster als auch Talwik drehten sich zur Quelle des Geräuschs um. Iwanow, der russische Wissenschaftler, der dies alles möglich gemacht hatte, stand an der Scheibe der Isolationskammer, in der er in den letzten Tagen gearbeitet hatte. Er hatte lediglich für kurze Zeit nach draußen gedurft, um auszuruhen und zu essen, und auch das nur unter Bewachung. Die Strapazen seiner Gefangenschaft, ganz zu schweigen von seinem gnadenlosen Arbeitsplan, zeigten sich in den scharfen Falten seines Gesichts und den dunklen Ringen unter seinen tief in den Höhlen liegenden Augen.

»Die Waffe ist bereit. Ich habe getan, was Sie verlangt haben«, wiederholte er. »Es gibt nichts mehr, was Sie von mir benötigen.«

Vorster warf seiner Begleitung einen Seitenblick zu und grinste sie wölfisch an, bevor er seine Aufmerksamkeit wieder Iwanow zuwandte.

»Sie haben gute Arbeit geleistet, Doktor.«

Ein kurzes Aufflackern von verzweifelter Hoffnung flammte in dessen trüben Augen auf. »Dann … sind wir hier fertig? Sie lassen mich gehen?«

»Das brauche ich gar nicht. Ihr Freund Becker ist auf dem Weg hierher. Wenn ich richtigliege, wird er in ein paar Stunden hier eintreffen.«

»Becker?« Iwanow stammelte, fassungslos bei dieser Nachricht. »Er ist noch am Leben?«

Vorster nickte. »Dem Kerl muss es wirklich am Herzen liegen, Sie nach Hause zu bringen. Und deshalb müssen Sie noch etwas für mich tun.«

»Alles. Was auch immer Sie wollen.« Die Erregung des Mannes stand ihm erbärmlich deutlich ins Gesicht geschrieben.

Vorster wandte sich wieder dem Koffer zu und betrachtete die darin befindlichen Kanister. Bei den meisten handelte es sich um Iwanows genetisch veränderten Stamm, der für maximale Übertragbarkeit verbessert worden war. Er war Jahrzehnte zuvor in einem Moskauer Labor perfektioniert und hier wieder reaktiviert worden. Aber einer war anders. Er enthielt den ursprünglichen, reinen Stamm des Virus, von dem alle anderen abgeleitet worden waren. Er wirkte schneller, effizienter und stärker als die anderen. Es war derselbe Stamm, der das Dorf Hanada so verwüstet hatte.

Eine perfekte Tötungsmaschine.

»Sie müssen für mich eine Nachricht an ihn überbringen.« Vorster entnahm behutsam die Reinstamm-Probe und näherte sich Iwanows Isolationskammer. Er trug den Kanister so vorsichtig, wie eine Mutter ihr neugeborenes Baby in den Armen halten würde.

»Was haben Sie vor?« Iwanow wich ängstlich zurück, als Vorster eine der Sauerstoffzufuhrleitungen für die Kammer abzog und die Düse des Kanisters in die Einlassöffnung einführte. »Bitte nicht! Das können Sie nicht tun!«

Talwik trat an seine Seite, streckte sanft die Hand aus und hielt Vorsters Hand, als er das Druckventil des Kanisters bediente und den Inhalt in die Kammer sprühte.

19

Turners Telefon klingelte. Er ahnte, dass es für Becker war, und ging dran. Tatsächlich, Diaz hatte es geschafft.

»Wir haben es!« Diaz sprach schnell und aufgeregt. »Das Verschlüsselungssystem des Telefons war nicht allzu schwer zu knacken, aber die Maskierung des GPS-Protokolls zu überwinden war …«

»Die Kurzfassung reicht«, schnitt Becker ihm das Wort ab. »Wo ist es in letzter Zeit gewesen?«

Diaz murmelte beleidigt leise vor sich hin, während er den Datenstrom der Mobilfunkmasten überprüfte und versuchte, ein Muster zu erkennen. »Es ist in den letzten Tagen viel herumgekommen, aber es scheint vor allem eine Menge Aktivität in einer Stadt namens Gaziantep in der Südtürkei zu geben.« Er sprach den ihm unbekannten Namen mühsam aus. »Ich schicke dir die genauen GPS-Koordinaten.«

Tatsächlich flammten auf dem Display des Telefons einige Sekunden später mit einem Pling die Koordinaten des Längen- und Breitengrades auf.

»Soweit ich es beurteilen kann, handelt es sich um eine Gewerbeimmobilie«, fuhr Diaz fort, der bereits Satellitenbilder von diesem Ort aufgerufen hatte.

»Industrie?«

»Nein. Sieht für mich eher nach einem Bürogebäude aus. Aber es ist neu. Es wurde erst innerhalb der letzten achtzehn Monate gebaut.«

Becker hielt inne. Eine eigens errichtete Anlage vielleicht? Wenn ja, mussten ihre Widersacher über beträchtliche Ressourcen verfügen.

»Schick mir alles, was du über dieses Gebäude hast.«

»Verstanden. Ich schätze, es ist nicht nötig zu fragen, wohin du als Nächstes gehst?«

»Ich schätze, nicht.«

»Viel Glück, Becker. Und pass da draußen auf dich auf.« Diaz' üblicher unbeschwerter Optimismus war offenkundig verflogen. »Ich meine es ernst.«

»Das mache ich immer.« Becker schaltete das Telefon aus und sah Jacobsen an. »Wie schnell können Sie uns nach Gaziantep bringen?«

»Finden wir es heraus«, sagte Jacobsen und trat auf das Gaspedal. Der große V8-Diesel des Humvee brüllte auf, und seine Räder wirbelten Steine und Staub auf, als sie vorwärtsschossen.

»Ich habe einen möglichen Zielort«, fuhr Becker fort und las die Adresse vor, die Diaz übermittelt hatte. »Alles, was Sie in dieser Gegend zur Verfügung haben, muss sofort dorthin kommen. Polizei, Militär, was auch immer. Wenn wir uns beeilen, erwischen wir sie vielleicht noch, bevor sie abhauen.«

»Warte«, unterbrach Dalton. »Du kannst da nicht rein.«

»Warum nicht?«, mischte sich Jacobsen ein.

»Wir haben gesehen, was dieses Virus anrichten kann. Wenn die Polizei dort ungeschützt hineingeht, weiß keiner, was sie dort erwartet und wie weit sie es möglicherweise verbreiten könnten.«

»Was schlägst du vor?«, fragte Becker sie.

»Ihr solltet das Gebäude umstellen und abriegeln. Niemand darf rein oder raus«, erklärte sie. »Und Sie sollen CBRN-Schutz bereithalten, wenn wir dort ankommen.«

»Wir?«

Dalton sah ihn an. »Ich gehe mit rein. Ich bin bei Weitem die qualifizierteste Person hier. Wenn in diesem Gebäude wirklich eine biologische Waffe hergestellt wurde, wirst du mich dort brauchen.«

»Tot nützt du mir nichts.«

»Deshalb gehst du mit mir rein«, erwiderte sie schlicht, als ob die Sache schon entschieden wäre. »Und hältst mir den Rücken frei. Du kümmerst dich um die menschliche Bedrohung, ich kümmere mich um den Rest.«

Sie war mutig – so viel war klar –, aber Mut allein war der schnellste Weg, um zu sterben. Cameron Becker wusste das nur zu gut.

»Ich kann nicht für deine Sicherheit garantieren.«

»Und ich kann nicht für deine garantieren«, erwiderte sie. »Also müssen wir einfach beide unser Bestes geben, richtig?«

Becker seufzte und beugte sich dem Unvermeidlichen. »Gut. Aber wir machen das auf meine Art. Klar?«

»Kristallklar.«

20

Gaziantep, Türkei

»Sieht aus, als wären wir da«, bemerkte Santos und verlangsamte den Humvee, als sie sich der Polizeisperre vor ihnen näherten.

Auch ohne die von Diaz übermittelten GPS-Koordinaten wäre es ein Leichtes gewesen, ihr Ziel in der belebten Stadt zu finden. Blaue Blinklichter sperrten alle Zufahrtsstraßen ab, während Scharfschützen der Polizei das Gebäude beobachteten und auf jede Bewegung achteten. Zivilisten starrten aus Türöffnungen und verschlossenen Fenstern auf den Schauplatz, um zu sehen, was vor sich ging.

»Sehr subtil«, bemerkte Becker.

»Wir müssen da rein«, sagte Dalton und ignorierte ihn.

Als sich der Humvee der Straßensperre näherte, kam ein großer, muskulöser türkischer Polizist auf sie zu, um mit ihnen zu sprechen. Jacobsen kurbelte das Fenster herunter. »Was haben Sie hier zu suchen?«, fragte der Beamte und musterte die Insassen, von denen einige Militärkleidung, andere Zivilkleidung trugen.

Jacobsen übernahm das Reden. »Captain Jacobsen, US-Armee. Wir sind diejenigen, die das hier gemeldet haben.«

Die Augen des Mannes weiteten sich. »Sie sind dafür verantwortlich?«

»Nein, aber wir werden für das Ende verantwortlich

sein. Wo ist Ihr kommandierender Offizier? Ich will sofort mit ihm sprechen.«

Kurz darauf wurden sie durch die Polizeiabsperrung geführt und bekamen einen Parkplatz zugewiesen.

Als Becker in die Nachtluft trat, hielt er inne, um die Stadt um sich herum zu betrachten, die hoch aufragenden Wohnblocks und die Schaulustigen, die jede Bewegung verfolgten. Nicht weit entfernt stand das Gebäude, das heute Abend das Interesse aller auf sich zog: das Gebäude, das Diaz als Zentrum der Aktivitäten von Vorster identifiziert hatte. Ein hochmoderner Bürokomplex aus glänzendem Stahl und getönten Glasfenstern, der sicherlich nicht wie die Operationsbasis einer durchschnittlichen Terrorgruppe aussah. Andererseits wusste Becker, dass der Feind, mit dem sie es zu tun hatten, alles andere als durchschnittlich war.

Dann hielt er inne, denn er hatte das seltsame Gefühl, beobachtet zu werden. Er wandte sich wieder den Türen und Fenstern zu, die den Schauplatz überblickten, und suchte mit tastenden Blicken aus seinen scharfen Augen die Gewölbe und Schatten ab, um die Quelle seiner Beunruhigung ausfindig zu machen.

Sein Blick blieb an einer jungen rothaarigen Frau hängen, die inmitten einer kleinen Gruppe von Einheimischen stand, die sich zusammengeschart hatten, um das Geschehen zu beobachten. Während die anderen redeten und tratschten und darüber diskutierten, was das alles bedeuten könnte, stand sie einfach nur da und beobachtete ihn.

Becker spürte, wie sich seine Nackenhaare sträubten, als ihre Blicke sich trafen. Ein Gefühl von Vertrautheit beschlich ihn. Er hatte diese junge Frau schon einmal irgendwo gesehen, da war er sich sicher.

»Sie haben also diesen ganzen Ärger verursacht!«, rief jemand wütend.

Becker wurde aus seinen Betrachtungen gerissen und drehte sich um. Ein korpulenter, bulliger Mann Mitte fünfzig kam auf sie zu. Er sah nicht gerade glücklich aus.

»Würden Sie mir erklären, was das alles soll?«, forderte der Mann sie auf.

»Das ist Polizeihauptmann Demirci, der leitende Beamte«, erklärte der jüngere Polizist und trat erleichtert zur Seite, um seinen Hauptmann durchzulassen.

Jacobsen übernahm das Reden und setzte dabei seine diplomatische Miene auf.

»Captain Jacobsen, US-Armee«, begann er und streckte die Hand aus.

»Es ist mir egal, wer Sie sind«, raunzte Demirci und ignorierte die Geste. »Ihr Amerikaner habt uns hier nichts zu befehlen!«

»Wir tun dies zu Ihrem eigenen Schutz, Sir«, versicherte ihm Jacobsen.

»Was soll dieser Blödsinn? Wir brauchen Ihren Schutz nicht. Was machen Sie hier mitten in der Nacht, und warum sollten wir dieses Gebäude abriegeln?«, erkundigte sich Demirci barsch. »Ich will Antworten, und zwar sofort.«

»Wir haben Grund zu der Annahme, dass sich in diesem Gebäude eine größere biologische Bedrohung befinden könnte«, sagte Dalton und schritt ein, bevor die Situation weiter eskalieren konnte. »Mein Team und ich wurden von der Weltgesundheitsorganisation entsandt, um die Situation zu beurteilen und zu neutralisieren, und wir sind Ihnen für Ihre Mitarbeit sehr dankbar, Hauptmann Demirci. Ich werde dies in meinem Bericht an Ihre Regierung vermerken.«

Natürlich würde die Zusammenarbeit mit der örtlichen

Polizei ihre geringste Sorge sein, wenn sie ihren Bericht vorlegte, vor allem, wenn man bedachte, dass es sich um eine völlig unautorisierte Aktion handelte. Sie machte sich keine Illusionen – Kincaid würde sie ans Kreuz nageln, wenn das alles herauskam. Im Moment jedoch konnte sie nur hoffen, dass er noch keinen Haftbefehl gegen sie erwirkt hatte.

Der türkische Polizeihauptmann runzelte die Stirn, irritiert von ihrer ausgesuchten Höflichkeit. »Verstehe …«

»Da bin ich sehr froh, Hauptmann. Ich glaube, wir hatten darum gebeten, dass einige unserer Mitarbeiter aus dem Flüchtlingslager Suruc hierhergebracht werden?«

Demirci dachte ein oder zwei Sekunden nach, offenbar immer noch bemüht, alles zu verstehen, was er gerade gehört hatte, bevor er nickte und mit dem Daumen dorthin deutete, woher er gerade gekommen war.

»Hier entlang. Folgen Sie mir!«

Während sie dem Polizeihauptmann folgten, beugte sich Becker dichter zu Dalton und senkte seine Stimme. »Dein Team?«

Sie warf ihm einen Seitenblick zu und zuckte mit den Schultern. »Folge einfach meinem Beispiel und versuche, nichts Dummes zu sagen.«

Tatsächlich waren zwei von Daltons Kollegen aus der WHO-Einrichtung in Suruc auf ihre Anweisung hin per Hubschrauber eingeflogen worden und warteten in der Nähe des von der türkischen Polizei eingerichteten provisorischen Kommandopostens auf sie. Sobald sie Dalton entdeckten, stürmten die beiden Ärzte auf sie zu, um sie zu begrüßen.

»Lori, mein Gott! Was ist mit Ihnen passiert?«, erkundigte sich Flores, die Ältere der beiden, und musterte Dalton mit offensichtlicher Sorge von Kopf bis Fuß.

»Das ist eine lange Geschichte«, erwiderte Dalton.

»Was ist mit Willis?« Monfriez, der andere Arzt, war ein junger Mann Anfang dreißig. Er und Willis hatten in den letzten Monaten Freundschaft geschlossen.

Dalton schluckte und schüttelte den Kopf. »Er hat es nicht geschafft.«

Flores schlug erschrocken die Hand vor den Mund, um einen Schrei zu unterdrücken, während Monfriez seinen Kopf traurig sinken ließ. »Oh Gott …«

»Wir reden später weiter«, versprach Dalton, die bei der Erinnerung an ihren Begleiter energisch die Tränen wegblinzelte. »Jetzt müssen wir erst einmal in dieses Gebäude hinein. Haben Sie die Biohazard-Schutzanzüge mitgebracht?«

»Natürlich«, bestätigte Flores. »Worum geht es hier eigentlich? Womit haben wir es zu tun?«

»Hanada war ein Testgelände für eine Art biologische Waffe«, erklärte Dalton knapp. »Wir glauben, dass die für den Anschlag verantwortliche Gruppe die Waffe hier entwickelt hat.«

»Verdammt«, murmelte Monfriez. »Und Sie wollen wirklich da reingehen?«

»Ich brauche Gewissheit.« Sie drehte sich um und wandte sich an Demirci. »Haben Ihre Männer etwas festgestellt, seit Sie hier sind? Irgendwelche Aktivitäten in dem Gebäude?«

»Keine«, antwortete Demirci. »Niemand hat versucht, das Haus zu betreten oder zu verlassen. Und unsere Drohnen haben auch keinerlei Bewegung im Inneren entdeckt.«

»Sieht aus, als wären sie schon verschwunden«, schlussfolgerte Becker mit offenkundiger Enttäuschung. »Sie müssen geahnt haben, dass wir diesen Ort finden würden.«

»Vielleicht, aber sie könnten Beweise zurückgelassen haben. Wir müssen es uns zumindest ansehen.«

Die beiden Ärzte nickten zögernd. Nachdem es entschieden war, wandte sich Dalton an die anderen.

»Wir gehen rein. Ziehen wir uns um.«

21

Zehn Minuten später bewegte sich die kleine Gruppe in ihren sperrigen CBRN-Anzügen auf das Bürogebäude zu. Becker, Jacobsen und Santos gingen voraus. Ausnahmsweise kam keiner von ihnen auf die Idee, sich über die hinderlichen Anzüge zu beschweren, denn sie hatten die Wirkung des Virus auf ungeschützte Personen mit eigenen Augen in Hanada gesehen.

Der Haupteingang war eine große gläserne Doppeltür. Dahinter befand sich ein breiter, hell erleuchteter Empfangsbereich, der keine besonderen Merkmale aufwies. Direkt davor lagen zwei Aufzüge und ein Notfalltreppenhaus, das in die oberen Stockwerke führte. Es war das gleiche fade, unscheinbare Bürohauslayout wie in jedem anderen Gebäude dieser Art auf der Welt.

»Sieht jemand was?«, fragte Jacobsen.

»Nichts«, antwortete Santos. »Wirkt alles ruhig.«

Jacobsen und Santos bezogen vor den Türen Stellung und erwarteten, dass jeden Moment Schüsse aus den oberen Stockwerken ertönen würden. Nichts dergleichen geschah. Im Gebäude herrschte trotzige Stille. Becker griff nach der Türklinke und drückte sie. Zu seiner Überraschung schwang die Tür fast widerstandslos auf. Kein Schloss, kein Alarm, nichts.

»Das war einfach«, bemerkte Turner. »Zu einfach. Passt gut auf.«

Die bewaffneten Männer verteilten sich im Inneren und

sicherten das Erdgeschoss. Es dauerte nicht lange, bis sie auf Schwierigkeiten stießen.

»Irgendetwas zu sehen?«, rief Dalton.

»Ein Scheiß!«, meldete Becker, dessen Stimme durch die Gesichtsmaske gedämpft wurde. »Die Türen sind alle verstärkt und elektronisch verriegelt. Wir kriegen sie nicht ohne Gewaltanwendung auf.«

»Dasselbe hier bei mir«, bestätigte Turner.

»Yep! Seht euch das an!«, rief Santos.

»Was haben Sie?« Jacobsen ging zu dem jüngeren Mann hinter dem Sicherheitspult.

»Sieht aus, als wären alle Innentüren verriegelt«, meldete Santos und überprüfte den elektronischen Grundriss des Gebäudes auf dem Bildschirm. Alle Türen und die Aufzüge blinkten rot, um anzuzeigen, dass sie verschlossen und gesichert waren. »Das Sicherheitssystem muss ausgelöst worden sein.«

»Können Sie es außer Kraft setzen?«

Er schüttelte den Kopf. »Nicht ohne den Code. Keine Chance.«

»Kein Wunder, dass sie die Eingangstür nicht verschlossen haben«, sagte Becker. »Das war gar nicht nötig.«

»Verdammt!«, murmelte Jacobsen. »Drei Stockwerke und ein Keller. Es dauert Stunden, jeden Raum zu durchsuchen.«

»Das brauchen wir nicht«, sagte Dalton und deutete auf einen großen, offenen Raum, der im Stockwerk über ihnen markiert war. »Danach suchen wir.«

»Wie können Sie so sicher sein?«

Sie begegnete seinem herausfordernden Blick. »Das ist der einzige Raum, der groß genug ist, um das zu beherbergen, wonach wir suchen. Wenn es in diesem Gebäude ein Labor gibt, dann muss es dort sein.«

Becker genügte das. »Okay, auf zur Treppe. Los geht's. Halten Sie die Sprengladungen bereit.«

»Drei, zwei, eins. Feuer!« Santos löste den tragbaren Zünder aus, den er in seiner Hand hatte.

Es gab einen hellen Blitz und eine starke Druckwelle, die über die im Treppenhaus Stehenden hinwegfegte und sich bis ins Innere des Gebäudes ausbreitete. Daltons Ohren klingelten, aber sie ignorierte das unangenehme Gefühl, so gut sie konnte, während sie zu der Türöffnung direkt über ihnen blickte.

Becker, Santos und Jacobsen waren bereits in die Bresche gesprungen, dicht gefolgt von Turner.

»Vorwärts! Sieht jemand etwas?«

»Gesichert!«, hörte sie Becker rufen.

»Gesichert!« Das war Jacobsen.

Es folgte Stille, und die Sekunden zogen sich unangenehm in die Länge.

»Was siehst du da oben?«, rief Dalton.

Einen Moment später erschien Beckers maskierte Gestalt in der Tür, umhüllt vom Rauch der Sprengladung. »Das solltest du dir besser ansehen, Dalton. Ich glaube, wir haben dein Labor gefunden.«

Wenige Augenblicke später betrachteten Dalton und die anderen staunend die weitläufige, hell erleuchtete medizinische Einrichtung, die sich vor ihnen ausbreitete.

Auf beiden Seiten des Raumes standen Arbeitsgeräte aus Edelmetall, nagelneu und makellos sauber, sowie Kühlschränke mit einer verwirrenden Vielfalt an Chemikalien, Fläschchen, Reagenzgläsern, Kolben und größeren Plastikkartons. Verschiedene Mikroskope, Heizgeräte, Zentrifugen, Lötgeräte, elektrische Prüfstände und andere exotischere Geräte, die Becker nicht kannte, reihten sich ein.

Klimaanlagen und Kühlsysteme summten, während sie unermüdlich die Luft filterten.

»Da war jemand aber fleißig«, bemerkte Jacobsen.

»Sieht ganz so aus«, stimmte Becker zu und betrachtete die beeindruckende Einrichtung misstrauisch. »Dalton, du bist dran.« Sie war bereits dabei, den nächsten Kühlschrank zu inspizieren, und ihr Blick glitt über die Regale mit den sorgfältig gelagerten Chemikalien. Allein die Etiketten erzählten ihre eigene Geschichte.

»Wonach suchen wir hier?«, fragte Jacobsen.

»Sie haben hier genug Ressourcen, um so ziemlich alles herzustellen«, schloss sie. »Vieles davon wird in der Zellkultur und der organischen Proteinsynthese verwendet.«

»Die Computer sind alle tot«, fügte Becker hinzu, nachdem er erfolglos versucht hatte, auf ein paar Geräte zuzugreifen. »Sieht aus, als wären die Laufwerke gelöscht worden.«

Als sie sich dem hinteren Ende des Raumes zuwandte, bemerkte Dalton das Glitzern von reflektierendem Glas. Da sie die meiste Zeit ihres Berufslebens in Labors mit gefährlichen Stoffen und tödlichen Erregern gearbeitet hatte, war Dalton mit dem Raum dahinter sehr vertraut. »Das ist eine Unterdruck-Isolationskammer.« Sie deutete darauf. »Für die Arbeit mit hochgefährlichem Material. Was auch immer sie hier entwickelt haben, wurde vermutlich dort hergestellt.«

Je näher sie der Kammer kamen, desto besser konnten sie das Innere erkennen, das im Vergleich zu dem hell erleuchteten Hauptlabor auffallend dunkel war. Es schien, als sei die Innenbeleuchtung ausgeschaltet worden. Dennoch konnte man erkennen, dass die Kammer verwüstet worden war. Die empfindlichen Geräte und Behälter darin waren quer durch den Raum geschleudert und zerstört worden.

Und an den Glaswänden waren lange purpurfarbene Schlieren zu sehen, als hätte sich jemand, in einem vergeblichen Versuch zu entkommen, mit den Fingernägeln an das Glas gekrallt, bis die Finger blutig waren.

»Ich glaube, da ist jemand drin«, flüsterte Dalton.

Becker nickte, während er vorsichtig weiterging. »Bleib in der Nähe. Und keine plötzlichen Bewegungen.«

Jacobsen befand sich auf Beckers linker Seite, Turner rückte dicht dahinter auf, und Santos gab ihnen Deckung. Etliche Gewehre waren jetzt auf die etwa fünf Meter entfernte Isolationskammer gerichtet.

»Passt auf, wohin ihr schießt, Jungs«, flüsterte Becker, als sie näher kamen. »Ich kann darauf verzichten, dass mir jemand eine Kugel in den Hinterkopf jagt.«

»Das wäre zudem Verschwendung guter Munition«, gab Turner zurück.

»Dein Kopf ist das kleinste Problem«, meinte Dalton. »Dieser Raum ist voll von explosiven Chemikalien«, warnte sie die anderen. »Wenn sie entzündet werden, könnte das halbe Gebäude in die Luft fliegen.«

Becker verdrehte die Augen. »Wie tröstlich.«

Sie waren jetzt in der Nähe der Kammer. Es handelte sich um einen Hightech-Raum, der gut fünfzehn Quadratmeter einnahm und einen etwa quadratischen Arbeitsbereich mit einem Boden und einer Decke aus rostfreiem Stahl und Glaswänden rundherum bildete. Auf der linken Seite des Glases war eine Tür eingebaut, die zu einer kleineren inneren Schleusenkammer führte, in der ein Unterdruck herrschte, um ein Leck zu vermeiden.

Die Kammer war völlig verwüstet, metallene Werkbänke waren umgeworfen, Stühle und Hocker quer durch den Raum geschleudert worden, Lagerregale waren umgestürzt, zerbrochene Geräte lagen überall verstreut.

»Was zum Teufel ist da drinnen passiert?« Turner war sichtlich beunruhigt von dem Anblick. »Das sieht ja schlimmer aus als meine Wohnung.«

»Ich sehe da etwas«, flüsterte Jacobsen, schaltete seine Taschenlampe ein und richtete den Strahl auf eine Ecke des Raumes, wo eine Gestalt kauerte, mit dem Gesicht zur Wand und teilweise hinter einer umgekippten Werkbank verborgen. »Sieht aus wie ein Überlebender.«

»Das würde ich an Ihrer Stelle nicht tun«, warnte Becker ihn.

Die Gestalt wandte Jacobsen plötzlich den Kopf zu. Ihr Gesicht war von menschlichen Fingernägeln zerkratzt und zerrissen, blutverschmiert und verkrustet. Es war ein Gesicht, dessen Augen durch innere Blutungen im Strahl der Taschenlampe widerlich rot schimmerten.

»Oh mein Gott …!« Jacobsen wich hastig zurück.

Mit beängstigender Geschwindigkeit und Gewandtheit sprang die Gestalt auf, hüpfte durch die zerstörte Isolierkammer und sprang mit gefletschten Zähnen und ausgestreckten Armen direkt auf ihn zu.

Es knirschte grausig, und es klatschte hohl und hallend, als der Körper gegen die unnachgiebige Glasbarriere prallte. Er fiel zu Boden, ein Haufen aus zuckenden Muskeln, zerfetzter Haut und blutverschmierter Kleidung, bevor er wieder auf die Beine kam und sich erneut gegen das Glas warf.

Die kleine Gruppe draußen starrte mit morbider Faszination auf die Kreatur, die mit verzweifelter, ekelerregender Kraft gegen die Glaswände schlug, in dem vergeblichen Versuch, sie zu durchbrechen und zu ihnen zu gelangen.

»Was zum Teufel ist mit dem Kerl los?« Santos wich zurück, als das Hämmern weiterging.

Becker seufzte resigniert. Sie hatten Iwanow gefunden. Jedenfalls das, was von ihm noch übrig war.

Was auch immer für ein Virus die Dorfbewohner von Hanada befallen hatte, hatte bei dem Mann vor ihnen eindeutig die gleichen schrecklichen Folgen gezeitigt. Seine Lippen waren zu einem primitiven, animalischen Knurren verzerrt, seine Wangen und seine Stirn an mehreren Stellen aufgeschlitzt und zerschnitten. Seine Augen, die schrecklich rot waren und aus denen dunkles Blut tropfte, zuckten zwischen den verschiedenen Personen hin und her, die ihn anstarrten. Es gab keine Spur von Erkennen oder Menschlichkeit.

»Er muss dem Virus ausgesetzt worden sein«, erklärte Dalton deutlich frustriert. Iwanow war der Einzige, der möglicherweise Licht in diesen Ausbruch hätte bringen können.

»Der arme Kerl muss sich das Gesicht zerkratzt haben«, sagte Jacobsen und wagte es, näher heranzutreten, um die grausamen Verletzungen des Mannes durch das Glas zu betrachten. »Was ist mit seinen Augen?«

»Hämolakrien.« Dalton richtete den Strahl ihrer Lampe auf ihn. »Könnte eine bakterielle Infektion sein, vielleicht auch eine Art hämorrhagisches Fieber.« Ihr Lichtstrahl glitt durch die zerstörte Kammer, dann zurück auf Iwanow. »Aber solche Infektionen entkräften den menschlichen Organismus vollkommen. Er sollte nicht einmal in der Lage sein zu stehen, geschweige denn solche Schäden zu verursachen.«

»Als ob wir in einem verdammten Zombiefilm wären«, bemerkte Santos.

»Was habt ihr Jungs nur immer mit diesen Zombiefilmen?« Dalton warf Becker einen anklagenden Blick zu.

Der Mann zuckte gelassen mit den Schultern.

»Was auch immer ihn plagt, er lebt und atmet«, stellte Dalton fest und versuchte, wissenschaftlich und logisch zu denken. »Das Virus muss auf das zentrale Nervensystem abzielen. Viren und Pilzsporen können im Wirt Verhaltensänderungen hervorrufen, ihn aggressiver oder unberechenbarer machen.«

»Können wir etwas für ihn tun?« Jacobsen klang nicht gerade hoffnungsvoll.

Daltons Gesichtsausdruck war unmissverständlich. »Das wissen wir erst, wenn wir herausgefunden haben, was ihm angetan wurde. Zuerst einmal brauchen wir ein komplettes medizinisches Team hier, dann können wir …«

Sie wurde durch einen lauten Knall unterbrochen, als Iwanow sich mit noch größerer Wucht gegen das Glas warf und wie von Sinnen versuchte, zu ihnen durchzubrechen. Die Glasbarriere zitterte unter dem Aufprall.

»Ich will nicht wie ein Weichei klingen, aber … die Kammer wird ihn doch halten, oder?« Turner wich weiter zurück.

Dalton nickte. »Es ist spezialgehärtetes Glas. Praktisch unzerbrechlich.«

Einem weiteren Aufprall folgte das unangenehme Knirschen gebrochener Knochen. Becker sah angewidert zu, wie Iwanows rechter Arm vom Ellbogen abwärts schlaff herabhing und ein Knochen aus dem zerrissenen Fleisch des offenen Bruchs hervorlugte. Was eine quälende Verletzung hätte sein müssen, schien Iwanow kaum aus der Ruhe zu bringen. Denn er schlug mit noch größerer Wucht gegen das Glas.

»Wir müssen uns zurückziehen«, warnte Dalton. »Er wird sich umbringen, wenn er weiter versucht, zu uns durchzukommen.«

Kaum hatte sie das gesagt, rappelte sich Iwanow wieder auf und schleuderte seinen geschundenen Körper gegen das Glas, stürmte mit gesenktem Kopf auf seine Beute zu und achtete nicht auf die solide Barriere in seinem Weg. Es gab einen lauten, hallenden Aufprall, Iwanow taumelte zurück, brach zusammen und stürzte dabei über eine umgekippte Werkbank. Diesmal stand er nicht mehr auf. Sein Körper zuckte schwach, als die letzten Reste seines Lebens erloschen. Blut sickerte aus seinem zertrümmerten Schädel.

»Mein Gott!« Santos keuchte. »Der Mistkerl hat sich umgebracht, als er versuchte durchzubrechen. Was zum Teufel macht dieses Virus mit einem Menschen?«

»Gute Frage.« Becker blickte zu Dalton. »Doktor?«

Dalton riss ihren Blick von dem toten Wissenschaftler los, der in einer Blutlache lag, atmete tief durch und wandte sich an Jacobsen. Ohne eine gründliche medizinische Analyse des Opfers würden sie nichts mehr in Erfahrung bringen können.

Auch wenn er tot war, konnte Iwanow ihnen immer noch helfen. »Wir brauchen den Rest meines Teams hier, und zwar sofort«, sagte Dalton.

22

In kürzester Zeit wurden Monfriez und Flores nach drinnen gebracht, um Dalton bei ihrer Arbeit zu unterstützen, während die Polizei draußen ihre Sicherheitsabsperrung verstärkte. Ein Scan der in der Luft befindlichen Krankheitserreger hatte bestätigt, was Dalton bereits vermutet hatte: Das Labor selbst war so sauber und steril, wie eine solche Einrichtung nur sein konnte. Was auch immer Iwanow getötet hatte, es war mit ihm in der Isolationskammer eingeschlossen, was ihnen nur eine Möglichkeit ließ, wenn sie mehr erfahren wollten.

Sie mussten hineingehen.

Während Dalton und die beiden anderen Ärzte sich darauf vorbereiteten, die Kammer zu betreten, nutzte Becker die kurze Pause, um seine eigenen Angelegenheiten zu regeln. Nachdem auch er seinen CBRN-Schutzanzug abgelegt hatte, da die Gefahr einer Bio-Verschmutzung vorüber war, hatte er sich auf die andere Seite des Labors zurückgezogen, um zu telefonieren.

Es klingelte nur ein paarmal, bevor abgenommen wurde.

»Ja?«

Trotz der späten Stunde war in der Stimme von Sergej Golowko kein Anflug von Müdigkeit zu hören. Ebenso wenig schien er überrascht zu sein, mitten in der Nacht angerufen zu werden.

»Wir haben Ihren alten Freund Iwanow gefunden.«

Es gab eine Pause. »Wie bitte?«

»Stellen Sie sich nicht dumm, Sergej. Iwanow hat sich eine neue Identität zugelegt, als die Sowjetunion den Bach runterging. Ich kann es ihm nicht verübeln, wenn man bedenkt, was er für Sie gemacht hat.«

»Davon weiß ich nichts«, sagte Golowko. Seine harte Stimme warnte Becker davor, das Thema weiterzuverfolgen.

»Natürlich nicht.«

Der Russe ignorierte seinen ironischen Tonfall. »Wie ist sein Zustand?«

Becker blickte zur Isolationskammer hinüber, wo Iwanows Leiche auf dem Boden lag. »Tot. Mausetot sogar.«

Golowko seufzte leicht enttäuscht. »Und seine Entführer?«

»Sie sind geflüchtet, bevor wir hier waren, aber ich habe ihren Anführer identifiziert.«

»Ich höre.«

»Sein Name ist Vorster, Cayden Vorster. Er war früher bei der US-Army und kommandierte eine verdeckte Spezialeinheit in Afghanistan. Aufstandsbekämpfung, verdeckte Operationen. Dinge, die nie in die Schlagzeilen kommen.«

Golowko verstand ihn sehr genau. »Was ist aus ihm geworden?«

»Er ist vor vier Jahren verschwunden und wurde offiziell als vermisst gemeldet. Er wurde für tot erklärt, was er aber offenbar nicht ist. Er hat bereits mehrere Menschen getötet, ist sehr gut ausgebildet und extrem motiviert.«

»Sie scheinen ihn gut zu kennen«, bemerkte der Russe.

»Wir haben eine Vorgeschichte.« Becker war nicht bereit, mehr Informationen preiszugeben. »Die Kurzversion lautet: Er ist ein Mann, mit dem man sich nicht anlegen will.«

»In meiner Branche sind gefährliche Männer nicht schwer zu finden«, versicherte ihm Golowko. »Wir werden alle unsere Mittel einsetzen, um diesen Mann ausfindig zu machen. In der Zwischenzeit begeben Sie sich zur nächsten russischen Botschaft. Ich werde dafür sorgen, dass Sie Ihre Bezahlung erhalten.«

»Vergessen Sie's, Sergej.«

»Wie bitte?«

»Wir wissen beide, dass ich Ihre Botschaft in einem Diplomatengepäck verlassen und wahrscheinlich einer Landauffüllung in Moskau dienen würde. Ich weiß zu viel. Sie würden so ein Risiko niemals eingehen.«

Offensichtlich war es Golowkos Spezialität, lose Enden zu verknüpfen, und Becker war ein loses Ende, das er jetzt sicher nicht so einfach tolerieren würde.

Der Russe schnaubte amüsiert, aber er widersprach Beckers Behauptung auch nicht. »Wir sind keine Tiere. Sie haben Ihren Teil erledigt. Jetzt gehen Sie, und lassen Sie uns das zu Ende bringen.«

»Sie wissen, dass ich das nicht tun kann.« In Wahrheit hatte das Geld Becker weniger bedeutet als die Aussicht, den Mann zu finden, der seine beiden Teamkollegen getötet hatte. Und da er jetzt wusste, wer dahintersteckte, würde er nicht aufhören, bis der Job erledigt war. »Sie tun, was Sie tun müssen, aber Vorster gehört mir. Sobald ich weiß, dass der Hurensohn tot ist, können wir über die Bezahlung reden. Und zwar zu meinen Bedingungen.«

Als Becker Schritte hörte, beendete er das Gespräch und drehte sich zu Jacobsen um, der ihn misstrauisch beobachtete.

»Wen haben Sie gerade angerufen?«

»Lieferando«, meinte Becker ausweichend. »Was wollen Sie, Jacobsen?«

»Im Moment würde ich mich mit ein paar Antworten zufriedengeben.«

»Soll heißen?«

»Das heißt, ich habe Quantico gebeten, Ihre Personalakte aufzurufen. Sie haben eine recht bewegte Vergangenheit, Mr. Becker. Army Rangers, Criminal Investigation Division … Sie waren ein echter Goldjunge. Zumindest eine Zeit lang.«

Becker spürte, wie sein Puls anstieg. Dieses arrogante kleine Arschloch hatte keine Ahnung, wovon er redete, wahrscheinlich hatte er bis heute Abend noch nicht einmal ein Stückchen echte Action erlebt.

»Ich nehme an, da kommt noch irgendwo eine Pointe?«

Jacobsen verschränkte die Arme. »Was haben Sie gestern Abend in diesem Dorf gemacht?«

»Das habe ich Ihnen schon gesagt. Ich war auf der Suche nach meinem Klienten.«

»Das glaube ich nicht.«

»Es ist mir egal, was Sie glauben.«

Jacobsen lächelte, als er spürte, dass er einen Schwachpunkt gefunden hatte. »Sie haben als Einziger den Angriff auf Ihren Konvoi überlebt. Sie haben sich die Mühe gemacht, geheime Informationen zu stehlen, und Sie sind durch den halben Nahen Osten gereist, um genau zur gleichen Zeit wie wir in diesem Dorf zu landen. Und jetzt sind Sie hier, mitten in unserer Operation. Was halten Sie denn selbst davon?«

Becker stand langsam und bedächtig auf. Zu seiner vollen Größe aufgerichtet, war er etwa zweieinhalb Zentimeter größer als der Captain und ein gutes Stück kräftiger. Er wollte, dass Jacobsen diese beiden Tatsachen in diesem Moment richtig wahrnahm.

»Ich denke, Sie sollten mit Anschuldigungen sehr vorsichtig umgehen, Söhnchen«, sagte er. »Besonders, da Sie einen Luftangriff auf uns angefordert haben.«

Becker erwartete, dass in dem jüngeren Mann Wut auflodern würde, aber stattdessen runzelte Jacobsen verwirrt die Stirn.

»Wovon zum Teufel reden Sie da eigentlich?«

»Was glauben Sie? Sie gerieten in Panik, als die Dinge bei Hanada schiefliefen, sind stiften gegangen und haben einen Luftangriff befohlen, um Ihren Arsch zu retten.«

»Sie reden nur Scheiße. Damit hatte ich nichts zu tun.«

Becker hatte in seiner Zeit Soldaten aller Art erlebt, von mutig bis tollkühn, von Arschkriechern bis zu Männern, die anderen den Arsch retteten, von taktischen Genies bis zu hirnverbrannten Idioten. Er kannte die Typen, die sich wahrscheinlich aus dem Staub machen würden, wenn es richtig brenzlig wurde, und Jacobsen wies alle Merkmale des letzteren Typs auf.

»Das sehen wir, wenn das hier vorbei ist«, versprach Becker ihm. »Und jetzt kommen Sie mir verdammt noch mal nicht mehr in die Quere.«

Dalton und die anderen hatten das Licht in der Isolationskammer angeschaltet, befanden sich in der Luftschleuse und bereiteten sich darauf vor, die innere Kammer zu betreten, als Becker sich näherte. Sie konnte ihn nicht hören, aber Becker nahm Blickkontakt mit Dalton auf. *Okay?*, fragte er lautlos.

Dalton nickte und zeigte ihm den erhobenen Daumen.

Mit einem Zischen entriegelte sich die Innentür und schwang auf, sodass die drei Ärzte hineingehen konnten. Sie näherten sich Iwanows Körper vorsichtig, als ob er noch einmal zum Leben erwachen und sich auf sie stürzen könnte. Doch nichts dergleichen geschah. Der Mann war, wie Becker ganz richtig festgestellt hatte, sehr tot.

»Großer Gott, ich kann nicht glauben, dass er das alles angerichtet hat«, sagte Monfriez, der die Verwüstung um sie herum betrachtete.

Becker fand die Gegensprechanlage der Kammer und drückte den Knopf, um zu sprechen. »Wie sieht er aus?«

»Gruselig.« Dalton leuchtete mit ihrer Taschenlampe auf den entstellten Körper von Iwanow. »Wir müssen ihn uns genauer ansehen. Helfen Sie mir, ihn auf den Tisch zu heben.«

Mit vereinten Kräften gelang es den drei Ärzten, Iwanows Körper aufzurichten und ihn auf eine nahe gelegene Laborbank zu legen, die als improvisierter Seziertisch dienen sollte. Ein oder zwei Augenblicke lang stand Dalton einfach nur da und betrachtete ihn, als wäre er ein Rätsel, das sie lösen musste.

»Gut, machen wir uns an die Arbeit.«

Was dann geschah, war selbst für einen Mann wie Becker, der schon viele gewaltsame Tode erlebt hatte, nicht angenehm. Mithilfe des Autopsie-Sets, das sie mit hinein genommen hatten, machte Dalton einen schnellen, effizienten Schnitt vom Brustbein bis zur Leiste und öffnete die Leiche, damit sie die inneren Organe untersuchen konnte.

»Was hoffst du eigentlich zu finden?«

»Hinweise«, erklärte sie. »Wir haben die äußeren Symptome gesehen, jetzt muss ich die inneren Auswirkungen verstehen. Es sieht nicht so aus, als ob eine Chemikalie oder ein Nervenkampfstoff dies verursacht hat, was uns nur einen Verdacht lässt. Es war ein Virus.«

»Ich habe noch nie gesehen, dass ein Virus so akute Symptome verursacht«, meinte Monfriez.

»Ich weiß, das könnte bedeuten, dass wir es mit einer Chimäre zu tun haben, einer Kreuzung verschiedener Arten.«

»So etwas könnt ihr herstellen?«, erkundigte sich Becker.

»Viren sind wie Tiere. Mit der richtigen Technologie kann man sie kombinieren, ganz neue Stämme erschaffen und sogar ihre DNA auseinandernehmen, um ihr Verhalten umzuprogrammieren, so wie man einen Computer umprogrammiert.«

»Und aus welchem Grund sollte man das tun?«

»Nun, man könnte einen Stamm des HIV-Virus nehmen und ihn so umgestalten, dass er Krebszellen statt Immunzellen angreift. Dann würde er die Krankheit buchstäblich auf zellulärer Ebene töten. Es gäbe keine plumpen Operationen mehr, keine zerstörerische Chemotherapie. Nur eine einzige Injektion, und das war's. Das ist die Zukunft der Humanmedizin.«

»Klingt nach einem Riesenspaß.« Beckers Sarkasmus war offensichtlich. Dalton ignorierte ihn und beugte sich näher über den Kadaver, um die Bauchhöhle zu untersuchen. Sie runzelte die Stirn und stieß einen Ausruf aus. »Oh mein Gott.«

Becker und Turner drückten sich dicht an das Glas, um zu sehen, worauf sie reagierte. Die beiden anderen Ärzte im Raum kamen ebenfalls heran, um die Leiche zu untersuchen, was ähnliche Reaktionen bei ihnen auslöste.

»Was ist denn?«

»Seine Nebennieren. Sie sind dramatisch vergrößert«, erklärte Dalton. »Sie müssen zweihundert Prozent größer sein als normal, bei entsprechender Atrophie der Nieren. Es ist, als hätten sie ihr Wirtsorgan kannibalisiert, um die Nebennierenproduktion zu steigern.«

Turner sah so verloren aus, wie Becker sich fühlte. »Was soll das alles bedeuten?«

»Adrenalin ist eine unserer wichtigsten Energiequellen, insbesondere in Überlebenssituationen. Es macht uns stärker, schneller und dämpft sogar unsere Schmerzreaktionen. Je mehr der Körper produziert, desto größer ist die Wirkung. Aber in diesem Fall …«

»Das erklärt wahrscheinlich, wieso er so viel Schaden anrichten konnte«, überlegte Becker und erinnerte sich an die immense Kraft, die Iwanow demonstriert hatte. »Ein Riesenvorteil, meiner Meinung nach.«

»Aber nur sehr begrenzt. Es gibt einen Grund, warum wir keine hohen Dosen von Adrenalin produzieren. Sind wir ihm länger ausgesetzt, wäre das extrem schädlich, als würde man einen Automotor ständig auf Vollgas laufen lassen. Früher oder später wird er sich festfressen«, antwortete Dalton und setzte ihre Untersuchung fort. Sie durchtrennte die Hauptarterien, die Iwanows Herz mit seinem Kreislaufsystem verbanden, und hob es vorsichtig heraus, um es zu untersuchen. »Das Herz ist ebenfalls vergrößert, alle Hauptkammern sind geschwollen und stark aufgebläht.«

»Ein Virus, das einen stärker statt schwächer macht«, überlegte Turner. »Das ist mal was Neues.«

Dalton schüttelte verwirrt den Kopf und wandte sich dann an den Arzt, der ihr assistierte. »Geben Sie mir das Kraniotomie-Set. Ich möchte einen Blick auf sein Gehirn werfen.« Jemandem bei einer offenen Kraniotomie zuzuschauen stand nicht gerade besonders weit oben auf Beckers Liste der Lebensziele, aber jetzt, da er Zeuge war, wie Dalton die blutige Aufgabe mit zügiger und klinischer Effizienz ausführte, würde er es erst recht nie mehr vergessen.

»Nun, das ist etwas für die Albtraumbank«, sagte er und schluckte.

Turner reagierte nicht. Offensichtlich war er auch kein großer Fan von Autopsien.

In der Isolationskammer konzentrierte sich Dalton auf ihre grausame Arbeit. In Anbetracht der Art und Weise, wie Iwanow gestorben war, war sein Gehirn stark geschädigt, vor allem in der linken Gehirnhälfte. Aber es gab noch etwas anderes, das Daltons Aufmerksamkeit erregt hatte, etwas, das sie dazu veranlasste, Flores, eine Spezialistin für Immunologie und Infektionskrankheiten, herbeizurufen, um ihre Beobachtungen zu überprüfen.

»Sehen Sie, was ich sehe?«, fragte Dalton sie.

Flores schaute genau hin und untersuchte die gerippte graue Gehirnmasse, die sich deutlich von dem unterschied, was sie erwartet hatten. »Zelluläre Nekrose«, sagte sie, verblüfft über ihre eigene Schlussfolgerung. »Bereits weit fortgeschritten.«

Dalton nickte. »Sieht aus, als wäre der größte Teil des Frontal- und Parietallappens betroffen. Mein Gott, was für ein Chaos!«

»Was soll das heißen?«, erkundigte sich Becker.

»Das bedeutet, dass der größte Teil seines Frontalhirngewebes abgestorben ist.«

Er runzelte die Stirn. »Zusammen mit dem Rest von ihm.«

»Du verstehst nicht. Dieses Gewebe war schon tot, bevor wir überhaupt zu ihm kamen. Die Zellen hatten bereits begonnen, sich aufzulösen.«

»Warum?«

»Wenn ich raten müsste, würde ich sagen, dass unser mysteriöses Virus auf bestimmte Nervenbahnen im Gehirn abzielt und diese ausschaltet, wodurch ganze Abschnitte des zerebralen Netzwerks ausgeschaltet werden.«

»Was würde das bringen?«

»Nun, die Frontal- und Parietallappen sind für die meisten unserer höheren Hirnfunktionen verantwortlich –

Sprechen, Denken, Problemlösen und so weiter. Das macht uns … nun ja, menschlich. Ohne sie wären wir …«

»… wie Tiere«, beendete Becker den Satz und dachte an das Verhalten der Dorfbewohner.

»Ganz genau. Kombiniert man das mit einer erhöhten Adrenalinausschüttung, dann, nun ja …« Sie zuckte mit den Schultern. »Man bekommt ein gewalttätiges, hochaggressives Opfer, das wenig bis gar keine Schmerzen oder Angst empfindet, außerordentlich stark und schnell ist und nur existiert, um das Virus an neue Wirte weiterzugeben. Es ist perfekt.«

»Klingt, als würden Sie dieses Virus bewundern.«

»Nein, tue ich nicht«, widersprach sie ihm. »Aber ich respektiere es. Wenn man seinen Feind nicht respektiert, hat man keine Chance, ihn zu besiegen.«

»Wie stehen unsere Chancen?«

Dalton hob eine Augenbraue. »Wir werden mehr wissen, sobald wir die Gelegenheit hatten, es genauer zu analysieren.« Dalton erkannte, dass sie mit ihren begrenzten Mitteln alles getan hatten, was möglich war, und wandte sich an Flores. »Bereiten Sie das Probenset vor, und beginnen Sie mit der Entnahme von Blut und Gewebeproben für die Analyse.«

Während ihre beiden Kollegen sich an die Arbeit machten und ihre Proben sammelten, fischte Dalton das Handy heraus, das sie dabeihatte, und wählte eine Nummer aus dem Gedächtnis. Es war kein Anruf, auf den sie sich freute, aber er konnte nicht länger warten.

»Kincaid«, antwortete ihr Chef, kaum dass es geklingelt hatte. »Wer ist da?«

Dalton holte tief Luft. »Ich bin's, Dalton.«

»Lori? Was zum Teufel ist da los? Erst verschwinden Sie mitten in der Nacht, dann erfahren wir, dass Sie medizinisches Personal aus Suruc abziehen …« Er brach ab, seine Stimme wurde leiser. »In was genau sind Sie da verwickelt?«

»Hören Sie, ich hatte recht mit Hanada«, begann sie. »Es wurde als Testgelände benutzt …«

»Hanada!«, schrie Kincaid. »Verdammt noch mal, ich habe Ihnen ausdrücklich befohlen, nicht dorthin zu gehen! Das war zu Ihrer eigenen Sicherheit …!«

»Ich weiß. Ich habe Ihre Befehle missachtet, Anton, und ich werde dafür auch geradestehen«, versicherte sie ihm. »Aber das hier ist jetzt viel größer als ich.«

»Wovon reden Sie?«

»Hanada war das Testgelände für eine Art waffenfähiges Virus. So etwas habe ich noch nie gesehen, und es ist schlimmer als alles, was wir bisher kennengelernt haben. Jede Person in diesem Dorf wurde damit infiziert.«

Das reichte, um ihn zum Schweigen zu bringen.

»Die Gruppe, die für den Ausbruch verantwortlich ist, ist noch auf freiem Fuß. Wir haben sie bis zu ihrer Operationsbasis in der Südtürkei verfolgt, aber sie haben den Ort verlassen, bevor wir ankamen.«

Daltons Gedanken rasten schneller, als sie die Worte herausbekommen konnte, während sie versuchte, jedes mögliche Szenario zu berücksichtigen, beginnend mit dem schlimmstmöglichen Fall – Mehrfachausbrüche mit dem Potenzial, sich zu einer weltweiten Pandemie zu entwickeln.

»Wir müssen sofort unsere Notfallprotokolle zur Eindämmung aktivieren. Kontaktieren Sie die CDC, den Heimatschutz, jeden, der Ressourcen hat, die zur Verfügung gestellt werden können. Am wichtigsten ist, dass ich Zugang zu einer sicheren medizinischen Einrichtung habe, in der alle Protokolle für biologische Gefahren in Kraft sind, sowie zu allen epidemiologischen Experten, die Sie auftreiben können.«

»In Ordnung, nun mal langsam«, beschwor Kincaid sie und bemühte sich, ihr zu folgen. Vorwürfe und Bestrafungen konnten warten. »Geben Sie mir Ihren genauen Standort, damit ich unsere Leute darauf ansetzen kann.«

Dalton wollte etwas erwidern, aber gerade als sie den Mund öffnete, flackerte das Licht in dem Labor plötzlich auf und erlosch dann, was sie in völlige Dunkelheit stürzte. Es dauerte nur eine Sekunde, bis sich die rote Notbeleuchtung einschaltete und sie alle in ein bedrohliches, purpurrotes Licht tauchte. Danach ertönte ein schriller Warnton.

»Was ist mit dem Strom passiert?«, wollte Dalton wissen.

In diesem Moment kam Santos in den Raum gerannt, sichtlich erschüttert. »Das Sicherheitssystem hat sich gerade eingeschaltet«, begann er. »Alle Außenjalousien sind geschlossen und verriegelt. Das Gebäude ist versiegelt.«

Beckers Herz schlug schneller. Er ahnte plötzlich den wahren Grund, warum Vorster Iwanow zurückgelassen hatte, damit sie ihn finden konnten. Es war eine Falle.

»Was ist mit den Innentüren?«, fragte er.

Es begann mit dem entfernten Geräusch brutaler, unmenschlicher Schreie, die vom Erdgeschoss durch das Treppenhaus hinaufdrangen und durch das stille, unberührte Labor hallten.

Instinktiv hob Santos seine Waffe und wandte sich dem Treppenhaus zu, wo Schreie und das Geräusch von zerbrechendem Glas und anderen Zerstörungen aus der unteren Etage zu hören waren.

»Was zum Teufel ist hier los?« Monfriez' Stimme zitterte. Er war Mikrobiologe, kein Feldarzt, und an das Geräusch von Schüssen nicht gewöhnt.

»Die inneren Türen sind offen«, sagte Becker. Und was auch immer in den unteren Etagen des Gebäudes eingeschlossen gewesen war, war soeben freigelassen worden.

Jacobsen, der aus einem der Büros am Ende des Flurs kam, ging an der Isolierkammer vorbei und zog dabei seine Pistole.

»Alle Teams, Lagebericht!«, forderte er über sein Funkgerät.

Aber von den anderen Männern, die unten stationiert waren, kam keine Antwort. Jacobsens Kehle schnürte sich zu, und Becker beobachtete, wie er schluckte.

»Alle Teams, sofort melden!«

Becker hatte genug gesehen und gehört, um zu wissen, dass dies hier sich zu einem mehr als nur ungemütlichen Ort entwickelte. »Wir müssen hier weg«, sagte er. Er richtete seine Aufmerksamkeit auf die drei Ärzte, die noch in der Isolierkammer waren. »Öffnen Sie die Tür.«

Monfriez brauchte keine Aufforderung und drückte den Knopf, um die Luftschleuse der Kammer zu schließen und ihnen den Ausgang zu ermöglichen. Das System reagierte nicht. Er drückte den Knopf erneut, ohne Erfolg.

»Scheiße, sie ist verschlossen!«, stieß er mit zunehmender Panik hervor und hämmerte erneut vergeblich auf den Knopf ein. »Sie lässt sich nicht öffnen!«

Becker schritt zur äußeren Luftschleusentür, stützte sich mit dem Fuß an der Wand ab und zog daran, wobei sich die Muskeln anspannten und die Adern vor Anstrengung wölbten. Die Tür blieb fest verschlossen.

»Man kann sie nicht gewaltsam öffnen. Es ist ein Sicherheitsmechanismus«, sagte Dalton stockend, als ihr die Realität der Situation klar wurde. »Wir kommen hier nicht raus.«

Im Korridor draußen hatte Santos seine Waffe auf die

Tür des Treppenhauses gerichtet, den Finger am Abzug, als das Krachen und Klopfen immer näher kam. Er lauschte angestrengt und spürte, wie sich sein Puls beschleunigte.

Das Geräusch von Schritten, die sich schnell auf der Treppe bewegten.

Plötzlich sprang er auf, als etwas hart gegen die Tür des Treppenhauses schlug. Sie wurde aufgerissen, und eine einzelne Gestalt drängte sich durch den Spalt: ein Mann in zerfetzter, blutverschmierter Kleidung.

Die blutigen Kratzspuren in seinem Gesicht und an seinen Gliedmaßen sowie das Blut, das ihm aus den Augen lief, machten deutlich, dass auch dieser Mann mit dem Virus infiziert war.

Er wurde sofort von einem Trommelfeuer aus halbautomatischen Waffen niedergestreckt, als Santos das Feuer eröffnete und ihm eine Kugel nach der anderen in den Leib jagte. Selbst mit der Kraft und der animalischen Wut, die ihm das Virus verliehen hatte, konnte sein Körper solch verheerenden Verletzungen nicht standhalten. Er ging zu Boden, aus mehreren Schusswunden blutend.

Eine unheimliche Stille lag in der Luft. Santos versuchte, seine Atmung unter Kontrolle zu bringen, und warf das fast verbrauchte Magazin aus seiner Waffe. Auf das laute Klappern des Metallgehäuses, das auf dem Boden aufschlug, folgte einen Herzschlag später ein entsetzlicher Aufprall, als die Türen plötzlich unter einem Gedränge von Körpern nachgaben, die durch den dahinter liegenden Korridor strömten.

Santos dachte nicht daran, sich zu wehren, sondern drehte sich um und flüchtete in Richtung des Labors, in dem Becker und die anderen stationiert waren.

Er hatte es fast bis zu der Stahltür geschafft, die in den Raum führte, bevor Jacobsen sie ihm vor der Nase zuschlug und fest verriegelte. Sie sahen sein verängstigtes Gesicht am Sichtfenster der Tür, hörten ihn um Einlass flehen, bevor die Horde über ihn herfiel. Das Letzte, was sie von ihm wahrnahmen, waren die Spritzer arteriellen Blutes, die über das Glas spritzten.

»Es tut mir leid«, sagte Jacobsen.

»Sie Dreckskerl«, knurrte Becker. »Sie haben ihn verrecken lassen!«

Jacobsen war erschüttert, aber entschlossen. »Es hieß entweder er oder wir alle.«

Innerhalb von Sekunden drängte sich der Rest der Horde an den Fenstern, die den zentralen Laborbereich umgaben, und hämmerte auf das Glas ein, das unter ihren Hieben bereits Risse bildete.

»Mein Gott, sie werden durchbrechen.« Turner zog sich bereits von den Sichtfenstern zurück.

Ihnen blieb nicht mehr viel Zeit. Becker schnappte sich einen nahe stehenden Laborhocker, stürzte sich auf die Isolationskammer, schwang den Hocker mit aller Kraft über seine Schulter und hämmerte ihn gegen die Kammerwand. Das Glas zitterte und hallte nach, hielt aber stand. Der zweite Schlag zerstörte nur ein Bein des Hockers.

»Becker, hör mir zu!« Dalton schrie, damit er sie hören konnte. Becker blickte auf, sah sie auf der gegenüberliegenden Seite des Glases stehen und bemerkte den ergebenen Blick in ihren Augen. »Geh einfach! Hier drinnen sind wir sicher.«

Die infizierte Horde stand direkt vor ihrem Labor und würde früher oder später auch in die Isolationskammer eindringen. Das wusste sie selbst auch, aber sie befahl ihm trotzdem zu verschwinden. Becker wusste, dass sie es ihm nicht verübeln würde.

»Ich habe schon genug auf dem Gewissen«, sagte er entschieden. »Ich gehe nicht ohne dich.« Dann wandte er sich um. »Jacobsen, ich brauche Ihre Waffe«, sagte er und deutete auf den Captain, dessen Aufmerksamkeit nun auf die Fenster gerichtet war. »Jacobsen! Geben Sie mir sofort Ihre Waffe.«

»Bleiben Sie stehen«, erwiderte Jacobsen. Becker ging weiter auf ihn zu, in der festen Absicht, Jacobsens Pistole mit Gewalt an sich zu reißen. Er hielt abrupt inne, als Jacobsen die Waffe auf ihn richtete.

»Zurück«, warnte der Captain ihn. »Die Explosion könnte die Fenster zerstören.« Er gestikulierte über seine Schulter auf das etwa ein Dutzend Infizierter, das versuchte, sich einen Weg ins Labor zu bahnen. »Das wird uns alle umbringen.«

Die Beobachtungsfenster des Labors waren von feinen Rissen übersät und blutverschmiert. Sie waren von den wütenden Attacken bereits geschwächt, und die plötzliche Veränderung des Luftdrucks durch einen Bruch der Isolationskammer könnte tatsächlich genügen, um sie ganz zu zerstören.

Becker war bereit, dieses Risiko einzugehen. »Ich bitte Sie nicht, ich befehle es Ihnen. Geben Sie mir die Waffe.«

Als Antwort darauf spannte Jacobsen den Hammer, während er sich auf den Ausgang auf der anderen Seite des Labors zubewegte. Die Büros und der dahinterliegende Korridor waren frei von Infizierten, zumindest im Moment noch.

»Ich denke gar nicht daran.«

Becker deutete auf die drei Ärzte, die in der Isolierkammer gefangen waren. »Und was ist mit ihnen?«

»Man kann nicht jeden retten. Das sollten gerade Sie wissen.«

In der Kammer sah sich Dalton verzweifelt nach möglichen Auswegen um, die sie bisher nicht in Betracht gezogen hatte. Die beiden anderen Mediziner gerieten bereits in Panik, vor allem Monfriez lief hin und her und hyperventilierte in seinem Schutzanzug. »Oh Gott, wir werden hier drin sterben«, brachte er keuchend hervor. Seine Stimme bebte, als wäre er den Tränen nahe. »Wir werden elendiglich verrecken.«

»Halten Sie die Klappe, Monfriez!«, schnauzte Flores ihn an, obwohl sie nicht weniger verängstigt war.

Dalton ließ ihren Blick durch den Raum schweifen und betrachtete die Geräte, die sie benutzen könnte. Ein Laborhocker neben dem TEM-Gerät. Nicht gut, das hatte Becker schon versucht und war gescheitert. Chemikalien? Es gab reichlich starke Säuren, die mit der Zeit alle möglichen Materialien angreifen konnten, aber es würde zu lange dauern, bis sie sich durch das Glas fressen würden. Der behelfsmäßige Autopsie-Tisch, auf dem Iwanows Leiche lag, war im Boden verankert, sodass sie ihn nicht als Rammbock benutzen konnten.

Plötzlich fiel ihr Blick auf die großen Sauerstoffflaschen, die an der hinteren Wand des Raumes befestigt waren und das Luftzirkulationssystem speisten, das ihre Anzüge versorgte. Sie wurden von Metallklammern gehalten, damit sie nicht umfallen konnten, und direkt daneben standen ein paar Ersatzflaschen bereit, falls sie ausfallen sollten.

Dalton schoss eine Idee durch den Kopf. Es war weder die sicherste noch die beste Idee, die sie je hatte, und es bestand die Möglichkeit, dass sie dabei getötet oder schwer verletzt wurden, aber es war das Einzige, was ihr im Moment einfiel.

Dalton hastete zu dem Regal mit den Sauerstoffflaschen, löste die Klemme einer Flasche, packte sie und zog sie zu sich, sodass sie auf die Seite kippte. Das Gewicht der großen Flasche war beachtlich, und sie musste sich anstrengen, um sie nicht fallen zu lassen.

»Helfen Sie mir!«

Flores eilte zu ihr und half ihr, den Zylinder auf den Boden herunterzulassen. »Was zum Teufel haben Sie vor?«

Dalton sah zu ihr hoch. »Haben Sie schon mal gesehen, wie so ein Ding explodiert?«

»Nein.«

»Dann wird das gleich eine Premiere. Treten Sie zurück!«

Draußen waren Becker und Jacobsen so sehr aufeinander konzentriert, dass keiner von ihnen bemerkte, was in der Kammer vorging, und sie sahen auch nicht, wie Dalton den Zylinder so positionierte, dass sein Boden zur Glaswand zeigte. Sie riss eine Computerfestplatte aus ihrem Kabelnest auf dem Schreibtisch neben ihr, hob sie hoch über den Kopf und hämmerte das sperrige Metallteil auf die Ventileinheit des Sauerstoffzylinders.

Ein plötzlicher und intensiver Schwall weißen Dampfes verriet ihr, dass sie richtiggelegen hatte, und sie duckte sich instinktiv zur Seite, als die stark komprimierte Sauerstoffflasche durch den Raum schoss, angetrieben durch die heftige Freisetzung ihres Inhalts. Die Fenster der Kammer waren aus gehärtetem Glas, das den meisten zufälligen und absichtlichen Stößen standhalten konnte. Aber selbst sie hatten der kinetischen Energie des dreihundert Pfund schweren Zylinders, der mit hoher Geschwindigkeit aufprallte, nichts entgegenzusetzen. Das improvisierte Geschoss durchschlug die Kammerwand und flog durch den dahinterliegenden Laborbereich.

Jacobsen und Becker sahen das Geschoss kommen und warfen sich zur Seite, als es an ihnen vorbeifegte. Es zerstörte einen Arbeitsplatz völlig, aber die Laborfenster, die unter dem unerbittlichen Angriff der Infizierten bereits nachzugeben begannen, blieben glücklicherweise verschont.

Dalton und die beiden anderen Ärzte duckten sich, als Luft in die Kammer strömte und sie mit Glasscherben überschüttete. Flores wurde von den Füßen geschleudert, und die umherfliegenden Trümmer sorgten für Risse in ihrem Druckanzug. »Los! Los!« Dalton zerrte Flores hoch.

Als Becker sich vom Boden des Labors erhob, konnte er gerade noch sehen, wie Jacobsen durch die offene Tür auf der anderen Seite des Labors floh. Zu spät für ihn, um ihn noch einzuholen. Auf jeden Fall gab es jetzt größere Probleme zu bewältigen. Das Knirschen von zerbrechendem Glas verriet Becker, dass eines der Laborfenster soeben nachgegeben hatte. Als er hinsah, zwängte sich einer der Infizierten durch den Spalt und riss sich dabei die Haut an dem zerbrochenen Glas auf. »Jack, schaffen Sie die Ärzte hier raus!«, rief er.

Monfriez brauchte keine Aufforderung. Er folgte Jacobsens Beispiel und ließ die anderen sofort hinter sich, rannte durch das Labor und verschwand in dem dahinterliegenden Korridor.

Als die anderen sich zur gegenüberliegenden Tür bewegten, entdeckte Becker einen CO_2-Feuerlöscher an der Wand neben den Fenstern. Er riss ihn aus der Halterung und ging zu dem infizierten Mann hinüber, der gerade durch das zerbrochene Fenster auf dem Boden gelandet war. Ein harter Schlag auf den Kopf ließ ihn zusammensacken, bevor er wieder auf die Beine kam, und ein zweiter, noch heftigerer Schlag zertrümmerte seinen Schädel zu einer blutigen Masse. Virus hin oder her, nach einer solchen Verletzung würde er nicht wieder aufstehen. »Beeilt euch!«, schrie Becker, wohl wissend, dass er die Horde nicht lange in Schach halten konnte.

Er zog den Sicherungsstift heraus, schob die Sprühdüse durch den Fensterspalt und sprühte den Inhalt in die Masse der Infizierten, die versuchten durchzubrechen. Es war unwahrscheinlich, dass der Schaum großen Schaden anrichtete, aber er erzeugte eine dichte Wolke aus Kohlendioxiddampf, die sie für ein paar Sekunden verwirren würde.

»Becker! Wir sind draußen!«, rief Dalton, als ein zweites Fenster in der Nähe nachgab.

Becker ließ den leeren Feuerlöscher fallen und gab seine unhaltbare Position auf. Er folgte Dalton, Flores und Turner durch die gegenüberliegende Tür und schlug sie in dem Moment zu, als mehrere ihrer Verfolger ins Innere vordrangen. Schon strömten weitere Infizierte durch die zerbrochenen Fenster in das zentrale Labor wie eine Furcht einflößende und unaufhaltsame Flut.

»Geht es allen gut?«, fragte Becker schwer atmend.

Dalton schüttelte vehement den Kopf. »Ich bin verflucht weit davon entfernt, dass es mir gut geht. Wie konnte das passieren?«

»Vorster«, antwortete er schlicht. »Iwanow war ein Köder, und das Ganze war eine Falle für uns. Er hat das Gebäude abgeriegelt, die Infizierten freigesetzt und sie seine Arbeit für ihn erledigen lassen.«

»Oh Gott!« Flores wich von dem Glas zurück, als der erste Infizierte dagegenprallte, gefolgt von mehreren weiteren. Es war klar, dass sich dasselbe Spiel, das sich auf der gegenüberliegenden Seite des Labors abgespielt hatte, hier bald wiederholen würde. Auch diese Fenster würden die Infizierten wahrscheinlich nicht allzu lange aufhalten können.

»Wir müssen verschwinden«, sagte Becker und führte Turner, Dalton und die beiden Ärzte zum Treppenhaus am

Ende des Korridors, vorbei an dem nun nutzlosen Aufzug, der abgeschaltet worden war. Als sie das Treppenhaus erreichten, griff Becker nach den Türen und riss sie auf. Aber sie ließen sich nicht öffnen. Sie waren durch elektromagnetische Schlösser fest verriegelt, eine Standardvorkehrung für den Fall eines Ausbruchs biologischer Gefahren, die verhinderte, dass das, was sich in der Isolierkammer befand, aus der Eindämmung entkam. Sie gewaltsam zu öffnen würde mehr Zeit und Mühe kosten, als sie hatten.

»Wir sitzen in der Falle«, sagte Flores und rang nach Luft.

Becker schaute sich um und suchte nach etwas, das sie benutzen konnten, um die Türen zu öffnen, irgendetwas, das ihnen die Flucht erleichtern könnte. Sein Blick fiel auf den Aufzug ein Stück weiter hinten im Korridor, und ihm kam eine Idee.

»Nein, sitzen wir nicht«, sagte Becker und ging zu den Türen. »Wir verschwinden von hier.«

Im Stockwerk darunter schlich Xander Jacobsen durch den zentralen Korridor des Gebäudes in Richtung Hauptempfang. Er ging sehr vorsichtig weiter, da die Infizierten offensichtlich diesen Weg bereits passiert hatten. Stühle waren umgekippt und Arbeitsplätze zerstört worden, Blutspuren an den Wänden legten ein stummes Zeugnis der Grausamkeit der Zerstörung ab.

Er hörte Grunzen und leise reißende Geräusche, die von der Ecke vor ihm kamen, hob seine M9-Beretta-Automatik, holte tief Luft und spähte in den dahinterliegenden Gang.

Einer der Ärzte des Krankenhauses lag etwa ein Dutzend Schritte entfernt auf dem Boden, mit aufgerissenem Unterleib. Sein Blut sickerte in den teuren Teppichboden. Sein Gesicht war in einem Ausdruck des Entsetzens und der Agonie erstarrt, die leblosen Augen starrten in Jacobsens Richtung, während sein Leichnam von seinem Mörder hin und her geschüttelt wurde. Als die Frau Jacobsens Anwesenheit bemerkte, blickte sie auf. Ihre Lippen verzogen sich zu der gleichen furchterregenden Grimasse, die Jacobsen kurz zuvor auf Iwanows Gesicht gesehen hatte.

Ohne zu zögern, sprang sie auf und stürzte sich auf ihn. Jacobsen hob mit zitternden Händen die Beretta und eröffnete das Feuer. Sein erster Schuss ging daneben, weil Angst und Eile ihn übermannten, aber sein zweiter traf sie genau in die Stirn, direkt über dem linken Auge.

Sie stolperte weiter vorwärts, ihr Schwung trug sie noch ein paar Schritte, bis sie wenige Meter vor ihm stürzte. Als sie am Boden lag, zielte Jacobsen genauer und jagte zwei weitere Kugeln in das, was von ihrem Schädel übrig geblieben war, um kein Risiko einzugehen. Sie zuckte unter den Einschlägen zusammen, und ihr Blut spritzte an die Wände, während das Echo der Schüsse im Korridor widerhallte. Dann blieb sie still liegen. Jacobsen atmete aus, und sein Herz hämmerte schmerzhaft, während er darauf wartete, dass sich ein weiterer Feind auf ihn stürzte. In den nächsten Sekunden herrschte absolute Stille um ihn herum. Dann hörte er es. Das Geräusch von Schritten im hinteren Korridor, die sich näherten, schnell. Sie kamen.

Er fuhr herum, als sein Feind um die Ecke bog, zielte hastig und feuerte ein halbes Dutzend Schüsse in das Zentrum seines Ziels.

Er sah den schockierten Gesichtsausdruck von Monfriez, als der Mann in einiger Entfernung zum Stehen kam, sah die sich ausbreitenden roten Flecken auf der Vorderseite seines leuchtend gelben Schutzanzugs und beobachtete, wie die Beine des Mannes unter ihm nachgaben und er zu Boden sank.

»Oh nein!« Jacobsen stöhnte auf, als er die Waffe sinken ließ und seinen schrecklichen Irrtum erkannte. Aber es war zu spät. Er konnte Monfriez jetzt nicht mehr helfen. Selbst wenn die Schusswunden ihn nicht umgebracht hatten, würden die Infizierten ihn mit Sicherheit töten. Den Schreien nach zu urteilen, die aus dem Inneren des Gebäudes kamen, waren sie durch den Lärm alarmiert worden und bewegten sich in seine Richtung.

»Warten Sie ... gehen Sie nicht ...!«, flehte Monfriez und hob schwach einen Arm, als Jacobsen sich umdrehte und die Flucht ergriff. Jacobsen blickte nicht zurück, hörte nicht auf die Rufe des Sterbenden, als er durch den verlassenen Empfangsbereich des Gebäudes zum Ausgang rannte. Der war jedoch durch heruntergelassene und verriegelte Stahlrollläden versperrt. Durch die Ritzen sah er das Blaulicht der Polizeiautos und hörte die verwirrten Rufe der Menschen, die zu verstehen versuchten, was da drinnen vor sich ging. »Holt mich hier raus!«, schrie Jacobsen und schlug vergeblich mit der Faust auf die unüberwindliche Barriere. »Macht diese Tür auf!«

Er zuckte unter einem unerwarteten Aufprall plötzlich zusammen und hatte das Gefühl, als hätte ihm gerade jemand auf die Brust geschlagen. Seine Bewegungen verlangsamten sich, als er sich bemühte zu begreifen, was da gerade passiert war. Vor ihm klaffte ein Loch in der Jalousie und der Glastür, das an den Rändern Risse und Absplitterungen aufwies. Stirnrunzelnd sah er nach unten und bemerkte mit einer Art vager, verschwommener Überraschung den sich ausbreitenden roten Fleck in der Mitte seiner Uniform. Ein warmes, klebriges Gefühl breitete sich in seiner Brust aus, auch wenn der Rest seines Körpers sonderbar kalt wurde. Jacobsen streckte die Hand aus, berührte den Fleck und blickte dann auf seine blutverschmierten Finger.

Das ist nicht richtig. Das kann nicht wahr sein. Ich habe es doch geschafft, dachte er, als seine Beine nachgaben und er zu Boden sackte. Ihm verschwamm alles vor den Augen, während sein Herz angestrengt weiterpumpte. *Ich habe es doch nach draußen geschafft.*

Talwik stand am Fenster eines Wohnhauses auf der anderen Straßenseite und lächelte, während sie eine weitere Patrone in den Lauf ihres Scharfschützengewehrs lud und gespannt auf den nächsten törichten Fluchtversuch wartete.

Die Scharfschützen der Polizei, die das Gebäude sicherten, waren viel zu nah an ihrem Ziel, um sie sehen zu können. Und wenn sie endlich herausfanden, was da vor sich ging, war sie sowieso längst weg.

»Ein Ziel erledigt«, sagte sie in ihr Funkgerät.

»Irgendwas von Becker gesichtet?«, erkundigte sich Vorster.

»Noch nicht.«

»Pass gut auf. Wir bringen das auf jeden Fall noch heute und hier zu Ende.«

23

»Die Aufzüge sind abgestellt«, erklärte Turner, während Becker sich an den Türen zu schaffen machte. »Und wir können die Blockade nicht außer Kraft setzen.«

»Wir fahren nicht runter«, antwortete Becker, schob seine Finger in den schmalen Spalt zwischen den Türen und zog sie auseinander.

Der Aufzugsschacht verschwand oben und unten in der Dunkelheit, aber an der gegenüberliegenden Wand war eine Zugangsleiter für Wartungsarbeiten angebracht.

»Wer auch immer für das hier verantwortlich ist, wartet nur darauf, dass wir aus der Vordertür herausspazieren. Dann sind wir leichte Beute.«

»Sind Sie sicher?«, fragte der Militärpolizist.

»Genau das würde ich jedenfalls tun«, versicherte ihm Becker.

»Verdammt!«

»Dalton, ich nehme an, der Lockdown hat einen Notruf ausgelöst?«

Sie nickte. »Es sei denn, sie haben ihn deaktiviert. Diese Leute scheinen ziemlich gerissen zu sein.«

»Dann müssen wir das Risiko eingehen. Wir klettern auf das Dach, warten ab und hoffen auf Rettung.« Becker deutete auf die Wartungsleiter, die ein paar Fuß von den Aufzugtüren entfernt war. »Geh, ich gebe dir Deckung.«

Sie wollte antworten, schien es sich dann aber anders zu überlegen.

»Du kommst aber sofort hinterher!«, befahl sie, jetzt leiser.

Becker nickte. Er hatte nicht die Absicht, hier auch nur einen Moment länger als nötig herumzulungern.

»Nun geh schon«, drängte er sie.

Dalton trat einen Schritt zurück, hütete sich, in den dunklen Schacht hinunterzusehen, beugte sich weit vor, packte die Leiter und begann zu klettern.

»Sie sind die Nächste, Flores«, sagte Becker und zog die Frau an den Rand des Schachts.

»Oh Gott«, murmelte sie und blickte unwillkürlich in die Tiefe. Sie schluckte schwer und sah aus, als müsste sie sich gleich übergeben. »Ich bin nicht schwindelfrei.« Ein plötzliches Krachen und das Knirschen von zerbrechendem Glas von weiter unten im Korridor sagte Becker, dass die Fenster des Labors gerade nachgegeben hatten.

»Denken Sie nicht dran. Sie schaffen das, machen Sie einfach!« Flores bekreuzigte sich und griff nach der Leiter, verfehlte die erste Sprosse, erwischte aber die zweite, und die Arme ruckten schmerzhaft unter ihrem Gewicht. Sie riss sich zusammen und zog sich langsam Sprosse für Sprosse hoch.

Bei dem Geräusch von Schritten im Korridor riss Becker seinen Kopf herum und sah einen infizierten Mann, der geradewegs auf ihn zusprintete.

»Mist!«, knurrte Becker.

Er sah sich nach etwas um, womit er sich verteidigen konnte. An der Wand gegenüber stand eine Reihe von billigen Holzschränken, die für allgemeinen Bürobedarf statt für gefährliche Laborchemikalien verwendet wurden. Er packte die Tür des nächstgelegenen Schranks am Griff und riss sie mit einem kräftigen Ruck hoch. Die Scharniere brachen aus ihrem schwachen Spanplattengehäuse. Becker nahm vage das Klirren von splitterndem Glas zu seiner Linken wahr, als er seinen improvisierten Schild gegen seinen Feind schwang.

Der Aufprall des Infizierten auf die Schranktür fühlte sich an wie das Tackling eines professionellen Linebackers. Becker wurde fast von den Füßen gestoßen. Er hörte das Knurren des Mannes, als der versuchte, sich einen Weg durch diese unerwartete Barriere zu bahnen. Becker wusste, dass er ihn nicht lange würde aufhalten können.

Ein zweiter Mann stürmte direkt an Becker vorbei. Vielleicht hatte er ihn übersehen, weil die Tür seine Sicht blockierte, vielleicht hatte er aber auch nur ein anderes Opfer entdeckt, stellte Becker mit dämmerndem Entsetzen fest, als der Mann sich in den Aufzugsschacht stürzte und Flores an der Taille erwischte. Die Ärztin wollte gerade nach der nächsten Sprosse greifen, als sie von dem plötzlichen Gewicht des knurrenden, bösartigen Dings, das sie packte und biss, überrascht wurde.

Flores schrie erschrocken auf, verlor den Halt und verschwand in der Dunkelheit, während sich ihr Mörder an sie klammerte. Becker hörte ihren gellenden Schrei, gefolgt von einem dumpfen Aufprall von weit unten.

Zähneknirschend stemmte sich Becker mit den Füßen gegen seinen Widersacher und drehte die Schranktür leicht seitlich, sodass er seinen Gegner gegen die Wand drücken konnte. Er spürte den heftigen Aufprall, als der Mann aufprallte und zwischen Tür und Wand eingeklemmt wurde. Becker musste schnell handeln. Er stützte sich mit einem Fuß ab, schob den anderen hinter den Fuß des Mannes und brachte ihn mit einem Stoß aus dem Gleichgewicht. Der Mann landete krachend auf dem Boden, niedergehalten von Becker und der Tür. Aber das verstärkte nur seine wütenden Versuche, sich zu befreien.

Becker steckte in der Klemme. Es gab keine Möglichkeit zu entkommen, solange er den Infizierten festhielt. Denn sobald er zu fliehen versuchte, würde der Mann auf ihn losgehen. Becker sah, wie ein weiteres infiziertes Opfer in den Korridor stürmte. Ein großer, muskulöser Hüne richtete seinen Blick auf Becker und sprang direkt auf ihn zu. Becker spannte sich an, in Erwartung seines Endes. Seine einzige Hoffnung war, dass wenigstens Dalton es auf das Dach schaffte. Die Welt brauchte Menschen wie sie, falls sich diese Seuche ausbreiten sollte.

Becker sah, wie ein Schatten über ihn fiel, als eine Gestalt zwischen ihn und seinen vermeintlichen Angreifer trat. Sie hielt etwas in der Hand, und er sah das Aufblitzen von Stahl, als sie zum Schlag ausholte. Der Infizierte taumelte und fiel, Blut spritzte aus einer klaffenden Wunde an seinem Hals.

Die Gestalt ließ sich nicht beirren, wirbelte zu Becker herum und holte erneut mit seiner Waffe aus. Becker schloss die Augen und duckte sich, spürte, wie etwas nur wenige Zentimeter an seinem Kopf vorbeizischte. Er hörte das dumpfe Klatschen von Metall auf Fleisch, das Knirschen brechender Knochen. Sein Gegner unter der Schranktür erschlaffte plötzlich. Als Becker die Augen öffnete, sah er den abgetrennten Kopf des Mannes etwa einen halben Meter von seinem Körper entfernt in einer sich ausbreitenden Blutlache.

Becker blickte hoch. Turner stand über ihm und hielt eine schwere Feueraxt in den Händen. Von der Klinge tropfte Blut.

»Sind Sie okay?« Turner half Becker auf.

»Ging mir nie besser«, log Becker, dann blickte er auf die Axt. »Erinnern Sie mich daran, Sie lieber nicht zu verärgern.«

»Zu spät.«

Ein weiteres Krachen im Laborbereich sagte Becker, dass bald weitere folgen würden. Turner war nicht in der Lage, eine weitere Welle abzuwehren.

»Sie sollten besser nicht für Runde zwei hierbleiben.«

Turner schüttelte den Kopf. »Sie gehen. Ich bleibe.«

»Was?«

Turner schluckte und zog seinen Ärmel zurück, sodass eine böse aussehende Wunde an seinem rechten Arm zum Vorschein kam. Man musste kein Genie sein, um zu erraten, was passiert war.

»Das Boot kann ich wohl vergessen«, sagte er und lächelte schwach. »Raus hier, Becker. Ich halte sie auf.«

Becker machte einen Schritt auf ihn zu. »Jack, ich …«

»Verschwinden Sie einfach!«, forderte Turner und schubste ihn in Richtung Aufzugsschacht. »Finden Sie die Bastarde, die das hier angerichtet haben, und erledigen Sie sie. Verstanden?«

Becker nickte. Er würde sich nicht beirren lassen. Und für weitere Diskussionen war ohnehin keine Zeit, als der nächste Infizierte um die Ecke des Labors bog. Sein letzter Blick galt Turner, der sich seinen Feinden entgegenstellte, bevor Becker über den leeren Schacht sprang und sich mit der Hand an den Sprossen der Leiter festhielt. Er blickte nach oben und sah Dalton etwa zehn Fuß über sich.

»Wo ist Turner?«, fragte sie.

Becker schüttelte nur den Kopf. Und bevor sie weiter fragen konnte, deutete er den Schacht hinauf. »Los! Kletter weiter!«

Schnell erklommen sie die zwei Stockwerke bis zum obersten Punkt des Schachts, wo sich die Aufzugsmechanik befand. Ein paar dumpfe Schläge verrieten Becker, dass weitere Feinde versucht hatten, ihnen zu folgen, aber nur kopfüber in den Schacht gestürzt waren, in den sicheren Tod.

Becker zog sich auf den Metallsteg, der die große Trommelwinde umgab, und half Dalton neben sich hoch. Beide waren außer Atem und schweißgebadet vor Anstrengung, aber sie waren wenigstens noch am Leben.

Dalton sah ihn an. Selbst in der Düsternis des unbeleuchteten Fahrstuhlschachts bemerkte er ihre erschütterte Miene.

»Sie sind alle tot ...«, sagte sie langsam, entsetzt über den Verlust. »Alle.«

Darüber wollte Becker im Moment nicht reden. Nicht bevor sie weit weg von diesem Ort und in Sicherheit waren.

»Wir leben noch, und das sollten wir nutzen«, erwiderte er und geleitete sie zu einem Lüftungsgitter, das nach draußen führte. Ein paar kräftige Tritte genügten, um es zu lösen. Sie kletterten auf den Hubschrauberlandeplatz auf dem Dach.

Der Hubschrauber, der sie hierhergebracht hatte, war längst verschwunden, und das Dach war verlassen. Es gab keine Möglichkeit, von hier aus auf die Straße hinabzuklettern, und es wäre selbstmörderisch, sich wieder in das Gebäude zu wagen.

»Was jetzt?«, fragte Dalton.

Die Antwort auf ihre Frage war ein heftiger Schlag gegen die Zugangstür zum Treppenhaus, der den Stahl erbeben ließ.

»Ihr wollt mich wohl verarschen!«, murmelte Becker und sah sich nach etwas um, das er als Waffe benutzen konnte. Sie waren hier draußen völlig wehrlos.

Dalton sah sich ebenfalls um und entdeckte einen Hubschrauber, der langsam über der Stadt flog, vielleicht eine halbe Meile entfernt. Sogar hier auf dem Dach hörte sie das charakteristische Wummern der Rotorblätter und das Heulen des Turbinentriebwerks. Wenn sie es nicht besser wüsste, hätte sie schwören können, dass er langsam über diesem Gebäude kreiste, als wartete er auf etwas.

»Das glaube ich nicht«, sagte Dalton, als der Heli plötzlich abschwenkte und auf sie zusteuerte, als ob er landen wollte. »Das kann doch nicht schon unsere Rettung sein?«

»Ich weiß es nicht«, sagte Becker, als der Hubschrauber auf das Gebäude zuflog. Er sah, dass die Maschine neutral dunkelgrau lackiert war, ohne irgendwelche Firmenlackierung oder auch nur ein Rufzeichen am Heck.

»Stell dich hinter mich!«

Dalton hätte fast aufgelacht. »Warum? Glaubst du wirklich, dass du mich vor so was schützen kannst?«

Der Heli näherte sich rasch. Die Nase hob sich kurz, als er die Geschwindigkeit drosselte, bevor er in der Mitte des Hubschrauberlandeplatzes aufsetzte. Sie mussten ihre Köpfe mit den Armen vor dem gewaltigen Abwind schützen. Die Seitentür wurde aufgeschoben, und Becker ließ seine Hände sinken, als ein paar Bewaffnete in schwarzem Körperpanzer auf den Landeplatz sprangen und mit ihren Waffen das Dach gegen Bedrohungen sicherten. Sie sagten nichts, womit Becker gerechnet hatte. Sie waren eine Schutztruppe, die das Gelände sichern sollte, bevor ihr Anführer es riskierte, sich zu zeigen. Tatsächlich dauerte es auch nicht lange, bis er auftauchte.

»Wie es scheint, können Sie eine Mitfahrgelegenheit gebrauchen«, stellte Sergej Golowko fest und betrachtete die beiden Überlebenden.

Becker hätte gelogen, wenn er gesagt hätte, er wäre froh, Golowko in diesem Moment zu sehen, oder dass er den Absichten des Mannes vertraute. Aber er glaubte auch fest an das alte Sprichwort: *Im Sturm tut es jeder Hafen.*

Ein weiterer dumpfer Schlag gegen die Tür des Treppenhauses entschied die Angelegenheit. »Wir verschwinden jetzt, mit oder ohne Sie«, verkündete Golowko und wandte sich ab. Innerhalb weniger Augenblicke waren sie an Bord des Hubschraubers, flankiert von zwei weiteren Bewaffneten. Golowko stieg neben ihnen ein, gefolgt von den übrigen Mitgliedern seines Sicherheitsteams. Dann hob der Hubschrauber ab, die Turbinen heulten auf, und die Rotoren peitschten die Luft.

Becker und Dalton erhielten jeweils ein Headset, damit sie sich in dem Lärm der Maschine unterhalten konnten. Aber bevor sie eine Frage stellen konnten, gab Golowko seinen Untergebenen einen knappen Befehl auf Russisch.

»Wir sind so weit. Tun Sie es.«

Einer der Sicherheitsleute nickte und öffnete einen Metallbehälter, der in der Mitte des Abteils an der Decke befestigt war. Er zog ein langes klobiges und olivgrün lackiertes Metallrohr mit einem einfachen Griff, Visier und Abzugsmechanismus an einem Ende heraus.

Becker hatte noch nie live erlebt, wie eine RPG-29 abgefeuert wurde. Er wusste nur, dass es sich um eine höchst wirksame Panzerabwehr- und Anti-Personen-Waffe handelte, die es schon seit fast dreißig Jahren gab. Sie hatte keine elektronische Zielvorrichtung, die gestört werden, und keine Ortungssysteme, die man ausschalten konnte. Man nahm einfach sein Ziel ins Visier und drückte ab. Der Kreiselstabilisator des Sprengkopfs erledigte den Rest.

Als Dalton sah, wie der Sicherheitsbeamte die Waffe aus der offenen Luke des Hubschraubers richtete, schrie sie auf und versuchte, ihn daran zu hindern. Aber einer seiner Kameraden hielt sie zurück.

»Nicht, das können Sie nicht tun!«, protestierte sie. »Unsere ganze Forschung ist …«

Er feuerte die Rakete ab, ohne sie zu beachten. Das Projektil schoss aus der Mündung des Abschussrohrs, bevor sein eigener Antrieb weniger als eine Sekunde später ansprang. Es raste auf das Gebäude zu und schlug in einem der Fenster im unteren Stockwerk ein.

Die RPG-29 konnte je nach Bedarf mit unterschiedlichen Ladungen ausgestattet werden, von panzerbrechenden Geschossen zur Bekämpfung feindlicher Kampffahrzeuge bis hin zu Splitterraketen, die Infanteristen töteten oder verstümmelten, und sogar mit Rauch- und Giftgassprengköpfen. In diesem Fall folgte auf einen grellen roten Blitz eine gewaltige Erschütterung, die sich bis in den Kern des Gebäudes fortpflanzte, bevor schließlich in einem schrecklichen Inferno alle Türen und Fenster nach außen explodierten.

Ein thermobarischer Sprengkopf, dachte Becker. Diese Kombination aus Napalm und hochexplosivem Sprengstoff saugte allen verfügbaren Sauerstoff an und erzeugte einen Feuersturm, der alles in seinem Explosionsradius zerstörte und verbrannte. Es gab nur wenige effektivere Wege, sämtliche lebenden Organismen innerhalb eines geschlossenen Gebäudes zu töten, als darin einen thermobarischen Sprengkopf hochgehen zu lassen. Was Golowko zweifellos wusste.

»Was zum Teufel, glauben Sie, machen Sie da?«, fuhr Dalton ihn wütend an.

»Ich tue meine Pflicht, Miss Dalton«, erwiderte der russische Agent, während er die Zerstörung unter sich betrachtete. Offenbar war er überzeugt, dass er seine Aufgabe erfüllt hatte. »Ich sorge dafür, dass das, was sich in diesem Gebäude befindet, nicht weiter ausbreitet.«

Dalton hielt einen Moment inne. »Woher kennen Sie meinen Namen?«

»Ich habe es mir zur Aufgabe gemacht, über jeden Bescheid zu wissen, der in diese … Situation verwickelt ist.«

Seine Wortwahl war ihr nicht entgangen. »Und was für eine *Situation* ist das?«

»Eine Situation, die ernste Folgen für uns alle haben könnte, wenn sie nicht schnell geklärt wird.« Golowko drehte sich auf seinem Sitz um und betrachtete die beiden unfreiwilligen Passagiere. »Sie beide haben ein Händchen fürs Überleben, wie es scheint. Ich hatte schon fast die Hoffnung aufgegeben.«

»Genug mit diesem Mist!«, fauchte Dalton, die von den Emotionen dieser Nacht übermannt wurde. »Menschen sind wegen dieser ›Situation‹ gestorben. Gute Menschen. Ich will Antworten.«

Golowko nickte, unbeeindruckt von ihrer Feindseligkeit. »Sie werden sie bekommen. Sobald wir festgestellt haben, dass Sie nicht infiziert sind.«

Becker war sich bewusst, dass die Sicherheitskräfte ihre Waffen griffbereit hielten und sie zweifellos einsetzen würden, wenn es nötig wäre.

»Wo bringen Sie uns hin?« Nach Beckers Erfahrung war es unwahrscheinlich, dass eine Beförderung an einen unbekannten Ort in einem nicht gekennzeichneten Hubschrauber durch ausländische Geheimdienstmitarbeiter zu einem positiven Ergebnis führen würde.

Der Russe bedachte ihn mit einem Blick, der schwer zu deuten war, doch Becker hatte den Eindruck, dass Golowko seine Gedanken erraten hatte.

»Entspannen Sie sich, Mr. Becker. Wollten wir Ihren Tod, gäbe es einfachere Wege.«

Auch daran hegte Becker keinen Zweifel.

TEIL DREI

REIFUNG

Im Jahr 1942 warf das britische Verteidigungsministerium Milzbrandsporen auf die Insel Gruinard vor der Nordwestküste Schottlands ab und machte sie unbewohnbar. Da sie die Sporen nicht vernichten konnten, stellten sie die Insel für die nächsten fünfzig Jahre unter Quarantäne.

24

22. Dezember 1991, Flugplatz Lobuya, UdSSR

»Wie lange dauert das noch, verdammt?« Leutnant Walerij Slawin starrte über das Kabinendach seiner Antonov AN-12 in den immer heftiger werdenden Schneesturm, in den er bald fliegen sollte.

Seit zwanzig Minuten warteten sein Co-Pilot und er auf der abgelegenen Landebahn mit ihren Motoren im Leerlauf – er wagte nicht, sie bei den eisigen Temperaturen draußen abzustellen –, während sich das Wetter zusehends verschlechterte. Die Sonne war nur noch eine schwache Scheibe in der düsteren Wolkendecke und stand bereits tief am westlichen Horizont. Zu dieser Jahreszeit zeigte sie sich ohnehin nur für ein paar kurze Stunden pro Tag.

»Woher soll ich das wissen?« Mikhail Kortschilow, sein Teamchef, meldete sich über die Sprechanlage. »Uns wurde befohlen zu warten, also warten wir.«

Und sie warteten – worauf, konnte er nicht sagen. Alles, was man ihnen gesagt hatte, war, dass eine KGB-Einheit mit einer »Spezialladung« unterwegs war, die sofort transportiert werden musste. Darüber hinaus hatte man ihnen nichts mitgeteilt. Es konnte ebenso gut ein einzelner Brief sein wie ein ganzer Zug bewaffneter Speznaz-Agenten.

Bedachte man die chaotische Situation beim sowjetischen Militär in diesen Tagen, bestand eine große Chance, dass ihre »Spezialladung« sowieso nie hier ankommen würde. Alles andere, was ihnen versprochen worden war, war in den letzten Monaten immer spärlicher geflossen – Ersatzteile, Treibstoffnachschub, sogar sinnvolle Befehle von oben.

Es ging alles den Bach runter, das wusste Slawin. Die einst mächtige Sowjetunion, die die faschistischen Horden zurückgeschlagen, den ersten Menschen in den Weltraum geschossen und den Westen vor der Macht ihrer Raketen hatte erzittern lassen, lag in ihrem letzten, qualvollen Todeskampf. Ein langer und kostspieliger Krieg in Afghanistan und dazu ein Jahrzehnt wirtschaftlicher Stagnation und politischer Machtkämpfe hatte die Union bis zum Zusammenbruch geschwächt, sodass ihr Ende nun unvermeidlich war. Die Welt veränderte sich, das Land, das er sein Leben lang gekannt hatte, löste sich um ihn herum auf. *Scheiß drauf*, dachte Slawin mit typisch russischem Pragmatismus, zündete sich eine Zigarette an und nahm einen tiefen Zug. Der Tabak schmeckte billig und scharf. Aber das war ihm egal. Er wollte sowieso bald abhauen. Es hieß, dass demnächst alle Grenzen geöffnet würden und man sich frei durch den sich rasch auflösenden Ostblock bewegen könne. Er würde diese neu gewonnene Freiheit so schnell wie möglich nutzen, um diesem verfallenden Monolithen des politischen Idealismus zu entkommen. Er hatte Freunde in Westdeutschland – jetzt nur noch Deutschland, verbesserte er sich –, die sich um den Papierkram kümmern und ihm und seiner Freundin Swetlana sogar Unterschlupf gewähren würden, während sie sich orientierten. Immerhin war er ein qualifizierter Pilot, militärisch ausgebildet, jung und fleißig. Im Westen musste es doch Arbeit für Männer wie ihn geben.

Vielleicht würde er nach Amerika ziehen und für eine der großen Fluggesellschaften fliegen, sagte er sich und nahm einen weiteren tiefen Zug. Der Gedanke, in die USA überzusiedeln, beschleunigte seinen Puls. Er hatte amerikanische Filme gesehen, natürlich auf dem Schwarzmarkt gekauft, in denen ein Land mit ungeahntem Reichtum gezeigt wurde. Dort gab es Essen, Trinken und Möglichkeiten im Überfluss. Kein Schlangestehen mehr für Lebensmittel, keine Ausweiskontrollen, keine beschissenen Autos, die kaum noch fuhren, keine Stromausfälle, Engpässe und Knappheit mehr. Nicht mehr der müden Propaganda eines Staates zuhören müssen, der gar nicht mehr an sich selbst glaubte.

Aber nichts von alledem würde geschehen, wenn er nicht endlich von dieser gottverlassenen Landebahn wegkam.

»Scheiß drauf!«, sagte er nun laut und griff nach den Drosselklappen. »Sie hatten ihre Chance. Wir verschwinden hier, bevor die Tragflächen vereisen.«

Er war Pilot und Kapitän dieses Flugzeugs. Seine erste Verantwortung galt seiner Maschine und seiner Besatzung.

»Warte!«, rief Kortschilow. »Ich sehe sie!«

Slawin blickte aus dem Backbordfenster und sah ein Scheinwerferpaar aus der Dunkelheit auftauchen. Das Licht tanzte über die holprige Piste zum Flugplatz. Innerhalb von Sekunden raste ein kastenförmiger schwarzer Mercedes mit einer solchen Geschwindigkeit auf sie zu, dass er sich verkrampfte, weil er einen verheerenden Zusammenstoß befürchtete. Das Fahrzeug kam glücklicherweise nur wenige Meter von ihrem Rumpf entfernt zum Stehen. »Verdammte KGB-Arschlöcher«, fluchte er leise. Mit etwas Glück gab es in der Neuen Welt keinen Platz für Leute wie sie.

Er beobachtete, wie zwei Männer in dicken Pelzmänteln aus dem Auto sprangen und auf das Flugzeug zu rannten. Jeder von ihnen schleppte einen anscheinend ziemlich schweren Metallkoffer mit sich.

Kortschilow beugte sich vor, um ihnen zu helfen, wurde aber von dem ersten der beiden Männer wütend zurückgewinkt.

Slawin hörte, wie sich die Fahrzeugluke schloss, und kurz darauf hievte sich sein Co-Pilot wieder auf den Sitz neben ihm. Er war klein und stämmig, hatte blondes, zur Seite gescheiteltes Haar und die Art von klaren Gesichtszügen, die ihn viel jünger aussehen ließen als seine fünfundzwanzig Jahre. Mit seinen siebenundzwanzig Jahren fühlte sich Slawin neben ihm wie ein alter Mann.

»Wir können starten«, verkündete er mürrisch.

»Wurde auch Zeit, verdammt! Wohin?«, fragte Slawin. Er war nicht über ihr Ziel informiert worden, sondern man hatte ihm nur gesagt, dass sie vollgetankt sein sollten.

»Nach Osten«, knurrte Kortschilow. »Kurs null-neun-null. Mehr haben sie nicht gesagt. Sie geben uns weitere Anweisungen, sobald wir in der Luft sind.«

Slawin hob die Brauen. »Sie fliegen mit uns?«

Sein Co-Pilot nickte und sah unruhig aus. »Geht es nur mir so, oder ist das eine schlechte Nachricht?«

»Das siehst nicht nur du so«, bestätigte Slawin. »Aber was soll's? Zurzeit gibt es anscheinend nichts Gutes.«

Aber alles, was sie von hier wegbrachte, konnte nur gut sein, redete er sich ein.

»Bremsen lösen«, befahl er und überprüfte seine Instrumente.

Sein Co-Pilot überprüfte die Klappen und bewegte den Steuerknüppel zum Check des Seiten- und Querruders. »Die Steuerung fühlt sich etwas schwergängig an.«

»Wir haben Eis auf den Rudern.« Wenn sie noch länger untätig geblieben wären, würden sie diesen Ort sehr lange nicht mehr verlassen. »Durch die Bewegungen sollte es sich lösen.«

»Und wenn nicht?«, fragte Kortschilow.

Slawin ignorierte die Frage. Er griff nach den Drosselhebeln und schob sie nach vorn.

Die Vibrationen nahmen zu, als die großen Turbinen hochfuhren. Da die Feststellbremsen gelöst waren, ruckte der große Antonow-Transporter langsam vorwärts und holperte über die unebene Landebahn. Die Turboprop-Turbinen heulten auf, als der Pilot sie in die Startposition manövrierte.

Es blieb keine Zeit für einen Gegencheck. Angesichts des heulenden Windes, der mit gefährlich hoher Geschwindigkeit über die Landebahn fegte, schickte Slawin ein stilles Gebet an jeden, der vielleicht zuhörte, und schob den Gashebel ganz nach vorne. Die Beschleunigung war heftig und presste ihn in seinen Sitz, während das Flugzeug sich der Startgeschwindigkeit näherte. Seitenwinde zerrten an ihnen und drohten, sie vom Kurs abzudrängen, aber er korrigierte sie mit kräftigem Einsatz des Seitenruders. Trotzdem war er sich nicht ganz sicher, ob er den Kampf gewinnen würde.

»Komm schon, komm schon«, murmelte er, zog das Ruder zurück und betete, dass sich die Maschine vom Boden löste.

Endlich hob sich die Nase, und mit einem letzten Ruck waren sie in der Luft. Jeder Start barg natürlich ein gewisses Risiko, aber es war schon lange her, dass der junge Pilot so erleichtert war, endlich in der Luft zu sein.

Als das Flugzeug in den wolkenverhangenen, sich verdunkelnden Himmel aufstieg, warf Slawin seinem jungen Co-Piloten einen vielsagenden Blick zu.

»Ich weiß«, sagte Kortschilow. »Das machen wir besser nicht noch mal.«

In der Absicht, das Thema zu wechseln, deutete Slawin

mit einem Ruck seines Kopfes nach hinten. »Was hat es mit diesen Koffern auf sich?«

»Keine Ahnung«, gab der andere Mann zu. »Aber sie sahen schwer aus, und sie ließen mich nicht mal in ihre Nähe. Die beiden Männer bewachen sie mit Argusaugen und wirken deswegen ziemlich nervös.«

Slawins Augen verengten sich zu Schlitzen, und in seinem Kopf tauchten bereits Visionen von möglichen Schätzen auf, die darin versteckt sein könnten. »Geld?«

»Wer weiß das schon? Nicht, dass sie es Leuten wie uns verraten würden. Warum fragst du?«

Slawin nahm einen weiteren Zug. »Das gefällt mir nicht. Zwei Spione kündigen sich verdammt kurzfristig an, verlangen ein vollgetanktes Flugzeug und lassen ihr Luxusauto einfach auf der Rollbahn stehen … Hältst du das für normal? Diese Bastarde verfolgen eigene Pläne.«

Kortschilow starrte ihn an. In seinem Blick zeigte sich eine Mischung aus Angst und Aufregung. »Wo könnten sie denn hinwollen?«

»Nach Amerika, natürlich. Wir sind nicht weit von der Beringstraße entfernt, und wir haben genug Treibstoff, um es bis nach Alaska zu schaffen.« Slawin lehnte sich in seinem Stuhl zurück, seine Gedanken rasten. »Scheiße.«

Er wollte Russland zwar verlassen, aber er wollte es auf legale Weise tun. Er wollte nicht den Rest seiner Tage als Verräter und Flüchtling verbringen, der ein paar KGB-Arschlöchern zur Flucht verholfen hatte, die vielleicht Staatsgeheimnisse gestohlen hatten. Nicht jetzt, da die Sowjetunion fast erledigt war und sich ihm bereits neue Türen öffneten.

»Was sollen wir tun, Walerij?«, fragte Kortschilow. »Ich bin kein Verräter. Ich will mit dieser Scheiße nichts zu tun haben.«

Slawin öffnete den Reißverschluss seiner Fliegerjacke und blickte auf die Makarow-Automatik, die er immer in einem Schulterholster trug. Slawin war zwar kein kampferprobter Frontsoldat, hatte aber in seiner Jugend schießen gelernt, ermutigt von seinem Vater, der der Meinung war, dass ein Junge erst dann ein richtiger Mann werden konnte, wenn er gejagt und getötet hatte. Und man konnte nie wissen, in welche Schwierigkeiten ein Pilot geraten konnte, vor allem, wenn er Transportflüge über abgelegenes Gelände durchführte und auch bei miesem Wetter flog.

»Bleib hier und halte Kurs!«, befahl er seinem Co-Piloten und schnallte sich ab.

»Wohin gehst du?«

Slawin holte tief Luft und stemmte sich gegen das Schott, während sich ihr Flugzeug durch schwere Turbulenzen kämpfte. »Ich hole mir ein paar Antworten von unseren neuen Freunden.«

Der riesige Frachtraum war leer, bis auf die beiden Männer, die auf einer der langen Bänke saßen, die auf beiden Seiten des Rumpfes angebracht waren. Sie trugen schwere Winterkleidung und waren in den Vierzigern. Beide beobachteten ihn misstrauisch, als er sich näherte, und hielten sich an der Stange über ihren Köpfen fest, um das Gleichgewicht zu halten. Sein Blick wanderte zu den großen Metallkoffern, die zu ihren Füßen standen. Sie waren schwer, massiv verstärkt und sahen solide genug aus, um selbst einer Panzerfaust widerstehen zu können. Was befand sich darin?

Einer der Männer stand auf. Er war groß und breitschultrig, glatzköpfig, hatte einen dichten dunklen Schnurrbart und dichte Augenbrauen.

»Was wollen Sie?« Seine Stimme hatte immer noch die für den KGB typische Autorität und Arroganz, aber er wirkte gleichzeitig nervös und aufgeregt, was den Verdacht, dass es sich um einen illegalen Flug handelte, in Slawin verstärkte.

»Ich will wissen, wohin wir fliegen«, gab Slawin ruhig zurück. Es hatte keinen Sinn, einen Kampf vom Zaun zu brechen, solange er gar nicht wusste, wofür er überhaupt kämpfte.

»Man wird es Ihnen sagen, wenn die Zeit reif ist.«

Der junge Pilot schüttelte den Kopf. »Das reicht leider nicht aus, Genosse. Wenn wir nicht wissen, wohin wir fliegen, können wir keinen Kurs festlegen. Wir können keinen Flugplan bei der Bezirksluftaufsicht anmelden.«

»Es gibt keinen Flugplan«, versicherte ihm der KGB-Agent. »Gehen Sie zurück ins Cockpit, und fliegen Sie das Flugzeug.« Slawin beschlich plötzlich ein sehr ungutes Gefühl.

»Was haben Sie in diesen Koffern?«

»Das geht Sie nichts an.«

»Ich habe das Kommando über dieses Flugzeug«, antwortete Slawin. »Wenn Sie etwas Gefährliches an Bord gebracht haben, geht mich das sehr wohl etwas an. Entweder zeigen Sie mir jetzt, was drin ist, oder ich fliege uns zurück nach Lobuya.«

Der KGB-Mann starrte ihn einen langen Moment an, schätzte ihn ab, um zu entscheiden, ob er wirklich den Mumm dazu hatte. Dann griff er plötzlich in seinen Mantel.

Slawin reagierte schnell und instinktiv. Er schob seine Hand in seine Jacke, packte die Makarow und riss sie aus dem Holster, während er sie gleichzeitig entsicherte. Der Glatzkopf zog gerade seine eigene Waffe, als Slawin hastig zielte und feuerte. Eine Blutwolke explodierte aus dem Rücken des Mannes. Er ging zu Boden und rollte wie eine Stoffpuppe über das Deck.

Der zweite Mann, der immer noch saß, hatte ebenfalls eine Pistole in der Hand. Er richtete die Waffe auf Slawin und eröffnete überhastet das Feuer. Er zielte nicht gut, sondern feuerte blindlings in Slawins Richtung. Der warf sich zur Seite, drückte den Abzug und jagte dem Mann eine Kugel in den Leib. Er feuerte weiter und jagte einen Schuss nach dem anderen auf ihn ab, bis der Agent blutüberströmt nach vorne auf das Deck sackte.

»Himmel!«, keuchte er und konnte kaum glauben, dass ihn keiner der Schüsse getroffen hatte. Wie durch ein Wunder war Slawin völlig unverletzt geblieben.

Als er sich wieder einigermaßen gefasst hatte, rief er seinem Co-Piloten zu: »Mikhail, es gab Ärger! Diese KGB-Wichser haben versucht, mich zu erschießen!«

Er bekam keine Antwort. Kortschilow musste die Schüsse doch gehört haben.

»Mikhail, alles klar bei dir?«

Plötzlich schlingerte das Flugzeug hart nach Backbord und kippte in einem starken Winkel über den Flügel, als ob eine der Tragflächen abgebrochen wäre.

Was zum Teufel war da los?

»Mikhail! Was machen Sie da?« Slawin suchte sich taumelnd und mit den Händen verzweifelt nach Halt suchend einen Weg über das immer weiter kippende Deck und drängte sich ins Cockpit. Erst als er die Blutspritzer an den Cockpitfenstern sah, verstand er, warum Kortschilow nicht reagiert hatte. Eine verirrte Kugel hatte den jüngeren Mann in den Hinterkopf getroffen und sein Hirn über die Instrumententafeln verteilt. Er lag zusammengesunken über dem Steuerknüppel, den er mit seinem Gewicht nach links drückte, sodass das Flugzeug steil nach Backbord abschmierte.

»Oh nein!«

Slawin stürzte nach vorne und versuchte, die Kontrollen zu erreichen, aber das Flugzeug neigte sich jetzt stark, und niemand konnte es korrigieren. Die Nase zeigte nun steil nach unten, und sie rasten durch den Verlust des aerodynamischen Auftriebs dem Boden entgegen.

Slawin kletterte verzweifelt auf den Pilotensitz. Draußen heulten die Triebwerke, während die Geschwindigkeit immer mehr zunahm und ein Zusammenbruch des Rumpfs drohte. Als er endlich den Steuerknüppel ergriff, zog Slawin in einem verzweifelten Versuch, die Maschine aus dem Todessturz zu ziehen, kräftig am Steuer. Es war ein hoffnungsloses Unterfangen. Das Flugzeug war zu schwer, die Steuerung zu träge, ihre Höhe zu gering.

»Oh Gott!«, stieß er hervor. Ihm war in diesem Moment klar, dass er sterben würde. Alles, all seine Pläne für die Zukunft, nach Deutschland zu gehen, der zusammenbrechenden Sowjetunion zu entkommen, sich in Amerika ein neues Leben aufzubauen, all das flackerte kurz in seinem Kopf auf und erstarb wie eine Stichflamme.

Und das alles nur wegen zwei verdammter Koffer!

Sein letzter Blick fiel auf die Bäume und den Schnee, die das gesamte Sichtfenster ausfüllten und ihm entgegenrauschten. Dann gab es einen gewaltigen Blitz, und es war vorbei.

25

1. September 2019, Flughafen Oğuzeli, Türkei

Kaum war die Treppe des Gulfstream-500-Executive-Jets ausgefahren, als Anton Kincaid sie auch schon zu der wartenden Gruppe von WHO- und türkischen Regierungsbeamten hinunterstürmte. Von seiner üblichen gelehrten Professionalität war ihm nichts mehr anzumerken.

Er hatte die Nachricht von dem Angriff auf die medizinische Einrichtung gerade erhalten, als sich sein Flugzeug im Landeanflug auf den Flughafen befand, und seitdem hatte er nicht viel mehr in Erfahrung bringen können. Der Leiter der kleinen Delegation war ein Mann namens Paul Dupont, ein ergrauter und etwas zerzaust aussehender Franzose, mit dem Kincaid im Lauf der Jahre häufig zusammengearbeitet hatte. Ein guter Mann, dessen zerstreut wirkendes Äußeres einen scharfen und analytischen Verstand verbarg. Er hatte sich in Krisensituationen als besonders nützlich erwiesen.

Und das hier war zweifellos eine Krise.

Dupont reichte Kincaid die Hand, als dieser sich ihm näherte. »Anton, es ist gut, Sie …«

»Was wissen wir bis jetzt?«, unterbrach ihn Kincaid und ignorierte die ausgestreckte Hand.

Dupont runzelte kurz die Stirn, trat dann aber schnell an die Seite des Direktors und begleitete ihn zu einem wartenden Geländewagen, der in einiger Entfernung parkte.

Kincaid war viel zu lange von den Ereignissen abgekoppelt gewesen und wollte vor Ort sein. Dabei würde sich ihm nichts und niemand in den Weg stellen.

»Wir erhalten immer noch Berichte«, fuhr Dupont fort, »aber nach dem, was wir bisher gehört haben, wurde die gesamte Einrichtung zerstört.«

»Details, Paul!«, bellte Kincaid und zog einige besorgte Blicke der Umstehenden auf sich. Der ruhige und nachdenkliche Direktor regte sich nur selten auf, aber wenn, bot er einen einschüchternden Anblick. »Wie ist das passiert?«

»Wir wissen, dass sie vor etwa dreißig Minuten durch die Sicherheitsschleuse gegangen sind. Etwa zur gleichen Zeit haben wir den Kontakt zu ihnen verloren. Die gesamte Kommunikation ist abgebrochen.«

Kincaid blickte ihn von der Seite an. »Wurde sie absichtlich unterbrochen?«

»Das glauben wir. Kurze Zeit später wurde eine starke Explosion gemeldet. Die örtliche Feuerwehr ist zwar vor Ort, aber es sieht so aus, als ob die ganze Anlage ein Totalschaden wäre.«

»Die Anlage ist mir egal!«, schnauzte Kincaid. »Was ist mit den Überlebenden? Hat es jemand geschafft rauszukommen?«

Dupont ahnte den Grund für seine Besorgnis. Lori Dalton war ein Protegé Kincaids und hatte etliche Jahre unter ihm gearbeitet. Man munkelte, Kincaid behandelte sie fast wie eine Tochter. Die Aussicht, sie heute Abend verloren zu haben, war für ihn wahrscheinlich schwer zu verkraften.

»Wir sind uns nicht sicher, aber …«

Kincaids normalerweise kühler und nachdenklicher Blick wurde bissig und durchdringend. »Aber …?«

»Nach Zeugenaussagen ist kurz vor der Explosion ein

Hubschrauber auf dem Dach gelandet. Es wäre möglich, dass er Überlebende aufnahm und sie evakuierte.«

Kincaid verlangsamte abrupt sein Tempo. »Ein Helikopter?«, wiederholte er. »Einer von unseren?«

»Das glauben wir nicht. Wir stehen deswegen mit der türkischen Flugsicherung in Kontakt, aber die haben für diese Zeit keine Flugpläne in dem Gebiet. Es muss sich um einen nicht registrierten Helikopter gehandelt haben.«

»Hubschrauber machen sich nicht einfach unsichtbar.« Kincaid riss die Tür des Geländewagens auf und sprang mit einer Energie hinein, die in deutlichem Gegensatz zu seinem Alter stand. »Ich will wissen, wohin der Hubschrauber geflogen ist, wer an Bord war und wem er gehörte.«

»Wir werden ihn finden, mein Freund.« Dupont setzte sich neben ihn und legte seinem Kollegen beruhigend die Hand auf die Schulter. »Lori ist so zäh und einfallsreich wie kein anderer. Wenn es jemand lebend aus dem Gebäude schafft, dann sie.«

Er bemerkte ein Flackern in Kincaids Augen hinter seiner Brille. Einen Moment des Nachdenkens, der Traurigkeit, vielleicht der Schuld. Die Gewissensbisse eines Mannes, dessen Entscheidungen vielleicht Leben gekostet haben.

»Bringen Sie mich dorthin!«, befahl er und zwang seinen Verstand, sich wieder zu fokussieren. »Ich will es selbst sehen.«

26

Becker und Dalton saßen in einer Arrestzelle, die aussah, als wäre sie früher eine Art Lagerraum gewesen. Was auch immer ihr Zweck gewesen war, jetzt war sie bis auf ein paar Hartplastikstühle und einen einzigen Tisch in der Mitte leer. Den beiden Insassen blieb nichts anderes übrig, als zu warten.

Der Hubschrauber hatte sie über die Westküste der Türkei bis übers Mittelmeer geflogen, wo sie auf dem Achterdeck eines scheinbar heruntergekommenen Frachtschiffes gelandet waren. Einmal an Bord wurde ihnen jedoch rasch klar, dass dieses Schiff mehr zu bieten hatte, als man auf den ersten Blick sah. Bei der Besatzung handelte es sich nicht um die schlampigen Seeleute, die sie vielleicht erwartet hatten, sondern um gepflegte und fitte junge Männer mit kurzen Haaren, gerader Haltung und zielstrebigem Schritt, die auf einen militärischen Hintergrund schließen ließen.

Das Schiff war anscheinend auch für biologische Zwischenfälle gerüstet, den Quarantäneprotokollen nach zu urteilen, die sie aktiviert hatten. Nachdem sie unter Deck eskortiert worden waren, hatte man sie entkleidet, geduscht und geschrubbt, bis ihre Haut ganz rot war. Dann hatte medizinisches Personal ihnen Blutproben entnommen. Die misstrauischen Mienen der Leute gaben ihnen das Gefühl, sie wären beide Blindgänger, die jeden Moment detonieren konnten. Am Ende des Dekontaminationsprozesses fragte sich Becker, wie viele Leute ihn in den letzten Stunden nackt gesehen hatten.

Dalton stützte die Ellbogen auf den Tisch. Ihr dunkles Haar war noch feucht von der Dekontamination, und sie trug ein T-Shirt und eine viel zu weite Hose. Sie sah völlig entnervt aus. Der einzige persönliche Gegenstand, den sie hatte behalten dürfen, war der Ring, den sie an einer Metallkette trug. Sie hatte nachdrücklich darauf bestanden, wie Becker aus den wütenden Rufen und Flüchen aus ihrem Dekontaminationsraum erfahren hatte.

Da ihre Arme entblößt waren, konnte Becker nicht umhin, die ungewöhnlichen Narben auf ihrem linken Unterarm zu bemerken: eine Reihe paralleler Striemen, vielleicht sechs oder sieben insgesamt, gerade und in regelmäßigen Abständen, jede vielleicht fünf Zentimeter lang. Sie waren vom Alter verblasst. Alte Narben von einer alten Verletzung. Als Dalton spürte, dass er sie ansah, änderte sie diskret ihre Position und legte ihren anderen Arm so, dass er die Narben verbarg. »Wie geht es dir?«, unterbrach Becker die angespannte Stille.

Sie sah ihn an, als wollte sie sagen: *Was glaubst du denn?* Stattdessen stellte sie fest: »Du kennst den Mann, der uns gerettet hat.«

Becker nickte.

»Woher?«

Becker erzählte ihr das Wesentliche von Golowkos Besuch in Bagdad. Daltons Gesichtsausdruck veränderte sich langsam von Neugier zu Ärger und Misstrauen.

»Warum hast du mir das nicht vorher gesagt?«

»Das ist nicht die Art von Dingen, mit denen man Werbung macht. Je weniger du über Männer wie Golowko weißt, desto besser für dich.«

Bevor sie nachhaken konnte, wurden sie unterbrochen.

Die Luke wurde entriegelt, und Golowko betrat den Raum, begleitet von einem großen, kräftig gebauten Wachmann, der die beiden Gefangenen mit einem kalten Blick musterte.

»Das wäre alles«, wies Golowko den Mann auf Russisch an, bevor er auf Englisch hinzufügte: »Wir sind hier schließlich alle auf derselben Seite.«

Ohne ein Wort zu sagen, zog sich der Wachmann zurück und schloss die Tür hinter sich. Golowko setzte sich auf einen freien Stuhl und legte eine lederne Aktentasche vor sich auf den Tisch.

»Es tut mir leid, dass ich Sie habe warten lassen«, begann er.

Becker setzte ein falsches Lächeln auf. »Ich warte immer gern auf Sie, Sergej.«

Golowko ignorierte seinen Sarkasmus. »Sie verstehen natürlich, dass wir zuerst einige Tests durchführen mussten, um sicherzustellen, dass Sie nicht infiziert sind.«

Dalton wechselte einen Blick mit Becker. »Und?«, fragte sie.

»Wir würden dieses Gespräch nicht führen, wenn Sie es wären.« Ein kurzes Lächeln spielte um Golowkos Lippen. »Also, ich kann mir vorstellen, dass Sie viele Fragen an mich haben.«

»Das ist eine Untertreibung«, antwortete Dalton. »Ich will die Wahrheit wissen und keinen Bullshit.«

Der Russe lehnte sich auf seinem Stuhl zurück und betrachtete sie, als wollte er eine Charakterstudie von ihr anfertigen. »Die Wahrheit. Ich muss Sie warnen, meine Regierung wird alles abstreiten, wenn Sie versuchen, es zu veröffentlichen.«

»Ich habe nichts anderes erwartet«, warf Becker zynisch ein.

Golowko warf ihm einen scharfen Blick zu, bevor er fortfuhr: »Das Virus, auf das Sie gestoßen sind, ist ein biowaffenfähiger, viraler Erreger – einer aus einer Reihe von hybridisierten Viren, die während des Kalten Krieges als Teil des sowjetischen Programms zur Biologischen Kriegsführung entwickelt wurden. Ursprünglich trug es die Bezeichnung Djatlow-12.«

Becker runzelte die Stirn. Der Name rief eine schwache Erinnerung in ihm wach. Er konnte ihn nicht genau zuordnen, aber er wusste, dass er ihn schon einmal gehört hatte.

»Es wäre keine Übertreibung zu sagen, dass Djatlow-12 einer der stärksten und tödlichsten Krankheitserreger ist, auf den wir je gestoßen sind«, fuhr Golowko fort. »Er besitzt das Potenzial, die Weltbevölkerung innerhalb weniger Monate drastisch zu dezimieren.«

Stille herrschte im Raum. Fassungslose, ungläubige Stille.

»Und Ihre Regierung hat dieses Ding erschaffen?« Dalton fiel es schwer zu glauben, dass jemand freiwillig etwas so Monströses entwickeln konnte. »Woher haben Sie das ursprüngliche Genom?«

Golowko klappte seine Aktentasche auf und schob ein großes gedrucktes Foto auf den Tisch: ein altes Schwarz-Weiß-Bild, auf dem eine Gruppe junger Männer und Frauen in Schneeausrüstung zu sehen war. Vor ihnen waren Skier und Rucksäcke gestapelt. Ihrem aufgeregten Grinsen nach zu urteilen, befanden sie sich auf irgendeiner Expedition.

»Vor etwa sechzig Jahren brach eine Gruppe von Universitätsstudenten zu einer Wandertour durch das Ural-Gebirge auf«, begann Golowko. »Sie haben ihr Ziel nie erreicht. Etwa einen Monat später fanden Such- und Rettungsteams die Überreste ihres Lagers.«

Er legte ein weiteres Bild dazu, diesmal mit den spärlichen Überbleibseln eines großen Zeltes auf schneebedeckten Hängen eines Berges. Die Zeltplane war aufgeschlitzt und hing schlaff herunter. Von den Wanderern gab es keine Spur.

»Die Leichen der Gruppe wurden verstreut in der Nähe gefunden, etliche sogar fast eine Meile vom Lager entfernt. Einige waren an der Kälte gestorben, andere an schweren Verletzungen. Aber alle waren mitten in der Nacht aus dem Zelt geflohen, ohne Kleidung oder Stiefel an den Füßen. Sie waren vor etwas geflohen – etwas, das so beängstigend war, dass sie davor freiwillig in einen Schneesturm flüchteten«, fügte er hinzu. »Der Ort, an dem sie starben, wurde als Djatlow-Pass bekannt, benannt nach dem Expeditionsleiter.«

Jetzt wusste Becker, warum der Name so vertraut klang. Der Zwischenfall am Djatlow-Pass war ein bekanntes historisches Rätsel, das bisher niemand hatte lösen können. Von Lawinen bis hin zu geheimen Waffentests, UFOs und anderen haarsträubenden Verschwörungstheorien war im Lauf der Jahrzehnte alles Mögliche angeführt worden, angestachelt durch enthusiastische Internet-Chatrooms und -Foren.

»Als die Leichen geborgen wurden und man ihr Blut analysierte, stellte man fest, dass sie etwas befallen hatte, das sich unsere medizinischen Experten nicht erklären konnten.«

Beim nächsten Bild atmete Dalton scharf ein. Es war ein elektronenmikroskopisches Bild einer viralen Zelle. Die Technik war eindeutig primitiv, aber die Zelle war dennoch erschreckend gut erkennbar. »Das Djatlow-Virus, wie es getauft wurde«, erklärte Golowko grimmig. »Es steht für eine bis dahin unbekannte Gattung von Viren, die, wie wir bald herausfanden, besonders tödlich für die menschliche Physiologie ist.«

»Was können Sie mir darüber sagen?«, drängte Dalton ihn.

»Es handelt sich um einen sehr widerstandsfähigen und effizienten Organismus, der sich dem menschlichen Immunsystem entziehen kann. Er ist hochgradig resistent gegen Strahlung, extreme Temperaturen und alle bekannten retroviralen Medikamente. Er bleibt bei eisigen Temperaturen auf unbestimmte Zeit inaktiv und reaktiviert sich, sobald er auftaut.«

»Was ist die Übertragungsmethode?«

»In den frühen Stadien der asymptomatischen Übertragung wird der Erreger durch Hautporen oder Wassertröpfchen in der Atemluft ausgeschieden. Mit der Zeit aber kann sich das Virus sogar an Staubpartikel andocken und über die Luft übertragen werden.«

»Oh Gott«, flüsterte Dalton.

»Später, wenn die Symptome ausgeprägter werden, hört die typische Virusausscheidung auf, und die Übertragung erfolgt über Blut, Speichel oder andere Körperflüssigkeiten.«

»›Ausgeprägter‹? Sie meinen, wenn sich die Menschen in diese … Kreaturen verwandelt haben?«, warf Becker ein.

»Ganz genau. Deshalb haben Sie beide Ihre Begegnungen mit den früheren Opfern überlebt«, erklärte der Russe. »Obwohl ich vermute, dass Sie einfach nur Glück gehabt haben. Wären Sie gebissen oder gekratzt worden, würden wir jetzt nicht dieses Gespräch führen.«

Dalton wollte darüber lieber nicht genauer nachdenken. »Wie greift es den Wirt an?«

»In seinem Urzustand ist das Djatlow-Virus extrem aggressiv und schnell wirksam. Die ersten Symptome können bereits drei bis vier Stunden nach dem ersten Kontakt auftreten und verschlimmern sich zunehmend, wenn sich das Virus im zentralen Nervensystem ausbreitet. Danach … nun, Sie haben die Ergebnisse selbst gesehen. Unsere Wissenschaftler haben nie erlebt, dass eine Testperson länger als vierundzwanzig Stunden nach der ersten Exposition bei klarem Verstand geblieben wäre.«

»Testperson?« Dalton wollte sich nicht vorstellen, dass man Menschen absichtlich einem solchen Horror aussetzte. »Sie wollen mir sagen, dass Sie damit an unschuldigen Menschen experimentiert haben?«

Golowko begegnete ihrem Blick gelassen, ohne jede Scham oder Zögern. »Es war eine andere Zeit, Miss Dalton. Meine Regierung fühlte sich damals nicht den gleichen moralischen Grundsätzen verpflichtet wie heute.«

»Sie haben es also in eine Waffe verwandelt«, lenkte Becker das Gespräch wieder auf das Thema zurück. Er wollte die ganze Geschichte hören.

»Die militärischen Möglichkeiten eines solchen Virus dürften wohl offensichtlich sein. Ein lautloser Killer, der jede feindliche Kommandozentrale innerhalb weniger Stunden auslöschen könnte. Im Lauf der Jahre wurden verschiedene Versuche unternommen, einen kontrollierbareren Stamm und einen geeigneten Verteilungsmechanismus zu entwickeln. Es war Iwanow, der schließlich Erfolg hatte.«

»Was genau hat er gemacht?«

»Das Problem bei jedem Virus ist, das Gleichgewicht zwischen Übertragbarkeit und Tödlichkeit zu finden«, erklärte Golowko. »Je aggressiver und tödlicher ein Virus ist und je schneller es den Wirt tötet, desto größer ist die Chance, dass ein Ausbruch sich selbst erschöpft, bevor er sich weiter ausbreiten kann, wie zum Beispiel beim Ebola-

Virus. Die meisten solcher Ausbrüche erlöschen wieder, bevor sie weltweit Schaden anrichten können.«

Er machte eine Pause. »Andererseits sind die Viren, die sich am schnellsten und am weitesten verbreiten, in der Regel auch am wenigsten gefährlich. Das Erkältungsvirus zum Beispiel, mit dem sich jedes Jahr Millionen von Menschen infizieren, ist für den Durchschnittsmenschen kaum mehr als ein vorübergehendes Ärgernis. Iwanows Durchbruch bestand darin, diese beiden Eigenschaften in einem Virus zu kombinieren, indem er dessen genetische Eigenschaften veränderte, was die Übertragbarkeit erhöht, ohne dabei seine tödliche Wirkung zu beeinträchtigen. Das Ergebnis war eine Djatlow-Variante mit einer verlängerten asymptomatischen infektiösen Phase von bis zu zwölf Tagen – daher der Name Djatlow-12. In diesem Fall funktionierten die Opfer weiterhin normal und gingen ihrem täglichen Leben nach, ohne zu wissen, dass sich das Virus in ihrem Körper vermehrte und auf die Menschen in ihrer Umgebung übertrug.«

»Mein Gott«, flüsterte Dalton. »Die Opfer wurden zu ahnungslosen lebenden Biowaffen.«

»Ganz genau. Eine ganze Armee, die für Ihre Sache kämpft und von Tag zu Tag größer wird, dezimiert die Widerstandskraft Ihres Feindes, ohne dass Sie es selbst merken«, sinnierte Golowko grimmig. »Selbst nach unseren konservativsten Hochrechnungen könnte ein einziger infizierter Patient Djatlow-12 in dieser Anfangsphase auf Dutzende, vielleicht Hunderte anderer Menschen übertragen. Jeder dieser Menschen könnte dann Dutzende weitere infizieren, und … nun, die Mathematik einer solchen Gleichung dürfte offensichtlich sein.«

»Iwanow muss sehr stolz gewesen sein«, sagte Becker sarkastisch.

»Das bezweifle ich«, widersprach Golowko. »Er mochte den perfekten Virusstamm geschaffen haben, aber was ihm fehlte, war ein Gegenmittel. Ohne eine Möglichkeit des Schutzes gegen das Virus konnte seine Ausbreitung nicht kontrolliert werden. Wäre es jemals eingesetzt worden, hätte die unkontrollierte Kettenreaktion schließlich auch uns selbst vernichtet.«

»Also, was ist passiert?«

»Da es keine Lösung gab, wurde das Projekt eingestellt und die Virenvorräte vernichtet. Nur eine einzige Charge wurde für zukünftige Forschungen aufbewahrt, in einem Hochsicherheitslager in Sibirien.«

»Ich schätze, die Sicherheitsmaßnahmen haben nicht so gut funktioniert«, bemerkte Becker.

Golowko verzog gequält das Gesicht. »Die Proben sind 1991 verschwunden.«

Dalton hob ungläubig eine Braue. »Wie bitte?«

»Der Zusammenbruch der Sowjetunion war eine chaotische Zeit, und das galt auch für die militärischen und wissenschaftlichen Abteilungen unserer Regierung. Die damaligen Aufzeichnungen sind bruchstückhaft, aber alles, was wir mit Sicherheit wissen, ist, dass die Virusproben Ende 1991 aus ihrem Lagerraum entfernt wurden. Danach wurden sie nie wiedergesehen.«

»Bis jetzt.«

Er nickte betrübt. »Nach ihrem Verschwinden wurde eine kleine, streng geheime Einheit innerhalb des Föderalen Sicherheitsbüros gebildet, die zwei Ziele verfolgte: die Überwachung der Aktivitäten des ehemaligen Forschungspersonals und die Suche nach Anzeichen und Hinweisen auf das Schicksal des Djatlow-Virus. Fast drei Jahrzehnte lang haben wir nichts gefunden. Bis jetzt.«

Becker konnte sich nur vorstellen, welche Alarmglocken

in Moskau in diesem Moment schrillten. Eines ihrer dunkelsten, tödlichsten Geheimnisse war gerade wieder aufgetaucht.

»Als Iwanow im Irak verschwand, wurde Ihre Einheit aktiviert.«

»Ganz genau. Er hatte sich zwar eine neue Identität zugelegt, aber es bestand schon immer die Möglichkeit, dass jemand seine wahre Vergangenheit erfährt. Das Djatlow-Virus ist einzigartig – es kann nicht synthetisch nachgebaut werden. Aber wenn jemand sowohl die Virusproben als auch einen der wichtigsten Forscher in die Hände bekäme …«

»Ja, schon klar.« Becker seufzte frustriert. »Warum zum Teufel haben Sie mich nicht gewarnt?«

»Hätten Sie das in meiner Situation getan?«, wollte Golowko wissen.

Becker wusste, dass der Mann keine Antwort erwartete. Was auch gut war, denn er hatte keine.

»Erzählen Sie mir mehr über das Virus«, bat Dalton den Russen. »Es muss doch einen Weg geben, es zu stoppen.«

»Wie ich bereits sagte, ist es gegen alle bekannten Medikamente und Behandlungen hochgradig resistent. Iwanow stellte die Theorie auf, dass ein sehr kleiner Prozentsatz der Bevölkerung eine natürliche Immunität besitzen könnte und er in diesem Fall deren Antikörper nutzen könnte, um einen Impfstoff herzustellen. Aber es ist ihm nie gelungen, einen erfolgreichen Testfall zu isolieren. Und die Chancen, eine solche Person zufällig zu finden, sind gelinde gesagt … unwahrscheinlich.«

Für Becker lag die Lösung auf der Hand. »Dann müssen wir es zerstören. Wir finden Vorster, töten den Mistkerl und holen uns das Virus zurück, bevor er es benutzt.«

»Und das schnell. Der erfolgreiche Test in Hanada dürfte

ihm bewiesen haben, dass das Virus wirksam ist.« Golowko atmete langsam aus. »Wir hatten gehofft, ihn heute Nacht abzufangen, aber er hat Ihre Einrichtung angegriffen, bevor wir dort eintreffen konnten. Zum Glück ist es Ihnen gelungen, den Ort abzuriegeln, bevor sich das Virus in der Stadt ausbreiten konnte.«

»Und Sie hatten Glück, dass Sie Waffen hatten, mit denen Sie den Ort einäschern konnten«, setzte Dalton düster hinzu.

Er zuckte mit den Schultern. »Es ist unsere Aufgabe, auf alle Eventualitäten vorbereitet zu sein, egal, wie wenig sie uns auch gefallen mögen.«

Becker beschlich langsam ein unangenehmes Gefühl. Das Gefühl eines Feuers, das lange geschwelt hatte, während es immer heißer wurde, bis schließlich die Flammen emporlodern.

»Einschließlich des Abwurfs von Napalm auf ein syrisches Dorf«, sagte er leise.

Golowko drehte sich zu ihm herum. Seine Miene sprach Bände. Keine Verwirrung, keine Überraschung, kein Zögern. Er wusste genau, wovon Becker sprach, denn er war derjenige, der den Luftschlag angeordnet hatte.

Ohne nachzudenken, sprang Becker auf, so hastig, dass sein Stuhl umstürzte. Er sprang vor, packte den russischen Agenten an der Kehle und rammte ihn an die Wand hinter sich. Becker hörte Daltons erschrockenen Ausruf und einen Schrei außerhalb des Raumes, aber das war ihm egal. Seine ganze Aufmerksamkeit war auf Golowko gerichtet.

»Sie Scheißkerl«, presste er zwischen den Zähnen hervor. »Sie haben mich direkt in die Falle laufen lassen, Sie wollten uns alle umbringen!«

Die Tür zum Büro flog auf, und zwei mit Tasern und

Schlagstöcken bewaffnete Sicherheitsbeamte stürmten herein.

»Zurück!«, warnte Becker sie. Er würde Golowkos Genick wie einen trockenen Ast brechen, bevor sie zwei weitere Schritte auf ihn zu machen konnten. Verdammt, vielleicht hatte er sogar die Chance, sie ebenfalls auszuschalten. Es wäre nicht das erste Mal, dass er gegen zwei Gegner der Sieger blieb.

Golowkos erhobene Hand genügte, um die Agenten aufzuhalten. Vielleicht war er sich der Gefahr bewusst, in der er schwebte, oder er glaubte, er könne sich aus der Sache herauswinden.

»Also, Mr. Becker?« Seine Stimme klang etwas gepresst, weil Becker immer noch seine Kehle umklammerte. »Was jetzt?«

»Jetzt kommt die Stelle, an der Sie um Ihr Leben betteln«, knurrte Becker.

Irgendwie schaffte der Mistkerl es tatsächlich zu lächeln. »Wohl kaum. Ich habe Russland fast mein ganzes Leben lang gedient. Wenn ich für mein Land sterben muss, dann werde ich das tun.«

»Tapfere Worte«, raunte Becker. »Aber ich habe schon viele tapfere Männer getötet.«

»Ich auch«, versicherte ihm Golowko. »Aber hier geht es nicht um Sie und mich. All die Toten durch unsere Hände sind nichts im Vergleich zu dem, was passiert, wenn Djatlow freigesetzt wird. Ja, ich habe den Luftangriff auf das Dorf befohlen, obwohl ich wusste, dass Sie dabei hätten getötet werden können. Und ich würde es, ohne zu zögern, wieder tun, wenn es darum ginge, mein Land und die ganze Welt zu schützen. Im Vergleich dazu bedeutet das Leben eines einzelnen Menschen nichts. Sie würden an meiner Stelle genauso handeln.«

»Was macht Sie da so sicher?«

Golowkos Gesichtsausdruck zeigte keine Spur von Angst. »Weil Sie Soldat sind, genau wie ich. Sie wissen, dass ein Krieg Opfer erfordert.«

Becker tat dann etwas, was für ihn völlig untypisch war. Er zögerte, beeindruckt von der Wahrheit und Ehrlichkeit von Golowkos Worten. Das hier war in der Tat ein Krieg – und zwar ein Krieg, in dem das Schicksal der ganzen Welt auf dem Spiel stand.

»Becker«, sagte jemand neben ihm. Dalton.

Er spürte, wie sie ihm eine Hand leicht auf den Arm legte. Sie versuchte nicht, ihn zu zwingen, sondern versuchte es mit sanfter Überredung.

»Er hat recht«, fuhr Dalton leise fort. »Er hat die richtige Entscheidung getroffen. Die einzig mögliche Entscheidung. Ihn zu töten ändert nichts daran.«

Becker atmete aus, lockerte seinen Griff und ließ Golowko los. Der rückte seine Krawatte zurecht und wirkte bemerkenswert gelassen für einen Mann, dem man beinahe das Genick gebrochen hätte. Andererseits vermutete Becker, dass Sergej Golowko soeben nicht zum ersten Mal mit seiner Sterblichkeit konfrontiert worden war. Der Agent nickte den beiden Sicherheitsbeamten zu, die den Raum widerwillig verließen. Becker konnte ihr Verlangen, ihn zu verprügeln, nahezu schmecken, aber wie alle guten Soldaten gehorchten sie ihren Befehlen.

Ihr Glück.

»Wir müssen Vorster aufspüren. Wenn er das Virus hat, müssen wir ihn in die Hände bekommen. Lebendig.« Dalton sah zu Golowko hinüber. »Richtig?«

»Das scheint die Lage zu sein.«

»Gut. Und wie stellen wir das an?« Sie wandte sich an beide Männer. »Was will er überhaupt?«

Becker sagte nichts, stattdessen ließ er die Ereignisse der letzten Tage Revue passieren. Trotz all des Chaos und der Gefahr gab es ein einheitliches Muster im Verhalten ihres Feindes, ein Ziel, das er immer wieder verfolgte, auch wenn es gegen Logik und Vernunft verstieß.

»Mich«, sagte Becker plötzlich, als ihm die Erkenntnis klar wurde. »Er will mich.« Er lächelte zögernd, während in seinem Kopf ein Plan Gestalt annahm. »Und ich glaube, ich weiß, wie ich ihn erwischen kann.«

27

Duponts anfängliche Einschätzung eines Totalverlustes der Anlage war keine Übertreibung, wie Kincaid feststellte, als er den Bürokomplex mit eigenen Augen sah. Das helle Nachmittagslicht, das gegen die dunkle Rauchwolke kämpfte, enthüllte ein Bild der absoluten Verwüstung. Was die erste Explosion, die die gesamte Ostwand des Gebäudes zum Einsturz gebracht hatte, überlebt haben mochte, war letztlich von dem Inferno verzehrt worden, das ungehindert in den Überresten des Gebäudes wütete. Von der einst hochmodernen Forschungseinrichtung waren nur rauchende Schutthaufen und verbogene, geschwärzte Stahlträger übrig geblieben. Was und wer auch immer in dem Gebäude eingeschlossen gewesen war, war zu Asche verbrannt. Die Feuerwehrleute waren immer noch dabei, die schwelenden Überreste zu löschen, aber es war klar, dass es keine Überlebenden gegeben hatte.

»Mein Gott, es ist wirklich weg«, sagte Dupont und schüttelte bestürzt den Kopf. »Unsere einzige Spur zu dem Virus war da drin …«

Es mochte kalt und gefühllos erscheinen, solche Bedenken zu äußern, wo heute so viele Menschenleben zu beklagen waren, aber wie für seine Kollegen war es auch Duponts Aufgabe, das große Ganze zu sehen, die ungezählten Millionen von Menschenleben zu bedenken, die auf dem Spiel standen, wenn sie bei ihrer Mission scheiterten. Und sie hatten gerade eine wichtige Waffe für ihren Kampf verloren. Kincaid sagte nichts, während er auf die Verwüstung starrte und sich der Rauch und die verkohlten Trümmer in seinen Augen spiegelten. Aber Dupont sah, wie er die Hand langsam zur Faust ballte.

Das Summen eines Mobiltelefons riss ihn aus seiner Träumerei. Unwillkürlich griff Kincaid in seine Anzugjacke und fischte sein Handy heraus. Erst als er die Anrufer-ID sah, leuchteten seine Augen auf. Schnell drückte er auf das Symbol, um den Anruf anzunehmen.

»Lori?«, fragte er zögernd, als traute er sich nicht, es zu glauben.

»Ich bin's, Anton.« Die Stimme der Frau klang atemlos und wurde fast vom Dröhnen einer Turbine übertönt, aber er erkannte sie dennoch sofort. »Es geht mir gut. Becker und mir geht es gut, wir sind noch rechtzeitig rausgekommen.«

Kincaid schloss die Augen und atmete erleichtert aus. »Gott sei Dank!«, flüsterte er. »Aber … wie? Wir haben Berichte über einen Hubschrauber gehört …«

»Das ist eine lange Geschichte. Mehr kann ich über eine offene Leitung nicht sagen, aber wir wissen alles über das Virus. Wir wissen, wie wir es aufhalten können, bevor es sich ausbreitet, aber nur, wenn wir schnell handeln.«

Kincaids Herz hämmerte, als er ihren Worten lauschte. Er konnte kaum glauben, wie schnell und tiefgreifend sich ihr Schicksal verändert hatte, aber es hatte sich verändert.

»Dann müssen wir Sie hereinholen.« Kincaid zwang sich zu einer pragmatischen Haltung. »Sie können uns alles genauestens erklären.«

»Genau mein Gedanke«, sagte Dalton. Er konnte es nicht sehen, aber er konnte sich ihr aufgeregtes Lächeln vorstellen, als sie es sagte. »Wir sind kurz vor einer Stadt namens Iskenderun. Sie liegt direkt an der Küste. Wir fahren Richtung Norden zum Hafen.«

»Gut. Suchen Sie sich einen Ort, an dem Sie sich verstecken und auf uns warten können«, wies Kincaid sie an. »Ich schicke einen Hubschrauber, der Sie abholt.«

»Verstanden. Sagen Sie ihnen, sie sollen sich beeilen«, fügte sie hinzu. »Wer auch immer uns letzte Nacht überfallen hat, wollte uns unbedingt tot sehen.«

»Das werden wir«, versprach Kincaid. »Und falls das noch etwas bedeutet, es tut mir leid, dass ich an Ihnen gezweifelt habe.«

»Sparen Sie sich den Dank, bis wir die Sache hinter uns gebracht haben, Anton.«

Sie beendete das Gespräch.

»Wir haben sie«, verkündete Oskar Roth und blickte von seinem Laptop auf. Er war einer der besten technischen Experten in Vorsters Diensten. Seit Kincaids Ankunft in der Türkei hatten sie seine Kommunikation überwacht, da sie damit gerechnet hatten, dass Dalton versuchen würde, ihren Vorgesetzten zu kontaktieren, sobald sie in Sicherheit war. Und Vorsters Vermutung hatte sich gerade bewahrheitet. »Haben Sie ihre Position verifiziert?«, fragte Vorster entschlossen.

»Haben wir. Dalton ist genau dort, wo sie angegeben hat zu sein.«

Das genügte Vorster. Er nickte, die Entscheidung war bereits gefallen. Dalton und Becker mochten der Falle, die er ihnen in Gaziantep gestellt hatte, entkommen sein, aber das würde ihnen nicht noch einmal gelingen.

Nicht jetzt, da sein Plan so kurz vor der Verwirklichung stand. »Sollten wir Prophet nicht über unseren Plan informieren?«, erkundigte sich Talwik.

Vorster schüttelte den Kopf. »Nein. Das hier ist jetzt unsere Mission.«

»Unsere Mission war es, sich an den Plan zu halten«, erinnerte sie ihn. »Becker ist eine Ablenkung, die wir uns nicht leisten können.«

Vorster machte einen Schritt auf sie zu, und der Blick aus seinen stechend grauen Augen schien sich in sie zu bohren. »Stellst du meine Befehle infrage?«

Talwik zögerte. Obwohl sie eine erfahrene und kampferprobte Soldatin war, war sie Vorster weder von der Größe noch von der Stärke her gewachsen. Sie hegte keine Illusionen, wer einen Kampf gewinnen würde, wenn sie und Vorster aneinandergerieten.

»Nein«, sagte sie schließlich. »Natürlich nicht.«

Vorster nahm die Hand vom Griff der Pistole an seinem Hüftgurt. »Gut.«

Talwik ließ ebenfalls ihre Hand von dem Messer sinken, das sie auf ihren Rücken geschnallt trug.

»Bereit machen!«, befahl er dem Dutzend seiner Leute, die auf seine Anweisungen warteten. »Wir bringen die Sache jetzt zu Ende.«

28

Becker umklammerte das Lenkrad, als ihr Jeep Grand Cherokee, den Golowko ihnen zur Verfügung gestellt hatte, über die von Palmen gesäumte Hauptstraße fuhr. Die Sonne strahlte glühend von einem fast wolkenlosen Himmel herab, und vor ihnen erstreckte sich endlos das blaue Mittelmeer. Es war ein wunderschöner Tag in einem wunderschönen Teil der Welt. Einheimische und Touristen gingen gleichermaßen ihren Geschäften nach, als ob nichts geschehen wäre. Becker konnte sie einfach nur beneiden.

»Erzähl mir etwas, Becker«, begann Dalton und sah ihn vom Beifahrersitz aus an. »Was ist das zwischen dir und Vorster?«

Er spannte sich unwillkürlich an. »Warum fragst du?«

Sie zuckte mit den Schultern. »Morgen um diese Zeit könnten wir tot sein. Vielleicht bekommen wir keine weitere Chance.«

»Das ist die richtige Einstellung«, antwortete er sarkastisch.

»Ich bin Ärztin. Ich habe noch nie viel davon gehalten, die Dinge zu beschönigen.«

Becker richtete seinen Blick auf die Straße. »Das ist eine lange Geschichte.«

»Ich habe nichts vor.«

Er seufzte, denn er wusste, dass sie sich nicht beirren lassen würde. »Ich war bei der CID.«

»CID?«

»Criminal Investigation Division.« Er blickte zu ihr hinüber, neugierig, wie sie wohl reagieren würde. »Militärpolizei.«

»Du?«, fragte sie mit gespielter Ungläubigkeit. »Du warst Polizist?«

»Tja, ich stecke voller Überraschungen.«

»Echt jetzt? Und was ist mit Vorster? Wie passt er ins Bild?«

Becker wandte seinen Blick wieder auf die Straße und starrte in die Ferne, auf das staubige Buschland jenseits der Autobahn, das der Landschaft, in der er einst stationiert gewesen war, so ähnelte.

»Meine Einheit war in Afghanistan im Einsatz«, antwortete er schließlich. »An solchen Orten gibt es immer Schwierigkeiten: Diebstahl, Gewalt, Schwarzmarkthandel und so weiter. Aber das war mehr. Uns lagen Berichte vor, dass Vorsters Einheit … nun … ›ihre operativen Parameter überschritt‹.«

Dalton runzelte die Stirn. »Was bedeutet das?«

»Folter. Hinrichtung von Gefangenen. Einheimische verschwinden lassen. Den Rest kannst du dir vorstellen. Also haben wir eine Untersuchung eingeleitet.« Er schüttelte den Kopf. »Das Problem war, dass Vorster Freunde in hohen Positionen hatte und seine Spuren gut verwischte. Sosehr wir uns auch bemühten, wir konnten keine eindeutigen Beweise finden, also schmuggelten wir einen unserer verdeckten Agenten in seine Einheit. Er sollte sein Vertrauen gewinnen und ihn auf frischer Tat ertappen. Das war jedenfalls der Plan.«

»Es hat nicht geklappt?«, setzte Dalton nach.

»Ein paar Wochen später wurde unser Mann bei einem Einsatz mit Vorsters Team durch einen Sprengsatz getötet. Es war einfach nur Pech – sagten sie.« Er packte das Lenkrad fester. »Die Bombe, die ihn tötete, war allerdings aus amerikanischen Bauteilen zusammengebastelt worden.«

»Vorster hat einen seiner eigenen Männer getötet?«, fragte Dalton ungläubig.

»Er war vor allem mein Freund«, antwortete Becker leise.

Sie spürte, dass hinter der Geschichte mehr steckte, dass es noch ein weiteres Geheimnis gab, von dem er sich frei machen musste.

»Was hast du getan?«

»Ich wusste, dass wir Vorster niemals legal überführen konnten. Er war zu gerissen, zu gut vernetzt, seine Einheit war zu wichtig. Zu viele Leute hatten zu viel zu verlieren, wenn er unterging. Also habe ich abgewartet. Ich habe gewartet, bis er vom Einsatz zurück war, bis er auf sich allein gestellt und nicht mehr auf der Hut war.«

Er konnte sich noch lebhaft an ihre kurze, brutale Konfrontation mitten in der afghanischen Nacht erinnern. Selbst bewaffnet und mit dem Überraschungsmoment auf seiner Seite hatte Becker es nur mit Mühe geschafft, den Mann niederzuringen. Er konnte sich sogar noch an den Geruch von Fichten in der Luft erinnern, als er seinen Gefangenen in eine Schlucht tief in den Bergen trieb.

Irgendwo, wo seine Leiche nie gefunden würde.

»Ich habe ihm, ohne zu zögern, eine Kugel verpasst«, sagte er schließlich und erinnerte sich an den dumpfen Aufprall, als sein Körper die Schlucht hinunter in den Fluss gestürzt war. Er hatte gedacht, die Welt wäre ohne einen Mann wie Vorster ein besserer Ort.

Jedenfalls hatte er niemals damit gerechnet, dass Vorster das überleben und zurückkommen würde.

Er seufzte. »Das war für mich das Ende beim CID. Sie konnten mir zwar seinen Tod nicht anhängen, aber ich wusste, dass die Leute einen Verdacht hatten. Und ich konnte danach die Uniform nicht mehr anlegen, weil ich wusste, was ich getan hatte. Ich konnte es einfach nicht. Also habe ich den Dienst quittiert.« Es wurde still im Fahrzeug. Becker wusste, dass Dalton nicht verstehen würde, was er getan hatte, geschweige denn, dass sie es billigte. Solche Gefühle hatte er nicht verdient.

»Bereust du es?«, fragte sie schließlich.

»Dass ich auf ihn geschossen habe?«

»Ja.«

Becker dachte lange und intensiv darüber nach. Es gab Zeiten, in denen er dem nachtrauerte, was er zurückgelassen hatte, den Dingen, die er hätte erreichen können, wenn sein Leben einen anderen Weg genommen hätte. Aber was Vorster betraf … das war eine andere Sache. »Nein«, sagte er nach einer Weile. »Nein, das bereue ich nicht.«

Er bedauerte nur, dass er den Job nicht zu Ende gebracht hatte.

»Dann lass es los«, riet ihm Dalton. »Lass es los und konzentriere dich darauf, es diesmal richtig zu machen. Das ist alles, was du jetzt tun kannst.«

Becker antwortete darauf nicht. Er hatte diese Gedanken beiseitegeschoben und konzentrierte sich stattdessen auf sein Ziel.

Er sah die Abfahrt, die von der Autobahn zum Hafen mit seinen großen, bunten Containerschiffen führte, und wechselte die Spur, um sie hinabzufahren. Jetzt war es nicht mehr weit.

Hinter dem Fenster einer Fertigbau-Verwaltungseinheit, die für Hafenarbeiter eingerichtet worden war, beobachtete Vorster den Grand Cherokee, als er von der Straße, die durch den Hafenkomplex führte, abbog und in einen nahe gelegenen Containerhof fuhr. Becker näherte sich langsam und vorsichtig und hielt mit ziemlicher Sicherheit Ausschau nach Problemen, während er sich dem Treffpunkt näherte.

Vorster betätigte die Taste des Funksenders und sprach leise und ruhig in das Mikrofon. »An alle Einheiten, Achtung. Ziel im Anmarsch. Ein Geländewagen, bewegt sich langsam vorwärts.«

»Verstanden. Wir haben ein Auge auf ihn.«

Vorsters Angriffstrupp befand sich zwischen den langen Stapeln leerer Schiffscontainer an der Westseite des Geländes. Sie waren dort abgestellt worden, während sie auf ihre nächste Ladung warteten.

»Sollen wir angreifen?«

Schnelles und entschlossenes Handeln war in seinem Beruf oft gefragt, aber ein guter militärischer Führer lernte auch den Wert der Geduld zu schätzen. Und Vorster war ein geduldiger Mann. »Noch nicht schießen«, befahl er. »Lasst ihn näher herankommen.«

»Verstanden.«

Vorster wartete in gespannter Stille, während sich der Cherokee langsam näherte. Das Brummen seines Motors und das Rumpeln seiner Reifen waren nur schwach zu hören, während im Hintergrund Kräne schwere Ladung bewegten, Schiffsmotoren dröhnten und gelegentliche Lautsprecherdurchsagen durch den Hafen hallten.

»Bereithalten«, flüsterte Vorster. Dies war sein Moment.

Er beobachtete, wie das Fahrzeug durch das offene Zufahrtstor glitt und auf den leeren Rangierbereich in der Mitte des Containerhofs zusteuerte. Genau wie er es vorausgesagt hatte. Mit bedächtiger, überlegter Gelassenheit, die aus jahrelanger Erfahrung resultierte, drückte Vorster erneut die Sendetaste und gab einen kurzen Befehl an seine

Männer, die in dem Gewirr von Containern stationiert waren.

»Angreifen!«

Gemeinsam traten die Killer aus ihrer Deckung hervor und eröffneten das Feuer auf das Fahrzeug. Der Lärm der Salven war so laut, dass er zu einem konstanten, wellenförmigen Dröhnen zu verschmelzen schien. Und ihre Wirkung auf das Fahrzeug war unmittelbar: Die Windschutzscheibe und die Seitenscheiben zerbarsten unter dem Geschosshagel, gefolgt von einer Reihe hohler Knallgeräusche, mit denen die Reifen explodierten. In Sekundenschnelle war der von Kugeln durchsiebte Cherokee zum Stillstand gekommen. Öl und Wasser tropften aus dem zerschmetterten Motorblock.

»Gut gemacht«, sagte Vorster und nickte zufrieden. Es war nicht schön oder elegant, aber es war geschafft. »Checkt den Wagen und überzeugt euch, dass sie tot sind.«

Vorster schnappte sich sein AK-74-Sturmgewehr und lud es durch. Dann erhob er sich von seinem Hocker und ging über das offene Gelände auf das zerstörte Fahrzeug zu. Der Rest seines Zugriffteams, angeführt von Talwik, folgte seinem Beispiel. Sie tauchten aus ihrer Deckung in den nahe gelegenen Gebäuden und hinter den Containern auf, hielten ihre Waffen schussbereit und näherten sich den Überresten des Jeeps.

Das Auto brannte noch nicht, aber Vorster nahm den beißenden Gestank von Kraftstoff sowie von Schmieröl, Bremsflüssigkeit und verschiedenen anderen Chemikalien wahr. Ein Funke würde genügen, um ein Feuer auszulösen.

Talwik sah ihn kurz an und lächelte, dann blickte sie zu den Männern neben sich und nickte knapp zu dem Jeep. »Aufmachen!«

Ein dreiköpfiges Feuerteam unter der Führung eines

stämmigen polnischen Söldners namens Zielinski rückte näher und deckte sich gegenseitig, mehr aus Gewohnheit denn aus Notwendigkeit. Nicht, dass es in diesem Fall notwendig gewesen wäre. Kein Mensch konnte einen solchen Kugelhagel überleben. Zielinski packte den Griff der Fahrertür, zerrte daran und riss die zerfetzte Tür auf. Vorster wusste sehr wohl, welchen Schaden ein solcher Beschuss am menschlichen Körper anrichten konnte. Die Ergebnisse waren selbst für erfahrene Soldaten wie ihn selten angenehm anzuschauen.

»Was zum Teufel …?«, murmelte Zielinski, verwirrt von dem Anblick, der sich ihm bot. Es gab keine durchlöcherten Leichen, die auf den Vordersitzen zusammengesackt waren, kein Blut und keine Knochensplitter, die im Innenraum verteilt waren, keine herausgerissenen Brocken von Muskeln, Haut und inneren Organen. Nichts außer einem zerrissenen und verbogenen Durcheinander von elektrischen Kabeln, Videokameras, Servomotoren und Metallstäben, die mit den Antriebs- und Kontrollsystemen des Fahrzeugs verbunden zu sein schienen.

Die Welt um Vorster herum erstarrte, als ihm das klar wurde. Es war eine Fernsteuerung, die es jemandem ermöglichte, den Geländewagen von einem anderen Ort aus sicher zu steuern. Es war niemand an Bord.

»In Deckung!«, schrie Vorster, als etwas an seinem Ohr vorbeizischte und Zielinski traf. Der Mann wurde über die Motorhaube des Fahrzeugs geschleudert, und Blut spritzte aus den zerfetzten Überresten seiner Brusthöhle.

Im selben Augenblick brach um sie herum das blanke Chaos aus.

29

Das russische FSB-Killerkommando unter der Leitung von Golowko war so rücksichtslos und effizient wie jede andere Spezialeinheit auf der Welt. Viele von ihnen waren ehemalige Angehörige der Speznaz und Alpha Group, die in Tschetschenien und verschiedenen anderen Konflikten gekämpft hatten, zu denen Moskau nicht öffentlich stehen wollte.

Drei von Vorsters Männern wurden auf der Stelle getötet. Sie wurden von Scharfschützen, die strategisch auf Dächern und Kranbrücken in bis zu einer Meile Entfernung vom Ort des Geschehens platziert waren, ausgeschaltet, bevor sie auch nur einen Schuss abgeben konnten. Weitere bewaffnete Männer, die erheblich näher dran waren, tauchten aus ihren Verstecken im trockenen Gebüsch rund um den Containerhof auf. Sie schienen buchstäblich aus dem Boden zu wachsen, als würden sie einfach aus dem Nichts materialisieren.

Zwei von Vorsters Team machten kehrt und zogen sich in Richtung des Plattenbaus zurück, aus dem er gekommen war, um in Deckung zu gehen und das Feuer zu erwidern. Ein guter Plan, nur hatte Golowko ihn bereits vorhergesehen. Zwei Panzerfäuste schossen über sie hinweg und schlugen in zwei rasch aufeinanderfolgenden Detonationen in die Fassade des Verwaltungsgebäudes ein. Die Leichtbaukonstruktion verdampfte praktisch. Die beiden Männer wurden durch umherfliegende Schrapnelle getötet, während ein Schauer aus Staub, Schutt und zerbrochenem Glas über das gesamte Gebiet niederging.

»Kontakt!«, schrie Vorster und duckte sich hinter das zerstörte Fahrzeug, als eine Salve automatischen Feuers durch die Luft zischte.

»Wir sitzen hier fest!«, fauchte Talwik. Sie erspähte ein Ziel, das sich durch die Staubwolke bewegte, schwenkte ihre Waffe und feuerte eine Salve darauf ab. »Sie werden uns umzingeln!«

Das brauchte sie Vorster nicht zu sagen. Er hatte bereits seine eigene Einschätzung der Situation vorgenommen und war zu demselben Schluss gekommen. So wie er Becker einmal in der Hand gehabt hatte, war er jetzt von ihm ausmanövriert worden. Das Ganze war eine Falle gewesen, und er war hineingetappt.

»Wir müssen weg, Deckung suchen!«, rief Talwik und leerte blindlings den Rest ihres Magazins, bevor sie sich duckte, um dem Gegenfeuer auszuweichen.

Vorster blickte über das rauchende, von Trümmern übersäte Schlachtfeld, wo etwa fünfzig Meter entfernt ein Lagerhaus aus Containern stand. Bislang war es von dem heftigen Kampf, der ringsum tobte, unberührt geblieben.

»Da!«, rief er und löste ein Paar Rauchgranaten von seinem Gürtel. »Mach dich bereit!«

Talwik schob ein neues Magazin in ihre Waffe und nickte. »Los!«

Er löste die Stifte und schleuderte die Granaten auf beide Seiten ihrer Route. Beide spuckten leuchtend roten Rauch, noch bevor sie auf dem Boden aufschlugen, und innerhalb von Sekunden war das gesamte Gebiet in eine dicke purpurne Wolke gehüllt. »Los, Bewegung!«

Ohne zu zögern, sprangen die beiden auf, sprinteten zum Lagerhaus und verschwanden im Dunst.

30

Vorster und Talwik hielten kurz inne, als ein weiterer lauter Knall von draußen durch das große Lagerhaus hallte und die Schwingungen durch die tragenden Teile bis hoch zur Decke zu vibrieren schienen. Dünne Staubschleier rieselten durch die warme Luft hinab.

»Du arroganter Arsch!«, zischte die Frau, die ihre Wut kaum noch unter Kontrolle hatte. »Das war deine Schuld. Dein verfluchtes Ego hat uns das eingebrockt.«

»Halt die Klappe!«, schnauzte er sie an, ohne auf ihren Vorwurf einzugehen. »Halt uns den Rücken frei. Ich muss jemanden anrufen.«

Während Talwik sie deckte, fischte Vorster sein Handy aus der Tasche und tippte eilig eine Nummer ein, während er zum anderen Ende des Gebäudes ging. Er musste Prophet über diese verhängnisvolle Entwicklung informieren.

»Bericht«, begann seine Kontaktperson.

»Wir sind in einen Hinterhalt geraten«, sagte Vorster ohne Umschweife. »Russische Spezialeinheiten haben uns erwartet. Sie waren informiert und sind uns auf den Fersen. Das hätte nicht passieren dürfen!«

»Sie haben mir versichert, dass Sie alles unter Kontrolle haben.« Selbst durch die elektronische Verzerrung klang die Stimme des Propheten kalt, bedrohlich, endgültig. »Sie haben versprochen, dass Sie die Sache zu Ende bringen.«

»Sie hatten Hilfe.«

»Genau wie Sie«, antwortete Prophet. »Alle Hilfe, die Sie brauchten. Trotzdem haben Sie versagt.«

Darauf hatte Vorster keine Antwort.

Der Mann machte eine Pause, um kurz nachzudenken. Schließlich fragte er: »Sind Ihre Männer bereit für die letzte Phase?«

Sie waren schon seit Langem bereit. Die besten seiner Männer, von Vorster selbst ausgesucht, strengstens trainiert und auf ihre Aufgabe vorbereitet. Solange sie noch Atem in den Lungen hatten, würde sich ihnen nichts in den Weg stellen.

»Ja, aber ...«

»Dann geben Sie den Befehl«, unterbrach Prophet ihn barsch. »Es ist Zeit.«

»Was ist mit uns?«

Pause. »Was ist mit Ihnen?«

»Man wird uns gefangen nehmen.« Vorster hatte keine Illusionen, dass sie dem FSB entkommen könnten. Höchstwahrscheinlich blieben ihnen nur wenige Minuten, bevor die Russen sie hier fanden.

»Wenn das vorbei ist, spielt das keine Rolle mehr«, versprach ihm Prophet. »Sie wissen, was zu tun ist. Tun Sie es.«

Dann war die Leitung tot.

Vorster stand der Schweiß auf der Stirn. Er rief einen Messenger-Dienst auf seinem Handy auf, wo eine Nachricht bereits vorformuliert war und darauf wartete, an die Agenten gesendet zu werden, die er weltweit für ihre letzte Mission ausgewählt hatte.

Eine einfache Berührung des Bildschirms, und die Maschinerie würde sich in Bewegung setzen.

Er musste sie nur noch abschicken.

»Worauf wartest du noch?«, zischte Talwik. »Schick die Nachricht los.«

»Wenn ich sie abschicke, verlieren wir unser einziges Druckmittel.«

»Druckmittel wofür? Das war unser Auftrag. Das war schon immer das Ziel der Mission.«

Als sie ihn jetzt ansah, wirkte er nicht mehr wie die mächtige, bedrohliche Gestalt, die sie einst überragt hatte, so groß und unbezwingbar. Ein Anführer, der jeden Mann dazu bringen konnte, seinen Willen zu erfüllen. Er sah jetzt überhaupt nicht mehr so aus. Sondern er wirkte eher wie ein verängstigtes Kaninchen, das gebannt im Scheinwerferlicht stand, panisch und unentschlossen. Unfähig, den Weg zu erkennen, der so klar vor ihm lag.

Der einzig verbliebene Weg.

»Wenn wir das benutzen, können wir verhandeln …«

Vorsters Satz wurde abrupt von einem lauten Schuss unterbrochen, gefolgt von einem Schmerzensschrei, als eine Kugel seinen Unterarm durchschlug, Sehnen durchtrennte und Muskeln zerfetzte. Das Telefon fiel ihm aus den gefühllosen Fingern und landete klappernd auf dem blanken Betonboden. Ein zweiter Schuss durchschlug seine Kniescheibe, und er klappte wie eine Marionette zusammen, deren Fäden man durchtrennt hatte.

»Verdammter Feigling!«, zischte Talwik. Sie trat an dem schwer verletzten und blutenden Mann vorbei und ignorierte sein gequältes Stöhnen, während sie das heruntergefallene Handy aufhob. Die Macht, die Welt zu verändern, lag jetzt in ihrer Hand.

Talwik nahm sich einen Moment Zeit, um ihren Sieg auszukosten, und blickte auf den Mann hinunter, der einst ihr Anführer gewesen war und sich jetzt schwach auf dem Boden krümmte, als sein kräftiger Körper ihm den Dienst versagte. Sie erkannte ihn jetzt als den erbärmlichen, opportunistischen Feigling, der er wirklich war. Er glaubte nicht an ihre Sache, er glaubte eigentlich an gar nichts. Er war nur auf seinen eigenen Vorteil bedacht. Männer wie er hatten nicht den Mumm für das, was sie gleich machen würde.

Sie, das kleine Waisenmädchen aus Tschetschenien, das im Begriff war, Geschichte zu schreiben.

»Ich wäre dir bis zum Ende gefolgt«, bemerkte sie traurig. »Wenn du es wert gewesen wärst.«

»Das reicht.«

Talwik erstarrte. Sie erkannte diese Stimme. Wie auch nicht? In den letzten Tagen war ihr Besitzer zu ihrem verhassten Erzfeind geworden.

»Becker!«, spie sie hervor und drehte ihren Kopf langsam in Richtung der Stimme. »Ich hatte so das Gefühl, dass wir uns wiedersehen würden.«

Tatsächlich tauchte Becker aus dem Schatten zwischen zwei massiven Schiffscontainern auf, eine Halbautomatik auf sie gerichtet. Talwik versuchte nicht, ihre eigene Waffe zu heben. Das war nicht nötig, und es hatte auch keinen Sinn.

»Es ist vorbei, Lady«, sagte er und ahnte, was ihr durch den Kopf ging. »Runter mit der Waffe!«

Sie tat wie ihr befohlen und ließ ihr Gewehr neben ihren Füßen klappernd auf den Boden fallen.

»Nun, es scheint, als hätten Sie alle Karten in der Hand, Mr. Becker.«

»Es scheint so.« Er warf Vorster einen kurzen Blick zu, ohne den Hauch eines Mitgefühls für den Zustand des Mannes zu zeigen.

»Wenn Sie nicht mehrmals versucht hätten, mich umzubringen, wäre ich Ihnen wahrscheinlich sogar dankbar für Ihre Hilfe, ihn zu töten. So wie es aussieht, werde ich mich vielleicht damit zufriedengeben, Sie am Leben zu lassen.«

»Vorster war einfach nur ein Werkzeug«, antwortete die Frau ruhig. »Wie dieses Telefon hier.« Sie hielt das Gerät in die Höhe, ihr Daumen schwebte über den Bildschirm. »Ist das nicht bemerkenswert? Mit einem Tastendruck jeden Menschen auf der Erde erreichen zu können?«

Beckers Miene verfinsterte sich. »Was haben Sie da?«

»Ein Druckmittel«, sagte sie einfach. »Ein Befehl von mir, und unsere Agenten auf der ganzen Welt werden das Virus freisetzen. Und Sie werden nicht wissen, wo sie sind, wo sie waren und wen sie infiziert haben. Das Einzige, was Sie erfahren werden, ist, dass in wenigen Tagen die ersten Menschen sterben werden.«

»Ich glaube nicht, dass Sie das tun wollen.« Er hatte die Waffe auf sie gerichtet, aber er wusste, dass er sie nicht ausschalten konnte, ohne dass sie vorher den Knopf drückte.

»Oh doch, Becker«, versicherte sie ihm, und ihre Augen leuchteten bei der Vorstellung. »Ich drücke den Knopf, Sie erschießen mich, ich sterbe. Sie schießen auf mich, ich drücke den Knopf, gleiches Ergebnis. Kommt Ihnen das bekannt vor?«

»Sie sterben so oder so«, erinnerte er sie.

»Das ist ein Opfer, das ich gerne bringe. Oder aber … Sie legen Ihre Waffe nieder und erlauben mir, diesen Ort zu verlassen. Dann übergebe ich Ihnen das Telefon. Das Schicksal der ganzen Welt liegt in Ihren Händen, Mr. Becker. Was werden Sie tun?«

Becker reagierte nicht. Aber sie sah das leichte Zittern der Waffe in seinen Händen. Talwik lächelte, weil sie wusste, dass sie ihn in der Hand hatte.

»Ich mache es Ihnen einfach, ja? Ich zähle bis drei. Wenn Sie die Waffe nicht weglegen, drücke ich den Knopf.«

»Wir haben trotzdem das Telefon. Wir können Ihren Männern sagen, sie sollen sich zurückhalten.«

Sie schüttelte den Kopf. »Wenn der Befehl einmal erteilt ist, kann er nicht mehr zurückgenommen werden. Nicht einmal von mir. Eins.«

»Ihre Mission ist vorbei. Das Töten unschuldiger Menschen ändert daran nichts.«

»Es gibt keine unschuldigen Menschen mehr. Das habe ich schon vor langer Zeit gelernt.« Sie holte tief Luft. »Zwei.«

»Zwingen Sie mich nicht, abzudrücken!«

Wieder dieses Lächeln. Das bittere Lächeln eines Pyrrhussieges.

»Drei.«

Auf das donnernde Geräusch einer automatischen Waffenentladung folgte einen Moment später ein dumpfer Schlag, als Talwik stolperte und zu Boden fiel, wobei Blut aus einem halben Dutzend Wunden sickerte.

Hinter ihr hielt Cayden Vorster Talwiks weggeworfenes Gewehr unbeholfen mit einem Arm. Aus dem Lauf stieg noch Rauch auf.

»Lassen Sie die Waffe fallen!«, rief Becker und erwachte aus dem Schock, der ihn für einen kurzen Moment ergriffen hatte, als die Frau fiel. »Fallen lassen, sofort!«

Vorster hatte gar nicht mehr die Kraft, die Waffe gegen ihn zu richten, als Becker losstürmte und sie ihm aus der Hand schlug. Auf jeden Fall schien er kein Interesse daran zu haben, sie zu benutzen.

»Das Telefon!«, rief er schwach. »Holen Sie das Telefon!«

Da Vorster entwaffnet war, eilte Becker zu der gefallenen Frau, die sich immer noch schwach bewegte. Er drehte sie auf den Rücken und sah ihr einen Moment lang in die

Augen, während er nach dem Gerät suchte. Sie brachte ein schmerzhaftes Lächeln über die blutigen Lippen.

»Zu spät«, flüsterte sie und öffnete die Hand. Das Telefon lag darin.

Auf dem Bildschirm leuchtete nur eine Meldung.

Nachricht erfolgreich gesendet.

31

Luftraum des Vereinigten Königreichs

Die Atmosphäre an Bord des Lufthansa-Fluges aus Ankara war ruhig und gedämpft, als das Flugzeug über den Ärmelkanal flog. Eine gewisse Müdigkeit lag in der Luft, typisch für Langstreckenflüge, und die Passagiere unterhielten sich kaum. Einige sahen sich Filme auf den Bildschirmen in den Sitzen an, andere tippten gelangweilt auf ihren Laptops herum, und etliche dösten noch immer vor sich hin. Im Großen und Ganzen war es ein ruhiger, ereignisloser Flug gewesen, mit schönem Wetter und so gut wie keinen nennenswerten Turbulenzen. Selbst die Handvoll Kinder an Bord hatte kaum Aufregung verursacht, wofür die meisten Passagiere insgeheim dankbar waren.

Das Intercom-System des Flugzeugs piepte leise. »Meine Damen und Herren, wir haben unseren Landeanflug auf London Heathrow begonnen«, verkündete der Pilot. Sein Tonfall war ruhig und professionell, vielleicht ein wenig gelangweilt. »Das Wetter in London ist bewölkt mit leichtem Wind, die Temperatur beträgt achtzehn Grad Celsius. Ortszeit ist 13 Uhr 40. Wir landen voraussichtlich in etwa dreißig Minuten.«

Klaus Müller streckte sich auf seinem Sitz und spannte und entspannte seine steifen Muskeln so weit, wie es ihm unter diesen Umständen möglich war. Er war ein großer Mann, deutlich über zwei Meter, und die beengten Economy-Sitze waren nicht gerade nach seinem Geschmack. Genauso wenig wie der Mist aus der Mikrowelle, den man ihm zum Frühstück serviert hatte. Ein paar Bissen hatten ausgereicht, um ihn davon zu überzeugen, dass ein Kaffee fürs Erste genügte.

Dennoch war das leichte Unbehagen ein geringer Preis für das, was er heute hier erreichen würde. Die Mission, mit der er und ein paar andere Auserwählte, die in die entlegensten Winkel der Erde entsandt worden waren, die Welt neu gestalten und die Zukunft der Menschheit für immer verändern würden.

Es handelte sich um eine harmlose Spraydose, die er im Frachtraum unter seinen Sachen versteckt hatte.

Einfach. Elegant. Perfekt.

Nicht einen Moment lang stellte er die Moral seiner Mission infrage oder zweifelte an der Rechtschaffenheit seiner Sache. Die Menschen um ihn herum auf diesem Flug waren Beweis genug dafür, warum dies notwendig war. Fette, faule, selbstgefällige Narren, die nur daran dachten, gedankenlos zu konsumieren und sich zu vermehren.

Nicht unähnlich dem Virus selbst, dachte er.

»Jetzt dauert es nicht mehr lange, was?«, sagte der Mann auf dem Sitz neben ihm und klang dabei nervig jovial. »Tut gut, sich endlich die müden Knochen zu vertreten.«

Müller warf ihm einen kurzen Blick zu. Ein großer Mann in einem Fußballtrikot, Mitte vierzig, kahlköpfig, rötlicher Teint von zu viel Alkohol, ein dicker Bauch von zu viel Essen. Wahrscheinlich war er auf dem Heimweg von einer Woche Sonne und Exzess. Müller roch den Alkohol, der ihm praktisch aus den Poren strömte.

»So ist es«, erwiderte Müller und zwang sich zu einem höflichen Lächeln.

»Sie fliegen beruflich nach London?«, erkundigte sich der Mann, der Müllers Businessanzug musterte.

Er war von guter Qualität, aber Müller trug ihn mit demselben geduldigen Gleichmut, den er auch allen anderen Aspekten dieser Mission entgegenbrachte. Es war Vorsters Idee gewesen. Seriös und wohlhabend aussehende Personen wurden von den britischen Zollbeamten seltener stichprobenartig kontrolliert.

»Stimmt«, antwortete er knapp, in der Hoffnung, weitere Fragen damit abzuwehren.

Die Augen des dicken, glatzköpfigen Mannes leuchteten interessiert auf. »Tatsächlich? Und was machen Sie so?«

Müller zwang sich zu demselben freundlichen, höflichen Lächeln wie zuvor und dachte nur an seinen Auftrag. War er erst erledigt, hatten sich alle Mühen gelohnt.

»Ich arbeite in der Sparte Schädlingsbekämpfung.«

32

»Ich habe Ihnen ausdrücklich befohlen, sich da rauszuhalten.« Golowko war sichtlich verärgert über Beckers Ungehorsam. »Sie haben nicht nur meine Befehle missachtet, sondern auch die gesamte Operation gefährdet.«

Nachdem sie Vorster verhaftet hatten, waren Golowko und der Rest des FSB-Killerteams per Hubschrauber zu ihrem Begleitschiff vor der Küste geflogen, wo sie Verletzungen behandeln und ihren Gefangenen ungestört verhören konnten. »Mir scheint, ich habe Ihre Operation für Sie beendet.«

»Es freut mich, dass Sie das so amüsant finden«, erwiderte Golowko unbeeindruckt. »Es wurden Leute schon für weniger in russische Gefängnisse deportiert.«

»Vielleicht betrachten wir unser Konto nach dem Luftangriff in Syrien als ausgeglichen?«, schlug Becker vor.

Golowko verschränkte die Arme und sagte nichts.

»Wo ist Vorster?«, wechselte Dalton diplomatisch das Thema.

Obwohl der Mann schwer verletzt war, war er zäh wie Leder und hatte den Lufttransport zum Schiff überlebt. Dort hatten die Bordärzte ihn zusammengeflickt und seinen Zustand stabilisiert.

»Wir verhören ihn gerade.«

»Hat er die Standorte der anderen Virusproben verraten?«

»Wir verhören ihn«, wiederholte der Russe.

Becker brauchte nicht lange, um seine eigenen Schlüsse zu ziehen. »Das heißt, er hat Ihnen bisher einen Scheißdreck verraten. Das wird er auch nicht tun, solange er dadurch ein Druckmittel hat und am Leben bleibt.«

»Unsere Vernehmungsbeamten können sehr überzeugend sein.«

»Das kann ich auch. Geben Sie mir fünf Minuten allein mit ihm.«

Golowko schüttelte den Kopf. »Unmöglich.«

»Alles ist möglich, besonders für einen Mann wie Sie.«

»Er wurde der Obhut der russischen Regierung überstellt.«

Becker warf ihm einen scharfen Blick zu. »Komisch, wie das so läuft, stimmt's? Vor allem, wenn man bedenkt, dass ihr ihn ohne uns gar nicht gefunden hättet.«

Bevor Golowko antworten konnte, griff Dalton klugerweise ein, um zu verhindern, dass die Meinungsverschiedenheiten zu einem offenen Konflikt eskalierten. »Unabhängig davon, wie wir hierhergekommen sind, stehen wir jetzt alle auf derselben Seite. Gemeinsam wollen wir weitere Ausbrüche verhindern.«

»Seine Terrorgruppe ist neutralisiert. Seine Männer sind tot.«

Dalton wünschte, es wäre so einfach. »Das hier ist erst vorbei, wenn wir das Virus wiederhaben. Seine Männer da draußen bereiten weitere Attentate vor. Wir müssen wissen, wer sie sind und wo sie operieren, sonst war alles umsonst.« Sie sah Golowko direkt an. »Lassen Sie uns helfen. Bitte.«

Der Mann hatte eine unheimliche Fähigkeit, seine Gefühle zu verbergen. Es war unmöglich zu erkennen, ob ihre Worte irgendeine Wirkung auf ihn hatten. Immerhin sagte er mehrere Sekunden lang nichts, während er offensichtlich über ihre Worte nachdachte.

»Kommen Sie mit«, forderte er sie schließlich auf und führte sie durch einen kurzen Korridor zu einer geschlossenen Luke. Sie warteten, während er zweimal an die Luke klopfte.

Wenige Augenblicke später tauchte einer von Golowkos Männern auf. Er war außer Atem und hatte die Hemdsärmel hochgekrempelt. Er wischte sich die Hände mit einem blutigen Tuch ab. Die beiden Männer wechselten ein paar knappe Worte, und schon die Körpersprache des Agenten verriet, dass er keine guten Nachrichten hatte.

»Er erweist sich als sehr vernehmungsresistent«, berichtete Golowko nach dem kurzen Austausch.

Becker nickte verkniffen. »Dann wollen wir mal sehen, was wir ausrichten können.«

»Was haben Sie vor?«

Becker sah ihn an und spürte, dass Golowko nicht gefallen würde, was er vorhatte. Trotzdem würde er es durchziehen.

Zwei Minuten später öffneten die beiden Männer die Tür und betraten den Vernehmungsraum. Dalton hatte sich dafür entschieden, sie von einem Nebenraum aus über eine Videoverbindung zu beobachten.

Vorster saß in der Mitte des Raumes, seine Hände und Füße waren an den Stuhl gefesselt. Golowkos Männer hatten bisher vielleicht noch nichts aus ihm herausbekommen, aber sie hatten es auf jeden Fall nach Kräften versucht, wenn man die schweren Blutergüsse und das verkrustete Blut auf seinem Gesicht und seiner Kleidung betrachtete. Er ließ den Kopf hängen und atmete langsam und schwer, während er sich für die nächste Runde wappnete.

Er blickte auf, als sich die Tür öffnete, und verzog seine blutverschmierten Lippen zu einem spöttischen Lächeln.

»Ich dachte mir schon, dass ich dich wiedersehen würde, Becker.«

»Sie sehen gar nicht gut aus, Mann«, erwiderte Becker. »Genau genommen sehen Sie beschissen aus.«

»Nicht gerade nett, so mit dem Mann zu reden, der dir das Leben gerettet hat.«

»Sie haben einen Scheißdreck gerettet«, erinnerte Becker ihn.

»Das reicht«, fuhr Golowko kalt und professionell dazwischen. »Wir sind hier, um Ihnen ein Angebot zu machen, Mr. Vorster. Wir machen es nur einmal, und es ist das einzige, das Sie bekommen, also schlage ich vor, Sie hören gut zu.«

Vorster sagte nichts, sondern saß nur da und beobachtete ihn.

»Ich muss Ihnen nicht sagen, dass Sie in großen Schwierigkeiten stecken. Terrorismus, Mord, Herstellung von Massenvernichtungswaffen … Wir haben genug gegen Sie in der Hand, um Sie für den Rest Ihres Lebens hinter Gitter zu bringen. Und glauben Sie mir, mein Land hat viele Gefängnisse, in denen einem das Leben zur Hölle gemacht wird.«

»Darüber mache ich mir keine Sorgen«, gab Vorster zurück.

»Dann bedenken Sie dies. Wir werden dieses Virus aufspüren. Es ist nur eine Frage der Zeit.« Ein Lächeln huschte über Golowkos Gesicht. »Meine Regierung ist bereit, Milde walten zu lassen, vorausgesetzt, Sie kooperieren mit uns. Luxuriösen Hausarrest an einem ruhigen Ort in Russland, gutes Essen, Erholungs- und Unterhaltungsmöglichkeiten. Und sogar die Möglichkeit, eines Tages freigelassen zu werden.«

»Ein Käfig«, stieß Vorster verächtlich aus.

»Aber ein goldener«, präzisierte Golowko. »Glauben Sie mir, das ist besser als die Alternative.«

Vorster blickte zu Becker. »Was meinst du, Becker?«, fragte er. »Soll ich sein Angebot annehmen?«

Becker ballte die Hände zu Fäusten. »Es ist das einzige, das Sie bekommen werden.«

»Und wie würdest du dich fühlen, wenn du wüsstest, dass ich für das, was ich getan habe, auch noch belohnt werde? Wie viele Nächte würdest du wach liegen und dir wünschen, du hättest mich heute erledigt? So etwas kann einen Mann von innen auffressen.«

»Ich komme schon darüber hinweg«, versprach Becker, der die Worte herauspressen musste.

»So wie du über deinen Freund in Afghanistan hinweggekommen bist? Wie war sein Name noch mal …?« Er hielt inne und kramte in seinen Erinnerungen. »Crawford. So hieß er. Ein guter Mann, wenn ich mich recht erinnere. Hat gern Karten gespielt. Eine Schande, was mit ihm passiert ist.«

»Sie haben ihn ermordet.«

»Wie du versucht hast, mich zu ermorden«, antwortete Vorster kalt. »Der einzige Unterschied ist, dass ich es aus der Notwendigkeit heraus getan habe. Du hast es aus Rache getan. Was von beidem war mehr gerechtfertigt?«

»Und all die anderen unschuldigen Menschen, die Sie getötet und gefoltert haben? War das auch notwendig?«

»Fick dich, Becker. Es war ein verdammter Krieg, und der Feind war überall um uns herum. Jede Minute eines jeden verdammten Tages. Glaubst du etwa, die hatten Mitleid mit uns? Ich habe getan, was ich tun musste, um Leben zu retten!«, erwiderte Vorster hitzig. »Und zwar das Leben unserer eigenen Männer, das Leben derer, die wirklich wichtig sind. Hast du eine Ahnung, wie viele Anschläge meine Einheit verhindert hat? Wie viele Selbstmordattentäter wir ausgeschaltet haben, bevor sie sich überhaupt die Weste umgeschnallt hatten? Wie viele Soldaten essen, atmen und scheißen heute noch, weil wir das getan haben? Und du und deine verpissten Pfadfinder aus Washington besitzen dann die Frechheit, mich als Kriminellen zu bezeichnen? Wach verdammt noch mal auf, Mann! Die Welt ist kein beschissener Hollywoodfilm, und du bist ganz sicher kein Held.«

»Da haben Sie recht«, stimmte Becker ihm zu. »Aber trotzdem sind Sie an einen Stuhl gefesselt. Und ich bin der, der Ihnen einen Ausweg anbietet.«

Vorster lehnte sich ein wenig zurück und betrachtete ihn mit einem amüsierten Lächeln. »Ich war dabei, weißt du? Als es passierte. Ich habe Crawford gefunden, nicht weit von der Explosionsstelle entfernt. Zumindest das, was von ihm übrig war. Erst wollte ich nicht glauben, dass er noch am Leben war. Willst du wissen, was seine letzten Worte waren?«

Beckers Herz pochte, das Blut rauschte ihm in den Ohren. Nur mit Mühe konnte er verhindern, dass er dem Mann mit bloßen Händen das Genick brach.

»Es gab keine«, fuhr Vorster sachlich fort. »Er lag da einfach in seinem eigenen Blut und seiner Scheiße mit diesem dümmlichen Gesichtsausdruck, als versuchte er zu verstehen, was da passiert war. Es hat mich überrascht, wie lange sein Todeskampf dauerte.«

Beckers Wut verflog und wurde durch eine kalte, eisenharte Entschlossenheit ersetzt. Die Welt schien sich um ihn herum in Zeitlupe zu bewegen, als er nach vorne sprang, seine Hand in Golowkos Jacke schob und den Griff der Automatik packte, die dort im Holster saß.

Er riss die Waffe heraus, schwang sie herum und hieb sie

dem russischen Agenten an die Schläfe, gerade als der Mann sich zu ihm umdrehte. Golowko war noch nicht auf dem Boden gelandet, als Becker zur Tür herumwirbelte. Die anderen FSB-Mitarbeiter mussten gesehen haben, was er getan hatte. Ohne zu zögern, ergriff er einen Stuhl, klemmte ihn unter die Türklinke und verkeilte sie.

»Was hast du …?«, setzte Vorster an, aber Becker versetzte ihm einen kräftigen Tritt gegen die Brust, woraufhin der Mann mitsamt seinem Stuhl nach hinten kippte.

Vorster landete hart und stöhnte vor Schmerz und Überraschung auf, aber bevor er ein weiteres Wort sagen konnte, war Becker bei ihm und drückte ihm die Waffe ins Gesicht.

»Halten Sie die Klappe, Sie Schwachkopf«, knurrte Becker, während draußen Schreie ertönten und Schläge gegen die Tür hämmerten. Golowkos Männer versuchten, sich den Weg hinein mit Gewalt zu erzwingen. »Wir haben es auf Ihre Weise versucht, jetzt bin ich dran. In etwa zehn Sekunden werden die Typen von draußen hier reinkommen. Wenn Sie mir bis dahin nicht gesagt haben, wo Ihre Leute mit dem Virus sind, fange ich an zu schießen. Und raten Sie mal, wer als Erster dran ist.« An der Tür krachte es erneut, und Becker hörte, wie der Holzrahmen splitterte.

»Das wirst du nicht tun.«

Becker drückte ihm die Waffe an die Wange und spannte den Hahn. »Wollen Sie Ihr Leben darauf verwetten?«, zischte er ihn an. »Ich habe nichts mehr, wofür es sich zu leben lohnt. Was ist mit Ihnen?«

Das Schloss und der Rahmen der Tür drohten bereits nachzugeben.

»Letzte Chance«, warnte Becker ihn, den Finger fest am Abzug. Sie hatten fast keine Zeit mehr.

»Nein, Becker. Es ist deine letzte Chance«, konterte

Vorster. »Hol mich hier raus, und ich sorge dafür, dass du die Seuche überlebst. Das ist mein Angebot an dich. Und es ist die einzige Chance, die du bekommst.«

Becker schwieg, und sein Finger blieb am Abzug. Er zog ihn nicht zurück, drückte aber auch nicht ab. Die ganze Zeit über starrte Vorster ihm in die Augen und forderte ihn stillschweigend heraus zu schießen. Aber er tat es nicht. Einen Moment später brachen die Männer das Schloss auf, die Tür flog auf, und mehrere bewaffnete Agenten stürmten mit gezogenen Waffen in den Raum. Becker ließ die Automatik fallen und legte seine Hände auf den Kopf, als sie ihm Handschellen anlegten.

»Denk an meine Worte, Becker!«, rief der Gefangene ihm nach, als die Männer Becker wegschleppten. »Ich bin deine einzige Chance!«

33

Flughafen Heathrow, London

Es war eine butterweiche Landung. Bei leichtem Wind und mit viel Platz auf der Landebahn setzte die 747 fast ohne zu holpern auf. Die Maschine fuhr die Landeklappen aus und bremste abrupt mit Umkehrschub, um die Geschwindigkeit zu drosseln, und das heftige Rumpeln des Asphalts unter den Rädern verstummte, als das Flugzeug in Richtung des weitläufigen Terminalkomplexes rollte.

Müller schaute aus dem Fenster und betrachtete die Landschaft dahinter. Grüne Wiesen und vereinzelte Bäume, einige Vorstadtsiedlungen in der Ferne und alles unter einem bedeckten grauen Himmel, der Regen verhieß. Der Anblick war seiner deutschen Heimat so ähnlich, dass Müller ein Stich von Heimweh durchzuckte. Das Gefühl verflog jedoch schnell, als er sich auf sein Ziel konzentrierte, das nun weniger als eine halbe Meile entfernt war: der Flughafen Heathrow. Der zweitgrößte Verkehrsknotenpunkt der Welt für den internationalen Flugverkehr, der jedes Jahr von bis zu achtzig Millionen Menschen genutzt wurde. Ein perfekter Ort, um seine Mission zu erfüllen.

»Fühlt sich immer besser an, wenn die Räder auf dem Boden sind, was?«, bemerkte sein Gesprächspartner. »Terra firma und so weiter.«

Müller lächelte, als das Flugzeug auf die Rollbahn einschwenkte und sich gemächlich dem Terminalgebäude näherte. In wenigen Minuten würden sie aussteigen, und er konnte die letzte Phase ihres Plans starten.

Sobald sie außer Sichtweite des Vernehmungsraumes waren, ließen die FSB-Agenten Becker frei und nahmen ihm die Handschellen ab.

»Das war ja eine tolle Vorstellung«, bemerkte Dalton, die die gesamte Begegnung über die Videoverbindung verfolgt hatte.

»Von wegen geschauspielert!«, erwiderte er und rieb sich die Handgelenke, um den Kreislauf wieder in Schwung zu bringen. Wie er selbst hatten auch Golowkos Männer ihre Rolle in dieser Scharade ernst genommen. »Ich hätte den verdammten Abzug drücken sollen. Das hätte uns die ganze Mühe erspart.«

Golowko betrat den Raum und hielt eine Tüte mit Eis gegen die Seite seines Kopfes. Becker hatte darauf geachtet, dass er seinen Schlag kontrollierte, um ihn nicht ernsthaft zu verletzen, aber er hatte Kontakt herstellen müssen, damit es echt wirkte.

»Haben Sie noch irgendwelche anderen cleveren Ideen?« Golowko wirkte nicht gerade beeindruckt. »Oder habe ich mir gerade umsonst Kopfschmerzen eingehandelt?«

Becker schüttelte den Kopf. »Der Mistkerl wird nicht zusammenbrechen. Zumindest nicht in der kurzen Zeit, die uns bleibt.«

Becker war sich bewusst, dass jeder Mensch unter der Folter gebrochen werden konnte, aber das erforderte eine Menge Zeit, Mühe und Geduld. Drei Dinge, an denen es ihnen jetzt erheblich mangelte.

»Ein Mann, der keine Angst vor dem Tod hat«, sagte Golowko nachdenklich, als wäre Vorster ein Rätsel, das er nicht lösen konnte. »Er wird seine Geheimnisse nicht so leicht preisgeben.«

»Vielleicht doch«, warf Dalton ein. Die beiden Männer sahen sie an.

»Bitte erläutern Sie das«, forderte Golowko sie auf.

Dalton wandte sich an den FSB-Agenten, der neben ihr am Überwachungsterminal saß. »Würden Sie die letzten dreißig Sekunden des Verhörs noch einmal abspielen?«

Der Mann sah fragend zu seinem Chef auf. Als der nickte, machte er sich an die Arbeit. Er spulte das Videoband zurück und spielte es erneut ab. Noch einmal sahen sie, wie Becker Golowkos Waffe nahm und ihren Besitzer zu Boden schlug, die Tür verrammelte und seine Aufmerksamkeit dem Gefangenen zuwandte.

»Letzte Chance«, knurrte Becker und presste seine Waffe gegen das Gesicht des Mannes.

»Nein, Becker. Es ist deine letzte Chance«, antwortete Vorster. »Hol mich hier raus, und ich sorge dafür, dass du die Seuche überlebst. Das ist mein Angebot an dich. Und es ist die einzige Chance, die du bekommst.«

»Stopp«, befahl Dalton und wandte sich an die anderen. »Habt ihr den letzten Teil gehört? Er hat dir einen Ausweg angeboten. Einen Weg zu überleben, nachdem sie das Djatlow-Virus freigesetzt haben.«

»Das ist Blödsinn«, sagte Becker abweisend. »Ein Mann mit einer Waffe am Kopf wird so ziemlich alles sagen.«

»Männer wie Vorster sterben nicht gern für ihre Sache, auch wenn sie andere Leute dazu bringen, sich dafür zu opfern«, sagte sie entschieden. »Er wusste, dass du ihn nicht töten würdest. Nicht bevor er seinen Plan mit dem Virus preisgegeben hat.«

»Ein Virus, das uns sowieso alle umbringen wird.«

Wieder schüttelte Dalton den Kopf. »Genau das ist der

Punkt. Er ist ein Überlebenskünstler, und ich glaube, er hat die Absicht, das hier zu überleben.«

Becker begriff, worauf sie anspielte. »Ein Gegenmittel?«

»Genau.«

»Das ist unmöglich«, konterte Golowko. »Gegen Djatlow-12 gibt es kein Gegenmittel.«

Dalton wies mit dem Daumen auf den Monitor, der zeigte, dass Vorster wieder auf seinem Stuhl saß. »Er scheint es aber zu glauben.«

Becker breitete seine Hände aus. »Großartig, aber wie können wir das für uns nutzen?«

Die Ärztin lächelte, als ihr ein Plan in den Sinn kam. »Ich habe da eine Idee …«

Etwa fünf Minuten später blickte Vorster erneut auf, als die Tür aufschwang. Der misstrauische Blick in seinen Augen schlug bei dem Anblick, der sich ihm bot, in Belustigung um.

»Sie müssen wirklich verzweifelt sein. Ist das die Stelle, an der sie eine schöne Krankenschwester schicken, um mich zu verführen?«

»Ich bin Ärztin, eigentlich.« Dalton wich jedem Blickkontakt aus, als sie sich ihm gegenüber auf einen Stuhl setzte und den kleinen Plastikkoffer abstellte, den sie mitgebracht hatte. »Und nein, ich bin nicht hier, um Sie zu verführen. Ich hatte gehofft, wir könnten uns unterhalten. Das machen zivilisierte Menschen doch gemeinhin.«

Vorster lächelte spöttisch, als er auf seine Fesseln hinunterblickte. »Sie haben wirklich Glück, dass ich so viel Zeit habe. Tick, tack. Tick, tack.«

Dalton lächelte dünn. »Sie planen, das Djatlow-Virus weltweit freizusetzen.«

»Stimmt.« Er sah offenbar keinen Grund mehr, es zu leugnen.

»Sie sind sich der Auswirkungen auf die menschliche Bevölkerung bewusst, nehme ich an? Milliarden von Menschen werden sterben. Das macht Sie zum größten Massenmörder der Menschheitsgeschichte.«

»Glauben Sie, ich würde das tun, wenn ich mir der Ergebnisse nicht bewusst wäre … *Doktor*?«

Dalton lehnte sich auf ihrem Stuhl zurück und musterte ihn eindringlich. »Die Frage, auf die ich immer wieder zurückkomme, lautet also: Warum? Warum macht ein Mann so etwas? Was hat er davon?«

Vorster lächelte nach wie vor. Er schien sich sehr über ihre Verwirrung zu amüsieren. »Der Massenmörder der einen Generation ist der göttliche Retter der anderen. In hundert Jahren wird man auf das zurückblicken, was ich getan habe, und mir dafür danken.«

Dalton atmete bei diesen Worten hörbar aus, verblüfft von der unglaublichen Überheblichkeit seiner Worte. Es waren die Worte eines Mannes, der bereit war, Milliarden von unschuldigen Menschenleben zu opfern, ohne Reue oder Zögern, der fest an die Richtigkeit seiner Sache glaubte und sich durch nichts und niemanden davon abbringen ließ.

»Nein«, sagte sie schlicht und einfach.

Dieses Wort brachte ihr einen kurzen, verwirrten Blick ein. »Was?«

»Es ist gelogen, nicht wahr?«, sagte Dalton. »Alles. Die ganze idealistische Märtyrer-Nummer. So sind Sie nicht, Cayden. So waren Sie noch nie.«

»Ein Mann kann sich ändern.«

»Nicht ein Mann wie Sie«, widersprach sie. »Sie sind kein Märtyrer. Sie sind ein Überlebenskünstler. Ein Mann, der die meiste Zeit seines Lebens für Geld gekämpft hat, nicht für die Sache. Oh, verstehen Sie mich nicht falsch.

Ich bin sicher, Sie konnten Ihre Handlanger überzeugen und sie dazu bringen, die Drecksarbeit für Sie zu machen. Aber am Ende geht es Ihnen nur um sich selbst.«

In seinen Augen flackerte Zorn auf. »Ich habe keine Angst vor dem Tod.«

Jetzt zuckte Dalton mit den Schultern. »Gut. Dann müssen Sie sich vor dem hier ja nicht fürchten.«

Sie griff nach unten, öffnete den Koffer, den sie mitgebracht hatte, nahm ein Paar Gummihandschuhe heraus und streifte sie mit der geübten Geschicklichkeit einer ausgebildeten medizinischen Fachkraft über.

»Was soll das werden?«, wollte Vorster wissen, als sie mit fast ängstlicher Vorsicht eine Injektionsspritze aus der Schaumstoffhalterung nahm. »Was ist das?«

»Das?«, fragte sie unschuldig, während sie den Zündmechanismus der Spritze untersuchte. In dem Glaskolben befand sich eine blassrote Flüssigkeit. »Das, Mr. Vorster, ist eine Originalprobe des Djatlow-Virus. Ein kleines Geschenk von unseren Freunden vom FSB.«

»Was haben Sie damit vor?«

Nachdem sie sich vergewissert hatte, dass die Spritze bereit war, blickte sie den Gefangenen an und lächelte. »Ich bin mir sicher, dass ein Mann wie Sie die Ironie zu schätzen weiß, von seiner eigenen Waffe getötet zu werden.«

Er warf einen Blick auf die Spritze, dann wieder auf die Frau, die sie in der Hand hielt. »Das … das werden Sie nicht tun.«

»Ach nein? Und warum nicht?«

»Weil Sie Ärztin sind. Sie haben einen Eid geschworen, Menschen nicht zu schaden.«

»Aber das hier wird Ihnen ja nicht schaden«, erwiderte sie.

»Das verstehe ich nicht.«

»Sie sind doch geschützt, nicht wahr, Cayden? Deshalb haben Sie Becker einen Ausweg angeboten. Sie und Ihre Männer haben einen Impfstoff bekommen, der Sie vor dem Virus schützt.«

Er schwieg ein paar Sekunden lang, vielleicht um abzuwägen, wie viel sie wirklich wusste und wie viel sie vermutet hatte. Dann entspannte er sich ein wenig, legte den Kopf schief und nickte.

»Sehr gut, Doktor«, bestätigte er. »Es ist schade, dass Sie so weit hinterherhinken. Wir hätten jemanden wie Sie gut gebrauchen können.«

»Lassen Sie mich raten«, fuhr Dalton fort. »Ihr Plan sieht vor, das Virus weltweit freizusetzen und eine Massenpanik und einen wirtschaftlichen Zusammenbruch auszulösen, wenn die Symptome sich zu manifestieren beginnen. Die Regierungen der Welt wären so verzweifelt, sie würden alles tun, um es zu verhindern. Und jeder, der zu einem solchen Zeitpunkt Zugang zu einem Gegenmittel hätte … nun, er hätte die ganze Welt in der Hand, nicht wahr?«

»Fahren Sie fort«, forderte Vorster sie auf, offenbar amüsiert über ihre Vermutungen.

»Stellen Sie sich vor, Sie nehmen an einer Auktion teil, bei der es um das Überleben Ihres ganzen Landes geht. Ich denke, eine solche Möglichkeit wäre Milliarden, Hunderte von Milliarden Dollar wert. Ich meine, Sie würden über Nacht der reichste Mann der Welt.«

Daraufhin verwandelte sich Vorsters amüsiertes Lächeln in ein sardonisches Lachen. »Sie glauben, es ging um Geld?«

»Was ist einem Mann wie Ihnen denn sonst wichtig?«

»Macht. Warum den Reichtum der Welt besitzen, wenn man die Welt selbst besitzen kann? Warum sollte man mit

Regierungen Geschäfte machen, wenn man sie dazu bringen kann, seinen Befehlen zu folgen? Wenn das Virus außer Kontrolle gerät und die Menschen auf den Straßen verrecken, werden Ihre Regierungen alles daransetzen, mich hier herauszuholen, wenn sie dafür das Gegenmittel bekommen. Und dann, Doktor … dann werden wir uns schon einig.«

»Netter Plan«, räumte Dalton ein. »Das Problem ist, dass es kein Gegenmittel für Djatlow-12 gibt.«

»Glauben Sie das wirklich?«

»Das muss ich nicht. Ich weiß es.«

»Sie wissen gar nichts«, sagte er voller Verachtung.

»Warum, glauben Sie, haben die Sowjets ihre Forschungen vor all den Jahren eingestellt?«, fragte sie. »Ihre besten Wissenschaftler haben vierzig Jahre lang nach einer Lösung gesucht und konnten keine finden. Selbst sie wussten, dass Djatlow-12 zu gefährlich war, um jemals eingesetzt zu werden, also vernichteten sie all ihre Forschungsunterlagen und gaben das Programm für immer auf. Sie wussten, dass sie ein Monster geschaffen hatten, das sie nicht kontrollieren konnten. Und jetzt sind Sie dabei, es in der ganzen Welt zu verbreiten, ohne zu wissen, was Sie damit in Gang setzen.«

Er lächelte selbstsicher. Ein Zuschauer, der glaubt, er habe einen Zaubertrick durchschaut. Doch da war noch etwas anderes hinter diesem zuversichtlichen Lächeln. Eine Spur von Zweifel. Eine Schwachstelle in seiner Rüstung. »Netter Versuch. Aber da müssen Sie sich schon mehr anstrengen.«

»Das kann ich«, sagte sie und deutete mit einem Nicken auf die Spritze in ihrer Hand.

»Noch eine Drohung?«

»Nur ein Test«, erklärte Dalton. »Wenn Sie recht haben

und Ihnen wirklich ein Impfstoff verabreicht wurde, wird Ihr Körper dem Virus widerstehen, und wir können aus Ihrem Blut ein eigenes Gegenmittel herstellen. Wenn Sie sich irren … nun, ich denke, Sie wissen, was dann passiert. Wie auch immer, wir sollten es innerhalb weniger Stunden wissen.«

»Sie werden den Impfstoff niemals rechtzeitig replizieren können.«

»Wir haben Zugang zu den besten Wissenschaftlern und zu sämtlichen medizinischen Ressourcen der Welt«, erinnerte sie ihn. »Sie würden sich wundern, was wir alles können. Das setzt natürlich voraus, dass Sie recht haben und der Impfstoff überhaupt existiert. Denn wenn nicht, werden die nächsten vierundzwanzig Stunden sehr unangenehm für Sie werden.«

Sein Blick fiel wieder auf die Spritze und den winzigen Flüssigkeitstropfen, der an ihrem Ende hing. »Sie verschwenden Ihre Zeit.«

»Soweit ich weiß, wirkt es zuerst auf das zentrale Nervensystem. Schwindel, Übelkeit, beeinträchtigte Reaktionen. Dann wird es ernster. Erbrechen, Koordinationsverlust, Krampfanfälle, dann subdermale Blutungen hinter den Augen. Schließlich fallen Sie ins Koma, weil das Virus Ihre höheren Hirnfunktionen ausschaltet, und wenn Sie dann wieder aufwachen, sind Sie etwas ganz … anderes.«

Sie beugte sich vor und zielte mit der Spritze auf seinen Hals. Sie sah, wie sich Schweißperlen auf seiner Stirn bildeten, auch wenn er darum kämpfte, nicht zurückzuweichen. Er glaubte, dass sie bluffte. »Halten Sie jetzt still«, ermahnte sie ihn, als die Nadel seine Haut berührte. »Ich möchte Ihnen nicht wehtun.«

»Stopp!«, fuhr er sie plötzlich an. »Sofort aufhören.«

Dalton zog die Spritze zurück, aber nur ein wenig, damit

er sie und ihren unheimlichen, widerlichen roten Inhalt genau sehen konnte. Sie enthielt in Wirklichkeit nur gewöhnliches medizinisches Jod, das mit Wasser vermischt war, aber das würde er nicht erfahren.

»Was geben Sie mir, wenn ich aufhöre?«

»Informationen«, sagte er, sichtlich erschüttert. »Alles, was Sie wissen wollen.«

»Dann reden Sie, und ich überlege mir, ob ich das hier benutze oder nicht.«

Vorster kaute auf seiner Unterlippe und dachte über ihre Drohung nach. Ihr Gesichtsausdruck verriet, dass sie die Absicht hatte, sie wahr zu machen.

»Es war nicht mein Plan. Ich wurde nur engagiert, um ihn umzusetzen«, gab er schließlich zu.

»Wer hat Sie engagiert?«

Daraufhin schüttelte Vorster den Kopf. »Ich weiß es nicht.« Die Spritze näherte sich wieder seinem Hals.

»Ich habe ihn nie persönlich getroffen«, fuhr Vorster hastig fort. »Er hat seine Identität geheim gehalten, aus Sicherheitsgründen, wie er sagte. Ich kenne nur seinen Codenamen – Prophet.«

»Fahren Sie fort.«

»Ich habe keine Ahnung, wer er ist, aber er ist verdammt gut vernetzt. Er hat uns mit allem versorgt, was wir brauchten. Waffen, Geld, Ausrüstung … alles. Wir sollten die Seuche verbreiten, und wenn die Zeit reif war, wollte er das Gegenmittel liefern. Angebot und Nachfrage.«

Dalton hob das Kinn. »Ihr Prophet hat Sie angelogen«, sagte sie eisig. »Selbst wenn es ein Gegenmittel gäbe, hätten Sie und Ihre Männer es nicht mehr erlebt. Sie sind genauso entbehrlich wie alle anderen.«

Er sagte nichts, aber sein Gesichtsausdruck sprach für sich. Er hatte selbst ähnliche Zweifel gehegt, hatte sich sogar eingeredet, dass er der wahre Manipulator war, der sich nahm, was er brauchte, bis die Zeit reif war, um sich gegen seinen Auftraggeber zu wenden.

»Hören Sie mir jetzt genau zu, Cayden«, sagte sie und ließ ihn nicht aus den Augen. »Millionen, Milliarden von Leben stehen auf dem Spiel. Wir können das immer noch verhindern, aber nur, wenn Sie uns helfen.«

Als er ihrem Blick diesmal begegnete, lagen die Mauern seines arroganten Selbstbewusstseins, die er um sich herum aufgebaut hatte, in Trümmern. Endlich sah er seinen Auftraggeber als das, was er wirklich war, und erkannte das Ausmaß seiner eigenen Torheit.

Er nickte zustimmend, und Dalton atmete tief durch. »Wie viele Angriffe sind geplant?«

»Vier. Es sind alles internationale Flughäfen, um eine maximale Streuung zu erreichen.«

Natürlich, dachte sie, beeindruckt von der klinischen Effizienz des Plans. Da der internationale Flugverkehr inzwischen global war, würde die Freisetzung des Virus an ein paar wichtigen Verkehrsknotenpunkten praktisch eine weltweite Verbreitung innerhalb weniger Stunden garantieren.

»Welche Flughäfen?«

»Washington, Dubai, Peking und London.«

Was bedeutete, alle großen Kontinente der Erde waren betroffen. Vier Flughäfen, die das Ende der Menschheit einläuten könnten.

»Befehlen Sie Ihren Männern, sich zurückzuziehen«, wies Dalton ihn an.

Er schüttelte den Kopf. »Das kann ich nicht. Meine Agenten sind darauf trainiert worden, unterzutauchen und ihre Handys zu zerstören, sobald sie den Befehl zum Einsatz erhalten. Es gibt jetzt kein Zurück mehr.«

Dalton spürte, wie sich ihr Magen verkrampfte. Dies war der schlimmste wahr gewordene Albtraum.

»Dann müssen wir sie aufhalten, bevor sie das Virus freisetzen.« Sie beugte sich näher vor und sah ihm fest in die Augen. »Sagen Sie mir alles, was Sie wissen, jetzt sofort. Und beten Sie, dass wir das noch rechtzeitig verhindern können.«

34

Flughafen Heathrow, London

Das Flugzeug kam am vorgesehenen Flugsteig mit der gleichen reibungslosen Effizienz zum Stehen, die auch den Rest des Fluges geherrscht hatte. Als die Triebwerke verstummten und die Brücke zur vorderen Luke ausgefahren wurde, standen die Passagiere auf, nahmen ihr Handgepäck aus den Fächern und warteten darauf, dass die Luke geöffnet wurde.

Das ist immer der zähe Teil, dachte Müller. Es gab immer wieder kleine Menschen, die sich abmühten, um die hohen Fächer zu erreichen. Oder alte Leute, die langsam und methodisch ihre Sachen durchgingen, bevor sie sich zum Aussteigen anschickten. Oder Familien mit Kindern, die ihre Spielsachen und Snacks überall verstreut hatten. Endlich kam auch Müller an die Reihe.

»Sieht aus, als wären wir dran«, bemerkte sein Mitflieger und hievte sich aus seinem Sitz.

Die Bedeutung des Augenblicks überkam Müller, und er wandte sich ihm zu. »Ich habe Ihren Namen gar nicht richtig verstanden.«

Der Mann strahlte ihn mit gelben Zähnen an. »Ich heiße Nigel, Mann.«

»Nigel«, wiederholte Müller und reichte ihm die Hand. »War mir ein Vergnügen, mit Ihnen zu fliegen.«

Etwas verwirrt von dieser Förmlichkeit schüttelte Nigel

ihm die Hand, bevor Müller sich umdrehte und den Gang entlang zum Ausgang schritt.

Kühle Luft drang durch den Spalt zwischen der Fluggastbrücke und dem Flugzeugrumpf, und er atmete dankbar tief ein, als er die leichte Steigung hinaufging und der Herde der Passagiere in das Terminalgebäude folgte.

Die Einreisekontrolle war reine Formalität; ein kurzer Blick auf seinen Pass und sein Gesicht, um beides abzugleichen, dann wurde er auch schon ohne weiteres Aufheben durchgewunken. Müller hätte fast über die Leichtigkeit gelacht, mit der er einreisen durfte. Jetzt konnte er sich frei bewegen und ging in aller Ruhe zur Gepäckausgabe, schlenderte die Reihen der Förderbänder entlang und überflog die Informationstafeln, bis er seine Flugnummer fand. Dann ließ er sich neben den anderen Passagieren nieder, die darauf warteten, dass das Band ansprang.

Müller spürte den Schweiß auf seinen Handflächen, während die Minuten verstrichen und der Moment näher rückte. Er musste nur noch seine Tasche finden und den Kanister herausholen, dann konnte er mit seiner Arbeit beginnen.

Bald würde er die Welt verändern.

Das russische Versorgungsschiff hatte sich in den Minuten nach Vorsters Geständnis in einen Hort hektischer Aktivität verwandelt. Jedes Wort, das er gesagt hatte, war aufgezeichnet und über das CCTV-System an den Beobachtungsraum weitergeleitet worden. Golowkos Team hatte augenblicklich darauf reagiert.

Ein halbes Dutzend Männer sprach laut in Mobiltelefone, während sie ihre Erkenntnisse an verschiedene russische und ausländische Agenturen meldeten. Sie arbeiteten hektisch an eilig eingerichteten Arbeitsplätzen, um so viele

Informationen wie möglich zu übermitteln – die Namen und Fotos der vier Attentäter, die Flugnummern, mit denen sie unterwegs waren, sowie eine genaue Beschreibung der Virenbehälter.

»Wo stehen wir bei Interpol?«, verlangte Golowko, der ruhelos durch den Raum lief, während er auf die Berichte wartete.

»Wir haben die Interpol-Abteilung für Terrorismusbekämpfung benachrichtigt. Sie haben einen internationalen Notstand ausgerufen und alle vier Männer auf ihre Most-wanted-Liste gesetzt. Sie leiten sie in diesem Moment an ihre regionalen Führungsstäbe weiter.«

»Das dauert viel zu lange!« Becker war sich der vielen bürokratischen Hürden bewusst, die es zu überwinden galt, bis etwas unternommen wurde.

Auch Golowko schien seiner Meinung zu sein. »Wir brauchen direkten Kontakt zu den örtlichen Sicherheitsbehörden.«

»Wir arbeiten dran, Sir«, antwortete ein anderer Agent.

»Was ist mit den Flugzeugen? Können wir sie abfangen, bevor sie landen?«, erkundigte sich Becker.

Widerwillig, einem Ausländer operative Details zu verraten, holte einer der Agenten mit einem Blick Golowkos Erlaubnis ein, die dieser mit einem Nicken erteilte.

»Peking hat bestätigt, dass das chinesische Flugzeug noch im Anflug ist und voraussichtlich in der nächsten Stunde landen wird. Sie haben den Piloten benachrichtigt und leiten ihn auf einen Militärflugplatz um. Antiterroreinheiten sind dort in Bereitschaft.«

Becker konnte sich die Atmosphäre an Bord des Flugzeugs nur schwer vorstellen. Wenn die Leute erfuhren, dass sich irgendwo an Bord eine tödliche Biowaffe befand und ein ausgebildeter Killer bereit war, sie einzusetzen.

»Einer weniger«, flüsterte Dalton. In Peking lebten mehr als zwanzig Millionen Menschen. Zwanzig Millionen Leben waren gerettet, zumindest vorläufig.

Allerdings sah Becker keinen Grund, die Korken knallen zu lassen. »Es sind noch drei übrig.«

»Der Geheimdienst der VAE hat sich soeben gemeldet«, schaltete sich eine Agentin ein. »Das Flugzeug ist vor zwanzig Minuten gelandet, aber Vorsters Mitarbeiter hat es noch nicht durch die Einwanderungskontrolle geschafft. Sein Pass wurde mit einer roten Flagge versehen, und bewaffnete Sicherheitsteams wurden entsandt – sie rechnen damit, ihn in Kürze abzufangen.«

Golowko nickte und akzeptierte mürrisch diesen kleinen Erfolg, obwohl seine Miene immer noch von Sorge gezeichnet war. »Was ist mit London und Washington?«

»Ich habe das US Center For Disease Control in der Leitung. Sie leiten die Bedrohungslage bereits an das FBI und die Homeland Security weiter.«

»Können sie den Flughafen abriegeln?«

»Sie können mehrere Hundert Agenten in der Gegend mobilisieren, die bei Bedarf auf Polizei- und Militäreinheiten zurückgreifen können.«

Becker verschränkte die Arme und blickte auf den Agenten. »Und was ist mit London?«

Internationaler Flughafen Heathrow, London

Der Sicherheitschef des Terminals, Raymond Hodge, war ein viel beschäftigter Mann. Er war für die Sicherheit und das Wohlergehen von Zehntausenden von Passagieren verantwortlich, die täglich einen der verkehrsreichsten Flughäfen der Welt passierten. Wenn er sich nicht gerade um verlorene Kinder, gestohlenes Gepäck und gestrandete Passagiere kümmerte, war er in endlosen Leitungs- und Planungssitzungen, Lagebesprechungen und zahllosen anderen Verwaltungsaufgaben gefangen, die einen Vollzeit-Assistenten erforderten, nur um den Überblick zu behalten.

Und heute lief es bislang nicht anders. Im Sicherheitszentrum des Flughafens mit dem riesigen, an der Wand montierten CCTV-Bildschirm herrschte reger Betrieb. Telefone klingelten, Drucker surrten, und die Mitarbeiter tauschten ständig Informationen aus.

Er war gerade auf dem Rückweg von der Kaffeemaschine und hielt eine dampfende Tasse in der Hand – seine dritte heute –, als er eine plötzliche Veränderung im Tempo seiner Mitarbeiter wahrnahm. Eine Zunahme der Dringlichkeit, die er aus langjähriger Erfahrung kannte und die für gewöhnlich eine hereingekommene Bedrohungswarnung signalisierte. Seine Befürchtungen wurden einen Moment später bestätigt, als Joan Simmons, die leitende Schichtführerin, mit ein paar druckfrischen Blättern in der Hand auf ihn zueilte.

»Und welche Wonnen erwarten wir heute?«, fragte er ohne Umschweife. Seine Müdigkeit war wie verflogen.

»Eine Warnung des Innenministeriums«, sagte sie und reichte ihm den Ausdruck. Sie wirkte sichtlich erschüttert über die Nachricht. »Gefahrenstufe Rot.«

Hodge stellte die Tasse Kaffee achtlos beiseite, schnappte sich den Ausdruck, und sein Blick glitt rasch über die wichtigsten Informationen.

»Mein Gott!«, stieß er hervor, erschüttert über das, was er da las.

Sie alle hatten zwar für einen Anschlag von Bioterroristen trainiert, aber nie geglaubt, dass sie so etwas tatsächlich erleben würden. Und jetzt stand ihnen dies angeblich direkt bevor.

Als Hodge seine Fassung wiedererlangt hatte, wandte er sich an den Raum. »Alle mal herhören!«, schrie er. Sofort verstummten alle Gespräche. »Wir haben eine unmittelbare und bestätigte bioterroristische Bedrohung in unserer Zone. Wir leiten alle relevanten Informationen an Ihre Arbeitsstationen weiter. Lassen Sie alles, woran Sie gerade arbeiten, liegen, und konzentrieren Sie Ihre gesamte Aufmerksamkeit auf diese Angelegenheit. Rufen Sie unsere bewaffneten Einsatzteams zusammen, und benachrichtigen Sie alle verfügbaren Polizeieinheiten, aber tun Sie es leise. Wir wollen auf keinen Fall eine Panik auslösen. Dies hier ist keine Übung, also lassen Sie uns schnell und professionell vorgehen. Los!«

Innerhalb von Sekunden herrschte Alarmzustand in dem Raum. Während der gewaltige Sicherheitsapparat des Flughafens auf das Ziel angesetzt wurde, sandte Hodge ein Stoßgebet aus, dass sie nicht zu spät kamen.

Da war er!

Müller atmete erleichtert auf, als er sah, wie sein Koffer über das Gepäckband rollte. Er lag in der Mitte des ganzen Gepäcks, weder in der ersten noch in der letzten Gruppe.

Dies war der letzte mögliche Punkt, an dem seine Mission noch hätte scheitern können – die letzte Phase, die durch menschliches Versagen gefährdet war. So unwahrscheinlich es auch sein mochte, es bestand immer die Möglichkeit, dass der Koffer verlegt, beschädigt oder von der Flughafensicherheit zufällig durchsucht wurde. Aber das war nicht der Fall. Genau wie alles andere an dieser Mission war auch dieser Teil problemlos verlaufen. Als er nach vorne trat, um ihn vom Band zu nehmen, dachte er kurz an seine Kameraden, die über die ganze Welt verstreut waren. Jeder hatte einen ähnlichen Behälter wie er selbst, jeder war mit einer eigenen, lebenswichtigen Mission betraut. Hatten die anderen ihre Ziele bereits erreicht? War der Plan bereits im Gange? Er konnte es nicht mit Sicherheit wissen. Jeder von ihnen hatte nur die für den eigenen Erfolg wichtigen Details erfahren und darüber hinaus nichts, was seine Kollegen hätte kompromittieren können. Müller wusste nicht, wo sie sich befanden, wann sie zuschlagen sollten, oder wie sie aussahen.

Das spielte jetzt für ihn auch keine Rolle mehr. Alles, was zählte, war sein eigenes Ziel.

Er nahm die Tasche, drehte sich um und ging vom Gepäckband weg in Richtung der überfüllten Haupthalle des Terminals.

»Da! Ich sehe ihn!«, rief einer der Mitarbeiter der Sicherheitskamera. »Gepäckhalle drei, Richtung Osten in die Haupthalle.«

Alle Blicke richteten sich sofort auf seine Kamera. Tatsächlich schritt ein gut gekleideter Mann im Geschäftsanzug durch die zentrale Gepäckhalle, eine Ledertasche über die Schulter gehängt. Etwa Mitte vierzig, gut gebaut, mittelgroß, ordentlich gescheiteltes dunkles Haar. Er passte auf jeden Fall auf die Beschreibung, aber das taten in diesem Moment auch tausend andere Männer im Terminal.

»Sind Sie sicher?«, fragte Hodge. »Wir können nicht gegen ihn vorgehen, bevor wir nicht Gewissheit haben. Ich brauche eine Bestätigung, sofort!«

Eine seiner Technikerinnen war innerhalb von Sekunden zur Stelle. »Schalte die Kameras um …« Sie hielt ein paar

Sekunden inne, um einen besseren Blickwinkel auf ihn zu finden. »Ich habe eine gute Profilaufnahme. Ich lasse sie gerade durch die Gesichtserkennung laufen.«

»An alle Zugriffteams, bereithalten!«, befahl Hodge.

»Zugriffteams einsatzbereit!«

»Komm schon, komm schon …«, flüsterte er.

»Er ist es!«, rief die Technikerin. »Die Übereinstimmung der Gesichtssoftware liegt bei achtundneunzig Prozent!«

Mehr als genug für Hodge.

»Alle Einheiten, sofort vorrücken. Person isolieren und abfangen!«, befahl Hodge. »Sie haben die Freigabe zum Angriff. Einsatz von tödlicher Gewalt ist autorisiert.«

Müller mochte einer der wenigen Auserwählten geworden sein, die das Gleichgewicht der Kräfte in der Welt neu gestalten würden, aber das war nicht immer so gewesen. In seinem früheren Leben hatte er als Polizeibeamter in Frankfurt gedient. Ein Mann, der es gewohnt war, sein Leben aufs Spiel zu setzen, auf kleine Veränderungen in seiner Umgebung zu achten, die darauf hindeuten könnten, dass Ärger im Anmarsch war. Diese Intuition war so tief in ihm verwurzelt, dass er nicht einmal mehr daran dachte, sie zu hinterfragen – er vertraute ihr einfach, so wie er seinen anderen Sinnen vertraute. Und jetzt sagte sie ihm, dass etwas nicht stimmte.

Die Menschen, die sich in der belebten Halle um ihn herum drängten, sahen sich unsicher um, und einige schienen sogar zu erschrecken. Dann wichen sie zur Seite und zerstreuten sich wie eine Herde, wenn ein Raubtier in ihrer Mitte auftauchte.

Etwas hatte sich verändert. Er schaute sich um und suchte die Menschenmenge schnell nach einem Anzeichen von Gefahr ab.

Dann sah er, wie sich bewaffnete Einsatzkräfte näherten. Sie bewegten sich schnell und zielstrebig auf ihn zu. Einen Moment lang dachte er daran, es mit einem Bluff zu versuchen, aber ein Blick in ihre Gesichter zerstreute diese Absicht. Es gab keinen Zweifel, dass sie genau wussten, wer er war und warum er hier war. Er verstand nicht, wie oder warum das hatte passieren können, aber das war jetzt auch egal. Sie hatten ihn gefunden.

Seine Mission war in Gefahr.

Müller hielt nicht inne, um seine Optionen zu überdenken. Er sprintete los, weg von ihnen und durch die Haupthalle.

»Halt! Polizei!«, schrien sie ihm hinterher, begleitet von einer steigenden Flut panischer Schreie von Passanten. »Stehen bleiben, oder wir eröffnen das Feuer!«

Er ignorierte sie und rannte geradewegs auf eine große Gruppe von Teenagern zu. Ein Schulausflug – vielleicht eine Gruppe von Austauschschülern. Es spielte keine große Rolle. Auf keinen Fall würden die Beamten in einem so überfüllten Raum das Feuer eröffnen und zivile Opfer in Kauf nehmen. Müller sah die Angst in den Gesichtern der jungen Leute, sah, wie sie vor ihm zurückschreckten, als er näher kam. Eines der Mädchen schrie. Ein junger Mann versuchte halbherzig, sich ihm in den Weg zu stellen.

Müller sah bereits, wie sein Plan Gestalt annahm. Er würde sich in ihre Mitte stürzen, vielleicht sogar einen ergreifen und als Geisel nehmen.

Das würde ihm alle Zeit geben, die er brauchte, um …

Er sah nicht, dass der Polizist in Zivil von links auf ihn zukam, sah nicht, dass der Mann eine Waffe zog und auf ihn richtete. Er nahm aus der Ferne einen lauten Knall wahr, und dann schlug etwas heftig in seine Seite.

Er stolperte, verlor das Gleichgewicht und spürte, wie etwas Heißes an seiner Seite herunterlief. Er kam gerade wieder auf die Beine, als ihn ein weiteres knallendes Geräusch erreichte, und dann gab es eine Explosion aus weißem Licht, und er verlor jedes Gefühl in seinem Körper.

Die in Panik geratene Gruppe von Teenagern schrie beim Klang der Schüsse vor Angst auf und floh, als Müller stürzte, über den glatten Boden rutschte und eine Blutspur hinterließ. Die Tragetasche fiel ihm aus der Hand und kam ein paar Meter entfernt zum Liegen.

»Zielperson am Boden«, rief der Officer und deckte Müller mit seiner Waffe, während er sich näherte. Sein zweiter Schuss war direkt durch den Hals des Mannes gegangen, hatte die Arterien durchtrennt und seine Wirbelsäule zerschmettert. Ein ersticktes Gurgeln war alles, was er noch zustande brachte, als sich sein Blut um ihn herum sammelte. Das ARU-Team rückte näher an ihn heran, die Waffen in alle Richtungen gerichtet. »Zurückbleiben!«, warnte einer von ihnen die Passanten. »Zu Ihrer eigenen Sicherheit, bleiben Sie zurück!«

»Sichern Sie die Tasche!«, rief der erste Officer.

Der Mann kniete sich hin, öffnete den Reißverschluss der Tasche und untersuchte den Inhalt sorgfältig, bis er fand, was er suchte. Eine harmlos aussehende Dose mit Deodorant.

»Ich habe den Behälter!«, meldete er und zog ihn heraus.

Die Sprühdose war leicht, viel zu leicht, wie er mit einem plötzlichen Schock feststellte. Sie lag zu leicht in seiner Hand, und er wusste, warum. Ihr Inhalt war bereits versprüht worden. Die Welt schien sich in Zeitlupe zu bewegen, als er mit zitternden Händen nach seinem Funksender griff und hineinsprach.

»Kontrolle, wir sind zu spät«, sagte er tonlos. »Geben Sie Alarmstufe Rot. Die Waffe wurde bereits aktiviert.«

Im Sicherheitskontrollraum herrschte Totenstille, als der Funkspruch eintraf. Die Stille wurde von ein paar erschrockenen Atemzügen, einem leisen Stöhnen angesichts der Niederlage und dem einen oder anderen gemurmelten Fluch durchbrochen.

Hodge spürte, wie sich die Aufmerksamkeit aller langsam auf ihn richtete. Seine Untergebenen hatten für Situationen wie diese trainiert, aber sie hatten nie wirklich damit gerechnet, einen solchen terroristischen Anschlag auch erleben zu müssen. Dafür waren ihre Sicherheitsvorkehrungen zu streng, ihre Vorsichtsmaßnahmen zu gut, ihre Zuversicht zu groß.

Aber es passierte. Es geschah genau in diesem Moment.

Hodge schluckte schwer, denn er wusste genau, welchen Befehl er als Nächstes geben musste. Sie wussten es wahrscheinlich auch, aber sie mussten es von ihm hören.

»Riegeln Sie das Hauptterminal ab«, befahl er leise.

Simmons erblasste sichtlich bei diesen Worten. Als Schichtleiter war sie für die Weiterleitung und Ausführung seines Befehls verantwortlich.

»Ray, sind Sie sicher? Vielleicht sollten wir ...«

»Tun Sie es!«, wiederholte er, jetzt lauter und eindringlicher. »Sie kennen das Protokoll genauso gut wie ich. Wir haben einen terroristischen Anschlag mit Biokampfstoffen. Wir müssen ihn sofort eindämmen, bevor er sich ausbreiten kann.«

Er sah, wie sich die Muskeln in ihrer Kehle anspannten. Trotzdem nickte sie und wandte sich den anderen zu. »An alle Einheiten, wir haben eine Biohazard-1-Situation. Führen Sie sofort das Quarantäneprotokoll aus. Riegeln Sie das Hauptterminal ab, stoppen Sie den gesamten Boden- und Luftverkehr, und rufen Sie alle verfügbaren Einheiten zur Sicherung des Geländes heran. Versiegeln Sie die Operationszentrale. Dies ist keine Übung. Ich wiederhole: Das hier ist keine Übung!«

Als sich die entsetzten Menschen im Kontrollraum auf ihre Aufgabe stürzten, sackte Hodge auf einen Stuhl. Er konnte kaum glauben, was gerade geschehen war.

»Rufen Sie den Sicherheitsdienst an«, befahl er. »Ich will wissen, womit genau wir es zu tun haben.«

35

Es dauerte etwa eine Viertelstunde, bis die Nachricht aus London in Moskau ankam und schließlich den Lagerraum an Bord des russischen Frachters erreichte, wo Becker und die anderen besorgt warteten. Es war der BBC-World-Service, der die Nachricht zuerst verbreitete. Sie sprachen von unbestätigten Berichten über einen größeren terroristischen Zwischenfall am Flughafen Heathrow.

Becker überkam eine üble Vorahnung. Seine schlimmsten Befürchtungen wurden bestätigt, als Golowko einen Anruf von seinen Vorgesetzten entgegennahm. Das Gesicht des Russen war aschfahl, als er den Anruf beendete.

Golowko griff in seine Jacke, holte eine Zigarette heraus, zündete sie an und nahm einen Zug.

»Wie schlimm ist es?«, wollte Dalton wissen.

Er atmete eine graue Rauchwolke aus, sah die russischen FSB-Agenten um sich herum an und gab dann einen einzigen knappen Befehl auf Russisch. Sofort machten sie sich an die Arbeit, packten ihre Ausrüstung zusammen, trennten die Computer vom Netz und schalteten die Satellitenkommunikationsanlagen ab.

»Was zum Teufel ist hier los?«, fuhr Becker ihn an.

»Mein Team und ich wurden nach Moskau zurückbeordert«, erwiderte Golowko ernst. »Zwei von Vorsters Männern ist es gelungen, das Virus in Umlauf zu bringen, bevor die örtlichen Sicherheitskräfte sie abfangen konnten. Washington und London sind beide betroffen.«

»Mein Gott!«, stieß Dalton hervor und wandte sich entsetzt ab.

Golowko schüttelte den Kopf. »Es tut mir leid, aber ich bin nicht befugt, Ihnen mehr zu sagen. Ich verstoße so schon gegen das Protokoll.«

Er wollte weitergehen, aber Becker packte energisch seinen Arm. »Hier geht es nicht mehr um das Protokoll, Sergej. Also, wie schlimm steht es genau?«

Die Aktivitäten um sie herum kamen zum Stillstand, als die FSB-Agenten auf den Befehl warteten, ihn auszuschalten. Golowko begegnete Beckers forderndem Blick mit Gleichmut.

»Beide Flughäfen wurden abgeriegelt und der gesamte Flugverkehr eingestellt, aber es gibt keine Garantie, dass das Virus dadurch eingedämmt werden konnte. Und selbst wenn dies der Fall sein sollte, sind Tausende Menschen ihm bereits ausgesetzt worden. Das hier wird der schlimmste Terroranschlag in der Geschichte werden.«

Golowko befreite sich aus Beckers Griff und half seinen Kollegen bei den Vorbereitungen zur Abreise.

»Warum gehen Sie zurück nach Moskau?«, fragte Dalton, die sich von ihrem anfänglichen Schock erholt hatte. »Ihre Leute wissen mehr über dieses Virus als irgendjemand sonst auf der Welt. Wir müssen zusammenarbeiten, um es zu stoppen.«

»Es ist nicht aufzuhalten«, antwortete Golowko, ohne sie anzuschauen. »Es tut mir Leid. Unsere einzige Wahl ist jetzt Plan C.«

»Und der wäre?«

»Das Virus irgendwie überleben. Mein Land hat sich schon lange darauf vorbereitet. Es gibt Fallout-Schutzräume, Bunker, Orte, an denen genug Menschen überleben können, um die Gesellschaft wiederaufzubauen.«

»Das war's also? Nach all dem hier wollen Sie einfach verschwinden?« Becker schäumte vor Wut.

Golowko starrte ihn an. »Unsere Aufgabe war zu verhindern, dass das Djatlow-Virus eingesetzt wird. Wir haben versagt. Glauben Sie mir, ich werde eine Menge zu verantworten haben, wenn ich nach Moskau zurückkehre.«

Er hielt einen Moment inne und seufzte. Sein Scheitern und dessen Folgen lasteten sichtlich auf ihm. Er gab sich keinen Illusionen hin, dass seine Vorgesetzten die heutigen Ereignisse mit Wohlwollen betrachten würden.

»Es tut mir leid. Und ich weiß Ihre Hilfe zu schätzen.« Golowko seufzte. »Ich wünschte nur, es wäre genug gewesen.«

Dalton schaute sich bestürzt um und konnte immer noch nicht glauben, dass all ihre Arbeit umsonst gewesen war. »Was sollen wir denn jetzt tun?«

»Laufen Sie weg, so weit wie möglich und solange noch Zeit ist«, riet er ihr unverblümt. »Und danach … beten Sie.«

36

Golowko hielt Wort und setzte Dalton und Becker an der türkischen Küste ab, als er und sein Team mit dem Hubschrauber abflogen. Aus seinen eingefallenen Schultern und dem distanzierten, verlorenen Blick in seinen Augen war klar zu erkennen, dass sein Scheitern ihn gebrochen hatte.

In seinen letzten Worten an sie wiederholte er seine frühere düstere Warnung.

»Wenn das allgemein bekannt wird, werden die Dinge schnell aus den Fugen geraten«, informierte er sie. »Suchen Sie sich einen abgelegenen Ort, an dem Sie sich verkriechen können, bevor das passiert. Darüber hinaus kann ich Ihnen nur Glück wünschen.«

Dann stieg er in den Hubschrauber, der abhob und die beiden verlorenen Gestalten hinter sich zurückließ. Nachdem sie aus der Obhut des FSB befreit war, hatte es nicht lange gedauert, bis Dalton mit einem sehr besorgten Kincaid Kontakt aufnahm.

»Lori, was zum Teufel ist hier los?« Seine Wut war selbst über die schlechte Verbindung deutlich hörbar. »Wo sind Sie?«

»Das ist eine lange Geschichte …« Dalton seufzte. »Holen Sie uns einfach ab. Wir werden alles erklären.«

Diesmal warteten die beiden ehemaligen Flüchtlinge auf den Hubschrauber, der sie abholte und schnell zur provisorischen Kommandozentrale der WHO zurückbrachte, die auf dem Luftwaffenstützpunkt Incirlik im Südwesten des Landes eingerichtet worden war.

Kincaid erwartete sie bereits, als ihr Hubschrauber aufsetzte. Er schützte mit der Hand sein Gesicht vor dem Abwind der Rotorblätter. Becker betrachtete den hochgewachsenen, schmächtig aussehenden Mann, der ihn eher an einen Bibliothekar als an einen hohen Gesundheitsbeamten erinnerte. Er hatte fast den Eindruck, dass Kincaid bei stärkerem Abwind weggefegt werden könnte.

Als Dalton den Hubschrauber verließ, stürmte Kincaid auf sie zu und umarmte sie fest. Er war sichtlich erleichtert, mit seinem Schützling wieder vereint zu sein. Dalton erwiderte die Umarmung und schöpfte unübersehbar Trost aus der Gegenwart des älteren Mannes. Kincaid hatte schon immer einen beruhigenden Einfluss auf sie ausgeübt, und den brauchte sie jetzt mehr denn je.

»Mein Gott, Lori!« Er war sichtlich schockiert über ihr zerzaustes Aussehen und ihre tief in den Höhlen liegenden Augen. »Sie sehen aus, als wären Sie durch die Hölle gegangen.«

»Es war ein langer Tag«, antwortete sie mit einem schwachen Lächeln.

Kincaid wusste, dass sie Neuigkeiten für ihn hatte, aber es war ihm natürlich klar, dass sie dieses Gespräch besser unter vier Augen führten. Stattdessen wanderte sein Blick zu Daltons Begleiter, der noch zerschundener und zerschlagener aussah als sie selbst.

»Ich glaube nicht, dass wir uns kennen.«

Kincaids Auftreten war steif, formell und vor allem sehr zurückhaltend. Becker vermutete, dass sein mitgenommenes Äußeres nicht gerade Vertrauen erweckte.

Dalton sprang ein. »Das ist Becker. Er hat mir während des Hanada-Ausbruchs das Leben gerettet.«

Kincaids Miene erwärmte sich bei dieser Enthüllung beträchtlich.

»Dann schulde ich Ihnen etwas, das ich nicht zurückzahlen kann«, sagte der Mann und streckte seine feingliedrige Hand aus. »Ich bin Anton Kincaid.«

Becker schüttelte sie kurz, weniger an einer formellen Vorstellung interessiert als an der größeren Krise, die sich um sie herum abspielte. »Wie ist die Lage in London und Washington, Mr. Kincaid?«

Kincaid kannte die Dringlichkeit der Situation und wies mit einer Geste auf ein nahe gelegenes Verwaltungsgebäude.

»Folgen Sie mir. Wir unterhalten uns dort.«

Das oberste Stockwerk des Bürogebäudes war requiriert und in eine behelfsmäßige Kommandozentrale verwandelt worden, in der eine Mischung aus Militär, US-Regierung und WHO-Personal wichtige Informationen austauschte und ihr Bestes tat, um eine koordinierte Reaktion auf die sich rasch entwickelnde Situation zu organisieren. Mit schnellen, zielstrebigen Schritten führte Kincaid sie in einen kleinen, angrenzenden Konferenzraum, der verlassen war. Er berichtete, was sie bisher über die Anschläge auf die beiden Flughäfen wussten.

»Beide Flughäfen wurden abgeriegelt, und die örtlichen Militäreinheiten haben einen Sicherheitskordon um sie herum errichtet«, berichtete er und las direkt aus einem Lagebericht vor, der wenige Minuten zuvor eingegangen war. »Zivilisten wurden innerhalb der Terminalgebäude unter Quarantäne gestellt.«

»Wie sicher sind die Absperrungen?«, drängte Becker.

»Luftdicht. Beide Einrichtungen haben erweiterte Sicherheitssysteme, die sowohl nach innen als auch nach außen gerichtet werden können, ganz zu schweigen von der ständigen Überwachung durch Truppen am Boden. Niemand kommt da rein oder raus, ohne dass wir es mitbekommen.«

Das konnte sich durchaus ändern, wenn das Virus seine Wirkung auf die Menschen entfaltete. Becker wusste nur zu gut, welche Bedrohung schon von einer kleinen Anzahl Infizierter ausging, ganz zu schweigen von Tausenden auf einmal. Selbst dem Militär dürfte es schwerfallen, sie in Schach zu halten.

»Sie müssen befugt werden, notfalls auch tödliche Gewalt anzuwenden«, sagte er, was ihm einen schockierten Blick von Kincaid einbrachte. »Keiner darf dort rauskommen.«

»Sie reden davon, auf Zivilisten zu schießen?«

»Zum Schutz derer, die draußen sind? Auf jeden Fall!« Becker zögerte, die nächste Frage zu stellen, aber es musste sein. »Wie viele Menschen befinden sich innerhalb der Absperrung?«

Kincaid überflog seine Notizen. »Ungefähr neun- bis zehntausend Mitarbeiter und Zivilisten in London Heathrow und weitere fünfzehntausend auf dem Dulles Airport in Washington. Beide Flughäfen wurden in der Hauptverkehrszeit erwischt.«

»Mein Gott!«, sagte Becker leise. Das bedeutete mindestens vierunddreißigtausend mögliche Opfer. Im besten Fall wäre es der schlimmste Terroranschlag der Geschichte. Im schlimmsten Fall könnte es der Anfang vom Ende der menschlichen Zivilisation sein.

»Es spielt keine Rolle, wie viele da drin sind«, sagte Dalton. »Wir können nicht sagen, wie viele infizierte Zivilisten entkommen sind, bevor sie es eindämmen konnten. Wir müssen jeden finden, der damit in Berührung gekommen sein könnte, und ihn sofort isolieren.«

Kincaid schüttelte den Kopf. »Das ist unmöglich. Sie wissen so gut wie ich …«

»Jede Minute, die verstreicht, bedeutet mehr und mehr mögliche Ansteckungen«, unterbrach sie ihn und sah nun fast verzweifelt aus. »Das Virus vervielfacht sich exponentiell, je länger es sich unserer Kontrolle entzieht. Wenn es sich über die Quarantänezone hinaus ausgebreitet hat, ist es bereits zu spät, es einzudämmen. Genau wie es dieser Prophet geplant hat.«

Kincaid erstarrte und wurde blass. »Der … Prophet?«

»Das Arschloch, das hinter dieser ganzen Sache steckt. Der Typ, der Vorster und seine Schläger angeheuert hat«, erklärte Becker. »Schlechte Nachrichten.«

»So scheint es.« Der WHO-Direktor legte seine Notizen beiseite und betrachtete sie beide abwechselnd. »Das ist alles, was ich bisher weiß, und ich vermute, das ist nicht viel im Vergleich zu dem, was Sie heute Abend entdeckt haben. Würden Sie mir jetzt bitte sagen, womit wir es genau zu tun haben?«

Dalton schilderte daraufhin alle grausamen Details über das Djatlow-Virus, ihre Erfahrungen mit infizierten Trägern in Hanada und Gaziantep, ihre eigenen Erkenntnisse über das Virus während ihrer kurzen Untersuchung und alles, was Golowko ihnen über das sowjetische Biowaffenprogramm, das es entwickelt hatte, erzählt hatte. Als sie fertig war, war Kincaids ohnehin schon blasser Teint fast weiß, als sei ihm sämtliches Blut entzogen worden.

»Mein Gott«, flüsterte er und nahm seine Brille ab. »Das ist schlimmer, als wir je hätten vorhersagen können.« Er schaute sie an. »Und es gibt kein Heilmittel?«

»Nicht, dass wir wüssten. Das ist ja genau der Grund, warum die Sowjets das Virus nie benutzt haben.«

»Wie wäre es mit Virusproben, an denen wir arbeiten

können?«, fragte er, wobei er kühl und analytisch blieb und das Problem wie ein erfahrener Profi behandelte. »Die Sowjets mögen vor dreißig Jahren mit ihrer Forschung auf eine Mauer gestoßen sein, aber die heutige Technologie ist …«

»Die einzigen Proben, die wir hatten, sind gestern Abend verbrannt. Wir haben keine Spuren, keine Anhaltspunkte, keine Optionen mehr«, sagte Dalton. »Das ist genau das, was sie wollten. Chaos, Panik, Tod. Das Ende der Welt.«

Ihre Worte schienen sich wie eine dunkle Wolke auf sie herabzusenken und alle anderen Gedanken, alle anderen Überlegungen auszulöschen. Einige Sekunden lang sagte niemand ein Wort, während jeder von ihnen über die Auswirkungen ihrer Worte nachdachte. Weltuntergangsszenarien wie diese waren eigentlich immer nur etwas für Verschwörungstheoretiker, fanatische Überlebenskünstler und Hollywoodfilme gewesen. Aber das hier war real. Es spielte sich vor ihren Augen ab, und sie saßen in der Falle des aufziehenden Sturms, der sie alle zu verschlingen drohte.

»Es muss doch etwas geben, was wir tun können«, sagte Becker und sah von Dalton zu Kincaid. »Ihr seid für so etwas ausgebildet. Ihr müsst einen Ersatzplan haben.«

Dalton sah ihn finster an. »Wir haben Case Black.«

»Was ist das?«, fragte Becker.

»Vollständige globale Abschottung«, antwortete Kincaid an ihrer Stelle. »Kriegsrecht, Ausgangssperren, das volle Programm. Wir schließen alle Grenzen, verbieten Inlands- und Auslandsreisen, mobilisieren alle verfügbaren Polizei- und Militärressourcen, um die Menschen in ihren Häusern zu halten, und setzen die Quarantäne wenn nötig gewaltsam durch. Das wurde als letzte Verteidigungslinie betrachtet, etwas, das wir nie in Betracht ziehen würden, wenn es eine Alternative gäbe.«

»Es gibt keine Alternative. Wir müssen es tun, Anton«, sagte Dalton. »Jetzt. Bevor es zu spät ist.«

»Einverstanden, aber das kann nur vom UN-Sicherheitsrat genehmigt werden. Es wird Stunden dauern, eine Notstandssitzung einzuberufen …«

»Menschen sterben, Anton!« Dalton schrie, schlug mit beiden Händen auf den Tisch und sprang auf. So angeschlagen und erschöpft sie auch war, ihre Wut verlieh Dalton eine beeindruckende Präsenz. »Und je länger wir untätig herumsitzen, desto mehr verlieren wir!«

Becker beobachtete den älteren Mann genau und versuchte herauszufinden, wie er auf eine solch offene Zurschaustellung von Ungehorsamkeit reagieren würde. Angesichts seines militärischen Hintergrundes vermutete Becker, dass die meisten Leute bei einem solchen Ausbruch sofort aus dem Dienst entlassen würden. Doch zu seiner Überraschung wurde Kincaids Gesichtsausdruck weicher. Er betrachtete Dalton mit einem fast väterlichen Verständnis, einem Blick des Mitgefühls und der Sympathie, der die angespannte Situation sofort zu entschärfen schien.

»Es tut mir leid«, sagte Dalton und gewann ihre Fassung wieder. »Das haben Sie nicht verdient.«

Kincaid streckte eine Hand aus und legte sie tröstend auf ihre, und Becker empfand ein seltsames Gefühl des Neides, weil der ältere Mann sie so gut zu verstehen schien.

»Ich werde den Präsidenten informieren und ihm empfehlen, eine Dringlichkeitssitzung einzuberufen«, sagte er vorsichtig. »Danach liegt es in ihren Händen.«

Die Frau schniefte und nickte, sie sah plötzlich älter und müder aus als bisher, als wäre sie innerlich ausgebrannt und ihr Feuer erloschen.

»In der Zwischenzeit sollten Sie etwas essen und sich

ausruhen«, schlug er vor, stand auf und bereitete sich auf ein wahrscheinlich extrem schwieriges Gespräch mit dem Weißen Haus vor. »Sie sehen beide aus, als ob Sie es gebrauchen könnten.«

37

Internationaler Flughafen Heathrow, London

»Es ist mir egal, wie Ihre Befehle lauten. Sie können uns hier nicht wie Vieh einpferchen!«, schrie ein Geschäftsmann mittleren Alters. Seine dröhnende Stimme war in der gesamten Haupthalle des Terminals zu hören.

Juliette Fitzgerald seufzte. Eigentlich wollte sie heute nach Paris fliegen, um mit einer Gruppe enger Freunde von der Universität eine sechswöchige Rucksacktour durch Europa zu beginnen. Eine Reise, die als Schnapsidee an einem weinseligen Winterabend begonnen hatte, hatte sich schnell zum Abenteuer ihres Lebens entwickelt. In den letzten sechs Monaten hatte sie sich jeden Cent vom Munde abgespart, um diesen Traum zu verwirklichen. *Nun, daraus wird wohl nichts,* dachte sie jetzt mit einem Anflug von Wut und Groll. Warum heute? Warum musste das ausgerechnet heute passieren? Und warum ihr?

Die Stimmung unter den Tausenden von Menschen, die in dem Terminalkomplex eingeschlossen waren, hatte in den letzten Stunden nach der dramatischen Schießerei, die zum Tod eines – wie allgemein angenommen wurde – Terroristen führte, stark geschwankt.

Zunächst herrschten Panik und Verwirrung. Alle flüchteten vor möglichen Bomben, Explosionen und weiteren Schüssen. Dann wurde klar, dass alle Ausgänge verschlossen und die Sicherheitstüren verriegelt waren. Bewaffnete

Polizeibeamte wiesen die Reisenden zurück. Danach setzte eine gewisse Lähmung ein, als die Menschen ziellos in der Haupthalle umherirrten und darauf warteten, dass man ihnen sagte, was sie tun sollten. Aber sie erhielten keine Anweisungen. Es waren zumeist Reisende, die sich schon ihr ganzes Leben an Orten wie diesem zurechtgefunden hatten, wo der nächste Schritt immer klar vorgegeben war, wo man jederzeit Auskunft bekam und wo Informationen und Hilfe stets verfügbar waren.

Jetzt gab es nichts dergleichen.

Und allmählich verwandelte sich die Trägheit in Angst. Die Angst vor dem Unbekannten, der Schrecken all der unbeantworteten Fragen, die sich in ihren Köpfen hochschaukelten. Warum wurden sie hier festgehalten? Was geschah hier wirklich? Wenn dies ein Terrorangriff war, warum wurden sie dann nicht evakuiert? Was verschwieg die Polizei ihnen?

Das Geschrei ging weiter, und die wachsende Unterströmung von Angst manifestierte sich als Wut und Rebellion. Instinktiv warf Juliette einen Blick auf die Quelle der Unruhe. Es war ein hochgewachsener Mann in den Fünfzigern, groß und massig, wahrscheinlich reich und vermutlich erfolgreich in seinem Job. Er war es wohl gewohnt, seinen Willen zu bekommen, wenn er ihn nur laut genug einforderte. Aber nicht heute.

»Sir, ich habe Ihnen schon gesagt, dass das Terminal bis auf Weiteres gesperrt ist«, teilte ihm der bewaffnete Sicherheitsbeamte am Haupteingang zum dritten Mal mit. Er wirkte dabei zunehmend genervt und frustriert. »Wir dürfen niemanden hinein- oder herauslassen.«

»Das ist mir egal!«, fuhr der Geschäftsmann ihn an, scheinbar ermutigt durch die gezwungene Professionalität des Mannes. »Sie sperren uns ein wie Kriminelle, blockieren unsere Telefone und sagen uns nicht mal, was hier vor sich geht. Ich will mit Ihrem Vorgesetzten sprechen.«

»Sir, das ist nicht ...«

»Ich will sofort mit Ihrem Vorgesetzten sprechen!«, unterbrach ihn der Mann drohend. In seinem Job führte dieser Tonfall zweifellos zu den gewünschten Ergebnissen. Juliette schüttelte bestürzt den Kopf. Sie hätte fast über die Absurdität dieser Konfrontation gelacht. Was glaubte dieser arrogante, überprivilegierte Rüpel, mit wem er sprach? Mit einem unglücklichen Kundendienstmitarbeiter des Flughafens, der keine andere Wahl hatte, als sich geduldig seine Beschwerden anzuhören? Wohl nicht!

»Das geht leider nicht.«

Der Geschäftsmann tippte mit seinem dicken Finger auf das Funkgerät, das an der Schulter des Polizisten befestigt war. »Holen Sie ihn an Ihr Funkgerät, und sagen Sie ihm gefälligst, dass ich mit ihm sprechen will.«

»Sir, ich muss Sie dringend auffordern ...!«

»So, das reicht!«, brüllte er und griff nach dem Funkgerät.

Ein erschrockener Aufschrei ertönte aus der Menge der Schaulustigen, als der Polizist ihn grob wegstieß. Der Mann stolperte über seine eigenen Füße, fiel rückwärts und landete schwer auf seinem Rücken.

»Wie können Sie es wagen!«, schrie er, obwohl er jetzt etwas von seinem aggressiven Getöse verloren hatte. »Das ist Körperverletzung! Dieser Mann hat mich angegriffen!«

Der Officer wirkte selbst ein wenig erschüttert von dieser Konfrontation, schwang aber dennoch bedrohlich sein Sturmgewehr herum, woraufhin die anderen zurückwichen.

»Ich sage es Ihnen nicht noch einmal!«, warnte er die Leute. »Bleiben Sie zurück, und rühren Sie sich nicht, sonst nehmen wir Sie fest!«

»Das ist nicht richtig!«, protestierte eine ältere Frau aus der Menge. »Das können Sie mit unschuldigen Menschen nicht machen. Sie müssen uns sagen, was los ist.«

Diese einsame Stimme des Protests schien die zaudernden Schaulustigen aufzurütteln. Sie gab ihrer steigenden Flut von Angst und Frustration ein Ventil, und bald wurden weitere Rufe, Fragen und Forderungen laut.

»Worum geht es hier eigentlich?«

»Warum halten Sie uns hier fest?«

»Warum dürfen wir unsere Telefone nicht benutzen?«

Als die wachsende Unruhe in der Menge überhandzunehmen drohte, hob der Beamte sein Funkgerät zum Mund und sprach eindringlich hinein.

»Zentrale, hier ist Einheit 6. Wir haben einen Code 2. Ich wiederhole: Code 2. Fordere Verstärkung an!«

Der Sicherheitschef des Terminals, Raymond Hodge, war sich der Lage bereits bewusst, denn er hatte die Konfrontation über das CCTV-System des Raumes beobachtet. »Schicken Sie zwei zusätzliche Officer dorthin!«, befahl er.

»Wir sind bereits überlastet«, warnte Simmons ihn. »Die Zivilisten setzen jeden Ausgang unter Druck. Wir müssen ihnen irgendetwas sagen.«

»Und damit eine Massenpanik auslösen?«, widersprach Hodge, der kurz davor war, selbst in Panik zu geraten, nachdem er über die Gefahr informiert worden war, in der sie sich befanden. Er hatte bereits angeordnet, den Sicherheitsraum zu versiegeln und abzuriegeln, obwohl nicht abzusehen war, ob diese Vorsichtsmaßnahme Wirkung zeitigen würde. Den Tausenden von unschuldigen Menschen, die im Hauptterminal eingeschlossen waren, würde es jedenfalls nichts bringen.

»Sie haben ein Recht darauf, zu erfahren …«

Er hielt eine Hand hoch. »Wenn sie die Wahrheit erfahren, löst das absolutes Chaos aus. Dann verlieren wir die Kontrolle über den gesamten Flughafen. Und wir wissen beide, dass bewaffnete Militäreinheiten auf dem Weg sind. Wollen Sie für ein Massaker verantwortlich sein?«

Darauf wusste Simmons keine Antwort.

»Schicken Sie die Verstärkung. Nehmen Sie Verhaftungen vor, wenn es sein muss, aber bringen Sie die Situation unter Kontrolle!«, wies er sie an. Dann wandte er sich der Gruppe von Technikern zu, die die Sicherheitsaufzeichnungen durchgehen und alle Personen identifizieren sollten, die das Gebäude verlassen hatten, bevor die Abriegelung ausgelöst wurde. »Wie sehen die Zahlen aus?«

Die Gesichtserkennungssoftware lief auf Hochtouren und lieferte immer wieder Treffer, aber es war ein langsamer Prozess.

Der leitende Überwachungsbeamte blickte auf, und seine Miene verriet, dass er keine guten Nachrichten hatte. »Wir leiten die Namen und Adressen an den Sicherheitsdienst weiter, sobald wir sie erhalten, aber das dauert seine Zeit. Wir haben kaum die Hälfte geschafft und haben es schon jetzt mit Hunderten von nicht identifizierten Reisenden zu tun.«

Das bedeutete, Hunderte von potenziellen Virusträgern waren auf Londons Straßen unterwegs und übertrugen die Ansteckung auf jeden, mit dem sie in Kontakt kamen.

Hodge holte tief Luft, als er begriff, dass sie bereits die Kontrolle über die Situation verloren hatten und es nur noch eine Frage der Zeit war, bis die Katastrophe über sie alle hereinbrach.

»Gott steh uns bei!«

38

Luftwaffenstützpunkt Incirlik, Türkei

Obwohl Alkohol für Militärangehörige im Dienst verboten ist, verfügen die meisten US-Basen in Übersee über Einrichtungen, in denen Offiziere und Soldaten in ihrer Freizeit Dampf ablassen können, so auch in Incirlik. Früher gab es dabei eine strikte Aufteilung nach Dienstgrad. Den einfachen Soldaten waren die E-Clubs vorbehalten, während die Offiziere und die höheren Dienstgrade die besseren Einrichtungen der O-Clubs genossen. Heutzutage jedoch werden die beiden Clubs im Allgemeinen zu einem einzigen zusammengelegt.

Becker fand Dalton an der Bar, mit leerem Blick und einem Glas Whisky in der Hand – nicht ihr erster Drink, wie es aussah. Er konnte es ihr nicht verübeln. Ein Besuch in diesem Club stand auf seiner Liste von Dingen, die er nach einem, wie sich herausstellte, sehr langen Tag selbst hatte abhaken wollen.

Auf dem Fernsehbildschirm über der Bar lief CNN Turk, eine regionale Variante des weltweiten Nachrichtensenders. Es wurde gerade live über die Terroranschläge in London und Washington berichtet. Becker erkannte auf dem Monitor das Hauptterminal des Dulles International Airport, umgeben von einem Meer aus blinkenden Lichtern und einer gemischten Ordnungsmacht aus Cops und FBI-Agenten.

Die Nachrichtensprecherin interpretierte das Geschehen, so gut sie es vermochte. »Die Behörden weigern sich immer noch, sich zu den Terroranschlägen auf dem Dulles International und in London Heathrow zu äußern. Sie wiederholen nur ihren früheren Aufruf, dass jeder, der heute durch einen der beiden Flughäfen gereist ist, sich bei der örtlichen Polizei melden soll. Wir wissen jedoch von Augenzeugen, dass in Heathrow Schüsse gefallen sind und dass mindestens ein Mann getötet worden sein soll. Beide Flughäfen sind nach wie vor komplett abgeschottet, und es ist derzeit nicht bekannt, wie viele Menschen dort eingeschlossen sind.«

Becker ließ sich auf einen leeren Hocker neben Dalton sinken, und sein Blick fiel zufällig auf ihr Spiegelbild hinter der Theke. Mit ihren blauen Flecken und Schnittwunden, müde und zerschlagen, sahen sie beide nicht gerade gut aus. Wenn sie jetzt hier saßen, war es schwer zu glauben, wie viel in so kurzer Zeit passiert war. Diese scheinbar routinemäßige Fahrt mit seinem Kunden durch die Innenstadt von Bagdad schien für ihn schon eine Ewigkeit zurückzuliegen.

Becker beobachtete, wie Dalton das Glas an ihre Lippen setzte und wie ihre Kehle arbeitete, als sie einen Schluck trank. »Ich hätte dich nie für eine Whiskytrinkerin gehalten«, bemerkte er leise.

»Bin ich auch nicht«, gestand sie, stellte das Glas ab und schüttelte sich, als das Getränk ihren Magen erreichte. »Aber es ist der stärkste Stoff, den sie haben. Und ich will so effizient wie möglich trinken.«

»Eine sehr wissenschaftliche Herangehensweise«, räumte Becker ein, winkte dem Barkeeper und bestellte ein Bier. »Verrätst du mir, worauf wir trinken?«

»Wäre es ein Klischee zu sagen, auf das Ende der Welt?«

»Das ist nicht gerade der Optimismus, den ich mir erhofft habe.«

»Davon habe ich nichts mehr.« Sie dachte eine Weile nach. »Anton hat mit dem Weißen Haus gesprochen, aber dort ist man noch nicht bereit, eine offizielle Erklärung abzugeben. Offenbar will der Präsident keine Panik an der Wall Street auslösen«, fügte sie mit einem sarkastischen Lächeln hinzu.

»In einer Stunde wird der Direktor von Homeland Security den Präsidenten über die tatsächliche Lage informieren und ihm unsere Empfehlungen geben. In zwei Stunden wird er erwägen, eine Dringlichkeitssitzung des UN-Sicherheitsrates einzuberufen. Das wird dann zwei Stunden später tatsächlich geschehen. Dann werden sie debattieren und streiten, und Russland wird wahrscheinlich auf Zeit spielen, um seinen eigenen Arsch zu retten.«

Becker seufzte und musste hart kämpfen, um seinen Zorn zu unterdrücken. Er hasste Bürokratie schon in guten Zeiten, aber was sie beschrieb, klang schockierend zutreffend, was internationale Diplomatie anging.

»Und in der Zwischenzeit vermehrt sich unser kleines Virus in aller Ruhe in den Körpern seiner Opfer. Nach dem, was Golowko uns über Iwanows manipulierte Version des Virus erzählt hat, sollten die ersten Opfer in zehn bis zwölf Tagen Symptome zeigen. Dann werden sämtliche medizinischen Einrichtungen und Polizeikräfte innerhalb einer Woche überfordert sein, und jeder Anstrich von Recht und Ordnung bricht wahrscheinlich etwa eine Woche später zusammen. Vorsichtig geschätzt würde ich sagen, dass uns noch etwa vier Wochen bis zum Ende der menschlichen Zivilisation, wie wir sie kennen, bleiben. Also ja, ich dachte, es wäre ein guter Zeitpunkt, um zu trinken.« Sie lächelte grimmig und hielt das Glas zu einem

Toast hoch. »Ich weiß nicht … Vielleicht haben wir es uns ja selbst zuzuschreiben.«

»Weißt du, ich habe schon viele Leute getroffen, die gesagt haben, dass die Welt untergehen wird. Krieg, Krankheiten, Hungersnöte … Fuck, sogar eine Invasion von Außerirdischen.« Er zuckte mit den Schultern und trank einen Schluck Bier. »Und soll ich dir was verraten? Sie ist immer noch da.«

Dalton schüttelte den Kopf und wandte den Blick ab, um nicht ihr Spiegelbild betrachten zu müssen. »Wenn du hier bist, um mich aufzumuntern … vergiss es, Becker. Ich bin nicht in Stimmung.«

»Ich halte keine aufmunternden Reden«, versicherte er ihr. »Und ich heiße Cam.«

Sie hob eine Augenbraue. »Cam? Konnten deine Eltern dich nicht leiden?«

»Kurzform für Cameron. Mein alter Herr war Schotte«, erklärte er. »Oder zumindest war sein Urgroßvater einer. Er tat gern so, als ob das noch hundert Jahre später etwas bedeutete, als würde es irgendwie verändern, wer wir waren.« Er zuckte mit den Schultern und trank noch einen Schluck. »Außerdem war er tatsächlich ein ziemliches Arschloch.«

Dalton stieß unwillkürlich ein amüsiertes Schnauben aus.

»Was sagt man dazu?« Becker war erfreut über ihre Reaktion. »Anscheinend kann ich auch komplizierte Leute zum Lachen bringen.«

»Warum erzählst du mir das alles jetzt?«

»Wie du schon sagtest, es ist das Ende der Welt.« Er drehte sich auf seinem Hocker herum und sah sie an. »Ein ebenso guter Zeitpunkt wie jeder andere, um ehrlich zu sein.«

»Ich wette, du hättest nie gedacht, dass du diesen Satz einmal einem Mädchen gegenüber aussprechen würdest, was?«, fragte sie lächelnd und hob ihr Glas, um einen weiteren Schluck zu nehmen.

Dabei fiel Beckers Blick auf die Narben an ihrem Unterarm. Diese Narben, die sie früher so sorgfältig versteckt hatte. Jetzt machte sie keine Anstalten, dies zu tun.

Stattdessen erwiderte sie offen seinen Blick. »Mach schon«, sagte sie schließlich. »Du kannst ruhig fragen.«

»Wirst du es mir dann verraten?«

»Es gibt nur einen Weg, das herauszufinden.«

Becker atmete aus. »Okay. Also, ich frage.«

Daltons Glas war leer. Sie bestellte noch einen Whisky und tat so, als ob sie darauf warten würde. Becker erkannte eine Hinhaltetaktik, wenn er sie sah. Sie versuchte, sich zu sammeln, um es richtig rüberzubringen.

Erst nachdem sie einen Schluck von ihrem frischen Drink genommen hatte, redete sie.

»Ich habe bei einer Hilfsmission in Nigeria gearbeitet und versucht, einen Choleraausbruch in einem der Flüchtlingslager einzudämmen. Eines Tages humpelte ein junger Mann mit einer Schusswunde im Unterleib in unsere Unfallstation. Er war noch ein Kind, Cam. Nicht älter als sechzehn. Er verblutete direkt vor unseren Augen. Er sagte, seine Gruppe sei von einheimischen Guerillas angegriffen worden und er sei als Einziger entkommen, indem er sich tot stellte.« Sie schüttelte den Kopf. »Unsere örtliche Militäreskorte wollte nichts mit ihm zu tun haben. Sie sagten, sie würden ihn nicht kennen und ihm nicht trauen, aber ich bestand darauf, ihm zu helfen. Also habe ich ihn behandelt, seinen Zustand stabilisiert und ihn in den nächsten Tagen sogar etwas kennengelernt. Sein Name war Robert, er kam aus einem benachbarten Stadtteil. Er hatte zwei Schwestern, die zur Schule gehen wollten, einen Bruder, der Musiker werden wollte. Ein ganz normales Leben. Normale Träume.« Sie verstummte.

Becker sagte nichts. Sie würde weiterreden, wenn sie so weit war.

»Als er wieder entlassen werden konnte, bedankte er sich bei mir und versicherte mir, er würde mir immer für meine Hilfe dankbar sein. Ich fühlte mich gut, weil ich etwas getan hatte. Das war einer dieser Momente, in denen man das Gefühl hat, etwas bewirkt zu haben, weißt du? Ich nehme an, so etwas ist der Eitelkeit geschuldet.«

Sie hob ihr Glas erneut, und Becker bemerkte, dass ihre Hände zitterten, als sie trank.

»Zwei Tage später erfuhr ich, dass Robert mit einer Selbstmordweste auf einen Platz in Abuja spaziert ist und sich mitten auf einem belebten Markt in die Luft sprengte. Sechs Menschen starben. Robert war ein Mitglied von Boko Haram.«

»Diese Terrororganisation?«, hakte Becker nach.

Sie nickte. »Er hatte sich die Schusswunde in einem Gefecht mit den Regierungstruppen zugezogen und kam zu uns, weil ihn sonst niemand behandeln wollte. Aber ich tat es. Ich habe ihm das Leben gerettet, damit er sich und andere in die Luft sprengen konnte.«

Sie schloss für einen Moment die Augen, und Becker sah Tränen auf ihren Wimpern glitzern. »In dieser Nacht ging ich in mein Zelt, nahm ein Skalpell heraus und … benutzte es an mir selbst. Der Schmerz, das Blut … das war genug, um nicht mehr daran zu denken, was passiert war, zumindest eine Zeit lang. Einen Schnitt pro Nacht habe ich mir erlaubt.« Sie fuhr mit ihren Fingern über die alten Narben. »Das heißt, bis ich in der letzten Nacht auf die Idee kam, noch ein bisschen tiefer zu schneiden. Es ist einfach passiert, und ich habe es getan, ohne nachzudenken. Es war so einfach.«

Becker konnte sich nicht vorstellen, wie sie sich in diesem Moment gefühlt haben musste, wie groß ihre Schuldgefühle waren, um so etwas in Erwägung zu ziehen. Ganz zu schweigen davon, es dann auch tatsächlich zu tun.

Dalton hatte einen abwesenden Blick, als sie das Erlebnis Revue passieren ließ. »Man sagt, dass man sich kalt fühlt, wenn man stirbt, aber das war bei mir nicht so. Es war warm, angenehm, fast … entspannend. Wie eine weiche Decke, die dich umhüllt, dich beruhigt und dir sagt, dass es in Ordnung ist. Man möchte einfach nur die Augen schließen und schlafen … alles hinter sich lassen.«

Die Art und Weise, wie sie darüber sprach, klang fast wehmütig, melancholisch, als wäre es eine angenehme Erfahrung, die ein Teil von ihr gerne wiederholen würde.

»Aber du hast es nicht durchgezogen.« Er hatte das Bedürfnis, sie aus dieser Träumerei zu reißen.

Dalton blinzelte und kam wieder zu sich. Sie lächelte schwach über seine Worte, ein trauriges, bedauerndes Lächeln.

»Anton hat mir das nicht durchgehen lassen«, korrigierte sie ihn. »Keine Ahnung, woher er wusste, dass er in dieser Nacht dort sein musste, aber er war es. Manchmal glaube ich, er kannte mich besser als ich mich selbst. Er kam in mein Zimmer, fand mich ohnmächtig auf dem Boden und trug mich in die Krankenstation. Er hat mir das Leben gerettet.«

Dazu wusste Becker nichts zu sagen. Er hatte das enge, fast väterliche Band der Freundschaft zwischen den beiden gespürt, aber er hatte keine Ahnung, dass es so tief ging. Dalton verdankte Kincaid buchstäblich ihr Leben.

»Anton … hatte nie eigene Kinder. Er war einmal verheiratet, vor langer Zeit. Aber seine Frau starb, und seitdem war er allein. Er wäre mit seiner Arbeit verheiratet, hat er immer gesagt.« Ihr Lächeln war traurig, brüchig. »Ich glaube, ich habe diese Lücke in seinem Leben gefüllt, und das habe ich gern gemacht. Zu wissen, dass jemand dich braucht, dass du ihm etwas bedeutest … das gibt dir einen Grund weiterzumachen, weißt du?«

»Ja. Ja, das weiß ich.«

»Mein Einsatz in der Türkei war mein erster Einsatz seit diesem … Vorfall«, erklärte sie. »Anton war dagegen, aber ich habe darauf bestanden. Ich wollte ihm beweisen … mir selbst beweisen, dass ich es noch draufhabe.« Sie blickte auf ihr halb leeres Glas und schnaubte grimmig. »Ich schätze, ich habe ihn wieder im Stich gelassen, hm?«

Becker war noch nie besonders gut in solchen zwischenmenschlichen Dingen, aber selbst er hatte das Gefühl, etwas tun oder sagen zu müssen. Er streckte eine Hand aus und legte sie ihr auf den Arm, bedeckte die alten Narben.

»Du hast niemanden im Stich gelassen«, sagte er leise. »Du hast dein Bestes gegeben, genau wie bei Robert.« Er zuckte mit den Schultern. Es war ein Zeichen der Akzeptanz von etwas, das sie beide wussten. »Manchmal ist unser Bestes eben nicht genug.«

Dalton sah ihn einen langen Moment an und nickte dann anerkennend. Vielleicht auch dankbar.

Eine plötzliche Veränderung auf dem Fernsehbildschirm erregte Beckers Aufmerksamkeit. Die Kamera der Live-Übertragung vom Dulles International schwenkte plötzlich nach rechts, als eine Kolonne von Militärfahrzeugen vor dem Hauptterminal auftauchte, gefolgt von einer Polizeieskorte mit eingeschaltetem Blaulicht und Sirenen. Die Fahrzeuge waren Becker auf Anhieb bekannt. Zweieinhalb-Tonner. Truppentransporter.

Kaum waren die großen Transportfahrzeuge zum Stehen gekommen, sprangen bewaffnete und gepanzerte Soldaten heraus und formierten sich vor dem Flughafen. *Nationalgarde*, dachte Becker, und ein mulmiges Gefühl regte sich in seiner Magengrube. Der *Posse Comitatus Act* verbot den Einsatz der Armee auf amerikanischem Boden, aber für die Nationalgarde galten keine derartigen Einschränkungen. Leider handelte es sich bei den Nationalgardisten in der Regel um unerfahrene, kaum ausgebildete Teilzeitsoldaten, die in einer kritischen Situation leicht in Panik geraten konnten. »Weekend Warriors«, wie sie in der regulären Armee abschätzig genannt wurden.

Der Nachrichtensprecher griff die sich offensichtlich schnell entwickelnde Situation auf. »Wir erhalten jetzt Berichte über Militäreinheiten, die am Dulles International eintreffen. Wie Sie sehen können, handelt es sich um ein beträchtliches Kontingent an Nationalgardisten. Da es weder von der amerikanischen noch von der britischen Regierung Stellungnahmen gibt und keine Möglichkeit besteht, mit den eingeschlossenen Personen in Kontakt zu treten, können wir zum jetzigen Zeitpunkt nur spekulieren, wofür diese Truppen eingesetzt werden sollen. Aber es wird immer deutlicher, dass es sich hier um einen größeren terroristischen Zwischenfall handelt. Wir werden Sie über jede neue Entwicklung aktuell informieren.«

Becker leerte sein Bier, stand auf und wollte gehen. Er hatte sich bereits entschieden, was er als Nächstes tun wollte, und die Ereignisse der letzten paar Minuten hatten seine Entschlossenheit nur noch verstärkt.

Dalton sah ihn überrascht an. »Wohin willst du?«

Becker blickte sie eindringlich an. Er vermutete, dass dies vielleicht das letzte Mal war, dass sie miteinander sprachen. Er hegte keine Illusionen darüber, dass das, was er in der nächsten Stunde tat, gut für ihn ausgehen würde. Aber solche Überlegungen hatten ihn noch nie davon abgehalten, dumme oder leichtsinnige Dinge zu tun.

»Ich gehe los und versuche, mein Bestes zu tun.«

39

Der Soldat Frank Rogers ging gerade über das Gelände zum Fuhrpark der Basis, um sich bei dem diensthabenden Officer zu melden, als er durch einen wütenden Schrei zu seiner Linken aufgehalten wurde.

»He, Sie, Soldat!«

Rogers schrak bei der lauten Stimme des älteren Mannes zusammen und blickte zu dem Mann in Zivil hinüber, der wütend auf ihn zumarschierte. Er spürte, wie er innerlich zusammenzuckte. Er kannte diesen Blick nur zu gut: die herausgestreckte Brust, die kantigen Schultern, der selbstbewusste, arrogante Gang. Der Kerl trug zwar keine Uniform, aber er war definitiv ein höherer Dienstgrad. Wahrscheinlich ein Sergeant, seinem Aussehen nach zu urteilen.

»Sir?«, fragte er unsicher. Da der Mann keine Abzeichen trug und Rogers sich nicht erinnern konnte, ihn schon einmal auf der Basis gesehen zu haben, nannte er ihn vorsichtshalber »Sir«.

»Schenken Sie sich das verfluchte ›Sir‹!«, schnauzte der Mann ihn an. »Ich muss für meinen Lebensunterhalt arbeiten. Für Sie heißt es Staff Sergeant, Rogers.«

»Tut mir leid, Staff Sergeant«, erwiderte Rogers, der sofort Haltung annahm, aber immer noch nicht wusste, wofür er gerügt worden war. Seine Uniform war in Ordnung, und er war gerade dabei, sich zum Dienst zu melden. »Was ist das Problem?«

»Das ›Problem‹ liegt da drüben, Rogers!«, schoss der Staff Sergeant zurück und deutete mit dem Finger auf die drei Humvees, die etwa zwanzig Meter entfernt ordentlich nebeneinander geparkt waren. »Sie kommen mit und sehen sich das an.«

Ohne eine Antwort abzuwarten, machte der Mann auf dem Absatz kehrt und marschierte auf das mittlere Fahrzeug zu.

»Staff Sergeant?«, rief Rogers ihm nach, wohl wissend, dass er sich jetzt zum Dienst melden musste. Er hatte nicht die Zeit, dieses verrückte Arschloch zu hätscheln.

»Jetzt, Rogers!«, warf der Sergeant ihm über die Schulter zu.

Rogers beeilte sich, ihn einzuholen. Er konnte hören, wie der Mann beim Gehen vor sich hinmurmelte.

»Irgendein Arschloch kriegt dafür meinen Stiefel in seinen Hintern.«

Er ging zum rückwärtigen Teil des Fahrzeugs, und Rogers folgte dicht dahinter, zu verängstigt vor dem Zorn des Mannes, um zu protestieren.

Der Sergeant drehte sich zu ihm um und zeigte auf die Winde, die an der Vorderseite des Fahrzeugs angebracht war. »Sehen Sie sich das an, Rogers«, befahl er. »Und dann sagen Sie mir, ob Sie das nicht auch für einen verdammten Scherz halten.«

Noch immer nicht sicher, wonach er suchte, kniete Rogers nieder, um die Winde zu untersuchen. Im selben Moment legte sich ein starker Arm um seinen Hals und riss ihn von den Füßen nach hinten. Instinktiv und panisch schlug er um sich und versuchte vergeblich, um Hilfe zu rufen. Aber der Druck auf seinen Hals war hart und unerbittlich. »Wehr dich nicht!«, flüsterte eine Stimme in sein Ohr, als sich seine Sicht bereits zu trüben begann.

»Ganz ruhig, du wirst schon wieder.« Sein letzter verwirrter Gedanke, bevor die Schwärze ihn verschlang, war, dass sein Vorgesetzter sauer auf ihn sein würde, weil er sich nicht zum Dienst gemeldet hatte.

Becker wartete, bis der junge Soldat das Bewusstsein verloren hatte, bevor er seinen Griff löste und ihn sanft zu Boden gleiten ließ. Nachdem er seinen Puls überprüft hatte, um sich zu vergewissern, dass er noch lebte, kniete sich Becker neben ihn und zog ihm die Kleidung aus. Etwa eine Minute später stand Becker auf, streckte sich und zupfte Rogers' Militäruniform zurecht. Sie saß an Brust und Schultern etwas eng, und er bezweifelte, dass sie einer genaueren Inspektion standhalten würde, aber für das, was er vorhatte, würde sie reichen.

Er ließ den jungen Mann im Schatten eines der Humvees liegen. Der Junge würde sich wahrscheinlich Ärger mit seinen Vorgesetzten einhandeln, wenn er aufwachte, aber Becker fand, dass es den Preis wert war, angesichts dessen, was er tun musste.

Becker ging zur Fahrertür des nächstgelegenen Humvees, stieg ein und machte sich an der Lenksäule zu schaffen. Humvees sind große, robuste Fahrzeuge, die für raue Fahrten ausgelegt sind, aber sie sind nicht gerade raffiniert, wenn es um Diebstahlsicherung geht. Nach fast zehn Jahren beim Militär kannte Becker alle Tricks, um sie ohne Schlüssel zu starten. In weniger als einer Minute hatte er sich Zugang zum Zündsystem verschafft. Er hielt den Atem an, als er die stromführenden Drähte miteinander verknüpfte. Beim zweiten Versuch brüllte der Motor auf.

Becker legte den Gang ein, fuhr rückwärts aus der Parklücke und ließ den bewusstlosen jungen Mann zurück. Becker war sich darüber im Klaren, dass man ihm angesichts der aktuellen Krise niemals erlauben würde, den Stützpunkt zu verlassen oder mit der Außenwelt zu kommunizieren. Die Auswirkungen auf die Sicherheit waren zu groß. Also blieb ihm nichts anderes übrig, als die Sache selbst in die Hand zu nehmen.

Becker fuhr zum Haupttor und reichte dem gelangweilt aussehenden Korporal, der die Kontrolle durchführte, Rogers' Sicherheitsausweis, wobei er darauf achtete, seine Mütze ein wenig tiefer in die Stirn zu ziehen, um sein Gesicht zu verbergen. Er hatte sich zuvor geduscht und rasiert, um sich auf dieses Unterfangen vorzubereiten, und mit seinem kurz geschnittenen Haar sah er dem Mann, den er verkörpern wollte, zumindest ein wenig ähnlich.

Er hoffte nur, dass die Torwache nicht zu genau auf den Lichtbildausweis schaute, denn sonst würde er sich vielleicht fragen, wie ein Mann mit eindeutig Ende dreißig noch ein einfacher Soldat sein konnte. Er spannte sich an, ließ den Humvee im Gang, bereit, das Gaspedal durchzudrücken und sich seinen Weg durch den Checkpoint zu bahnen, wenn der Wachposten ihn auch nur schief ansah.

In diesem Fall hatte er jedoch Glück. Der Korporal warf nur einen flüchtigen Blick auf seinen Ausweis, um sich zu vergewissern, dass er gültig war. Das Aussehen seines Besitzers kümmerte ihn nicht.

»Wohin geht's?« Er gab ihm den Ausweis zurück.

»Nirgendwohin. Die Werkstatt hat gerade eine neue Antriebswelle eingebaut, also muss ich mit dem Schätzchen eine Runde drehen, um zu sehen, ob sie hält.« Er grinste. »Würde mich nicht wundern, wenn ich gleich einen Abschleppwagen anfordern muss.«

Der Korporal lehnte sich aus seiner Wachbaracke und sah Becker direkt in die Augen. »Wenn du es zum Fuhrpark zurückschaffst, tu mir einen Gefallen und sag diesem

Arschloch Barnes, dass er Carl noch zehn Dollar schuldet. Er wird wissen, wen du meinst.«

»Mach ich«, erwiderte Becker und unterdrückte seine Erleichterung, als sich die Schranke des Kontrollpunkts hob.

Der Korporal nickte und winkte ihn durch. »Schönen Tag noch.«

Becker antwortete nicht und fuhr, so schnell er konnte, davon. Er war sich bewusst, dass es nur eine Frage der Zeit war, bis jemand Rogers entdeckte und die Puzzleteile zusammensetzte.

Jede Minute zählte. Er musste sicherstellen, dass er sie gut nutzte.

40

CNN-Büro, Adana, Türkei

»Wir sollten eigentlich einen fünfminütigen Beitrag nach der Hauptzusammenfassung bekommen«, sagte Azra Karahan und fuhr sich frustriert mit den Händen durch ihr langes dunkles Haar. Als Reporterin eines der regionalen Büros von CNN Turk in der Stadt Adana hatte Karahan Informationen über den Bombenanschlag auf die medizinische Einrichtung im nahe gelegenen Gaziantep in der vergangenen Nacht sowie über die anschließende Schießerei gesammelt, von der sie annahm, dass sie damit in Verbindung stand. Wie die meisten ihrer Mitarbeiter hatte sie seit vierundzwanzig Stunden nicht mehr geschlafen, und ihre Laune wurde durch die Terroranschläge in London und Washington nicht gerade besser. Denn die hatten das, was eigentlich eine wichtige Geschichte hätte werden sollen, verdrängt.

»Was wollen Sie hören?«, erwiderte Baran Enver, ihr Channel-Koordinator. »Sie reservieren die Sendezeit für Washington und London.«

Karahan schien ihn mit einem Laserblick geradezu durchbohren zu wollen. »Es kümmert also niemanden, dass eine unserer Städte letzte Nacht in ein Kriegsgebiet verwandelt wurde?«

Der ältere Mann zuckte mit den Schultern, während er seinen Kaffee trank. »Westlicher Terrorismus hat die besten

Einschaltquoten. Das wissen Sie genauso gut wie ich. Glauben Sie, dass irgendjemand am 11. September über eine Entführung in Istanbul berichtet hätte?«

»Jedenfalls sind Sie der Einzige, der alt genug ist, um es uns zu verraten«, schoss sie zurück.

Enver, ein übergewichtiger, kahlköpfiger Mann, den zwanzig Jahren Nachrichtenbranche deutlich ausgelaugt hatten, zeigte ihr den Stinkefinger.

Karahan ignorierte ihn und starrte auf den an der Wand montierten Fernseher, auf dem ständig Live-Berichte über die Terroranschläge liefen. So wie es aussah, waren an beiden Flughäfen Truppen eingetroffen, um das Gelände zu sichern. Nur richteten sie ihre Waffen nach innen statt nach außen.

Sie hielt inne und dachte an die Menschen, die in den Flughäfen festsaßen. In einem Leben, das der Verfolgung von Nachrichten gewidmet war, fiel es nur allzu leicht, sich von der Realität dessen, worüber sie berichteten, zu lösen. Aber heute spürte sie die Veränderung, die in der Luft lag. Was sich auch immer auf diesen Flughäfen abspielte, war groß. Groß genug, um sie alle zu betreffen.

Sie wurde aus ihren Gedanken gerissen, als das Telefon auf ihrem Schreibtisch klingelte. Überrascht runzelte sie die Stirn. Im Zeitalter der Mobiltelefone waren die klobigen, altmodischen Geräte, die auf ihrem Schreibtisch verkabelt waren, fast schon ein Anachronismus.

»Wollen Sie drangehen oder uns lieber im Ungewissen lassen?«, erkundigte sich Enver.

Sie nahm den Hörer ab. »Ja?«

»Azra, hier ist Zehra von der Rezeption.« Zehra Cavus war eine nüchterne Mittfünfzigerin, die es mittlerweile gewohnt war, mit Idioten und Verschwörungsspinnern zu tun zu haben, die auf ihre fünfzehn Minuten Ruhm aus waren. Aber jetzt klang sie untypisch verunsichert. »Hier ist ein Mann, der mit dem ranghöchsten Reporter sprechen möchte.«

Karahan lehnte sich müde in ihrem Stuhl zurück. Terroristische Großereignisse lockten nur zu leicht die Verrückten aus ihren Löchern.

»Verstehe. Und worüber genau?«

»Die Anschläge in London und Washington. Er sagt, er habe Informationen darüber, was da wirklich passiert.«

Sag ich doch, dachte Karahan düster.

»Und wie kommen Sie darauf, dass er seriös ist?«

»Nun, er fuhr in einem Humvee der US-Army vor ...«

Karahan sah zu Enver hinüber, der sie neugierig beobachtete.

»Ich bin gleich unten«, sagte sie und schoss förmlich von ihrem Schreibtischstuhl.

Dalton nippte gerade an ihrem Whisky, als eine abrupte Änderung der Berichterstattung ihre Aufmerksamkeit erregte. Die Nachrichtensprecherin schien mitten im Satz ins Stocken zu geraten, als neue Informationen durch ihren versteckten Ohrhörer drangen. Etwas Bedeutendes war geschehen.

»Wir haben soeben von unserem regionalen Hauptquartier in Adana, Türkei, erfahren, dass es neue Informationen über die Anschläge in London und Washington gibt. Wir schalten jetzt live zu unserer Reporterin Azra Karahan für ein exklusives Interview. Azra, was können Sie uns sagen?«

Das Glas rutschte Dalton aus der Hand, und sie verschüttete den Whisky über die Bar, als der Sender auf ein improvisiertes Nachrichtenstudio umschaltete, in dem sich eine junge Reporterin auf ein Interview mit einem männlichen Gast vorbereitete, einem Mann, der ein schlecht sitzendes Hemd und eine schlecht sitzende Anzugjacke trug, die ihm offensichtlich in letzter Minute vor der Live-Sendung besorgt worden waren.

»Mein Gott, Becker!«, flüsterte sie.

»Danke«, bestätigte die junge Reporterin, die sichtlich nervös war. Dieser Moment konnte über ihre Karriere entscheiden. »Ich spreche jetzt live mit Cameron Becker, einem ehemaligen US-Spezialagenten, der sich mit exklusiven Informationen über die Ereignisse in London und Washington an uns gewandt hat. Mr. Becker, was können Sie uns über diese Vorfälle …?«

Becker, der es offensichtlich nicht gewohnt war, auf Sendung zu sprechen, begann einfach direkt mit seiner Erzählung, ohne zu warten, bis sie zu Ende gesprochen hatte.

»Ich kann Ihnen sagen, dass dies keine zufälligen Vorfälle sind, ebenso wenig wie der Angriff in Gaziantep gestern Abend. Sie hängen zusammen. Dies ist das Werk einer gut organisierten Gruppe von Extremisten, die eine biologische Waffe in die Hände bekommen haben, die von der Sowjetunion während des Kalten Krieges entwickelt wurde.«

»Entschuldigung, sagten Sie eine biologische Waffe?«, hakte sie nach.

»Es ist ein Virus, benannt nach der Expedition, die es in den 1950er-Jahren entdeckt hat – das Djatlow-Virus«, erklärte Becker eilig. »Es tötete das gesamte Team, aber die abgelegene Lage verhinderte eine weitere Ausbreitung. Die Sowjets entdeckten die Leichen und das Virus und entwickelten es zu einer Waffe. Aber das Virus ging ihnen am Ende des Kalten Krieges verloren.«

»Wollen Sie damit sagen, dass alle Menschen auf diesen Flughäfen mit einem waffenfähigen Virus infiziert wurden?«, fragte Kaharan, um dafür zu sorgen, dass er es laut aussprach, damit keine Zweifel aufkamen.

»Genau das sage ich«, bestätigte er grimmig. »Es ist das schrecklichste Virus, mit dem wir es je zu tun hatten. Warum, glauben Sie, hat man die Flughäfen abgeriegelt und mit Truppen gesichert? Um zu verhindern, dass es sich weiter ausbreitet. Nur ist das in Wahrheit bereits längst geschehen.«

»Verflucht!« Dalton sprang von ihrem Barhocker und stürmte aus dem Gebäude, direkt zur Kommandozentrale, wo Kincaid und die anderen sich eingegraben hatten.

Sie konnte nur ahnen, was dort jetzt für ein Donnerwetter ausbrach.

Karahan hörte aufmerksam zu, während ihr mysteriöser Gast alles ausplauderte, was er wusste, und ihr keine Zeit ließ, sie mit Fragen oder Erläuterungen zu unterbrechen. Er glaubte offensichtlich jedes Wort, das er sagte, und das war auch gut so, denn sie hatte gerade ihre berufliche Zukunft auf ihn gesetzt.

Es war sein dringendes, fast verzweifeltes Bedürfnis, diese Geschichte zu verbreiten, die sie dazu gebracht hatte, ihn gegen die Bedenken ihrer Kollegen in die Liveübertragung zu nehmen. »Ich gehörte zu einem Sicherheitsteam, das vor einigen Tagen einen russischen Zivilisten durch Bagdad eskortierte. Wir wurden angegriffen, und er wurde gefangen genommen. Wir wussten damals noch nicht, dass er ein ehemaliger sowjetischer Forscher war, der an der Entwicklung des Djatlow-Virus entscheidend mitgewirkt hatte. Die Gruppe, die für diese Angriffe verantwortlich war, zwang ihn auch, Behälter zur Verbreitung des Virus herzustellen. Wir haben ihn in einem Bürogebäude in Gaziantep aufgespürt, aber wir kamen zu spät. Er war bereits infiziert.«

»Das gleiche Gebäude, das gestern Abend zerstört wurde?«, fragte sie ihn. *Mein Gott, ich hatte recht,* dachte sie bei sich.

»Richtig. Sie haben uns eine Falle gestellt, das Gebäude abgeriegelt und versucht, alle darin befindlichen Personen auszulöschen.«

Dalton hatte zwar erwartet, dass die Stimmung in der Kommandozentrale gelinde gesagt angespannt sein würde, als sie hineinstürmte, aber selbst sie war nicht auf das Chaos vorbereitet, das sie dort vorfand. Wohin sie auch blickte, hasteten Militär- und Regierungsmitarbeiter durch den Einsatzraum, Kommunikationsspezialisten gaben dringende Befehle über ihre Headsets, und die Schichtleiter rannten mit ihren Handys am Ohr hin und her.

»Es ist mir egal, welche Ressourcen Sie mobilisieren müssen«, schrie Kincaid gerade in sein Telefon. »Ich will, dass diese Sendung unterbrochen und Becker sofort verhaftet wird. Machen Sie schon!«

»Anton …«, begann Dalton.

Kincaid stürzte sich auf sie. »Wussten Sie davon?« Er deutete auf einen Fernseher auf einem Schreibtisch neben ihm, auf dem Beckers Interview lief.

»Nein! Ich … hatte keine Ahnung«, stammelte sie.

»Andere Netzwerke greifen die Geschichte bereits auf!«, rief ein Techniker. »NBC und CNN Worldwide sind ebenfalls dran. Sieht so aus, als würde sich BBC als Nächstes zuschalten.«

Kincaid fluchte vor sich hin und sah dann zu General Phillips, dem Kommandeur der Basis. »Wie weit sind wir mit der Festnahme von Becker?«

»Wir haben bereits MPs losgeschickt«, antwortete Phillips, der selbst mit seinen verfügbaren Bodeneinheiten telefonierte. »Ankunft in weniger als fünf Minuten.«

»Dieser dämliche Bastard!«, rief Kincaid und starrte bestürzt auf den Fernseher. »Er wird eine Massenpanik auslösen. Was glaubt er, was er da tut?«

»Das Einzige, was er tun kann, Anton«, sagte Dalton. Sie hatte das Gefühl, sie müsste sein Handeln verteidigen. Sein Verhalten war weder besonders klug noch gut durchdacht, aber in einem Punkt war sie sich sicher: Es würde eine Reaktion erzwingen.

Kincaid sah sie lange an und schien zu überlegen, was er antworten sollte, bis General Phillips ihm quer durch den Raum etwas zurief.

»Die MPs sind vor Ort! Sie gehen rein.«

»Mr. Becker, wenn das, was Sie sagen, wahr ist, könnte dies der schwerste terroristische Angriff seit den Anschlägen vom 11. September sein. Jeder, der das hier sieht, wird mehr wissen wollen.« Karahan beugte sich vor und beobachtete ihren Gast aufmerksam. »Warum haben Sie sich jetzt gemeldet?«

»Ich will um Hilfe bitten«, antwortete er, wandte sich von ihr ab und blickte nun direkt in die Kamera. »Ich bitte jeden, der etwas über dieses Virus weiß … Ich flehe Sie an, sich zu melden und uns zu helfen. Helfen Sie uns, einen Weg zu finden, es aufzuhalten, bevor es zu spät ist. Hier geht es nicht mehr um Loyalität zu Ländern, Regierungen oder Ideologien. Wir kämpfen jetzt den Kampf unseres Lebens – wir alle. Die Menschheit. Gemeinsam!«

Karahan registrierte plötzliche Unruhe draußen vor dem Studio, das Krachen einer aufgestoßenen Tür, Schreie streitender Menschen und laute, autoritäre Stimmen, die sich durchsetzen.

»US-Militär! Gehen Sie zur Seite. Machen Sie den Weg frei, oder wir eröffnen das Feuer!«

Becker ignorierte das zunehmende Geschrei und richtete seine Aufmerksamkeit auf die Kamera. »Ich habe keine Zeit mehr. Ich flehe Sie an. Wenn Sie etwas wissen, irgendetwas, das uns helfen könnte, dann melden Sie sich. Das ist unsere letzte Chance.«

In diesem Moment wurden die Studiotüren aufgerissen, und drei große Männer in US-Uniformen traten mit gezogenen Pistolen ein.

»Alle auf den Boden und Hände hinter den Kopf!«, schrie der Anführer der Gruppe. »Schalten Sie sofort die Kameras aus!«

Karahan blieb keine Wahl. Sie musste sich fügen, denn ihr war klar, dass diese Typen es ernst meinten. Außerdem waren weder sie noch sonst jemand im Studio in der Lage, sich zu wehren.

Als sie sich mit dem Rest des in Panik geratenen Personals auf den Teppich legte, sah sie, wie Becker sich kampflos der Militärpolizei ergab. Sie musterte ihn kurz, sah sein dankbares Nicken, als die MPs ihm Handschellen anlegten und ihn auf die Beine zerrten.

In Sekundenschnelle war er verschwunden.

41

Internationaler Flughafen Heathrow, London

Hodge starrte stumm und schockiert auf den TV-Monitor in der Sicherheitszentrale des Flughafens. Er war auf den BBC World News Service eingestellt, der Beckers explosives Interview auf CNN Turk wiedergab, das in plötzlichen Schreien und Tumult gipfelte, als bewaffnete Militärpolizisten den Raum stürmten. Etwa eine Sekunde später wurde die Kamera abrupt abgeschaltet.

Hodge hatte keine Ahnung, was in dem Nachrichtenstudio am anderen Ende der Welt passiert war oder was aus dem mysteriösen Informanten geworden war, der diesen Hilferuf abgesetzt hatte, aber das spielte jetzt auch keine Rolle mehr. Es zählte nur die erschreckende Realität, die er sowohl den Menschen in diesem Raum als auch der ganzen Welt offenbart hatte.

Mein Gott, das wird eine internationale Panik auslösen.

Hodge spürte den Stimmungswandel schon unter den professionellen Sicherheitskräften im Raum. Ihre gespannte Besorgnis und entschlossene Konzentration wichen einer wachsenden Flut von Angst und Panik, nachdem jetzt die Wahrheit ans Licht gekommen war. Ihr Flughafen war einer viralen Biowaffe ausgesetzt worden, die sich wahrscheinlich mit jeder Minute weiter unter den Zivilisten im Hauptterminal verbreitete. Bis sie unweigerlich ihren Weg in diesen Raum fand.

Er konnte sich nicht erlauben, weiter in diese Richtung zu denken. Er schnappte sich die Fernbedienung, schaltete die Nachrichtensendung ab und wandte sich an sein geschocktes Team.

»Wir alle haben so etwas in Notfällen schon einmal erlebt.« Er versuchte, Zuversicht und Sicherheit in seine Stimme zu legen. »Aber wir sind nicht hier, um uns mit Spekulationen und Gerüchten zu beschäftigen. Wir führen die Befehle unserer eigenen Befehlskette aus, und genau das werden wir auch weiterhin tun.«

Er sah zu einem seiner Kollegen hinüber, der eigentlich die elektronischen Übertragungen im Terminal überwachen sollte. Stattdessen starrte er auf den Fernseher und das Banner, das am unteren Rand lief:

Biowaffenangriffe in London und Washington – angebliche russische Beteiligung – beide Flughäfen sind abgeriegelt – keine Erklärung der britischen oder amerikanischen Regierung

»George, blockieren wir immer noch die Einspeisung in die Terminal-TVs?«

Es kam keine Antwort.

»George!«, sagte er lauter.

Der Techniker riss sich mit einem Ruck aus der Erstarrung. »Ja ... ja, die Signale wurden alle abgeschaltet.«

»Gut. Wir dürfen nicht zulassen, dass sie das sehen. Das würde eine Panik auslösen.«

»Aber *wir* haben das gesehen!«, meldete sich eine Mitarbeiterin zu Wort, eine junge Frau, die erst vor ein paar Wochen hierher versetzt worden war. Hodge konnte sich nicht einmal an ihren Namen erinnern. »Wir wissen, was hier los ist. Warum evakuiert man uns nicht?«

»Weil wir eine Aufgabe zu erledigen haben«, antwortete Hodge. »Wir rennen nicht einfach beim ersten Anzeichen von Ärger weg.«

Ein anderer Techniker stand von seinem Schreibtisch auf. Er war blass und erschüttert und schien zur Tür hinausstürzen zu wollen.

»Setz dich wieder hin, Alan!«, befahl Hodge.

»Sie haben gehört, was der Mann gesagt hat. Es handelt sich um einen Virusausbruch, der jeden auf dem Flughafen töten wird.« Ein paar andere Leute nickten und murmelten zustimmend, noch nicht ganz bereit, sich mit ihm gegen ihren Chef zu stellen, aber eindeutig kurz davor. »Wir müssen hier raus, bevor ...«

»Wir können hier nicht raus!«, schrie Hodge, woraufhin mehrere Menschen in der Nähe erschrocken aufsprangen. Ihr sanftmütiger Chef erhob nur selten seine Stimme im Zorn. »Das gesamte Terminal ist abgeriegelt. Das heißt, niemand kommt rein oder raus, auch wir nicht. Und jetzt setzen Sie sich wieder hin.«

Alans ohnehin schon blasser Teint erbleichte bei dieser Nachricht noch mehr. Er sah aus, als müsste er sich gleich übergeben. Nichtsdestotrotz ließ er sich wieder auf seinen Schreibtischsessel sinken.

»Ich weiß, dass dies für Sie alle beängstigend ist«, fuhr Hodge fort. »Ich weiß, dass keiner von uns das wollte. Aber dafür sind wir ausgebildet worden. Wir sind alle Profis, und wir haben eine Aufgabe zu erfüllen. Wenn jemand das Gefühl hat, dass er das nicht kann, dann ist er vom Dienst befreit. Aber wir bleiben ausnahmslos und auf jeden Fall hier, bis wir anderslautende Befehle erhalten. Ist das allen klar?«

Seine Aussage wurde mit kaltem Schweigen quittiert. Niemand mochte widersprechen, aber es gab auch keine offene Unterstützung. Hodge blieb standhaft, spürte, wie seine Handflächen schweißnass wurden, und wartete auf eine Antwort.

Schließlich meldete sich die junge Technikerin zu Wort, deren Namen er sich nicht gemerkt hatte. »Wir haben verstanden«, sagte sie und wandte sich wieder ihrem Computerterminal zu.

Und einfach so war der Wendepunkt erreicht. Einer nach dem anderen kehrte auf seinen Arbeitsplatz zurück, um sich wieder seiner Aufgabe zu widmen und zu überlegen, was sie noch tun konnten.

Hodge atmete langsam den angehaltenen Atem aus. Die Situation war unter Kontrolle, zumindest für den Moment. Aber man musste kein Genie sein, um zu erkennen, dass dies nicht von Dauer sein würde.

42

Luftwaffenstützpunkt Incirlik, Türkei

Becker wurde in Handschellen in die Einsatzzentrale eskortiert, flankiert von zwei bewaffneten Militärpolizisten, die ihn aus dem Humvee draußen geholt hatten.

Dalton, die ihre Aufmerksamkeit auf die sich wie ein Lauffeuer ausbreitende Nachrichtenmeldung richtete, die sich aus seinem improvisierten Interview ergeben hatte, blickte zu ihm auf. Sein Gesichtsausdruck war unerschütterlich und resigniert, als sie ihn im Polizeigriff hereinführten. Er hatte gewusst, dass man ihn erwischen würde, kannte die Konsequenzen seines Handelns und hatte es trotzdem getan.

Er sah sie einen Moment lang an und zwinkerte ihr dann zu.

Kincaid, der gerade mit seinen Kollegen im WHO-Hauptbüro telefonierte, stürzte sich auf den Mann.

»Sie dummer, arroganter Mistkerl!«, schnauzte er und legte seine übliche gelehrte Gelassenheit ab. »Wissen Sie eigentlich, was Sie da getan haben?«

»Ich habe die Wahrheit gesagt!«, erwiderte Becker gleichmütig. »Sollten Sie auch mal ausprobieren.«

Kincaid machte einen Schritt auf Becker zu, die Hände zu Fäusten geballt, und einen Moment lang fragte sich Dalton tatsächlich, ob er dem Mann einen Schlag versetzen würde. Wenn ja, wäre das eine drastische Fehleinschätzung seinerseits. Anton Kincaid war vieles, aber ganz sicher kein Kämpfer. »Und wie viele Menschenleben hat Ihr kleiner Werbegag gefährdet?«

»Weniger, als wir verlieren werden, wenn wir keinen Weg finden, Djatlow-12 aufzuhalten. Das war der einzige Weg, es zu tun.«

»Und was, glauben Sie, wird passieren, wenn die Menschen davon erfahren, die auf den Flughäfen eingesperrt sind?«, fragte Kincaid. »Glauben Sie, sie werden untätig herumsitzen und warten, bis sie sterben? Oder wie es wäre, den Russen die ganze Schuld in die Schuhe zu schieben, gerade wenn wir ihre Kooperation brauchen? Haben Sie eine Vorstellung von den internationalen Auswirkungen einer solchen Anschuldigung? Oder haben Sie sich gar nicht die Mühe gemacht, so weit vorauszudenken?«

»Verdammt noch mal, das hier ist wichtiger als alles andere«, feuerte Becker hitzig zurück. »Es geht hier um unsere verdammte Spezies, Kincaid, und Sie sitzen auf Ihrem Beamtenarsch und machen sich Sorgen, dass die russische Regierung beleidigt reagiert? Mir kommen gleich die Tränen!«

Kincaid verkrampfte den Kiefer, während er Becker anstarrte. Dann wandte er sich abrupt an den Kommandanten der Basis, der den Austausch mit Interesse verfolgte.

»General, Sie haben eine Arrestzelle auf dieser Basis, nehme ich an?«

Der Mann nickte. »Das haben wir allerdings.«

»Gut. Würden Sie bitte diesen Mann dort hineinschaffen und dafür sorgen, dass er dort bleibt?«

»Betrachten Sie das als erledigt.« Er blickte zu den beiden MPs, die Becker bewachten, kurz nickten, Becker an den Armen packten und ihn aus dem Raum führten.

Nachdem Becker verschwunden war, starrte Kincaid

noch länger auf die Tür. Sein Gesicht war dunkel vor Wut, bevor er sich wieder seiner Arbeit zuwandte.

TEIL VIER

FREIGABE

Im Jahr 1995 setzten Terroristen während der Hauptverkehrszeit in einer Reihe von koordinierten Anschlägen Sarin-Gas in der U-Bahn von Tokio frei. Durch die dadurch verursachte Vergiftung wurden über tausend Zivilisten getötet oder verletzt. Es bleibt der bisher tödlichste Terroranschlag in der japanischen Geschichte.

43

Das musste Becker dem Kommandanten der Basis zugutehalten. Der Mann führte ein strenges Regiment, das sich sogar auf die Haftanstalten erstreckte. Er hatte einige Gefängniszellen von innen gesehen, meist während seiner vergeudeten Jugend, auf die er heute nicht besonders stolz war. Alles in allem war der Knast des Luftwaffenstützpunkts Incirlik gar nicht so schlecht. Wenigstens war es dort sauber, und es stank nicht nach abgestandenem Urin.

Und zu Beckers Überraschung war der Raum bis auf ihn und die diensttuende Minimalbesetzung völlig leer. Er war jetzt etwa eine Stunde hier drin, nachdem er von seinen beiden MP-Kollegen nicht allzu sanft aus dem Lagezentrum eskortiert und von dem diensthabenden Beamten zügig abgefertigt worden war. Er musste zugeben, dass es sich nach all der Gefahr und der Hektik der letzten Tage ganz gut anfühlte, allein zu sein, sich auszuruhen und zu wissen, dass er im Moment nichts mehr tun konnte.

Er hatte auf Gedeih und Verderb alles auf diese letzte Karte gesetzt. Es gab keine Karten mehr, die er hätte ausspielen können, und dieses Wissen verschaffte ihm eine gewisse Genugtuung.

Becker saß mit ausgestreckten Beinen auf der Pritsche und lehnte mit dem Rücken an der cremefarbenen Wand, als er das mechanische Klirren hörte, mit dem ein Tor am Ende des kleinen Zellenblocks geöffnet wurde. Er blickte auf, als ein Wärter ins Bild schlenderte, ein Bär von einem

Mann, der knapp dreihundert Pfund wiegen musste. Er musterte Becker mit einem Blick, als wäre er ein Klumpen Hundescheiße, der an seinem Schuh klebte.

»Hoch mir dir! Du hast Besuch«, brummte er.

»Ein bisschen früh für die Letzte Ölung, oder?«

Das besserte die Laune des Wärters auch nicht. Er trat zur Seite, um den Besucher an seiner stattlichen Körpermasse vorbeizulassen.

Becker setzte sich ein wenig aufrechter, als Dalton vor seine Zelle trat. Sie sah traurig und müde aus und wirkte doch seltsam erleichtert, ihn zu sehen. Er konnte nicht genau sagen, warum, aber er fühlte in diesem Moment dasselbe. Becker schenkte ihr ein Lächeln, vielleicht, weil er spürte, dass sie es brauchte, und sah, wie sie es zaghaft erwiderte.

»Bleiben Sie bitte hinter der gelben Linie, Ma'am«, warnte der Wachmann sie. »Zu Ihrer eigenen Sicherheit. Versuchen Sie nicht, dem Gefangenen etwas zu reichen oder ihn in irgendeiner Weise zu berühren. Wenn Sie gegen diese Regeln verstoßen, werden Sie sofort hinausgebracht. Haben Sie das verstanden?«

Sie nickte wortlos.

»Ich bin am Ende des Gangs. Wenn Sie Hilfe brauchen, rufen Sie einfach nach mir.«

»Danke«, antwortete sie.

Der Wachmann warf Becker einen letzten Blick zu, der verriet, dass er geradezu darauf brannte, sein Pfefferspray und seinen Elektroschocker einsetzen zu dürfen, und zog sich dann zurück, um ihnen ein wenig Privatsphäre zu geben.

Becker erhob sich langsam von der Pritsche und richtete sich zu seiner vollen Größe auf, während er sie durch die Gitterstäbe ansah. Das Schweigen dehnte sich zwischen ihnen, als wollte jeder etwas sagen, und keiner wüsste, wie er anfangen sollte. »Du bist gekommen, um den Verurteilten zu sehen, hm?«, sagte Becker schließlich. »Ich hoffe, du hast eine Nagelfeile dabei, denn ich sollte mich wirklich allmählich an diesen Gittern zu schaffen machen.«

Dalton lachte, doch ihre Belustigung war nur von kurzer Dauer. »Becker … Cam«, verbesserte sie sich, als sie sich an ihre frühere Unterhaltung erinnerte.

»Oh-oh, jetzt weiß ich, dass ich in Schwierigkeiten stecke.«

»Nun, das Außenministerium liebt dich jedenfalls nicht gerade«, bemerkte sie mit einem schiefen Lächeln. »Die Russen haben bereits deine Auslieferung wegen der von dir erhobenen Anschuldigungen gefordert. Sie haben sie als ›unverschämte und haltlose Lüge‹ bezeichnet.«

»Natürlich haben sie das.« Im Zweifelsfall leugnen, leugnen und weiter leugnen. »Was ist mit dem Rest der Welt? Wie tief in der Scheiße stecken wir?«

»Sehr tief. Russland, China und ein halbes Dutzend anderer Länder haben ihre Grenzen geschlossen und den Ausnahmezustand ausgerufen. Der internationale Flugverkehr wurde eingestellt. Der UN-Sicherheitsrat hält noch in dieser Stunde eine Dringlichkeitssitzung ab.«

Ihrem Gesichtsausdruck war zu entnehmen, dass sie selbst diese außergewöhnlichen Maßnahmen für zu wenig und zu spät hielt.

»Cool. Ich habe gerade die Welt zum Stillstand gebracht. Und dabei haben meine Lehrer in der Schule gesagt, ich würde nie etwas erreichen.«

Dalton seufzte und sah ihn offen an. »Ich weiß, warum du das getan hast«, sagte sie leise.

Becker zuckte mit den Schultern. »Ich wollte nur meinen eigenen Arsch retten.«

Das war gelogen, und sie wussten es beide. »Ich wollte nur … Du sollst wissen, dass ich das zu schätzen weiß. Ob es nun funktioniert oder nicht, es war sehr mutig von dir, da rauszugehen.«

»Du machst mir tatsächlich Komplimente. Jetzt weiß ich, dass das Ende der Welt naht.«

»Erwarte nicht, dass das in diesem Leben noch mal vorkommt«, erwiderte Dalton, und etwas von ihrem alten Feuer kehrte zurück. »So viel Glück hast du nicht.«

Jetzt wurde Becker wieder ernst. »Hör mal, vielleicht solltest du Golowkos Rat befolgen – verschwinde von hier und such dir einen Ort, an dem du es aushältst.« Er deutete auf die Eisengitter, die sie trennten. »Ich gehe nirgendwohin, aber du hast noch eine Chance.«

Zu seiner Überraschung schüttelte Dalton den Kopf. »Mein Platz ist hier. Was für eine Ärztin wäre ich, wenn ich weglaufen würde, wenn ich am meisten gebraucht werde?«

Becker bewunderte ihren Mut, aber er wusste nur zu gut, dass es einen schmalen Grat zwischen Tapferkeit und Sturheit gab.

»Das ist ein Kampf, den wir vielleicht nicht gewinnen.«

»Ich weiß«, räumte sie ein und runzelte dann die Stirn, als ob sie etwas verwirrt hätte. »Aber trotzdem muss ich hier sein.«

Der merkwürdige Moment wurde plötzlich durch das harte elektrische Summen des magnetischen Torschlosses weiter unten im Zellenblock unterbrochen, das die Ankunft einer Person ankündigte.

Becker beobachtete, wie die riesige Masse des Wärters in Sichtweite kam. Der Mann betrachtete Becker immer noch mit der Verachtung und der kaum verhüllten Feindseligkeit, die er schon zuvor gezeigt hatte.

Aber dieses Mal war es anders. Diesmal war er nicht allein.

»Anton«, sagte Dalton, verblüfft über die unerwartete Ankunft ihres Vorgesetzten. »Was machen Sie …?«

»Schon gut.« Kincaid hob eine Hand, um sie zum Schweigen zu bringen. »Sie müssen mitkommen.«

Er hielt einen Moment inne, bevor sich sein Blick widerwillig Becker zuwandte.

»Sie beide.«

44

Von all den Dingen, die Becker in diesem Moment von Kincaid erwartet hatte, gehörte dies nicht dazu.

»Was soll das heißen? Warum?«

Kincaid ignorierte ihn und wandte sich an den Wachmann. »Würden Sie bitte seine Zelle aufschließen? Dieser Gefangene wird in meine Obhut entlassen.«

Der große Mann runzelte die Stirn. »Sir, ich kann diesen Mann nicht einfach freilassen. Ich brauche eine Genehmigung von …«

»… Ihrem kommandierenden Offizier«, beendete Kincaid für ihn. Er griff in seine Tasche und reichte ihm ein ausgedrucktes und unterschriebenes Dokument. »Ist das ausreichend?«

Der Wachmann las den schriftlichen Entlassungsbefehl mindestens zweimal durch, nach der Zeit zu urteilen, die er dafür brauchte, und nickte schließlich, wenn auch widerwillig. »Natürlich, Sir.«

In Sekundenschnelle hatte er seinen Schlüsselbund herausgefischt und die Zellentür aufgeschlossen. Becker trat einen Schritt zurück, als sie sich öffnete, und hatte immer noch Schwierigkeiten, diese bizarre Abfolge von Ereignissen zu verarbeiten.

»Sie können gehen«, sagte der Wachmann missmutig, dem die Situation offensichtlich nicht gefiel.

»Verdammt, Mann, dabei habe ich gerade angefangen, mich hier wohlzufühlen«, erwiderte Becker lächelnd.

»Die Zeit drängt, Becker!«, fuhr Kincaid ihn an. Ohne eine Antwort abzuwarten, drehte er sich um und marschierte durch den Zellenblock in Richtung Ausgang.

Becker ließ sich nicht zweimal bitten. Er trat dankbar aus der Zelle und folgte dem älteren Mann mit Dalton an seiner Seite.

»Ist das der Moment, in dem Sie mich vor das Erschießungskommando führen?«, erkundigte er sich und musste sich anstrengen, um mit Kincaids langen Schritten mitzuhalten.

»Nein, das ist der Moment, in dem Sie den Mund halten und mir folgen«, gab Kincaid über die Schulter zurück.

Dalton war ebenso perplex. »Anton, was ist hier los? Was hat das alles zu bedeuten?«

»Es hat funktioniert.« Kincaid fuhr zu Becker herum. »Ich will nicht so tun, als würde ich Ihren halb garen Plan gutheißen, aber irgendwie, durch irgendeine Laune des Schicksals … haben Sie vielleicht eine Spur für uns aufgetan.«

Becker merkte, wie sehr es den Mann schmerzte, das zuzugeben, aber das war ihm gleichgültig. Sein Herz setzte bei dieser Nachricht einen Schlag aus, und an Daltons vernehmlichem Einatmen war zu erkennen, dass es ihr ähnlich ging.

»Was für eine Spur?«

Kincaid schüttelte den Kopf. »Nicht hier. Folgen Sie mir!« Er hielt inne, bevor er hinzufügte: »Und versuchen Sie in der Zwischenzeit, nichts zu vermasseln!«

Die Atmosphäre in der Einsatzzentrale hatte sich im Vergleich zum letzten Mal, als Becker hier gewesen war, stark verändert. Jetzt herrschte eine unverkennbar positive Aufregung in dem Büro. Etwas hatte sich verändert. Etwas Wichtiges.

Sie wurden in den Konferenzraum geführt, in dem sie sich zuvor unterhalten hatten und der inzwischen eiligst für eine Videokonferenz eingerichtet worden war, zumindest dem Flachbildschirm am Ende des langen Tisches nach zu urteilen. Mehrere Mitarbeiter verschiedener Behörden waren ebenfalls anwesend, die alle mit ihren Handys und Laptops beschäftigt waren, obwohl sie ihre Aktivitäten kurz unterbrachen, als Dalton und Becker den Raum betraten.

»Weitermachen!«, befahl Kincaid scharf und sachlich, während er sich setzte. »Die Zeit ist knapp, also fangen wir an. Sind wir online?«

Eine der Militärtechnikerinnen, die die Videoverbindung verwaltete, blickte von ihrem Computer auf. »Die Verbindung steht, Sir. Er spricht über einen zivilen Uplink, also kann ich nicht allzu viel …«

»Ersparen Sie mir die Details«, unterbrach Kincaid sie ungeduldig. »Fahren Sie einfach den Link hoch.«

Sie errötete und blickte auf ihren Computer. »Ja, Sir.«

»Können Sie mir sagen, worum es hier geht?«, fragte Becker.

Kincaid sah ihn an. »Er hat ausdrücklich verlangt, mit Ihnen zu sprechen, Becker. Wie ich schon sagte, versuchen Sie, die Sache nicht zu vermasseln. Ich muss Sie ja wohl nicht daran erinnern, was von diesem Gespräch abhängt.«

Becker hatte keine Gelegenheit, noch weitere Fragen zu stellen. Er beobachtete, wie der Bildschirm kurz flackerte und schließlich ein leicht körniges, verpixeltes Bild zeigte, das eindeutig über eine minderwertige Internetverbindung übertragen wurde. Aber das spielte keine Rolle; was zählte, war das Gesicht, das ihn vom Bildschirm anstarrte.

Er war sich nicht sicher, wen oder was er zu sehen erwartet hatte, einen zwielichtigen Regierungsagenten vielleicht, der eine geheime Spur gefunden hatte, oder einen hartgesottenen Special-Forces-Operator, der über etwas gestolpert war, das er nie hätte sehen sollen, oder vielleicht sogar einen engagierten Forscher, dessen Streifzüge etwas zutage gefördert hatten, das für die aktuelle Krise relevant war. Aber all das war es nicht.

Das Gesicht auf dem Bildschirm war sehr alt, vielleicht schon an die achtzig Jahre, die Haut war gefurcht und gezeichnet von einem langen Leben mit wenig Luxus. Die lange, ausgeprägte Nase, der breite und volle Mund, der kräftige Kiefer und die dunklen, mandelförmigen Augen erinnerten Becker an amerikanische Ureinwohner. Der Eindruck wurde durch das lange, einst schwarze, jetzt aber deutlich ergraute Haar des Mannes verstärkt, das zu einem Zopf zurückgebunden und in einem einfachen Mittelscheitel gekämmt war.

»Sie sind dran, Sir«, sagte der Techniker und nickte Kincaid zu.

Er verschwendete keine Zeit. »Sir, mein Name ist Anton Kincaid, ich bin Vertreter der Weltgesundheitsorganisation. Wir untersuchen derzeit die Anschläge in London und Washington …«

»Ich habe die Nachrichten im Fernsehen gesehen«, unterbrach ihn der Mann. Er sprach langsam und präzise und mit einem stark ausgeprägten Akzent. Seine dunklen Augen blickten Becker an, scharfsinnig und klar trotz seines fortgeschrittenen Alters. »Und ich sah, wie Sie um Hilfe baten. Becker war Ihr Name, richtig?«

»Das stimmt, Sir«, antwortete Becker und widerstand dem Drang, sich in seinem Stuhl zu straffen. Der Mann besaß eine natürliche Autorität.

Belustigung huschte über sein Gesicht. »Sie brauchen mich nicht ›Sir‹ zu nennen, junger Mann. Mein Name ist Okischew.«

»Okischew«, wiederholte Becker. Es war schon eine Weile her, dass ihn jemand mit »junger Mann« angesprochen hatte.

»Ich bin … Stammesältester, ich glaube, das ist der Begriff, den Sie verwenden. Mein Volk lebt im Chanty-Mansi Okrug, in der Region Tjumen.«

Einer der Militärangehörigen, vermutlich ein Experte für Russland, meldete sich zu Wort. »Es ist eine halb autonome Region im südlichen Ural. Wie die Stammesreservate, die wir zu Hause eingerichtet haben.«

»Man sagte mir, Sie wollten persönlich mit mir sprechen«, drängte Becker, der unbedingt in Erfahrung bringen wollte, womit ihnen dieser Mann helfen konnte. »Was wissen Sie über das Djatlow-Virus? Haben Sie an dem sowjetischen Biowaffenprogramm mitgearbeitet?«

Okischew lächelte bedauernd. »Nein. Ich hatte in meinem Leben noch nie etwas mit der russischen Regierung zu tun, und ich hatte sehr gehofft, dass es so bleiben würde.« Sein Lächeln verblasste, als er sich kurz sammelte, bevor er fortfuhr: »Aber ich kenne den Namen, den Sie bei Ihrem Gespräch genannt haben. Djatlow. Diesen Namen habe ich schon lange nicht mehr gehört.«

Becker beugte sich vor. »Reden Sie weiter.«

45

1. Februar 1959, Ural-Gebirge

Okischew bewegte sich schnell durch die schneebedeckten Kiefern und suchte einen Weg bergab, wich dabei instinktiv Wurzeln und anderen Hindernissen aus, die unter dem frisch gefallenen Schnee lauerten. Er nahm Anlauf und sprang über einen umgestürzten Baum, der Monate zuvor von einem Sturm umgerissen worden war. Geschickt landete er auf der anderen Seite. Seine Beine brannten von der ständigen Anstrengung, und die kühle Bergluft stach ihm in der Kehle, als er tief einatmete. Der Bogen und der Köcher mit den Pfeilen schlugen ihm bei jedem Schritt an die Schulter, doch er behielt sein schnelles Tempo bei, begierig darauf, weiter hinunterzukommen.

Ein Schneesturm stand bevor, ein schlimmer Schneesturm. Er kannte diese Berge genau und wusste nur zu gut, wie schnell sich das Wetter gegen unvorsichtige Reisende wenden konnte. Was als heller, klarer Tag begonnen hatte, ideal für die Jagd, hatte sich allmählich verdunkelt, als dichte Wolken aufzogen, und die Temperatur war gefallen, als der Wind auffrischte. Er hätte früher umkehren sollen, das wusste er, aber er hatte ein Reh durch die dichten Wälder um den Talschluss verfolgt und die Jagd nicht aufgeben wollen. Er war vierzehn Jahre alt, immer noch fasziniert von dem Nervenkitzel, allein zu jagen, und begierig darauf, sein Können zu beweisen.

Doch heute schien es ihm bestimmt zu sein, mit leeren Händen zurückzukehren. Er stellte sich schon vor, wie seine Mutter wütend über seine Abwesenheit schimpfte, während sein Vater im Stillen über das immer schlechter werdende Wetter grübelte und hoffte, dass er sich nicht auf die Suche nach seinem tollkühnen Sohn machen musste.

Vor ihm lichteten sich die Bäume. Er ging weiter, begierig darauf, der bedrückenden Düsternis des Waldes zu entkommen. Als er auf das offene Gelände und den Grat zwischen zwei Bergen kam, warf er instinktiv einen Blick hinauf zum Gipfel des Cholat Sjachl.

Allein der Name jagte ihm einen Schauer über den Rücken. Cholat Sjachl – der Tote Berg. Ein Ort, den die alten Leute seines Dorfes mit großer Vorsicht und Vorahnungen betrachteten und von dem sie nur in gedämpften Tönen sprachen. Es war ein verfluchter Ort, an dem sich böse Geister aufhielten. Ein Ort, der jedem, der ihn betrat, Unglück und Elend brachte. Ein Ort, der am besten ungestört blieb.

Okischew war sich nicht sicher, wie viel von dem Gerede über Geister und Omen er wirklich glaubte – es schien, dass die jüngere Generation der Mansi immer weniger an den Ängsten und dem Aberglauben ihrer Vorfahren festhielt. Aber er wusste, dass der Cholat Sjachl, aus welchem Grund auch immer, ein Ort war, den man meiden sollte.

Keine Jagdgesellschaft wagte sich auf seine felsigen, unzugänglichen Hänge, und kein wagemutiger Entdecker schien geneigt, den fernen schneebedeckten Gipfel zu erreichen. Manchmal sprachen Okischew und die anderen Jugendlichen in ihrem Dorf davon und schmiedeten wilde Pläne, sich dorthin zu schleichen und sich mutig den versteckten Gefahren in den düsteren, windgepeitschten Pässen zu stellen. Es war jedoch nur Gerede und nichts weiter. Keiner von ihnen würde jemals tatsächlich dorthin gehen. Heute blickte Okischew in Richtung dieser dunklen, bedrohlichen Festung aus Felsgestein, wie er es immer tat, als wollte er eine unausgesprochene Furcht beschwichtigen, dass sie sich irgendwie verändert haben könnte. Als wäre sie ein lebendiges Wesen, das ihn holen könnte.

Aber das tat er nicht. Der Berg war so wie immer. Groß, dunkel und imposant, sein Gipfel in tief hängende Gewitterwolken gehüllt. Aber dennoch, heute war er irgendwie anders. Und dieses Irgendwie ließ Okischews Herz rasen.

Eine kleine Gruppe dunkler Flecken, die aus dieser Entfernung wie eine Reihe von Ameisen aussahen, kämpfte sich durch den windverwehten Pass. Durch das wirbelnde Schneegestöber hindurch konnte Okischew vielleicht zehn Personen ausmachen. Eine Wandergruppe, ihrem Aussehen nach. Sie stapften auf seine Position zu, zusammengekauert gegen das raue Wetter, das ihnen zusetzte. Und sie kamen aus der Richtung des Cholat Sjachl.

Waren sie bereits dort oben gewesen? Oder hatten sie vor, ihn zu besteigen, sobald das Wetter nachließ? Woher kamen sie? Was wollten sie hier?

Okischews Stamm lebte in einer so isolierten Region, dass er kaum Kontakt zur Außenwelt hatte. In dieser abgelegenen Wildnis gab es nur wenig von Wert, sodass die sowjetische Regierung die Region und ihre Bewohner größtenteils in Ruhe ließ.

Aber heute nicht. Okischew zögerte einen Moment, hin- und hergerissen, ob er sich ihnen nähern oder sie links liegen und sich auf den Weg ins Tal machen sollte.

Die Entscheidung schien wie von selbst zu fallen. Ehe er sich's versah, bewegte sich Okischew auf sie zu, wobei er sich instinktiv an die spärliche Deckung hielt, die der lichter werdende Baumbestand bot, bis die Gruppe allmählich in Sichtweite kam.

Es waren eindeutig Fremde, das stellte er fest, als er sich näherte. Ihre Kleidung und Ausrüstung waren ihm unbekannt, und die Gesprächsfetzen, die er hörte, waren auf Russisch. Ihm fiel auch auf, dass einer aus der Gruppe weit hinter den anderen zurückblieb und nur langsam und unsicher ging, als sei er krank oder verletzt.

Okischew spürte, wie ein Knoten aus Angst sich in seinem Magen zusammenzog. Hatte der Zustand dieses Mannes etwas mit Cholat Sjachl zu tun? Waren sie dort oben auf eine unbekannte Macht gestoßen, vor der sie nun flohen?

Okischew beschloss, sich zu erkennen zu geben, und tauchte etwa zwanzig Meter vor der Gruppe aus der Deckung auf. Der Anführer entdeckte ihn sofort und stieß einen Warnruf an die anderen aus.

»Es ist alles in Ordnung. Haben Sie keine Angst«, sagte Okischew und kam mit ausgestreckten Händen auf sie zu. »Mein Name ist Okischew. Wer sind Sie?«

Der Mann sprach mit ihm, aber Okischew hatte nie Russisch gelernt. Nur ein paar der Männer im Dorf sprachen es, um mit Regierungsbeamten zu verhandeln, die gelegentlich hier auftauchten. Und nur wenige der jungen Leute hatten Interesse, es zu lernen.

Okischew deutete auf den Berg hinter ihnen. »Warum seid ihr hier? Seid ihr auf diesen Berg gegangen? Dort oben ist es nicht sicher.«

Der Mann redete wieder und wirkte sowohl unruhig als auch etwas feindselig. Okischew versuchte verzweifelt, sich verständlich zu machen. Seine Ankunft schien sich jedoch auf die gesamte Gruppe auszuwirken, und mehrere von ihnen scharten sich um ihn. Darunter befand sich auch der Mann, in dem er den Anführer vermutete, da die anderen ihn mit Respekt zu behandeln schienen.

Sie unterhielten sich kurz und drängend, bevor ein älterer Mann vortrat.

»Was willst du?«, fragte er in gebrochenem, primitivem Mansi.

Erleichterung durchflutete ihn, als er merkte, dass er jetzt endlich verstanden wurde.

Erneut deutete Okischew auf den wolkenverhangenen Gipfel. »Dies ist ein gefährlicher Ort. Es ist ein verfluchter Berg. Ihr solltet nicht hier sein.«

Als der Mann seine Worte übersetzte, tauschte die Gruppe zweifelnde und auch beunruhigte Blicke aus. Sie sahen aus, als ob sie etwas wüssten, was er nicht wusste.

»Wie heißt du?«, fragte der Anführer der Gruppe. Der ältere Mann übersetzte.

»Okischew.«

»Okischew. Mein Name ist Igor. Igor Djatlow«, erklärte er. »Wir sind nur eine Wanderexpedition, wir wollen hier keinen Ärger.«

»Dann solltest du gehen. Menschen sollten nicht auf diesen Berg gehen. Hast du ihn bestiegen?«

»Wir haben uns im Schnee verirrt. Wir dachten, wir seien auf der anderen Seite des Passes. Wir sind umgekehrt, als wir unseren Fehler bemerkten.« Djatlow schien nachzudenken. »Sind dort in letzter Zeit irgendwelche Stammesangehörige von dir verschwunden? Irgendwelche Frauen?«

Okischew runzelte die Stirn. »Nein. Warum? Was habt ihr gesehen?«

»Wir haben die Leiche einer Frau gefunden, als einer aus unserer Gruppe dort oben in eine Höhle gestürzt ist. Sie trug Kleidung wie eure Stammesangehörigen.«

Okischew dachte darüber nach. Soweit ihm bekannt

war, war noch nie jemand aus seinem Dorf verschwunden. »Meine Leute gehen nicht dorthin.«

Bevor Djatlow ihn weiter befragen konnte, gab es einen Aufruhr im hinteren Teil der Gruppe. Als Okischew sich umschaute, sah er, dass der krank aussehende Mann zusammengebrochen war und seine Kameraden sich um ihn scharten und ihren Anführer um Hilfe riefen.

Djatlow ließ Okischew stehen und wandte sich ab, um sich um den kranken Mann zu kümmern, wobei er seinem Übersetzer einige eilige Anweisungen zurief.

»Du solltest jetzt gehen!«, sagte der Mann.

»Warte! Was habt ihr da oben gesehen?«, drängte Okischew. »Was ist mit dem Mann los?«

Zu seiner Überraschung hakte der Übersetzer den Eispickel von seinem Gürtel und beäugte ihn scharf, als er einen Schritt nach vorne machte.

»Ich sage es nicht noch einmal. Verschwinde jetzt.«

Okischew mochte noch jung sein, aber er wusste, wann sich ein Kampf anbahnte. Und bei zehn gegen einen hatte er keine Chance zu gewinnen. Widerwillig zog er sich zurück und rief ihnen im Gehen eine letzte Warnung zu, obwohl er spürte, dass sie auf taube Ohren stoßen würde. Das Letzte, was er von der Gruppe sah, war ein Haufen besorgter Freunde, die sich um einen gefallenen Kameraden versammelt hatten, während der ältere Mann immer noch seine Axt in der Faust hielt und ihn wachsam beobachtete.

Schließlich wandte sich Okischew ab, um den Weg zu seinem Dorf zurück fortzusetzen. Er wusste, dass er sich beeilen musste, wenn er es schaffen wollte, bevor der Sturm mit voller Wucht zuschlug. Hinter ihm blieb die Gruppe immer weiter zurück, bis sie schließlich im Schneesturm verschwand.

»Das war das Letzte, was ich von ihnen gesehen habe«, beendete Okischew traurig seinen Bericht. »Das nächste Mal hörte ich ein paar Wochen später davon, als russische Militärs in unser Dorf kamen und sich nach der verirrten Wandergruppe erkundigten.«

»Was haben Sie ihnen gesagt?«, fragte Becker.

»Nichts«, gab der alte Mann zu. »Meine Familie hat mich zur Verschwiegenheit verpflichtet und mir gesagt, dass die Russen jeden Vorwand nutzen würden, um unsere Leute für das Geschehene verantwortlich zu machen. Damals war das durchaus üblich.«

Becker sagte nichts dazu, obwohl er vermutete, dass die Eltern von Okischew recht daran getan hatten, ihren jugendlichen Sohn aus der nach den Vorfällen eingeleiteten staatlichen Untersuchung herauszuhalten. Ein nomadisches Stammesvolk, das am Rande der Gesellschaft lebte, wäre ein geeigneter Sündenbock für die Katastrophe gewesen und hätte ideal dazu beitragen können, die offenen Fragen rund um das wachsende Geheimnis zu vertuschen.

»Also hielt ich den Mund und tat mein Bestes, um zu vergessen, was mit diesen armen Menschen geschehen war. Über sechzig Jahre lang habe ich niemandem erzählt, was ich an diesem Tag gesehen habe. Bis heute.«

Becker konnte sich nur vorstellen, wie es sich anfühlen musste, ein solches Geheimnis so lange für sich zu behalten. Mehr noch, er glaubte einen Unterton von Schuld in der Stimme des Mannes zu hören, als ob er sein Schweigen als eine Art Sünde ansah, die es zu sühnen galt. Okischew hatte das Gesicht eines Mannes, der oft mitten in der Nacht aufgewacht war, weil sein Gewissen ihn geweckt hatte.

»Ich bin froh, dass Sie sich jetzt gemeldet haben«, sagte Becker.

Der alte Mann nickte.

»Diese Frau, die Djatlow erwähnt hat …« Dalton sah ihn aufmerksam an. »Was wissen Sie über sie?«

Okischew schüttelte langsam den Kopf. »Sehr wenig, fürchte ich. Wenn sie auf dem Berg verschwunden ist, gehörte sie gewiss nicht zu unserem Stamm.«

»Vielleicht ein anderer Bergwanderer?«

»Dazu kann ich nichts sagen, ohne mehr zu wissen, aber Djatlow behauptete, sie habe Kleidung wie mein Volk getragen. Ich kann mir vorstellen, dass unsere Stämme für ihn alle gleich aussahen.«

»Hat sonst noch jemand nach ihr gesucht?«, hakte Becker nach.

»Keiner meiner Leute ist danach noch in die Nähe des Berges gegangen«, erklärte Okischew. »Das ganze Gebiet war lange Zeit gesperrt, und als alles vorbei war, hatten wir keine Lust mehr zurückzugehen. Vielleicht haben die Russen ihre Leiche gefunden, aber wer kann das schon mit Sicherheit sagen?«

Dalton schürzte die Lippen und dachte über alles nach, was sie gehört hatte. An ihrem nachdenklichen Gesichtsausdruck war zu erkennen, dass Okischews Erzählung etwas in ihr ausgelöst hatte.

»Was denken Sie, Lori?« Kincaid beugte sich vor und sprach leise.

»Wir wissen nach dem, was Golowko uns erzählt hat, dass die Djatlow-Expedition den ersten bekannten Kontakt mit dem Virus hatte. Basierend auf Okischews Aussage klingt es fast, als ob mindestens ein Mitglied der Gruppe bereits unter ihm litt, als sie auf ihn trafen.« Sie blickte auf den Bildschirm der Telekonferenz. »Das wäre dann … wann gewesen? Früher Abend?«

Der alte Mann nickte. »Ja, ich erinnere mich, dass das Licht schon schwächer wurde, als ich sie traf.«

»Basierend auf der Virusreplikationsrate, die Golowko uns gegeben hat, müssten sie dem Virus noch am selben Tag ausgesetzt gewesen sein. Vorausgesetzt, sie hatten Kontakt mit dem ursprünglichen, reinen Stamm.«

Kincaid nickte nachdenklich. »Okay, das passt.«

»Und wohin ist die Gruppe an diesem Tag gegangen?«, fragte sie rhetorisch. »An einen Ort, den nur wenige Menschen, wenn überhaupt, in jüngster Zeit erforscht haben.«

»Cholat Sjachl.« Kincaid war von dem Gehörten sichtlich fasziniert.

»Der Tote Berg«, wiederholte Dalton. »Deshalb ist man dem Virus noch nie begegnet. Niemand ist jemals dorthin gegangen.«

»Lori, das ist verrückt. Der eisige Gipfel eines Berges ist so ziemlich die unwirtlichste Umgebung für ein Virus. Sie brauchen Wirte, in denen sie wachsen und sich vermehren können, sie brauchen Nährstoffe und …«

»Ich weiß«, antwortete Dalton schnell. »Ich sage nicht, dass das Virus dort seinen Ursprung hat. Ich sage nur, dass es dorthin gebracht wurde.«

»Die vermisste Frau, die Djatlow gefunden hat«, griff Becker ihren Gedankengang auf.

Dalton nickte nachdrücklich. »Ich kann nicht sagen, wie oder warum es passiert ist, aber ich glaube, sie war die Ursache. Ich glaube, sie ist unser Patientin Null. Als Djatlows Gruppe sie fand und jemand von ihnen die Leiche berührte, übertrug sich das Virus. Golowko sagte, dass es sich mit genügend Zeit an Staubteilchen anlagern kann. Jemand musste den Staub nur aufwirbeln und einatmen.«

»Sie meinen, sie war auch ein Opfer?« Kincaid dachte laut.

Dalton schüttelte den Kopf. »Ich glaube, sie war viel mehr als das.« Sie blickte zu dem Offizier, der ihnen vorhin die Informationen über Russland geliefert hatte. »Was können Sie uns über diesen Berg sagen?«

Der junge Mann runzelte bei dieser seltsamen Frage die Stirn, bevor er sich seinem Laptop zuwandte und etwas eintippte.

Wieder kam die Suchmaschine zum Einsatz. »Der Cholat Sjachl gehört zu einer Reihe von Gipfeln im nördlichen Ural-Gebirge. Entstanden ist er durch die Gletscherbewegung während der letzten Eiszeit. Die durchschnittliche Temperatur zu dieser Jahreszeit liegt bei …«

»Vergessen Sie die Wetterberichte«, unterbrach sie ihn. »Wie groß ist er?«

»Ähm, knapp eintausendeinhundert Meter bis zum Gipfel. Nicht besonders hoch für Berge in dieser Region, aber …«

»… aber man muss einen guten Tag wandern, um den Gipfel zu erreichen«, spekulierte Dalton.

Er dachte einen Moment lang nach. »Ja, ich denke schon.«

Kincaid runzelte die Stirn. »Ich kann Ihnen immer noch nicht folgen, Lori.«

Dalton drehte sich zu ihm um, ihr Gesicht leuchtete vor wachsender Aufregung. »Anton, wir haben gesehen, was ein reiner Stamm dieses Virus mit seinen Opfern anstellt und wie schnell die Auswirkungen eintreten. Glauben Sie wirklich, dass jemand, der an dem Djatlow-Virus erkrankt ist, es bis auf den Gipfel eines viertausend Fuß hohen Berges schaffen würde?«

Kincaid wurde plötzlich lebhaft, als er begriff. »Sie meinen also, diese Frau könnte …?«

»… immun gewesen sein«, beendete Dalton den Satz. »Das ist genau das, was ich denke. Ich denke, sie war Überträgerin, kein Opfer.« Kincaid öffnete den Mund, um zu antworten, schien es sich dann aber anders zu überlegen. Es schien, als hätte es ihm wirklich die Sprache verschlagen.

»Wenn ich recht habe, könnte diese Frau den Schlüssel dazu in sich tragen, diesen Ausbruch für immer zu stoppen. Eine angeborene Immunität, die wir aus ihrer Leiche gewinnen und innerhalb weniger Tage in ein Heilmittel umwandeln könnten.«

Stille legte sich über den Raum. Niemand sprach, niemand rührte auch nur einen Muskel. Es war eine seltsame, beunruhigende Stille, während sie alle über die Konsequenzen dessen nachdachten, was sie gerade gesagt hatte.

»Lori ...« Kincaid nahm seine Brille ab und legte sie auf den Tisch. »Sie sind Wissenschaftlerin. Betrachten Sie die Sache wissenschaftlich. Ich meine, die Wahrscheinlichkeit, einen Träger mit natürlicher Immunität gegen so etwas zu finden ...«

»Es passt zu dem, was wir wissen.«

Kincaid seufzte und schüttelte den Kopf. »Selbst wenn Sie recht haben und diese Frau auf irgendeine Art immun gegen das Virus sein sollte, wie kommen Sie darauf, dass sie noch dort ist? Die Sowjets hätten ihre Leiche schon vor Jahrzehnten bergen können.«

»Haben sie aber nicht«, widersprach Dalton entschieden.

Er hob eine Braue. »Noch eine Intuition?«

»Nein, Logik«, konterte sie. »Golowko hat uns gesagt, dass selbst ihre Forschungsteams nie in der Lage gewesen wären, ein Gegenmittel zu finden. Weil sie das Einzige nicht hatten, was sie dazu gebraucht hätten. Sie hatten *sie* nicht.«

»Wie ist das möglich? Wie konnten all diese Suchtrupps sie übersehen?«, fragte Kincaid.

»Die Russen haben die Gegend nach der vermissten Expedition abgesucht«, meldete sich Okischew zu Wort.

»Aber ich glaube, selbst sie haben den Gipfel des Cholat Sjachl gemieden.«

»Warum?«

»Weil sie keinen Grund hatten, dort zu suchen«, antwortete er schlicht.

Becker verstand, was er meinte. »Der Cholat Sjachl lag weitab von der geplanten Wanderroute der Gruppe. Sie haben den Berg nur aus Versehen bestiegen, weil sie sich im schlechten Wetter verirrt haben.«

Daltons Augen leuchteten auf. »Und die einzige Person, die davon weiß, spricht gerade mit uns.«

»Die Sowjets haben nie daran gedacht, sich auf dem Gipfel oder in der Nähe umzusehen, weil die Gruppe ihres Wissens nach nie so weit gekommen ist.« Becker schüttelte den Kopf, fassungslos über die Gelegenheit, die sich ihnen da offenbar bot. »Wenn wir recht haben, wartet der Schlüssel, um die ganze Sache zu stoppen, schon seit sechzig Jahren auf diesem Berg auf uns.«

»Falls Sie recht haben«, korrigierte Kincaid ihn, immer noch zweifelnd.

Dalton ließ sich jedoch nicht entmutigen. Für sie war die Lösung so einfach wie naheliegend.

»Wie auch immer, wir müssen dorthin, bevor es zu spät ist.« Sie sah Kincaid an. »Wie schnell können wir in der Luft sein?«

46

Drei Stunden später, ukrainischer Luftraum

Becker setzte seine Tasse Kaffee ab und beobachtete die winzigen Wellen, die auf der Oberfläche zitterten. Er spürte die deutliche Vibration der beiden Motoren der Gulfstream V, die sich durch den Rumpf des Flugzeugs übertrugen, während er aus dem Fenster auf das Meer sonnenbeschienener Wolken blickte, das unter ihm vorbeizog. Sie war schnell – schneller als jedes Verkehrsflugzeug, mit dem er je geflogen war. Die Gulfstream war ein Langstreckenjet und für die USAF umgebaut worden, um hochrangiges Personal zu befördern. Sie erreichte eine Geschwindigkeit von Mach 0,9, also fast Überschallgeschwindigkeit, und die Piloten reizten diese theoretische Leistung heute auch aus.

Bei der Anforderung des Flugzeugs nach der überstürzten Telekonferenz mit Okischew hatte Kincaid der Flugbesatzung klargemacht, wie wichtig es war, ihr Ziel so schnell wie möglich zu erreichen. Schäden an der Flugzeugzelle oder Turbinenverschleiß waren heute kein Thema. Ihr Ziel war ein Ort namens Vizhay, eine kleine Stadt in den Ausläufern des Ural-Gebirges und der einzige Ort in der Region, der über eine geeignete Landebahn verfügte, auf der die Gulfstream landen konnte. Von diesem Ort hatte Becker bis heute noch nicht einmal gehört.

»Von hier oben sieht es so friedlich aus, nicht wahr?«,

bemerkte Dalton leise neben ihm und genoss die Aussicht. »Man könnte fast vergessen, was hier passiert.«

Becker musterte seine so ungewöhnliche Begleiterin der letzten Tage. Ihr Gesicht wurde vom rötlichen Schein der Sonne gefärbt, die sich langsam dem westlichen Horizont näherte. Es war ein Wettlauf gegen die Zeit, ein Wettlauf gegen die heraufziehende Nacht. So wie es aussah, könnte dies der letzte Sonnenuntergang sein, den sie genießen durften.

»Fast«, räumte er ein.

Sie lächelte milde. »Ich wette, du hättest nie gedacht, dass du hier enden würdest, als wir uns in jener Nacht in Syrien getroffen haben.«

»Ehrlich gesagt, weiß ich gar nicht mehr, was ich denken soll«, gab Becker freimütig zu. »Vor ein paar Tagen war ich noch ein besserer Leibwächter, der für seine Altersvorsorge sparte. Und jetzt … jette ich um den halben Globus zu irgendeinem Berg am Arsch der Welt, nur auf eine verzweifelte Vermutung hin, und versuche, das Ende der Menschheit zu verhindern.« Er lachte düster über die Ungeheuerlichkeit der Aufgabe, die vor ihnen lag. Humor schien der einzige Ausweg in einer solchen Situation zu sein. »So habe ich mir meine Woche wirklich nicht vorgestellt.«

»Wir haben es bis hierher geschafft«, erinnerte ihn Dalton. »Zum Teil wegen dir.«

Becker hob lächelnd eine Braue. »Zum Teil also, ja?«

»Ich will nur nicht, dass dein Ego völlig aus den Fugen gerät.«

»Danke, Lori«, gab er sarkastisch zurück. »Daran werde ich denken, wenn du das nächste Mal meine Hilfe brauchst.«

»Vielleicht wird es kein nächstes Mal geben.«

Ihr Gespräch wurde plötzlich durch eine dringende Durchsage aus dem Cockpit unterbrochen.

»Wir haben hier oben ein Problem!«, rief der Pilot. Becker wechselte kurz einen Blick mit Kincaid und Dalton, befreite sich aus seinem Sitz und eilte rasch nach vorne. Die beiden anderen folgten ihm auf dem Fuß.

Die beiden Piloten im Cockpit wirkten zutiefst beunruhigt.

»Was ist das Problem?«, fragte Becker sofort.

»Das da!« Der Pilot deutete auf seine Radaranzeige. Der Himmel um sie herum war bemerkenswert frei von Flugzeugen, aufgrund des weltweit lahmgelegten Flugverkehrs in den letzten Stunden. Frei bis auf zwei Kontaktpunkte auf dem Radar, die sich etwa hundert Meilen entfernt im Nordosten befanden und direkt auf sie zuflogen. Angesichts der relativen Geschwindigkeit, mit der sich die beiden Flugzeuge näherten, ging Becker davon aus, dass ihnen nur noch wenige Minuten blieben, bevor die beiden Flugzeuge sie abfingen.

»Die sehen aus wie zwei russische Abfangjäger«, erklärte die Co-Pilotin. »Sie haben vor etwa einer Minute Kurs auf uns genommen.«

»Können Sie sie anfunken?«, wollte Kincaid wissen.

Der Pilot warf einen Blick über seine Schulter. »Das ist nicht nötig, Sir.«

Er legte einen Schalter auf seiner Funkkonsole um und deaktivierte sein Headset, sodass sie alle die Übertragung hören konnten.

»Ich wiederhole: Achtung, nicht identifiziertes Flugzeug, Kurs null-eins-null«, ertönte eine Stimme mit russischem Akzent. »Sie nähern sich eingeschränktem Luftraum. Gehen Sie sofort auf Kurs eins-acht-null, oder Sie werden abgefangen. Bestätigen Sie diese Übertragung. Over.«

»Was haben Sie ihnen gesagt?«, fragte Dalton.

»Wir haben noch nicht geantwortet, Ma'am«, gab der Pilot zu. »Sie haben ihre Grenzen vor ein paar Stunden geschlossen. Der russische Luftraum ist jetzt tabu.«

»Können Sie ihnen ausweichen oder versuchen, ihnen davonzufliegen?«

Die Co-Pilotin schüttelte den Kopf. »Auf keinen Fall. Die Standardversion des russischen Abfangjägers ist die Su-27. Die holen uns ein, ohne auch nur ins Schwitzen zu kommen.«

»Wir müssen ihnen irgendetwas sagen«, überlegte Kincaid. »Sonst betrachten sie uns als feindlich gesonnen.«

Der Pilot hob ratlos die Hände. »Bitte sehr, Sir.«

Kincaid schluckte und nickte. »Stellen Sie mich durch.«

»Sie können sprechen.«

»Achtung, russische Kampfflugzeuge. Wir sind ein medizinischer Flug der Weltgesundheitsorganisation und in einer dringenden humanitären Mission unterwegs. Wir sind unbewaffnet und haben keinerlei feindliche Absichten.«

»Ich wiederhole, Sie nähern sich gesperrtem Luftraum«, erwiderte der russische Pilot, ohne Kincaids Antwort zu beachten. »Kehren Sie sofort um. Bestätigen Sie. Over.«

»Wir nehmen Ihren Befehl zur Kenntnis, aber wir können nicht gehorchen. Es stehen Milliarden von Menschenleben auf dem Spiel, und sie hängen vom Ausgang unserer Mission ab. Um Himmels willen, Mann, Sie müssen uns durchlassen.«

Ein Warnsignal auf der Instrumententafel verkündete, dass die russischen Abfangjäger soeben Abfangmaßnahmen ergriffen hatten.

»Sie haben gerade ihr Zielradar eingeschaltet«, warnte die Co-Pilotin, deren wachsendes Unbehagen offensichtlich war. »Und sie haben uns markiert.«

»Wie weit ist es noch bis zum russischen Luftraum?«, wollte Dalton wissen.

Die Co-Pilotin überprüfte ihre Navigationskonsole. »Achtzig Meilen.«

»Nicht schießen. Wir sind unbewaffnet«, protestierte Kincaid.

»Wir sind befugt, jedes Flugzeug anzugreifen, das versucht, in den russischen Luftraum einzudringen«, antwortete der Kampfpilot. »Sie müssen jetzt umkehren.«

»Sie werden uns abschießen«, erklärte der Gulfstream-Pilot. »Sie haben klare Befehle und einen nationalen Notstand im Nacken. Wir würden dasselbe tun.«

»Scheiße.« Becker wandte sich ab und griff in seine Jackentasche.

»Was zum Teufel machen Sie da?«, verlangte Dalton.

Becker holte sein Handy heraus und schaltete es ein. »Ich rufe einen Freund an«, sagte er und wählte eine Nummer. »Hoffen wir nur, dass er noch antwortet.«

»Noch siebzig Meilen bis zum russischen Luftraum«, warnte sie die Co-Pilotin.

»Komm schon, komm schon«, zischte Becker, als das Freizeichen ertönte. »Nimm ab, du Scheißkerl.«

»Sie fliegen gleich an uns vorbei«, meldete der Pilot.

Kincaid schüttelte den Kopf. »Das ist Selbstmord. Wir müssen umkehren.«

Beckers Herz hämmerte in seinen Ohren, als der dumpfe Signalton ertönte, und die Sekunden schienen sich zu Stunden auszudehnen, während er darauf wartete, dass jemand abnahm. Vielleicht war er schon zu spät dran. Vielleicht war sein Kontakt bereits brutal für sein Versagen bestraft worden.

Dann, ein Wunder, klickte es in der Leitung, und eine raue Stimme antwortete.

»Da?«

Beckers Herz setzte einen Schlag aus. »Sergej, ich bin's, Becker.«

»Becker?« Die Überraschung in Golowkos Stimme war offensichtlich. »Was zum Teufel …?«

»Hören Sie mir einfach zu«, unterbrach Becker ihn. »Wir befinden uns in einem Privatjet, der gerade in den russischen Luftraum eindringt.«

»In den russischen Luftraum? Haben Sie den Verstand verloren?«

Becker blickte zu Dalton hinüber. »Den Eindruck gewinne ich langsam auch.«

»Sie dürfen hier nicht rein. Unser Luftraum ist strikt abgeriegelt.« In diesem Moment sah Becker zwei schlanke, dunkle Umrisse mit unglaublicher Geschwindigkeit am Steuerbordfenster vorbeiziehen. Die blau glühenden Abgase ihrer Düsentriebwerke waren ein Zeichen dafür, wie stark die Piloten ihre Flugzeuge belastet hatten.

»Wem sagen Sie das«, antwortete Becker, der wusste, dass die Abfangjäger sich hinter sie hängten, während er sprach. Sie nahmen die optimale Schussposition ein. »Ich rufe an, weil ich Ihre Hilfe brauche.«

»Sie haben unsere Vereinbarung mit Ihrem kleinen TV-Stunt gebrochen«, knurrte der FSB-Agent. »Ich sollte Sie eigenhändig umbringen, Sie dummer Mistkerl.«

»Wenn das alles vorbei ist, können Sie es ja versuchen«, versprach Becker. »Aber jetzt müssen Sie Ihre Abfangjäger zurückrufen, bevor sie uns abschießen.«

»Und warum sollte ich das tun?«

Jetzt war nicht die Zeit, ihm etwas vorzuenthalten. »Weil wir vielleicht einen Weg gefunden haben, das Djatlow-Virus zu stoppen.«

»Wovon reden Sie?«

Das Cockpitradio erwachte wieder zum Leben, und die dringend klingende Stimme des russischen Kampfpiloten hallte durch das Cockpit. »Achtung, Flugzeug auf Kurs null-eins-null. Sie müssen sofort den Kurs ändern. Der Einsatz von tödlicher Gewalt ist autorisiert.«

»Noch vierzig Meilen bis zum russischen Luftraum«, warnte die Co-Pilotin.

»Halten Sie Kurs!«, befahl Dalton.

»Ich spreche von einem Gegenmittel, Sergej«, sagte Becker. »Ein Gegenmittel für das Virus.«

Nach dieser Aussage herrschte mehrere Sekunden lang Schweigen. »Das ist unmöglich«, konterte Golowko. »Es gibt kein Gegenmittel. Unsere Wissenschaftler haben jahrzehntelang danach gesucht und nichts gefunden.«

»Weil sie nicht das hatten, was sie brauchten.«

»Und was wäre das?«

Bevor Becker antworten konnte, streckte Dalton die Hand aus und entriss ihm das Telefon. »Eine Testperson mit einer angeborenen viralen Immunität. Antikörper, die gesammelt und innerhalb weniger Tage in ein brauchbares Gegenmittel verwandelt werden können. Wir wissen, wo diese Person sich befindet.«

»Sie haben jemanden gefunden?«

»Genauer: Djatlows ursprüngliche Expedition hat vor sechzig Jahren jemanden gefunden«, korrigierte ihn Becker. »Eine Frau, die es auf den Berg geschafft und das Virus in sich hatte. So kam das Team zum ersten Mal mit dem Virus in Berührung. Sie war unsere Patientin Null, das fehlende Glied, das Ihre Leute nie finden konnten.«

»Woher wissen Sie das alles?«

»Lange Geschichte«, sagte Becker. »Die kurze Version ist, dass mein ›kleiner Stunt‹ uns auf eine Spur gebracht hat. Jetzt müssen wir ihr folgen, solange noch Zeit ist.«

»Dreißig Meilen bis zum russischen Luftraum«, meldete die Co-Pilotin, deren Blicke auf den Navigationsinstrumenten hafteten.

»Verdammt! Sehen Sie!« Der Pilot der Gulfstream deutete aus dem Backbordfenster.

Becker beugte sich hinunter und beobachtete, wie sich die schlanke, tödliche Form einer Su-27 auf gleicher Höhe mit ihnen befand, kaum hundert Meter von ihrem Backbordtriebwerk entfernt. Und unter den Flügeln leuchteten die charakteristischen schlanken weißen Rümpfe von Luft-Luft-Raketen.

»Achtung, Flugzeug auf Kurs null-eins-null. Dies ist die letzte Warnung …«

»Schalten Sie den Funk ab!«, bellte Becker. Er wusste, dass es sinnlos war, jetzt noch mit den russischen Kampfpiloten zu kommunizieren. Ob sie in der nächsten Minute oder so lebten oder starben, hing von Golowkos Handeln ab.

»Das klingt zu unglaublich, um wahr zu sein …« Der Agent klang noch nicht überzeugt.

»Aber es ist wahr. Das verspreche ich Ihnen«, schaltete sich Becker ein. »Ich weiß nicht, ob wir sie rechtzeitig finden werden, aber geben Sie uns wenigstens eine Chance. Wir können das schaffen, aber wir müssen dort ankommen. Rufen Sie Ihre Jäger zurück, und lassen Sie uns landen.«

»Wie kommen Sie darauf, dass ich dazu befugt bin, so etwas zu tun?«

»Ich weiß, dass Sie es können, sonst würden wir dieses Gespräch gar nicht führen.«

Es blieb erst mal still, aber die Leitung war weiterhin aktiv. Das sagte Becker alles, was er über die Reichweite von Golowkos Einfluss wissen musste.

»Sie verlangen von mir, dass ich direkte Befehle aus Moskau missachte und die Aktionen unserer Streitkräfte unterlaufe«, fasste der FSB-Agent zusammen. »Und ich helfe einer ausländischen Macht in Zeiten des nationalen Notstands. Dafür könnte ich hingerichtet werden.«

»Wenn wir scheitern, spielt das keine Rolle mehr«, erinnerte ihn Becker. »Das hier ist unsere letzte Möglichkeit, Sergej. Unsere wirklich allerletzte Chance.«

»Zwanzig Meilen bis zum russischen Luftraum.« Die Co-Pilotin schluckte schwer, und ihr Gesicht wurde zusehends blasser, als sie auf ihre Instrumente blickte.

Die Su-27 schwenkte plötzlich ab und hinterließ einen weißen Kondensstreifen, als sie sich an den Schwanz der Gulfstream hängte. Das war die optimale Schussposition.

»Woher weiß ich, dass Sie dieses Gegenmittel mit uns teilen werden, selbst wenn Sie es finden?«

»Weil ich leben will. Genau wie Sie«, antwortete Becker wahrheitsgemäß. »Wenn nicht die ganze Welt das Mittel bekommt, nutzt es am Ende nichts.«

Ein neuer Warnton auf der Instrumententafel bestätigte seine schlimmsten Befürchtungen.

»Sie haben die Raketen scharf gemacht und uns anvisiert!«, rief der Pilot.

»Können wir irgendetwas tun?«, fragte Dalton ohne viel Hoffnung.

Er schüttelte den Kopf. »Wir haben keine Gegenmaßnahmen an Bord. Wenn sie das Feuer eröffnen, sind wir tot.«

Becker ignorierte dieses hektische Gespräch. Seine ganze Aufmerksamkeit galt dem Mann am anderen Ende der Leitung.

»Geben Sie uns eine Chance, Sergej. Das ist alles, worum ich Sie bitte.«

Er bekam keine Antwort. Becker hielt den Atem an und fragte sich, ob die Leitung gleich unterbrochen würde. Und ob er lange genug leben würde, um den Einschlag der russischen Luft-Luft-Raketen zu spüren, bevor das Flugzeug um sie herum zerbrach.

Dann hörte er es. Gedämpfte Stimmen im Hintergrund seiner Leitung, ein Mann sprach schnell und eindringlich Befehle, ein anderer Mann bestätigte sie. Ein Befehl, dass die Jäger das Feuer auf sie eröffnen sollten? Oder der Befehl zum Abbruch?

Er spürte, wie etwas seine Hand berührte, und blickte nach unten. Dalton griff nach ihm. Ohne zu zögern, schloss er seine Finger um ihre und sah ihr stumm ins Gesicht.

Furcht und Vorfreude mischten sich mit Hoffnung und Akzeptanz.

Dann verstummte zu seinem Erstaunen der Warnton auf der Instrumententafel der Gulfstream.

»Ich glaube es nicht!« Ihr Pilot starrte aus dem Fenster, als das russische Kampfflugzeug langsam in Sicht kam. Er sah eine einsame Gestalt in der Kabine und einen Arm, der sich langsam hin und her bewegte, als versuchte er, ihre Aufmerksamkeit zu erregen.

»Schalten Sie das Funkgerät ein«, wies Becker ihn an.

»Achtung, Flugzeug auf Kurs null-eins-null«, meldete sich der russische Pilot sofort. In seiner Stimme mischten sich Erleichterung, Verwirrung und Überraschung. »Es wurde Ihnen die Erlaubnis erteilt, in den russischen Luftraum einzudringen. Geben Sie Kurs und Ziel an. Wir eskortieren Sie dorthin.«

Becker holte tief Luft, bevor er in sein Telefon sprach. »Danke, Sergej.«

»Danken Sie mir noch nicht«, ermahnte ihn Golowko.

»Ich weiß nicht, wie lange ich das vor meinen Vorgesetzten verheimlichen kann, also schlage ich vor, dass Sie die Zeit, die Sie haben, weise nutzen.« Er hielt einen Moment inne. »Gott stehe Ihnen bei, wenn Sie sich in dieser Sache irren.«

»Wenn ich mich wirklich irre, spielt nichts mehr eine Rolle.«

47

Der Flugplatz, auf dem sie eine Stunde später landeten, war einst ein sowjetischer Luftwaffenstützpunkt gewesen, auf dem Langstreckenabfangjäger stationiert waren. Für den Fall, dass die USA jemals beschließen sollten, ihre B-52 über russischem Gebiet kreuzen zu lassen. Heute war er nicht viel mehr als eine Ansammlung von bröckelnden Verwaltungsgebäuden und drei verrosteten Hangars, die von Zeit und Wetter zerfressen wurden.

Die mit Unkraut überwucherte Landebahn sorgte für eine ziemlich holprige Landung, als die Gulfstream aufsetzte und die Räder über die rissige und mit Schlaglöchern übersäte Oberfläche rumpelten, bevor sie in der Nähe des stillgelegten Kontrollturms zum Stehen kam. Becker und die kleine Gruppe schnappten sich die Rucksäcke, die sie mitgebracht hatten, und stiegen die ausfahrbare Treppe hinunter.

Draußen war es kalt. Eine kühle Brise wehte über die offene Landebahn, drang durch ihre Kleidung und rief eine Gänsehaut auf Beckers Haut hervor. Zwischen den verfallenen Gebäuden gab es keine Anzeichen für irgendwelche Aktivitäten.

Im Westen erhob sich ein hoher, dunkler Gebirgszug steil und dominant in den Abendhimmel. Der Ural – einer der längsten zusammenhängenden Gebirgszüge der Erde, der die eigentliche Grenze zwischen Europa und Asien bildet. Ihr Ziel lag irgendwo da draußen, versteckt zwischen diesen furchterregenden Gipfeln. Die Sonne verschwand hinter einem Meer aus düsteren grauen Wolken, die sich über dem Gebirgszug wie eine Armee zu sammeln schien, die ihre Festung verteidigen wollte. Nach Beckers Schätzung blieben ihnen höchstens noch ein paar Stunden bis zum Einbruch der Dunkelheit, und es wirkte nachgerade so, dass das Wetter gegen sie war.

So wie alles andere heute auch.

»Was für ein gemütliches Plätzchen«, spiegelte Dalton neben ihm Beckers Gedanken.

Ihr Gespräch wurde kurzzeitig von einem donnernden Geräusch über ihnen unterbrochen, und alle drei sahen auf, als die beiden Su-27, die sie durch den russischen Luftraum eskortiert hatten, etwa tausend Fuß über ihnen vorbeiflogen und kurz grüßend mit den Tragflächen schaukelten, bevor sie abdrehten. Sie kehrten zu ihrer Basis zurück, um aufzutanken.

Als der Lärm verstummte, warf Becker einen Blick auf seine Uhr. »Uns läuft die Zeit davon, Kincaid. Wo ist unser Transportmittel?«

Sie hatten einen ersten Schritt gemacht, aber das alles zählte nicht, bis sie den Cholat Sjachl selbst erreichten, um ihre Suche zu beginnen. Und dafür brauchten sie etwas Schnelles und Effizientes, das auch in unwegsamem Gelände landen konnte. »Ich arbeite daran«, antwortete Kincaid und schaltete sein Handy ein.

Daltons Blick war auf die dunklen Wolken gerichtet, die sich über der nahen Bergkette zusammenzogen. Becker kam näher und fühlte sich in diesem Moment auf unerklärliche Weise zu ihr hingezogen.

»Hier hat alles angefangen«, sagte sie leise.

»Und hier wird es enden«, antwortete Becker.

Sie drehte sich zu ihm herum, ihr Haar wehte im Wind,

und ihr Gesichtsausdruck schwankte zwischen Hoffnung und Angst. Das Dröhnen eines herannahenden Fahrzeugmotors lenkte Beckers Aufmerksamkeit wieder auf irdischere Dinge, und er wandte sich der Straße zu, die am Rand des Flugplatzes entlangführte. Zu seiner Überraschung fuhr ein alter, ramponierter Geländewagen mit hoher Geschwindigkeit auf sie zu. Der Auspuff knatterte, und die Karosserie war vollkommen mit Schlamm bespritzt.

»Sie wollen mich wohl verarschen!« Becker hatte ein flaues Gefühl in der Magengrube. Das altersschwache Fahrzeug würde es wohl nur mit viel Glück vom Flugplatz wegschaffen, geschweige denn einen Berg hinauf.

»Das ist keiner von uns«, warnte ihn Kincaid.

Becker verkrampfte sich. Er hatte keine Ahnung, wer dieser neue Ankömmling sein könnte, ob es sich um russische Agenten in einem zivilen Fahrzeug handelte, um einen Überrest von Vorsters Organisation, die sich auf den Hinterhalt gelegt hatte, oder sogar um örtliche Gangster, die den Privatjet entdeckt hatten und hofften, einen leichten Zahltag verbuchen zu können.

»Alle hinter mich«, sagte Becker und zog eine Pistole aus seiner Jacke, als der Geländewagen sich näherte. »Macht euch bereit, falls die Sache schiefgeht.«

Der Geländewagen kam etwa zwanzig Meter entfernt zum Stehen. Vorne saßen zwei Personen, der Fahrer und ein Beifahrer. Becker hob seine Waffe und richtete sie auf die Fahrertür, als diese aufsprang und eine Gestalt herauskam.

»Das ist weit genug!«, rief Becker. »Zeigen Sie mir Ihre Hände, ganz langsam, damit ich sie sehen kann.«

Die Person, die aus dem Fahrzeug stieg, entsprach nicht dem, was Becker erwartet hatte. Es handelte sich weder um einen grimmig dreinblickenden russischen Agenten noch um einen hartgesottenen örtlichen Kriminellen. Becker fixierte durch das Visier seiner Waffe die weichen, weiblichen Züge einer jungen Frau, eigentlich kaum mehr als ein Teenager. Sie war klein und schlank, mit tiefschwarzem Haar, das zu einem einfachen Pferdeschwanz zusammengebunden war, und ihre zierliche Figur wurde durch die dicke Winterjacke, die sie trug, aufgepolstert.

Sie starrte Becker einige Sekunden lang schweigend an, offenbar ohne sich um die auf sie gerichtete Waffe zu kümmern, und beugte sich dann nach innen, um sich mit dem Beifahrer zu beraten.

»Zeigen Sie mir Ihre Hände«, warnte Becker sie.

»Ich versichere Ihnen, wir sind keine Bedrohung, Mr. Becker«, antwortete die Person in dem Wagen. Es war eine Männerstimme, tief und autoritär und vertraut.

»Es ist okay, Cam.« Dalton legte eine Hand auf seine mit der Waffe und drückte sie sanft nach unten. Dann schwang die andere Tür auf, und eine zweite Gestalt trat in das schwindende Abendlicht. Es war ein älterer Mann mit einem faltigen, wettergegerbten Gesicht und eisgrauem Haar, das ähnlich wie bei der jungen Frau zurückgebunden war.

»Okischew!«, rief Becker überrascht. »Was zum Teufel machen Sie hier draußen?«

Okischew ging lächelnd auf ihn zu, wobei er aufgrund seiner vom Alter steifen, arthritischen Gelenke leicht humpelte. »Das hier ist der einzige geeignete Flugplatz in der Gegend. Ich dachte mir, dass Sie hier landen würden.«

Er deutete auf die junge Frau, die ebenfalls nach vorne gekommen war und sich nun beschützend an den alten Mann drängte. Beckers Waffe behielt sie dabei scharf im Auge. »Meine Enkelin Nadia war so freundlich, mich hierherzufahren.« Er lächelte etwas gezwungen. »Ich habe nie fahren gelernt und bin zu alt, um jetzt noch damit anzufangen.«

Becker runzelte die Stirn. »Das habe ich nicht gefragt. Warum sind Sie hier?«

Okischews Lächeln wurde schwächer. »Auf einer Reise wie dieser brauchen Sie einen Führer. Es gibt nur noch sehr wenige Menschen, die die Gegend besser kennen als ich.«

Becker wechselte einen zweifelnden Blick mit Dalton, aber Kincaid brachte ihre unausgesprochenen Gedanken zum Ausdruck.

»Sir, ich denke, das wird ein harter Aufstieg. Meinen Sie nicht, dass Sie ein wenig …?«

»… zu alt sind?«, kam Okischew dem stockenden Kincaid zu Hilfe. Ganz offensichtlich empfand er die Frage keineswegs als peinlich. »Ich habe vielleicht mehr Winter erlebt als Sie, aber ich werde Sie nicht aufhalten, das verspreche ich Ihnen. Und wenn ich es doch tue, haben Sie meine Erlaubnis, mich zurückzulassen.«

Becker taxierte ihn einen Moment unverblümt. Obwohl klein von Statur, wettergegerbt und vom Alter gezeichnet, strahlte der alte Mann eine drahtige Zähigkeit aus, die von lebenslanger harter Arbeit in einem noch härteren Klima herrührte. Männer wie er ließen sich nicht so leicht unterkriegen, auch nicht im Herbst ihres Lebens.

»Es könnte da oben gefährlich sein«, warnte Becker ihn, um keinen Zweifel an den Gefahren ihrer Mission aufkommen zu lassen.

»Mr. Becker, ich bin fünfundsiebzig Jahre alt. Ich habe mein Leben gelebt, und ich habe es gut gelebt. Was hätte ich da noch zu befürchten?«

Eine ganze Menge, dachte Becker und erinnerte sich an einige der schrecklichen Szenen, die er in den letzten Tagen erlebt hatte.

Er warf einen Blick auf Dalton, die mit den Schultern zuckte. »Er könnte nützlich sein«, meinte sie. »Wenn er wirklich glaubt, dass er es schaffen kann, sollte er vielleicht mitkommen.«

Okischew trat einen Schritt näher. »Ich glaube nicht, dass es ein Zufall ist, der uns heute hierhergebracht hat, mich eingeschlossen. Wir sind hier, weil es so sein soll.«

Ein leises dumpfes Geräusch lenkte Beckers Aufmerksamkeit nach Süden. Er beobachtete, wie ein Hubschrauber auf sie zukam und über der freien Landebahn in der Nähe schwebte, bevor er aufsetzte und die Turbinen drosselte. Es war ein Kazan Ansat, ein leichter russischer Transporthubschrauber, der in etwa dem ehrwürdigen Bell Huey entsprach, der in den Vereinigten Staaten so beliebt war.

»Wie es scheint, ist unsere Mitfahrgelegenheit da«, verkündete Kincaid und schulterte seinen Rucksack. »Kommen Sie, wir sollten gehen.«

Becker zögerte, denn er wusste, dass er Okischew noch eine Antwort schuldete.

Der alte Mann spürte seinen inneren Konflikt. »Lassen Sie mich mitkommen«, sagte er sanft. »Ich kenne die Risiken. Sie müssen mich nicht beschützen.«

Schließlich nickte Becker. »In Ordnung.«

Lächelnd drehte sich Okischew zu seiner Enkelin um und sprach schnell in ihrer Muttersprache mit ihr. Er konnte ihre Antwort nicht verstehen, aber es war klar, dass sie nicht glücklich über seine Entscheidung war und anscheinend dafür plädierte, mit ihm zu gehen. Anstatt seine Stimme zu erheben, blieb Okischews Ton ruhig und sanft.

»Was sagt sie?« Becker war ungeduldig, weil er weiterkommen wollte.

Das Mädchen sah ihn an, ohne sich von seinen Worten beeindrucken zu lassen. »Ich sagte, Sie sollten meinen

Großvater lieber wieder nach Hause bringen«, antwortete sie auf Englisch. »Oder ich sorge dafür, dass Sie es bereuen.«

Er konnte sich ein Lächeln nicht verkneifen, obwohl er wusste, dass dies nicht der richtige Zeitpunkt für Scherze war. »Eines kann ich Ihnen versprechen – wir kommen alle zurück oder keiner von uns. Wie ist das?«

Sie schwieg und schaute Becker intensiv in die Augen, bevor sie ihm schließlich die Hand reichte. Er nahm sie, drückte sie fest und besiegelte damit sein Versprechen.

Nachdem nun eine Entscheidung gefallen war, legte Okischew ihr eine Hand auf die Schulter, beugte sich vor und berührte kurz ihren Kopf mit seinem, bevor er sich abwandte und der kleinen Gruppe zu dem wartenden Helikopter folgte. Der Pilot war ausgestiegen, um ihnen an Bord zu helfen. In nicht einmal einer Minute hatten sie ihre Ausrüstung verstaut und hoben ab.

Becker beobachtete die junge Frau, die neben dem alten Geländewagen stand und ihnen hinterherstarrte, als sie in den Abendhimmel stiegen, bevor der Hubschrauber in Richtung der Berge abdrehte und sie aus seinem Blickfeld verschwand.

48

Die Stimmung an Bord des Hubschraubers war angespannt und bedrückt, während er sich durch turbulenter werdendes Wetter kämpfte. Sie kamen ihrem endgültigen Ziel immer näher und waren sich alle bewusst, was auf dem Spiel stand und wie ungeheuer viele Leben von diesem letzten, verzweifelten Versuch abhingen. Die möglichen Folgen eines Scheiterns lasteten schwer auf jedem von ihnen.

Becker saß vorn neben Kincaid. Sie verhielten sich eher wortkarg, da jeder sich lieber auf das konzentrierte, was vor ihm lag. Trotzdem war Becker von seinem neuen Begleiter fasziniert, vor allem, als der Mann in seine Tasche griff, eine Brieftasche herauszog, aufklappte und vorsichtig ein kleines Foto herausnahm.

Der Abzug war durch langen Gebrauch ramponiert und an den Rändern ausgefranst, doch das Bild war noch deutlich zu erkennen. Es zeigte eine Frau, die dicht neben dem Gipfel eines Hügels oder Berges stand, den er nicht kannte. Sie lächelte triumphierend über ihren erfolgreichen Aufstieg, ihr dunkles Haar war vom Wind zerzaust, die blasse Haut von der Sonne gerötet. Ihre Gesichtszüge hatten schon etwas von der Sanftheit der Jugend verloren, dennoch war sie trotz allem auffallend schön. Vielleicht gerade deshalb. Ihr Lächeln war ansteckend, und ihr geröteter Teint zeugte von einem aktiven, ausgefüllten Leben.

Kincaid spürte Beckers Blick und hob den Kopf.

»Schönes Foto.« Becker deutete mit einem Nicken darauf.

»Meine Frau. Sienna«, erklärte Kincaid und lächelte liebevoll bei diesem Bild. »Sie liebte das Klettern und hätte ihr ganzes Leben in den Bergen verbracht, wenn sie gekonnt hätte. Ziemlich passend, wenn man bedenkt, wohin wir gehen.«

»Jemanden wie sie könnten wir heute gut gebrauchen, das steht fest.«

Bei diesem Gedanken schmunzelte Kincaid. »Oh, das wäre ein großes Abenteuer für Sienna. Ich bin sicher, sie würde Ihnen ein Ohr abkauen, was diesen Ort angeht. Und uns wahrscheinlich ausschimpfen, weil wir die falsche Ausrüstung dabeihaben.«

»Klingt wie jemand, den ich kenne«, bemerkte Becker und nickte Dalton über die Schulter zu.

Der ältere Mann lächelte schwach, aber Trauer legte sich über sein Gesicht. »Ich trage ihr Bild gerne bei mir. Als Glücksbringer und als Erinnerung.«

Man musste kein Genie sein, um zu verstehen, was er meinte, auch wenn Dalton Kincaids Frau nicht erwähnt hatte. »Wie lange ist es her?«

Kincaid atmete langsam aus, als zählte er die lange, einsame Zeitspanne zwischen diesem Bild und dem heutigen Tag. »Achtzehn Jahre, fast auf den Tag genau.«

Vor achtzehn Jahren. Im September. Becker ahnte, wie Kincaids Frau ihr Leben verloren hatte.

»Das tut mir leid«, sagte er und suchte nach den richtigen Worten. Er war noch nie besonders gut in solchen Dingen gewesen. »Ich weiß, das zählt nicht viel, aber …«

»Es ist schon lange her.« Kincaid schniefte und steckte seine Brieftasche wieder ein. »Wir sollten uns auf heute konzentrieren. Das ist alles, was jetzt zählt.«

Becker nickte nur, da er ohnehin keine Lust hatte, noch viel länger mit ihm zu reden.

Weiter hinten im Flugzeug schien Okischew von seiner Situation geradezu knabenhaft begeistert zu sein. Er starrte aus dem kleinen Fenster auf die Wälder, Flüsse und moorigen Täler, die mehrere Hundert Meter unter ihm vorüberzogen. Sein verwittertes altes Gesicht zeigte einen nachdenklichen, wehmütigen Ausdruck.

»Haben Sie da unten etwas gesehen?«, fragte Dalton. Ihre Stimme knisterte im Interkom-System des Hubschraubers.

Der alte Mann blinzelte und wandte sich ihr zu. »Ich bin hier aufgewachsen, habe in diesen Wäldern gejagt und in diesen Flüssen gefischt. Wenn ich es jetzt wiedersehe, fühle ich mich … wie heißt das Wort?«

»Nostalgisch?«, schlug sie vor.

Er lächelte und nickte. »Nostalgisch, ja. Verzeihen Sie mir, einige Ihrer Worte sind schwer zu merken.«

»Sie müssen sich nicht entschuldigen. Ihr Englisch ist weit besser als das der meisten Leute auf Twitter.« Als sie merkte, dass er den Witz wohl nicht verstanden hatte, fuhr sie rasch fort: »Sorry, ich meinte …«

»Ich weiß, was Twitter ist«, unterbrach er sie. »Aber ich bevorzuge Facebook. Man kann seine Gedanken klarer ausdrücken, wenn man Zeit hat, sie zu formulieren.«

Daltons unverhohlenes Erstaunen entlockte ihm ein verschmitztes Grinsen. Es ließ auf einen scharfen, geistreichen Verstand hinter seiner wettergegerbten Fassade schließen.

»Gegenwärtig habe ich sehr viel Zeit«, erklärte er. »Und die Winter im Ural sind lang.«

»Es tut mir leid.« Sie wurde sichtlich rot. »Ich wollte nicht andeuten …«

»… dass ich zu alt für solche Dinge bin?«, beendete er den Satz. »Das ist das Problem mit der Jugend – man gewöhnt sich zu sehr an sie, eilt ihr immer voraus und denkt, dass die Zeit einen nie einholen wird. Das war bei mir auch einmal so.«

Dalton sagte nichts, weil sie befürchtete, wieder ins Fettnäpfchen zu treten.

»Jedenfalls war es Nadia, die mir zuerst mit den Computern geholfen hat. Sie sagte, ich solle sie nutzen, um der Welt von meinem Leben zu erzählen, solange noch Zeit ist.«

»Was meinen Sie damit?«

»Die Mansi sind ein aussterbendes Volk wie eure … amerikanischen Ureinwohner. Schon als ich jung war, gab es nur noch wenige von uns, und die, die übrig geblieben sind, haben ihre Heimat verlassen, sich der modernen Welt angeschlossen und die alten Bräuche vergessen. Als ich ein Junge war, lebten wir in Zelten und Hütten, wir jagten mit Speeren und Pfeilen. Wir respektierten die Tradition und fürchteten die Welt der Geister, und wir nahmen dem Land nur das, was wir brauchten. Jetzt … sind meine Leute in die Städte gezogen, fahren Auto und kaufen ihr Essen in Fast-Food-Restaurants. Sie haben vergessen, woher sie kommen«, schloss er traurig. »Ich habe getan, was ich konnte, um sie daran zu erinnern und die alten Traditionen noch ein wenig länger am Leben zu erhalten.«

Er zuckte mit den Schultern und starrte aus dem Fenster auf das Land, in dem er geboren worden und aufgewachsen war und den Großteil seines Lebens verbracht hatte.

»Vielleicht ist das unvermeidlich. Die Dinge ändern sich, die Welt geht weiter und lässt zurück, was sie nicht mehr braucht. Vielleicht ist das ja nichts weiter als die

Eitelkeit eines alten Mannes und seine Angst vor der Zukunft.« Er kicherte und sah sie wieder an. »Wie töricht muss Ihnen das alles vorkommen, all das Gerede von verbotenen Bergen, bösen Geistern und Flüchen.« Trotz seines freundlichen und leutseligen Auftretens spürte Dalton die tiefe Traurigkeit und das Bedauern in diesem merkwürdigen Führer. Es war die Trauer eines Mannes, der zusieht, wie seine alte Welt verschwindet, und die widerstrebende Einsicht, dass die Zeit der einzige Feind ist, den keiner von ihnen besiegen kann. Trotz allem, was geschah, hatte sie Mitgefühl mit ihm.

Dalton griff in ihre Jacke und nahm ihre Gliederkette ab, an der ein einzelner Goldring hing. Der Ring, den sie die ganze Zeit über bei sich getragen hatte. Sie hielt ihn hoch, damit er ihn sehen konnte.

»Sehen Sie diesen Ring?«, begann sie. »Mein Urgroßvater trug diesen Ring vor hundert Jahren, als er im Ersten Weltkrieg kämpfte. Sechs Monate hat er dort in den Schützengräben verbracht, und er hat nie auch nur einen Kratzer abbekommen. Er war überzeugt, dass der Ring ihm Glück brachte, und trug ihn danach immer bei sich. Ein Vierteljahrhundert später dann schenkte er ihn seinem eigenen Sohn, als er für die Invasion von Europa nach England verschifft wurde. Er kämpfte auf denselben Feldern und in denselben Dörfern wie sein Vater. Der Ring brachte ihm das gleiche Glück, und als er nach Hause kam, heiratete er und gründete eine eigene Familie. Jeder Vater in meiner Familie hat diesen Ring an seinen Sohn weitergegeben, wenn er zum Kampf für sein Land einberufen wurde, und jedes Mal brachte der Ring ihn sicher nach Hause.«

Jetzt lächelte sie melancholisch.

»Wie sich herausstellte, bekam mein Vater nie einen Sohn, an den er den Ring hätte weitergeben können. Stattdessen hatte er mich, und ich schätze … Ich hatte immer das Gefühl, dass ich die Familie irgendwie enttäuscht habe. Aber als ich mich auf meinen ersten Einsatz in Kambodscha vorbereitete, gab er mir diesen Ring an der Halskette und sagte mir, ich solle ihn immer bei mir tragen und nie abnehmen, bis ich sicher zu Hause sei. Und daran habe ich mich immer gehalten.«

Dalton legte die Halskette wieder um und spürte, wie sich das solide, beruhigende Gewicht des Rings wieder an ihre Haut schmiegte. Generationen von tapferen Kämpfern hatten ihn in die Schlacht getragen, und ob der Schutz, den er ihnen gewährte, nun real oder eingebildet war, sie hatten trotzdem Kraft und Trost daraus geschöpft. Jetzt trug ihn eine Heilerin statt eines Kriegers. Und sie kämpfte nicht für ein Land oder eine Flagge oder eine Lebensweise, sondern für die Menschheit selbst. Für die Zukunft der Welt. »Unsere Überzeugungen und Traditionen sterben nicht wirklich, sie verändern sich nur und entwickeln sich weiter. Wie alle lebenden Dinge.« Sie zuckte mit den Schultern. »Vielleicht ist das ja auch gut so.«

Okischew schwieg eine Zeit lang und dachte gründlich über ihre Worte nach. Dann bemerkte sie, wie er kurz nickte, und sah das Aufflackern von Erleichterung in seinen Augen.

Dalton spürte außerdem, dass ein weiteres Augenpaar auf sie gerichtet war, und sah zu Becker hinüber, der sie von der anderen Seite des Abteils aus beobachtete. Da sie über eine gemeinsame Frequenz kommunizierten, hatte er ihr Gespräch mitgehört.

Ihre Headsets knisterten, als sich der Pilot über das Interkom meldete. »Achtung! Es sieht aus, als hätten wir den Cholat Sjachl auf unserer Steuerbordseite.«

Sie gingen zu den Steuerbordfenstern hinüber, und tatsächlich erhob sich über ihnen ein großer schneebedeckter Gipfel, stumpf und unförmig, auf der einen Seite fast senkrechte Felsen, die mehr als tausend Fuß hoch waren, während die andere Seite in einem steilen, schwankenden Grat zum Gipfel hin anstieg. Die unteren Hänge waren kaum mehr als dunkle, windgepeitschte Felsen, während der Gipfel selbst von den aufziehenden Wolken verhüllt war. Alles in allem wirkte er wie eine düstere, bedrohlich aussehende natürliche Festung, deren schroffes und unförmiges Profil das Ergebnis tektonischer Kollisionen und eiszeitlicher Erosion vor Zehntausenden von Jahren war.

»Da unten.« Okischew zeigte auf einen breiten Bergrücken am Ende eines bewaldeten Tals, das Cholat Sjachl mit einem anderen Gipfel etwa eine Meile südlich verband. »Wir müssen dort landen, auf diesem Kamm.«

»Warum?«, wollte Kincaid wissen.

»Weil ich dort auf die Expedition von Djatlow getroffen bin«, erklärte Okischew. »Wenn wir den Ort finden wollen, an den sie gegangen sind, sollten wir ihre Schritte zurückverfolgen.«

»Was soll ich tun, Sir?«, fragte der Pilot über Funk.

Kincaid zögerte einen Moment, bevor er antwortete. »Landen Sie auf dem Kamm am Ende dieses Tals. Wir beginnen unsere Suche dort.«

»Das Wetter wird immer schlechter«, warnte der Pilot ihn. »Ich kann nicht sagen, wie lange ich auf Sie warten kann.«

»Tun Sie es einfach. Das ist unsere einzige Chance.«

Im Tiefflug und gegen den aufkommenden Seitenwind setzte der Pilot vorsichtig auf verschneitem, freiem Gelände auf. Die vier Passagiere schnappten sich ihre Ausrüstung und sprangen heraus.

»Bleiben Sie hier, und halten Sie sich bereit, jederzeit

abzuheben!«, wies Kincaid den Piloten an. »Wir funken Sie an, sobald wir etwas finden.«

»Verstanden«, bestätigte der Pilot. »Wir bleiben so lange wie möglich.«

Mit diesem nicht gerade sehr vertrauenerweckenden Versprechen in den Ohren wandte sich Becker Okischew zu, der in einiger Entfernung regungslos dastand und zu dem hohen Gipfel über ihnen hinaufstarrte, als wäre er ein Feind, den er gleich bekämpfen müsste. Strähnen seines langen grauen Haares flatterten im Wind.

»Das ist Ihre Show, alter Mann. In welche Richtung gehen wir von hier aus?«

Der Einheimische antwortete nicht, er war in Gedanken versunken.

»Okischew.« Becker berührte seinen Arm. »Ist alles in Ordnung?«

»Das letzte Mal, als ich hier stand, war ich fünfzehn Jahre alt. Es ist ein seltsames Gefühl, zurück zu sein.«

Becker konnte sich nur vorstellen, welche Erinnerungen dieser Ort wachgerufen hatte, aber das Schwelgen in der Vergangenheit musste warten. Sie hatten eine Mission zu erfüllen. »Wenn das hier vorbei ist, können Sie mir das alles bei einigen Bierchen erzählen. Aber jetzt müssen wir weiter.«

Mit einem Nicken straffte Okischew die Schultern und deutete auf einen Ausläufer des Bergrückens, der sich zum Berg hinaufzog.

»Sie kamen aus dieser Richtung, von der Leeseite des Bergrückens. Ich sehe einen Weg, der uns dorthin führen sollte. Folgen Sie mir.«

Mit diesen Worten machte er sich auf den Weg den Hang hinauf, mit dem sicheren, selbstbewussten Schritt eines Mannes, der viele Jahre jünger war als er. Anscheinend vergaß er seine Schmerzen für den Moment. Becker und die anderen, denen nichts anderes übrig blieb, als auf sein Gedächtnis und seinen Orientierungssinn zu vertrauen, folgten ihm.

49

Flughafen Heathrow, London

Juliette wischte sich mit einer Hand über die Stirn. Es war warm in dem Terminalgebäude. Ob es an der schieren Anzahl der Menschen lag oder ob die Klimaanlage ausgefallen war, konnte sie nicht sagen.

Langsam erhob sie sich und ging zu einem nahe gelegenen Lebensmittelgeschäft, öffnete die Kühltruhe und schraubte eine Flasche Wasser auf. Keiner bemerkte ihren kleinen Diebstahl.

Viele Passagiere sahen genauso angespannt, besorgt und unruhig aus, wie sie sich fühlte. Ihre Gesichter waren fahl, ihre Haut blass und klamm. Sie hörte ein gedämpftes Husten von irgendwo weiter weg, gefolgt von einem weiteren, als sie einen großen Schluck Wasser nahm.

»Irgendetwas stimmt da nicht«, flüsterte ein Mann neben ihr. Er war groß und schlaksig, sein Haar lichtete sich bereits, und sein Anzug schlotterte an seinem hageren Körper.

»Was meinen Sie damit?«, wollte Juliette wissen.

»Sehen Sie das nicht? Die Leute werden krank.« Er sah sich verstohlen um, während er weiterredete. »Da ist etwas, was sie uns nicht sagen wollen, ich weiß es genau.«

»Wir alle sind hier eingesperrt«, erinnerte sie ihn. »Jeder spürt das. Wir müssen nur ruhig bleiben und abwarten. Sie können uns ja nicht ewig hier festhalten.«

»Nein, es ist mehr als das. Sie verheimlichen uns irgendetwas.« Er wurde von Sekunde zu Sekunde unruhiger. »Wenn wir jetzt einer Strahlung ausgesetzt waren wie dieser russische Spion vor ein paar Jahren? Man kann sie nicht sehen oder riechen, aber sie bringt einen trotzdem um. Wollen wir einfach hier herumsitzen und es tatenlos geschehen lassen?«

Juliette schüttelte den Kopf und wünschte, er würde aufhören zu reden. »Sie sind paranoid. Man hätte uns gesagt, wenn so etwas passiert wäre.«

Sie wurden durch einen Aufruhr auf der anderen Seite der Halle abgelenkt. Dort ertönten Schreie und panische Rufe. Juliette und ihr neuer Bekannter blickten hin, als ein Mann in einem englischen Fußballtrikot sich krümmte und sich auf den gefliesten Boden übergab, bevor er rückwärtstaumelte und zusammenbrach. Einige Leute drängten sich um ihn, um ihm zu helfen. Vielleicht eine Lebensmittelvergiftung, dachte sie. Oder wahrscheinlicher war Alkohol aus einer der vielen Bars und Restaurants, die im ganzen Flughafen verstreut waren, der Grund. Der unsichere Zustand der Passagiere, die ihm zu helfen versuchten, sprach ebenfalls dafür.

»Oh Gott!«, stieß der Mann neben ihr keuchend aus. Er sah die Szene offensichtlich in einem ganz anderen Licht. »Ich hatte recht. Es fängt an. Wir müssen von hier verschwinden.«

Im nächsten Moment hörte sie schnelle Schritte, als der dünne Mann zum Ausgang eilte, offensichtlich um die Ablenkung der Polizeibeamten durch den Tumult auszunutzen.

»Was machen Sie da?«, rief sie, aber sie konnte ihn nicht von seiner Flucht abhalten.

Fassungslos sah sie zu, wie er sich einen Stuhl schnappte

und durch das große Glasfenster schleuderte. Sie hörte ein heftiges Klirren und Krachen, Schreie, dann kletterte er auch schon durch das Fenster und floh nach draußen.

»Stopp! Halt oder wir schießen!«

Er blieb nicht stehen. Er rannte weg vom Terminalgebäude. Und er kam bemerkenswert schnell voran für einen so …

Bang!

Erneut gellten Schreie. Er stolperte, fiel, rappelte sich auf und mühte sich weiter.

Bang!

Schwer atmend, mit zugeschnürter Kehle und bis in den Hals klopfendem Herzen verfolgte Juliette schockiert, wie der dünne Mann ein zweites Mal zu Boden fiel und diesmal nicht mehr aufstand.

50

Während die Sonne am Horizont versank und die aufziehenden Wolken mit ihrem abnehmenden Licht von unten in Flammen zu tauchen schien, stapfte die kleine Gruppe auf ihrer letzten, verzweifelten Mission müde die steilen, trostlosen Hänge des Cholat Sjachl hinauf. Der Wind frischte auf, als der Tag sich neigte, und brachte die ersten trockenen, eisigen Schneeflocken mit sich, die auf ihre ungeschützte Haut prasselten.

Okischew stieg trotz seines Alters in gleichmäßigem, entschlossenem Tempo den Kamm hinauf, sodass seine jüngeren Begleiter Mühe hatten, mit ihm Schritt zu halten. Vor allem Kincaid, der wenig Erfahrung mit dem Wandern hatte, blieb bald zurück und zwang Becker, stehen zu bleiben und sich mit ihm zu beraten.

»Wollen Sie anhalten und sich ausruhen?« Becker war sich ihrer begrenzten Zeit sehr bewusst. Die Bedeutung seiner Frage war klar: *Können Sie mithalten, oder müssen wir Sie zurücklassen?*

Kincaid holte tief Luft, um Kraft zu sammeln. »Ich komme schon zurecht.«

»Sie sehen nicht gut aus.« Becker deutete auf den Berg, der sich vor ihnen auftürmte. »Es wird ab hier nicht eben leichter.«

Kincaid griff in seine dicke Jacke, holte das Satellitentelefon hervor, das er mitgebracht hatte, und hielt es Becker hin. Auf dem Display wurde eine Nachricht vom

WHO-Hauptquartier angezeigt, wo man die Situation auf den beiden Flughäfen überwachte.

schießerei in heathrow. ein zivilist tot. lage wird instabil. bitte um rat.

»Das hier obliegt meiner Verantwortung«, erklärte er entschlossen und steckte das Handy wieder weg. »Wenn es noch eine Chance gibt, das zu verhindern, muss ich dabei sein.«

Damit setzte er seinen Marsch den Hang hinauf fort und hatte mit dem Gewicht seines Rucksacks sichtlich zu kämpfen. Becker respektierte seine Entschlossenheit, aber auch das größte Herz konnte einen nur so weit bringen, wie der Körper mitmachte. Er hatte bereits beschlossen, dass er, wenn Kincaid nicht mit ihnen Schritt halten konnte, den Mann zum Hubschrauber zurückschicken würde, wenn nötig mit Gewalt, und ohne ihn weitergehen würde. »Angenommen, wir finden, was wir suchen, wie lange wird es dauern, bis ein Gegenmittel zur Verfügung steht?«, fragte Becker. Er vermutete, dass ein Gespräch Kincaid von dem schwierigen Aufstieg ablenken könnte.

»Nicht lange. Sobald wir eine Blut- und Gewebeprobe genommen haben, müssen wir nur noch die viralen Antikörper isolieren und die synthetische Replikation starten«, erklärte Kincaid zwischen angestrengten Atemzügen. »Wir haben bereits eine hochmoderne Anlage in Polen vorbereitet und auf Standby gestellt. Die Produktion kann in vollem Umfang innerhalb etwa einer Woche beginnen. Für ausführliche klinische Versuche bleibt da natürlich keine Zeit, aber angesichts der verzweifelten Lage haben wir keine andere Wahl, als die normalen Protokolle zu umgehen.«

Mein Gott, das würde knapp werden, das war Becker klar.

»Diese Leiche muss da oben schon mindestens sechzig

Jahre gelegen haben«, erinnerte Becker ihn. »Glauben Sie, dass ihre DNS überhaupt brauchbar sein wird?«

Der WHO-Direktor zuckte mit den Schultern. »DNA vermag unter den richtigen Bedingungen sehr viel länger zu überleben. Unseren meteorologischen Daten zufolge steigt die Temperatur in diesen Höhen nie über den Gefrierpunkt, nicht einmal in den Sommermonaten. Wenn wir recht haben, könnte diese Frau seit dem Tag ihres Todes wie in einer natürlichen Tiefkühltruhe gelegen haben. Das ist das perfekte Konservierungssystem.« Er warf Becker einen vielsagenden Blick zu. »Vorausgesetzt, wir finden sie rechtzeitig.«

»Wir werden sie finden«, antwortete Becker und fügte dann leise hinzu: »Oder bei dem Versuch sterben.«

»Was sagten Sie?«, hakte Kincaid nach.

»Nichts«, erwiderte er. »Kommen Sie, gehen wir weiter.«

Vor ihnen war Dalton näher an Okischew herangerückt und musste sich anstrengen, um mit ihm Schritt zu halten. Sie trainierte regelmäßig und hielt sich für körperlich fit, aber selbst sie hatte zu kämpfen. Das sich verschlechternde Wetter, die steilen Steigungen und schlichte Müdigkeit forderten ihren Tribut.

Sie bemerkte, dass Okischew langsamer wurde, und fragte sich, ob ihn seine Kräfte endlich verließen. Doch als sie neben ihm anhielt, sah sie, wie er den Hang vor sich musterte, grimmig entschlossen, aber wachsam wie ein Jäger, der eine gefährliche Beute begutachtet.

»Sind Sie okay?«

»Ich habe noch nie einen Fuß hierhergesetzt.«

Sie nickte und verstand sein Zögern. Dieser Berg war von seinem Volk schon immer gefürchtet worden, und diese Furcht war mit dem Alter nicht geringer geworden. Jetzt wagte er sich sogar in das Herz des Berges und stellte sich dem unbekannten Schrecken, der die mutigsten Jäger abhielt und neun unglückliche Entdecker das Leben gekostet hatte.

»Sie haben uns weit genug gebracht. Wir können von hier aus weitermachen.«

Der alte Mann sah sie an und lächelte, aber er schüttelte den Kopf. »Ich habe mich oft gefragt, warum ich an diesem Tag verschont geblieben bin. Ich glaube, ich verstehe das jetzt. Mir war es bestimmt, hier zu sein, jetzt, genau wie es Ihnen bestimmt war.«

Dalton sah ihn einen Moment lang an, beeindruckt von der Gewissheit in seiner Stimme. Sie deutete auf den Pfad vor ihnen, wo der Grat, den sie hinaufgestiegen waren, sich verbreiterte und in der Ostwand des Berges mündete, die sich zwischen rohen Felsen und windgepeitschten Felsbrocken verlor. Es gab eine ganze Reihe von Wegen durch diese verschlungene Landschaft, die sie bis zum Gipfel führen konnten.

»In welche Richtung geht es von hier aus weiter?«

Okischew blickte nach links und rechts und verglich, was er jetzt sah, mit seiner jahrelangen Erfahrung und Kenntnis dieser Berge. Die Mitglieder der Djatlow-Gruppe waren erfahrene Bergsteiger und hätten den logischsten Weg durch das schwierige Gelände genommen.

»Hier entlang«, sagte er und wies auf einen im Schnee undeutlichen Pfad, der sich durch die Felsen schlängelte und etwas Schutz vor dem peitschenden Wind gewährte, während er ihnen gleichzeitig ein gutes Sichtfeld bot.

Beckers Satellitentelefon piepte und unterbrach vorübergehend die Diskussion. Er fischte es aus seiner Jacke, wandte sich ab und presste es fest an sein Ohr, um das zunehmende Heulen des Windes zu übertönen.

»Ja?«

»Becker, ich bin's, Sergej.« Die Stimme des Mannes war angespannt. Er klang drängend und atemlos, als würde er sich schnell bewegen. »Wie ist Ihre Lage?«

»Wir sind auf dem Berg und suchen gerade nach der Höhle.«

»Dann schlage ich vor, Sie beeilen sich ein bisschen.«

Becker beschlich eine üble Vorahnung. »Warum? Was ist los?«

»Unser kleines Geheimnis wurde gelüftet. Moskau weiß von Ihrem Eindringen und schickt Speznaz-Teams los, um Sie abzufangen.«

»Verdammt noch mal«, sagte Becker leise. Irgendwie bezweifelte er, dass die russischen Spezialeinheiten bereit wären, ihnen zu helfen. »Wie viel Zeit bleibt uns?«

»Höchstens neunzig Minuten.« Golowko seufzte. »Ich habe getan, was ich konnte, um sie aufzuhalten. Der Rest liegt jetzt bei Ihnen.«

»Ich weiß. Wozu auch immer das nützen mag ... Danke, Sergej. Ohne Sie hätten wir es nicht so weit geschafft.«

Golowko schwieg. »Finden Sie einfach diese Höhle«, sagte er dann. »Finden Sie das Gegenmittel. Lassen Sie all das nicht umsonst gewesen sein.«

»Verstanden.«

Becker beendete das Gespräch und wandte sich an die anderen, die ihn erwartungsvoll beobachteten. Sie ahnten bereits, dass er keine guten Nachrichten überbringen würde.

»Und? In welchem Schlamassel stecken wir?«, fragte Dalton.

»Wir bekommen es mit einem ganzen Speznaz-Team zu tun, wenn wir nicht in neunzig Minuten hier raus sind.« Er steckte das Telefon in seine Jacke. »Gehen wir.«

Die vier setzten ihren Aufstieg fort und sammelten ihre

schwindenden Kraftreserven für die, wie sie hofften, letzte Anstrengung. Der Pfad schlängelte sich in Richtung der Nordschulter des Berges. Er begann mit einem allmählichen Anstieg, wurde jedoch rasch steiler. Schon bald mussten sie sich an riesigen Felsbrocken in der Größe von Autos vorbeischlängeln, die wahllos über den Hang verteilt worden waren, als hätte ein Riese sie den Berg hinabgeschleudert.

Der Wind frischte auf und peitschte ihnen eisigen Schnee ins Gesicht, was sie zwang, gebückt, wenn auch mit grimmiger Entschlossenheit weiterzugehen. Sie befanden sich jetzt inmitten der Wolkendecke, und die Sicht wechselte innerhalb von Sekunden von fast völliger Dunkelheit zu relativ klarer Sicht und wieder zurück, was eine genaue Navigation nahezu unmöglich machte.

»Das Wetter wird immer schlechter!«, brüllte Kincaid über das Heulen des Windes. »Wir können von Glück sagen, wenn wir es wieder nach unten schaffen.« Aber Becker hörte ihn nicht. Er war dichter an Dalton herangerückt. Die beiden fanden instinktiv zueinander und führten die kleine Gruppe gemeinsam an. Okischew konnte nur noch wenig tun, um sie zu leiten.

»Wir müssen nah dran sein«, sagte Becker, während der Schnee um ihn herumwirbelte.

»Woher weißt du das?«

»Wenn nicht, sind wir am Arsch.«

Bitte, flehte er leise. Ihm war klar, dass ihre Chance von Sekunde zu Sekunde schwand. *Bitte zeig uns den Weg*. Sie richteten beide ihre Blicke nach oben. Für ein paar Sekunden schienen sich die Wolkenbänder, die sich über den Berghang wälzten, zu lichten, sodass sie einen weiten Blick auf den Berghang hatten. Beide stießen einen Schrei aus, als sie den Eingang zu einer schmalen Schlucht zu ihrer

Linken entdeckten, kaum fünfzig Meter entfernt. »Da drüben«, rief Dalton, während der eisige Wind ihr in den Augen brannte.

»Ich sehe es«, antwortete Becker. »Schauen wir es uns an.«

Dalton drehte sich zu den anderen um, die das Schlusslicht bildeten. In ihrer Aufregung bemerkte sie nicht, dass Okischew jetzt nur noch mühsam weiterkam.

»Wir haben die Schlucht gefunden«, rief sie und zeigte auf sie. »Sie ist gleich da vorne. Wir müssen sofort dorthin! Wir …«

Stolpernd sank Okischew auf die Knie, das Gesicht vor Schmerz verzerrt. Er griff sich an die Brust, während Kincaid versuchte, ihn zu stützen.

»Okischew!« Dalton eilte zu ihm hinüber. Der alte Mann atmete schwer und hatte offensichtlich große Schmerzen.

»Mir geht es gut!«, presste er zwischen den Zähnen hervor. »Lassen Sie mich allein.«

»Nein, es geht Ihnen nicht gut«, widersprach Dalton, und ihr Gesicht verfinsterte sich vor Sorge. Der Aufstieg hierher wäre selbst für einen jungen Mann anstrengend gewesen, ganz zu schweigen von einem Mittsiebziger. »Wir müssen Sie …«

»Hören Sie mir zu!« Er griff nach ihrem Arm und hielt sie fest trotz seiner offensichtlich schwindenden Gesundheit. »Ich bin Ihnen so weit gefolgt, wie ich konnte, aber mehr kann ich nicht tun. Gehen Sie, finden Sie die Höhle. Ich werde hier auf Sie warten.« Kincaid half ihm, als er sich zurücklehnte, und lehnte ihn gegen einen Felsen. Dalton sah zu Becker, hin- und hergerissen zwischen ihrem Wunsch zu helfen und der Dringlichkeit ihres Auftrags.

Becker kniete sich neben Okischew, drückte seine Hand

und sah ihm in die Augen. »Wir kommen wieder und holen Sie.« Seine Zähne blitzten in einem Grinsen. »Ich schulde Ihnen noch einige Biere.«

Okischew nickte zufrieden und lehnte sich ein wenig zurück. Das Atmen fiel ihm sichtlich schwer.

Becker stand auf und blickte zu seinen beiden Begleitern. »Bringen wir es zu Ende.«

Der Wind ließ nach, als die drei erschöpften Kletterer in die enge Schlucht hinabstiegen. Die steilen Felswände erhoben sich zu beiden Seiten und tauchten sie in eine Welt kalter Schatten, während ihre Füße auf dem Schnee knirschten, der sich im Lauf all der Jahre immer mehr verdichtet und verfestigt hatte. Becker führte sie an, Dalton folgte dicht hinter ihm, und Kincaid bildete das Schlusslicht.

Sie bewegten sich langsam die gewundene Schlucht hinunter, stets auf der Hut, in ihrer Eile etwas zu übersehen, aber noch mehr darauf bedacht, nicht auf einem unsichtbaren, unter der Schneedecke verborgenen Felsen auszurutschen und sich den Knöchel zu verstauchen. Und trotz aller Vorsicht sagte Beckers Intuition ihm, dass sie in die richtige Richtung gingen.

Sie tasteten sich weiter vor, suchten ihre schattige Umgebung nach allem ab, was ihnen helfen könnte, aber allmählich verlangsamte sich Beckers Tempo, sein entschlossener Schritt wurde zaudernder. Er konnte es sich nicht erklären, aber er hatte das Gefühl, als fehlte ihm etwas.

»Was gibt es?«, erkundigte sich Kincaid.

»Ich weiß es nicht«, antwortete Becker ehrlich, der sich sein Verhalten selbst nicht erklären konnte. »Ich glaube, wir sind nah dran.«

»Nun, wir brauchen ein bisschen mehr als Intuition und Bauchgefühl …«

»Seid still«, zischte Dalton plötzlich. »Hört hin.«

Kincaid öffnete den Mund, um etwas zu erwidern, besann sich dann aber eines Besseren.

Dalton stand völlig regungslos da und lauschte nur noch der Welt um sie herum. Dem keuchenden Atem ihrer Gefährten, dem fernen Heulen des Windes, dem Pumpen ihres eigenen Herzens. Unbewusst griff sie nach dem Ring, der an einer Kette um ihren Hals hing, und fuhr mit den Fingern sanft über die glatte, abgerundete Oberfläche. Sie schöpfte daraus Trost, wie sie es immer getan hatte.

In diesem Moment hörte sie es. Es war etwas anderes. Ein tiefer, klagender Ton wie eine menschliche Stimme, die vor Schmerz stöhnt. Aber darin lag auch ein körperloses, jenseitiges Element, das ihr einen Schauer über den Rücken jagte.

Es kam von ihrer rechten Seite.

Instinktiv wandte sie sich dem Geräusch zu und öffnete die Augen.

»Dort«, sagte sie und deutete auf einen Felsbrocken, der von oben in die Schlucht gestürzt war.

Becker beugte sich vor, um den scheinbar harmlosen Trümmerhaufen zu inspizieren, und wich dann überrascht zurück.

»Hier gibt es eine Höhle!«, rief er und sah Dalton an. »Wir hätten daran vorbeilaufen können, ohne sie zu bemerken.«

»Ich sehe nichts«, sagte Kincaid.

»Der Eingang ist durch den Steinschlag versperrt. Die Felsbrocken sind heruntergestürzt und haben den größten Teil des Eingangs verdeckt«, sagte er und begann, die heruntergefallenen Steine wegzuheben und beiseitezuwerfen. »Anton, helfen Sie mir!«

Kincaid ging ihm zur Hand und versuchte, einige der

schwereren Teile anzuheben. Auch Dalton half, und sie bildeten eine kurze Menschenkette, um die Trümmer zu entfernen. Gemeinsam gelang es ihnen bald, einen großen Teil des Schutthaufens zu entfernen.

»Bleibt zurück!«, warnte Becker, als der Rest zusammenbrach und sich über den Boden der Schlucht verteilte. Alle drei warteten, bis der Staub vom Wind weggepeitscht wurde und einen schmalen Spalt in der Felswand freigab.

»Da ist unsere Höhle«, stellte Dalton fest und wechselte einen langen Blick mit Becker.

Der zückte eine Taschenlampe und leuchtete damit in den Spalt. Der Strahl drang mehrere Meter in die Dunkelheit ein und offenbarte dunkle Felswände, aber nicht viel mehr.

»Legen Sie die Anzüge an!«, wies Kincaid sie an.

Weder Becker noch Dalton widersprachen. Sie packten ihre CBRN-Anzüge aus ihren Rucksäcken, zogen die sperrige Kleidung an und überprüften sich gegenseitig, um sicherzustellen, dass sie unversehrt waren, bevor sie schließlich die Atemschutzmasken aufsetzten und sie einschalteten. Trockene, sauerstoffreiche Luft füllte Beckers Lunge mit jedem Einatmen und gab ihm das Gefühl, ein Astronaut zu sein, der sich in eine fremde Welt wagt.

Vielleicht war das gar nicht so weit von der Wahrheit entfernt.

Mit dem Licht ihrer Taschenlampen tasteten sie die Dunkelheit ab, warfen einen letzten Blick auf die Außenwelt und gingen in die Höhle.

Schlagartig verstummten der Wind und das Schneegestöber, und die Höhle bildete eine willkommene Oase der Stille und Dunkelheit. Aber die Temperatur fiel merklich, als sie langsam hinabstiegen, als ob der Berg selbst bis ins Innerste abgekühlt wäre. Wie Kincaid vermutet hatte, handelte es sich um eine natürliche Tiefkühlung, die alles konservierte, was hier endete. Höchstwahrscheinlich waren sie die ersten Menschen, die seit mindestens sechzig Jahren einen Fuß hierher gesetzt hatten.

»Wie weit führt dieser Gang wohl ins Innere?« Daltons Stimme wurde durch ihre Maske gedämpft.

»Keine Ahnung«, gab Becker zu. »Es könnte sich meilenweit erstrecken.« Es bestand auch die Möglichkeit, dass sich die Höhle in mehrere Kavernen, Galerien und Seitengänge aufspaltete.

Er wusste genau, wie leicht man sich in einem solchen unterirdischen Labyrinth verirren konnte.

»Wir sollten vielleicht Markierungen hinterlassen«, schlug Becker vor. »Sonst wird es …«

Er stieß einen erschrockenen Schrei aus, als sich plötzlich der Boden unter seinem Fuß auflöste und er in eine Leere zu fallen drohte, die er nicht bemerkt hatte. Jemand packte plötzlich einen der Riemen seines Rucksacks von hinten, riss ihn zurück und verhinderte, dass er stürzte.

Becker holte tief Luft, um sich zu beruhigen, drehte sich um und nickte Dalton zu. Wäre sie nicht da gewesen, wäre er direkt in den Abgrund gefallen, der sich unter ihnen befand.

»Danke«, sagte er und klang dabei cooler, als er sich fühlte.

»Wozu sind Freunde da?«, fragte sie, schob sich an ihm vorbei und richtete ihren Lichtstrahl auf die Höhle unter ihr. Anscheinend hatte sich unter dieser Höhle eine weitere, größere Höhle gebildet, und nach den Trümmerstücken zu urteilen, die verstreut auf dem Boden lagen, musste der Felsen, der ihren Gang von dem darunter liegenden trennte, irgendwann nachgegeben haben. Sie schätzte die Tiefe auf etwa zwanzig Fuß.

»Wir müssen da runter«, stellte Dalton fest. Ihr Tonfall ließ keinen Widerspruch zu.

Was Becker ohnehin nicht beabsichtigt hatte. Sie waren hier richtig, das spürte er. Was auch immer sie suchten, befand sich dort unten.

Becker ließ seinen Rucksack auf den Boden fallen, öffnete ihn, zog drei Leuchtstäbe heraus, knackte sie, um die phosphoreszierenden Chemikalien darin freizusetzen, und warf sie in das Loch. Sofort breitete sich ihr bläuliches Licht in der Höhle aus.

Danach förderte er eine Seilrolle mit einer federgespannten Nockeneinheit zutage. Er untersuchte die Höhlenwände und fand einen geeigneten Spalt im Felsen, schob die Nocke hinein und zog sie mit einem kräftigen Ruck fest. Die Vorrichtung war so konstruiert, dass sie umso festeren Halt bot, je mehr Gewicht auf sie einwirkte. Solange der Felsen selbst hielt, würde sich die Nocke nicht bewegen.

»Ich gehe zuerst«, entschied Dalton, während Becker das Seil abwickelte und in den Spalt hinunterführte. Als sie seinen zweifelnden Blick sah, fügte sie hinzu: »Ich bin die Leichteste. Wenn das Seil reißt, müsst ihr beide mich da rausziehen.«

Becker sah sie einen Moment lang an, bevor er schließlich nickte. Er reichte ihr das Abstiegsgeschirr und erklärte ihr schnell die Funktionsweise. »Je fester du drückst, desto schneller seilst du dich ab. Wenn du in Schwierigkeiten gerätst, lass einfach los, dann hältst du an. Hast du das verstanden?«

»Hab ich.« Sie holte tief Luft und griff nach dem Abseilgerät. »Als würde man von einem Baumstamm fallen, was?«

»So ähnlich.«

Mit einem schwachen Lächeln trat Dalton zurück über die Kante und ließ sich dann vorsichtig hinunter. Zuerst ging es nur langsam und ruckartig voran, da sie sich mit dem Abseilgurt abmühte, aber sie bekam schnell ein Gefühl dafür. Den Rest der Strecke bewältigte sie relativ leicht und landete ein paar Sekunden später. Als sie den Gurt löste, spürte sie, wie sie mit dem Stiefel gegen etwas stieß, und kniete nieder, um es aufzuheben. Überraschung und Aufregung durchfuhren sie, als sie es von dem eisigen Boden löste. Es war eine Taschenlampe aus Metall, altmodisch und klobig. Der Rahmen war verbeult und die gläserne Linse zerbrochen. Ein Relikt von Djatlows unglücklicher Expedition sechs Jahrzehnte zuvor.

Sie erhob sich und ließ den Blick umherschweifen, um ihre Umgebung zum ersten Mal richtig wahrzunehmen. Was sie sah, verblüffte sie.

»Mein Gott«, stieß sie keuchend aus.

»Bist du okay?«, rief Becker nach unten, seine Stimme hallte in der Höhle wider.

Dalton hörte ihn nicht. Ihr Blick glitt an den Wänden der Höhle entlang, gebannt von dem Anblick, der sich ihr bot.

Sie hatte mit ihrer Annahme richtiggelegen, dass diese Höhle eine separate, geschlossene Höhle unter dem darüber liegenden Gang war. Der Raum, in dem sie jetzt stand, war groß und ungefähr kreisförmig, ohne sichtbare Seitengänge oder Tunnel, die von ihm abgingen. Stattdessen hatte man den Eindruck einer riesigen Blase, die für immer im Felsen eingefroren war. Aber es waren die Wände der Höhle selbst, die sie so faszinierten. Sie war keine Geologin, aber sie vermutete, dass sie eine Art kristallines Material enthielten, das im blauen Schein der verstreuten Chemiestäbchen glitzerte und schimmerte. Winzige Lichtpunkte, Tausende von ihnen. Millionen von ihnen, die hart und weit entfernt in der Dunkelheit um sie herum glitzerten.

Es war, als stünde man in einer gigantischen Geode.

Eine Kammer voller Sterne unter der Erde.

»Lori! Alles in Ordnung da unten?«

»Ja«, stammelte sie und sammelte sich wieder. »Es geht mir gut.«

»Wie sieht es aus?«

»Es ist wunderschön.«

Als sie wieder auf den Boden blickte, fiel ihr auf, wie untypisch glatt und glasig er wirkte, ganz im Gegensatz zu den kristallinen Wänden um sie herum. In diesem Moment wurde es ihr klar. Sie stand gar nicht auf Felsboden.

Sie stand auf festem Eis. »Unglaublich!«, stieß sie keuchend hervor.

»Was?«

»Es ist Eis, dickes Eis. Ich weiß nicht, wie tief es reicht. Es muss gefroren sein, nachdem es der Außenluft ausgesetzt war.«

Jetzt sah sie diese Höhle in einem ganz anderen Licht. Es handelte sich nicht um eine ausgehöhlte Kaverne, sondern um einen unterirdischen See, der seit Zigtausenden, vielleicht sogar Millionen von Jahren von der Außenwelt abgeschottet gewesen war. Es war unmöglich zu erraten, welche Arten von seltsamem und exotischem Leben sich hier in der stillen Dunkelheit über diese langen Jahrtausende entwickelt hatte, gediehen und gestorben waren. Und was vielleicht noch lebte, eingefroren und schlafend im Eis, und auf die Chance wartete, wieder zu existieren. Darauf wartete, dass jemand darüber stolperte und es aus seinem gefrorenen Gefängnis befreite.

Als sie sich langsam auf der Stelle umdrehte und das

Innere der Höhle in sich aufnahm, bemerkte sie etwas am Rande ihres Blickfeldes und drehte sich instinktiv dorthin um.

Sie stieß einen erschrockenen Schrei aus, als ihr Blick auf eine Gestalt auf der anderen Seite des Raumes fiel. Sie war trotz des Scheins der Leuchtstäbe in Schatten getaucht. Eine Sekunde lang hatte sie das Gefühl, dass die Gestalt sie direkt ansah, sie beobachtete.

Auf sie wartete.

Dalton schnappte sich die Taschenlampe, die an einem Riemen um ihre Schulter baumelte, und richtete sie auf diese verblüffende Erscheinung, doch der Strahl erfasste nur gleißende Wände, die das Licht streuten und brachen. Nur ein Trick aus Licht und Schatten, angespannten Nerven und schlechter Sicht, der aus dem Nichts etwas beschwor. Aber der Lichtstrahl ihrer Taschenlampe hatte auch noch etwas anderes erfasst. Etwas, das in der Nähe an der Wand lag.

Und dieses Etwas war ganz sicher real.

»Ich glaube, ich habe sie gefunden«, flüsterte Dalton.

»Sprich mit mir, Lori«, rief Becker, jetzt lauter, als sie sich näher an den Gegenstand schob, um ihn zu untersuchen, und sich aus seinem Blickfeld entfernte. »Sag uns, was du siehst.«

Becker warf Kincaid einen kurzen Blick zu. »Ich gehe runter«, erklärte er und klinkte seinen Abstiegsgurt in das Seil ein. Er griff in seine Jacke, holte seine Pistole heraus und reichte sie dem älteren Mann. »Passen Sie auf! Sie ist durchgeladen und nicht gesichert. Wenn jemand durch den Höhleneingang kommt, zielen Sie auf ihn und drücken ab. Es ist ganz einfach.«

»Ich bin kein Soldat«, sagte Kincaid und zögerte, die Waffe zu nehmen.

»Heute sind Sie es. Wir alle sind das«, antwortete Becker und drückte ihm die Waffe in die Hand, während er sich auf den Abstieg vorbereitete.

Dalton achtete nicht auf ihn. Sie näherte sich vorsichtig dem Etwas und kniete sich dann langsam neben die Leiche, die nahe der Wand der Kammer lag. Ungesehen, bis sie sie mit ihrer Taschenlampe erfasst hatte. Ihr Herz klopfte, als sie sich ausmalte, was sie da sah, aber sie zwang sich, die Leiche so zu untersuchen, wie es ein Arzt tun sollte – mit Bedacht und Sorgfalt.

Sie war wie ein Fötus zusammengerollt, die Knie an die Brust gezogen, was es schwierig machte, Größe und Alter zu bestimmen. Das Erste und Offensichtlichste, was ihr auffiel, war ihre Kleidung: schwere Tierhäute, die mit Lederbändern grob zusammengenäht waren. Um die Füße hatte sie noch immer die einstmals robusten, mit Fell gefütterten Stiefel geschnürt, und ein dicker Fellparka schützte ihren Oberkörper. Es gab an der Leiche keine künstlichen Materialien, keine modernen Ausrüstungsgegenstände irgendeiner Art.

Sie beugte sich näher heran, um das Gesicht zu untersuchen. Die Kapuze verhüllte den Kopf, sodass das Gesicht teilweise nicht mehr zu sehen war. Sie griff danach und versuchte, sie zurückzuziehen. Das Leder, steif und gefroren, leistete einen Moment lang Widerstand, bevor sich ein Stück in ihrer Hand löste und in ihren Fingern zerbröselte wie altes Pergament. Dalton ließ das uralte Material einfach neben sich auf den Boden fallen, während sie in das Gesicht ihr gegenüber starrte.

Sie erkannte sofort, dass es sich um eine Frau handelte. Nach der glatten, mit winzigen Eiskristallen bedeckten Haut und den langen braunen Haarsträhnen, die ihr über die Wangen fielen, zu urteilen, war sie bei ihrem Tod noch jung gewesen. Seltsamerweise schien ihr Gesicht vom Zahn der Zeit unberührt geblieben zu sein, denn ihre Züge waren noch deutlich zu erkennen. Die Augen waren geschlossen, der Gesichtsausdruck friedlich und gelassen.

Dalton hätte fast glauben können, dass die Frau nur schlief, so bemerkenswert gut war sie erhalten. Es war unglaublich. Sie hatte in ihrer Laufbahn schon Leichen in allen möglichen Stadien der Verwesung gesehen, aber abgesehen von Leichen in modernsten Kühllagereinrichtungen war dies zweifellos das makelloseste Exemplar, das ihr je unter die Augen gekommen war.

Der Grund dafür fand sich buchstäblich überall um sie herum. Die trockene, sterile Atmosphäre in der Höhle, das Fehlen von Wetterumschwüngen oder natürlichen Raubtieren hatten eine perfekte Umgebung geschaffen, um die junge Frau zu erhalten. Daher sah sie kaum anders aus als an dem Tag, an dem sie gestorben war.

Wann auch immer das gewesen sein mochte.

Der dumpfe Knall, mit dem Stiefel auf dem Höhlenboden landeten, verriet ihr, dass Becker aus der oberen Kammer herabgestiegen war. Sie drehte sich um und sah zu ihm hoch, als er sich näherte.

Er sah sie jedoch nicht an. Sein Blick war auf die Leiche gerichtet, die zu ihren Füßen lag. Selbst durch die Gesichtsmaske hindurch konnte sie sehen, wie sich in seinem Blick so viel Verwunderung, Traurigkeit und Mitgefühl spiegelten, dass es ihr die Kehle zuschnürte.

»Du hast sie gefunden«, sagte er leise.

»Ja.«

Er kniete sich neben sie und starrte die Leiche einfach nur an. Er streckte die Hand aus und berührte sanft das verblichene kastanienbraune Haar, das ihr über das Gesicht fiel. Trocken und spröde vom hohen Alter, brachen die Strähnen bei der kleinsten Berührung knisternd wie gefrorene Spinnweben.

»Du siehst aus, als hättest du ein Gespenst gesehen«, bemerkte Dalton, beeindruckt von seinem Gesichtsausdruck. »Was ist es?«

»Eine Sekunde dachte ich, sie käme mir bekannt vor. Da hat mir wohl mein Verstand einen Streich gespielt«, flüsterte Becker und zog bestürzt seine Hand zurück. »Ihre Kleidung, ihre Ausrüstung … das kommt mir alles fast prähistorisch vor. Was glaubst du, wie lange sie schon hier ist?«

Dalton schüttelte nur den Kopf. Angesichts der bemerkenswerten Konservierung durch das Eis könnte die Leiche seit Jahrhunderten ungestört in dieser Höhle gelegen haben.

»Ich verstehe das nicht«, sagte sie. »Warum ist sie allein hierhergekommen? Was war so bedeutsam an diesem Ort?«

Becker wandte seinen Blick wieder der Leiche zu, beugte sich näher heran und leuchtete mit seinem Licht auf die Hände, die sich an die Brust gepresst hatten. Zwischen den verschränkten und gefrorenen Fingern glitzerte etwas. Etwas Dunkles, hart und kantig, vielleicht einen Fuß lang.

Es war ein Kristall wie die unzähligen anderen, die sich im Lauf der Äonen in den Wänden der Kammer gebildet hatten, nur viel größer. Ein solches Naturwunder wäre für Menschen wie sie wie ein großer Schatz, vielleicht sogar ein heiliger Gegenstand gewesen.

»Das da«, sagte er. »Deshalb ist sie hierhergekommen. Sie wollte es zurückgeben.«

Dalton nickte langsam.

Becker warf einen Blick zurück in die Mitte des Raumes, sah hinauf zu dem Loch, in das er beinahe gefallen wäre, und plötzlich fügten sich die verschiedenen Teile in seinem Kopf zusammen. Der versteckte Höhleneingang, die kaputte Taschenlampe, die Flucht, die nur über Seil und Gurt möglich war …

»Aber sie saß in der Falle«, sagte er. »Sie muss durch das Loch in der Decke reingefallen sein, so wie es mir auch fast passiert wäre. Aber sie konnte sich nicht befreien.«

Er versuchte, sich ihre Situation vorzustellen, stand auf und ging langsam in dem Raum umher. »Sie muss hier drin Hunderte Male hin und her gegangen sein und in der Dunkelheit nach einem Ausweg gesucht haben«, flüsterte er. »Sie hat versucht, hochzuspringen und sich an der Kante festzuhalten, aber sie war zu hoch. Ich frage mich, wie lange sie geschrien und um Hilfe gerufen hat, in der Hoffnung, dass sie jemand hören würde? Stunden? Tage?« Dalton sah ihm schweigend zu, wie gebannt von seinen Worten. Sie konnte sich fast vorstellen, wie die junge Frau blind durch die Dunkelheit der Höhle tappte, konnte die wachsende Angst spüren und die langsame Erkenntnis, dass es kein Entrinnen geben würde. Als hätte sie das alles selbst durchlebt.

Schließlich führte Beckers Weg ihn unweigerlich zu der toten Frau zurück. Er blickte auf die zusammengekauerte Gestalt, ergriffen von einem Moment der Trauer und des Mitleids.

»Wie lange hat es wohl gedauert, bis sie erkannt hat, dass niemand ihr zu Hilfe kommt …?«

Er kniete nieder, um sie erneut zu betrachten. Als er sich dicht über sie beugte, bemerkte er etwas anderes, das neben der Leiche auf dem Boden lag. Er bückte sich und hob ein einfaches Messer auf, das, wie es aussah, aus Feuerstein geschliffen und mit einem einfachen, schlichten Holzgriff versehen war.

Das Alter hatte den Feuerstein zu einem undefinierbaren Grauton abstumpfen lassen, aber die Kante war dunkelbraun gefärbt mit etwas, von dem er nur annehmen konnte, dass es Blut war.

»Also nahm sie ihr Feuersteinmesser, schnitt sich die Pulsadern auf und schlief zum letzten Mal ein.«

Becker blickte sich um. Es war Dalton, die gesprochen hatte, als er sich den letzten Akt der jungen Frau vorstellte. Und wie durch Magie schien ihre Beschreibung für ihn zur Realität zu werden. Er hatte die Szene so deutlich vor sich, als hätte er sie mit eigenen Augen gesehen. Er stellte sich die Gefühle der jungen Frau in diesen letzten Augenblicken vor. Die Angst, die Verzweiflung, die grimmige Entschlossenheit und die letzte traurige Akzeptanz ihres Schicksals.

»Sie ist ganz allein gestorben«, sagte Dalton feierlich. »Einsam in der Dunkelheit.«

Becker legte eine Hand auf ihre und veranlasste sie, zu ihm aufzuschauen.

»Sie ist gestorben, um dieses Ding hierher zurückzubringen.« Er deutete auf den Kristall, der im Griff der toten Frau eingefroren war. »Dies hier … diese Höhle ist der Ort, an dem es begann.«

Dalton blickte hinauf zu den kristallverkrusteten Wänden und dem gefrorenen unterirdischen See, auf dem sie standen. »Eine natürliche Kammer im Felsgestein. Abgeschieden vom Rest der Welt.«

»Versiegelt für Tausende, vielleicht Millionen von Jahren. Wer weiß, was hier drin noch versiegelt wurde?«

In den tiefsten Höhlen der Welt existierten alle Arten von seltsamen, unheimlichen Lebensformen. Völlig fremde Ökosysteme entwickelten sich, neue Arten gediehen und starben aus, isoliert von der Welt des Lichts darüber. Und wo es Leben gab, gab es auch die Organismen, die sich von ihm ernährten. Dalton stellte sich vor, wie sich das Djatlow-Virus wie ein Lauffeuer in einer kleinen primitiven Siedlung ausbreitete. Freunde und Verwandte gingen aufeinander los, Tod und Terror wüteten unkontrolliert, bis nichts mehr übrig war.

»Sie konnten nicht einmal ansatzweise begreifen, was mit ihnen geschah«, sagte sie und erschauderte bei dem Gedanken. »Sie konnten es einfach nicht erfassen.«

»Aber eine isolierte Gemeinschaft reichte nicht aus, um das Virus weiter zu verbreiten. Alle Wirte wären verhungert oder an den Folgen der Krankheit gestorben, lange bevor sie das Virus weitergeben konnten. Der Ausbruch flammte auf und erstarb.«

Dalton nickte, langsam und nachdenklich. »Aber das gilt jetzt nicht mehr.« Die Welt hatte sich um etliche Größenordnungen verändert, seit die junge Frau ihren einsamen Marsch auf diesen Berg unternommen hatte. Statt in verstreuten Außenposten, die durch weite Strecken ungezähmter Wildnis getrennt waren, bevölkerte die Menschheit die Welt nun in unerhörter Vielzahl. Ständig in Bewegung, ständig ineinander übergehend und divergierend und jede Stunde milliardenfach interagierend. Ein sich unablässig verändernder Fluss mit schnell wechselnden Strömungen, Strudeln und Wirbeln.

Eine perfekte Umgebung für ein Virus, das seit Millionen von Jahren in der kalten Dunkelheit eingeschlossen war und dessen erste Versuche, sich unter der breiten Masse der Menschheit auszubreiten, durch Pech und Umstände vereitelt wurden. Aber jetzt war seine Zeit endlich gekommen.

»Wir haben gefunden, was wir brauchen«, sagte Becker und zwang seine Gedanken zurück zu der dringenden Aufgabe, die sie in diese gefrorene Höhle am Ende der Welt geführt hatte. »Jetzt müssen wir es in Sicherheit bringen, bevor es zu spät ist.«

Dalton nickte und kam wieder zu sich. »Ich habe mein tragbares Probenset da oben«, sagte sie, stand auf und eilte in die Mitte des Raumes. »Wir müssen die Kühleinheit vorbereiten und sofort Blut- und Gewebeproben entnehmen.«

»Und dann gehen wir zum Hubschrauber zurück«, sagte Becker mit einem Seitenblick.

»Du hast die ganze Zeit darauf gewartet, das sagen zu können, nicht wahr?«

Becker grinste, dann klinkte er das Seil in seinen Gurt ein.

»Anton, machen Sie sich bereit. Wir kommen hoch!«

»Verstanden. Das Seil ist gesichert. Ich bin bereit, wenn Sie es sind.«

Becker, dem nach seiner Militärkarriere das Klettern mit Seilen nicht fremd war, hob sich mit minimaler Mühe aus der Kammer. Zumindest redete er sich das ein. Seine Gesichtsmaske war durch seine schweren Atemzüge merklich beschlagen, als er sich über den Rand zog.

»Haben Sie sie gefunden?« Kincaids Gesicht war vor Anspannung verzerrt.

Becker nickte. »Darauf können Sie Gift nehmen.«

»Was … in welchem Zustand ist sie?«

»Das ist eine lange Geschichte. Wir informieren Sie umfassend auf dem Weg nach draußen. Bereiten Sie das tragbare Probenset vor.« Er wandte sich wieder dem Loch im Boden zu, griff nach dem Seil und stützte sich ab. »Okay, Lori. Komm hoch!«

Mithilfe von etwas Muskelkraft und nicht geringer Anstrengung auf Daltons Seite tauchte sie schließlich in dem Loch im Boden auf.

»Anton, Sie werden nicht glauben, was da unten ist«, sagte sie mit vor Aufregung und Anstrengung gerötetem Gesicht. »Die Leiche ist praktisch unversehrt. Perfekt erhalten, keine Anzeichen von viralen Symptomen. Alles, was wir brauchen, sind Blut- und Gewebeproben, dann können wir mit der Arbeit beginnen.«

Ihr Mentor antwortete nicht. Entweder war er in seine aktuelle Aufgabe vertieft, oder er hatte ihre Bemerkung nicht gehört.

Stirnrunzelnd wandte sich Becker zu dem älteren Mann um. »He, Kincaid. Die Zeit drängt. Haben Sie das Probenset …?« Becker erstarrte mitten im Satz, und Dalton stieß vor Schreck und Unglauben einen erstickten Schrei aus.

»Bitte, machen Sie keine Dummheiten!« Anton Kincaid zielte mit Beckers Pistole auf sie.

51

»Anton, was machen Sie da?« Dalton weigerte sich zu glauben, was sie sah, weigerte sich zu akzeptieren, was so erschreckend real geworden war. Kincaid ignorierte ihre Frage und richtete stattdessen seine Aufmerksamkeit – und die Waffe – auf Becker. »Versuchen Sie keine Tricks, Mr. Becker!« Er erriet die Gedanken des Mannes. »Ich will Sie nicht töten, aber ich werde es tun.«

»Sieh an, sieh an«, sagte Becker und beäugte seinen Widersacher kalt. »Anton. Oder sollte ich lieber sagen *Prophet*?«

Kincaids Miene verfinsterte sich. »Nur ein Mittel zum Zweck. Ein hässliches Mittel vielleicht, aber ein notwendiges.«

»Sie waren das, die ganze Zeit?«, fragte Dalton fassungslos. »Sie haben Vorster und seine Gruppe kontrolliert?«

»Natürlich war er das«, antwortete Becker an seiner Stelle.

Kincaid legte neugierig den Kopf schief. »Das scheint Sie nicht zu überraschen?«

»Ich habe Ihre Reaktion in der Türkei gesehen, als ich den Namen Prophet sagte. Sie waren besorgt – besorgt, dass wir Ihnen auf die Spur gekommen sein könnten«, erklärte Becker, in dessen Kopf sich die Teile nun zusammenfügten. »Und Sie haben bei jedem Schritt versucht, uns aufzuhalten. Sie haben mich verhaften lassen, Vorster direkt zu uns geführt, versucht, uns vom russischen Luftraum fernzuhalten … Sie haben alles getan, um uns davon abzuhalten hierherzukommen. Sie haben sogar dafür gesorgt, dass nur wir allein auf dieser Mission sind, falls wir etwas finden. Damit Sie zur Stelle sein und uns erledigen konnten. Sodass niemand außer Ihnen je erfahren würde, was passiert ist.«

Alle Farbe wich aus Daltons Gesicht, als sie die Wahrheit endlich begriff. Das war der wahre Grund, warum Kincaid sie unbedingt hatte auf diesen einsamen Berg begleiten wollen. Er hatte den ganzen Weg auf sich genommen, nur um sie beim letzten Schritt zu torpedieren.

Ein trockenes, sprödes Lächeln zuckte um Kincaids Mundwinkel. »Sehr gut, Mr. Becker. Offenbar sind Sie klüger, als ich es Ihnen zugebilligt habe«, erkannte er mit widerwilligem Respekt an. »Aber nach wie vor bin ich derjenige mit der Waffe.«

»Ja, das sind Sie. Sie haben die Waffe, die ich Ihnen gegeben habe.« Langsam griff Becker in seine Tasche, zog einen Metallgegenstand heraus und hielt ihn hoch. Es war ein Pistolenmagazin, an dessen einem Ende eine Messinghülse schimmerte. Mit dem Daumen schob Becker die Patrone heraus, ließ sie auf den Boden fallen und wiederholte den Vorgang.

Als er die dämmernde Erkenntnis auf dem Gesicht seines Gegners sah, lächelte Becker. »Mit denen funktioniert es besser.«

Dann stürzte sich Becker auf Kincaid, wollte ihm die ungeladene Pistole aus der Hand schlagen und dann den Bastard erledigen. Kincaid mochte vieles sein, aber ein echter Killer war er nicht. Becker wusste, dass der ältere, eher wie ein Bücherwurm wirkende Mann nicht den Hauch einer Chance hatte, wenn es zu einem direkten Kampf zwischen ihnen kam. Doch kaum hatte er den ersten Schritt gemacht, knallte die Waffe. Becker spürte, wie etwas seinen rechten Arm durchbohrte, ihn herumwirbelte und seinen Angriffsschwung augenblicklich zunichtemachte. Ein heftiger Schmerz durchzuckte seinen Arm, und warmes Blut rieselte ihm über die Haut.

»Sie sind nicht der Einzige, der sich mit Waffen auskennt«, warnte ihn Kincaid. Aus dem Lauf der Waffe stieg eine dünne Rauchfahne auf, als Becker ungläubig einen Schritt zurückwich. »Als Sie mir die ungeladene Pistole gaben, war das die letzte Bestätigung dafür, dass Sie mir auf der Spur sind. Nun, ich hatte vorausschauend meine eigene Waffe mitgebracht. Und ich warne Sie, ich bin ein ausgezeichneter Schütze.«

Becker umklammerte seinen verletzten Arm und krümmte seine Finger, um sich zu vergewissern, dass sie noch funktionstüchtig waren. Es war nur eine Fleischwunde, die ihn nicht töten, sondern nur außer Gefecht hatte setzen sollen.

»Ich kann nicht zulassen, dass Sie diese Proben entnehmen.«

»In Gottes Namen, Anton, warum nicht?« Dalton flehte ihn förmlich an, und in ihren Augen glitzerten jetzt Tränen. »Sie sind Arzt. Sie haben Ihr Leben der Rettung von Menschen gewidmet. Warum haben Sie das alles getan?«

»Weil es getan werden musste, Lori.«

Sie öffnete erschüttert und ungläubig den Mund. »Haben Sie den Verstand verloren? Milliarden Menschen werden sterben.«

»Ja, das werden sie«, stimmte er zu. »Das ist das Opfer, das wir zu bringen haben, wenn unsere Spezies überleben soll.«

»Was soll das denn heißen?« Becker wollte Zeit schinden. Er versuchte, ihn am Reden zu halten und ihn vielleicht abzulenken.

»Es wird erwartet, dass wir bis zum Ende des Jahres die Grenze von acht Milliarden Menschen überschreiten. Als ich geboren wurde, waren es nur halb so viele. Wir vermehren uns schneller, als wir zählen können, und verbrauchen unsere Ressourcen schneller, als sie wieder aufgefüllt werden können.« Er seufzte, der müde Seufzer eines Mannes, der schon unzählige Male vor demselben Problem stand und es nicht lösen konnte. »Jede Zukunftsprojektion, die wir angestellt haben, endete immer auf die gleiche Weise. Globales Aussterben. Kriege, Hungersnöte, Krankheiten, ökologischer Zusammenbruch …«

Kincaid sah von Becker zu Dalton, flehte sie um Verständnis an. »Verstehen Sie denn nicht? Wir selbst sind das Virus. Wir, die Menschheit. Wir vermehren uns und verzehren und zerstören alles, womit wir in Berührung kommen.« Er zögerte, seine Stimme wurde leiser, schmerzlicher, als er weitersprach. »Sogar uns gegenseitig.«

Becker dachte plötzlich an sein Gespräch mit Kincaid während des Hubschrauberflugs hierher. An die abgenutzte Brieftasche, das verblasste Bild der Frau, die er geliebt und verloren hatte. Plötzlich ergab seine letzte Bemerkung viel mehr Sinn.

»Sienna.«

»Was meinen Sie?«, fuhr Kincaid ihn an.

»Ihre Frau. Sie ist gestorben, richtig? Am 11. September?« Becker setzte einfach darauf, dass er recht hatte, als er fast verzweifelt fortfuhr: »Sie war an diesem Tag in New York.«

Der gequälte Ausdruck von altem Schmerz und Trauer auf Kincaids Gesicht sagte ihm alles, was er wissen musste.

»Anton …« Dalton machte einen Schritt auf ihn zu.

»Nicht!«, warnte er sie.

»Es tut mir leid, was Ihnen und ihr passiert ist.« Becker seufzte und schüttelte den Kopf. »Ich kann Ihnen nicht verübeln, dass Sie nach einem solchen Erlebnis eine so negative Meinung von der Menschheit haben. Aber glauben Sie wirklich, dass dies hier alles in Ordnung bringen wird? Glauben Sie, das hätte sie gewollt?«

Einen Moment lang sah es tatsächlich so aus, als würde der ältere Mann einlenken, als reichte die Erinnerung an die Frau, die er verloren hatte, aus, um zu ihm durchzudringen. Es war ein flüchtiger Moment, mehr nicht.

»Es geht nicht darum, was sie gewollt hätte«, entgegnete Kincaid kalt. »Ebenso wenig geht es um mich oder um Sie oder um jemand anderen. Es geht darum, was getan werden muss.«

»Und das ist Ihre Antwort?« Dalton deutete wild gestikulierend durch die Höhle um sie herum. »Ihre eigene Spezies auszulöschen? Jeden zu töten, den Sie zu beschützen geschworen haben?«

»Nicht alle«, widersprach er. »Einige werden überleben; kleine Gruppen, die in abgelegenen Gebieten leben, die das Virus nicht erreichen wird, Regierungen und Zivilisten in unterirdischen Bunkern. Und diejenigen nicht zu vergessen, die eine natürliche Immunität besitzen wie dieses Mädchen da unten. Wenn nur ein Bruchteil der Menschheit das Virus übersteht, werden Millionen, Dutzende Millionen überleben. Genug, um neu anzufangen und die menschliche Zivilisation auf einem überschaubaren Niveau wiederaufzubauen. Vielleicht sogar aus den Fehlern der Vergangenheit zu lernen.«

»Aber es werden trotzdem Milliarden sterben«, erinnerte Becker ihn. »Unschuldige Menschen, die es verdient haben zu leben. So wie Sienna.«

»Das hier macht mir keineswegs Vergnügen, Mr. Becker«, gestand ihm Kincaid. »Und ich wünschte wirklich, es gäbe eine Alternative. Ich habe die letzten zwanzig

Jahre nach einem anderen Weg gesucht. Aber dieser ist der einzige.«

»Aber warum jetzt?«, wollte Dalton wissen. »Warum haben Sie bis jetzt gewartet?«

»Weil ich etwas Notwendiges nicht hatte«, gab Kincaid zu. »Meine Studien über Viren und Epidemien haben mich gelehrt, was man benötigt, um die Bevölkerung auf globaler Ebene zu vernichten. Was mir fehlte, war die richtige Art von Erreger. Die meisten Krankheiten mit einer ausreichend hohen Sterblichkeitsrate sind nicht ansteckend genug, um sich schnell genug zu verbreiten, und diejenigen, die sich schnell verbreiten, sind nicht tödlich genug. Nur das Djatlow-Virus kombinierte beide Extreme. Es war einfach perfekt.«

»Wie zum Teufel haben Sie es gefunden? Die Proben waren seit dreißig Jahren verschollen.«

»Als die Sowjetunion zusammenbrach, planten zwei KGB-Agenten, in den Westen überzulaufen und im Tausch gegen Geld und neue Identitäten Proben des Virus anzubieten. Sie setzten sich mit der CIA in Verbindung, um das Ganze zu arrangieren, aber sie kamen nie zum vereinbarten Rendezvous. Da der Kalte Krieg vorbei war und sich die Prioritäten geändert hatten, wurde die Akte geschlossen und die ganze Sache schließlich und endlich begraben.«

»Bis Sie darauf gestoßen sind.«

Er nickte. »Meine Nachforschungen über Viren führten mich zu der Djatlow-Akte. Schließlich war ich in der Lage, das Puzzle zusammenzusetzen, die Kette der Ereignisse zu verstehen und herauszufinden, wo ihr Flugzeug abgestürzt ist. Es hat Jahre gedauert und eine Menge Ressourcen verschlungen, aber ich habe die Maschine gefunden. In dem Wrack befanden sich die Djatlow-Proben, die all die Jahre in der Kälte konserviert wurden.«

»Und die Gruppe um Vorster?«

»Sie waren Werkzeuge, nichts weiter. Widerwärtige Werkzeuge, aber leider notwendige«, sagte er kalt. »Ich mag solche Männer nicht, aber sie waren auf ihre Weise nützlich. Sie konnten tun, was ich allein nicht hätte bewerkstelligen können.«

»Das muss man Ihnen lassen, Sie sind wirklich ein skrupelloses Stück Scheiße. Sie haben sie angeheuert, um unschuldige Menschen für Sie zu töten und Ihre Drecksarbeit zu erledigen, obwohl Sie wussten, dass das Virus sie sowieso alle töten würde. Und die ganze Zeit haben Sie in Ihrem verdammten Büro gehockt und zugesehen.«

Kincaid warf ihm einen strengen Blick zu. »Wir brauchten Iwanow, um genug von dem Virus zu produzieren, damit unser Plan funktioniert. Allerdings hätte ich nie gedacht, dass sein Leibwächter uns so viele Probleme bereiten würde.«

»Was soll ich sagen? Ich bin eine professionelle Nervensäge.«

»Das sind Sie in der Tat. Und das hat uns hierhergeführt.« Sein Blick zuckte zu der Höhle unter ihm. »Ich schätze, ich sollte Ihnen danken – es ist nur passend, dass ich den Ort zu sehen bekomme, an dem alles begann.«

»Ist das der Ort, an dem Sie uns töten?«, fragte Dalton. »Es wäre die einzige logische Lösung.«

Kincaid schüttelte den Kopf, griff in seine Jacke und hielt ein Gerät hoch, das wie ein kleines metallenes Walkie-Talkie aussah. Becker erkannte sofort, dass es sich um einen Funkfernzünder handelte.

»Es gibt noch eine andere Möglichkeit«, sagte er und deutete nach rechts.

Sie blickten hinüber, und tatsächlich war ein Block mit Plastiksprengstoff an der Höhlenwand befestigt, aus dessen

Spitze ein Kabel und ein Funkempfänger herausragten. Er musste den Sprengsatz in seinem Rucksack hier hereingeschmuggelt und ihn platziert haben, während sie in der Höhle unten beschäftigt waren. Becker wusste nur zu gut, dass ein einziger C4-Block mehr als genug Sprengkraft enthielt, um die gesamte Höhle zu zerstören und Tausende von Tonnen Gestein auf sie herabprasseln zu lassen.

»Geht spazieren«, sagte Kincaid. »Sobald ihr in Sicherheit seid, sprenge ich die Höhle. Kein Gegenmittel mehr, nichts, wofür es sich zu kämpfen lohnt.«

»Und das war's?«

»Was gibt es noch?«, fragte Kincaid. »Es ist vorbei. Niemand muss erfahren, was hier passiert ist.«

»Aber sie werden es erfahren, Anton!« Dalton ballte ihre behandschuhten Hände zu Fäusten. »Ich werde dafür sorgen, dass jeder weiß, dass Sie dafür verantwortlich sind. Sie werden vernichtet werden.«

Becker war sich nicht sicher, aber er glaubte, ein Lächeln hinter der Gesichtsmaske aufflackern zu sehen.

Kincaid hob die Hand, zog seine Atemschutzmaske ab, warf sie achtlos beiseite und atmete tief die kalte, trockene Luft ein. Er spürte keine Angst vor dem, was kommen würde, denn er wusste, dass seine Arbeit getan war.

»So oder so ist es für mich vorbei. Für Sie muss das nicht so sein.« Er hielt den Zünder hoch und trat einen Schritt zurück, damit sie an ihm vorbeigehen konnten. »Gehen Sie, solange Sie noch können.«

»Tun Sie das nicht, Anton«, flehte sie. »Wir können …«

»Ich habe meine Entscheidung getroffen, Lori«, unterbrach Kincaid sie. »Ich würde es vorziehen, in dem Wissen zu enden, dass Sie überlebt haben. Aber glauben Sie nicht, dass ich nicht unser aller Leben opfern würde, wenn es sein muss. Und jetzt gehen Sie!«

Daraufhin schüttelte Dalton den Kopf. »Nein.«

»Was?«

»Ich gehe nirgendwohin«, sagte sie trotzig. »Sie werden uns beide mit in den Tod nehmen müssen.«

Er starrte sie verwirrt an. »Sie würden sterben, obwohl Sie wissen, dass es nichts ändert?«

»Das würde ich.«

»Ich auch«, setzte Becker hinzu und stellte sich neben sie.

»Warum?«

Kincaid war so sehr mit dem letzten Aufbegehren der beiden gegen ihn beschäftigt, dass er nicht bemerkte, wie sich eine weitere Gestalt von hinten näherte. Sie glitt langsam und lautlos durch die Schatten, bewegte sich mit der Geschicklichkeit und Verstohlenheit eines Mannes, der ein Leben lang in den Wäldern dieses Landes gejagt hatte.

Dalton schaute Becker an und tauschte einen stummen, verständnisvollen Blick aus. Es waren keine Worte mehr nötig. Ihre Gedanken waren auf dasselbe Ziel ausgerichtet, sie akzeptierten dasselbe Schicksal.

»Denn hier sollen wir sein«, sagte Dalton leise.

Im letzten Moment registrierte Kincaid etwas. Vielleicht eine Veränderung in der Luft um ihn herum, das schwache Rascheln von Stoff, als ein Arm zurückgezogen wurde. Instinktiv drehte er sich um. Für einen Augenblick sah er die dunkle, bedrohliche Gestalt über sich auftauchen, sah eine zum Schlag erhobene Waffe und hob instinktiv den Arm, um sich zu verteidigen.

Okischews Eispickel krachte auf Kincaids hochgerissenen Arm. Die spitze, gezackte Klinge war eher ein Werkzeug als eine Waffe, und der Mann, der sie führte, war durch das Alter geschwächt, aber nichtsdestotrotz landete das stählerne Werkzeug mit genug Wucht, um seine Jacke, die Haut und die Muskeln darunter zu durchbohren. Mit einem unangenehmen Knacken brach der Knochen unter dem Schlag.

Kincaid stieß einen Schmerzensschrei aus. Der Zünder flog ihm aus der Hand und landete ein paar Meter entfernt auf dem Boden.

»Lori!«, schrie Becker und stürzte sich auf die beiden Männer, die sich stritten und kämpften.

Dalton erkannte die Gefahr, in der sie sich befanden, und eilte zu dem heruntergefallenen Zünder, der nur wenige Meter von ihr entfernt hart auf dem felsigen Boden gelandet war.

Okischew riss den Eispickel heraus und holte erneut zum Schlag aus, denn er wusste, dass sein Vorteil nicht lange anhalten würde. Aber Kincaid war nicht nur jünger und stärker, sondern auch schneller und besaß zudem eine Waffe, die weitaus tödlicher war.

Die Pistole dröhnte zweimal, die Schüsse hallten von den Wänden wider, und Okischew taumelte zurück. Der Eispickel fiel ihm aus der Hand, als er gegen die Wand stolperte, zu Boden sackte und seinen letzten Atemzug tat. Da sein unerwarteter Feind neutralisiert war, wirbelte Kincaid gerade noch rechtzeitig herum, um zu sehen, wie Dalton sich den Zünder schnappte.

Für Becker schien all das in Zeitlupe zu vergehen, als er sich seinem Ziel näherte, das zu weit entfernt war, um ihn aufzuhalten. Er sah, dass Kincaid die Waffe auf Lori richtete, und wusste, dass der Mann dieses Mal nicht zögern würde abzudrücken.

Nur für einen Augenblick schien ein unerwarteter Zustand von Frieden und Akzeptanz über Becker hereinzubrechen. Ein einziger, völlig klarer Gedanke schoss ihm durch den Kopf.

Alles, jeder Schritt, jede Entscheidung, jeder Konflikt und jede zufällige Begegnung hatte ihn hierhergeführt, um genau das zu tun, wozu er bestimmt war.

Sein Leben für einen anderen zu geben.

Der Moment der unnatürlichen Klarheit verging, und die Welt beschleunigte sich wieder auf ihre normale Geschwindigkeit. Seinem Instinkt gehorchend, änderte Becker die Richtung, verlagerte sein Gewicht nach links und warf sich in die Schussbahn der Waffe, gerade als Kincaid den Abzug betätigte.

Erneut dröhnte ein Schuss, Becker spürte, wie etwas gegen seine Brust schlug und ihn herumwirbelte, als er ein paar Meter entfernt auf den felsigen Boden stürzte.

Aber die Verzögerung hatte Dalton die nötige Zeit verschafft.

»Nein!«, schrie Kincaid, als sie den Zünder mit Trotz und Wut in den Augen in die Höhle unter ihnen schleuderte. Es krachte gedämpft, als die Plastikhülle unter dem Aufprall auseinanderbrach und zerstört wurde.

Schwer atmend, die Zähne gegen den Schmerz in seinem gebrochenen Arm zusammenbeißend, bewegte sich Kincaid an den Rand der gähnenden Grube vor ihm und starrte ungläubig hinab. Der Blick, mit dem er Dalton bedachte, glühte vor Wut.

»Was haben Sie da getan?«

Dalton erhob sich und stand allein vor ihm, unbewaffnet, aber ungebeugt. Sie hatte ihr Ziel erreicht.

»Was ich tun musste.«

Kincaid hob seine Waffe und zielte. Dalton zuckte nicht zurück, versuchte nicht, ihn aufzuhalten. Was jetzt geschah, war genau das, was geschehen sollte. Sie akzeptierte es, so wie sie auch den Preis für ihr Handeln akzeptierte.

Doch dann sah Dalton, wie er sich plötzlich umdrehte

und seine Waffe nicht auf sie, sondern auf den noch immer an der Wand befestigten Sprengstoffblock richtete. Der Zünder mochte verloren sein, aber eine Kugel würde das gleiche Ergebnis erzielen.

Kincaid hatte das alles nicht ertragen, so viel geopfert, um im letzten Moment zu scheitern. Er würde nicht zulassen, dass sein Plan zunichtegemacht wurde.

Er war so wütend und entschlossen, seine letzte Aufgabe zu erfüllen, dass er nicht bemerkte, dass sich Becker verletzt auf die Füße zog, dass er nicht das Knirschen von Schritten auf dem Boden wahrnahm, nicht das laute Rasseln von schwerem Atem. Kincaids ganze Aufmerksamkeit galt der Bombe, als er zielte und seinen Finger auf den Abzug legte.

Becker war gut dreißig Pfund schwerer als der ältere Mann, und er legte jedes Gramm dieses Gewichtsvorteils in diese letzte große Anstrengung. Er stürzte sich auf Kincaid und rammte ihm die Schulter in den Bauch. Die Waffe ging los, eine verirrte Kugel schlug einige Meter von dem Sprengstoff entfernt in die Wand ein, gerade als Kincaid zur Seite geschleudert wurde und Becker ihn immer noch um die Taille gepackt hielt.

Gemeinsam verschwanden die beiden Männer durch das Loch im Boden. Becker schloss die Augen, als er schwerelos durch die Luft segelte, einen Moment lang verloren in der völligen Empfindungslosigkeit. Er fühlte sich, als würde er in einem formlosen Traum schweben, zeitlos, ziellos, alle Sorgen vergessend.

Es fühlte sich gut an.

Einen Augenblick später erschütterte ein zermalmender Aufprall seinen Körper, als er und sein Feind auf dem Höhlenboden landeten. Der Schmerz durchfuhr ihn wie eine Explosion und trieb ihm sämtliche Luft aus der Lunge.

Er hörte ein schwaches Stöhnen, ein letztes schmerzhaftes Ausatmen, und als er die Augen öffnete, sah er Kincaid, der seelenlos zu ihm hinaufstarrte, während sich eine Lache aus dunklem Blut langsam aus seinem gebrochenen Schädel ausbreitete. Der Mann konnte nicht mehr sprechen, aber irgendwie spürte Becker, dass ihm gewahr war, was soeben geschehen war. Und dass er wusste, dass er verloren hatte. Als der letzte Lebensfunke aus Kincaids Körper entwich, spürte Becker, wie er sich entspannte. Seine Arbeit war nun getan. Seine letzte Aufgabe war erfüllt.

Er hob die Hand und zog dankbar die Atemmaske herunter, denn sie würde ihm jetzt nichts mehr nützen. Sein Anzug war zerrissen, und er würde sich zweifellos anstecken. Also nahm er einen Atemzug echter Luft und schmeckte zum ersten Mal das hohe Alter dieses Ortes. Es kam ihm fast so vor, als atmete er dieselbe Luft ein, die das tote Mädchen vor all den Jahren zum letzten Mal geatmet hatte. Er rollte sich von seinem toten Gegner herunter, atmete langsam und müde aus und starrte auf das sternförmige Dach der Höhle. Es war wunderschön. Ein guter Ort zum Sterben.

»Cameron!« Dalton leuchtete mit ihrer Taschenlampe durch das Loch im Dach auf ihn herab. »Sprich mit mir!«

»Es ist alles in Ordnung«, sagte Becker und schloss kurz die Augen. »Geh, Lori! Verschwinde von hier! Ich werde wohl für eine ganze Weile hierbleiben.«

»Den Teufel wirst du!«

Dalton packte das Seil und ließ sich rasch in die Höhle hinab. Dort hielt sie einen Moment inne, um Kincaid zu betrachten, ihren ehemaligen Mentor. Den Mann, der ihr einst das Leben gerettet und es ihr heute beinahe genommen hatte.

Dann ließ sie den Toten liegen und eilte zu Becker,

kniete sich neben ihn und öffnete die Vorderseite von Beckers Anzug, um seine Verletzungen zu untersuchen. Ihre behandschuhten Hände waren rot vor Blut.

»Oh nein …!«

»Es ist okay«, sagte er schwach. »Wie du gesagt hast, so hat es sein sollen.«

»Ich kann dir helfen«, sagte sie, öffnete den Reißverschluss seiner Jacke und zog die darunter liegenden Schichten beiseite, sodass die Schusswunde in seiner Brust zum Vorschein kam. »Ich muss nur die Blutung stoppen.«

Becker schüttelte den Kopf. »Das spielt jetzt keine Rolle. Meine Zeit ist um.«

Dalton starrte ihn an. »Ich kann dich nicht einfach zum Sterben hier zurücklassen.«

»Die Welt verlässt sich auf dich, Lori. Geh und rette sie!« Er lächelte schwach. »Ich hätte nie gedacht, dass ich mal so etwas Heldenhaftes sagen würde.«

Becker sah, wie ihr die Tränen durch die Maske über die Wangen liefen. Sie beugte sich vor, legte ihren Kopf an seinen und hielt ihn fest.

»Du bist wirklich eine schreckliche Nervensäge, Becker«, flüsterte sie.

Becker lächelte, als sie sich von ihm löste. »Ich würde es auch nicht anders haben wollen.«

Er streckte ihr eine zitternde Hand entgegen. Sie nahm sie, ohne zu zögern, und hielt sie lange fest.

»Danke.«

Aber Becker sah sie nicht. Sein Blick war auf die andere Seite der Höhle gewandert, wo jemand stand und sie beobachtete, teilweise von Schatten verdeckt. Aber Becker erkannte jetzt genug von dem Gesicht, um sie einordnen zu können.

Es war eine junge rothaarige Frau, die ihn sanft anlächelte, mit einem Blick voller Dankbarkeit, der ihn die Schmerzen seiner Verletzungen vergessen ließ. Er hatte sie schon einmal gesehen, an einer staubigen Straßenkreuzung im Irak, kurz bevor sich sein Leben für immer veränderte, und er sah sie auch jetzt, am Ende.

Sie hatte die ganze Zeit auf ihn gewartet.

Als ihm langsam dunkel vor Augen wurde und er sich dankbar in die warme, tröstliche Decke der Gefühllosigkeit hüllte, die ihn umgab, hatte er einen letzten friedlichen Gedanken.

Du hast getan, was du tun solltest. Jetzt kannst du ruhen.

52

Flughafen Heathrow, London

Schemenhaft nahm Juliette Schreie und Tumult wahr, als sie zitternd auf dem Boden lag und immer wieder das Bewusstsein verlor. Nur mit Mühe konnte sie die Augen öffnen, in der Erwartung, noch mehr verzweifelte Menschen zu sehen, die mit Gewalt ausbrechen wollten.

Doch statt verstreuter Menschenmassen, die verzweifelt versuchten, der Krankheit zu entkommen, die sie langsam verzehrte, sah sie Gestalten in leuchtend gelben Schutzanzügen, die herbeieilten, sich bückten, um Zusammengebrochenen zu helfen, und Taschen mit medizinischer Ausrüstung über den Schultern trugen.

Sie runzelte die Stirn und fragte sich, warum sie sich erst jetzt entschieden hatten zu handeln. Es war viel zu spät. Sie konnte sich kaum aufsetzen, geschweige denn von hier verschwinden. Und sie war sich sicher, dass es den anderen genauso schlecht ging, wenn nicht noch schlechter.

Mehr als einmal war sie durch Schüsse aufgerüttelt worden, während die Tage langsam ineinander verschmolzen, als die Zeit verstrich und sich die Krankheit immer weiter ausbreitete. Plötzlich stand einer der Leute im Schutzanzug direkt vor ihr, blickte sie durch seine Gesichtsmaske an und sagte etwas, das sie nicht verstand.

»Was?«, murmelte sie. Sie hatte Mühe, die Worte zu formulieren. »Was haben Sie gesagt?«

»Entspannen Sie sich, Miss. Wir helfen Ihnen«, versicherte ihr die maskierte Gestalt. Sie spürte einen Stich in ihren Arm. »Sie waren einer viralen Kontamination ausgesetzt, aber wir haben das Gegenmittel, das Sie brauchen.«

»Werde ich sterben?«, fragte Juliette.

Durch die Gesichtsmaske sah sie den Mann lächeln. »Nicht, wenn wir da ein Wörtchen mitzureden haben. Ruhen Sie sich aus, wir schaffen Sie bald in eine richtige medizinische Einrichtung.«

Juliette hörte nicht mehr auf ihn. Sie hatte gehört, was sie hatte hören wollen, und gab sich damit zufrieden, seinen Rat anzunehmen und sich auszuruhen.

Noch während er Anweisungen an andere medizinische Teams in der Nähe rief, spürte sie zufrieden, wie ihr Geist in den friedlichsten Schlaf abdriftete, den sie seit Langem erlebt hatte.

EPILOG

Ein Monat später

Es war ein warmer, heller Spätsommermorgen, die Sonne lugte durch ein paar Lücken in den Wolken, eine leichte Brise fuhr raschelnd durch das Laub der Bäume in der Nähe. Der Geruch von Blumen und frisch gemähtem Gras würzte die Luft.

Es war ein friedlicher, angenehmer Ort. Ein guter Ort zum Ausruhen. Lori Dalton kniete neben dem frisch errichteten Grabstein nieder und betrachtete die einfachen, aber herzlichen Worte, die in den Stein gemeißelt waren, während sie noch einmal über die Person nachdachte, die hier beigesetzt worden war.

»Es tut mir leid, dass ich so lange gebraucht habe, um herzukommen«, sagte sie leise. »Bei allem, was passiert ist … Ich wollte wohl warten, bis sich alles beruhigt hat. Ich wollte keine Ablenkung.«

Sie lächelte schwach. »Und es hat funktioniert«, sagte sie. »Das Gegenmittel. Wir haben gefunden, was wir brauchten, und wir haben Leben gerettet. Mehr Leben, als du dir jemals vorstellen könntest.«

Die Proben, die Lori in der Höhle entnommen hatte, enthielten tatsächlich die Waffe, die zur Bekämpfung des Djatlow-Virus benötigt wurde. Sie war in dem gefrorenen Leichnam der jungen Frau perfekt erhalten geblieben.

Innerhalb weniger Tage hatten die besten Wissenschaftler der WHO die Antikörper isoliert und produzierten kurz darauf eine synthetische Version des Gegenmittels. Es wurde in die ganze Welt geschickt, überall dorthin, wo es am dringendsten benötigt wurde. Die Situation war so prekär, dass für diese Aufgabe Militärjets eingesetzt wurden, die mit Überschallgeschwindigkeit fliegen konnten. Das Gegenmittel, mit dem man das Virus unschädlich machen konnte, war gerade noch rechtzeitig gefunden worden. Denn zu diesem Zeitpunkt erlagen die ersten Opfer bereits dem Spätstadium der Seuche. Leider kam das Gegenmittel nicht mehr rechtzeitig, um alle zu retten, aber das war unvermeidlich gewesen. Einige besonders unglückliche Seelen waren einfach schon zu krank gewesen, um gerettet zu werden. Für sie war das Ende schnell und ohne langes Leiden gekommen, statt dass sie sich der schrecklichen Alternative hätten stellen müssen.

Aber die überwältigende Mehrheit der Infektionen hatte neutralisiert werden können, und so war eine weltweite Pandemie verhindert worden. Insgesamt war der Virusausbruch, der die gesamte Menschheit hätte vernichten können, nach weniger als hundert Todesopfern gestoppt worden. Eine kleine, aber ernüchternde Mahnung an das, was hätte geschehen können.

Kincaids Plan, die menschliche Rasse brutal auszurotten, war gescheitert. Doch die Auswirkungen seines Handelns waren überall auf der Welt zu spüren.

Die wichtigsten Regierungen von Washington über Moskau bis Peking hatten erkannt, dass die Bedingungen, die es ihm ermöglicht hatten, sein Ziel um Haaresbreite zu erreichen, nie wieder geschaffen werden durften. Die Spaltungen zwischen den Ländern, die die Welt an den Rand des Zusammenbruchs gebracht hatten, mussten überwunden werden.

Seit Wochen fanden bei den Vereinten Nationen ununterbrochen Dringlichkeitssitzungen statt, und es wurden bereits Resolutionen zur drastischen Verbesserung der Zusammenarbeit zwischen Gesundheitsorganisationen, Regierungen, Geheimdiensten und wissenschaftlichen Einrichtungen vorgelegt. Ein generelles Verbot der Entwicklung biologischer und chemischer Waffen war einstimmig beschlossen worden, und zuvor versteckte Lagerbestände wurden bereits vernichtet.

Dalton gab sich keinen Illusionen hin, dass ihre Zukunft nun gesichert sei oder ihre Reise schnell oder einfach verlaufen würde. Die Probleme der Überbevölkerung, der Umweltverschmutzung, der Armut und der Konflikte blieben so gefährlich wie eh und je. Aber alle hatten das Gefühl, es wäre eine Art Wendepunkt erreicht worden, es wäre eine Grenzlinie im Sand gezogen worden. Und vielleicht, nur vielleicht konnte die Menschheit doch besser werden, als Kincaid es von ihr erwartet hatte.

Vielleicht war dies das wahre Vermächtnis des Mannes, auch wenn er es nicht beabsichtigt hatte.

»Ich möchte, dass du es weißt«, sagte Dalton und starrte auf den Grabstein. »Ich wollte, dass du weißt, dass es all das wert war. Das Opfer, das du gebracht hast … das war es wert. Und ich bin dir dankbar dafür.«

Sie hob die Hand, nahm die Kette ab, die sie immer trug, betrachtete kurz den schweren Ring, der daran hing, und legte ihn dann vorsichtig auf den Sockel des Grabsteins.

»Leb wohl.«

Langsam erhob sich Dalton und ging das kurze Stück zurück zu den beiden Männern, die im Schatten eines Kirschbaums auf sie warteten. Seine Äste waren von bunten Blüten übersät.

»Das ist ein guter Platz«, erklärte Becker und betrachtete die angenehme Umgebung: die Wälder, die Flüsse und die Berge der Heimat ihrer Vorfahren, die Orte, an denen sie vor so langer Zeit gewandert sein könnte. »Warm. Hell. Ich glaube, es wird ihr hier gefallen.«

Dalton nickte und sah zu dem Mann auf, der ihr in jener Höhle das Leben gerettet hatte. Becker sah seit jenem Tag wieder viel erholter aus. Er hatte seine alte Gesichtsfarbe wieder, und auch sein Körper kam allmählich zu Kräften. Tatsächlich war er erst vor einer Woche aus dem Krankenhaus entlassen worden. Nachdem die Ärzte in einer sechsstündigen Operation sein Leben gerettet hatten und nach einem fast einmonatigen Genesungsprozess. Ganz zu schweigen davon, dass er die erste Charge von Antikörpern aus dem Blut der jungen Frau erhalten hatte. Selbst dann war es eine knappe Angelegenheit gewesen. Ein oder zwei Stunden später, und Becker wäre wahrscheinlich ebenfalls dem Virus erlegen. Doch er lebte, offenbar zu zäh oder zu stur, um sich von Kugeln oder tödlichen Viren unterkriegen zu lassen.

Heute sah Dalton ihn nach den Ereignissen zum ersten Mal wieder von Angesicht zu Angesicht.

»Sie hat es verdient«, sagte sie und blickte zum Grab zurück. »Sie lag lange genug allein in der Dunkelheit.« Ihr Blick richtete sich auf den anderen Mann ihrer kleinen Gruppe. Es war ein kleiner Mann mittleren Alters, mit schütterem Haar und hängenden Schultern. Er trug jetzt legere Kleidung und nicht mehr die eleganten Businessanzüge, an deren Anblick sie sich bei ihm gewöhnt hatten.

»Danke, dass Sie uns das ermöglicht haben. Das bedeutet uns sehr viel.«

Sergej Golowko neigte zur Antwort den Kopf. »Das war das Mindeste, was wir tun konnten, nach allem, was Sie für uns getan haben.« Er lächelte schwach. »Wenn Sie mich fragen, ich bin erleichtert, dass ich nicht Ihr Grab besuchen muss, Mr. Becker.«

Beckers Gedanken schweiften zurück zu den Ereignissen in der Berghöhle, von denen er erst im Nachhinein erfahren hatte, während er sich im Krankenhaus erholte. Ein russisches Speznaz-Team war tatsächlich in voller Biowaffen-Ausrüstung vor Ort eingetroffen, nur waren sie nicht mit dem Befehl gekommen, die Gruppe, die heimlich in ihr Land eingedrungen war, festzunehmen oder zu eliminieren. Sie waren gekommen, um sie in Sicherheit zu bringen. Als sie Becker bewusstlos und dem Tode nahe vorfanden, hatten ihre Sanitäter ihn, so gut es ging, stabilisiert, bevor sie ihn in ein Militärkrankenhaus brachten. Dalton wurde zusammen mit den wertvollen Antivirenproben, die sie hatte entnehmen können, zu einem massiven Mi-2-Hind-Hubschrauber gebracht, der fast allen Wetterbedingungen trotzen konnte, seien sie auch noch so widrig.

Nach den Worten des Teamleaders hing das Schicksal aller Menschen von Dalton und ihrer Arbeit ab. Kein Mann, der bei Verstand war, wollte ihr da Knüppel zwischen die Beine werfen.

Auch der Leichnam von Okischew wurde aus der Höhle geborgen und zu seiner Familie zurückgebracht, wo er als Held gefeiert und nicht weit von dieser Stelle zur Ruhe gelegt wurde.

Dalton hatte deutlich gemacht, dass keiner von ihnen ohne das heldenhafte Opfer des alten Mannes überlebt hätte. Seine Enkelin, voller Trauer über seinen Verlust, hatte dennoch akzeptiert, was er für sie alle getan hatte, und sie hatte geschworen, das Werk fortzusetzen, das er in seinem Leben begonnen hatte, nämlich die Bräuche und die Geschichte ihres Volkes zu bewahren. Ohne ihn wäre es zwar nicht mehr dasselbe, aber vielleicht würde es weitergehen, sich verändern und wachsen, wie alles Lebendige es tun sollte.

»Und wie geht es für Sie weiter, Sergej?«, fragte Becker und wechselte zu einem weniger bedrückenden Thema. »Fahren Sie nach Moskau zurück?«

Golowko schüttelte den Kopf. »Nein. Ich bin … offiziell im Ruhestand.« Als er ihr Stirnrunzeln sah, fügte er hinzu: »Meine Einheit wurde aufgelöst. Die Gefahr durch das Djatlow-Virus ist für immer gebannt, also gibt es für die weitere Existenz meines Teams keinen Grund mehr. Und da wäre wohl noch die Kleinigkeit, dass ich Befehle missachtet und ausländische Agenten während eines nationalen Notstands auf russischen Boden gelassen habe. Moskau sieht so etwas gewöhnlich nicht sonderlich gern.«

»Im Ernst? Ich bin überrascht, dass man Sie nicht …« Dalton brach ab und hielt es für das Beste, diesen Gedanken nicht zu Ende zu führen.

»… dass man mich nicht exekutiert hat?« Golowko half ihr mit einem Grinsen aus der Patsche. »Nun, ich vermute, sie haben es sicherlich in Betracht gezogen. Andererseits hat meine Insubordination geholfen, nicht nur unser ganzes Land, sondern die ganze Welt zu retten. Vielleicht hat man mir das zu meinen Gunsten ausgelegt.«

Er schüttelte ihnen nacheinander die Hand. Sie konnten es nicht mit Sicherheit festmachen, aber beide fanden, dass Golowko anders aussah, unbeschwerter, nachdem er jetzt die drückende Bürde seiner langen Dienstzeit abgelegt hatte.

»Danke, Sergej«, sagte Becker mit einem festen Händedruck. »Ich meine das ernst.«

»Gleichfalls. Und … viel Glück für Sie beide«, erwiderte Golowko. Er drehte sich um, ging zu einer in einiger Entfernung wartenden Limousine und ließ Becker und Dalton allein zurück.

Dalton seufzte und blickte zum Grab. »Wir haben nie herausgefunden, wer sie war«, sagte sie wehmütig. »Kein Name, keine Verwandten. Keinerlei Aufzeichnungen über ihr Leben.«

Das war allerdings auch angesichts des hohen Alters der Leiche keine große Überraschung. Sie war weit älter, als jeder von ihnen angenommen hätte. Zehn Jahrtausende lang hatte sie in der Dunkelheit ihres eisigen Grabes gelegen. Die Einzelheiten ihres Lebens und ihres Volkes waren schon lange im Dunst der Zeit verschwunden, aber die Folgen ihrer letzten Tat würden noch lange weiterleben.

»Vielleicht ist das jetzt auch gleichgültig«, bemerkte Becker. »Sie hat ihren Frieden gefunden. Das zählt doch sicher auch etwas.«

Dalton nickte und dachte darüber nach. Sie hatte sich noch nie als religiösen Menschen betrachtet, aber irgendwie spürte sie es: das Gefühl einer ruhenden Seele, eines erfüllten Zwecks. Und sie war froh darüber.

»Was hast du da eigentlich gesehen?«, fragte sie dann unvermittelt.

»Wo?«

»Unten in der Höhle, kurz bevor du ohnmächtig wurdest. Es war, als ob du auf etwas schaust, das ich nicht sehen konnte. Was war es?«

Becker dachte an diesen Moment zurück, an den flüchtigen Blick der jungen Frau mit den roten Haaren von der Kreuzung in Bagdad, die ihn auch aus der Dunkelheit der Höhle beobachtete. Es war eine Halluzination gewesen, kein Zweifel. Sein kranker Geist vermischte Erinnerungen und Visionen und ließ ihn Dinge sehen, die nicht real waren.

Das musste es sein. Es war die einzig vernünftige Erklärung.

»Es war nichts Wichtiges«, antwortete er leise. »Nur eine Ausgeburt meiner Fantasie.«

Dalton musterte ihn stumm und schien nachhaken zu wollen, überlegte es sich dann aber anders. Es gibt Dinge, die man nicht mit anderen teilen sollte.

»Und was jetzt?«, wechselte Becker das Thema. »Was wirst du als Nächstes machen?«

Dalton seufzte, und ihre Gedanken kehrten zu irdischen Dingen zurück. »Auf mich wartet ein Berg von Arbeit. Mehr, als ich mir vorstellen kann.«

Er lächelte amüsiert. »Der neue Job als Generaldirektorin der WHO ist wirklich hart, nicht wahr?«

»Amtierende Generaldirektorin«, korrigierte sie ihn. »Bis sie jemand Besseres finden.«

»Darauf würde ich nicht wetten.«

»Ach nein?« Sie zog eine Augenbraue hoch. »Warum das?«

Becker ergriff ihre Hand und berührte sie leicht. »Weil es das ist, was du tun sollst, Lori. Es ist das, was du schon immer tun wolltest.«

Becker sah zum ersten Mal wirklich klar. Er kannte sie, sah ihr Potenzial und wusste, dass sie es umsetzen würde.

Dalton konnte nicht umhin, über die seltsame Gegensätzlichkeit ihrer Leben und Berufe nachzudenken – eine Heilerin und ein Krieger, die eine rettete Leben, der andere nahm sie, und beide hatten den Glauben an die Welt verloren. Zwei verlorene Seelen auf der Suche nach einem neuen Ziel und Sinn. Wenn es wirklich nur ein Zufall war, dass sie sich gefunden hatten, dann war es allerdings ein wahrhaftig sehr merkwürdiger.

Dalton blinzelte, überrascht von der plötzlichen Röte,

die ihr in die Wangen gestiegen war. Sie war verblüfft von den Gefühlen, die seine Nähe und die Berührung seiner Hand auslösten.

»Und du?« Sie wandte den Blick ab. »Was kommt als Nächstes für den großen Cameron Becker? Geht es zurück in den Irak?«

»Das glaube ich eher nicht«, sagte er. Sie drehten sich beide um und gingen langsam weg, sich nicht mehr länger an den Händen haltend, sondern in angenehmer, vertrauter Verbundenheit. »Das bin ich nicht mehr. Und das will ich auch nicht mehr sein.«

»Wirklich? Also sag mir, was willst du denn sein?«

Becker sah sie an und lächelte. Zum ersten Mal, seit er sich erinnern konnte, fühlte er sich frei. Frei, in der Welt nach seinen eigenen Bedingungen zu leben. Frei, herauszufinden, wer er war und welches Vermächtnis er hinterlassen wollte.

»Ich weiß es noch nicht«, gab er zu und blickte kurz über seine Schulter zum Grab zurück. »Aber vielleicht kann ich etwas Besseres sein.«

Dalton folgte seinem Blick, dachte einige Sekunden über seine Worte nach und nickte dann verständnisvoll. Nach allem, was sie durchgemacht hatten, würde keiner von ihnen mehr derselbe sein.

Vielleicht konnten sie ja, wie er gesagt hatte, beide etwas Besseres sein.

Als sie weggingen, strich eine warme Brise durch die Zweige des Kirschbaums über ihnen und schüttelte einige der leuchtend bunten Blätter ab, von denen eines sanft auf dem Grab landete.

Das Grabmal war schlicht, aus einem einzigen Stück Stein gemeißelt, unprätentiös und bescheiden. Und es war mit einer ebenso einfachen Grabinschrift versehen.

In Erinnerung an eine mutige junge Frau,
die die Welt gerettet hat

DANKSAGUNG

Eine neue Geschichte mit völlig neuen Charakteren zu beginnen, nachdem man ein Jahrzehnt lang in der Komfortzone einer etablierten Serie gearbeitet hat, bietet für die meisten Autoren eine aufregende, wenn auch etwas abschreckende Aussicht. Deshalb bin ich sehr dankbar für die Unterstützung und die Ratschläge meiner Agentin Hannah Weatherill und meines Lektors Andy Kifer, die beide maßgeblich dazu beigetragen haben, dieses Buch zu dem fertigen Produkt zu machen, das Sie in Händen halten.

Dark Harvest (Patient Zero) wurde konzipiert und geschrieben, lange bevor COVID, globale Pandemien und das Schließen von Grenzen zu einem unauslöschlichen Bestandteil des öffentlichen Bewusstseins wurden. Wenn auch einige der harten Lektionen, die wir in den letzten Jahren gelernt haben, schließlich doch in die Geschichte eingeflossen sind, war es nie meine Absicht, mit diesem Buch Kritik an realen Ereignissen oder politischen Entscheidungen zu üben. Für mich bleibt es das, was es immer hatte sein sollen – ein fesselndes und (hoffentlich) spannendes Abenteuer ohne Hintergedanken oder Implikationen, eine Geschichte, die um ihrer selbst willen erzählt wird.